BASTEI LÜBBE
TASCHENBUCH

Weitere Titel der Autorin:

Die Madonna von Murano (auch als Audio erschienen)
Die Lagune des Löwen (auch als Audio erschienen)
Die Liebenden von San Marco (auch als Audio erschienen)
Das Mädchen aus Mantua

Titel in der Regel auch als E-Book erhältlich

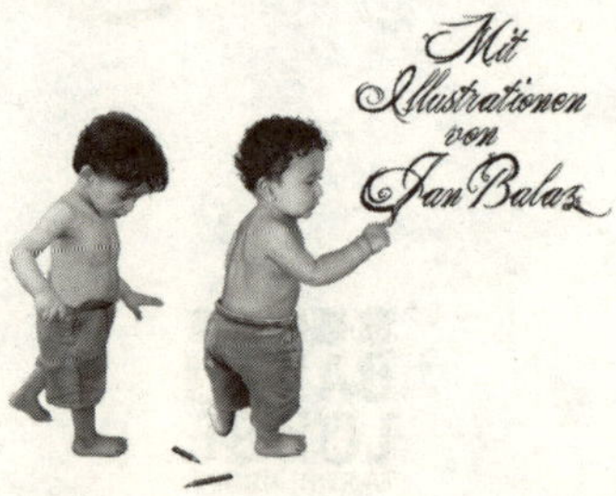

Charlotte Thomas

Der König der Komödianten

Historischer Roman

BASTEI LÜBBE TASCHENBUCH

BASTEI LÜBBE TASCHENBUCH
Band 16594

1. Auflage: November 2011

Dieser Titel ist auch als E-Book erschienen.

Vollständige Taschenbuchausgabe
der bei Lübbe Ehrenwirth erschienenen Hardcoverausgabe

Bastei Lübbe Taschenbuch und Lübbe Ehrenwirth in der Bastei Lübbe
GmbH & Co. KG

Dieses Werk wurde vermittelt durch die
Michael Meller Literary Agency GmbH, München

Übersetzungsnachweise:
Amores von Ovid, übers. von Hermann Oelschläger
(*Elegien der Liebe*, Teubner-Verlag, Leipzig 1880)
La Divina Commedia von Dante Alighieri, übers. von Carl Streckfuß
(*Die Göttliche Komödie*, Wegweiser Verlag, Berlin 1922)
Menaechmi von Titus Maccius Plautus, übers. von
Johann Jakob Christian Donner (*Die Zwillinge*,
C. F. Winter'sche Verlagshandlung, Leipzig/Heidelberg 1865)

Mit Illustrationen von Jan Balaz
Umschlaggestaltung: Kirstin Osenau
Autorenfoto: Olivier Favre
Satz: Dörlemann Satz, Lemförde
Gesetzt aus der Adobe Caslon
Druck und Verarbeitung: GGP Media GmbH, Pößneck
Printed in Germany
ISBN 978-3-404-16594-0

Sie finden uns im Internet unter
www.luebbe.de
Bitte beachten Sie auch: www.lesejury.de

Der Preis dieses Bandes versteht sich einschließlich
der gesetzlichen Mehrwertsteuer.

Für Kerstin

Für uns und uns're Vorstellung
Mit untertän'ger Huldigung
Ersuchen wir Genehmigung.

Shakespeare, Hamlet,
3. Aufzug 2. Szene

Teil I

Landgut im Veneto, März 1594

Mucksmäuschenstill lag ich der Länge nach ausgestreckt auf dem Deckenbalken und starrte hinunter zu dem Paar auf dem Küchentisch.

Von oben betrachtet kam mir der Akt nicht so aufregend vor, wie ich es gehofft hatte. Vor allem von Paulina konnte ich kaum etwas erkennen, und das Wenige, das sich mir bot, mutete eher komisch als aufregend an. Das mochte daran liegen, dass Paulina hinter Onkel Vittores Rücken ihre Fingernägel begutachtete und dabei einen recht gelangweilten Eindruck machte. Es schien fast so, als wäre sie in diesem Moment lieber woanders.

Ich wiederum gab mich die ganze Zeit der stillen Hoffnung hin, Onkel Vittore würde vielleicht seine Position ändern, damit ich mehr von Paulinas Körper erkennen konnte. Wie Onkel Vittore aussah, ob von vorn oder von hinten, wusste ich nur zu gut, da ich ihm gelegentlich beim Baden helfen musste, weil seine Gicht in den letzten paar Jahren solche Verrichtungen wie das Besteigen eines Zubers zu einer gefährlichen Angelegenheit machte.

Bei seinen Bemühungen mit Paulina kam er allein zurecht, auch wenn es den Anschein hatte, dass es ihn mehr Kraft kostete, als ihm zu Gebote stand. Sein Ächzen klang wesentlich lauter als beim letzen Mal.

Dass er mit seinem Glied in jenen unaussprechlichen Teil ihres Körpers eingedrungen war, wusste ich, schließlich hatte ich schon beobachtet, wie sich die Tiere paarten. Der Vorgang als solcher war für mich kein Geheimnis, und doch ging es bei Menschen ganz anders vonstatten. Allein die Tatsache, dass mein Onkel auf Paulina lag, fand ich höchst bemerkenswert, vor allem im Hinblick darauf, dass er dabei ihre Brüste direkt vor Augen hatte. Was für eine geniale Einrichtung der Natur, dass Menschen sich von Angesicht zu Angesicht vereinigen konnten!

Paulina streckte die Hand aus und ergriff einen Brotkanten. Zerstreut biss sie hinein und kaute, während ihr Blick müßig über die Decke streifte. Ich hielt die Luft an, doch dann wurde Paulina vom Gackern eines Huhns abgelenkt, das von draußen den Weg in die Küche gefunden hatte und in der Nähe des Kochkamins herumpickte.

Onkel Vittore steigerte unterdessen seine Anstrengungen und bewegte sich schneller. Nach allem, was ich inzwischen wusste, würde es nun nicht mehr lange dauern.

Eines war jedoch sonderbar: Die Laute, die sich Onkel Vittore entrangen, waren mit einem Mal von seltsam fiependen Tönen unterlegt, es klang, als würde eine Gans erwürgt.

Paulina hatte anscheinend den Geschmack am Brot verloren. Sie legte es zurück und pulte mit den Fingern zwischen ihren Zähnen herum.

»Ich liebe deine Leidenschaft.« Ihre Stimme klang eigentümlich monoton, und ich fragte mich, ob sie die Wahrheit sprach. Zweifeln ließ mich, dass sie dabei die Nase rümpfte – Onkel Vittore pflegte schon zum Frühstück reichlich Zwiebeln zu sich zu nehmen.

Ich fühlte mich zu einem stummen Zitat inspiriert. *Nam quotiens futuit, totiens ulciscitur ambos: illam affligit odore, ipse perit podagra …**

* *»Denn jedes Mal, wenn er es mit ihr treibt, sind sie beide bestraft: Sie wird von dem Gestank umgehauen, er selbst von der Gicht.«*
(Catull, Epigramme, Nr. 71)

Mir stockte der Atem, denn in diesem Moment bewegte sich Onkel Vittore ein wenig zur Seite, sodass Paulinas nackte Brüste sichtbar wurden. Vorhin, als sie ihr Gewand geöffnet hatte, hatte ich sie nur kurz sehen können, weil die kahle Kugel, die der Schädel meines Onkels von hier oben aus betrachtet war, sofort die weiblichen Wölbungen verdeckt hatte. Jedenfalls eine davon, für alle beide war er zu klein, denn sie waren, zumindest nach meinem Dafürhalten, gewaltig. Die andere lag unter seiner Schulter verborgen, doch nun, da er sich zur Seite schob, wurde ihr ganzer Oberkörper sichtbar.

Da waren sie! Ehrfürchtig bestaunte ich dieses unfassbare anatomische Wunder und wünschte mir, an Onkel Vittores Stelle zu sein. Wenigstens für einen kleinen Moment, um einmal diese ungeheuren Auswüchse weiblicher Besonderheit aus der Nähe betrachten zu können.

»Bist du schon fertig?«, fragte Paulina.

Mein Onkel antwortete nicht. Er hatte aufgehört, sich zu bewegen. Paulina tätschelte ihm den kahlen Schädel. »Vittore? Das ging aber schnell.«

Das fand ich auch. Das letzte Mal, vor zwei Wochen, hatte ich hinter der Kiste mit den Zwiebeln gehockt und von dieser Warte aus nur die herabbaumelnden Füße von Paulina sowie die bleichen Waden meines Onkels gesehen, doch der Akt war mir bedeutend länger vorgekommen als dieser. Desgleichen alle anderen, denen ich schon zuvor heimlich hatte lauschen können. An diesem Tag befand ich mich dank des Einfalls, auf den Balken zu klettern, in der außergewöhnlichen Situation, zum ersten Mal direkt zuschauen zu können.

»Vittore?«

In dem Moment machte ich den Fehler, mich zu bewegen. Es war nur ein Drehen des Kopfes, um die Fliege zu verscheuchen, die sich schon zwei Mal auf meine Nase gesetzt hatte, während ich hier oben auf der Lauer lag. Doch die kurze Bewegung reichte, um mich aus dem Gleichgewicht zu bringen, sodass ich beide Arme um den Balken schlingen musste, um nicht abzurutschen oder gar hinabzustürzen. Damit verursachte ich ein Geräusch, das sofort Paulinas Blicke nach oben lenkte.

Sie schrie auf, als sei ihr ein Höllengeist erschienen, was möglicherweise tatsächlich ihrem ersten Eindruck entsprach, denn ich hatte mir, bevor ich den Balken erklommen hatte, das Gesicht mit Ruß vom Herd geschwärzt, um mich farblich der von jahrzehntelangen Kochdünsten gebeizten Decke anzugleichen.

»Vittore!«, kreischte Paulina. »Da oben ist jemand!« Gleich darauf hielt sie inne.

»Marco? Bist du das etwa?« Wieder hob sie an zu schreien, doch diesmal vor Zorn. »Marco! Du Lausebengel! Wieso bist du nicht bei der Feldarbeit!« Sie rüttelte meinen Onkel an der Schulter. »Vittore, geh runter von mir! Der Junge liegt da oben auf dem Balken und schaut uns die ganze Zeit zu! Vittore! Bist du taub?«

Sie schüttelte ihn heftiger, was dazu führte, dass er gänzlich von ihr herabrutschte – und mit einem dumpfen Geräusch auf den Boden schlug.

Abermals schrie Paulina auf, diesmal vor Entsetzen, und während ich einen kurzen Blick auf fassförmige weiße Schenkel und die dunkel behaarte Unaussprechlichkeit dazwischen erhaschte, rappelte sie sich vom Tisch hoch.

»O Gott, Vittore! Vittore! Was ist mit dir?«

Ihre schrillen Schreie und der Schrecken, der sich meiner beim Anblick meines reglos daliegenden Onkels bemächtigte, brachten mich vollends aus dem Gleichgewicht, und ich rutschte ab. Ich schaffte es zwar noch, mich mit beiden Händen an dem Balken festzuklammern und unter halsbrecherischem Schwingen dort hängen zu bleiben, doch ich sah mich außerstande, wieder hinaufzukommen, um den Rückweg bis zur Wand und von dort aus auf den Schrank anzutreten, von dem aus ich zu Beginn meines Beobachtungsmanövers den Balken erklettert hatte. Es gab folglich nur noch den direkten Weg nach unten. Während ich fieberhaft überlegte, ob ich mich wohl, an dem Balken festhaltend, Stück für Stück bis über den Tisch hangeln konnte, um nicht ganz so tief zu fallen, kippten Paulinas Schreie über, als wollte der Teufel ihre Seele holen.

»Vittore! Bist du etwa *tot*?«

Meine Hände glitten vom Balken, und einen Lidschlag später landete ich auf den Steinplatten des Küchenbodens. Das hässliche Knacken meines rechten Beins spürte ich mehr, als dass ich es hörte, denn Paulina schrie nun ohne Unterlass. Ich versuchte, aufzustehen und zu meinem Onkel zu gelangen, doch mein Bein knickte unter mir weg. Also benutzte ich nur das andere und hüpfte hinüber zum Tisch, wo Paulina über meinen Onkel gebeugt dastand und wie von Sinnen kreischte.

»Onkel Vittore?«, stieß ich hervor, auf einem Bein stehend wie ein Storch.

Er sah mit offenen Augen zu mir hoch, doch sein Blick war leer.

Von Paulinas Geschrei alarmiert, kam im nächsten Moment der Stallknecht in die Küche gestürzt. Ernesto war schon alt und länger in unseren Diensten, als ich auf der Welt war, und mein hilfloses Entsetzen milderte sich ein wenig bei seinem Erscheinen, denn er schien zu wissen, was zu tun war. Grob schubste er die abrupt verstummende Paulina zur Seite und gab meinem Onkel ein paar Ohrfeigen. *»Domine?«*, brüllte er. »Domine?«

Gleich darauf hielt er unvermittelt inne und bekreuzigte sich. Sich zu Paulina umwendend, richtete er sich auf. »Eines ist sicher«, sagte er.

»Dass er tot ist?«, fragte sie, starr vor Schreck.

»Nun ja«, meinte Ernesto, als wäre gerade das an dem ganzen Vorfall eher nebensächlich. In seiner pragmatischen Art deutete er auf die offene Hose meines Onkels. »Er starb als glücklicher Mann.«

An die folgenden Tage erinnerte ich mich später nur lückenhaft, denn ich war wie gelähmt vor Trauer. Onkel Vittore war der einzige Mensch, der mir nahestand, und ich hatte, solange ich denken konnte, mit tiefer Liebe an ihm gehangen. Eigentlich war er gar nicht mein Onkel, sondern nur um zwei Ecken mit mir verwandt, doch da meine Mutter bei meiner Geburt verstorben war und ich nach dem Ableben der übrigen Verwandtschaft keine anderen Angehörigen mehr hatte, war er zugleich meine ganze Familie und somit der Mensch, um den sich mein Leben von Beginn an gedreht hatte.

Alles, was ich je an Wissen verinnerlicht hatte, kam von ihm – von einigen geheimen Kleinigkeiten abgesehen, die ich mir aus gewissen anstößigen Zeichnungen angeeignet hatte, welche Ernesto unter seiner Matratze versteckte –, ob es nun um das Einmaleins ging oder darum, wie man einen Pflug durchs Feld zog und ein Huhn köpfte.

Onkel Vittore hatte stets den Standpunkt vertreten, ein ordentlicher und aufrechter Gutsherr müsse alles lernen, was ihm nützte, und so hatte er mich von klein auf unterrichtet, nicht nur bei der Feldarbeit und beim Versorgen des Viehs, sondern auch am Lesepult. Er hatte mich Rechnen und Schreiben gelehrt, desgleichen Griechisch und Latein, hatte mich mit Pythagoras und dem Liber Abacci ebenso vertraut gemacht wie mit Platon, Plinius und einigen anderen Geistesgrößen. In unserer Bibliothek gab es bestimmt an die hundert Bücher, und ich hatte sie alle gelesen. Überdies hatte er mich im Reiten und Fechten unterwiesen, auch wenn das Pferd eine uralte Mähre und das Schwert nur aus Holz war.

»Eines Tages wirst du all diese Fertigkeiten gut gebrauchen können, Marco«, hatte er zuweilen erklärt. Wann genau das sein würde, hatte er freilich nie gesagt, weshalb ich ihn im Laufe des letzten Jahres häufiger gefragt hatte, ob es wohl bald wieder Krieg geben würde. Zum bäuerlichen Leben fehlte mir die innere Überzeugung. Was mit Euklid und Sokrates anzufangen war, erschloss sich mir ebenfalls nicht auf Anhieb, wohl aber der Nutzen von Ross und Waffe: Ich war wild entschlossen, zur Kavallerie zu gehen und dort meinen Mann zu stehen. Nicht erst seit dem Studium der Schriften römischer Herrscher wusste ich, dass kaum etwas dem Edlen besser ansteht, als tapfer zu Felde zu ziehen. Oder vielleicht auch, zur See zu fahren. Die ruhmreiche Schlacht von Lepanto hatte ein paar Jahre vor meiner Geburt stattgefunden, war jedoch immer noch in aller Munde, und ich stellte mir häufig vor, auf dem Geschützdeck einer gewaltigen Kriegsgaleere zu stehen und Kanonen auf die Osmanen abzufeuern.

Über solcherlei Ansinnen war Onkel Vittore stets lächelnd hinweggegangen, doch immerhin hatte er einige Wochen zuvor die vielversprechende Bemerkung gemacht, es sei wohl endlich an der Zeit, mich einmal mit in die Stadt zu nehmen. Mit *Die Stadt* war die Serenissima* gemeint. Die prächtigste Metropole des Abendlandes, die Krone europäischer Kultur, kurz: Venedig, der schönste Ort der Welt. Jedenfalls waren das die Worte, die Onkel Vittore zur Beschreibung der Lagunenstadt zu verwenden pflegte. Seitdem war kaum ein Tag vergangen, an dem ich nicht nachgefragt hatte, wann es denn endlich so weit wäre, worauf Onkel Vittore erst in der vergangenen Woche versprochen hatte, dass es zu meinem achtzehnten Geburtstag geschehen solle. Ich brachte kaum genug Geduld auf, die verbleibende Zeit ohne drängende Fragen zu überstehen, und nicht einmal die unverhoffte Möglichkeit, meinen Onkel und Paulina beim Akt zu beobachten, hatte mich von meiner angespannten Vorfreude ablenken können.

Unselige Parzen fügten es, dass Onkel Vittore fünf Tage vor meinem Geburtstag starb und ich deswegen nicht nur um meine Venedigreise gebracht war, sondern auch darum, wie ein aufrechter Mann an seinem Grab zu stehen: Wegen meines ge-

* Die Durchlauchtigste

brochenen Beins musste ich auf einem Karren sitzen, auf dem mich Ernesto zum Friedhof beförderte.

Als wollte der Himmel meine Trauer angemessen unterstreichen, öffnete er während der Bestattung alle Schleusen. Es goss die ganze Zeit über in Strömen, und während Pater Anselmo, der Priester unserer kleinen Gemeinde, am offenen Grab letzte Segensworte sprach, wurde der Regen wasserfallartig. Alle Erschienenen bemühten sich redlich, sich nicht anmerken zu lassen, wie gern sie vor den herabstürzenden Wassermassen geflohen wären. Pater Anselmo redete gegen Ende seiner Ansprache immer schneller, und es drängte sich der Eindruck auf, dass er von seiner vorbereiteten Rede einen großen Teil einfach wegließ, bevor er nach einem hastigen *Amen* mit klatschnasser Soutane den Rückzug antrat und in der Kirche verschwand. Die übrigen Dörfler nahmen sein Verschwinden zum Anlass, ebenfalls hurtig das Weite zu suchen. Der davonrennende Totengräber rief immerhin über die Schulter zurück, er werde das Grab später zuschaufeln, darüber sollten wir uns keine Gedanken machen.

Der Regen trommelte auf den Sargdeckel, und dieses Geräusch tönte mir noch lange in den Ohren, während Ernesto schimpfend den Gaul antrieb, der alle Mühe hatte, den Karren durch den Matsch in Richtung Gutshaus zu ziehen. Paulina lief derweil voraus, um den Kamin anzuheizen. Ich selbst blieb frierend und pitschnass auf dem Karren hocken, ein stechendes Pochen in meinem geschienten Bein und einen weit schlimmeren Schmerz in meiner Seele.

Zwei Wochen später war ich wegen des Beinbruchs immer noch zur Untätigkeit verdammt und konnte mich nur mühsam mithilfe von Krücken fortbewegen, weshalb ich die meiste Zeit des Tages im Bett lag, weil das deutlich bequemer und weniger schmerzhaft war, als auf einem Stuhl oder einer Bank zu sitzen oder herumzuhumpeln. Außerdem konnte ich in meiner Kammer nicht so leicht beim Heulen ertappt werden. Ich schämte mich, weil ich in diesen ersten Tagen nach Onkel Vittores Tod so oft weinen musste, und kam mir deswegen vor wie ein kleiner Junge, doch ich konnte nichts dagegen tun.

Weit schlimmer war jedoch, dabei von Paulina erwischt zu werden. Als es zum ersten Mal geschah, saß ich gerade am Küchentisch, hatte eine Zwiebel in der Hand und musste daran denken, wie sehr Onkel Vittore immer auf Zwiebeln als gesunde Speise geschworen hatte. Allein die Erinnerung daran trieb mir die Tränen in die Augen, und ich schluchzte auf. Unverzüglich ließ Paulina den Kochlöffel fahren, eilte vom Herd zu mir, riss mich in eine tröstende Umarmung und erstickte mich fast an dem phänomenalen Gebirge ihres Oberkörpers.

»O weh, mein Kleiner, was für ein schlimmes Leid! Du armer, armer Waisenjunge! Ach ja, ich vermisse ihn auch so sehr, den guten, lieben Mann!« Und schon brach sie ebenfalls in Tränen aus, übergoss mich förmlich mit der salzigen Flut, während sie mich an diese überbordende Fleischfülle presste, von der ich mir noch in der Woche davor gewünscht hatte, ihr näher zu sein. Nun, da ich sie so dicht vor mir hatte, dass es näher gar nicht ging, dachte ich nur daran, wie gern ich allein gewesen wäre, um mein peinliches Schluchzen unbeobachtet fortzusetzen.

Beim zweiten Mal verlief es ähnlich, nur dass zu allem Überfluss wegen Paulinas lautem Geheul auch noch Ernesto und der Feldknecht hinzukamen und fragten, ob sie helfen könnten.

Nach diesem Vorfall blieb ich in meiner Kammer und achtete streng darauf, dass meine Augen immer trocken waren, wenn Paulina hereinkam, um mir Essen oder frische Wäsche zu bringen oder den Nachttopf zum Säubern zu holen. Damit die Langeweile und die traurigen Gedanken nicht unerträglich wurden, hatte ich alles an Lektüre neben dem Bett gestapelt, was Onkel Vittores Bücherborde hergaben. Das meiste hatte ich schon mehrfach gelesen, sodass die Erbauung sich in Grenzen hielt, doch es war immer noch besser, als herumzuliegen und gar nichts zu tun.

Mich mit unzüchtigen Phantasien abzulenken, kam in dieser Situation nicht infrage. Ich wusste, dass es Sünde war, sonst hätte ich es nicht bei jeder Gelegenheit beichten und dafür ungezählte Bußgebete sprechen müssen, und während dieser Zeit der schrecklichen Trauer erschien es mir erst recht sündig, Unaussprechliches zu denken. Nicht einmal im Catull wagte ich zu lesen, und als ich es zwischendurch in einem Anfall besonders schlimmer Langeweile doch tat, konnte ich hinterher vor lauter schlechtem Gewissen nicht einschlafen.

An einem dieser zähen, quälenden Abende lag ich wieder einmal ruhelos im Bett, als ich von draußen Hufschlag und die Räder einer Kutsche hörte. Besuch! Eilig warf ich die Decke von mir und griff nach den Krücken, um zum Fenster zu humpeln. Ein so seltenes Ereignis wie die Ankunft einer fremden Kutsche durfte ich auf keinen Fall versäumen! Rasch rechnete ich zurück, wann es das letzte Mal vorgekommen war, und dass ich es nicht auf Anhieb wusste, war nur der Beweis dafür, wie lange es her war. Zwei Jahre bestimmt, und abgesehen davon, dass der Fremde, der uns damals aufgesucht hatte, ständig gehüstelt hatte, konnte ich mich an nichts Besonderes an ihm erinnern. Erst hinterher erfuhr ich, wer er war: irgendein Notar, der mit Onkel Vittore langweilige Erbschaftsangelegenheiten zu besprechen hatte. Damals hatte ich mich nach einem kurzen Blick auf die staubigen Akten, die er mit sich führte, rasch wieder in den Stall verzogen, wo an jenem Tag ein Schwein ferkelte, was ich mir nicht entgehen lassen wollte.

Ein paar Monate davor war ein beleibter Dominikanerprior erschienen, über den Onkel Vittore mir berichtete, dass er stets auf mildtätige Gaben für sein Kloster aus sei – mithin ebenfalls keine sonderlich aufregende Erscheinung.

Einmal war ein Steuerbeamter gekommen, vor dem Paulina und ich in Windeseile Teppiche und Tafelsilber im Keller versteckten, während Onkel Vittore mit dem Mann im Hof parlierte.

Noch früher, als ich ungefähr sieben oder acht war, hatte uns ein großer Mann in prachtvoller Kleidung besucht, der mir das Haar zerzaust hatte, bevor Onkel Vittore mich zu Bett schickte. Auch von diesem Fremdling war mir wenig in Erinnerung; immerhin wusste ich noch, dass er ein edles Pferd geritten hatte.

Da somit Besucher auf unserem Landgut fast so selten auftauchten wie andernorts neue Könige, wurde ihnen auch ähnlich gehuldigt, zumindest übertragen auf unsere bescheidenen Verhältnisse. Jedes Mal musste Paulina auftischen, was die Küche hergab, und ich wurde in den Keller geschickt, um ein Fässchen vom besten Wein zu holen. Nur der Steuerbeamte hatte keinen bekommen.

Als vor zwei Jahren der Notar da gewesen war, hatte ich sogar ein Gläschen kosten dürfen – aus meiner Sicht keine Erfahrung, die nach Wiederholung schrie. Hinterher hatte ich einen großen Becher süßen Apfelmost trinken müssen, um den trockenen Geschmack nach altem Holz loszuwerden.

Aufgeregt öffnete ich das angelehnte Fenster und blickte hinaus. Unten auf dem gepflasterten Hof vor dem Haus rollte die Kutsche aus, ein rustikales Gefährt, das von zwei nicht minder plumpen Pferden gezogen wurde. Der Schlag öffnete sich, und zwei Männer stiegen aus, die ich im flackernden Licht der Kutschenlaterne sofort erkannte, weil sie zu den wenigen Menschen gehörten, die in den letzten Jahren unser Gut besucht hatten – es waren der Dominikanerprior und der Notar.

Gleich darauf bemerkte ich, dass noch jemand mit ihnen gekommen war: Vom Kutschbock stieg der Priester unserer Gemeinde, Pater Anselmo, und gesellte sich zu den beiden Männern.

»Da wären wir, *Messères**«, sagte er.

»Werden wir denn nicht erwartet?«, wollte der Dominikanerprior wissen. »Im Haus scheint alles dunkel zu sein. Die Fahrt war lang, und eine warme Mahlzeit wäre nicht schlecht. Vielleicht auch ein Becher Wein dazu.«

Pater Anselmo wirkte ratlos. »Nun, ich habe der Magd letzten Sonntag nach der Messe Bescheid gesagt, dass Ihr heute Abend herkommt. Aber sie wirkte auf mich … ein wenig indisponiert. Der Tod des guten Vittore hat ihr sehr zugesetzt. Sie hielt große Stücke auf ihn.« Zweifelnd blickte er zum Haus. »Möglicherweise hat sie vergessen, dass heute Besuch erscheint.«

Das hatte Paulina gewiss. In den letzten Tagen vergaß sie ziemlich viel, was nach meinem Dafürhalten daran lag, dass sie ihren Kummer täglich in Schnaps ertränkte. Sie fing nach dem Vespermahl damit an und hörte erst auf, wenn es Zeit fürs Bett war.

»Wir sollten anklopfen«, schlug der Dominikanerprior vor. Er war etwa im selben Alter wie der Notar, nach meiner Schätzung also um die sechzig, doch während der Notar klapperdürr war, wirkte der Prior unter seinem wallenden Ordensgewand so massig wie ein verfetteter Ochse.

»Das sollten wir tun«, stimmte der Notar hüstelnd zu. »Ein warmes Plätzchen zum Schlafen wird rasch gefunden sein.«

»Vielleicht kann die Magd auch einen Rest vom Mittagsmahl aufwärmen«, ergänzte der Prior. »Und uns einen Schoppen Wein reichen.«

»Vorher sollten wir die Unterredung mit Marco führen«, sagte Pater Anselmo. »Damit der Junge weiß, woran er ist. Das wird alles sehr unerwartet für ihn kommen.«

Ich reckte mich und spitzte die Ohren, um kein Wort zu verpassen.

* Venezianische Anrede für Herren

»Eigentlich wollte Vittore den Jungen mit nach Venedig nehmen«, fuhr Pater Anselmo fort. »Er erzählte mir erst vor wenigen Wochen von dieser Absicht.«

Der Notar hüstelte missbilligend. »So gesehen war es vielleicht ein rechter Segen, dass es nicht mehr dazu kam.«

Was? Wieso war es ein Segen? In meiner Aufregung wäre ich um ein Haar hingefallen, da ich nicht darauf achtete, dass ich die ganze Zeit auf nur einem Bein stand. Hastig stützte ich mich am Fensterrahmen ab und versuchte, mich in ein einziges, riesiges Ohr zu verwandeln.

»War da was?« Der Prior spähte zum Haus. »Wollten wir nicht anklopfen und um Obdach und Nahrung bitten?«

»Nicht, dass ich Messèr Zianis Tod begrüßen würde«, fuhr der Notar fort, als hätte der Prior nichts gesagt. »Er musste viel zu früh sterben! Zweiundsechzig ist dafür kein Alter!«

»Siebenundsechzig«, murmelte ich.

»Siebenundsechzig«, sagte Pater Anselmo. »Vittore war siebenundsechzig.«

»Ganz recht«, sagte der Notar, als hätte er nie etwas anderes behauptet. »Und wenn ich davon sprach, dass es ein Segen war, so meinte ich damit natürlich nicht sein Hinscheiden, sondern lediglich die Tatsache, dass eine Reise nach Venedig Unheil über den Jungen bringen könnte. Als ich das letzte Mal mit Messèr Ziani darüber sprach, war er noch derselben Meinung.«

»Das kann ich bestätigen«, warf der Prior ein. »Denn auch bei meinem letzten Gespräch mit ihm vertrat er den Standpunkt, dass der Junge auf dem Land gut aufgehoben ist. Hm, ob wir nicht vielleicht jetzt doch einen kleinen Schoppen …« Hoffnungsvoll blickte er zur Tür, doch wieder sprach der Notar weiter, als hätte es keinen Einwurf gegeben. »Nicht umsonst hat Messèr Ziani sich damals so völlig von der zivilisierten Welt zurückgezogen. Das Wohl seines Schützlings lag ihm am Herzen, deshalb ging er in diese Einöde.«

»Ins Niemandsland«, bekräftigte der Prior.

»Nun, unser Dorf mag sehr klein sein und ein wenig abseits liegen«, sagte Pater Anselmo beleidigt. »Aber unser Leben ist gewiss nicht primitiver als das der Menschen in der Stadt.« Er reckte sich. »In unserer Kirche haben wir ein echtes Fresko! Von einem Maler aus Padua!«

Der Notar seufzte. »Euer Fresko ändert nichts daran, dass Padua einen Tagesritt von Eurem Dorf entfernt ist.«

Das stimmte leider. Man hätte noch hinzufügen können, dass zwischen der Kirche mit dem echten Fresko und unserem Gut eine weitere Stunde strammen Fußmarsches lag. So winzig das Dörfchen war – im Vergleich zu unserem Landgut stellte es ein Zentrum urbaner Betriebsamkeit dar. Hier oben in den Hügeln gab es nichts außer dem alten Herrenhaus, ein paar nicht minder alten Ställen und Schuppen, einige Äcker und Weiden und Haine, und darumherum schier endlose Weiten unberührter Natur. *Einöde* war eine durchaus treffende Bezeichnung dafür, sogar dann, wenn man, so wie ich, nichts anderes kannte.

Drei Mal in all den Jahren hatte Onkel Vittore mich mit nach Padua genommen, oder genauer, er hatte es tun wollen. Das erste Mal war ich acht Jahre alt gewesen und hatte auf halber Strecke die Masern bekommen, sodass wir wieder umkehren mussten. Das zweite Mal, zwei Jahre später, waren wir Wegelagerern in die Hände gefallen, die Onkel Vittore um seine gesamte mitgeführte Barschaft gebracht und ihn obendrein verprügelt hatten, sodass wir anschließend von Glück sagen konnten, mit dem Leben davongekommen zu sein.

Beim dritten Mal schließlich, im vergangenen Jahr, hatte Onkel Vittore Schmerzen in der Brust bekommen, kaum dass wir das Dorf hinter uns gelassen hatten. Auch diese Reise nach Padua war daher äußerst kurz gewesen.

Danach hatten wir nicht mehr über Padua geredet. Stattdessen hatte ich begonnen, über den Krieg zu sprechen, genauer über die Möglichkeit, in selbigen zu ziehen, falls einer ausbräche, um auf diese Weise ein wenig mehr im Land herumzukommen als bisher, worauf Onkel Vittore mir schließlich die Venedigreise in Aussicht gestellt hatte. Wenn schon, denn schon, hatte er gemeint, und dann hatte er noch eine rätselhafte Bemerkung dazu gemacht, die ich nicht weiter beachtet hatte, die mir aber nun, da die drei Männer dort unten über Venedig sprachen, wieder in den Sinn kam.

»Du bist fast achtzehn und längst ein Mann«, hatte Onkel Vittore gesagt und mich dabei von unten herauf – er war einen Kopf kleiner als ich – auf seine halb lustige, halb melancholische Art angeschaut. »Ich kann dich nicht für alle Zeiten vor Venedig verstecken. Ich dachte, ich könnte und sollte es. Aber ich habe meine Meinung geändert, denn manchmal ist es besser, sein Schicksal zu suchen, statt vor ihm zu fliehen. Die Zeit dafür ist gekommen.«

»Ihm war daran gelegen, den Jungen von der Stadt fernzuhalten«, sagte der Notar zu Pater Anselmo. »Das haben wir für den Fall seines Ablebens notariell beurkundet.«

Er hat seine Meinung geändert!, wollte ich rufen, doch ich besann mich und hielt den Mund, damit mir nichts von der Unterhaltung entging.

»Er hat alle nötigen Verfügungen für eine Überstellung des Mündels in unser Kloster getroffen«, bestätigte der Prior beflissen. »Schon vor Jahren. Er wollte, dass wir uns um alles kümmern.« Er schnüffelte leicht. »Ich finde, es riecht nach Essen. Nach kaltem Schweinebraten vielleicht. Kann das sein?«

Der Notar überging das mit lautem Hüsteln. »Die Vormundschaft sowie die Verwaltung von Geld und Gut bis zur Großjährigkeit obliegen dem Orden nur zur Hälfte«, hob er hervor.

»Was ist mit der anderen Hälfte?«, wollte Pater Anselmo wissen.

»Die untersteht meiner Weisung und Aufsicht«, bemerkte der Notar. »Was *in concreto* besagt, dass die Finanzverwaltung gemeinschaftlich vorzunehmen ist.«

»Gewiss«, sagte der Prior zerstreut. »Hm, vielleicht rieche ich auch Huhn. Riecht jemand von den Herren ebenfalls Huhn?«

»Und falls dem Jungen etwas zustößt, bevor er großjährig wird?«, warf Pater Anselmo ein. »Wem fällt dann das Vermögen zu?«

»Warum sollte dem Jungen etwas zustoßen?«, erkundigte sich der Prior freundlich.

Ja, warum? Und welches Vermögen war gemeint?

Abermals verlor ich das Gleichgewicht, und diesmal verursachte ich dabei ein Geräusch, das draußen hörbar war, denn der Prior fuhr herum und äugte zum Fenster hoch. »Da war etwas! Ich habe etwas gehört!«

In diesem Moment ertönte im Haus das Knarren einer Tür und dann das Schlurfen von Schritten im Erdgeschoss. Gleich darauf tat sich unten die Pforte auf, und ich hörte Paulinas verschlafene Stimme. »Pater? Du lieber Himmel! Was wollt Ihr denn hier? Und wer … Ojemine! Der Besuch!« Sie brach in Wehklagen aus, was dazu führte, dass Ernesto und der Ackerknecht mit Äxten bewaffnet aus ihrem Quartier neben dem Stall gestürzt kamen.

»Wir sind in ehrbarer Absicht hier!«, rief der Notar aus, die Hände erhoben.

Davon war ich keineswegs überzeugt. Obwohl ich nicht viele Menschen kannte – im Dorf lebten kaum mehr als zehn Dutzend Seelen –, so galt sogar unter diesen wenigen als gesichert, dass man Advokaten nicht trauen könne. Mir schwante, dass Änderungen bevorstanden, die mir nicht behagten.

»Der Junge ist viel größer, als ich ihn in Erinnerung habe«, sagte der Prior, als ich am nächsten Morgen auf Krücken die Treppe hinabgehumpelt kam.

»Nun, Ihr sagtet selbst, dass Euer letzter Besuch hier über zwei Jahre zurückliegt«, versetzte Pater Anselmo. »Gerade zwischen dem sechzehnten und dem achtzehnten Lebensjahr pflegen Knaben allgemein stark in die Höhe zu schießen.«

»Nun ja, aber sogar unter diesen Umständen erscheint er mir ungewöhnlich hochgewachsen.« Der Prior lachte. »Ein Bursche, der hoch hinauswill, wie?«

Mir kam bei dieser Erklärung ein unwillkommenes Bild von mir selbst oben auf dem Deckenbalken in den Sinn, das ich nach Kräften verdrängte, während ich mich fragte, was dieser Tag mir wohl noch bringen mochte.

Der Prior, der Notar und Pater Anselmo saßen zu dritt am Küchentisch und sprachen dem Morgenmahl zu, das Paulina ihnen vorgesetzt hatte. Sie selbst stand am Herd und werkelte mit ihren Küchenutensilien herum.

»Es scheint, als müsse er sich auch bereits den Bart schaben«, sagte der Prior mit einem prüfenden Blick auf mein Gesicht.

Ich merkte, wie ich errötete, während ich mit der Hand über den frischen Schnitt an meinem Kinn fuhr. Allzu regelmäßig rasierte ich mich noch nicht, weil ich es lästig und schmerzhaft fand, vor allem, wenn hier und da Pickel im Weg waren.

»Mit achtzehn ist ein junger Mann alt genug, um ausgewachsen zu sein und sich den Bart zu schaben«, sagte Pater Anselmo streitlustig. »Jedenfalls ist es hier bei uns auf dem Lande so. Vielleicht sind ja in Eurem Kloster alle Jünglinge kleinwüchsig und laufen von allein bartlos herum.«

»Nicht doch«, sagte der Prior gut gelaunt. »Auch wir haben so manchen großen Novizen in unseren Reihen. Und vom Bartschaben halte ich selbst viel.« Wie zum Beweis tätschelte er seine feisten Wangen. »Eine gründliche Rasur unterscheidet so manchen kultivierten Mann vom Tier.«

Der Notar warf ihm einen argwöhnischen Blick zu und kratzte kurz seinen Backenbart, bevor er sich hüstelnd wieder über sein Rührei beugte.

Schweigend setzte ich mich zu den Männern an den Tisch, unfähig, meine Sorgen zu verdrängen.

Gleich nach ihrer Ankunft am Vorabend waren der Notar und der Prior in meiner Kammer aufmarschiert, und während ich mich im Bett aufsetzte und so tat, als riebe ich mir den Schlaf aus den Augen, wurde mir das, was ich zuvor schon erlauscht hatte, nochmals in blumigen Worten unterbreitet. Beredt setzten sie mir auseinander, wie gut es mir im Kloster gehen würde, einer einzigartig und kulturell hochstehenden Zucht- und Bildungsstätte im Dienste des Herrn, und was ich für ein Glück hätte, dass mein Onkel alles so vorausschauend für mich geregelt habe. Um nichts müsse ich mich selbst kümmern, alles werde von guten und weisen Menschen in die Hand genommen.

Meine vorsichtigen Versuche, diese Pläne infrage zu stellen, wurden sofort mit freundlichen, aber bestimmten Worten unterbunden. In meinem jugendlichen Alter, so wurde mir erklärt, habe ein Mensch noch kein eigenes Entscheidungsrecht. Das gelte umso mehr für mich, der ich, unbeleckt von allen Einwirkungen der Zivilisation, in der Einöde aufgewachsen und folglich noch viel unerfahrener als andere Burschen meines Alters sei.

Nicht einmal den Zeitpunkt des Aufbruchs durfte ich mitbestimmen. Gleich nach dem Morgenmahl würde es auf die Reise gehen, Paulina hatte bereits in aller Frühe meine Sachen packen müssen.

Der Prior, der mir mittlerweile als Bruder Hieronimo vorgestellt worden war, beobachtete sie wohlwollend bei ihren Verrichtungen an der Kochstelle. »Sagte ich Euch bereits, dass Euer Rührei köstlich ist, Monna Paulina?«

Sie nickte mit roten Wangen, blieb aber stumm, offenbar furchtsam darauf bedacht, keinen Unwillen zu erwecken. Von meinem Horchposten oben an der Treppe hatte ich vorhin mitbekommen, wie der Notar – sein Name war Barbarigo – sie davon unterrichtet hatte, dass künftig das Landgut unter seiner Mitverwaltung stehe und noch entschieden werden müsse, wer vom Gesinde hierbleiben dürfe.

Nach dem Essen verschwanden die Männer der Reihe nach

in Richtung Abtritt, während es für mich ans Abschiednehmen ging. Mein Reisesack war bereits in die Kutsche verfrachtet worden, und ich selbst stand auf meine Krücken gestützt in der Küche und rang mit den Tränen. Ich verlor den Kampf schon, bevor Paulina mich weinend in die Arme nahm und mir beteuerte, wie lieb sie mich habe, mindestens so sehr wie einen eigenen Sohn, und wie sehr sie hoffe, dass ich in der Fremde bei den frommen Mönchen glücklich sein möge.

Pater Anselmo kam vom Abtritt zurück. Bedrückt legte er mir die Hand auf die Schulter. »Mein lieber Junge, ich weiß, dass dein Onkel Vittore im Laufe des letzten Jahres seine Pläne geändert hatte, doch blieb ihm nicht mehr die Zeit, seine Anordnungen über deine weitere Erziehung zu widerrufen. Immerhin kann ich zu deiner Beruhigung sagen, dass er diesen beiden Männern vertraut hat, sonst hätte er es ihnen nicht überlassen, sich um dich zu kümmern. Dabei bist du im Grunde bereits ein Mann, stark und mutig genug, dein Leben selbst in die Hand zu nehmen und für dich einzustehen. Zögere nicht, genau das zu tun, wenn dir die Zeit dafür gekommen scheint! Erweise dich als der kluge und tapfere Bursche, zu dem dein guter Onkel dich herangezogen hat!« Pater Anselmo wiegte den Kopf, als glaubte er selbst nicht so recht, was er eben gesagt hatte. »Nun ja, wirkliche Lebenserfahrungen konntest du hier draußen so fernab der Welt nicht sammeln. Eigentlich überhaupt keine. Aber es wird sich schon alles zum Guten fügen, der Herr wird es richten.«

»Und was wird aus mir?«, schluchzte Paulina. »Wo soll ich denn hin, wenn das Gut in fremde Verwaltung kommt? Wer will denn eine alte Magd von bald fünfzig Jahren noch haben?«

»Fünfzig?«, fragte Pater Anselmo. »Ihr scherzt! Ich selbst werde am nächsten Stephanstag einundsechzig und war sicher, dass Ihr mindestens zwanzig Jahre jünger seid!«

Paulina hörte schlagartig mit dem Weinen auf und trocknete sich mit der Schürze die Tränen. »Wirklich?«, fragte sie schüchtern.

»Aber gewiss! Meine Haushälterin – Ihr wisst, sie starb im letzten August, Gott hab ihre Seele gnädig – war just in Eurem Alter, aber sie hätte dem Äußeren nach leicht Eure Mutter sein können.«

Verblüfft blickte ich von Paulina zu Pater Anselmo und wieder zurück. Beide wussten schon seit vielen Jahren ganz genau voneinander, wie alt sie waren. Pater Anselmo führte schließlich das Taufregister, und Paulina war im Dorf geboren und aufgewachsen, genau wie er selbst, dem sie zu seinem sechzigsten Geburtstag im letzten Jahr eigens einen Kuchen gebacken hatte.

»Mit Euren Kochkünsten könntet Ihr überall sofort eine neue Anstellung finden«, betonte Pater Anselmo. Er blickte sehnsüchtig zum Tisch, wo noch die Reste vom Frühstück standen. »Allein, was Ihr innerhalb kürzester Zeit an Köstlichkeiten auf diesen Tisch gezaubert habt …«

Paulina wurde rot und achtete sorgsam darauf, mich nicht anzusehen. »Ach, Pater, Ihr schmeichelt einer alten Frau!«

»Ich finde dich nicht so alt«, platzte ich heraus, erfreut von dem Einfall, der mir eben gekommen war. »Wenn dich jemand von hier fortschickt, nimmt dich vielleicht Pater Anselmo. Als Haushälterin, meine ich. Ich kann bezeugen, dass Onkel Vittore immer mit deinen Diensten zufrieden war.«

Ich sagte das in aller Arglosigkeit. Die doppelte Bedeutung meiner Worte wurde mir erst bewusst, als Paulina noch tiefer errötete und Pater Anselmo einen Hustenanfall erlitt.

Indessen blieb mir keine Zeit, es peinlich zu finden, denn Bruder Hieronimo und Messèr Barbarigo kamen zurück und mahnten zum Aufbruch.

Pater Anselmo erklärte, er werde später zu Fuß zurück ins Dorf gehen, doch er folgte mir zusammen mit Paulina hinaus auf den Hof, wo bereits Ernesto und der Ackerknecht warteten, um Abschied von mir zu nehmen. Diesmal ging es ohne Rührseligkeit vonstatten, denn Ernesto war von wortkargem Wesen. Ein Schlag auf die Schulter von Ernesto, ein Nicken des Knechts, und beide gingen zurück an ihre Arbeit, während Paulina und Pater Anselmo vor dem Haus stehen blieben, um mir nachzuwinken.

Mithilfe des Notars stieg ich in die Kutsche, wo Bruder Hieronimo es sich bereits bequem gemacht hatte. Der Notar gab dem Kutscher das Zeichen zur Abfahrt, und so begann meine Reise in eine ungewisse Zukunft.

Das Holpern der Kutsche hinderte Bruder Hieronimo nicht daran, bald nach der Abfahrt in tiefen Schlaf zu sinken. Sein rasselndes Schnarchen war von gelegentlichem Stöhnen unterbrochen, wohl ein Zeichen, dass er lebhaft träumte.

Ich fand, dass das eine gute Gelegenheit sei, dem Notar einige von den Fragen zu stellen, die ich auf dem Herzen hatte. Mir schien, dass er von beiden Männern derjenige war, der eher zu Erklärungen bereit war.

»Messèr Barbarigo, wenn ich es richtig verstanden habe, muss ich nicht für immer im Kloster bleiben, sondern nur für eine gewisse Zeit.«

»Von *müssen* würde ich hier nicht sprechen, sondern eher von *dürfen*. Die schützende Gemeinschaft eines Ordens ist immer noch die beste Gewähr für ein behütetes Leben.«

Vorsichtig formulierte ich die Frage um. »Angenommen, ich möchte irgendwann entscheiden, woanders zu leben – wann dürfte ich das denn?«

»Nicht vor dem Erreichen des fünfundzwanzigsten Lebensjahres. So will es die testamentarische Verfügung deines Onkels und überdies das *Corpus Iuris Civilis*.«*

Es hörte sich einschüchternd an, obwohl ich dank ordentlicher Lateinkenntnisse durchaus eine Vorstellung hatte, was

* Gesetzeswerk (auf römischem Recht basierend)

damit gemeint war. Doch mit Advokaten konnte man bekanntlich nicht diskutieren, weshalb ich es anders versuchte.

»Ich hörte, mir sei ein Erbe zugefallen.«

Hatte der Notar eben noch gelangweilt aus dem offenen Kutschenfenster gesehen, wandte er sich mir nun mit misstrauischer Miene zu. »Von wem hörtest du das?«

»Pater Anselmo erwähnte es«, sagte ich wahrheitsgemäß. Dass ich es heimlich gehört hatte, tat ja nichts zur Sache. »Ich wüsste gern, um wie viel es geht.«

»Warum?«

Ich räusperte mich. »Für den Fall, dass Gott der Herr es einst in Seinem unergründlichen Ratschluss für mich vorsieht, ein Leben außerhalb der Klostermauern zu führen.«

Messèr Barbarigo runzelte die Stirn. »Du bist sehr redegewandt. Woher kommt das?«

»Ich habe viel gelesen.«

Der Notar dachte kurz nach, rang sich dann aber dazu durch, auf meine Frage einzugehen. »Tatsächlich hat dein Onkel dich nicht unvermögend zurückgelassen. Aber wie gesagt, solange du ohnehin kein Bestimmungsrecht hast, muss es dich nicht beschäftigen. Dafür bin ich ja da.«

»Und Bruder Hieronimo«, konnte ich mir nicht verkneifen zu sagen.

Messèr Barbarigo zeigte Anzeichen von Missfallen, was meine Einschätzung bestätigte, dass diese Aufteilung der Nachlassverantwortlichkeiten ihm nicht behagte, und mir kam wieder die Frage in den Sinn, die Pater Anselmo gestellt hatte. Wer bekam das Geld – wie viel immer es auch war –, falls ich starb? Womöglich dieselben Personen, die dafür verantwortlich waren, dass es mir bis zu meiner Großjährigkeit erhalten bliebe?

Mit einem Mal wurde mir der Kragen eng. Hatte nicht vorhin etwas Tückisches im Blick des Priors gelegen, bevor er eingeschlafen war? Und war der Notar nicht schon von Berufs wegen hinterhältig? Möglicherweise hatten sie es so geplant, dass ich unterwegs versehentlich in eine Felsschlucht stürzte, damit sie gleich nach der Ankunft mein Vermögen brüderlich unter sich teilen konnten. Wie sie wohl den armen Onkel Vittore eingewickelt hatten, ihnen die Verwaltung seines Nachlasses – wie viel immer es auch war – zu überlassen?

In meiner Vorstellung nahm eine dramatische Geschichte Gestalt an, in der ein armer Waisenjunge um ein Haar dunklen Verschwörungen zum Opfer fiel, wäre nicht im letzten Augenblick Rettung erschienen, in Gestalt von … – ja, von wem? Vielleicht von einer den Tiefen des Waldes entstiegenen Quellnymphe, die sich auf den ersten Blick unsterblich in den schönen Jüngling verliebte und ihn mit ihren Zauberkräften beschützte? Und schon wurde ich in meiner Phantasie zu Paris und streifte durch die phrygischen Berge, auf dass mir dort Oinone verfalle. In meiner abgewandelten Version lebten wir allerdings nicht als Hirt und Hirtin in der Wildnis, sondern reisten gemeinsam zur prächtigsten aller Städte – Venedig. Wo wir Karneval feierten und auch sonst ein glückliches Leben führten, ohne die unerfreulichen Verwicklungen der bekannten Mythologie, die unweigerlich zum grässlichen Tod aller Beteiligten führten.

Der Notar riss mich aus meiner Versunkenheit. »Was glotzt du wie ein Schafsbock?«, wollte er wissen. »Bist du krank?«

»Es geht mir ausgezeichnet«, versicherte ich hastig. Mit einem Mal war ich froh, einen Dolch am Gürtel zu tragen, der notfalls zu mehr taugte als ein Stück Braten zu zersäbeln. Und ganz gewiss schadete es auch nicht, dass ich größer war, als der Prior es erwartet (gehofft?) hatte. Ein schöner Jüngling, in den sich Oinone hätte verlieben können, war ich nicht, denn mit diesem Zinken von Nase und der eher grobschlächtigen als feingliedrigen Gestalt war ich mehr Hephaistos als Paris. Dafür spaltete ich jedoch mit der Axt treffsicher jedes Holzscheit und schwang stundenlang die Sichel, ohne müde zu werden. Zumindest an diesem Tag würde ich mich von keinem Erbschleicher in eine Schlucht werfen lassen.

Schluchten sah ich zum Glück nirgends. Falls es welche gab, entzogen sie sich meinen Blicken. Die Reise führte durch die liebliche Landschaft des Veneto in östliche Richtung, durch grüne Täler und über sanfte Erhebungen, bis wir schließlich die Ausläufer der bewaldeten Euganeischen Hügel erreichten und deren Windungen folgten. Hin und wieder ging die Fahrt durch einen bewohnten Flecken, ähnlich dem Dorf, in dessen Nähe ich aufgewachsen war, und auch sonst präsentierte sich die Gegend in vergleichbar ereignisloser Ländlichkeit, die ich bereits zur Genüge kannte.

Wie mir der Prior erläuterte, befand sich das Dominikanerkloster, dem er vorstand, rund zwei Stunden Fußmarsch von Padua entfernt, südwestlich der Stadt gelegen, unweit eines Dorfes, in dem es thermische Quellen gab.

Als ich das hörte, dachte ich unwillkürlich an die Quellnymphe Oinone und fragte mich, ob das als Wink des Schicksals zu deuten sei. Ein solcher Ort verhieß Geheimnisse! Vielleicht sogar Begegnungen mit nymphengleichen weiblichen Geschöpfen!

Viele Frauen hatte ich außer Paulina bisher nicht kennengelernt, und von diesen wenigen war mir außerdem jede einzelne seit frühester Kindheit vertraut. In unserem Dorf gab es eine Handvoll junger Mädchen, doch darunter war keines, das auch nur entfernt einer Oinone oder sonstigen mythischen Schönheit glich. Sofern sie bisher überhaupt meine Phantasien beflügelt hatten, dann höchstens in der Weise, dass ich mir wünschte, der Wind möge ihre Röcke hochwehen, damit ich ihre Beine sehen konnte. Oder ihnen möchte etwas herunterfallen, damit sie sich bückten und dabei vielleicht ihr Brusttuch verlören. In Liebe war ich zu keiner entbrannt. Allein die Vorstellung kam mir absurd vor, denn dafür hatte ich sie alle miteinander bei zu vielen Sonntagsmessen oder Gemeindefesten gesehen.

Der Umstand, dass Padua von dem Kloster aus in relativ kurzer Zeit zu erreichen war, erfüllte mich mit zusätzlicher

Hoffung. Bestimmt würde sich bald einmal die Gelegenheit ergeben, die Stadt zu besuchen!

Aufregung bemächtigte sich meiner, während ich versuchte, mir eine richtige, große Stadt vorzustellen, mit hohen, wehrhaften Mauern, schmuckvollen Palästen und breiten, gepflasterten Straßen. Dort gab es Läden, in denen man kaufen konnte, was das Herz begehrte, jedenfalls hatte mir das Paulina erzählt, die früher mehrfach in Padua gewesen war, und man konnte in Schenken gehen, wo einem nicht nur Wein, sondern auch warme Mahlzeiten serviert wurden. Es gab eine Universität und einen botanischen Garten, eine gewaltige Basilika und riesige, prachtvoll gestaltete Plätze mit lebensgroßen Statuen aus Stein. Allein der Gedanke an solche ungewohnte Örtlichkeiten machte mich schwindeln, vor allem aber die Überlegung, dass Padua noch weit überstrahlt wurde vom Glanz einer anderen Stadt, *der* Stadt, der einzigartigen, unvergleichlichen Perle Italiens, der Serenissima …

Der Prior erwachte brummend und stöhnend und verlangte gleich darauf nach einer Rast, da er Hunger habe und seine Mahlzeit nicht unter dem Schütteln der Kutsche zu sich nehmen wolle. Der Notar gab dem Kutscher das Zeichen zum Anhalten, und wir stiegen aus und taten uns an dem von Paulina eingepackten Proviant gütlich. Anschließend schlug sich jeder kurz in die Büsche. Ich hatte ein bisschen Mühe bei den dazu nötigen Verrichtungen, doch schließlich gelang es mir, ohne dass mein Bein allzu sehr dabei wehtat. Zugleich nutzte ich die Gelegenheit, mich ausgiebig um die hölzerne Schiene herum zu kratzen. Dort, wo sie mit Lederbändern um mein Bein geschnallt war, juckte es höllisch, und ich fragte mich, wie ich es aushalten sollte, das Ding noch vier volle Wochen zu tragen.

Unter Einsatz der Krücken humpelte ich zur Kutsche zurück, im Herzen die Gewissheit, dass ich mit zwei gesunden Beinen die entgegengesetzte Richtung eingeschlagen und mich auf Nimmerwiedersehen empfohlen hätte.

Auf dem Weg zur Kutsche drangen Klänge an mein Ohr, die mich innehalten ließen. Lauschend wandte ich den Kopf in die Richtung, aus der die Töne kamen, und nun hörte ich es deutlicher: Es war der Gesang einer Frau! Eine silberhelle, süße Melodie wand sich magischen Bändern gleich zwischen den Bäumen hervor und umschmeichelte mich betörend. Ohne nachzudenken, folgte ich dem zauberhaften Klang, kämpfte mich krückenbewehrt durch stachlige Büsche und hinderliches Unterholz, ohne einen einzigen Gedanken an Bruder Hieronimo und Messèr Barbarigo zu verschwenden, die bei der Kutsche auf mich warteten.

Gleich darauf erreichte ich eine Waldlichtung – und blieb wie vom Donner gerührt stehen. Eine Vision tat sich vor meinen Augen auf: Ich hatte die Quellnymphe gefunden! Ungläubig starrte ich die Erscheinung an, die nur ein Trugbild sein konnte, von den Göttern geschaffen, einen törichten Jungen zu narren.

Ganz in Weiß gekleidet, das lange, dunkle Haar wie flüssige Seide über den grazilen Rücken herabhängend, saß dieses überirdisch schöne Wesen auf einem Felsen an einem dahinmurmelnden Bach, das Gesicht mit geschlossenen Augen den Sonnenstrahlen zugewandt, die ihren Weg durch die Bäume am Saum der Lichtung fanden.

Mit offenem Mund starrte ich sie an. Oinone! Sie war leibhaftig erschienen, aus den Quellen des Baches emporgestiegen, um mit ihrem Gesang die Götter zu erfreuen!

Als Nächstes zerriss eine laute Männerstimme den Zauber, und der Gesang verstummte abrupt. Mit angehaltenem Atem sah ich am gegenüberliegenden Rand der Lichtung einen Mann auftauchen und sich dem feengleichen Wesen auf dem Felsen nähern. Er war groß und breitschultrig, und tatsächlich ähnelte sein Gesicht dem des Paris, den ich auf einer Abbildung in einem von Onkel Vittores Büchern gesehen hatte, mit markanter, von Locken umkränzter Stirn, einer edlen, aber nicht zu großen Nase und kühnem Kinn. Gekleidet war der

Mann jedoch eher wie der Kriegsgott Mars, mit funkelndem Harnisch und an der Seite ein Schwert, dessen Spitze fast auf dem Boden schleifte.

»Welch holde Maid an diesem Quell sich labet, gar wundersam mir dieser Anblick scheint!«, rief der Krieger erstaunt.

»Mich sandte Zeus, der große Göttervater, die tapfren Krieger Trojas zu erquicken«, antwortete die holde Maid mit glockenreiner, weit tragender Stimme.

Ich hatte es gewusst! Alles war wahr! Die ganzen Sagen und Mythen, all die uralten Legenden – sie waren Wirklichkeit und hatten die Zeiten überdauert! Homer war dabei gewesen und hatte es selbst erlebt, es mit eigenen Augen gesehen! Kein Mensch konnte sich solche Dinge ausdenken! Hier waren sie, die unvergänglichen Gestalten aus der griechischen Mythologie, und ich, ein gewöhnlicher Sterblicher, erfuhr die Gnade, sie aus einem Gebüsch heraus zu beobachten!

»Bei allen Göttern, ach, wie wohl wird mir, seh ich dein Antlitz in der Sonne strahlen«, erklärte der trojanische Krieger der Nymphe. Seine Stimme klang eigentümlich verwaschen, als sei er verwundet. Wer er wohl war? Hector? Ajax?

»Nun denn, gewähr erquick Leib mir … quick freudig Herz gewähr mir der wohlan …« Er hielt inne; es schien, als hätte er den Faden verloren, und während ich atemlos auf die Fortsetzung wartete, mischte sich die Nymphe ein. »Wohlan, gewähre nun der Liebe mir«, meinte sie ungeduldig. »Erquicke freudig mich an Leib und Herz.«

»Verdammt«, sagte Hector. »Drauf geschissen.« Mit drohender Miene näherte er sich der Nymphe. »Du hast diesem Mistkerl schöne Augen gemacht! Dafür sollte ich dich erwürgen!«

Und schon streckte er die Hände aus, um sein Opfer zu packen. Archaische Triebe, von denen ich nicht geahnt hatte, dass ich sie besaß, setzten mein Denkvermögen außer Kraft. Mit äußerster Wucht schleuderte ich eine meiner beiden Krücken auf den Krieger. Wie ein Speer ohne Spitze flog die Krücke quer über die Lichtung und traf den Angreifer. Ein dumpfer Laut zeigte den Aufprall an, der Krückenspeer erwischte Hector aus reinem Zufall genau dort, wo ein Mann am empfindlichsten ist. Da der Harnisch knapp oberhalb dieser sensiblen Zone endete und Hector kein gepanzertes Suspensorium trug, tat es fraglos richtig weh. Brüllend griff er sich ans Gemächt und brach zusammen. Während er sich auf dem Waldboden wälzte, sprang die Nymphe auf und starrte Hector entgeistert an. »Bernardo?«, rief sie. »Was ist geschehen?«

»Meine Eier«, stieß Hector alias Bernardo wimmernd hervor.

So viel zu griechischen Sagengestalten. Die Nymphe, die in Wahrheit natürlich keine war, sondern ein Mädchen in meinem Alter, hob meine Krücke auf und musterte sie argwöhnisch. »Du meine Güte, wo kam dieses Ding denn auf einmal her?«

Stocksteif stand ich auf einem Bein, hielt die Luft an und stellte mir dabei vor, unsichtbar zu sein – ohne Erfolg.

»Da lauert jemand im Gebüsch!«, rief die junge Frau. Sie ließ einen schrillen Pfiff ertönen. Ich zuckte zusammen und verlor prompt das Gleichgewicht. In einem Schauer abgerissener Blätter fiel ich aus dem Gebüsch auf die Lichtung. Bevor ich mich aufrappeln konnte, wimmelte es um mich herum nur so von Menschen. Es kam mir vor, als stürzten sie von allen Seiten heran, und entsprechendes Stimmengewirr schallte durch den Wald. Männer und Frauen riefen laut durcheinander.

»Du lieber Himmel, wieso brüllt Bernardo so?«

»Caterina, was ist mit ihm los?«

»Hat ihn ein wildes Tier angefallen?«

»Was ist das für ein Kerl, der da drüben auf dem Boden liegt?«

»Das ist der, der den Speer auf Bernardo geschleudert hat.«

Allgemeine Schreie der Empörung erhoben sich, und ehe ich mich recht versah, drückte sich eine nadelscharfe Schwertspitze gegen meine Gurgel. Ich hörte schlagartig auf zu atmen und lag starr. Über mir dräute ein Mann, der mir auf den ersten Blick den Eindruck vermittelte, dass ich mich doch mitten im

Drama einer griechischen Sage befand, denn er sah haargenau so aus, wie ich mir schon immer den Göttervater Zeus vorgestellt hatte: hager, mit gefurchtem Antlitz, doch von kraftvoller Gestalt, der Blick zornfunkelnd, das Haar eine grau gelockte Mähne, die mit dem ebenso grauen Bart zu einem einzigen wüsten Gebilde verwachsen war.

»So stirb denn rasch, du hinterhält'ger Schurke«, donnerte mich der Mann an. »Der tiefste Hades sei dir Heim und Herd!«

»Ich wollte sie bloß retten«, quiekte ich, kaum mehr Kraft in der Stimme als eine sieche Maus.

»Verflixt«, sagte der Alte. »Immer wieder unterläuft mir ein Schurken-Vers, obwohl ich genau weiß, dass sich nur Gurken darauf reimen. Warum nur?«

Er bohrte die Schwertspitze fester in meine Kehle. »Hast du vielleicht eine Erklärung dafür, Schurke?«

»Das hier ist kein Speer, sondern eine Krücke«, meldete sich eine sachliche weibliche Stimme irgendwo schräg hinter Zeus. Flach auf dem Rücken liegend und immer noch das Schwert am Adamsapfel, riskierte ich einen vorsichtigen Blick zur Seite in Richtung der Frauenstimme, doch außer diversen mich umringenden Füßen konnte ich nichts sehen.

»Der Kerl muss ein Krüppel sein«, fuhr die Stimme fort. »Er hat Bernardo mit einer Krücke beworfen.«

Die Schwertspitze wurde von meiner Kehle genommen, und ich ließ ächzend die angehaltene Luft entweichen.

»Tatsächlich, hier liegt die zweite«, sagte ein Mann.

»Sein Bein ist geschient«, stellte die Frau neben ihm fest.

»Na so was! Wirklich, er ist ein Krüppel!« Der zeusähnliche Alte klopfte mit dem Schwert gegen meine Beinschiene. Zu meinem Erstaunen hörte ich den Klang von Holz auf Holz, und als ich an mir hinabschaute, sah ich, dass die vermeintlich lebensgefährliche Waffe ein ähnliches Spielzeug war wie das, mit dem Onkel Vittore mich im Fechten unterwiesen hatte. Verärgert darüber, mich vor einem alten Mann mit einem

Holzschwert zu Tode geängstigt zu haben, setzte ich mich auf und blickte in die Runde.

Eine merkwürdige Gesellschaft hatte sich auf der Waldlichtung zusammengefunden. Da war zunächst der graubärtige Alte, der bei näherem Hinsehen weder kraftvoll noch drohend wirkte, sondern einfach nur ein halbwegs rüstiger Mann deutlich jenseits der siebzig war. Außer ihm sah ich noch zwei weitere Männer, einer davon Bernardo, der mit leidender Miene auf dem Felsen hockte, beide Hände zwischen den Beinen, und der andere ein junger Bursche, vielleicht zwei oder drei Jahre älter als ich, dessen engelhaftes Antlitz von hellblondem Lockenhaar umrahmt war. Die Frau in dem grünen Kleid, die neben ihm stand, mochte Mitte zwanzig sein. Sie war eine dralle Erscheinung, die mich mit ihrem bäuerlich hübschen Gesicht und dem brünetten Haar entfernt an Paulina erinnerte, nur dass sie Jahrzehnte jünger war.

Dann war da noch Caterina – ich hatte keinen Moment vergessen, dass irgendwer sie vorhin mit diesem Namen angesprochen hatte –, die Frau, die ich für eine Nymphe gehalten hatte. Während ich sie betrachtete, überlegte ich, ob sie nicht doch eine war, denn nie hatte ich ein schöneres Geschöpf gesehen. Mit ihren liebreizenden Zügen stellte sie Helena, Aphrodite und sämtliche anderen irdischen und göttlichen Frauen in den Schatten, so viel war gewiss. Ich ahnte, dass ich glotzte wie ein krankes Kalb, doch ich konnte nicht dagegen an. Ihre Haut war wie Alabaster, ihre Augen wie Schlehen, und der Mund …

Etwas Rotes schob sich vor meinen Blick und störte meine Sicht auf Caterina. Das Rote entpuppte sich als das wild gelockte Haar eines Mädchens, wahrscheinlich zwölf oder dreizehn Jahre alt, das Gesicht von Sommersprossen übersät. Sie war schmächtig und so klein, dass sie dem Alten kaum bis zum Kinn reichte. Während Caterina in fließende weiße Seide gekleidet war, trug das Mädchen ein Gewand aus schlichtem braunem Kattun; vermutlich war sie eine Dienerin. Jedenfalls schien sie eine praktische Ader zu haben, denn sie war diejenige, die meine Krücke als solche erkannt und den zutreffenden Schluss daraus gezogen hatte.

»Vielleicht möchtest du uns erklären, was das sollte«, sagte sie zu mir, während sie mir die Krücke vor die Füße warf.

Ich räusperte mich, weil mir keine passende Erwiderung einfallen wollte, jedenfalls keine, die nicht lächerlich geklungen hätte.

»Nun?« Sie starrte mich herausfordernd an, während ich überlegte, wo wohl ihre Eltern waren. Anscheinend waren sie nicht hier, es sei denn, der Alte wäre ihr Vater. Nach meinem Dafürhalten aber eher nicht, denn zweifellos war sie ohne ordentliche Erziehung aufgewachsen, weil sie in derart dreistem Ton zu erwachsenen Menschen sprach.

»Offenbar glaubte er, Bernardo wolle mich angreifen«, sagte Caterina. Sie blickte mich an, und ihr Lächeln ließ schlagartig mein Herz stillstehen. Jedenfalls fühlte es sich so an, denn ich merkte deutlich, wie es stolpernd wieder in Gang kam.

»Habt ihr beiden geprobt?«, fragte die dralle Brünette. Ihr Ton ließ erkennen, dass es mit ihrer Laune nicht zum Besten stand.

Caterina zuckte die Achseln. »Sagen wir, *ich* habe geprobt. Mit Bernardo war es das alte Lied. Er hat seinen Text vergessen.«

»Also hat er getrunken«, sagte das rothaarige Mädchen mit verkniffener Miene. »Hast du ihm Grund dafür gegeben?«

Caterina lachte perlend. »Ah, die kleine Aufpasserin! Anscheinend braucht sie wieder jemanden zum Schelten!«

Die Brünette blickte zum Himmel auf. »Die Sonne steht schon tief. Wir sind spät dran. Wenn wir bis heute Abend in Padua sein wollen, sollten wir uns auf den Weg machen.«

»Franceschina hat recht«, sagte das rothaarige Mädchen. »Lasst uns packen und losfahren.« Mit einem verächtlichen Blick in meine Richtung wandte sie sich ab und ging davon. Der alte Mann rief ihr nach: »Elena, mein Kind, so warte doch!« Es klang eigenartig hilflos, zumindest im Vergleich zu seinem martialischen Auftreten, mit dem er mir vorhin eine Heidenangst eingejagt hatte. Das Mädchen blieb stehen und wartete auf den Alten, und als er sie erreicht hatte, hakte sie ihn unter und verschwand mit ihm gemeinsam zwischen den Bäumen.

Franceschina folgte den beiden, blieb aber nach wenigen Schritten bei Bernardo stehen. »Brauchst du Hilfe?«, fragte sie ihn.

Mürrisch schüttelte er den Kopf, kletterte von dem Felsen und rieb sich den Schritt, während er grollende Blicke in meine Richtung sandte, bevor er, ein wenig breitbeinig, Franceschina hinterherging. Auch Caterina schickte sich zum Gehen an. »Leb wohl, mein edler Retter«, sagte sie lächelnd zu mir, bevor sie sich abwandte und mit graziösen Schritten den Übrigen nacheilte.

Der blond gelockte Mann, der als Einziger noch bei mir stand, bückte sich und half mir auf die Füße. Während er mir die Krücken reichte, meinte er launig: »Alles noch mal gut gegangen, wie?«

Ich starrte Caterina nach und murmelte irgendetwas, das ich selbst nicht verstand.

»Wie bist du eigentlich mit deinem verkrüppelten Bein hierher in den Wald gekommen?«, wollte der Blonde wissen.

»Mit einer Kutsche, sie steht in der Nähe«, sagte ich geistesabwesend, während drüben zwischen den Bäumen der letzte Zipfel weißer Seide verschwand.

»Schaffst du es allein zurück?«, fragte der Mann.

Ich nickte zerstreut, doch als der Mann gehen wollte, fragte ich rasch: »Wer seid Ihr?«

»Ich heiße Cipriano. Und du?«

»Marco. Aber das meinte ich nicht. Ich wollte wissen, wer …« Ich deutete in die Richtung, wo soeben die anderen im Wald verschwunden waren. »Diese Leute, zu denen Ihr gehört – was tun sie?«

Der blonde junge Mann lächelte, was sein Gesicht zu strahlender Schönheit verklärte. »Hat man das nicht gemerkt? Wir spielen Theater.«

»Theater?«, fragte ich verdattert. »Aber wo ist Eure Bühne?«

»Überall.« Vergnügt breitete Cipriano die Arme aus. »Die Welt ist unsere Bühne, und unser Stück ist das Leben, und wenn es sich gerade fügt, geben wir unser Spiel vor anderen zum Besten.« Er verneigte sich schwungvoll, ein Bein in höfischer Manier nach hinten gestellt. »Ab der kommenden Woche beispielsweise in Padua, dort gastieren wir für eine Weile.«

»Ihr meint – Ihr führt da ein Schauspiel auf?«

Abermals lachte Cipriano. »Sofern nicht das Jüngste Gericht dazwischenkommt oder zu viel Schnaps oder ein Mord aus Eifersucht.« Er zog einen imaginären Hut. »Ich muss weiter. Gott zum Gruße, Marco. Bleib so tapfer und mutig, wie du bist, und lass dich nicht täuschen von falschen Helden, falschen Schwertern und falschen Weibern.« Mit einem Winken drehte er sich um und eilte davon.

Auf dem Weg zur Kutsche lief ich Messèr Barbarigo in die Arme. Er hielt einen gefährlich aussehenden Schießprügel umklammert, den er erleichtert sinken ließ, als er meiner ansichtig wurde. »Gott sei Dank, da bist du ja, mein Junge! In den letzten Jahren sollen sich hier zwar weniger Räuber herumtreiben als früher, aber man weiß ja nie. Und eben war mir, als hätte ich Stimmen gehört.«

Es kam mir merkwürdig vor, dass ein Notar eine Waffe trug, doch ich verkniff mir jede Bemerkung dazu, wenngleich der Dolch, den ich mit mir führte, mir auf einmal weit weniger Sicherheit vermittelte als vor meinem Ausflug in die Büsche.

Messèr Barbarigo deutete meine befremdeten Blicke richtig, denn als Nächstes wartete er mit einer Erklärung für die Arkebuse auf. »Sie gehört dem Kutscher«, meinte er. »Ich habe sie nur mitgenommen, um etwaigen Räubern nicht unbewaffnet gegenüberzutreten.«

»Was ist mit dem Kutscher und dem Prior?«, fragte ich. »Wieso sind die nicht mitgekommen?«

»Weil wir uns für die Suche nach dir aufgeteilt haben«, erklärte der Notar. »Der Kutscher hat seine Armbrust mitgenommen, und Bruder Hieronimo das Schwert des Kutschers.«

Die Vorstellung hatte etwas Erheiterndes, obwohl mir sowohl der Notar als auch der Prior unbewaffnet deutlich lieber waren. Aber Hauptsache, nach dieser Expedition wären alle Waffen wieder unter dem Kutschbock verstaut.

»Ihr hättet mich doch auch einfach im Wald zurücklassen können, dann hättet Ihr keine Arbeit mehr mit mir gehabt.«

Messèr Barbarigo verzog das Gesicht. »Damit du von wilden Tieren gefressen wirst? Ich gebe zu, manchen Leuten würde das sicher gut passen, aber mir keinesfalls.«

Daraus schloss ich, dass zumindest der Notar nicht an meinem frühen Dahinscheiden interessiert war, was mich ein wenig aufatmen ließ. Blieb jedoch noch die Frage, welchen Leuten es gut passte, dass mich wilde Tiere fraßen. Der Notar war offenbar nicht gewillt, darüber nähere Auskunft zu erteilen, denn er bahnte uns beiden unter allerlei Geschimpfe einen Weg durch das Gestrüpp, das mir von der anderen Richtung her nicht so undurchdringlich vorgekommen war. Auf Krücken hinkte ich hinter ihm her und wich hin und wieder einem zurückschnellenden Zweig aus.

»Seid Ihr sicher, dass das der richtige Weg ist?«, fragte ich nach einer Weile.

»Schweig, du besserwisserischer Knabe.«

»Na ja, die Sache ist die …« Ich blieb stehen und wartete, bis er sich umdrehte. »Wenn die Kutsche nicht inzwischen weitergefahren ist, müssen wir hier entlang.« Diplomatisch lächelnd zeigte ich nach rechts, worauf der Notar mit verkniffener Miene seine Autorität gegenüber seinem Bedürfnis abwog, zur Kutsche zurückzufinden. Grummelnd schlug er schließlich die von mir gewiesene Richtung ein, wo wir nach kurzer Zeit unser Gespann sowie den Prior und den Kutscher vorfanden. Dem Notar missfiel es sichtlich, dass er sich im Wald verlaufen hatte. Auch um Bruder Hieronimos Laune stand es nicht zum Besten, denn er starrte ergrimmt an uns vorbei. Da die beiden sich auch gegenseitig anschwiegen, fragte ich mich, ob sie vielleicht gestritten hatten, wobei die Meinungsverschiedenheit möglicherweise darin bestand, dass es dem einen gefallen hätte, mich an wilde Tiere zu verfüttern, und dem anderen nicht.

Dann war diese Frage mit einem Mal nebensächlich, denn die Kutsche erreichte nach einem kurzen Stück rumpelnder Fahrt die nächste Wegbiegung, wo mich ein faszinierender Anblick erwartete. Unter den Bäumen sah ich zwei Gespanne stehen. Über und über bemalt, leuchteten die Schaustellerwagen in den schräg einfallenden Strahlen der Abendsonne so bunt wie das Fresko in der Kirche unseres kleinen Dorfes. Doch damit erschöpfte sich die künstlerische Ähnlichkeit auch schon, denn nicht mit Heiligenmotiven waren die Wagen und die darüber gespannten Planen verziert, sondern mit weltlichen Gestalten: eine dralle Bauernmagd, die einen Korb mit Früchten trug, eine edel gewandete Dame, die mit Juwelen geschmückt war, ein herausgeputzter Patrizier mit Wappenkette, ein derber Geselle im Dienstbotengewand, ein alter Mann in würdiger Doktorenrobe … Mir gingen die Augen über, während unsere Kutsche an diesen prachtvollen Schaustücken vorüberrollte.

Bei den Wagen tummelten sich die Leute, die ich vorhin auf der Waldlichtung kennengelernt hatte. Der blonde Cipriano und der Bursche, dessen Männlichkeit auf schmerzhafte Weise Bekanntschaft mit meiner Krücke geschlossen hatte – Bernardo –, waren im Begriff, die Pferde anzuschirren, große, behäbige Gäule, ähnlich unseren Zugpferden auf dem Landgut.

Auf dem Bock des vorderen Wagens saß das rothaarige Mädchen Elena und neben ihr der alte Mann; die beiden waren ins

Gespräch vertieft. Die dralle Franceschina warf einen Sack auf die Ladefläche hinter den Sitzen und stieg dann ebenfalls auf.

Ich reckte den Kopf, bis mir der Nacken schmerzte, doch die noch fehlende sechste Person sah ich nirgends.

Der Prior erwachte aus seinem Schweigen, seine offenbar angeborene Leutseligkeit obsiegte. »Was ist das für ein seltsamer Trupp?«, fragte er niemand Besonderen.

»Das sind Schauspieler«, platzte ich heraus. »Ich traf sie im Wald. Sie wollen nach Padua, um dort ein Stück aufzuführen!«

»Diese Unsitte kommt immer mehr in Mode«, meinte der Notar abfällig. »Allenthalben sieht man herumziehendes Bühnenvolk. Ein Zeichen wuchernder Dekadenz, wenn Ihr mich fragt.«

»Ah, tatsächlich, es sind Theaterleute!« Der Prior beugte sich aus dem Fenster. »Was für ein verrückter Haufen! Einer von ihnen ist verkleidet wie ein griechischer Krieger. Und die Frau dort hinter dem Wagen sieht aus wie eine Nymphe.«

Caterina! Während unsere Kutsche die beiden Gespanne passierte, erspähte ich sie auf der anderen Seite des vorderen Fuhrwerks. Sie saß auf einem Baumstumpf und kämmte ihr herrliches Haar, das Gesicht von entrückter Schönheit, die Augen geschlossen. Mein Herz tat einen Satz, und dann noch einen, und mir blieb die Luft weg, bis die Kutsche abermals eine Wegbiegung erreichte und Caterina meinen Blicken entzogen war. Die restliche Fahrt über störten mich weder Mönch noch Notar. Es gab nur noch mich und meine Träume, und allesamt handelten sie von Caterina.

Teil 2

Kloster am Rande der Euganeischen Hügel, April 1594

Das Kloster lag ein wenig außerhalb einer dörflichen Ansiedlung namens Galzignano, umgeben von Hainen und frisch gepflügten Äckern. Ein fauliger Geruch wie nach stinkenden Eiern lag in der Luft, als wir durch diese Gegend im Südosten des Veneto fuhren. Der Prior bemerkte unsere gerümpften Nasen und erklärte nicht ohne Stolz, dass dieser Duft gewissermaßen für den Reichtum des Gebiets stehe. Seinen Ausführungen zufolge handelte es sich um schweflige Dämpfe, abgesondert von den heißen Quellen der Umgebung. Schon die alten Römer hätten in den Thermalquellen und Fangogruben Heilung und Erholung gefunden, wovon nicht nur die Überreste antiker Badeeinrichtungen kündeten, sondern auch diverse Beschreibungen in den Schriften von Plinius und Livius. Auch andere Geistesgrößen hätten diese Quellen besungen, etwa Petrarca, dessen Grabstätte nicht weit von diesem Ort entfernt liege. Die Heilkraft der Thermalbäder werde nach wie vor hoch geschätzt, weshalb viele Menschen aus weitem Umkreis in die Gegend kämen, um Gicht und Gliederreißen zu lindern.

Nicht nur die Dörfer in der Nähe dieser Quellen, sondern auch das Kloster beherbergte oft Reisende, die es zu den wohltuenden Quellen zog. Angesichts dieses Zulaufs, so der Prior, hätte man gern schon längst frühere Pläne verwirklicht, die den Bau eines neuen Refektoriums sowie einer erklecklichen Anzahl weiterer Gastzimmer vorsahen. Allein, es sei nicht so einfach, an dem blühenden Wohlstand, den die Thermalquellen der Gegend bescherten, stärker teilzuhaben – sei es doch seit dem letzten großen Türkenkrieg pekuniär mit dem Kloster bergab gegangen.

Bei dieser scheinbar beiläufig hingeworfenen Bemerkung kamen mir schlagartig wieder all die bohrenden Fragen um Vermögen und Erbschaften in den Sinn, die mich seit unserem Aufbruch plagten, doch ich verdrängte sie einstweilen und stellte mir stattdessen lieber vor, wie ich mit Caterina durch wogende Dämpfe zu einer heißen, in einer Höhle verborgenen Quelle lustwandelte, wo sie mir sodann der Liebe Erquickung zuteilwerden ließ. In meiner Vorstellung ging das so vonstatten, dass ich sie umarmte, möglicherweise sogar kühn ihre Brust berührte – allerdings nur eine, und auch die nur über dem Gewand. Wir hatten uns ja eben erst kennengelernt. Daher tat ich in meinen Vorstellungen neben einer sanften Berührung des schwellenden Busens nichts Unedleres, als Caterina zu küssen, wobei meine Phantasien auch hierzu sehr nebulös blieben, weil ich nicht genau wusste, wie man es machte. Paulina und Onkel Vittore hatten das Küssen vernachlässigt, vermutlich, weil er zu viele Zwiebeln aß.

Gleich darauf erübrigten sich weitere Überlegungen zu heißen Quellen, Küssen und Zwiebeln, denn wir hatten unser Ziel erreicht.

Das klösterliche Anwesen lag hinter einer mannshohen Mauer. Es bestand aus einer Ansammlung niedriger Backsteingebäude rund um eine gedrungene Kapelle, die wie die Häuser schon deutlich bessere Tage gesehen hatte, sowie ein paar Ställen und Scheunen, die ebenfalls einen Hang zur Baufälligkeit aufwiesen. Dafür waren, wie ich als Landkind auf den ersten Blick erkannte, die Gärten in Ordnung, die pickenden Hühner zahlreich und die Schweine, die sich in der Suhle vor einem der Ställe wälzten, wohlgenährt. Hier und da waren Dominikanermönche bei der Gartenarbeit zu sehen, und als die Kutsche durch den Torbogen auf den Hof des Anwesens rollte und anhielt, kamen einige von ihnen näher, einen Ausdruck maßvollen Interesses in den Gesichtern. Als sie ihren Prior aussteigen sahen, machte diese Regung stumpfsinniger Langeweile Platz. Die Rückkehr ihres Hüters riss sie offensichtlich nicht aus ihrem Trott. Auch der Notar vermochte niemanden aus dem alltäglichen Einerlei zu locken, einige der Mönche wandten sich bereits angeödet ab. Als Letzter stieg ich aus der Kutsche, was schon deutlich mehr neugierige Blicke zur Folge hatte. Eine kleine Schar von ihnen trat näher, als Bruder Hieronimo mich auf dem gepflasterten Hof vor dem Haupthaus als Neuzugang der klösterlichen Gemeinschaft vorstellte.

»Das ist unser Schützling Marco«, sagte er zu den Umstehenden, ungefähr ein Dutzend Männer aller Altersklassen, allesamt in dunkler Mönchskutte über hellem Unterkleid. Einem der Mönche befahl er: »Bruder Iseppo, du hilfst Marco bei dem Gepäck und zeigst ihm die Unterkunft.«

Bruder Iseppo war klein und dicklich; sein Haupthaar lichtete sich bereits deutlich, obwohl er nach meiner Schätzung kaum dreißig war. Er lächelte mich zuvorkommend an und schulterte meinen Reisesack. »Wie schön, ein neues Gesicht in unseren Mauern zu sehen«, sagte er, während ich krückenbewehrt neben ihm zu einem der Gebäude hinüberstakste. »Wir hatten lange keinen Novizen mehr.«

Mir lag es auf der Zunge, ihn darauf hinzuweisen, dass ich kein Novize war, sondern nur eine Art Gast, jemand, der gleichsam zufällig hier für eine Weile zu Besuch weilte, doch dann wurde mir mit erschreckender Deutlichkeit klar, dass alle Männer, die ich bisher auf dem Gelände hatte herumwuseln sehen, die Mönchskutte trugen. Mein Blick fiel auf den kahlen Hinterkopf von Bruder Iseppo, und ich begriff, dass dieser Haarverlust nichts mit früher Glatzenbildung zu tun hatte. Dem Drang, schützend in mein eigenes Haar zu fassen, konnte ich nur widerstehen, weil ich die Krücken halten musste. Man würde mir eine Tonsur scheren!

»Gibt es eigentlich nur Mönche hier im Kloster?«, fragte ich, während ich hinter Iseppo her durch einen nach verschimmeltem Mauerwerk riechenden Gang hinkte. »Oder auch … ähm, Laienbrüder?«

»Hier sind nur Mönche. Ab und zu kommt einmal ein Reisender, der die Therme besucht. Aber das ist eher selten, denn unsere Unterbringungsmöglichkeiten sind sehr karg.«

Was Iseppo mit *karg* meinte, war gleich darauf anhand der Zelle zu erkennen, die er mir zuwies. Sie war kaum größer als das Bett, das ich auf unserem Landgut mein Eigen genannt hatte, und wie es aussah, bewohnte ich sie nicht allein, sondern musste sie mit einem anderen Bewohner teilen, denn an der schmalen Längswand befanden sich zwei Lagerstätten.

»Du wohnst hier mit Bruder Ottone zusammen«, erklärte Iseppo. »Sein Zellengenosse ist neulich gestorben, deshalb ist hier Platz für dich.«

Vermutlich meinte er damit das freie Bett, denn ansonsten konnte von *Platz* keine Rede sein, obwohl die Möblierung spärlicher nicht hätte sein können. Abgesehen von den mit Strohsäcken bestückten Betten bestand sie aus einem Schemel, einem niedrigen Tisch mit einer Kerze darauf und einem Nachttopf darunter sowie einer uralten Holzkiste. Sonst gab es nichts außer nackten Ziegelwänden, es sei denn, man hätte das Kreuz, das über der Tür hing, als Einrichtungsgegenstand mitgezählt. Unwillkürlich dachte ich an meine geräumige Kammer auf dem Landgut, in der es außer einem großen Bett mit einer ordentlichen Matratze auch ein Lesepult, eine Kommode mit Rasierspiegel, einen Schrank, eine Truhe und sogar einen Lehnstuhl gab. Außerdem hatte es in meinem Zimmer nie so gestunken wie in diesem.

»Nicht alle Zellen hier im Klosterbau sind so schlicht«, sagte Iseppo tröstend. »Meine beispielsweise ist sehr viel gemütlicher. Ich habe sogar Bücher dort. Und bestickte Kissen. Und einen kleinen Knüpfteppich.«

»Das klingt gut«, sagte ich höflich.

»Tatsächlich wäre der zweite Platz in meiner Zelle frei, aber der Prior meinte, es wäre besser, wenn du zu Ottone ziehst. Bruder Ottone ist ein Verehrer von Fra Savonarola, er hält streng auf Askese, um sich gegen weltliche Versuchungen zu feien und der Erleuchtung näherzukommen.«

»Sicher hätte ich es schlechter treffen können«, log ich.

»Gewiss. Sogar an das regelmäßige Geißeln kann man sich mit der Zeit gewöhnen, hat Bruder Jacopo gesagt.«

»Ist Bruder Ottone gewalttätig?«, fragte ich bestürzt.

»Wegen der Geißel? Keine Sorge.« Iseppo kicherte verhalten. »Er schlägt damit bloß sich selbst.«

»Wer ist Bruder Jacopo? Kann der nicht hier mit Bruder Ottone wohnen?«

»Tat er ja. Bis er vor drei Wochen starb.«

Ich schluckte. »Im Bett?«

»Aber ja doch. Schließlich lag er da vorher zwei volle Jahre lang drin, er konnte nicht mehr aufstehen.«

Damit war zugleich erklärt, warum es in der Zelle nach Abtritt stank. Nicht der Nachttopf war voll, wie ich zuerst vermutet hatte, sondern der Strohsack.

Bruder Iseppo deutete meine entsetzten Blicke richtig. »Bestimmt lässt es sich einrichten, dass du einen neuen Strohsack bekommst.«

»Sagtest du nicht gerade etwas von einem freien Platz in deiner Zelle?«

»Oh, du würdest mit mir zusammenwohnen wollen?«, fragte Bruder Iseppo erfreut.

»Warum nicht«, sagte ich.

»Das ist schön! Wenn wir beide es wollen, hat Bruder Hieronimo bestimmt nichts dagegen. Übrigens, ich persönlich halte nichts von Flagellation. Und der zweite Strohsack ist so gut wie unbenutzt, nur wenige Besucher haben darauf geschlafen. Außerdem kann ich dir eines von meinen Kissen borgen! Komm mit, ich zeige dir meine Zelle!«

Während ich ihm zu seiner Unterkunft folgte, fragte ich mich, wie es dazu gekommen war, dass mich die bloße Aussicht auf ein geliehenes Kissen und einen Strohsack, der nicht vollgeschissen war, aufmuntern konnte.

In den Wochen, die der Ankunft im Kloster folgten, wartete ich ständig, dass etwas Aufregendes, Neues geschah, doch die Dinge, die mir dort widerfuhren, waren zwar ungewohnt, aber keineswegs aufregend, es sei denn im Sinne von erschreckend.

So zuckte ich jedes Mal zusammen, wenn die Glocke zum Gebet läutete, zum einen, weil ich eine Stunde Fußmarsch vom nächsten Glockenturm entfernt aufgewachsen war, zum anderen, weil es nach meinem Empfinden andauernd läutete, vor allem immer dann, wenn man gerade nicht damit rechnete. Die Glocke war überdies von sämtlichem Inventar auf dem klösterlichen Gelände das neueste Stück, was sich in einem sehr vollen Klang äußerte, der eher einem Dröhnen ähnelte und dem die angrenzenden brüchigen Baulichkeiten als Schallkörper kaum gewachsen waren – sowie es anfing zu läuten, rieselte der Putz von den Wänden.

In dem maroden Turm des Kapellchens war im Vorjahr ein Balken gebrochen, wodurch die alte Glocke auf den Steinboden gefallen und zerborsten war. Im ganzen Land war Bruder Hieronimo daraufhin herumgereist, um bei seinen Ordensbrüdern Geld für eine neue Glocke zu erbitten. Keine Fahrt in noch so unwegsames Gelände hatte er gescheut, denn nichts war ihm wichtiger als der Erhalt des Klosters, wo er bereits als Jüngling sein Noviziat verbracht hatte.

Als ich diese Geschichte hörte, konnte ich nicht umhin, daran zu denken, in welch unwegsamem Gelände sich unser Landgut befand und welche wertsteigernde Anschaffung ich wohl mit meinem ererbten Vermögen, wie viel immer es auch war, unterstützen würde.

Bevor der Notar mich in der Obhut des Klosters zurückgelassen hatte und allein weitergereist war, hatte er mir in knappem Ton mitgeteilt, er werde sich einmal jährlich persönlich vergewissern, dass ich noch unter den Lebenden weilte, worauf ich tagelang Phantasien ausbrütete, in denen Meuchelmörder mich nächtens in einer kochenden Therme versenkten.

Weit furchterregender war jedoch die Vorstellung, die kommenden Jahre im Kloster festzusitzen.

Vielleicht hätte ich in diesen Wochen eine nicht ganz so heftige Abneigung gegen das Klosterleben entwickelt, wäre ich nicht infolge der Beinschiene überwiegend zu körperlicher Untätigkeit verdammt gewesen. Während die anderen Klosterbewohner tagsüber auf den Äckern und in den Ställen arbeiteten, so wie ich selbst es von klein an gewohnt war, beschränkte sich mein Tätigkeitsfeld weitgehend auf das Scriptorium und die dazugehörige Bibliothek. Dort lernte ich Bruder Ottone kennen, einen ausgemergelten älteren Mönch, der für diesen Bereich des Klosters verantwortlich war und nach dessen Anweisungen ich alte Bestandsverzeichnisse zu erneuern hatte. In der Klosterbücherei gab es recht viele Bücher, darunter etliche handgefertigte Folianten, die noch aus den Zeiten vor dem Aufkommen des Buchdrucks stammten. Dabei handelte es sich jedoch samt und sonders um fromme Traktate und Breviere, deren Inhalt genauso staubig war wie ihr Einband. Kein einziges Werk, das allein der Erbauung diente, fand sich in den Beständen der Klosterbibliothek, nichts von Petrarca oder gar kunstvolle Dichtung wie *Die Göttliche Komödie* von Dante. Dafür war jede einzelne Abhandlung von Aquin vorhanden, manche sogar mehrfach. Unter den Schriften der römischen Altvorderen fand sich zwar alles Mögliche von Augustinus, doch suchte ich meinen geliebten Ovid vergebens.

Bruder Hieronimo hätte als Prior Anweisung geben können, das einseitige Angebot aufzufrischen, doch er hatte es nicht so mit dem Lesen, wie ich von Iseppo erfuhr. Auch die übrigen Mönche erschienen so gut wie nie im Scriptorium, was bei der Auswahl an Lektüre niemanden verwundern konnte.

Meine Arbeit im Scriptorium war somit in etwa so spannend wie das Gemüseputzen, zu dem ich hin und wieder in die Küche beordert wurde und das ich, ebenso wie das Schreiben, auf einem Schemel sitzend erledigen konnte.

Die wenigen Bücher, die sich in Bruder Iseppos Besitz befanden, waren mir bereits bekannt und rasch ein zweites und drittes Mal gelesen, sodass ich hierin kaum Ablenkung fand. Auch das viele Beten vermochte aus meinem Kopf nicht die gähnende Leere zu vertreiben, die mit der Bewegungsarmut einherging, zu der mein Körper verdammt war.

Davon abgesehen wusste ich nach einer Weile nicht so recht, ob es wirklich eine kluge Entscheidung gewesen war, zu Iseppo in die Zelle zu ziehen. Der skeptische Gesichtsausdruck von Bruder Hieronimo, als Iseppo und ich um Erlaubnis für unser Anliegen nachsuchten, hätte mir zu denken geben sollen. Auf jeden Fall aber das verzückte Lächeln, mit dem Iseppo mir gleich beim ersten Betreten seiner Kammer eines seiner bestickten Seidenkissen reichte und mich aufforderte, doch einmal zu fühlen, wie weich es sei; seine geliebte Mutter habe es eigenhändig für ihn genäht und ihm zur Profess geschenkt.

Überhaupt hatte er es mit dem Fühlen, besonders dem inneren. Er fühlte sich abwechselnd froh oder traurig oder hungrig oder müde, und nie versäumte er, mich darüber eingehend ins Bild zu setzen, wobei er den jeweiligen Gefühlszustand, in dem er sich gerade befand, mit den weitschweifigsten Beschreibungen auszuschmücken pflegte. Dabei sah er mich stets auf erwartungsvolle Weise an, als sei ihm wichtig, wie ich sein momentanes Gefühl bewertete und gewichtete. Auch das Betasten war ihm ein Anliegen. Einmal betastete er meinen Arm und fand, dass er sich sehr hart anfühle. Er strich sich häufig über das Gesicht, um festzustellen, ob es glatt und zart war, und nie vergaß er, mich zu informieren, wie es sich anfühlte. Hin und wieder vergewisserte er sich auch, ob meine Kutte, in die man mich zu meinem Verdruss gleich am ersten Tag gesteckt hatte, genauso weich war wie seine, die er täglich lüftete und gelegentlich sogar auswusch und während des Trocknens mit Lavendelzweigen spickte. Das Geheimnis weicher und duftender Kutten, so seine Verlautbarung dazu, liege in der Verbindung von Luft und Lavendel.

Das Essen aus der Klosterküche war ebenso nahrhaft wie schlicht; es bestand zumeist aus klumpigen Pastagerichten oder derben Gemüseeintöpfen, alles fleischlos, weil noch Fastenzeit war. Als kulinarische Krönung gab es hin und wieder verkochten Fisch, steinharte Eier oder angebrannten Grießbrei. Zu Ostern gab es Lamm in Thymiansoße. Es schmeckte wie das Zeug, das ich als Kind hatte zu mir nehmen müssen, wenn ich erkältet war.

Mit Wehmut dachte ich bei solchen Mahlzeiten an Paulinas Kochkünste zurück. Ob unsere Magd bei Pater Anselmo ein neues Zuhause gefunden hatte und ihn bereits mit ihren Fähigkeiten erfreute? Manchmal sah ich die beiden immer noch wie Philemon und Baucis nebeneinander im Hof des Gutshauses stehen, während ich mit der Kutsche in die Fremde fuhr.

Auf diese Weise war ich also eingebunden in das Klosterleben, in eine immer wiederkehrende Abfolge von täglichem Gebet und leiernd-liturgischem Gesang in der Kapelle, gemeinsamen Mahlzeiten im Refektorium, der Schreibarbeit im Scriptorium, dem Gemüseputzen in der Küche und frühem Zubettgehen. Letzteres ergab sich zwingend daraus, dass auch das Aufstehen grausam früh erfolgte, denn zur Prim mussten alle Mönche mit frisch gewaschenen Gesichtern in der Kapelle zum Morgengebet antreten. Nach dem Vespergebet war man dann entsprechend müde und sehnte sich nach Schlaf.

So verstrichen die ersten Wochen meines neuen Lebens in trüber Ereignislosigkeit. Die einzig wirklich erfreuliche Abwechslung bestand darin, dass ich mir vor dem Einschlafen oft ausmalte, Caterina zu küssen und zu liebkosen. Im Laufe der Zeit nahm ich mir immer größere Freiheiten heraus. Einmal war ich fast so weit, ihre Brüste zu entblößen, ich hatte sie förmlich schon unter meinen geistigen Händen, doch in diesem Moment fragte Iseppo mit freudiger Anteilnahme vom Nachbarbett aus, ob das Kissen sich für mich tatsächlich so weich anfühle, wie es den Anschein erwecke.

Erst in der vierten Woche meines Klosteraufenthalts geschahen einige bemerkenswerte Dinge, und zwar alle an einem Tag.

Ich nahm die Beinschiene ab.

Ich entdeckte meinen leidenschaftlichen Hang zum Schreiben.

Ich belauschte ein aufwühlendes Gespräch.

Ich schnürte mein Bündel und machte mich aus dem Staub.

Doch der Reihe nach.

Am ersten Mittwoch nach Ostern war endlich die Zeit gekommen, die Beinschiene loszuwerden. Gleich nach der Frühmesse nahm ich sie ab und ging versuchshalber in der Zelle hin und her. Das rechte Bein kam mir etwas schwächer vor als das linke, aber der Bader, der mir den Knochen gerichtet und die Schiene angelegt hatte, hatte bereits angekündigt, dass es in der ersten Zeit so sein würde, deshalb machte ich mir keine Sorgen.

»Anfangs darfst du nicht herumrennen«, hatte er mir eingeschärft, denn er wusste, dass das eine meiner liebsten Beschäftigungen war. Seine Ermahnung konnte ich leicht beherzigen, denn wohin hätte ich innerhalb der Klostermauern rennen sollen? Ich war ja schon froh, dass ich endlich wieder ohne Krücken gehen konnte.

»Wie fühlst du dich, so ganz ohne Krücken?«, fragte Iseppo teilnahmsvoll.

»Fast wie ein freier Mensch«, erklärte ich.

Mit neu gewonnener Leichtigkeit begab ich mich ins Scriptorium, wo ich Bruder Ottone geschwächt auf dem Schemel vorfand, auf dem sonst immer ich zu sitzen pflegte. Als ich das getrocknete Blut an seinen Händen sah, erschrak ich. »Seid Ihr verletzt?«

»Nein, es geht mir gut«, sagte er, und da er dabei überaus zufrieden dreinschaute, musste ich ihm wohl glauben. Gleich darauf bemerkte ich, wie ungewohnt steif er seinen Rücken hielt, was mir eine Vorstellung davon verschaffte, woher das Blut kam und warum er so guter Dinge war. Dennoch war er zu schwach, um es länger als bis zum Terzläuten im Scriptorium auszuhalten. »Ich gehe für eine Weile beten«, erklärte er schließlich. Bevor er sich zurückzog, trug er mir auf, die Schreibutensilien zu ordnen, Papier zu schneiden und Federn zu spitzen. Anschließend verschwand er mit durchgedrückten Schultern und schmerzverzerrter Miene, und ich war zum ersten Mal, seit ich im Kloster angekommen war, allein.

Weisungsgemäß schnitt ich Schreibfedern, rührte frische Tinte an und falzte und zerteilte Papierbögen. Das Scriptorium verfügte über enorme Papiervorräte. Bruder Ottone hatte erwähnt, dass Bruder Hieronimo von einer seiner Beschaffungsreisen ganze Kisten voll mitgebracht hatte, die dem Kloster von irgendeinem Gönner als Sachspende übereignet worden waren.

Zu Hause hatte ich das Schreiben mit Griffel und Schiefertafel erlernt und auch die mir von Onkel Vittore gestellten schulischen Aufgaben damit erledigt, denn Papier war nicht billig und durfte daher nicht verschwendet werden. Die Bestandslisten der Klosterbibliothek musste ich auf Pergament schreiben, das war haltbarer, aber auch kostspieliger, sodass ich zusehen musste, platzsparend kleinzeilig, dabei aber unbedingt leserlich zu schreiben, ein zuweilen recht mühseliges Unterfangen, weil meine Handschrift eher zu größerem Format tendierte.

Bruder Ottone benötigte dagegen zum Abfassen seiner eigenen religiösen Traktate kein Pergament, sondern schrieb sie auf exakt zugeschnittene Bögen von Papier, von denen er jeden Tag mehrere bekritzelte. Ich hatte die Blätter zu sammeln, zu datieren und zu nummerieren, damit er sie später einmal binden lassen konnte. Auf den Borden stapelten sich ganze Stöße davon, zum Teil aus einer Zeit, die lange vor meiner Geburt lag, was die Vermutung nahelegte, dass dieses *später* eher *wahrscheinlich nie* bedeutete. In Anbetracht dessen, dass kein Mensch die Schrift von Bruder Ottone entziffern konnte, war dieser kulturelle Verlust für den Orden sicher zu verschmerzen.

Es tat gut, wieder auf zwei Beinen zu stehen und beidhändig arbeiten zu können, ohne durch Krücken behindert zu sein. Schwungvoll legte ich einen frisch geschnittenen Papierbogen auf das Schreibpult, um Federn und Tinte auszuprobieren. Ich malte ein paar Linien und Kringel, verband sie mittels kühn verschlungener Paraphen meiner Initialen – *M. Z.* – zu kunstvollen Gebilden, und dann, ohne besondere Absicht, begann ich Worte aufs Papier zu werfen, die sich zu meiner Verblüffung rasch zu Sätzen und Absätzen formten.

Schlaflos verbring ich die Nächte, die endlos langen
Es schmerzt mich jedes Glied
Und im Bett werf ich mich stöhnend umher.
Wär ich von Liebe gequält, so müsst ich das wissen und fühlen
*Oder beschlich sie vielleicht listig und heimlich mein Herz?**

* Ovid, Amores (Elegien der Liebe), Liber Primus I II

Ich schloss die Augen und dachte kurz nach, bis mir der gesuchte Vers wieder Wort für Wort vor Augen stand:

Welch eine liebliche Brust hielt ich in bebender Hand!
Schlank anschloss sich der züchtige Leib
An den schwellenden Busen
Hüften, wie reizend gewölbt! Welch ein gerundetes Knie! …
*Und die Herrliche – nackt schloss ich sie fest an die Brust!**

Mir fielen noch andere markante Stellen aus den Amores ein, mittels derer sich meine glühende Leidenschaft für Caterina geradezu eruptiv entlud, wenn auch nur schriftlich. Euphorisch setzte ich Satz an Satz – was für ein Hochgenuss, auf Papier zu schreiben, das Kratzen der Feder im Ohr, den sachten Fluss der Tinte vor Augen! Nach einer Weile reichten mir die bekannten Verse nicht mehr, ich fügte rasch selbst ersonnene hinzu und schwelgte in Wortgebilden voller köstlicher Andeutungen.

Mit und ohne Versmaß fabulierte ich über Brüste und Hüften in allen Varianten, erwähnte sogar, kühner werdend, die weibliche Leibesmitte – wenngleich mir mangels anatomischer Kenntnisse hierzu keine passende Lyrik einfallen wollte –, dafür aber den Schenkeln, *so bebend weiß*, ja, sogar den Füßen, *lockend zart gegliedert*, vermochte ich eine besondere erotische Konnotation zu verleihen.

Irgendwann riss ich mich aus meinem fieberhaften Schreibrausch, las mit wachsendem Entsetzen das, was ich da aufs Papier geworfen hatte, und konnte mich dennoch nicht gegen die Erregung wehren, die mich beim Anblick meines Elaborats abermals überkommen wollte. Ich schluckte und war drauf und dran, alles in Fetzen zu reißen, doch dann hörte ich die Schritte. Eilig ergriff ich den vollgekritzelten Bogen sowie das verräterische geöffnete Tintenfass mitsamt noch tropfender

* Ovid, Amores (Elegien der Liebe), Liber Primus 1 V

Feder und huschte in den kleinen Nebenraum, wo die Papiervorräte und alle anderen Schreibutensilien aufbewahrt wurden. Dort ließ ich das beschriebene Blatt in einem der dicken Papierstapel verschwinden und drückte mich mit angehaltenem Atem gegen die Wand, während sich nebenan die Tür zum Scriptorium öffnete.

Derweil die Tür noch knarrte, erdachte ich geschwind eine glaubhafte Ausrede: Ich wollte gerade neues Papier zum Falzen und Zuschneiden holen! Passend dazu schnappte ich mir den Stapel, in dem mein verräterisches Blatt versteckt war. Tintenfass und Federkiel verbarg ich mit der freien Hand hinterm Rücken.

Doch ich kam gar nicht in die Verlegenheit, wegen meines fehlgeleiteten Arbeitseifers flunkern zu müssen, denn nicht Bruder Ottone hatte das Scriptorium betreten, sondern Bruder Hieronimo, und er war nicht allein.

Die Stimme desjenigen, der mit ihm hereingekommen war, kannte ich nicht, aber auch so war ich sicher, dass es keiner der Mönche war, denn der Prior sprach in respektvollem Ton mit ihm. »Hier hätte der Junge eigentlich sein müssen. Er hilft unserem *Scriptor* bei der Arbeit. Sicher ist er nur kurz zum Abtritt gegangen und kommt gleich zurück.«

»Fügt er sich gut in das Klosterleben ein?«

Ich meinte förmlich zu sehen, wie Bruder Hieronimo anstelle einer Antwort die Achseln zuckte.

»Das Leben in einer streng organisierten Gemeinschaft wie der eines Klosters ist nach einer so ungezwungenen Jugend bestimmt nicht einfach«, fuhr der Fremde fort.

»Wir behandeln ihn sehr gut«, betonte Bruder Hieronimo, wie um einem Vorwurf vorzubeugen. »Die Arbeit ist leicht, und zu essen gibt es reichlich. Wir haben ihn noch nie bestraft, obwohl er es gelegentlich durchaus verdient, weil es ihm an Zucht und Demut gebricht.«

Fast hätte ich das Tintenfass fallen lassen.

»Und Ihr habt keine Sorge, dass er plötzlich … verschwinden könnte?«, wollte der Fremde wissen.

Ich hielt die Luft an. Was meinte er mit *verschwinden*? In eine Schlucht fallen? Oder in eine tiefe, tödlich heiße Therme?

»Warum sollte er?«, fragte der Prior.

»Nun ja. Kennt Ihr eigentlich die Geschichte seiner Herkunft?«

Ich hielt immer noch den Atem an. Mir war bereits schwindlig davon, doch es war völlig unmöglich, jetzt Luft zu holen.

»Mir ist bekannt, dass seine Eltern sowie auch die übrigen Verwandten starben, als er noch ein Säugling war, und dass Vittore Ziani den Jungen zu sich nahm.«

»Wisst Ihr denn, warum Vittore Ziani das Kind von Venedig aufs Land brachte?«

Venedig! Ich war schon einmal in Venedig gewesen, vielleicht sogar dort geboren!

»Soweit ich weiß, tat er es wegen der damals herrschenden Pest, welche die ganze Familie dahinraffte. Später blieb Messèr Ziani auf dem Land, weil es ihm dort gefiel.«

»*Frater*, seid Ihr sicher, dass Ihr nicht mehr darüber wisst?«

»Worüber?«

»Was damals wirklich geschah.«

Was denn nur, um Himmels willen? Unseligerweise musste ich atmen, es ging nicht anders, doch da ich dabei kein Geräusch machen durfte, weil man mich sonst gehört hätte, tat ich es auf so lang gezogene, behutsame Weise, dass es beinahe so anstrengend war wie das Luftanhalten. Ich kam mir vor wie ein gestrandeter Fisch.

Der Prior räusperte sich. »Nun, ich weiß nichts, nur was im Testament steht. Mehr ist mir nicht bekannt.«

»Dafür ist allgemein bekannt, dass Euer Kloster ein Fass ohne Boden ist«, sagte der Fremde.

»Was wollt Ihr damit zum Ausdruck bringen?«

»Dass Ihr Geld braucht.«

»Wer braucht das nicht? Ich bin ein verantwortungsbewusster Prior und liebe dieses Kloster! Ich kam schon im Alter von zehn Jahren hierher, seitdem ist es mir Hort und Heim! In demütiger Dienstbarkeit und aus Liebe zu Gott sowie zu meinen Glaubensbrüdern trage ich die Last der Verantwortung seit Jahrzehnten und werde ihrer auch niemals müde sein, bis der Herr mich dereinst ins Himmelreich ruft. Und glaubt mir, es ist eine Sisyphus-Aufgabe! Längst geht es den Klöstern nicht mehr so gut wie noch vor hundert Jahren. Das große Schisma, die scheußlichen Kriege – die Heilige Kirche ächzt unter dem Wandel, und den Ordensgemeinschaften ergeht es nicht anders, vor allem, was die kleinen, abseits gelegenen Klöster betrifft. Der Zustrom reicher Novizen, der in den venezianischen Klöstern niemals abreißt und dort für stetig wachsenden Wohlstand der Brüder sorgt, ist für uns, die wir Gott in den weniger zivilisierten Landstrichen dienen, ein Wunschtraum.« Außer Atem hielt der Prior in seiner leidenschaftlichen Ansprache inne.

Der Fremde ergriff wieder das Wort. »Und da kommt Euch das Noviziat dieses Marco Ziani gerade recht.«

»Er wurde uns als Mündel anvertraut. Wir erhalten nur die Erträge aus dem Vermögen und dazu einen kleinen Obolus, weiter nichts. Das ist gerecht in den Augen des Herrn und nach dem Buchstaben des Gesetzes, denn so wollte es der werte Vittore Ziani. Außerdem soll diese Regelung nur bis zur Großjährigkeit des Jungen gelten. Was sind schon die paar Jahre! Höchstens das Äquivalent einer Orgel. Vielleicht noch ein Anbau für das Dormitorium. Aber gewiss nicht mehr.«

»Anders wäre es nur, wenn der Junge vorzeitig stirbt, nicht wahr?

»Ihr seid schlimmer als dieser vermaledeite Notar«, versetzte Bruder Hieronimo empört. »Immer diese Unterstellungen, nur weil testamentarisch vorgesehen ist, dass unser Kloster im Falle eines frühzeitigen Hinscheidens des Jungen …«

»Ich habe überhaupt nichts unterstellt, sondern nur eine Tatsache erwähnt. Mehrere, um genau zu sein, nämlich erstens, dass Ihr Geld braucht, und zweitens, dass der Tod des Jungen Euer Kloster auf einen Schlag reich machen würde. Ist das nicht so?« Die Frage des Fremden klang irgendwie … aufmunternd?

»So, wie Ihr redet, hört es sich an, als würdet Ihr … ähm, hässliche Pläne wälzen«, sagte der Prior langsam. Es klang irgendwie … zustimmend?

Ich hätte alles darum gegeben, in diesem Moment sein Gesicht sehen zu können! In meiner Vorstellung tropfte ihm der Geifer der Geldgier von den Lippen, und in seinen Augen glomm das unheilige Leuchten unterdrückter Mordlust. Mir war schlecht, und das nicht nur vom allzu vorsichtigen Atmen.

»Ich merke schon, es besteht Bedarf, gewisse Dinge eingehender mit Euch zu disputieren«, sagte der Fremde.

»Das scheint mir auch so«, sagte der Prior.

»Aber vielleicht besser nicht unbedingt hier.«

»In der Tat. Ein anderer Ort wäre geeigneter. Zumal sicher gleich der Junge zurückkommt.«

»Der dieses Gespräch nicht unbedingt hören sollte.« Der Fremde lachte, es klang wie schartiges Eisen, das auf Stein kratzt.

»Wir können einen Spaziergang außerhalb der Klostermauern unternehmen«, schlug der Prior vor.

»Gegen frische Luft habe ich nichts einzuwenden.«

Das Geräusch sich entfernender Schritte wurde abgelöst vom Knarren der Tür, und dann herrschte eine Stille, in der nur das Dröhnen meines Herzschlags zu hören war – und gleich darauf ein keuchender, tiefer Atemzug, mit dem ich meine Lungen füllte. Ich wartete noch eine Weile, bis ich sicher sein konnte, dass der Prior und der Fremde weit genug entfernt waren, dann eilte ich mit eingezogenem Kopf auf direktem Wege ins Dormitorium.

Erst als ich dort angekommen war, bemerkte ich, dass ich den Papierstapel und das Schreibzeug mitgenommen hatte. In der Zelle legte ich alles ab und blieb mit geballten Fäusten mitten im Raum stehen. Am liebsten hätte ich den Riegel vorgeschoben, doch der war nur vom Gang aus zu betätigen.

Mein Atem ging immer noch keuchend, während ich meine nächsten Schritte überlegte. Unbestreitbar war es höchste Zeit für einen Ortswechsel. Keinesfalls würde ich wie ein Lamm auf der Schlachtbank darauf warten, dass man mich meuchlings aus dem Weg räumte, um mich als Orgel wiederauferstehen zu lassen. Bevor der Prior und der unheimliche Fremde das Mordkomplott, das sie gerade in freier Natur wandelnd schmiedeten, verwirklichen konnten, würde ich über alle Berge sein.

Gern hätte ich meinen Dolch angelegt, um mich im Falle eines Angriffs verteidigen zu können, doch den hatte man mir mitsamt den übrigen Habseligkeiten, die ich von zu Hause mitgebracht hatte, bei der Investitur weggenommen und irgendwo eingelagert. Gegeben hatten sie mir dafür das, was ein Mönch brauchte: ein Untergewand, dazu die Kutte mit einem Strick als Gürtel und derbe Sandalen. Für kältere Tage gab es Holzschuhe und dicke wollene Strümpfe sowie als Übergewand ein Wams mit Kapuze. Hin und wieder erhielten wir frisch gewaschenes Unterzeug, meist dann, wenn der Gestank des getragenen bereits betäubende Wirkung entfaltete.

Das also war momentan mein gesamter Besitz, und er gehörte nicht einmal mir, sondern dem Kloster. Was mich aber nicht daran hindern würde, damit zu verschwinden, denn schließlich konnte ich mich nicht nackt in Sicherheit bringen.

Da ich das Kloster bei Tage nicht unbemerkt verlassen konnte, beschloss ich, mich möglichst bald nach Einbruch der Dunkelheit auf den Weg zu machen, darauf bauend, dass ich bis dahin unbeschadet blieb, solange ich die Zelle nicht verließ. Bruder Ottone würde mich nicht vermissen, sicherlich brauchte er noch Stunden, um sich von den Geißelhieben zu erholen. Falls jemand nach mir schickte, würde ich Schmerzen im Bein vorschützen.

Doch niemand versuchte, mich aus der Zelle zu locken; offenbar wurde ich von keiner Menschenseele vermisst. Ich spürte die Hoffnung aufkeimen, dass ich mich vielleicht irrte und niemand mir Böses wollte. Dann jedoch dämmerte es mir, dass auch Mörder in der Regel einen geeigneten Zeitpunkt für ihr Vorhaben abpassten – in diesem Falle ebenfalls die Dunkelheit, wenn alle Zeugen schliefen.

Mit äußerster Konzentration sperrte ich die Ohren auf, um nichts zu überhören, das auf einen sich möglicherweise anschleichenden Attentäter hindeutete. Als wenig später auf dem Gang Schritte zu vernehmen waren, packte ich den Kerzenhalter und baute mich neben der Tür auf, doch es war nur Bruder Iseppo, der sich erschrocken duckte, als er mich mit dem erhobenen Kerzenhalter sah. »Ich habe nicht hingeschaut!«, versicherte er hastig. »Oder wenn doch, dann höchstens einen winzigen Augenblick!«

»Hä? Wovon sprichst du?«

»Als du heute Morgen deine Schiene abgenommen hast«, sagte er mit glühenden Wangen.

»Was soll da gewesen sein?«

»Du … ähm, bist auf und ab gegangen. Nackt.«

»Ach so.« Ich überlegte, ob ich damit sein Schamgefühl verletzt hatte. »Tut mir leid.«

»Nicht doch. Was hast du mit dem Kerzenhalter vor?«

»Oh, nichts Besonderes.« Ich lachte halbherzig. »Es sei denn, du versuchst, mich umzubringen.«

Mit großen Augen blickte er mich an. »Warum sollte ich das tun?«

Achselzuckend stellte ich den Kerzenhalter weg. »Hier gibt es ein paar Leute, denen es gelegen käme, wenn ich ins Gras beiße.«

Offenes Entsetzen zeigte sich in seiner Miene, und er ließ nicht locker, bis ich ihm Wort für Wort alles erzählt hatte.

»Und das ist auch der Grund, warum ich noch heute Nacht fliehen muss«, schloss ich.

»Oh, mein armer, armer Junge! Was wollen sie dir antun! Dir frischem, jungem Blut!« Mit Tränen in den Augen umarmte er mich. »Lass mich mit dir kommen und dein Gefährte und Beschützer in bitterer Not sein!«

Sofort hatte ich eine Vision, in der wir beide im dunklen Wald kampierten, Iseppo neben mir, den Kopf auf ein Lavendelkissen gebettet, mich ein ums andere Mal fragend, ob ich mich auch so elend und verängstigt und durchgefroren fühlte wie er. Entschieden löste ich mich aus der Umarmung.

»Du wärst ein echter Freund, wenn du meine Flucht für eine Weile vertuschst.«

»Wie denn?«

»Indem du morgen früh eine Ausrede erfindest, wenn jemand wissen will, wo ich bin.«

»Ich könnte sagen, du sitzt mit Durchfall auf dem Abtritt!«

»Damit wärst du mir eine große Hilfe!«

»Wo willst du denn hin?«

Ich überlegte kurz. »Nach Hause. Ich habe solche Sehnsucht nach unserem Landgut und dem leckeren Essen, das es dort immer gab!«

Iseppo seufzte. »Das kann ich verstehen. Früher war die Kost hier genießbarer, denn einer der Brüder war ein guter Koch. Doch leider starb er letztes Jahr, und seither sind in der Küche nur Stümper am Werk. Bruder Hieronimo will bald auf Reisen gehen und nach einem besseren Koch für das Kloster Ausschau halten.« Er schluckte und sah mich mit nassen Augen an. »Vielleicht kommst du ja wieder, wenn das Essen hier besser ist.«

»Warum nicht«, behauptete ich großmütig.

Meine nächtliche Flucht ging reibungslos vonstatten. Iseppo besorgte mir unaufgefordert eine Laterne und Wegzehrung und erklärte mir, wo er eine Leiter an die Mauer gelehnt hatte, damit ich im Schutz der Dunkelheit unauffällig hinübersteigen konnte.

Als ich mich von ihm verabschiedete, kamen ihm abermals die Tränen. Er sagte, er werde mich schrecklich vermissen und ob ich vielleicht ähnlich fühlte. Als ich irgendetwas murmelte, bestand er darauf, dass ich als Unterpfand seiner tiefen Freundschaft das Kissen mitnahm. Ich klemmte es mir unter den Arm, schulterte mein Bündel und kletterte über die Klostermauer in die Freiheit. Mir war danach, sofort loszurennen, doch ich hatte noch die Worte des Baders im Ohr. Zudem war es stockfinster, sodass es trotz der mitgeführten Laterne galt, auf den Weg zu achten. Die Geräusche der Nacht machten mich schaudern, doch nicht etwa, weil ich mich vor dem Ruf von Käuzen oder dem Knirschen im Unterholz geängstigt hätte, sondern weil ich erfüllt war von dem verwegenen Gefühl, in ein unglaubliches Abenteuer zu ziehen. Eine ganze Welt wartete darauf, dass ich sie entdeckte und erkundete!

Im ersten Licht der heraufziehenden Morgenröte erblickte ich die gewaltigen Stadtmauern von Padua.

Teil 3

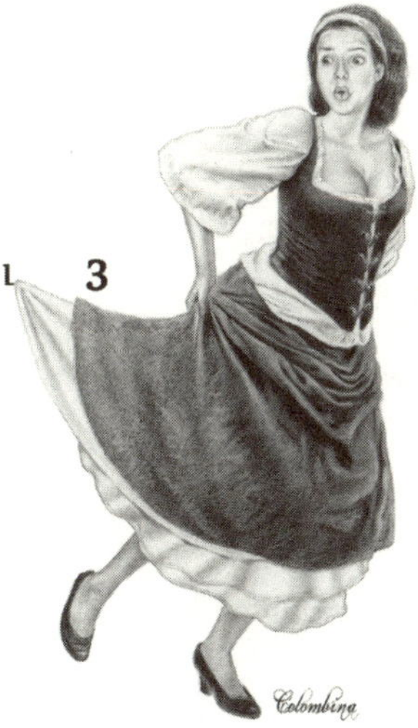

Padua, April 1594

Verdreckt, müde, mit wunden Füßen und schmerzendem rechtem Bein stolperte ich einer Gruppe von Markthändlern hinterher, die mit ihren Karren zu einem der Stadttore unterwegs waren. Auf diesem Wege gelangte ich in die Stadt, womit sich die langatmigen Erklärungen, die ich mir zurechtgelegt hatte, um hinter die stark bewehrten Mauern zu gelangen, erübrigten. Kein Stadtwächter wollte meinen Namen wissen, noch fragte irgendwer, was mein Begehr sei. Dafür bat mich einer der Bauern, ein schnaufender, schwitzender Bursche, der Kohlköpfe beförderte, um Hilfe, da sich die vordere Achse seines Leiterwagens verzogen habe und sein Esel deswegen bereits völlig entkräftet sei. Ich warf mein Kissen und mein Bündel auf den Karren und unterstützte den armen Esel, indem ich von hinten den Wagen anschob, wofür mir der Bauer nach dem Durchschreiten des Stadttores mit einem von Herzen kommenden »Gott segne dich, du frommer Mönch!« und einem enormen Kohlkopf dankte.

Den Kohl unter dem einen und das Kissen unter dem anderen Arm sowie über der Schulter das Bündel mit meinem restlichen Besitz – dieser bestand nach dem Verzehren des Proviants nur mehr aus dem dicken Papierstapel, den ich mitsamt dem Schreibzeug aus dem Scriptorium hatte mitgehen lassen –, betrat ich die Stadt Padua und bekam vor lauter Staunen den Mund nicht mehr zu. War mir aus der Ferne schon die Stadtmauer riesig erschienen, so waren es die Gebäude, denen ich mich nun gegenübersah, nicht minder. Alles war noch viel beeindruckender, als ich es mir nach Paulinas Schilderungen vorgestellt hatte.

Eine breite, vollständig gepflasterte Straße führte vorbei an prächtigen Häusern, deren Fassaden mit Loggien und kunstvollen Marmorverzierungen versehen waren. Mein Kopf drehte sich wie von Seilen gezogen hin und her, damit mir nichts von diesen erstaunlichen Baulichkeiten entging. Stumm blieb ich stehen, als ich schließlich einen gewaltigen Platz erreichte, der von noch größeren Häusern umrahmt war, hoch aufragende, von Arkadengängen gesäumte Paläste, manche so enorm, dass das Kirchlein in unserem Dorf mitsamt unserem Gutshaus drei Mal hineingepasst hätte. Allein die Vorstellung, dass es genug Menschen gab, um solche ungeheuren Bauten zu bewohnen, war schwindelerregend.

Tatsächlich wimmelte es in der Stadt nur so von Menschen. Es waren so viele, wie ich noch nie im Leben auf einmal gesehen hatte. Dabei war es noch früh am Tage. Erst kurz vor dem Einzug in die Stadt hatte ich das Primläuten gehört, doch die rumpelnden Karren, hinter denen ich die ganze Zeit hergetrottet war, schienen die Leute in Scharen aus ihren Behausungen auf den weiten Platz zu locken. Daraus schloss ich, dass dies ein Markt sein müsse, denn von allen Seiten her strömten Menschen herbei, um bei den Händlern einzukaufen. Hier und da pries einer der Verkäufer lauthals seine Ware, an anderer Stelle wurde gefeilscht, und an manchen Ständen blieben die Leute in Gruppen stehen, um miteinander zu palavern. In Henkelkörben und Kiepen trugen sie ihre Einkäufe mit sich, und der eine oder andere aß gleich an Ort und Stelle, was er erworben hatte. Es gab Gemüse und Obst, frisches Brot, Wein in Schläuchen, Fässchen mit Öl, Dauerwurst und Pökelfleisch, Räucheraal, süßes Gebäck, Schnapskrüglein und vieles andere mehr.

Der Duft nach Essen, der mich von einigen Marktständen

anwehte, weckte meinen Hunger und machte mir schmerzlich bewusst, dass ich alles, was Iseppo mir mitgegeben hatte, längst vertilgt hatte. Unvermittelt wurde mir klar, dass ich keinen einzigen *Soldo* in der Tasche hatte. Zum ersten Mal seit meinem Aufbruch in der vergangenen Nacht begann ich, mir leichte Sorgen zu machen. Nach allem, was ich bisher wusste, hatte ich reich geerbt. Doch an dieses Vermögen konnte ich nicht heran. Und nun hatte ich Hunger und konnte mir nichts zu essen kaufen.

Mein Blick fiel auf einen Bettler, der bei einer Säule hockte und mit klagender Stimme die Passanten um Almosen anging. Sein rechtes Bein steckte in einer Schiene, und neben ihm lagen Krücken. Noch am Vortag hätte ich ebenfalls von dieser Möglichkeit der Geldbeschaffung Gebrauch machen können, doch dafür war es nun zu spät.

Mein Hunger wurde mit jedem Atemzug schlimmer, fast war es so, als teilte sich die Tatsache, dass ich kein Geld für Essen hatte, auf direktem Wege meinem Magen mit, der daraufhin wütend zu knurren begann.

Arbeit!, dachte ich. Ich musste mir Arbeit besorgen! Kaum hatte ich diesen einleuchtenden Vorsatz gefasst, machte ich mich ohne Umschweife daran, ihn zu verwirklichen. Ich ging zu einem der Stände und trug dem Besitzer, einem Bauern, der mir ziemlich alt und schwächlich vorkam, meine Dienste an.

»Ich möchte mich bei Euch verdingen«, sagte ich mit meinem freundlichsten Lächeln. »Ich bin gesund, stark und ausdauernd.«

Der Bauer starrte mich an. »Verschwinde, du widerwärtiger Sodomit!« Er warf einen Apfel nach mir, den ich reflexartig auffing. Das Kissen fiel dabei zu Boden; ich hob es rasch wieder auf und wich ein paar Schritte zurück, bevor mich weitere Wurfgeschosse treffen konnten, die deutlich fauliger waren als das erste, das, obschon von der langen Lagerung über den Winter recht verschrumpelt, noch einen durchaus genießbaren Eindruck machte. In Windeseile hatte ich die unverhoffte Beute aufgegessen.

Mein Hunger wurde davon jedoch nicht gestillt, sondern erst recht angeregt. Ich wanderte zwischen den Marktständen umher und blieb schließlich vor einem Karren stehen, an dem zuckrige Schmalzkringel feilgeboten wurden. Mit grummelnden Eingeweiden sann ich darüber nach, wie ich in den Genuss einer dieser fetttriefenden Köstlichkeiten kommen konnte, doch auf die Schnelle fiel mir nichts ein. Mit einem Mal sank mir der Mut, und jäh traf mich nun auch wieder die Trauer über den Tod Onkel Vittores. Vermisst hatte ich ihn die ganze Zeit schon, doch während der Wochen im Kloster hatte ich mich mit Fluchtgedanken und Phantasien über Quellnymphen ablenken können. Nur manchmal, mitten in der Nacht, war ich aufgewacht, die Wangen nass vor Tränen.

Verzagt legte ich das Kissen auf die steinerne Einfassung einer Zisterne, setzte mich darauf und deponierte den Kohlkopf zwischen meine Knie. Ob ich davon essen konnte, obwohl er roh war? Mir fiel ein, dass Paulina hin und wieder ein Gericht zubereitete, für das sie Kohl klein schnetzelte und in einer Essigbeize einlegte, ohne den Kohl vorher zu kochen. Probehalber pulte ich ein Blatt von dem Kohlkopf, biss davon ab, kaute vorsichtig und spuckte es eilig wieder aus. Genauso gut hätte ich mein Papier essen können.

Nun, was das anging – essbar war das Papier nicht, aber wenigstens konnte ich darauf schreiben. Spontan zog ich einen fingerbreiten Stoß davon aus meinem Reisesack, schüttelte das Tintenfass und kratzte den Federkiel sauber. Als Schreibunterlage benutzte ich die Mauer, auf der ich saß. Unter heftigem Gekleckse und mehrmaligem Durchstoßen des Papiers floss mein ganzes Herzeleid in die rasch hingeworfenen Zeilen.

Der Tag verging, das Dunkel brach herein
Und Nacht entzog die Wesen auf der Erden
All ihren Müh'n, da rüstet' ich allein
*Mich zu dem harten Krieg und den Beschwerden.**

Schreibend ergründete ich gewissermaßen das wahre Ausmaß meines Leids, lotete die infernalischen Implikationen meiner Verlassenheit aus, nur war, anders als bei Dante, nirgends ein Vergil in Sicht, um mich auf meinem Weg durch die Hölle zu begleiten. Tränen des Selbstmitleids stiegen mir in die Augen, und wie schon im Scriptorium überkam mich das Bedürfnis, meinen Empfindungen durch selbst erdichtete Verse mehr Tiefe zu verleihen.

Hier sitz ich nun und habe nichts zu beißen
Hinfort mich trieb der Mörder schlimme Ränke
Der Hunger wird mein Inneres zerreißen
So sterb ich jung und ~~fern von jeder Schenke~~ eh ich's recht bedenke.

Im Geiste sah ich mich auf dem nackten Pflaster liegen, dahingerafft in der Blüte meiner Jugend, während der Wind mir das Blatt mit meinen letzten Worten aus der schlaffen Hand wehte, vielleicht an einen Ort, wo es von Menschen gefunden wurde, die mich zwar nicht kannten, aber beim Lesen meiner Zeilen einen Anflug stiller Wehmut verspürten.

Ob Caterinen mich denn sieht, die Schöne
Entseelt auf kalter Steine hartem Grund
Kein lebend Herz, verklungen alle Töne
Verschlossen ist auf alle Zeit mein Mund.

* Dante Alighieri, Die Göttliche Komödie, Die Hölle, 2. Gesang

In dieser Art dichtete ich noch eine Weile weiter, und wer weiß, zu welchen Höhenflügen mich der drohende Hungertod noch angespornt hätte, wäre ich nicht von einem Ausruf aus meiner elegischen Stimmung gerissen worden.

»Wenn das nicht Marco ist, der Junge mit der Krücke!«

Überrascht aufblickend, gewahrte ich nur wenige Schritte von mir entfernt den blond gelockten Schauspieler aus dem Wald.

»Seid gegrüßt, Messèr Cipriano!«

»Nicht doch. Nenn mich einfach Cipriano, denn ich bin nicht viel älter als du und gewiss nicht höher gestellt.«

»Es freut mich, Euch … dich wiederzusehen«, sagte ich mit einiger Erleichterung. Wenn er mir die vertrauliche Form der Anrede antrug, hatte er vielleicht auch ein Stück Brot für mich.

Er grinste mich an. »Wie ich sehe, bist du unter die Mönche gegangen.«

Indigniert zerrte ich an der Kutte. »Nicht freiwillig. Nach dem Tod meines Onkels kam ich ins Kloster, und dort gab es nichts anderes zum Anziehen.«

»Den Kopf hat man dir aber nicht geschoren.«

»Das hat man mir für später in Aussicht gestellt«, erklärte ich. »Zur Profess.«

»Aha. Dann bist du ein Novize. Ist dein Kloster hier in Padua?«

Ich wog kurz die Risiken einer unerwünschten Entdeckung gegen mein Verlangen nach Ehrlichkeit ab und schüttelte schließlich stumm den Kopf, worauf Cipriano sofort den richtigen Schluss zog.

»Du bist weggelaufen«, stellte er fest. »Hast dich nicht wohlgefühlt unter den Betbrüdern, was?« Er musterte mich mitfühlend. »Wer will es dir verdenken! Mich haben sie auch fast drei Jahre lang in den Klauen gehabt, bis ich es schaffte, davonzurennen. Das war damals in Ferrara. Ich war vierzehn, und mir tun heute noch die Knie vom vielen Beten weh.«

Froh, keine näheren Erklärungen über meine Flucht abgeben zu müssen, nickte ich. »Ja, das Klosterleben ist nicht jedermanns Sache.«

»Dein Bein ist immerhin wieder heil, oder?«

»Die Krücken bin ich seit gestern los. So lange musste ich warten. Mit dem … hm, Weglaufen.«

»Verstehe.« Cipriano deutete auf das Papier. »Was hast du da geschrieben?«

»Ach, das ist nichts.« Verlegen stopfte ich mein Gekritzel mitsamt Feder und Tintenfass zurück in meinen Wandersack.

»Schmachtverse, wie?« Abermals grinste er, doch auf eine Weise, die völlig frei von Arg war, sodass ich nicht anders konnte, als zurückzulächeln.

»So was Ähnliches«, gab ich zu.

»Schreibst du gern?«

Ich zuckte die Achseln. »Ist besser, als nichts zu machen.«

»Damit hast du auf jeden Fall recht. Kannst du Latein?«

»Iam a pueritia linguam Latinam didici ab avunculo meo.«*

»Donnerwetter.« Cipriano wirkte beeindruckt. »Das klingt nach einem sehr harten und langen Studium.«

»Langweilig war es wirklich manchmal.« Nur zu gut erinnerte ich mich an ungezählte Stunden, in denen ich bis zum Überdruss deklinieren und Vokabeln lernen musste. Allerdings hatte Onkel Vittore auch die Gabe besessen, das anschließende Abfragen zu einer lustigen Angelegenheit zu machen. Immer, wenn meine Leistung zu seiner Zufriedenheit ausgefallen war, belohnte er mich mit einem Kunststückchen, etwa, indem er mit drei Zwiebeln jonglierte, von denen dann wie durch Zufall eine in seinem Mund landete, worauf er so tat, als müsse er ersticken. Oder indem er eine andere Zwiebel mitten in der Luft verschwinden ließ, um sie gleich darauf hinter meinem Ohr wieder hervorzuzaubern.

* Latein lernte ich schon als Knabe von meinem Onkel

Ah, was hätte ich jetzt für eine Zwiebel gegeben, und sei es eine rohe!

»Wie alt bist du eigentlich?«, wollte Cipriano wissen.

»Achtzehn«, antwortete ich bedrückt.

»Sicher findest du es ziemlich unhöflich, wie ich dich ausfrage«, meinte Cipriano. »Aber eine Sache würde ich zu gern noch von dir wissen.«

»Welche denn?«

»Was hast du mit diesem monströsen Kohlkopf vor?«

»Nichts Besonderes. Ein Bauer gab ihn mir als Belohnung für meine Hilfe.« Ich räusperte mich. »Du kannst ihn haben, wenn du willst … Ähm, vielleicht im Austausch gegen ein kleines Stück Brot.«

»Kann es sein, dass ich da deinen Magen knurren höre? Du hast wohl gewaltigen Hunger, stimmt's?«

Ich nickte und verfolgte mit gierigen Blicken, wie er an dem Stand, wo es das Zuckergebäck gab, einen Kuchenkringel kaufte und ihn mir reichte. Mit äußerster Beherrschung schaffte ich es, die Leckerei in dezenten Häppchen zu verzehren.

»Sag mal, Marco, du suchst nicht zufällig Arbeit, oder?«

»Zufällig doch.« Schnell fügte ich hinzu: »Ich kann kräftig zupacken, den ganzen Tag, wenn's sein muss.«

Cipriano strahlte mich an. »Das trifft sich gut! Wir brauchen noch einen Helfer bei der Truppe. Und mich haben sie heute beauftragt, endlich jemanden anzuheuern.«

Fast verschluckte ich mich am Rest des Schmalzgebäcks. »Du meinst – ich könnte bei den Schauspielern arbeiten?« Vor Aufregung brachte ich es kaum heraus, und als Cipriano nickte, unterdrückte ich nur mit Mühe einen Freudenschrei. Nicht zu fassen, was ich für ein Glück hatte! Dieser Cipriano war weit besser als Vergil. Er hatte nicht nur Kuchen für mich, sondern auch Arbeit! Und zwar – gab es eine größere Gnade des Himmels? – in unmittelbarer Nähe von Caterina!

»Mir scheint, du bist geneigt, dich der Aufgabe zu stellen.«

Darauf konnte ich nur überwältigt nicken. Cipriano wies auf den Kohlkopf. »Den nehmen wir mit. Franceschina hat ein Händchen dafür, Ungenießbares genießbar zu machen.«

Ciprianos Auftrag lautete nicht nur, einen Bühnenarbeiter mitzubringen, sondern auch, einen Schinken zu kaufen, was er rasch an einem der Stände erledigte. Als er zu mir zurückkehrte, deutete er meine Blicke richtig und säbelte mit seinem Dolch ein Stück von dem Räuchergut ab. »Sieht so aus, als wüchsest du noch«, meinte er. »Du bist zwar schon ungewöhnlich groß, aber mit achtzehn hat so mancher Knabe noch ein paar Fingerbreit zugelegt. Ich selbst erinnere mich nur zu gut daran, was für einen gewaltigen Appetit ich in deinem Alter hatte.«

Dankbar führte ich mir die Schinkenscheibe zu Gemüte und schlenderte mit meinem Retter über den großen Platz. Wie sich dabei herausstellte, war Cipriano noch in einer dritten Obliegenheit unterwegs, der er sich gleich darauf mit sprühendem Elan widmete. Er bat mich, den Schinken zu halten, sprang auf einen leeren Karren und breitete mit großer Geste die Arme aus.

»Ihr braven Leute, hört mir zu!«, rief er. »Wer bisher versäumt hat, dem Lockruf der Theaterkunst zu folgen, hat nicht gelebt! Euch, die Ihr diesen Klang nicht kennt, sei gesagt: Die Zeit des Aufhorchens und des Erwachens ist gekommen! So merkt es Euch denn und vergesst es nicht: Heute Abend ist es wieder so weit! Gleich nach dem Vespergottesdienst hier auf der Piazza delle Erbe! Kommt alle her und seht, was die wundersamen *Incomparabili** zu zeigen haben!« Seine Stimme hallte über den Platz und klang dabei dennoch sonor, kein Vergleich zum rauen Geschrei der Händler, die vorhin noch hier ihre Waren angepriesen hatten.

* Die Unvergleichlichen

Als ich Cipriano dort oben stehen sah, nahm ich eine andere Aura an ihm wahr als noch eben im Gespräch. Etwas Bezwingendes schien von ihm auszugehen, das die Leute dazu brachte, sich zusammenzuscharen und ihm zu lauschen. Mit einem Mal wirkte er größer als vorher, sein schon leicht abgewetztes Samtwams edler, und sein Gebaren verströmte fürstliche Autorität.

»Schon der König von Frankreich und der große Kaiser persönlich haben unter donnerndem Applaus das sagenhafte Spiel der Incomparabili gewürdigt! Gold und Silber haben sie geboten, auf dass die Incomparabili für immer an den prächtigen Höfen blieben, doch nichts konnte diese davon abhalten, in die Heimat zurückzukehren, an den Busen der *Italia*, zu den Menschen mit echtem kulturellen Sachverstand und der Fähigkeit, wahre Schauspielkunst zu würdigen! Kommt und seht selbst, was die größten Herrscher Europas zu Entzücken hinriss! Schaut euch unser neues Stück an, das von Liebe, Macht und Versuchung handelt, so wie außerdem von Kampf und Sieg, von Lust und Leid! Von göttlicher Fügung und den Wirren des Schicksals!«

Mit zahlreichen blumigen Wendungen pries er das Stück, das den Titel *Eine lustige Brautwerbung* trug und gleich nach dem Vespergottesdienst zum Besten gegeben werden sollte. Bei Regenwetter, so Cipriano weiter, werde das Schauspiel unter den Arkaden abgehalten.

Nach Beendigung seiner Ankündigung stieg er wieder von dem Karren und nahm den Schinken an sich.

»Wie war ich?«, wollte er wissen.

»Sehr beeindruckend«, meinte ich mit echter Bewunderung.

Geschmeichelt strich er sich durchs Haar. »Da du zuerst nur Blicke für den Schinken hattest, zum Schluss jedoch allein für mich, fällt es mir leicht, dir zu glauben.«

Ich merkte, dass ich rot wurde, konnte aber nicht umhin, in sein Lachen einzustimmen.

Obwohl ich mittlerweile todmüde war – immerhin hatte ich

seit mehr als vierundzwanzig Stunden nicht geschlafen und einen anstrengenden Nachtmarsch hinter mir – gab ich mir den Anstrich forschen Tatendrangs und folgte Cipriano mit möglichst federnden Schritten zu meiner neuen Arbeitsstätte.

Die Truppe, so erklärte er mir, hatte in einer Herberge unweit der Piazza delle Erbe Quartier bezogen. Seit vier Wochen wohnten die Schauspieler nun schon dort und gaben einen über den anderen Tag – ausgenommen sonntags – jeweils eine Vorstellung. Da insgesamt drei Stücke zur Verfügung standen, die abwechselnd hintereinander gespielt wurden, wiederholten sich die Vorstellungen Woche für Woche.

»Eigentlich müssten wir mindestens doppelt so viele Stücke vorführen«, sagte Cipriano. »Nur drei – das ist so gut wie nichts. Damit kann man nicht allzu lange in einer Stadt gastieren. Und wenn man nach zwei oder drei Jahren wiederkommt, erwarten die Leute Neues.«

»Dann werden sich die Besucher aber heute Abend über das neue Stück freuen«, sagte ich.

Cipriano lachte, doch es klang nicht heiter. »Wenn es denn neu wäre! Es ist eines unser ältesten. Wir wollten es eigentlich längst ad acta legen.«

»Und warum wollt ihr es dann noch spielen?«

»Weil es eines der kläglich wenigen ist, die wir ohne Patzer über die Bühne bringen. Hätten wir es nicht, wären wir längst aus der Stadt gejagt worden.«

»Oh«, meinte ich betroffen.

»Nun ja, ich sage es dir lieber vorher, damit du weißt, worauf du dich einlässt.«

»Ich habe keine große Auswahl bei dem, was ich sonst tun könnte«, erklärte ich freimütig.

»Tja, dann geht es dir genau wie mir. Vom Schicksal in eine Rolle geworfen und für ewig daran gefesselt.« Es klang seltsam düster, als ob ihm Dinge durch den Kopf gingen, die weniger mit dem Theater als mit anderen Schwierigkeiten zu tun hatten.

»Wenn ich helfen kann, würde es mich freuen«, sagte ich lahm.

»Du wirst dich schon nützlich machen. Äh … Du kannst nicht zufällig singen?«

»Ungefähr so wie ein Frosch unter der Folter.« Das war nicht meine eigene Beurteilung, sondern die von Bruder Hieronimo, der mit diesen Worten meinen Chorgesang in der Kapelle gewürdigt hatte.

»Dann verstehst du dich vermutlich auch nicht aufs Lauten- oder Flötenspiel?«

Besorgt schüttelte ich den Kopf. »Wäre das ein Hindernis?«

»Keine große Sache. Du bietest darüber hinaus den allentscheidenden Vorteil: Du bist groß und stark und kannst die Winde bedienen. Wir brauchen sie bei der Aufführung übermorgen, da kommst du uns sehr gelegen. Der letzte Helfer hat sie mehrfach herunterfallen lassen, Baldassarre hat sich fast den Hals gebrochen.«

Das alles klang sehr rätselhaft, doch ich wagte nicht nachzufragen, denn ich fürchtete, allzu dumm zu wirken, weil ich von den einfachsten Dingen keine Ahnung hatte.

»Warum studiert ihr nicht neue Stücke ein?«, wollte ich stattdessen wissen, eine, wie ich fand, vernünftige Frage, bedeuteten doch neue Stücke offensichtlich den Ausweg aus dem von Cipriano geschilderten Dilemma.

Diesmal zeugte sein Lachen von echter Belustigung, wenn auch leichte Verzweiflung herausklang. »Dazu müssten wir zuerst welche haben, nicht wahr? Aber woher nehmen, wenn nicht stehlen? Du ahnst ja nicht, welche Schwierigkeiten es bereitet, selbst das einfachste *Canovaccio** zusammenzustellen!«

Ich verkniff mir die naheliegende Frage – wer oder was war ein Canovaccio? –, da mich das zweifelsohne als weltfremden Bauerntölpel entlarvt hätte.

* Zusammenfassung eines Theaterstücks, eine Art Szenen-Exposé

»Wir könnten natürlich stattdessen auch alte Stücke geben«, meinte Cipriano. »Ich meine *richtig* alte, wie die von Plautus und Terenz. Sehr beliebt, immer noch. Haben uns früher sehr gute Dienste geleistet, diese römischen Komödien. Doch dazu bräuchten wir Schauspieler, die etwas anderes als gähnende Leere oder dumme Liebeskapriolen im Kopf haben.« Resigniert verzog er das Gesicht. »Dagegen hilft nämlich auch kein Plautus.«

»Ich kenne seine Stücke aus einem Buch!« Eifrig nutzte ich die Gelegenheit, nicht mehr ganz so dämlich dazustehen. »Mein Onkel gab es mir zum Lesen und zum Üben.« Ich dachte kurz nach und hob dann an zu rezitieren.

»Einst war ein alter Handelsherr in Syrakus
Und dem gebar zwei Zwillingssöhne seine Frau
Die sahen sich so ähnlich, dass die Amme, die sie säugte
Ja selbst die Mutter, die sie gebar
Sie nicht zu unterscheiden wusste
Wie mir ein Augenzeuge sagte, der die Knäblein sah.«*

»Oh, du kennst die *Menaechmi*!« Cipriano blieb stehen und blickte mich erstaunt an. »Was für unerwartete Begabungen!«

»Das Stück mochte ich von allen am liebsten«, erklärte ich. »Ich lese es immer noch gerne, obwohl ich es schon fast auswendig kenne.«

Er musterte mich mit verengten Augen, als sähe er plötzlich etwas an mir, das ihm vorher nicht aufgefallen war. »Du kannst sehr gut zitieren. Eigentlich … Obwohl, nein. Oder doch?« Er dachte nach. »Als Arlecchino wärst du vielleicht gar nicht so übel. Hm, hm.«

* Titus Maccius Plautus, Die beiden Zwillinge (Menaechmi), Prolog

Mit dieser kryptischen Bemerkung gab er mir weitere Rätsel auf. Diesmal schien er es selbst zu bemerken, denn er fügte eine Erklärung an. »Arlecchino ist einer von den *Zanni*.«*

»Ach so«, sagte ich. Wer immer Arlecchino oder diese Zanni waren – ich würde mir nicht die Blöße geben, danach zu fragen.

Die Herberge war nicht weit von der Piazza delle Erbe entfernt. Sie lag in östlicher Richtung hinter einem gewaltigen Gebäude, bei dem es sich, wie ich von Cipriano erfuhr, um die Universität von Padua handelte. Als ich das hörte, erstarrte ich vor Ehrfurcht, denn von Onkel Vittore wusste ich, dass nach Wissen dürstende Jünglinge aus ganz Europa nach Padua zogen, um hier zu studieren. Besonders die medizinische Fakultät galt als herausragend. Doch auch in anderen Disziplinen wartete die Universität von Padua seit jeher mit Dozenten auf, die andernorts ihresgleichen suchten.

Das Studieren hatte ich mir freilich immer ähnlich langweilig vorgestellt wie das Erlernen von Vokabeln oder das Lösen langweiliger mathematischer Gleichungen. Von daher hatte es mich nie bekümmert, in punkto Gelehrsamkeit etwas zu versäumen. Doch beim Anblick des riesigen Bauwerks, das gleichsam für Jahrhunderte gesammelten Wissens stand, beschlich mich die vage Sorge, mir könne vielleicht doch das eine oder andere Nützliche entgangen sein. Dafür sprach nicht zuletzt, dass ich mir bei einer Unterhaltung mit einem stadterprobten Menschen wie Cipriano vorkam wie der stupideste Tropf weit und breit. Was halfen mir die Menaechmi, wenn ich keine Zanni kannte?

Nach einem kurzen Marsch um einige Häuserecken erreichten wir einen kleineren Platz, wo mein Blick sofort auf die beiden bunt bemalten Planwagen fiel, die dort neben anderen Fuhrwerken abgestellt waren. Dahinter lag ein Stall, durch dessen geöffnetes Tor eine Reihe von Zugtieren sowie einige Pfer-

* Dienerfiguren

deknechte zu sehen waren. Die zu dem Anwesen gehörende Herberge befand sich gleich daneben. Im Vergleich zu den Prachtbauten an der Piazza delle Erbe war es ein eher schlichtes Gemäuer mit verwitterter Fassade und schmalen Fenstern.

»Wir haben nur zwei Zimmer«, sagte Cipriano. »Eins für die Frauen und eins für die Männer. Aber du kannst in einem unserer Wagen übernachten.«

Bei dem Wort *übernachten* überfiel mich sofort starker Schlafdrang. Ich merkte, dass ich mich kaum noch aufrecht halten konnte vor Müdigkeit. Doch in Anbetracht dessen, dass ich vorhin noch behauptet hatte, den ganzen Tag lang zupacken zu können, machte es sicher keinen guten Eindruck, wenn ich meinen Dienst mit einem Nickerchen begann.

Vor mir stieß Cipriano die Tür zur Herberge auf und ging voraus in einen Schankraum, in dem es nach Bier und warmem Essen roch. Stimmengewirr erfüllte den Raum, obwohl nur einer der Tische besetzt war – von den Mitgliedern der Schauspieltruppe.

Unweigerlich wurde mein Blick sofort von *ihr* angezogen, die wochenlang Gegenstand meiner Träume gewesen war. Endlich sah ich Caterina wieder!

Sie war blass, wie ich sofort besorgt erkannte, und ihr liebliches Gesicht wirkte kummervoll. Augenblicklich verflog meine Müdigkeit, und ich war mehr als bereit, Leid und Ärger von ihr abzuwenden.

Nur flüchtig glitt mein Blick über die anderen, die um den großen Tisch saßen, vor sich Krüge und Holzbretter mit Essensresten. Da war der alte Zeus, der mir das Holzschwert an die Kehle gehalten hatte, neben ihm Elena, das schlecht erzogene Mädchen mit den zerzausten roten Locken, daneben die üppig gebaute Franceschina, dieser gegenüber Bernardo, dessen Hoden nähere Bekanntschaft mit meiner Krücke gemacht hatten. Und an seiner Seite saß Caterina, das Kinn aufgestützt und das dunkle Haar herabfallend wie fließende Seide. Zwischen ihren Brauen stand eine Unmutsfalte, die in mir den Impuls wachrief, sie zu bitten, mir ihre Sorgen anzuvertrauen, damit ich mich darum kümmern konnte.

Gleich darauf wurde auch klar, *wer* sie verstimmt hatte – Bernardo!

»Und ich sage dir, es ist alles deine Schuld!«, behauptete er wütend. »Du kannst es einfach nicht sein lassen! Immer, wenn ich denke, es war das letzte Mal, schleppst du einen neuen Verehrer an! Ich werde diesen Burschen töten!«

»*Dieser Bursche* hat für unsere Spielerlaubnis gesorgt, und ihm verdanken wir auch die Genehmigung, bei den Arkaden die Bühne aufzubauen«, gab Caterina ebenso wütend zurück. »Und ich habe nichts mit ihm, wie oft soll ich dir das noch sagen?«

»Und wenn schon«, rief Franceschina dazwischen, nicht minder zornig. »Warum lässt du sie nicht einfach ziehen? Sie macht dich doch nur krank, Bernardo! Merkst du das nicht? Sie wird nicht ruhen, bis sie dich vernichtet hat!«

Caterinas Miene glättete sich, mit einem Mal wirkte sie erheitert. »Horch, horch! Spricht da die Stimme der Vernunft?«

»Streitet ihr euch etwa?«, fuhr unvermittelt der Alte dazwischen. Seine Stimme klang wie Donnerhall, als er in getragenen Jamben fortfuhr: »Wo Zank die Rede prägt, da sucht das Weib! Warum schweigt es nicht ganz einfach still! Besinnt sich auf den wahren Zeitvertreib! Benimmt sich, wie der Ehemann es will!«

Caterina verdrehte ob dieser Äußerung die Augen, während Elena meinte: »Großvater hat recht. Statt zu streiten, sollten wir uns um wichtigere Dinge kümmern. Wenn wir nicht bald mit einem neuen Stück antreten können, bringen wir alles in Gefahr, was wir einst hochgehalten haben!« Aufmunternd wandte sie sich an Bernardo. »Wie weit bist du denn? Gestern sagtest du noch, du hättest eine wunderbare Idee und wolltest sie gleich aufschreiben?«

»Wie könnte ich?«, fragte Bernardo mit dumpfer Stimme. »Wenn diese schamlose Metze mit Bedacht meine Seele zerfleischt und gnadenlos meine Inspiration mit Füßen tritt!«

»Deine Inspiration ist doch längst im Schnaps ersoffen«, sagte Caterina. »Bislang hat sich noch jede deiner angeblich wunderbaren Ideen in Grappa aufgelöst.«

»Das ist nur deine Schuld!«, rief Franceschina. Ihr Blick fiel auf Cipriano. »Da bist du ja endlich. Hast du den Schinken?«

Cipriano räusperte sich. »Sogar mehr als das.« Er trat einen Schritt zur Seite, damit die anderen mich sehen konnten. »Einen leibhaftigen, großen, kräftigen Bühnenhelfer.«

»Der sich in einen Mönch verwandelt hat und anstelle einer Krücke einen Kohlkopf unterm Arm hat«, fügte Elena hinzu. »Und ein … besticktes Seidenkissen?«

Meine Wangen brannten vor Verlegenheit und Ärger, und für einen Moment verspürte ich den Impuls, mit dem Kohlkopf – oder wenigstens mit dem Kissen – nach ihr zu werfen, zumal ihre ironische Bemerkung bei den anderen einstimmiges Gelächter auslöste.

»Darf ich vorstellen? Das ist Marco. Er hat dem Klosterleben den Rücken gekehrt und sucht einen neuen Wirkungskreis.« Cipriano nahm mir den Kohlkopf ab und legte ihn zusammen mit dem Schinken vor Franceschina auf den Tisch. »Hier, tu damit, was dir gefällt.«

Sofort ergriff sie ein Messer und fing an, Scheiben von dem Schinken abzuschneiden und zu essen, während sie mich musterte.

Mit Nachdruck ignorierte ich meinen abermals erwachenden Appetit und blickte verstohlen zu Caterina. Ihr Lächeln war nicht schadenfroh, sondern freundlich, was mein Herz vor glücklicher Erleichterung schneller schlagen ließ. Dass ich in der mönchischen Aufmachung lächerlich wirken konnte, war mir vorher gar nicht in den Sinn gekommen, dabei lag es auf der Hand, wie komisch ich aussehen musste, mit der vom langen Wandern verdreckten Kutte, den schlammverkrusteten Schuhen und den grob gestrickten Strümpfen. Über meinen Körpergeruch, der mir unversehens in der warmen Schankstube in die Nase stieg, wollte ich gar nicht erst genauer nachdenken. Dennoch konnte ich nicht umhin festzustellen, dass mit einem Mal mein Verlangen nach einem Bad drängender war als das nach Schlaf oder Essen.

»Der Kerl kommt mir bekannt vor«, sagte Bernardo mit gefurchter Stirn. »Mir scheint, ich habe ihn schon am Theater gesehen.«

»Du meinst, als trojanischen Speerwerfer?«, fragte Caterina.

»Hm, ja, jetzt, wo du es sagst …« Grübelnd blickte er mich an. »War es in Modena?«

»Nein, eher am Boden einer Flasche«, sagte Caterina.

»Du gemeines Biest!«, fuhr Franceschina sie mit vollen Backen an. Gleich darauf sprang sie auf, presste sich die Hand vor den Mund und rannte unter würgenden Tönen hinaus.

»Der gute Schinken«, sagte Caterina bedauernd. Mit spitzen Fingern zupfte sie ein Stück von einer liegen gebliebenen Scheibe und biss davon ab, sodass ich einen Blick auf ihre perlweißen Zähne erhaschte.

Elena war ebenfalls aufgestanden. »Mit euch kann man nicht reden! Ihr seid wie Kinder!« Ihr Gesicht drückte Ärger und Resignation aus. Ganz unrecht hatte sie nicht, wie ich fand, obwohl es einem jungen Mädchen natürlich keinesfalls anstand, in diesem Ton mit Erwachsenen zu reden. Sie wandte sich an mich. »Du heißt also Marco. Hast du irgendwelche Bühnenerfahrung?«

»Äh … nein«, sagte ich überrumpelt.

»Ich bin sicher, dass er sehr schnell lernt.« Cipriano setzte sich an den Tisch und führte sich ein Stück von dem Schinken zu Gemüte. »Er sieht vielleicht nicht so aus, aber er ist gebildet.

Er kann schreiben und lesen und sogar aus den Menaechmi zitieren. Und schaut euch seine Schultern an – was wollt ihr mehr?«

»Er muss baden und seine Kleidung wechseln«, warf Caterina ein.

Mir stieg das Blut mit solcher Macht zu Kopf, dass ich sicher war, wie eine Fackel zu leuchten.

Ich räusperte mich mühsam. »Leider besitze ich keine Kleidung zum Wechseln. Mein … Aufbruch vollzog sich in einer gewissen Eile.«

»Ich gebe dir etwas zum Anziehen aus unserem Fundus«, sagte Cipriano. »Eines von unseren Zanni-Kostümen dürfte dir gut zu Gesicht stehen. Sozusagen passend zu deiner neuen Rolle als unser aller Diener.« Er lachte gutmütig.

»Wahrscheinlich hast du auch kein Geld fürs Badehaus«, mutmaßte Elena.

Aufgebracht blickte ich sie an. Hier stand ich vor ihr, ein erwachsener, gebildeter Mann mit einer Erbschaft im Rücken, und sie unterstellte mir einfach, dass ich kein Geld zum Baden hatte!

»Ich würde auch gern baden«, sagte der Alte. Es klang sehnsüchtig.

Elena strich ihm übers Haar. »Das trifft sich gut, Großvater. Du kannst unseren neuen Bühnenhelfer Marco ins Badehaus mitnehmen und ihm bei der Gelegenheit einiges über seine Aufgaben erzählen. Was hältst du davon?«

»Ein guter Plan«, sagte der Alte vergnügt. Er musterte mich mit mildem Interesse. »Tatsächlich kommt mir dieser junge Bursche ebenfalls bekannt vor. Mir scheint, einst traf ich ihn in einer Schlacht. Hast du bei Lepanto gekämpft, mein Junge?«

»Damals war ich noch nicht geboren, aber ich habe viel darüber gehört. Mein Onkel war dort, er war früher Seeoffizier.«

»Ah, dann ist vielleicht er es, an den ich mich erinnere! Siehst du ihm ähnlich, junger Marco?«

»Nein, kein bisschen«, sagte ich. »Außerdem ist er leider tot.«

»Nein, nicht tot!«, widersprach der Alte emphatisch. »Ins Elysium ewiger Unsterblichkeit entrückt, so wie alle christlichen Kämpfer jener Schlacht! Ehrenvoll zur Rechten unseres Helden Don Juan de Austria, die Stirn bekränzt vom immergrünen Lorbeer triumphreicher Sieger!« Er wandte sich an Bernardo. »Wolltest du nicht neulich erst ein Stück über ihn schreiben?«

Bernardo zuckte nur die Achseln, den Blick düster in die Ferne gerichtet.

»Ich schlage vor, ihr geht jetzt gleich zum Badehaus, denn später ist noch genug zu tun«, sagte Elena. Sie kramte ein paar Münzen aus dem Beutel an ihrem Gürtel und reichte sie mir. »Lass dir vorher von Cipriano frische Sachen geben. Cipriano, kümmerst du dich darum?«

»Wenn nicht ich, wer dann?«, kam es lakonisch zurück. Cipriano stand auf. »Komm mit, Marco.«

»Instruierst du ihn auch wegen Großvater?«

»Auch das, meine Kleine.«

Elena warf mir einen undeutbaren Blick von der Seite zu, bevor sie sich wieder dem Tisch zuwandte und anfing, Essbretter und Bestecke zusammenzuräumen.

Nach einem letzten ausgiebigen Blick auf Caterina folgte ich Cipriano über eine Stiege ins Obergeschoss, wo die Schlafkammern lagen. Er führte mich in einen Raum, den er, wie er mir berichtete, mit Bernardo und dem alten Baldassarre bewohnte. Allerdings, so Cipriano, ziehe er es meist vor, in einem der beiden Wagen zu nächtigen, weil Bernardo, bedingt durch den Suff, jede Nacht im Traum laut rede, während der Alte derweil Schnarchkonzerte anstimme, dass die Wände wackelten.

Ich ließ die Vorstellung kurz auf mich wirken und stimmte ohne zu zögern Ciprianos Vorschlag zu, ebenfalls im Wagen zu übernachten, zumal die Unordnung aus schmutzigen Kleidern, leeren Schnapsflaschen und dem überall herumliegenden, mit

Tinte bekleckten und grob zerknüllten Papier alles andere als einladend wirkte.

»Was meinte Elena mit *instruieren*?«, fragte ich, während Cipriano den Deckel einer großen Truhe aufklappte und begann, darin herumzuwühlen.

»Nun ja, es ist ratsam, immer ein Auge auf Baldassarre zu haben. Im täglichen Leben ist er manchmal …« Cipriano machte eine Handbewegung, die verdeutlichte, dass die Geisteskraft des Alten nachließ.

Tatsächlich bestätigte sich damit eine Vermutung, die bereits vorhin in der Schankstube in mir aufgekeimt war. Der alte Mann erinnerte mich an Pater Anselmos Vater, der, bevor er im vorletzten Jahr das Zeitliche gesegnet hatte, nach dem Kirchgang regelmäßig jeden, der gerade des Wegs kam, zur Seite zu nehmen pflegte.

Zwei oder drei Mal war auch ich an der Reihe gewesen und dabei in den Genuss schauerlicher Geschichten gekommen, von kopflosen Reitern, fliegenden Hexen und wiederkehrenden Toten, die allesamt nachts an seine Kammertür klopften und Einlass begehrten. Pater Anselmo war jedes Mal dazwischengegangen, sofern er es gerade mitbekam.

»Ja, das Alter!«, hatte er seufzend gemeint. »Und wenn ihr nicht umkehret und werdet wie die Kinder, sprach Jesus Christus, unser Heiland. Aber ach, es ist ein so schweres Los für jene, die danebenstehen!«

Nichtsdestotrotz hatten mir die Geschichten seines Vaters gut gefallen, ich hatte immer begierig zugehört.

»Ich werde auf Baldassarre achtgeben«, versprach ich Cipriano.

»Das wäre sehr hilfreich«, meinte er. Mit einem beifälligen Ausruf zerrte er ein Gewand aus der Truhe. »Hier ist es! Wusste ich doch, dass wir es noch haben! Von der Größe her ist es wie für dich gemacht! Ein klassisches Zanni-Kostüm!«

Es handelte sich um ein bäuerlich anmutendes Wams aus

Sackleinen, mit gewaltigen Knebelverschlüssen und enorm großen Beuteltaschen. Daneben hielt Cipriano ein Paar Beinkleider in die Höhe, genauso sackähnlich wie das Oberteil. Die Sachen sahen aus, als würde nicht einmal unser Stallknecht Ernesto sie freiwillig tragen. Ratlos zerknüllte ich das Kissen zwischen meinen Händen.

»Ähm … Gibt es noch andere Kleidung?«, wagte ich zu fragen.

Cipriano runzelte die Stirn. »Warte.« Emsig grub er weitere Fundstücke aus. »Da hätten wir noch den Lelio.«

»Wer ist Lelio?«

»Einer von den *Innamorati*«,* erklärte Cipriano, während er ein taubenblaues, hauchzartes Nichts von Seidenstrumpfhosen schwenkte, zu dem ein reichhaltig mit Silberflitter besticktes, stark tailliertes Wams gehörte. »Mein Lieblingskostüm.«

Ich war sprachlos, und das nicht nur, weil ich noch nie von diesen Innamorati gehört hatte: Allein die Vorstellung, solche Strumpfhosen zu tragen, rief ein unangenehmes Jucken zwischen meinen Beinen hervor.

»Ich sehe schon, es gefällt dir nicht.« Cipriano schien ein wenig beleidigt. »Nun ja, wer nicht will, der hat schon. Was haben wir denn noch? Ah, da gäbe es noch den *Capitano*. Der ist vielleicht eher dein Geschmack.« Sprach's und zerrte einen ledernen Harnisch aus der Truhe, dazu ein schwarzes Hemd, das bis auf die stark aufgeplusterten Ärmel fast manierlich aussah, sowie ein Paar Strumpfhosen aus gewirkter Wolle und von gewöhnlichem Zuschnitt.

»Das gefällt mir gut«, sagte ich. Und das tat es wirklich. Vor allem der Harnisch hatte etwas angenehm Martialisches. Sofort stellte ich mir vor, damit in eine Schlacht zu ziehen, möglichst hoch zu Ross, selbstverständlich nicht auf irgendeinem stupiden Ackergaul, sondern einem edlen Pferd. Gerüstet wäre

* Junge Liebende

ich zusätzlich mit Helm und Halsberge, und am Sattel hätte ich außer dem Schwert auch Arkebuse und Armbrust stecken, schließlich brauchte ein Offizier mehr als eine einzige Waffe.

»Zu dem Kostüm gehören natürlich noch ein Hut und ein Schnurrbart«, erläuterte Cipriano. »Was wir aber besser weglassen. Und das Schwert wohl eher auch.«

Sofort war mein Interesse geweckt. Ich trat näher und lugte in die Kiste. »Was für ein Schwert?«

»Das hier.« Grinsend streckte Cipriano mir das lange Holzschwert entgegen, mit dem der alte Baldassarre mich im Wald das Fürchten gelehrt hatte.

Lachend warf ich das Kissen und meinen Wandersack zur Seite, nahm das Schwert und führte in der Luft ein Scheingefecht gegen einen unsichtbaren Angreifer aus, mit vorschriftsmäßigen Paraden, Riposten und Ligaden, genau so, wie ich es bei Onkel Vittore gelernt hatte.

»He«, sagte Cipriano überrascht. »Kannst du etwa fechten?«

»Nur das, was mein Onkel mir beigebracht hat. Mit einem Holzschwert wie dem hier.«

»Hast du viel geübt?«

»Jeden Tag. Onkel Vittore meinte, irgendwann werde es mir nützen.«

»Scheint so, als wäre dein Onkel Vittore ein vorausschauender Mann gewesen. Am Theater nützt es nämlich allemal, fechten zu können.« Cipriano zog die Brauen zusammen, als gingen ihm schwierige Fragen durch den Kopf, und unvermittelt hellte sich seine Miene auf. »Ich glaube, mit dir haben wir viel Glück gehabt, mein Junge.«

In der Kiste sah ich etwas aufblitzen. »Ist das ein Messer?« Ich versuchte, nicht allzu habgierig zu klingen. »Wenn ich schon kein Schwert trage, so wäre doch ein Dolch sehr nützlich. Bis vor ein paar Wochen hatte ich selbst einen. Leider musste ich ihn im Kloster zurücklassen.«

»Oh, du meinst diesen hier?« Cipriano nahm den Dolch aus

der Kiste und betrachtete ihn mit umwölkter Miene. »Diesen Dolch aus kostbarem Damaszenerstahl? Mit dem schon ganze Horden mordgieriger Osmanen niedergemetzelt wurden? Ah, könnte ich ihn dir nur überlassen! Dann würde vielleicht dieser Fluch von mir weichen!«

»Welcher Fluch?«, fragte ich, bestürzt wegen der Tränen, die plötzlich in Ciprianos Augen standen.

»Jener Fluch, der mich treibt, mich zu entleiben, wenn ich diesen Dolch in Händen halte!«

»Was redest du denn da?«

Mit einem Klagelaut warf er den Kopf in den Nacken, sodass seine hellen Locken flogen. »So leb denn wohl, du schnöde, kalte Welt! Auf ewig flieh ich deine hohlen Freuden!« Heftig stieß er sich den Dolch in die Brust und brach gurgelnd zu meinen Füßen zusammen.

»O Gott! Cipriano!«, schrie ich. »Was hast du getan!«

Schwach vor Entsetzen kniete ich neben ihm nieder. Mit zitternden Fingern zog ich ihm den Dolch aus der Brust – und schrie abermals auf, weil ich nur das Heft zu fassen bekam, die Klinge aber in seinem Körper stecken geblieben war. »Himmel, nein!«

Cipriano öffnete ein Auge. »Wie war ich?«

»Was …?« Schockiert betrachtete ich die Stelle an seiner Brust, wo eigentlich eine blutige Wunde hätte klaffen müssen, aber nur unversehrter, wenn auch fadenscheiniger Samtstoff zu sehen war. Als ich den Dolch näher betrachtete, bemerkte ich die versenkbare Schneide, die in den Griff gerutscht war.

Cipriano setzte sich auf und grinste. »Ein Bühnenmesser. Du kannst es gerne haben, wenn du willst. Immerhin schindet es Eindruck, jedenfalls mehr als ein Holzschwert.«

Ich wusste nicht, ob ich lachen oder mich ärgern sollte. Diese Schauspieler waren wirklich ein Volk für sich!

»Hab ich dir einen Schrecken eingejagt?«, wollte Cipriano augenzwinkernd wissen.

»Geht so«, sagte ich, entschlossen, mich nie wieder wie eine Memme aufzuführen oder mir sonstige tumbe Empfindsamkeiten anmerken zu lassen. Wenn ich mit dieser Art von Künstlern zurechtkommen wollte, würde ich schnellstmöglich alles lernen müssen, was sie mir voraushatten.

»Da, fang auf.« Cipriano warf mir das Capitano-Kostüm zu und kramte anschließend noch ein paar lederne Schnabelschuhe hervor. »Hier, nimm die noch dazu. Deine klobigen Holzpantinen würden sonst die ganze Wirkung zunichtemachen. Eigentlich gehören hohe Stulpenstiefel zum Capitano, aber die hat nun Claudio.«

Ganz gewiss wollte ich nicht die übliche dumme Frage stellen, aber sie war draußen, bevor ich nachdenken konnte. »Wer ist Claudio?«

Ich erwartete eine Antwort von der Sorte wie *Einer von den Zanni* oder *Einer von den Innamorati*, doch Cipriano sagte: »Ein Schauspieler, der bis vor ein paar Monaten Mitglied unserer Truppe war. Bernardo hat gedroht, ihn umzubringen. Genau genommen hat er es sogar zweimal versucht. Nach dem zweiten Mal hat Claudio es vorgezogen, zu verschwinden. Die Stiefel hat er mitgehen lassen, obwohl sie eigentlich zum Fundus gehören. Kürzlich hörte ich, dass er bei den *Fedeli* ist.«

»Ah, die Fedeli«, sagte ich, ohne den Hauch einer Ahnung, worum es ging. Rasch probierte ich die Schuhe an und war erfreut, dass sie passten.

»Behalte sie gleich an«, empfahl mir Cipriano. »Und bring nach dem Baden unbedingt dein Mönchsgewand wieder mit. So ein Kostüm fehlt uns noch in unserem Fundus. Wer weiß, vielleicht haben wir ja doch eines Tages ein neues Stück, möglicherweise sogar eines, in dem ein Mönch vorkommt.«

Bevor ich ging, versorgte er mich noch mit frischem Unterzeug aus seinen eigenen Kleiderbeständen und ermahnte mich zum Abschied, Baldassarre wirklich nicht aus den Augen zu lassen.

Der Alte wartete bereits unten vor dem Haus auf mich. Er empfing mich mit freundlichem Lächeln und stellte mir viele Fragen, während wir durch die Gassen schlenderten. In groben Zügen berichtete ich ihm von meinem bisherigen Leben, was mangels erwähnenswerter Ereignisse rasch geschehen war. Den Grund für meine Flucht aus dem Kloster sparte ich aus, ebenfalls die Umstände, die dazu geführt hatten, dass ich überhaupt erst hineingekommen war.

Dafür hatte Baldassarre um so mehr zu erzählen, es waren kaum Fragen nötig, um ihn in Schwung zu bringen. Seine Geschichten waren zwar nicht ganz so phantastisch wie die vom Vater unseres Priesters, aber dafür waren seine Berichte über die Seeschlacht von Lepanto so wortgewaltig, abenteuerlich und farbenprächtig, dass ich ihm stundenlang hätte zuhören können. Nach einer ganzen Weile ging mir auf, dass es genau darauf hinauslief, denn es läutete soeben zur Terz. Wir hatten gut und gerne eine Strecke zurückgelegt wie die von unserem Landgut bis zum Dorf und halb wieder zurück. In mir wuchs der Verdacht, dass Baldassarre möglicherweise gar nicht wusste, wo das Badehaus war.

Gleich darauf merkte ich, dass wir an einem Gebäude vorüberkamen, das wir vor geraumer Zeit schon einmal passiert hatten.

»Messèr Baldassarre, waren wir hier nicht bereits?«, fragte ich vorsichtig. »Mir scheint, wir bewegen uns … im Kreis?«

»Was? Ach, Unfug. Aber wie es der Zufall will, sind wir soeben an unserem Ziel angekommen. Gleich dort drüben ist das Badehaus.« Er blieb stehen und deutete quer über den Platz. »Erzählte ich schon, dass ich da einen bemerkenswerten Spanier traf?«

»Im Badehaus?«

»Nein, auf einem Schiff, während der Seeschlacht bei Lepanto. Tapferer Bursche. Die Türken brannten ihm mehrere Kugeln in den Pelz, doch er war nicht kleinzukriegen. Wir nannten ihn *El manco de Lepanto,** weil er nach der ganzen Schießerei nur noch eine Hand hatte. Aber er hörte nicht auf zu schreiben. Mit der anderen natürlich.«

»Er war Stückeschreiber?«

»Soweit ich weiß, waren es eher Novellen, aber eigentlich wollte er einen Roman schreiben.«

»Einen ganzen Roman!«, sagte ich ehrfürchtig.

»Mit einer Hand!«, hob Baldassarre hervor. »Ich wünschte, es gäbe ein Stück über ihn! Und über den unvergesslichen Helden Juan de Austria!« Er blieb stehen und legte die Hand auf seine Brust, während er mit Pathos zu deklamieren begann.

»Kanonen donnern, splitternd brechen Wanten
El Manco stehet aufrecht an der Rah
Bis wir die Türken endlich überrannten
Der letzte Halbmond abgefackelt war …«

Er blickte mich auffordernd an. »Mir fehlt noch die Schlusszeile. Rasch, einen Vers noch!«

»Ihr meint, ich soll …« Ich schluckte und improvisierte.

»Juan de Austria will die Hand ihm reichen
Da sah er, dass nur eine übrig war.«

Eilig fügte ich hinzu: »Die andere wurde ihm ja abgeschossen.«

Baldassarre blinzelte. »Das war … dramatisch. Ein wirklich spannender Auftakt für ein Stück über eine Seeschlacht!«

»Warum schreibt Ihr nicht einfach eines, wenn doch Euer Herz so sehr daran hängt?«

Wehmütig schüttelte Baldassarre den Kopf. »Ich kann es nicht, mein Junge.«

* Span.: Der Einhändige von Lepanto. (Anm.: Es handelte sich um Miguel de Cervantes)

»Ihr könnt nicht schreiben?«

Er lachte, und es war zu sehen, dass er noch fast alle Zähne hatte, die obendrein in passablem Zustand waren. »Das Schreiben im technischen Sinne beherrsche ich leidlich, will sagen, ich kann Worte aneinanderreihen und vergesse oder verdrehe dabei nur wenige Buchstaben. Aber Dinge zu denken und sie aufzuschreiben war immer schon zweierlei. So fallen mir auf Anhieb oft herrliche Verse ein, sogar gereimte nach Art des Dante, wie der von eben. Sie kommen einfach aus mir heraus, ohne dass ich viel dazutun müsste – aber wenn ich sie dann zu Papier bringen will, habe ich sie schon wieder vergessen.«

»Das ist … fatal«, sagte ich mitfühlend. Mir kam ein Gedanke. »Wenn Ihr wollt, kann ich die Verse für Euch aufschreiben!«

»So etwas kannst du?«

»Ja, meine Orthographie ist ordentlich und meine Schrift leserlich, jedenfalls hat das Onkel Vittore immer gesagt. Im Kloster war ich Gehilfe des Scriptors. Und ich kann mir gut Texte merken. Den von vorhin würde ich auch morgen noch wissen. Oder nächste Woche. Oder wann immer Ihr wollt.«

»Du bist ein guter Junge.« Baldassarre war gerührt. »Aber es würde nicht viel helfen. Meine Arme sind inzwischen viel zu kurz zum Lesen.« Er lachte wie über einen guten Witz, und ich starrte ihn dümmlich an, bis mir klar wurde, was er meinte – ein Phänomen, das ich sowohl bei Onkel Vittore als auch im Scriptorium bei Bruder Ottone beobachtet hatte, der Schriftstücke zum Lesen oft auf Armlänge von sich weghielt und zum Schreiben immer eine Scherenbrille benutzte.

Halbherzig lachte ich mit und fragte mich, ob ich von der langen Schlaflosigkeit allmählich begriffsstutzig wurde.

Hinzu kam die nagende Ungewissheit über das, was mich in diesem Badehaus erwartete. Zwar waren mir die Beschreibungen von Badehäusern aus römischer Zeit bekannt – Catull etwa sollte in seiner Villa am Gardasee eine eigene Thermalgrotte besessen haben –, jedoch hatte ich keine Vorstellung, wie ein zeitgenössisches Badehaus gestaltet war, abgesehen von einer beiläufigen Information, die ich einem Reisebericht aus dem vorletzten Jahrhundert entnommen hatte, demzufolge »in deutschen Städten Männer und Weiber, ohne dass diese Huren waren, zusammen im Bade saßen«.

Mit heftig klopfendem Herzen folgte ich dem Alten in das Haus, wo uns ein mürrischer Bader in feuchten Gewändern entgegentrat und das Eintrittsgeld verlangte. Ich überreichte ihm die geforderte Geldsumme und stellte dabei fest, dass von den mitgebrachten Münzen keine einzige übrig blieb; offenbar kannte Elena die exakten Preise.

Im Gegenzug händigte uns der Bader Leinentücher, Schwamm und Seife aus und wies uns den Weg in die Badekammer, ein niedriges, dampferfülltes, mit Steinplatten ausgelegtes Gelass, in dem mehrere große Zuber standen. In einer Ecke bullerte ein gewaltiger Kaminofen, der betäubende Hitze verbreitete. Über dem Feuer hing ein großer Kessel, in dem Wasser brodelte. An den Wänden befanden sich Holzbänke, auf denen schwitzende Menschen saßen, allesamt so nackt, wie Gott sie geschaffen hatte.

Mit einem raschen Rundblick vergewisserte ich mich, dass kein weibliches Wesen darunter war. Hin und her gerissen zwischen Enttäuschung und Erleichterung zog ich mich aus und deponierte meine Sachen in einem dafür vorgesehenen Regal. Während ich Baldassarre splitternackt und barfüßig zu einem der Zuber folgte, schleppte der Bader einen Kübel mit kochend heißem Wasser herbei und leerte ihn in den ohnehin schon heftig dampfenden Zuber, der so groß war, dass bequem drei Menschen darin Platz fanden. Über eine Leiter stieg Baldassarre hinein, was mir Aussicht auf einen faltigen Hintern und knochige Beine verschaffte, ein ähnlicher Anblick, wie ich ihn von Onkel Vittore kannte.

Der Alte seufzte vor Behagen, und ich tat es ihm aus vollem

Herzen gleich, als ich neben ihm eintauchte. Was für eine unbeschreibliche Wohltat es war, mit dem ganzen Körper in heißem Wasser zu schwelgen! Nun konnte ich mir auch leicht vorstellen, welchen Genuss ein Besuch der Euganeischen Thermen mit sich bringen musste, und ich beschloss auf der Stelle, eines Tages das versäumte Thermalerlebnis nachzuholen.

Zu Hause auf unserem Gut hatten wir auch hin und wieder gebadet, meist vor hohen Feiertagen, doch war ich immer erst dann in den Zuber gestiegen, wenn Onkel Vittore fertig war, und da war das Badewasser kaum noch warm gewesen, ganz zu schweigen davon, dass ich in unserer Wanne nur zusammengekrümmt hatte sitzen können und der Wasserspiegel dabei kaum meine angezogenen Knie erreicht hatte.

In diesem gewaltigen Zuber hingegen schwamm man förmlich, es sei denn, man ließ sich auf einem der in Sitzhöhe befestigten Bänkchen nieder und lehnte sich mit dem Rücken gegen die Holzwand. In einem Korb, der in Reichweite befestigt war, lagen Seife und Tücher bereit, und auf Wunsch brachte der Bader frisches Wasser, heiß, warm oder kalt, ganz nach Bedarf. In den übrigen Zubern saßen ebenfalls Badegäste, und ich sah, dass dem einen oder anderen Wein serviert wurde – allerdings nur gegen Aufpreis, wie mir der Bader im Vorbeigehen auf meine Frage mitteilte.

Indessen focht es mich nicht an, dass ich dafür kein Geld mehr hatte, dafür genoss ich das Bad viel zu sehr. Hätte Bruder Iseppo mich in diesem Moment gefragt, wie ich mich fühlte, hätte ich geantwortet: »Göttlich.«

Ausgiebig machte ich von der Seife Gebrauch, wusch mir mehrmals den Kopf und tauchte unter, um alles abzuspülen, rieb meinen Körper mit dem Schwamm ab und ruhte nicht eher, bis ich förmlich glühte vor nie gekannter Sauberkeit.

Träge trieb ich schließlich im Wasser. Müdigkeit bemächtigte sich meiner, und ich merkte, dass ich drauf und dran war einzuschlafen.

Auch Baldassarre hatte sich inzwischen gründlich gereinigt. Er saß mir gegenüber, den Kopf zurückgelegt und die Augen halb geschlossen, einen Ausdruck reiner Zufriedenheit im Gesicht.

»Oft stelle ich mir vor, im Zuber zu sterben«, vertraute er mir an. »Deshalb gehe ich auch so gern baden. Weil ich hoffe, dass es dabei passiert.«

Fast verschluckte ich mich an dem Badewasser. »Wirklich?«

»Es wäre die höchste Seligkeit. Außerdem wäre man sauber. Ich bin in einem Alter, wo es mir wichtig ist, nicht stinkend in die Grube zu fahren.«

»Darüber habe ich mir noch keine Gedanken gemacht«, gab ich zu.

»Weil du zu jung bist, um ans Sterben zu denken.«

»Dafür seid Ihr ebenfalls noch zu jung«, behauptete ich sofort, doch ich dachte an Onkel Vittore, und mir wurde weh ums Herz. »Darf ich Euch einige Fragen zum Theater stellen?«, fragte ich rasch, um mich von dem aufkommenden Kummer abzulenken.

»Frag nur. Böse Zungen behaupten zwar, mein Gedächtnis lasse nach, und manchmal denke ich, sie haben recht, aber wenn es ums Theater geht, vergesse ich nichts.«

»Wer oder was sind Zanni?«, wollte ich wissen.

»Zanni sind Figuren unserer *Commedia a soggetto*.«*

»Wartet«, bat ich, bevor er fortfahren konnte, mit seinen Antworten neue Fragen aufzuwerfen. »Was bedeutet Commedia a soggetto?«

»Das steht für die Kunst der Improvisation.«

»Ihr meint, das Spiel erfolgt aus dem Stegreif? Aber gibt das nicht ein heilloses Durcheinander, wenn man nicht weiß, was während der Aufführung als Nächstes kommt?«

* Der Begriff *Commedia dell'arte*, die heute gebräuchliche Bezeichnung, wurde erst im 17. Jhd. geprägt.

»Der Inhalt des Stücks ist durchaus vorher bekannt«, belehrte mich Baldassarre. »Aber nur in Form von Scenari oder Canovacci, wie man sie auch nennt. Das sind Beschreibungen des Inhalts der Geschichte, welche während des Spiels in immer neuen Variationen der Schauspielkunst ihre Auslegung erfährt.«

Damit waren bereits einige meiner anderen Fragen – etwa, was Canovacci waren – beantwortet.

Zanni, so erfuhr ich anschließend, war die Sammelbezeichnung für Dienerfiguren. Zu jeder Commedia a soggetto gehörten traditionell mindestens zwei Dienerrollen, männliche oder weibliche. Ohne Zanni keine zünftige Komödie.

Den Widerpart der Zanni bildeten die *Vecchi*, die Alten, von denen ebenfalls mindestens zwei zum Stück gehörten, in der Regel betuchte, aber geizige Kerle, Advokaten oder Kaufleute, deren einziger Daseinszweck darin bestand, dem Lebensglück der Innamorati im Wege zu stehen.

Die Innamorati, so klärte Baldassarre mich auf, waren die jungen Liebenden, von denen es, was nicht schwer zu erraten war, ebenfalls mindestens zwei gab.

Während die Vecchi zu verhindern suchten, dass die Innamorati zusammenkamen, sorgten die Zanni als Diener durch alle möglichen Intrigen dafür, dass sich das verliebte Paar am Ende doch noch in die Arme sinken konnte.

Dieser Handlungsablauf war, wie ich von Baldassarre erfuhr, sozusagen das grobe Muster, nach dem die meisten Komödien der letzten Jahrzehnte gestrickt waren, wobei Varianten in allen nur denkbaren Formen erwünscht und nötig waren, vor allem, was Schauplatz, Requisiten, Dialoge und Musik anging.

»Und dann gibt es noch die *Lazzi*«,* sagte Baldassarre. »Ohne die geht in der Commedia a soggetto gar nichts.«

Die neuen, fremden Begriffe summten um meine Ohren wie verirrte Bienen, die vergeblich nach ihrem Stock suchten.

* Slapstick, auch verbunden mit Sprachwitz

Dass ich außerdem immer noch nicht wusste, wer die Fedeli und der Capitano waren, spielte nun auch keine Rolle mehr. Mir fielen buchstäblich die Augen zu, und ich schlief ein.

Ich hatte einen seltsamen Traum, in dem die Hände unzähliger Verdammter mich in den Hades hinabziehen wollten. Die klagenden Stimmen der Verlorenen drangen an mein Ohr. Von einem meinte ich deutlich zu hören, dass sein Schwanz von der Hitze schon ganz verkocht sei, während ein anderer sagte, seine Haut sei im Begriff, sich in Fetzen von seinem Körper zu lösen.

Ich war in der Hölle, und um mich herum lauter Teufel, die mich bedrängten, bocksfüßige, gehörnte, geschwänzte Ungeheuer, inmitten von schwefligem Gestank!

Mit einem Schlag wachte ich auf und bemerkte als Erstes, dass direkt vor meinem Gesicht das Badewasser blubberte. Und dass es aus dem Wasser stank wie nach tausend Fürzen.

Ich saß noch im Zuber, und mit mir hockten vier weitere Männer darin, von denen mindestens einer das Wasser mit seinen Winden zum Wabern brachte, während sie alle miteinander meinen Körper betasteten.

»Müssen wir das noch lange machen?«, fragte einer.

»Bis der Junge aufwacht«, meinte von irgendwoher Baldassarre.

Der Junge *war* aufgewacht und kämpfte sich mit dreschflegelartigen Bewegungen aus der Wanne. Tropfend und keuchend blieb ich neben dem Zuber stehen, wand rasch eines der Leinentücher um meinen zitternden Leib und sah mich wild um. Mein Blick fiel auf Baldassarre, der auf einer der Wandbänke saß und Geld zählte. Neben ihm hockte der Bader, dem Baldassarre soeben einen Teil der Münzen in die Hand drückte.

Hatten wir nicht schon bezahlt? Zum Teufel, hätte ich nur

auf Cipriano gehört und den Alten nicht aus den Augen gelassen! Wie leicht er in seiner Senilität zum Opfer von Betrügern werden konnte!

Ich wollte gar nicht wissen, was die Kerle ihm weisgemacht hatten, die zu mir in die Wanne gestiegen waren, um ihren perversen Gelüsten zu frönen. Mit brennenden Wangen hastete ich zu dem Regal, wo meine Sachen lagen. Während ich mich eilends trocken rubbelte und kämmte, versuchte ich fieberhaft, mich zu erinnern, ob einer von meinen Badegenossen mich unzüchtig berührt hatte. Sie saßen leise palavernd in der Wanne und schauten dabei drein, als könnten sie kein Wässerchen trüben.

Nur am Rande bemerkte ich beim Ankleiden, dass mir das Capitano-Kostüm perfekt passte, sogar der Lederharnisch saß wie angegossen. Trotzdem vermochte diese erfreuliche Nebensächlichkeit mich nicht mit der beschämenden Situation zu versöhnen, und nachdrücklich drängte ich Baldassarre zum Aufbruch.

Widerspruchslos zog er sich an, während ich, meine schmutzigen Mönchsgewänder zusammengerollt unterm Arm, zu dem Bader in den Vorraum marschierte und unser Geld zurückverlangte.

»Ihr wisst ganz genau, dass ich vorher bezahlt habe! Dass Ihr Euch nicht schämt, einen armen alten Mann auf diese Weise übers Ohr zu hauen!«

Der Bader blickte mich erstaunt an. »Das Geld, das er mir eben gab, war mein Anteil. Schließlich ist das hier mein Haus, in dem er seine Geschäfte macht.«

»Welche Geschäfte?«

»Na, er verkauft alles Mögliche. Und ich helfe ihm dabei, denn er macht guten Gewinn.«

»Was soll dieser Unfug? Er hatte überhaupt nichts dabei, das er hätte verkaufen können!«

»Nun ja, das hatte er wohl, nämlich Euch.«

Ich starrte den Bader an und schluckte. So tief konnte ich nicht geschlafen haben!

»Genauer, Eure ewige Jugend«, erläuterte der Bader. »Davon zehrt man nämlich, wenn man zusammen mit Euch im heißen Badewasser sitzt. Das heißt, ein Alter zehrt davon, wenn er mit einem Jüngling badet. Das Wasser muss sehr heiß sein, und es muss ein bestimmter Jüngling sein, einer, der bereits in einer magischen Quelle gebadet hat und deshalb unsterblich ist.«

»Magische Quelle?«, echote ich ungläubig. »Unsterblich?«

»Ja, so wie dieser Franzose, wie hieß er gleich … Pa… Pa…«

»Paris!«, stieß ich hervor.

»Genau. Dieser Paris traf so eine Quellnymphe, Ö… Ö…«

»Oinone.«

»Ganz recht. Der Alte hat es allen ausführlich und sehr überzeugend erklärt. Er sagte, er hätte regelmäßig mit Euch gebadet, seit er Euch vor dreißig Jahren kennenlernte, weshalb er mittlerweile auch selbst hundertdrei Jahre alt ist. Ich konnte das bestätigen.«

»Wie könnt Ihr dergleichen bestätigen?«, rief ich.

»Na ja, ich habe gesagt, dass er schon herkam, als ich noch ein kleiner Knabe war, und dass er damals bereits genauso aussah wie heute.« Der Bader lächelte verschlagen.

Baldassarre kam fertig angezogen in den Vorraum. Meine vorwurfsvollen Blicke blieben ihm nicht verborgen.

»Ich habe ihnen ausdrücklich verboten, deine Kronjuwelen zu begrapschen«, verteidigte er sich. »Weil das die Quelle der Jugend auf einen Schlag zum Versiegen bringen würde.« In seiner hohlen Hand ließ er die Münzen klimpern. »Du bekommst selbstverständlich auch deinen Anteil.«

Entrüstet wollte ich dieses Angebot einer Beteiligung am Betrügerlohn zurückweisen, doch als Baldassarre mir nach dem Verlassen des Badehauses das Geld einfach in die Hand drückte, brachte ich es nicht fertig, Einspruch zu erheben. Die Stimme meines Gewissens ignorierend, schaffte ich sogar beinahe, mir vorzustellen, dass ich das Geld verdient hätte.

Noch nie hatte ich Geld besessen – sah man von dem Erbe ab, wie viel immer es auch war. Stets war alles, was ich zum Leben gebraucht hatte, verfügbar gewesen. Somit fehlte mir in pekuniären Belangen nahezu jede Erfahrung. Nach einer verstohlenen Sichtung der mir übergebenen Münzen war ich jedoch sicher, mir davon im Bedarfsfalle mindestens zwanzig Zuckerkringel kaufen zu können.

Diese Aussicht hob meine Laune auf dem Rückweg beträchtlich, sodass ich Baldassarre nicht länger gram sein konnte. Zudem musste man ihm die Verwirrung infolge seines Alters zugutehalten, daher trug er an dem Vorfall im Grunde keine Schuld. Da ich geschlafen hatte, war ich ebenfalls schuldlos, insofern war eigentlich alles in Ordnung.

Dass es humorlose Zeitgenossen gab, die das gänzlich anders beurteilten, sollte ich in Kürze zu meinem Schrecken noch erfahren.

Nach unserer Rückkehr blieb mir keine Zeit zum Ausruhen, obwohl meine Müdigkeit schlimmer war denn je. In dem Zuber hatte ich höchstens eine Viertelstunde geschlafen, wie mir Baldassarre versichert hatte.

Immerhin hatte man mir in der Herberge einen Teller vom Mittagessen aufgehoben, auch wenn dieses inzwischen kalt war. Es gab Schmorkohl mit Resten von dem Schinken, von Franceschina eigenhändig gekocht. Sie durfte die Küche der Herberge mitbenutzen und dort für alle Truppenmitglieder warme Mahlzeiten zubereiten, wofür der Herbergswirt und seine Familie kostenlos den Aufführungen zusehen konnten. Franceschina erzählte mir, dass es kein guter Tausch sei, da die

Brut des Herbergswirts aus mindestens zehn nichtsnutzigen, lärmenden Halbwüchsigen bestehe, die bisher noch jede Vorstellung durch Zwischenrufe gestört hätten.

Sie stellte mir den Teller mit dem Kohleintopf hin und schaute mir beim Essen zu, was mich nicht sonderlich störte, da Paulina das auch immer getan hatte.

Nach dem ersten Bissen war mir auch egal, dass es heiß bestimmt besser geschmeckt hätte als kalt. Ich hatte solchen Hunger, dass ich geschwind alles aufaß und sogar eine zweite Portion nicht verschmäht hätte, wäre noch etwas da gewesen.

»Vielen Dank für das Essen«, sagte ich zu Franceschina.

»Du bist ein guter Junge«, sagte sie, während sie den leeren Teller an sich nahm und mich abwägend betrachtete. »Du kannst tatsächlich schreiben!«

Der Zusammenhang zwischen meiner Eigenschaft als guter Junge und meiner Fähigkeit zu schreiben erschloss sich mir nicht auf Anhieb, aber ich nickte höflich und stand auf, in der Absicht, hinauszugehen und den anderen zu helfen, die bereits angefangen hatten, Requisiten für die abendliche Aufführung einzupacken und auf die Fuhrwerke zu laden.

»Cipriano hat mir deine Verse gezeigt«, sagte sie. »Wir beide haben sie uns sehr gründlich angesehen.«

Ich stolperte auf dem Weg zur Tür und fuhr zu ihr herum. Hätten sie und Cipriano in diesem Moment nackt mit mir in einem Zuber gesessen, wäre die Peinlichkeit nicht schlimmer gewesen.

»Wir haben sie dann auch Elena und Caterina gezeigt«, fuhr Franceschina fort.

Es war *doch* schlimmer! Ich befand mich im grässlichsten Hades, dagegen war der Zuber mit vier Männern das Paradies! Caterina hatte meine Verse gesehen!

»Und anschließend haben wir mit Bernardo darüber gesprochen«, sagte Franceschina.

Bernardo? Ich stand starr. Bei allen Heiligen! In seiner sinnlosen Eifersucht auf alle Männer, die Caterina auch nur ansahen, war er unberechenbar! Er würde mich töten!

Während ich noch mannhaft um Beherrschung rang, meinte Franceschina freundlich: »Wir waren alle derselben Meinung. Du bist nicht so dumm, wie du aussiehst. In dir steckt mehr, als man dir auf den ersten oder zweiten Blick zutraut. Bernardo wollte zuerst nichts davon wissen, hat sich am Ende aber doch überreden lassen.«

»Wozu?«, flüsterte ich.

»Dich zu seinem Schreibgehilfen zu ernennen.«

»Äh … Schreib …«

»Gehilfe«, ergänzte sie strahlend. »Ist das nicht eine wunderbare Idee?«

Ich stammelte etwas Unverständliches und rannte hinaus.

Meine neue Position als Schreibgehilfe enthob mich nicht meiner Verpflichtungen als Bühnenhelfer, wie gleich darauf festzustellen war, denn draußen rief Elena mich sofort zu sich herüber. »Gut, dass du kommst! Hier wird jede Hand gebraucht!«

Widerwillig setzte ich mich in Bewegung. Nur zu gern hätte ich mich davongestohlen, um Caterina nicht gegenübertreten müssen. Allein daran zu denken, was *sie* nun von *mir* dachte, ging fast über meine Kräfte.

Als ich mich den Fuhrwerken näherte, war ich erleichtert, sie nirgends zu sehen. Auch Bernardo war nicht in Sicht. Cipriano und Elena schleppten eine Kiste zu einem der beiden Wagen und hoben sie hinauf. Ich sah, dass Elenas Gesicht vor Anstrengung verzerrt war, und rasch eilte ich zu ihr, um ihr die Last abzunehmen. »Lass nur, das ist viel zu schwer für ein Kind.«

Statt sich über meine Hilfe zu freuen, schaute sie verärgert drein. Sie murmelte etwas, das sich nicht besonders freundlich anhörte, und erklomm dann den Wagen, um sich auf der Ladefläche an irgendwelchen Requisiten zu schaffen zu machen.

Gemeinsam mit Cipriano verstaute ich die Kiste und suchte dabei in seiner Miene nach Anzeichen von Belustigung oder Sarkasmus, aber er sah nur ein wenig frustriert aus, und das hatte, wie ich als Nächstes erfuhr, nichts mit mir oder meinen Versen zu tun, sondern mit der schweren Arbeit, die er verrichten musste.

»Ein Glück, dass du endlich wieder da bist«, sagte er. »Allein mit der Kleinen hätte ich noch Stunden gebraucht. Es geht doch nichts über einen starken Mann.« Er musterte mich anerkennend. »Und du bist sehr, sehr stark!«

Merkwürdigerweise hatte ich auf einmal Bruder Iseppo vor Augen, wie dieser meinen Arm betastete.

»Was ist mit Bernardo?«, fragte ich. »Der kommt mir auch sehr kräftig vor.«

»Oh, das ist er zweifellos, wenn er nicht bezecht im Bett liegt.« Cipriano seufzte. »Er hat schon nach dem Frühstück angefangen, sich zu besaufen. Caterina versucht gerade, ihn wieder nüchtern zu kriegen, damit er heute Abend auftreten kann.«

Cipriano und ich gingen zurück in die Herberge, um eine weitere Kiste aus der Schlafkammer zu holen. Schlagartig kehrte meine Nervosität zurück, denn bereits auf der Stiege hörte ich Caterinas Stimme aus der Kammer, in der die männlichen Mitglieder der Truppe wohnten.

»Hier, das ist für dich.«

»Reichst du mir den Schierlingsbecher?«, kam es lallend von Bernardo. »Willst du mir endgültig den Garaus machen?«

»Nein, das hat Franceschina höchstpersönlich für dich gebraut. Sie sagte, davon könnten sogar Tote wieder gehen. Da sie es immer nur gut mit dir meint, halte ich es für ungefährlich. Also trink.«

Als Cipriano die angelehnte Tür aufstieß, sah ich Bernardo

auf dem Bett sitzen, das kreidebleiche Gesicht über einen Becher gebeugt, dessen Inhalt stechend nach Kräutern roch.

»Das stinkt schlimmer als das Gesöff von neulich«, stöhnte Bernardo. »Bestimmt muss ich davon kotzen.«

Caterina, die mit dem Rücken zu mir vor ihm kniete, schob ihm auffordernd den Becher an die Lippen. »Franceschina sagt, es wird dich besser ausnüchtern als das letzte Rezept, also versuch es.«

»Warum machst du dir überhaupt diese Mühe?«, fragte Bernardo mit schwerer Zunge. »Lass mich doch einfach hier liegen und sterben.« Er blickte auf und sah mich in der Tür stehen. »Ah, da ist unser Dichtergeselle.« Er rülpste.

Caterina drehte sich zu mir um. »Marco, schön dass du wieder da bist.«

Mein Herz raste, und mein Kopf war gähnend leer, weit und breit gab es keinen einzigen Satz, der sich für eine Konversation geeignet hätte. Als mir endlich doch einer einfiel, war er an Dämlichkeit nicht zu überbieten.

»Heute ist sehr schönes Wetter.«

»Ja, dem Himmel sei Dank.« Sie lächelte, und wieder verschlug mir ihre Schönheit den Atem. »An Regentagen kommen kaum Zuschauer. Wir haben Glück, dass es heute warm und sonnig ist.«

An Bernardo gewandt, fügte sie hinzu: »Trink schon, du Held. Ich will dich heute Abend kämpfen sehen.«

»Das wirst du«, nuschelte Bernardo. »Vor allem, wenn dieser Kerl auftaucht. Ich werde ihn töten und zum Duell auffordern.« Er dachte kurz nach und rülpste erneut. »Äh, umgekehrt.«

Cipriano und ich schleppten die letzte Kiste nach unten und schoben sie auf den Wagen. Elena klappte sie auf und prüfte den Inhalt, dann sagte sie zu mir: »Du kannst schon die Pferde anschirren, eines vor jeden Wagen, wir fahren gleich zur Piazza und bauen die Bühne auf. Ich erkläre dir dann an

Ort und Stelle alles, was du heute Abend während der Vorstellung zu tun hast.«

Ich nickte und verschwand im Stall, froh, eine Aufgabe verrichten zu können, bei der ich mich sicherer fühlte als bei den beunruhigenden Verpflichtungen, die ich bisher im Zusammenhang mit dem Theater kennengelernt hatte.

Der tröstliche Geruch nach Stallmist und warmen Pferdeleibern umfing mich und vertrieb für kurze Zeit alle trüben Gedanken, doch als ich mich daranmachte, die Pferde anzuspannen, packte mich unvermittelt die Sehnsucht nach zu Hause. Wie oft hatte ich als kleiner Junge zusammen mit Onkel Vittore und Ernesto das Anspannen oder das Satteln geübt, hatte all die Jahre gemeinsam mit ihnen die Pferde und Maultiere gestriegelt und gefüttert oder den Stall ausgemistet. Das fehlte mir mit einem Mal so sehr, dass es mir die Tränen in die Augen trieb und ich heftig schlucken musste, um nicht wie ein Kind zu heulen. Wie sehr vermisste ich mein altes gemütliches Zimmer, wo ich stundenlang für mich allein sein konnte! Mir fehlten auch unsere geliebten Bücher, die vom vielen Lesen und Blättern schon ganz zerfleddert waren. Ich sehnte mich nach den regelmäßigen, reichhaltigen und wohlschmeckenden Mahlzeiten, die Paulina uns auftischte, nach den kleinen Leckereien, die sie mir zwischendurch immer zugesteckt und anschließend liebevoll mein Haar zerzaust hatte.

Am meisten aber fehlte mir Onkel Vittore, mit seinem verschmitzten Lächeln und seiner bedächtigen Art, mir Dinge zu erklären. Auf einmal meinte ich, ihn vor mir stehen zu sehen, den Kopf zur Seite geneigt und versunken in die Ferne blickend, eine der für ihn typischen Bemerkungen auf den Lippen, etwa: »Weit und breit kein einziges mickriges Haus hier, geschweige denn ein Kanal oder eine Gondel. Bloß lauter Hügel und Bäume. Aber dafür immer gute Luft. Wir hätten es auch schlechter treffen können, was, Marco?«

Er hatte so recht gehabt! Warum hatte ich unbedingt in die

Fremde ziehen wollen? Wo konnte es schöner sein als zu Hause?!

Mit einem Mal fühlte ich mich so verloren wie noch nie zuvor in meinem Leben. Trostlos legte ich meine Stirn an den Pferdehals vor mir und versank in meinem Elend.

»Willst du das Pferd abküssen oder deine Arbeit tun?«, kam es von der Stalltür. Elena stand dort, die Hände in die Hüften gestemmt und einen spöttischen Ausdruck im Gesicht.

Ich tat einfach so, als hätte ich sie nicht gehört. Nacheinander führte ich die Pferde zu den Wagen. Meine Trübsal war unterdessen handfestem Ärger gewichen. Mit diesem Balg würde ich noch ein ernstes Wort reden müssen! Dass sie unter der fragwürdigen Aufsicht eines Großvaters wie Baldassarre keine ausreichende Erziehung erfuhr, lag auf der Hand, aber es war auf Dauer keinesfalls hinzunehmen, welchen Tonfall sie sich anmaßte.

»Kannst du ein Gespann lenken?«, fragte Elena mich.

Ich nickte mürrisch, worauf sie fortfuhr: »Dann wirst du das eine Fuhrwerk zur Piazza kutschieren und ich das andere. Wir fangen dann dort schon mit dem Aufbau an.«

Ich blickte mich um. »Wo ist Cipriano?«

»Er muss sich um Großvater kümmern«, sagte sie knapp. Sie erklomm einen der beiden Wagen und hieß mich vom Kutschbock aus, ihr nachzufahren.

Es war keine große Sache, die Aufgabe auszuführen, denn das Zugpferd war kräftig und folgsam und hatte überdies nicht viel mehr zu tun, als hinter dem bunten Wagen herzutrotten, den Elena lenkte.

Auf der großen Piazza, wo ich am Morgen Cipriano getroffen hatte, waren die Marktstände abgebaut worden. Vor den Arkaden des Gebäudes, das die Piazza mit seinen enormen Ausmaßen dominierte, hielt Elena an und befahl mir, den zweiten Wagen in einem bestimmten Abstand zum ersten abzustellen.

Auf ihr Geheiß schirrte ich sodann die Pferde ab und führte sie am Zügel zurück zum Stall. Als ich zurückkehrte, sah ich bereits von Weitem, wie sie versuchte, Kisten übereinanderzustapeln. Es war unschwer zu erkennen, dass das ihre Kräfte überstieg, denn ihr Schimpfen war sogar aus der Ferne gut zu hören. Gleichzeitig riss sie sich die Haube vom Kopf und trampelte darauf herum. Ein paar Kinder kamen angelaufen und blieben stehen, um Elena zu verhöhnen, unter ihnen drei oder vier halbwüchsige Knaben, die hämisch lachten und sich mit den Ellbogen anstießen.

Ein Mönch blieb kurz stehen und bekreuzigte sich mit missbilligender Miene, bevor er weitereilte. Als er an mir vorüberging, hörte ich ihn murmeln: »Rote Haare, Hexengezücht.«

»Der Mönch, der hier eben vorbeikam, hält dich für eine Hexe«, erklärte ich Elena nicht ohne eine gewisse Genugtuung, als ich sie erreicht hatte.

»Schade, dass er unrecht hat.« Mit einer ruppigen Bewegung strich sie sich die wild zerzausten Locken aus dem Gesicht und gab der Kiste zu ihren Füßen einen Tritt. »Denn dann hätte ich Hexenkräfte und könnte diese dämliche Bühne schneller aufbauen. Und uns genug Zuschauer herbeizaubern. Oder Futter für die Pferde, Geld für den Stall und die Herberge und vor allem einen Sack voller guter Ideen für ein neues Stück.«

Die Knaben lümmelten immer noch bei den Arkaden herum, und als einer von ihnen eine zotige Bemerkung machte, wandte ich mich zu ihnen um, die Hand am Dolch. »Habe ich da eben etwas gehört, das nicht für die Ohren eines Mädchens bestimmt ist?«, fragte ich drohend.

Offenbar war ich überzeugend, denn die Burschen nahmen die Beine in die Hand und waren so schnell verschwunden, wie sie aufgetaucht waren.

»Hirnlose Schwachköpfe«, sagte Elena verärgert, während sie nach einer Kiste langte.

»Lass mich das machen.« Rasch nahm ich ihr die Kiste ab

und hievte sie mühelos auf den bereits vorhandenen Stapel, erfüllt von der angenehmen Gewissheit, dass dieses Gör zwar eine spitze Zunge hatte, es aber an Körperkraft niemals auch nur im Entferntesten mit mir würde aufnehmen können.

Gönnerhaft wandte ich mich anschließend zu ihr um. »Bist du sicher, dass all diese von dir eben genannten Dinge überhaupt in deinen Tätigkeitsbereich fallen?«

»Tätigkeitsbereich?«

»Nun ja, ich denke, ein Mädchen deines Alters sollte sich eher auf Angelegenheiten konzentrieren, die seinem Wesen gemäß sind und sich nicht bei jeder Gelegenheit vorwitzig in den Vordergrund drängen.«

Sie starrte mich an. »Vorwitzig?«

Ich hüstelte. »Gewiss ehrt dich dein Fleiß und dein Bemühen, aber manche Dinge sollte ein Kind lieber den Erwachsenen überlassen.«

»Du meinst also, die ganze Sache hier fällt nicht in meinen … Tätigkeitsbereich?«

»So ist es.«

Elena betrachtete mich abwägend. »Für wie alt hältst du mich eigentlich?«

Mit leisem Unbehagen musterte ich sie und stellte dabei zum ersten Mal fest, wie grün ihre Augen waren und wie zahlreich die Sommersprossen auf ihrer Stupsnase. »Ähm … zwölf?« Als ich das gewittrige Blitzen in ihren Augen bemerkte, fügte ich rasch hinzu: »Vielleicht auch dreizehn oder vierzehn!«

»Das ist ein reizendes Kompliment, aber ich verdiene es nicht.« Sie lächelte verbindlich. »Denn in Wahrheit bin ich hoch betagt, hundertfünfundachtzig. In meiner frühen Jugend genoss ich das Privileg, mit einem Quellgott den Zuber zu teilen. Seither bin ich um keinen Tag gealtert.«

Das Blut schoss mir in den Kopf, und vor lauter Verlegenheit wusste ich nicht, wohin ich schauen sollte. Offenbar hatte der unselige Vorfall im Badehaus bereits die Runde gemacht, und wie es aussah, brauchte ich für den Spott nicht weiter zu sorgen.

Während ich mir ausmalte, wie sich Cipriano, Caterina und die anderen vor Lachen bogen, wartete ich auf weitere sarkastische Bemerkungen dieses vorlauten Quälgeistes, etwa solche, die auf meine Dichtkunst zielten, doch stattdessen meinte Elena kühl: »Es sind noch mehr Kisten aufzustapeln, und zwar dort vorn. Und da drüben liegt eine zusammengerollte Plane, die muss verspannt werden. Das ist unsere Kulisse.«

Ihren Anweisungen folgend, machte ich mich an die Arbeit und stellte bald fest, dass der harte körperliche Einsatz meinen Verdruss schwinden ließ. So war es schon immer gewesen, seit ich denken konnte. Auch der größte Ärger war bei mir immer rasch vergangen, wenn ich erst eine Weile auf dem Feld oder im Stall geschuftet hatte. Für den Aufbau einer Bühne galt anscheinend dasselbe. Hin und wieder zwickte mein Bein, und auch die Müdigkeit machte sich immer stärker bemerkbar, doch meine Aufregung angesichts dessen, was durch meiner Hände Arbeit nach und nach entstand, übertraf alle Unannehmlichkeiten.

Die beiden Fuhrwerke standen der Länge nach nebeneinander, mit ausreichend Abstand dazwischen, sodass die freie Fläche als Bühne genutzt werden konnte.

Die Plane für die Kulisse wurde entlang der Wagen und an den Kistenstapeln, die als hintere Begrenzung und Halterung dienten, verspannt und mit Stricken festgebunden, sodass auf diese Weise ein nach vorn offenes Viereck entstand, vor dem sich die Zuschauer versammeln konnten. Über die erste Plane wurde eine zweite gezogen – die Kulisse für den ersten Akt, die nach dessen Ende einfach herunterzunehmen war. Die Kulissen waren jeweils in den hinteren Ecken mit unauffälligen Einschnitten versehen, durch welche die Darsteller die Bühne betreten oder verlassen konnten.

Bewundernd betrachtete ich nach getaner Arbeit mein

Werk. Diese Vorrichtung des Bühnenbaus schien mir so praktisch wie zeitsparend, vor allem die leicht zu wechselnden Kulissen. »Eine gutes Prinzip«, lobte ich. »War das deine Idee?«

»Du meinst, für den Szenenwechsel die Planen übereinander anzubringen? Hm, nein. Das hat Großvater schon in seiner Jugend so gemacht. Ich habe sie bloß bemalt.«

Verblüfft betrachtete ich die Kulissen genauer. Sie waren aus gefirnisstem, steifem Tuch, ähnlich dem, mit dem auch die Fuhrwerke bespannt waren. Auf die Idee, dass jemand anderer als ein Kunstmaler sie verziert haben könnte, wäre ich nie gekommen. Die Plane, die ich zuletzt angebracht hatte, zeigte einen Wald mit täuschend echt aussehenden Bäumen, und die darunterhängende Kulisse bestand aus einer gefälligen Stadtszenerie mit erstaunlicher perspektivischer Tiefe. Das Balg hatte tatsächlich ein gewisses Talent.

»Das hast du recht gut gemacht«, räumte ich widerwillig ein.

»Ich male ja auch schon seit meinem fünften Lebensjahr. Also seit genau hundertdreiundsiebzig Jahren.«

Moment. Eben hatte sie gesagt, sie wäre hundertfünfundachtzig. Wenn man davon hundertdreiundsiebzig abzog, kam man auf zwölf. Also hatte ich doch richtig geraten! Obwohl – nein, sie hatte ja erst mit fünf Jahren angefangen zu malen, die man wiederum hinzuzählen musste, also war sie …

»Siebzehn«, sagte Elena, die mich mit unergründlicher Miene beobachtet hatte.

»Ach so«, sagte ich. Weiter nichts. Mein Bein brannte, und verstohlen rieb ich es, als könnte ich damit zugleich die absurde Situation wegrubbeln.

Nichts schien ihrem scharfen Blick zu entgehen. »Dein Bein macht dir zu schaffen«, stellte sie fest. Ärgerlich schüttelte sie den Kopf, doch ihre Verstimmung richtete sich nicht gegen mich. »Ich hätte daran denken müssen. Es war ja unlängst gebrochen.«

Ich reckte mich. »Ich bin nicht aus Glas, und mit meinem Bein ist alles in Ordnung«, behauptete ich lässig, obwohl ich mich für mein Leben gern niedergesetzt hätte.

»Es kann nicht schaden, wenn du eine Weile im Sitzen arbeitest«, befand Elena. Sie deutete auf einen der beiden Wagen. »Ich muss ohnehin noch die Kostüme prüfen, und bei der Gelegenheit können wir die Requisitenliste zusammen durchgehen.« Sie musterte mich. »Einen Teil davon hast du an, wie ich sehe.«

Unangenehm berührt befingerte ich den Lederharnisch. »Soll ich die Sachen ausziehen?«

»Nun, wenn dir danach ist – warum nicht? Ich habe schon nackte Männer gesehen und bin nicht schamhaft.«

Diesmal konnte sie mich mit ihrer gleichmütigen Miene nicht täuschen. »Du machst dich über mich lustig«, sagte ich säuerlich.

Elena hob die Brauen. »Ich merke schon, das Kostüm ist dir buchstäblich ans Herz gewachsen. Es kleidet dich übrigens vorzüglich, als Capitano würdest du eine gute Figur machen, so viel ist gewiss. Und keine Sorge, du kannst alles anlassen. Es gibt ein zweites Capitano-Kostüm, denn Bernardo hat sein eigenes. Nur den Dolch wirst du vorübergehend zur Verfügung stellen müssen. Bernardo braucht ihn heute Abend, um einen Geist zu erstechen.«

»Ah.« Nach dieser einsilbigen Äußerung, von der ich ahnte, dass sie nicht dazu taugte, meine Unwissenheit zu kaschieren, verfiel ich in Schweigen und behielt es bei, während wir einen der beiden Wagen erklommen und Elena sich an den Sachen zu schaffen machte, die sie vorhin, als ich die Pferde zum Stall geführt hatte, aus den Kisten geholt hatte.

Eine Zeit lang saß ich untätig herum und schaute Elena dabei zu, wie sie Kleidungsstücke aus einem Stoffberg zog, sie prüfend begutachtete, manche davon wieder zurücklegte und andere nach einem System, das ich nicht durchschaute, an

Haken hängte, die an den Verstrebungen des Wagendachs angebracht waren. Immerhin das Lelio-Kostüm erkannte ich wieder, ebenso das Nymphengewand, das Caterina im Wald getragen hatte.

Sofort machten meine Gedanken sich selbstständig. Ach, Caterina! Sie war von so überwältigender Schönheit, dass sie weit Besseres verdient hatte, als mit diesem seltsamen Trupp über Land zu ziehen und sich um der schnöden Ernährung willen vor fremden Menschen zur Schau zu stellen. Sie hätte die Gemahlin eines Fürsten sein können – ach was, eines Königs! –, doch stattdessen ertrug sie ständig die Anwürfe der rustikalen Franceschina und die Beleidigungen eines Säufers wie Bernardo. Allein diese Duldsamkeit bewies die Reinheit ihres Gemüts und ihre innere Güte.

Unvermittelt erstand in meiner Phantasie ein Bild, auf dem ich selbst zu sehen war, ganz ähnlich gekleidet wie der Capitano, nur eleganter, angetan mit einem Harnisch aus Metall statt aus Leder und mit kniehohen, maßgefertigten Stulpenstiefeln, am Gurt ein richtiges Schwert.

Beflügelt von diesem Zukunftsbild, spann ich meine Gedanken fort.

In meiner Vision war ich älter als jetzt, mindestens sieben Jahre, und damit berechtigt, über mein Erbe zu gebieten (wie viel immer es auch war), und darüber hinaus war ich stolzer Besitzer eines Palazzo mit Scharen von Dienern, sodass ich Caterina das schützende Geleit eines Edelmannes bieten konnte – selbstredend mit der lautersten aller Absichten, indem ich ihr die Ehe antrug.

Dass ich ein Patrizier war, wusste ich von Onkel Vittore, der mir erzählt hatte, dass er und sein Vater, ebenso wie mein eigener Vater und davor dessen Vater, allesamt im Goldenen Buch der Stadt Venedig eingetragen waren. Nur Männer von Adel wurden in diesem Buch urkundlich aufgenommen, es war ein Geburtsrecht, ebenso wie jenes, als erwachsener Mann im Großen Rat der Serenissima zu sitzen und die Geschicke einer ganzen Republik mit zu bestimmen.

»Leider hat es so gut wie nichts zu bedeuten, ein *Nobile** zu sein«, hatte Onkel Vittore bedauernd bemerkt. »Es kostet mehr, als dass es einbringt, denn Ämter für tausend Patrizier sind nun mal nicht vorhanden, höchstens für ein paar hundert, und die meisten davon sind miserabel bezahlt. Seit der großen Pest und dem letzten Krieg gegen die Osmanen ist es eher schlimmer statt besser geworden mit dem venezianischen Adelsvolk. Viele Nobili sind so arm, dass sie kaum genug zu beißen haben und sich bei Verwandten durchbetteln müssen.«

Auf mich, so schwor ich mir, würde diese Einschränkung nicht zutreffen, denn ich würde dafür sorgen, dass meine Taten mir Ruhm und Reichtum eintrugen, auf dass ich allen nur denkbaren Anforderungen des Lebens stets gerecht werden konnte, vor allem jener, Caterina ein ehrbarer Gatte zu sein.

»Wenn du damit fertig bist, Löcher in die Luft zu starren, könntest du vielleicht die Liste mit mir durchgehen«, sagte Elena.

Abrupt aus meinen glänzenden Zukunftsträumen gerissen, sah ich, dass sie mir ein Papierstück vor die Füße geworfen hatte. Das Blatt war ordentlich beschriftet, in einer sauberen, klecksfreien Handschrift, bei der die Lettern leicht nach links geneigt und teilweise mit Schnörkeln verziert waren.

»Hast du das geschrieben?«, fragte ich, ohne mir Böses dabei zu denken.

»Überrascht dich das? Dachtest du, ein dummes, vorwitziges zwölfjähriges Mädchen sollte auch das lieber den Erwachsenen überlassen?«

Ich wollte aufbegehren, denn allmählich hatte ich ihre Sticheleien satt, doch sie kam mir mit einer resignierten Handbewegung zuvor. »Schon gut, Marco, es tut mir leid. Es ist

* Adliger

nicht recht von mir, dich zu verspotten. Schließlich bist nicht du der Urheber unserer Sorgen. Ich verspreche, höflicher zu sein, wenn du aufhörst, mich wie ein Kind zu behandeln. Und nun lass uns einfach die Liste durchgehen, ja?«

Ich nickte zögernd, blieb aber auf der Hut.

Sie räusperte sich. »Am besten nennst du mir Stück für Stück die einzelnen Posten.«

Ich räusperte mich ebenfalls. »Zwei Kulissentücher, übereinander verspannt (Wald, Stadt).«

»Hängt«, sagte sie.

»Eine Laute, eine Flöte, eine Trompete, eine Trommel.«

»Vorhanden.«

»Eine Schminkschatulle mit Handspiegel.«

»Habe ich.«

»Eine Rolle Tau.«

»Ist hier.«

»Wozu wird das gebraucht?«, erkundigte ich mich.

»Lass dich überraschen.«

»Na gut.« Ich las weiter. »Ein Schwert, ein Messer, eine Muskete, sechs Laternen, ein Kerzenhalter, eine Stange, eine Weinflasche, ein Korb mit Brot, ein weißes Hemd.«

»Warte.« Sie raschelte in dem Kram, vor dem sie kniete. »Kein Brot mehr da. Wir nehmen meist altbackenes, aber irgendwie kommt es trotzdem ständig weg. Vermutlich hat es jemand an die Pferde verfüttert.« Sie blickte auf. »Das Messer hast du.«

Ich hatte es bereits vom Gürtel genestelt und reichte es ihr, während ich weiterlas.

»Begrüßungsgewänder für alle.«

»Die sind in einer Kiste auf dem anderen Wagen, die habe ich vorhin schon durchgesehen. Lies weiter.«

»Gewänder, Masken, Schuhe, Handschuhe, Kopfbedeckungen für Dottore, Pantalone, Capitano, Pedrolino, Colombina.«

Ausgedehntes Rascheln, während Elena die bereits aufgehängten Kostüme und andere Gegenstände prüfte, dann sagte sie: »Alles da.«

»Was sind das für Figuren?«, fragte ich neugierig. »Dein Großvater erzählte mir heute, dass es Vecchi, Zanni und Innamorati gibt. Wer ist hier wer?«

»Dottore und Pantalone sind die Vecchi, also die Alten. Dottore ist ein besserwisserischer, aufgeblasener Notar aus Bologna. Er trägt einen schwarzen Hut, einen schwarzen Talar mit weißer Halskrause und dazu das hier.« Sie hielt sich eine Halbmaske vors Gesicht, und ich musste lachen beim Anblick der prallen, weinroten Wangen, des dichten dunklen Schnurrbarts und der dicken Nase mit der Warze daran.

Elena legte die Maske wieder weg und präsentierte eine andere, mit langer dürrer Nase, knochigen Wangen und einem grauen Spitzbart. »Der hier ist Pantalone, ein nörglerischer und geiziger Kaufmann aus Venedig. Er trägt einen roten Gehrock, rote Strumpfhosen, eine rote Mütze und einen schwarzen Überwurf.«

»Und der Capitano? Das Kostüm kenne ich ja schon, aber was ist er für ein Charakter? Zu welcher Gruppe gehört er? Zu den Vecchi, den Zanni oder den Innamorati?«

»Eigentlich ist er eine Rolle für sich. Ein schwer bewaffneter, säbelrasselnder Aufschneider, der so tut, als wäre er ein tapferer Krieger und Liebling der Frauen, der aber im Grunde weniger Schneid hat als eine Maus.«

»Äh … Ach so.« Rasch las ich weiter. »Gewänder für Lelio und Rosalinda. Das sind dann wohl die Innamorati, oder?«

»Ganz recht. Sie sind kostümiert, tragen aber keine Masken. Sie sind einfach jung und schön, so wie die Natur sie geschaffen hat.«

»Dann spielt Caterina die Rosalinda«, sagte ich impulsiv.

»Da das offensichtlich keine Frage ist, sondern eine Feststellung, erwartest du gewiss keine Antwort.« Mit zusammengepressten Lippen wühlte Elena in den Requisiten herum.

Irritiert überlegte ich, womit ich nun schon wieder ihren Unwillen erregt hatte. Egal, was ich sagte, sie schien immer ein Haar in der Suppe zu finden, und ich durfte dann raten, welches.

Gleichwohl versuchte ich, einzulenken. »Pedrolino und Colombina sind demnach die Zanni, oder? Ein Diener und eine Dienerin.«

»Das hast du gut durchschaut«, sagte sie knapp. Sie erhob sich aus ihrer knienden Haltung. »Ich gehe Brot für den Requisitenkorb besorgen.«

»Nur altes oder vielleicht auch frisches?« Soeben war mir aufgefallen, dass ich schon wieder Hunger hatte, und zwar gewaltigen. Genau genommen kam es mir sogar so vor, als hätte ich seit Tagen nichts gegessen. Der Kohl hatte nicht lange vorgehalten.

»Ich muss nehmen, was ich kriegen kann, ob alt oder frisch, aber ich verspreche dir, dass ich dir ein Stück davon abgebe.« Das klang wieder versöhnlicher, was mich auf unbestimmte Weise erleichterte. Sie reichte mir einen schmalen Folianten. »Hier, das ist das Canovaccio für das Stück, das wir heute geben.«

»Was soll ich damit tun?«

»Es lesen und verinnerlichen, damit du bald dein eigenes Können zum Einsatz bringen kannst.«

»Als Schauspieler?« In gelindem Entsetzen blickte ich zu ihr hoch.

»Nicht doch. Als Bernardos dramaturgischer Assistent.« Sonnenstrahlen drangen durch die bunte Plane des Wagendachs und ließen ihr wirres Haar in unterschiedlichen Rottönen aufleuchten. Doch nicht das war es, was sie mit einem Mal völlig verändert aussehen ließ, sondern ihr Lächeln. »Oder wärst du lieber Schauspieler?« In ihren Augen blitzten grüne Irrlichter auf.

»Vielleicht«, behauptete ich wider besseres Wissen.

Ihr Lächeln wurde breiter, bis sich in beiden Wangen Grübchen zeigten. »Marco, ich bin davon überzeugt, dass du der schlechteste Schauspieler der Welt bist.« Sie kicherte, während sie vom Wagen kletterte. »Das ist kein Grund, beleidigt zu sein, glaub mir.«

Ich war es trotzdem und wusste es daher zu schätzen, dass sie verschwand und ich endlich allein war. Dieses Mädchen, ob zwölf oder siebzehn, war mir schlicht zu sprunghaft.

Ohne besonderen Enthusiasmus klappte ich den Folianten auf. Die Handschrift war schlampig und teilweise schlecht zu entziffern. Da und dort waren Flecken zu sehen, die eindeutig von alkoholischen Flüssigkeiten stammten, sodass davon auszugehen war, dass Bernardo hier die Feder geführt hatte.

Die Handlung des Stücks war in Szenenbeschreibungen zusammengefasst und in drei Akte aufgeteilt. Dem ersten Akt war ein Verzeichnis der Darsteller vorangestellt, als da waren:

Pantalone, reicher Kaufmann aus Venedig
Dottore, verarmter Advokat aus Bologna
Capitano, Offizier aus Neapel
Lelio, junger Patrizier aus Venedig
Rosalinda, Tochter des Dottore
Pedrolino, Diener des Pantalone
Colombina, Dienerin von Rosalinda

Sofort fiel mir auf, dass das sieben Figuren waren, für die nur sechs Darsteller zur Verfügung standen. Hinzu kam, dass es in dem Stück zwei Frauenrollen, jedoch fünf Männerrollen gab, obwohl die Truppe aus drei Frauen und drei Männern bestand.

Während ich über dieses Dilemma nachsann, wuchs meine Müdigkeit. Die Sonne schien angenehm warm durch die Plane und verstärkte mein Bedürfnis, mich auszuruhen. Einlullend wirkten auch die Geräusche von der Piazza, die sich nach und nach zu einem wohltuend gleichförmigen Summen verdichteten.

Nur mit Mühe konnte ich mich auf den Anfang des Stücks konzentrieren. Der erste Akt war übertitelt mit der Zeile *Wald – Nacht*.

»Der Advokat, genannt Il Dottore, irrt mit seiner Tochter Rosalinda und deren Dienerin Colombina durch den nächtlichen Wald, nachdem sie auf ihrer Reise nach Venedig von Wegelagerern überfallen und all ihrer Habe beraubt worden sind«, las ich murmelnd. »Der Dottore versucht, sich tapfer und überlegen zu geben, zeigt durch sein Verhalten (Lazzi) aber, dass er viel ängstlicher ist als die Mädchen. Seine Furcht eskaliert, als ein Geist auftaucht. Der Dottore und die Seinen verstecken sich vor der Bedrohung im Gebüsch.«

Die Bezeichnung ›Lazzi‹ bedeutete offenbar eine Art Spielanleitung. Ich würde bei der heutigen Vorstellung darauf achten, was damit gemeint war.

»Es folgt der Auftritt des Kaufmanns Pantalone, seines Dieners Pedrolino und des Capitano, allesamt ebenfalls unterwegs nach Venedig. Der Dottore kommt aus dem Versteck gestürzt, macht die Wanderer auf den Geist aufmerksam und erfleht ihre Hilfe. Pantalone, Pedrolino und der Capitano streiten nun, wer gegen den Geist kämpfen soll. Jeder der drei will unbedingt den anderen den Vortritt lassen (Lazzi). Von Pedrolino nach vorn geschubst, wirft sich endlich notgedrungen der Capitano auf den Geist, ersticht ihn mit Schwert und Messer und erschießt ihn mit seiner Muskete, was auf alle Anwesenden höchsten Eindruck macht. Man stellt einander vor, teilt den mitgeführten Proviant und tauscht Komplimente aus. Alle setzen anschließend gemeinsam ihren Weg fort und gehen ab.«

Ich gähnte herzhaft und las weiter, in der Hoffnung, mich damit wachzuhalten, doch beim Lesen fielen mir immer wieder die Augen zu.

»Nun tritt der junge Lelio auf, der sein weißes Hemd sucht, das an einem Ast zum Trocknen aufgehängt war. Vor einem Unwetter hatte er Schutz in einer nahen Höhle gefunden und war durch Stimmen aufgewacht, doch es ist niemand zu sehen. Sein Hemd liegt durchlöchert und schmutzig auf dem Waldboden. Befremdet beklagt er die Zerstörung seines Eigentums. Anschließend singt er (mit Laute) ein Lied und geht ab.«

Aha. Der Geist war in Wahrheit ein Hemd. Und Lelio war bestimmt Cipriano. Ich konnte mir gut vorstellen, dass er eine schöne Singstimme hatte und sich gut aufs Lautenspiel verstand, das passte zu ihm.

»Es folgt ein Auftritt Rosalindas, die zurückkommt, weil sie ihren Beutel vergessen hat. Sie hat den vermeintlichen Geist singen gehört und sich auf der Stelle in die herrliche Stimme verliebt.«

Mein Murmeln verklang im rosigen Zwielicht des Wagens, und stumm überflog ich den Rest des ersten Aktes.

Sowohl der reiche Kaufmann Pantalone als auch der Offizier Capitano verlieben sich auf Anhieb in die schöne Rosalinda (ich konnte es ihnen nicht verdenken), und sogleich beginnen beide, um die Gunst der jungen Frau zu wetteifern.

Der Dottore, durch den Raubüberfall besitzlos, wittert Morgenluft. Er will seine Tochter gewinnbringend verschachern und führt abwechselnd mit beiden Bewerbern und jeweils hinter deren Rücken Heiratsverhandlungen.

Alsdann schwärmt der Capitano Pantalone von seiner schönen jungen Braut vor, während dieser besagte Schwärmerei mit Lobpreisungen über seine eigene künftige Frau zu übertreffen sucht, beide nicht ahnend, dass sie dieselbe Dame meinen.

Die Dienerin Colombina, die das Gespräch belauscht, schöpft Verdacht und unterrichtet Rosalinda, welche wiederum ihren Vater zur Rede stellt, der sich darob windet und in Stottern verfällt (Lazzi) – sodann aber in einer Aufwallung väterlicher Autorität verlautbart, dass eine Heirat unumgänglich sei. Großmütig fügt er hinzu, dass, da der Capitano und Pantalone eine gleich hohe Mitgift geboten hätten, Rosalinda von beiden Bewerbern denjenigen wählen dürfe, der ihr am besten gefalle.

Ohne weiterzulesen, wusste ich, dass Rosalinda weder den einen noch den anderen wollte, sondern Lelio, den Geist, der keiner war. Am Ende würden sich diese beiden Innamorati kriegen, und alles, was bis dahin geschah, würde dieses unvermeidliche Ergebnis zwar verzögern, aber nicht verhindern.

Ich legte den Folianten beiseite, um mir die Augen zu reiben und erneut zu gähnen, diesmal ausgiebiger. Den Kopf gegen einen weichen Berg aus Kostümen gelehnt, streckte ich mich aus. Nach allem, was ich heute bereits geleistet hatte, durfte ich mich wohl mit Fug und Recht ein wenig entspannen. Nur für einen Moment die schweren Lider schließen … ein bisschen dösen … Es merkte ja niemand.

Geweckt wurde ich vom Dröhnen einer Trommel, in das gleich darauf das Schmettern einer Trompete einfiel. Mit einem Ruck setzte ich mich auf und starrte orientierungslos auf die bemalte Decke über mir. Erst nach mehreren keuchenden Atemzügen begriff ich, wo ich mich befand und dass ich stundenlang geschlafen haben musste. Draußen dämmerte es bereits, und das Trommeln und Trompeten konnte nur eines bedeuteten: Die Vorstellung hatte begonnen!

Rasch kroch ich zum Ausstieg und schlug vorsichtig die Plane zurück, doch alles, was ich dort sah, war der Gang unter den Arkaden des großen Prachtbaus, vor dem wir am Nachmittag die Wagen abgestellt hatten, sowie die Kistenstapel und die Rückseite der hinteren Kulisse.

Eilig suchte ich mir einen besseren Beobachtungsposten im vorderen Teil des Wagens, wo ich, noch behutsamer als vorhin, einen Zipfel der Plane oberhalb der dort angebrachten Kulisse lüpfte. Von hier hatte ich eine gute Sicht auf die Bühne und auf die Zuschauer, die sich davor versammelt hatten.

Letzteren gönnte ich keinen Blick, denn das Geschehen auf der Bühne zog sofort meine gesamte Aufmerksamkeit auf sich. Alle Darsteller der Truppe hatten sich dort zusammengefunden, und sogleich fiel mein Blick auf Caterina. Mir stockte der Atem, so schön war sie in ihrem strahlend weißen, mit Silberborten abgesetzten Kleid und dem glänzend schwarzen Seidenhaar. Anmutig hatte sie beide Arme über dem Kopf erhoben und bewegte sich zum Klang der Trommel und der Trompete mit schnellen, graziösen Tanzschritten zwischen den Übrigen hin und her. Ich war kaum in der Lage, meine Augen von ihr zu wenden, doch dann fesselten fliegende Gegenstände meinen Blick – es waren faustgroße bunte Bälle, mit denen eine Frau jonglierte, die ich erst beim zweiten Hinsehen als Franceschina erkannte. Ihr Haar hing offen bis zur Hüfte, und sie trug ein tief ausgeschnittenes Kleid. Die voluminösen Konturen ihres Oberkörpers erinnerten mich auf so eindringliche Weise an Paulina, dass ich mich für einen beschämenden Moment auf dem verrußten Deckenbalken unserer Küche wähnte und die fliegenden Bälle für mich wie Zwiebeln aussahen. Sieben davon schleuderte Franceschina mühelos durch die Luft und fing sie wieder auf, um sie sogleich in fließendem Wechsel abermals hochzuwerfen, eine Kunst, die mich zum Staunen brachte, schon deshalb, weil ich bei Onkel Vittore immer nur das Jonglieren mit drei Bällen gesehen hatte.

Baldassarre schlug die Trommel, auch er eine höchst beeindruckende Erscheinung mit seinem langen, goldbetressten Mantel und einem feuerroten Barett, auf dem zahlreiche Fasanenfedern wippten.

Auch Ciprianos Gewand leuchtete förmlich. Er trug ein flitterübersätes enges Wams, das sich gut zu seinen hellen Locken machte, die frei von jeder Kopfbedeckung über seine Schultern fielen. Er tanzte in ähnlicher Manier wie Caterina, mit hohen, weiten Sprüngen und perfekten Drehungen, und nun erst sah ich, dass sich beide synchron bewegten, was die elegante Schrittfolge und das vollkommene Gleichmaß ihrer Bewegungen erst recht zur Geltung brachte.

Inmitten dieser beweglichen, flimmernden Vielfalt stand

Bernardo da wie ein Klotz und tat nichts. Nun gut, er blies in ohrenbetäubender Lautstärke die Trompete, und vermutlich wäre es schwierig gewesen, nebenher noch andere Kunststücke zu vollbringen, aber im Vergleich zu den anderen, sogar zu Baldassarre, der so majestätisch die Trommel rührte und dabei in dem feinen Mantel wie ein Fürst aussah, tat sich Bernardo mit seinem schmucklosen dunklen Umhang nicht besonders hervor.

Aus unerklärlichen Gründen freute mich das, doch dann verflüchtigten sich alle Gedanken an Bernardo, denn nun erst gewahrte ich die letzte Darstellerin der Truppe. Dass ich sie nicht vorher bemerkt hatte, lag daran, dass sie sich ein paar Schritte außerhalb der Bühnenfläche bewegte, und zwar auf eine schier unglaubliche Weise: Sie schwebte durch die Luft!

Atemlos starrte ich sie an, während sie etwa auf Brusthöhe vorwärtsglitt. Ich war bereit, an ein Wunder zu glauben, wahlweise auch an Hexerei, doch dann sah ich das Seil, auf dem sie balancierte. Es war von einer Wagendeichsel bis zur anderen gespannt, und sie bewegte sich darauf, als hätte sie ihr ganzes Leben lang nichts anderes getan. Ihr Haar war straff zurückgebunden, und ihre schmale Gestalt steckte in einem hellen, fließenden Kleidungsstück, das vom Hals bis zu den Fußknöcheln reichte und sie in Verbindung mit ihrem luftigen Auftrittsort auf so frappierende Weise wie einen schwebenden Engel aussehen ließ, dass mir der Mund offen stand.

Die ganze Truppe bildete ein solch quirlig-artistisches Durcheinander, dass ich aus dem Staunen nicht mehr herauskam. Unwillkürlich wandte ich mich der Menge zu, um zu sehen, ob die Leute ähnlich beeindruckt waren wie ich. Ein Teil von ihnen war es, wie ich sofort bemerkte, doch handelte es sich dabei hauptsächlich um Kinder, die mit großen Augen Elena auf dem Seil oder Franceschina beim Jonglieren bestaunten.

Die meisten Erwachsenen waren weniger hingerissen. Manche standen mit verschränkten Armen da und betrachteten ohne jedes Anzeichen von Begeisterung das Geschehen, andere unterhielten sich sogar, ohne den Künstlern einen Blick zu gönnen.

Als gleich darauf Trompete und Trommel verstummten, hörte ich einen der Zuschauer sagen: »Jede Woche dasselbe, und dafür wollen sie auch noch Geld.«

»Wenn die Dicke wenigstens mal ein paar Bälle verlieren würde. Oder wenn sie wieder mitten auf der Bühne kotzen würde, so wie neulich.«

»Oder wenn die Kleine vom Seil fiele.«

Gelächter begleitete die rüden Bemerkungen, die Elena sicherlich gehört hatte, denn ihre Lippen pressten sich auf die mir bereits bekannte Weise zusammen, bevor sie mit einem Satz zu Boden hüpfte und sich mehrmals vor den Zuschauern verneigte.

Auch die übrigen Schauspieler stellten ihre Bemühungen um die Gunst der Zuschauer fürs Erste ein und verbeugten sich unter dem spärlichen, von einigen Pfiffen durchsetzten Applaus der Leute. Zwei oder drei kleine Kinder verlangten jammernd nach mehr Bällen, wurden aber von ihren Eltern ermahnt, ruhig zu sein.

Bis auf Baldassarre verschwanden die Schauspieler hinter den Kulissen, und ich konnte mich nicht entscheiden, ob ich dem Alten zuschauen oder lieber nachsehen sollte, was nun hinter der Bühne geschah. Baldassarre trat unter einem kurzen Trommelwirbel vor und verkündete in wohlklingenden Reimen den unmittelbar bevorstehenden Beginn des Stücks, worauf einer der Zuschauer dazwischenbrüllte: »Ja ja, deinen Sermon kennen wir schon! Los, fangt endlich an!«

Baldassarres Reaktion darauf entging mir, denn ich war nicht mehr allein im Wagen. Elena hockte beim Ausstieg und reichte Kostüme und Masken nach draußen, wo sich die Darsteller in fliegender Eile umkleideten. Von den Arkaden her waren Pfiffe und anerkennende Rufe zu hören, worauf Franceschina wütend erklärte, dass sie es satt sei, ständig von ungezogenen Rüpeln beim Umziehen angeglotzt zu werden, zumal von solchen, die kein Eintrittsgeld bezahlt hätten.

Ertappt fuhr ich zusammen, als sich Elena zu mir umdrehte. »Ich würde sagen, das Glotzen fällt in deinen … *Tätigkeitsbereich*.«

»Ich habe nicht geglotzt«, verteidigte ich mich. »Zumindest nicht absichtlich!«

In ihren Mundwinkeln zuckte es. »Du sollst dir die Gaffer schnappen und das Eintrittsgeld eintreiben. Wer nicht zahlt, hat zu verschwinden.«

»Sag ihnen, sonst gibt es Ärger mit Messèr Rizzo«, warf Caterina ein, während ich vom Wagen kletterte.

»Gut«, stimmte ich zu.

»Nein!«, brüllte Bernardo. Er packte mich bei der Schulter, um mich aufzuhalten. »Das sagst du *nicht*! Erwähne ja nicht diesen widerwärtigen Namen!«

»Ob er nun Rizzo erwähnt oder nicht – Marco wird seiner Aufgabe bestimmt auf jeden Fall gerecht«, mischte sich Cipriano ein. Er hatte das Flittergewand abgelegt und stattdessen das Kostüm des Dottore angezogen.

»Wer ist dieser Messèr Rizzo denn überhaupt?«, wollte ich wissen. Diese Frage war ganz eindeutig ein Fehler, denn Bernardo wurde nun erst recht wütend. Zwar schien er halbwegs nüchtern zu sein – trotz seiner blutunterlaufenen Augen roch er eher nach dem Kräutergebräu als nach Schnaps –, doch seine cholerische Veranlagung kam auch ohne Alkohol zum Tragen. »Ich bringe den Kerl um! Heute Abend noch! Er ist schon wieder gekommen! Ich habe ihn eben gesehen!«

»Er kommt zu *jeder* Vorstellung«, erklärte Caterina besänftigend. »Er ist ein Kunstkenner und mag ganz einfach das Theater. Sonst würde er uns ja nicht all diese Vergünstigungen gewähren.«

»Vergünstigungen?«, sagte Bernardo. »So nennt man das jetzt?«

Ein Trommelwirbel schnitt ihm das Wort ab, und dann hörte man Baldassarre mit Stentorstimme vermelden:

»So künde ich euch nun des Stückes Anfang
Auf dass ihr leiht uns zahlreich Aug und Ohr.
Gerecht zu werden diesem großen Andrang
Heb ich als unser höchstes Ziel hervor!«

»Von wegen Andrang«, murrte Franceschina, übertönt von einem letzten Trommelwirbel. »Jeden Abend werden es weniger.«

Baldassarre zwängte sich durch die Kulissen, warf die Trommel auf den Wagen und nahm Hut und Umhang ab. Darunter trug er bereits das Gewand des Pantalone, das er rasch mit Maske und Mütze vervollständigte. »Kinder, dieses Trommeln wird immer anstrengender«, klagte er. »Wie gern würde ich jetzt ein schönes Bad nehmen!«

»Morgen, Großvater.« Elena klatschte in die Hände. »Auf die Bühne! Es geht los! Nein, du noch nicht, Großvater!«

Nun traten Franceschina, Caterina und Cipriano auf die Bühne. Auf der anderen Seite der Kulissen wurden sie von den Zuschauern mit Pfiffen, Ausrufen und vereinzeltem Applaus empfangen.

Gleich darauf stimmte Cipriano alias Dottore ein Lamento an, weil er bei dem Überfall sein ganzes Hab und Gut verloren habe, worauf Caterina alias Rosalinda erwiderte, dass sie sich außerdem hoffnungslos in diesem finsteren Wald verirrt hätten und sich sorgen müssten, überhaupt jemals den Weg nach Venedig wiederzufinden.

Hierauf entgegnete Cipriano: »Fürchtet euch nicht, ihr braven Mädchen, denn euer Vater und Herr ist nicht nur ein berühmter Notar, sondern auch ein tapferer Beschützer! Er gibt auf euch acht und wird euch vor allen Ungeheuern und Geistern dieses schrecklichen Waldes bewahren!« Dabei legte er ein so überzeugend ängstliches Zittern in seine Stimme, dass ich lachen musste. Auch die Zuschauer schienen es komisch zu finden, denn auf der anderen Seite der Bühne ertönte ebenfalls hier und da ein Kichern.

»Gleich sind wir an der Reihe«, sagte Elena zu Bernardo und Baldassarre.

Über das Engelsgewand hatte sie einen viel zu großen Anzug gestreift, der wie ein weißgefärbter Sack an ihr herabhing. Genau genommen *war* es ein weißgefärbter Sack, in den man lediglich Löcher für Kopf und Arme geschnitten hatte.

Flink stülpte sie sich eine enge schwarze Kappe über, verteilte mit einer Quaste reichlich Mehl auf ihrem Gesicht und umrandete sich schließlich unter Hinzunahme eines Handspiegels mit einer kohleartigen Substanz die Augen. »Fertig«, sagte sie. »Bernardo?«

»So gut wie.« Bernardo setzte einen ausladenden Hut auf, band sich einen riesigen Schnurrbart vor das Gesicht und schlang einen Gurt mit dem Holzschwert sowie dem mir schon bekannten Messer um seine Hüften. »Mir fehlt nur noch die Muskete.«

Elena reichte sie ihm. Anschließend hängte sie das weiße Hemd auf eine Stange und schob es damit langsam durch einen der Kulissenschlitze auf die Bühne, was von einigen Zuschauern mit erwartungsvollen Ausrufen kommentiert wurde. Andere hingegen verschafften sich mit Unmutsäußerungen Luft, da sie offenbar diesen Teil der Handlung bereits allzu gut kannten.

Mit Bernardos Hilfe klemmte Elena das Ende der Stange in einer Halterung am Wagen fest, sodass das Hemd nun draußen auf der Bühne hing.

Zu guter Letzt wandte sie sich an mich. »Worauf wartest du?«

»Äh … Was?«, fragte ich verdutzt, während von der Bühne Ciprianos angstvolles Gezeter über einen plötzlich erschienenen Geist zu hören war, was immerhin die Kinder unter den Zuschauern zum Lachen brachte.

»Die Gaffer.« Ungeduldig deutete Elena auf die Arkaden, wo einige grinsende Halbwüchsige herumlungerten. »Sie warten nur darauf, dass wir auf die Bühne gehen, dann kommen sie her und schauen uns durch die Ritzen zu. Oder sie machen lange Finger, dann ist nachher wieder das Brot weg.«

»Pedrolino«, platzte ich heraus.

»Was?«

»Du bist der Diener Pedrolino!«

Sie verdrehte die Augen. »Was dachtest du denn? Dass ich den Capitano gebe?«

»Ähm … nein«, sagte ich, mit einem Ohr zur Bühne hin lauschend, wo Cipriano den beiden Frauen mit furchtsamer Stimme befahl, rasch ins Gebüsch zu kriechen.

»Das ist unser Stichwort«, sagte Elena. Gefolgt von Bernardo und Baldassarre trat sie auf die Bühne, wo die drei nun als Pedrolino, Capitano und Pantalone die Handlung bereicherten. Damit war auch das Dilemma gelöst, wer welchen Part verkörperte und wer eine Doppelrolle spielte: Lelio, der in der nächsten Szene allein auf der Bühne stand, würde zweifellos von Cipriano dargestellt werden, der dafür nur alles bis auf die Beinkleider ausziehen und die Laute an sich nehmen musste.

Zu gern hätte ich einen Zipfel der Plane zurückgeschlagen und das Schauspiel verfolgt, vor allem besagte Lazzi, die dem Kampf gegen das Hemd vorausgehen sollten.

Doch schon näherten sich die Gaffer, und gleich darauf suchten die ersten nach Lücken in den Kulissen, um auf die Bühne zu spähen. Unter den Jungen erkannte ich mehrere, die schon während des Bühnenaufbaus Elena gehänselt hatten, doch es hatten sich auch noch andere eingefunden. Ich zählte auf Anhieb ein halbes Dutzend, darunter bestimmt zwei oder drei, die kaum jünger waren als ich. Allesamt trugen sie zerlumpte Kleidung und wirkten auch sonst wenig vertrauenerweckend.

In drohender Haltung ging ich auf sie zu. »Habt ihr Eintrittsgeld gezahlt?«

»Wieso, wir sind doch gar nicht eingetreten«, sagte einer frech.

Unterdessen machte sich einer seiner Kumpane daran, durch die Kulissen auf die Bühne zu linsen. Mit zwei Schritten war ich bei ihm und packte ihn am Kragen. »Hast du mich nicht verstanden? Hier schaut nur der zu, der dafür gezahlt hat!«

Er war genauso groß wie ich und ungefähr zwei, drei Jahre älter, aber nach meinem Dafürhalten deutlich weniger friedfertig, denn ein ausgeschlagener Vorderzahn, diverse Narben im Gesicht und vor allem das blitzende Messer in seiner Faust zeugten davon, dass er über ein gerüttelt Maß an Kampferfahrung verfügte.

»Der Kerl hat Aldo am Schlafittchen!«, meinte einer der Knaben.

»Wirklich?«, fragte ein anderer. »Das wird er gleich bereuen!«

Die Burschen rückten näher und rotteten sich zusammen.

»He, Aldo, gib's ihm!«

»Lass es richtig spritzen!«

Zweifelnd blickte ich ihn an. »Du wirst mich doch nicht wirklich mit diesem Messer angreifen, oder?«

Anstelle einer Antwort fletschte er das lückenhafte Gebiss und stach zu.

Die Spitze des Dolchs glitt an meinem Lederharnisch ab, und bevor Aldo zu einem zweiten, besser gezielten Stoß gegen ungeschützte Körperteile ausholen konnte, tat ich das, was ich auch immer bei unseren störrischen Mauleseln machte – ich hieb ihm die Faust auf die Nase. Es knackte bedenklich, fast so laut wie das Scheppern, mit dem das Messer auf dem Pflaster landete.

Stöhnend taumelte der Bursche zurück und hielt sich die Hände vors Gesicht.

»Hat der Kerl gerade Aldo die Nase gebrochen?«, fragte jemand ungläubig.

Aldo äußerte etwas Gurgelndes.

»Ich habe es krachen hören«, bestätigte ein anderer. »Und er blutet wie ein abgestochenes Schwein.«

»Nichts wie weg!«

Gleich darauf waren sie verschwunden, mit ihnen Aldo, der nicht einmal seinen Dolch mitnehmen wollte. Während ich die Waffe aufhob und in die Messerscheide an meinem Gurt schob, sah ich aus den Augenwinkeln die schmutzigen Hände, die im Inneren des Wagens verschwanden und mit einem großen Stück Brot wieder hervorkamen.

»O nein, das nimmst du nicht mit!« Ich tat einen Riesensatz auf den Dieb zu, doch er war schon davongeflitzt, bevor ich den Wagen erreicht hatte. Allein der Gedanke, dass der Kerl sich womöglich gerade mit dem ersten frischen Brot aus dem Staub machte, das ich seit Tagen gesehen hatte, brachte meinen Magen zum Rumpeln. Unverzüglich nahm ich die Verfolgung auf, doch der Bursche war so schlau, sich auf der Piazza zwischen den Zuschauern zu verbergen.

Da ich ihn zudem nur schattenhaft gesehen hatte, wusste ich nicht, nach wem ich suchen sollte – bis ich den pickligen Knaben in der drittletzten Reihe erspähte, der mit vollen Backen kaute und mein potenzielles Abendessen hinunterschlang.

Entschlossen, mir den Dieb zu greifen, näherte ich mich ihm – und nahm nach wenigen Schritten Abstand von meinem Vorhaben. Es war nicht zu übersehen, wie erbärmlich mager der Junge war. Die Knochen seiner Handgelenke waren steckendürr, der Körper so ausgemergelt, als könnte der nächste Windstoß ihn fortwehen. Keine Frage, dieser Bursche hatte vor lauter Hunger gestohlen. Er drehte sich um, sah mich – und zuckte furchtsam zusammen. Als ich nur kurz den Kopf schüttelte, schob er sich hastig den letzten Brocken des Brotes in den Mund, duckte sich und tauchte in der Menge unter. Gleich darauf sah ich ihn quer über die Piazza davonlaufen.

Nachdem mit seinem Verschwinden das Problem der zahlungsfaulen Gaffer fürs Erste gemeistert war, gönnte ich mir einen Blick auf die Bühne. Da ich größer war als die Umstehenden, hatte ich gute Sicht auf das Geschehen. Pedrolino, Pantalone und der Capitano standen beisammen und debattierten darüber, wer gegen den Geist kämpfen sollte, während in der anderen Ecke der Bühne Rosalinda und Colombina eng aneinandergeschmiegt auf dem Boden kauerten und der Dottore so tat, als wolle er sich schützend vor sie stellen, aber dann unter dem Gelächter einiger Zuschauer diverse Verrenkungen machte, als könne er sich nicht entscheiden, ob er vorwärts- oder rückwärtsgehen sollte, bis er schließlich einen großen Satz nach hinten tat und sich rasch hinter den Mädchen versteckte.

Vergnügt betrachtete ich das nun folgende Spiel von Pantalone, Pedrolino und dem Capitano. Vor allem das kriegerische Auftreten des Capitano, verkörpert von Bernardo, tat es mir an. Der Harnisch, der vorhin noch unter dem schwarzen Umhang verborgen gewesen war, blitzte metallisch, und darunter rasselte das Schwertgehenk bei jeder Bewegung.

Mit dröhnender Bassstimme pries der Capitano sich selbst als kühnen Recken, der sich in vielen Schlachten siegreich geschlagen habe, sowohl auf dem Feld der Ehre als auch auf jenem der Liebe. Heute jedoch wolle er ausnahmsweise einmal so uneigennützig sein, dem tapferen Herrn Pantalone den Vortritt zu lassen, damit dieser die armen jungen Frauen retten könne, auf dass ihm Ruhm und Ehre zuteil werde, wovon er, der Capitano, ja bereits im Übermaß besitze.

Pantalone alias Baldassarre entgegnete darauf nicht minder bescheiden und wie üblich reimend:

»Das Ungeheuer könnte leicht ich töten!
Allein, ich bin nicht diese Art von Held,
der Lorbeer an sich rafft in allen Nöten –
und damit and'rer Ruhmeswunsch vergällt!«

»Der alte Knacker ist richtig gut«, sagte jemand neben mir bewundernd. »Er ist der Einzige von diesen Gecken, der jedes Mal was anderes erzählt.«

»Und immer reimt es sich«, pflichtete sein Nebenmann ihm bei. »Reimen ist für mich die hohe Kunst des Theaters, aber das kann man von den Banausen wohl nicht erwarten.«

Gleich darauf gab es reichlich Grund zum Lachen, jedenfalls für mich, der ich das Folgende zum ersten Mal sah. Pantalone schob seinen Diener Pedrolino nach vorn, ihn in Reimform ermahnend, seine Jugend zu nutzen, um Siegeslorbeer zu erringen. Unterdessen wollte der Capitano sich unauffällig zurückziehen, sah sich aber durch Pedrolino daran gehindert, der sich flugs hinter dem starken Offizier verbarg.

Pantalone wiederum setzte Pedrolino nach, um ihn zum Bekämpfen des Geistes zu bewegen, während dieser sich seinem Herrn entzog, indem er in einem fort um den Capitano herumrannte, der davon ganz taumelig wurde und sich deswegen um die eigene Achse drehte.

Schließlich schubste jeder der drei den jeweils Nächststehenden in Richtung des Hemdes, doch flugs wechselte der solcherart nach vorn Gedrängte immer wieder an die hinterste Position. Was für ein herrlich komisches Possenspiel! Das also waren Lazzi!

Mein schallendes Gelächter versiegte, als eine Frau vor mir sich verdrossen zu mir umwandte: »Ja, beim ersten Mal ist es noch lustig.«

Doch auch sie musste kichern, als gleich darauf der unfreiwillige Kampf des Capitano mit dem Hemd begann, welches er mit wilden Gesten und unter Einsatz von Messer, Schwert und

Muskete attackierte und sich dabei mehrmals rettungslos in dem Stoff verhedderte.

Der Musketenschuss, mit dem er schließlich dem Geist den Garaus machte, wurde durch einen harten Trommelschlag dargestellt. Ich suchte mit Blicken die Bühne ab, und richtig, eine der Frauen hatte sich kurz hinter die Kulissen gestohlen, um dort für das Geräusch zu sorgen. Noch während ich hinsah, kam Caterina wieder durch den Einlass zurückgeschlüpft, am Arm den Korb mit dem Brot (oder vielmehr ohne das Brot), und mischte sich zwischen die übrigen Darsteller, die sich unter Freudenschreien um den Capitano scharten und ihn ob seiner Heldentat mit nicht enden wollendem Lob überschütteten.

Nun stellten die Reisenden einander vor und teilten den Proviant, wobei bereits deutlich erkennbar wurde, wie sehr sowohl der Capitano als auch Pantalone von der schönen Rosalinda angetan waren. Der kleine Pedrolino hingegen, ich glaubte es kaum, scharwenzelte die ganze Zeit mit bewundernden Blicken um die dralle Colombina herum, was für den zweiten und dritten Akt noch einiges an Komik ahnen ließ. Mittlerweile fieberte ich förmlich dem Fortgang des Stücks entgegen.

Die Reisenden setzten entsprechend dem Canovaccio nun gemeinsam ihren Weg fort, mit anderen Worten, alle Darsteller gingen ab.

Nur ein paar Atemzüge später – Cipriano hatte sich unglaublich schnell entkleidet – betrat Lelio die Bühne. Er war bis zum Gürtel nackt und trug ein Windlicht bei sich, das nicht nur den goldenen Schimmer seiner offenen Locken, sondern auch jeden Muskel und jede Linie an seinem Oberkörper zur Geltung brachte.

Die Frau vor mir seufzte, und eine andere, die neben ihr stand, tat es ihr gleich.

»Das ist für mich immer der schönste Moment an dem ganzen Stück«, vertraute die eine der anderen an.

»Das kannst du laut sagen. Den Rest kann man sich nach einer einzigen Vorstellung schenken, aber dieser Lelio ist jeden weiteren Besuch wert.«

»Wohl wahr. Allerdings überlege ich manchmal, ob er möglicherweise weiblichen Reizen abhold ist.«

»Das ist mir egal. Er ist so schön, dass *alles* egal ist.«

Ich schrak heftig zusammen, nicht etwa wegen Ciprianos Schönheit, sondern weil ich am Rand der Zuschauermenge ein bekanntes Profil sah! Ein Irrtum war trotz der zunehmenden Dämmerung ausgeschlossen, schon wegen des unverwechselbaren kahlen Hinterhauptes. Ich schob mich durch die Menge in Richtung dieser mir vertrauten Tonsur, und tatsächlich, es war Bruder Iseppo! Beklommen fragte ich mich, ob sein unvermutetes Erscheinen damit zusammenhing, dass ich aus dem Kloster fortgelaufen war.

Der Mönch starrte mit offenem Mund auf die Bühne, wo soeben der halbnackte Lelio den Schaden an seinem Hemd beklagte.

Ich trat zu ihm und legte ihm die Hand auf die Schulter.

»Iseppo, krieg jetzt keinen Schreck, ich bin's«, flüsterte ich.

Er schrie entsetzt auf, womit er nicht nur mich, sondern auch Lelio aus dem Konzept brachte. Irritiert ließ Cipriano den Blick über die Köpfe der Zuschauer gleiten, zu der Stelle, wo der Schrei erklungen war. Einige der Umstehenden taten es ihm gleich, und unwillkürlich duckte ich mich, um keine zusätzliche Aufmerksamkeit auf mich zu lenken.

»O mein Gott!«, stammelte Iseppo. Er ergriff meine Hand, während ihm Tränen in die Augen traten. »Du bist es wirklich! Ich dachte zuerst, du wärst ein Geist!«

»Nein, den hat vorhin der Capitano umgebracht.«

»Darüber solltest du nicht scherzen, Marco!« Er betastete meinen Arm und seufzte. »Du bist wohlauf, zum Glück!«

»Ja, und zwar hoffentlich noch mindestens die nächsten hundertdrei Jahre.«

»Was um alles in der Welt tust du in Padua?«

»Das erkläre ich dir später. Sag mir zuerst, was *du* hier tust.«

»Ich bin vorhin mit unserem Prior angekommen.«

»Bruder Hieronimo?« Bestürzt blickte ich mich um. »Wo ist er?«

»Er ist zu einem Notar gegangen.«

»Zu Messèr Barbarigo?«

Iseppo nickte. »Bruder Hieronimo hat gesagt, ich solle hier auf ihn warten, bis er wiederkommt. Das tat ich. In der Zwischenzeit fing die Theatervorstellung an.« Seine Augen leuchteten vor Aufregung, während er wieder zur Bühne blickte, wo gerade Lelio die Laute ergriff und ein elegisches Lied anstimmte. Ich hatte richtig vermutet: Cipriano hatte eine bemerkenswerte Singstimme.

»Ich war noch nie im Theater«, sagte Iseppo bewegt. »Was für ein schönes Lied! Und dieser Schauspieler! Er ist so … begabt!«

»Iseppo, wieso seid ihr nach Padua gekommen, du und Bruder Hieronimo?«

Widerstrebend riss sich Iseppo von Lelios Darbietung los. »Um dich zu finden, was sonst.«

»Woher wusstet ihr, dass ich hier bin?«

»Das ist eine lange Geschichte.«

Ich fasste ihn bei der Schulter und zog ihn in Richtung der Arkaden. »Komm mit und erzähl mir alles!«

Sein Bericht versetzte mich in Angst und Schrecken. Noch in der Nacht meiner Flucht aus dem Kloster war der Prior in Iseppos Zelle gekommen und hatte verlangt, mich zu sprechen. Offenbar war ich keine Minute zu früh aufgebrochen!

»Ich habe ihm das gesagt, was wir ausgemacht hatten, nämlich dass du mit Durchfall auf dem Abtritt sitzt«, sagte Iseppo. »Aber da fanden sie dich nicht.«

»Selbstverständlich nicht. Und was hast du ihm dann gesagt?«

Er wand sich. »Ich weiß, ich hätte es für mich behalten sollen, aber ich konnte nicht! Bruder Hieronimo hat gesagt, du wärst in Gefahr. Aber das wusste ich ja schon. Ich meine, ich wusste, dass *er* die Gefahr ist, du hast es mir ja erzählt. Selbstverständlich verriet ich darüber kein Sterbenswörtchen. Zumal ich es wirklich kaum glauben konnte. Er war immer so eine Seele von Mensch!«

»Wenn es um Sanierungsmaßnahmen und neues Inventar für das Kloster geht, wird er zum Raubtier!«, widersprach ich.

Iseppo nickte unglücklich. »Das ist wohl wahr. Da kennt er keine Zurückhaltung.« Er zog den Kopf ein. »Es tut mir leid, ich wollte Stillschweigen bewahren, aber er hat es irgendwie aus mir herausbekommen. Dass du nach Hause gegangen bist, meine ich.« Er musterte mich stirnrunzelnd. »Aber du bist gar nicht nach Hause gegangen.«

»Ich habe mich unterwegs anders besonnen«, behauptete ich.

»So gesehen war es ein Glück, dass ich mich verplappert habe, oder? Damit hast du einen schönen Vorsprung vor dem bösen Mörder herausgeholt.«

Ich erstarrte. »Du meinst – dieser Fremde ist auch hier?«

Iseppo bejahte unbehaglich. »Er hat ein schnelles Pferd. Noch in der Nacht ritt er zu eurem Gut, doch da warst du nicht. Gegen Mittag kam er zurück und befahl, die Gegend um das Kloster abzusuchen und die Leute zu befragen. Irgendein Bauer, der aus der Stadt kam, erzählte, er hätte dich in Padua gesehen. Darauf brachen wir sofort auf. Der Fremde ritt voraus, und Bruder Hieronimo und ich folgten zu Fuß.« Er biss sich auf die Lippen. »Es drängte mich, mehr herauszufinden, vor allem über ein mögliches Mordkomplott, aber ich konnte den Prior ja schlecht fragen, ob er … ob er dir Übles will.« Er verfiel in bedrücktes Schweigen.

»Es war richtig von dir, dass du nicht mit Bruder Hieronimo darüber gesprochen hast«, stimmte ich geistesabwesend zu. Fieberhaft versuchte ich, alles zu bedenken, was in dieser Situation wichtig war, doch es wollte mir nichts einfallen, außer, mich schnellstmöglich zu verdrücken.

Von der Bühne drang die süße, klare Stimme von Caterina herüber, offenbar hatte auch sie einen Gesangsauftritt in dem Stück. Ich wünschte mir inständig, sie spielen zu sehen, mich in ihrem Anblick zu verlieren und dabei Trost zu finden, doch ich konnte unmöglich auf die Piazza zurückkehren. Nicht einmal im Wagen konnte ich mich verbergen, denn Elena und die anderen würden erwarten, dass ich mich bereithielt, um zu helfen, sodass ich wie auf dem Präsentierteller herumstehen würde, sobald der Prior, der Notar, der Fremde oder sogar alle drei auf einmal auftauchten. Die Piazza delle Erbe war der größte und belebteste Platz in Padua, folglich musste ich zusehen, dass ich von hier verschwand.

Mit großen Schritten setzte ich mich in Bewegung, und Iseppo lief neben mir her.

»Was hast du denn vor?«

»Verschwinden.«

»Aber wohin?«

»Das sage ich dir lieber nicht.«

Als ich seine betroffene Miene sah, fügte ich rasch hinzu: »Es sind schon brave Männer wegen weniger wichtiger Informationen gefoltert worden, das will ich dir nicht zumuten.« Gerade noch rechtzeitig fiel mir ein, dass ich schon einmal Vorteile aus einem falschen Reiseziel gezogen hatte. »Wenn ich überhaupt irgendwo hingehe, dann nach Rom. Rom ist die Stadt meiner Träume.«

»So weit weg!«

»Je weiter, desto besser.« Ich musterte ihn fragend. »Warum bist du überhaupt mit nach Padua gegangen?«

»Ich bestand darauf!«, sagte Iseppo mit bebender Stimme. »Ich bin doch dein Freund! Wer sonst soll dich beschützen?«

»Und Bruder Hieronimo und der Fremde hatten nichts dagegen?«

»Nein, der Fremde befürwortete es sogar. Er sagte, ich könnte noch nützlich sein.« Iseppo blickte mich ratlos an. »Was er damit wohl meinte?«

»Zweifellos etwas Heimtückisches, aus dem er Vorteile schlagen wollte«, sagte ich grimmig. »Aber nun gereicht es *mir* zum Vorteil, denn du hast mich rechtzeitig gewarnt.«

»Und ich bin bei dir, um dich künftig zu beschützen!«

Ich blieb stehen. »Hör zu, du kannst nicht mitkommen. Du musst wieder zurück, sonst schöpfen sie sofort Verdacht. Wenn du mir helfen willst, musst du so tun, als hättest du mich nie gesehen.«

»Aber dann bist du ganz allein!«

»Ich habe ein Messer.« Ich klopfte auf meinen Gürtel.

»Und du bist anders angezogen!« Bewundernd betrachtete er mich von oben bis unten. »Du siehst … edel aus.« Er fuhr mit dem Finger über den Lederharnisch. »Wie fühlt sich das an?«

»Hart«, sagte ich. »Aber er passt prima, deswegen ist es sehr angenehm.«

Iseppo seufzte abgrundtief. »Hast du noch mein Kissen?«

»Ich halte es in großen Ehren.«

»Versprich mir, dass du mir schreibst!«

»Das mache ich. Papier ist ja reichlich vorhanden. Danke für deinen Beistand, Iseppo. Leb wohl.«

»Sag mir nicht Lebewohl!« Seine Unterlippe zitterte, und seine Augen wurden feucht, doch diesmal beherrschte er sich und schluchzte nicht, als er mich umarmte. »Wir werden uns wiedersehen«, sagte er mit erstickter Stimme. »Eines Tages werden wir uns wiedersehen!«

»Ganz bestimmt!«

Hauptsache, nicht im Kloster, setzte ich in Gedanken hinzu. Ich klopfte ihm auf die Schulter, dann ließ ich ihn stehen und eilte davon.

Auf dem Weg zur Herberge machte ich einen Umweg, um sicherzustellen, dass mir niemand folgte. Ab und zu meinte ich, verdächtige Schatten hinter mir wahrzunehmen, doch sobald ich mich umblickte, sah ich immer nur das Flackern von Fackeln vor den Häuserwänden oder wehende Wäschestücke in den dunklen Gassen.

In der Herberge herrschte lärmender Betrieb. Der Schankraum war voll von Gästen, und aus der Küche roch es nach heißem Essen, was meine Eingeweide auf der Stelle in einen schmerzhaften Hungerkrampf verfallen ließ. Ich entsann mich, dass ich seit dem Besuch des Badehauses Geld besaß und mir eine Mahlzeit leisten konnte. Rasch kramte ich ein paar Münzen aus meiner Gürteltasche und zeigte sie der Frau des Wirts, die soeben mit vollen Tellern beladen aus der Küche kam.

»Was bekomme ich dafür zu essen?«

»Pasta mit Stockfisch.«

Ich legte eine Münze dazu. »Und dafür?«

»Pasta mit Stockfisch. Was anderes ist nicht da.« Sie servierte den Gästen das Essen und drehte sich dann zu mir um. »Soll ich dir einen Teller voll bringen?«

Ich sah mich um. Alle Tische waren bis auf den letzten Platz besetzt.

»Du kannst oben auf dem Zimmer essen«, bot sie an. »Oder in der Küche.«

»Auf dem Zimmer«, sagte ich sofort.

»Ist denn die Vorführung schon zu Ende?«, wollte sie wissen.

»Nein, ich soll nur etwas holen«, improvisierte ich. »Aber es eilt nicht, sie brauchen es erst zum letzten Akt, und da dachte ich, dass ich schnell eine Kleinigkeit esse, weil ich noch kein Abendbrot hatte.«

»Ich hörte, du seist ein passabler Dichter«, sagte sie.

»Äh … wirklich?« Unangenehm berührt blickte ich auf meine Füße.

»Mein Mann und ich sind nächste Woche fünfundzwanzig Jahre lang verheiratet. Wir haben zehn Kinder, davon acht Söhne.« Sie machte eine unbestimmte Handbewegung. »Die meisten sind gerade bei der Theatervorstellung. Sie dürfen ja kostenlos zusehen.«

»Ich weiß.« Blieb nur zu hoffen, dass darunter keiner der Bengel war, die ich verjagt hatte, vor allem nicht Aldo.

»Worauf ich hinauswill: Zu unserem Ehejubiläum möchte ich, dass unsere Kinder ein Gedicht darbringen. Es soll Liebe und Treue und gegenseitige Achtung und eheliches Glück darin vorkommen. Und es soll sich reimen.«

Plötzlich fühlte ich mich beobachtet, und diesmal war ich ganz sicher, dass ich es mir nicht nur einbildete. Und tatsächlich, einer der Gäste starrte mich an! Als unsere Blicke sich trafen, schaute er rasch zur Seite und tat so, als würde ich ihn nicht interessieren. Doch kaum sah ich ebenfalls woanders hin, bemerkte ich aus den Augenwinkeln, wie er mich erneut ins Visier nahm.

»Es darf aber nicht zu lang sein, damit sie es noch auswendig lernen können. Leider sind nicht alle von ihnen besonders helle. Dafür kann unser Ältester lesen, du kannst es also aufschreiben, dann übt er es mit ihnen ein.«

»Verstehe«, murmelte ich, den Unbekannten betrachtend, der nun wieder zur Seite schaute. In meine Besorgnis mischte sich Neugier, denn einen Menschen wie ihn hatte ich noch nie gesehen: Er war ein Zwerg!

»Kannst du dir etwas Passendes ausdenken?«

»Sicher«, gab ich zerstreut zurück.

»Bis morgen?«

»Natürlich.«

»Du bist ein guter Junge. Ich hole dir jetzt dein Essen. Du kriegst es umsonst, für das Gedicht. Und wenn die Reime schön sind, bekommst du ein großes Stück Kuchen.«

»Danke«, sagte ich geistesabwesend.

Der Zwerg war kräftig gebaut, mit starken Schultern und einem Rücken, der so breit war wie bei einem Mann von normaler Größe. Das Gesicht unter dem strähnigen schwarzen Haar war wie aus grobem Stein gehauen, das Kinn noch kantiger als die Stirn, mit dunklen Augen, die von wuchernden Brauen überschattet waren. Er trug wie ich ein festes Lederwams und darunter ein schwarzes Hemd, doch seine Füße steckten nicht wie meine in Schnabelschuhen, sondern in Stulpenstiefeln, die fast so lang waren wie seine Beine.

Ein kleiner Capitano!, schoss es mir durch den Kopf. Angespannt wartete ich darauf, dass er sich verriet, indem er erneut zu mir herübersah, doch er widmete sich nun nur noch seinem Essen.

Die Frau des Gastwirts brachte mir beim nächsten Serviergang einen vollen Teller, mit dem ich eilig nach oben verschwand. Während ich in der Männerschlafkammer der Schauspieler meine Mahlzeit vertilgte, dachte ich über mein weiteres Vorgehen nach, oder genauer: Ich versuchte es, jedoch ohne fassbares Ergebnis. Zu sehr peinigten mich übertriebene Verfolgungsängste, was anhand des Zwerges leicht zu belegen war: Ohne Frage war es reiner Zufall, dass er mich betrachtet hatte. Seine Aufmerksamkeit hatte ich nur deshalb auf mich gezogen, weil ich fast genauso gekleidet war wie er, was verständlicherweise seine Neugier erregt hatte.

Doch auch, wenn man dieses harmlose Vorkommnis außer Acht ließ, blieb meine Situation bedenklich. Padua war eine große Stadt, es lebten sicher Tausende von Menschen hier, aber unter all diesen vielen war ich ausgerechnet dem einzigen begegnet, der zwischen mir und der Bedrohung ein Verbindungsglied bildete, noch dazu ein unberechenbares: Iseppo war nicht sonderlich befähigt, Geheimnisse zu hüten, und ich bezweifelte, dass er seine Aufgeregtheit über unser unvermutetes Wiedersehen gegenüber dem Prior verbergen konnte. Dass Letzterer sich nun nicht nur mit dem dubiosen Fremden, sondern auch noch mit dem Notar zusammengetan hatte, machte den Aufenthalt in Padua für mich zu einem unkalkulierbaren Risiko.

Nach dem Essen ging ich zum Abtritt und anschließend in den Stall, um nach den Pferden zu sehen. Umgeben von dem vertrauten Geruch und der Wärme der massigen Tiere fühlte ich mich gleich um einiges sicherer. In der dunkelsten Ecke setzte ich mich auf einen Hafersack und lehnte mich gegen einen Ballen Heu, und sofort spürte ich, wie sich bleierne Müdigkeit auf mich herabsenkte.

Ich hatte fest vor, nur kurz auszuruhen, um anschließend mit klarerem Kopf meine Probleme zu bedenken, doch bereits nach wenigen Atemzügen war ich eingeschlafen.

Das Geräusch von Hufschlag und Wagenrollen weckte mich, und kurz danach waren auf dem kleinen Platz vor dem Stall vertraute Stimmen zu hören. Die Schauspieler waren zurückgekehrt!

Mit schlechtem Gewissen rappelte ich mich hoch und ging nach draußen, wo Cipriano und Baldassarre bereits die Pferde abschirrten. Da ich nicht mitbekommen hatte, dass jemand die Tiere aus dem Stall geholt hatte, musste mein Schlaf über die Maßen tief gewesen sein. Dennoch fühlte ich mich nicht erfrischt, sondern zerschlagen und noch müder als zuvor.

Elena und Franceschina mühten sich mit einer Kiste ab, und rasch trat ich hinzu, um ihnen die Arbeit abzunehmen. Ich spürte von der Seite Elenas Blicke und erwartete ein Donnerwetter, doch sie sagte nur: »Wenn wir nachher alle Kisten hinaufgetragen haben, muss ich mit dir sprechen.«

Als ich die erste Kiste in die Schlafkammer der Männer schleppte, traf ich dort auf Caterina und Bernardo. Caterina legte Kleidungsstücke zusammen, während Bernardo schimpfend im Zimmer auf und ab stapfte.

»Du hast versprochen, nicht mit diesem Kerl herumzutändeln! Und doch tatest du es! Hinter der Bühne während meines Auftritts im letzten Akt!«

»Von tändeln kann gar keine Rede sein. Es war eine gesittete Unterhaltung über rein künstlerische Themen.«

»Künstlerisch?«, fuhr Bernardo auf. »Welche Kunst trägst du unter deiner dünnen Bluse, auf die dieser Widerling so gierig seine Blicke heftete? Du bist und bleibst ein verlottertes, verlogenes Miststück!« Mit einer geübten Handbewegung entkorkte er eine Schnapsflasche und trank in langen, gluckernden Schlucken, bevor er wütend hinzufügte: »Eine Tracht Prügel täte dir gut!«

Die beiden schenkten mir keine Beachtung, als ich die Kiste abstellte, doch ich konnte und wollte nicht länger hinnehmen, wie dieser Grobian mit Caterina umsprang.

Angriffslustig baute ich mich vor ihm auf. »Das muss aufhören! Ihr dürft diese rechtschaffene Frau nicht so beleidigen! Und solltet Ihr gar wagen, die Hand gegen sie zu erheben, bekommt Ihr es mit mir zu tun!«

Verständnislos blickte Bernardo mich an. »Was redest du da, Bursche?«

»Ihr habt kein Recht, Caterina immerfort anzupöbeln! Wer seid Ihr, Euch solches Benehmen anzumaßen?!«

Bernardo rülpste lautstark. »Das kann ich dir sagen. Ich bin ihr Ehemann.«

Fassungslos schaute ich von ihm zu Caterina, die ergeben die Schultern hob. »Damit hat er recht, mein Junge. Trotzdem ist es wirklich ganz reizend und liebenswert von dir, dich so tapfer für mich einzusetzen!« Strahlend lächelte sie mich an.

»Weib, du tust es schon wieder!«, brüllte Bernardo. »Hör auf damit, sonst muss ich diesen armen Tor mit meinem Schwert durchbohren, aber mit dem echten!« Wie zum Beweis zog er blank und stach mit der glänzenden Klinge in die Luft.

Obwohl ich selbst nur Aldos schartiges Messer als Waffe

hatte, war ich entschlossen, mich zu verteidigen. Zum Kampf bereit, griff ich an meinen Gurt, doch dann erschien Elena in der offenen Tür. »Hört sofort auf mit dem Unfug. Bernardo, steck das Ding wieder weg! Marco, es sind noch jede Menge Kisten unten.«

Bernardo warf grummelnd das Schwert zur Seite und ließ sich mitsamt der Flasche auf seine Bettstatt sinken, während Caterina sich auf einem Schemel niederließ und begann, mit einem Kamm ihr Haar zu glätten.

Stumm trottete ich hinter Elena die Treppe hinunter und dann nach draußen, immer noch ganz benommen von der Neuigkeit, dass Caterina die Gattin dieses jähzornigen Saufboldes war. Dass ich von mordlüsternen Verfolgern bedroht war, spielte mit einem Mal keine Rolle mehr.

Stück für Stück schleppte ich weitere Kisten ins Haus, bis alle Utensilien sicher verstaut waren. Cipriano zeigte mir anschließend, wie ich mir in einem der Planwagen ein Nachtlager bereiten konnte, und zog sich dann selbst zum Schlafen in den anderen Wagen zurück.

Ich hockte mich in die mir zugewiesene Ecke und umschlang mit beiden Armen Iseppos Kissen. Unablässig ging mir immer nur die eine Frage durch den Kopf: Wie hatte Bernardo es geschafft, eine Frau wie Caterina zu der Seinen zu machen?

Kurz kam mir in den Sinn, dass er vielleicht nicht immer so versoffen und unfreundlich gewesen war, aber diese Möglichkeit verwarf ich rasch wieder. Falls er sich wirklich jemals anständiger benommen hatte, dann nur, um sie zu blenden. Wozu war er Schauspieler?

In mir wuchs die Empörung, während ich das Zustandekommen dieser Verbindung durchdachte und am Ende ein vollständiges Bild vor Augen hatte, das genau wiedergab, wie sich alles zugetragen hatte. Ganz klar, er hatte sie getäuscht und ihr einen besseren Charakter vorgegaukelt, um sie zur Ehe zu verleiten!

Als ihr Gatte glaubte er, sich dieses scheußliche Benehmen herausnehmen zu dürfen, und sie wiederum musste es klaglos erdulden, da das Weib dem Manne untertan war. Doch das war falsch, denn sie hatte ja nichts Unrechtes getan! Durchdrungen vom Wunsch, sie zu beschützen, fühlte ich mich nun erst recht zu ihrem Retter berufen. Sollte er je wagen, sie zu schlagen, würde ich mit ihm verfahren wie mit Aldo! Oder ihm gleich den Hals umdrehen!

»Bist du bereit zu reden, oder willst du zuerst dieses Kissen erwürgen?« Ein Windlicht erhellte den Einstieg. Elena kam in den Wagen geklettert und hockte sich auf eine leere Kiste.

Ich räusperte mich, entschlossen, allen Vorwürfen zuvorzukommen. »Es tut mir leid, dass ich vor dem Ende der Vorstellung verschwunden bin. Aber ich konnte nicht anders, denn ich war in Gefahr.«

»Ich hatte nicht vor, dir deswegen Vorhaltungen zu machen. Als ich nach der Aufführung die Pferde holte, sah ich, dass du schliefst. Ich hätte dich wecken können, aber ich tat es nicht, denn mir war klar, dass du am Ende warst.«

»Am Ende?«, echote ich töricht.

»Na, restlos erledigt eben. Du hast ja letzte Nacht nicht geschlafen, und das kurze Nickerchen am Nachmittag konnte deine Schwäche nicht ausgleichen. Von daher warst du auf dem Hafersack gut aufgehoben.«

Das klang nach einem abgehalfterten lahmen Gaul, der sich redlich das Gnadenbrot verdient hatte.

»Ich bin nicht schwach«, teilte ich ihr förmlich mit.

»Dann bist du eben aus Versehen eingeschlafen.« Sie warf mir einen neugierigen Blick zu. »Was meintest du vorhin damit, dass du in Gefahr warst?«

Ich dachte kurz nach. »Ich würde es dir erzählen, aber nur, wenn du mir versprichst, es nicht weiterzusagen.«

»Und wenn nun die einzige Gefahr, in der du schwebst, darin besteht, dass dich Gesetzeshüter jagen? Etwa, weil du ein grausiger Verbrecher bist, zu dessen üblen Angewohnheiten es gehört, junge Mädchen zu ermorden?«

Entrüstet wollte ich widersprechen, doch dann sah ich das Funkeln in ihren Augen. Schon wieder machte sie sich lustig über mich!

»Vielleicht bin ich das ja.« Ich tat gelassen. »Ein Verbrecher, meine ich. In dem Fall musst du womöglich um deine Sicherheit bangen, denn ich könnte dich längst als mein nächstes Opfer auserkoren haben.«

Sie kicherte, bis ihre Grübchen zu sehen waren, doch rasch wurde sie wieder ernst.

»Ich sollte dich nicht necken, tut mir leid, dass es mich schon wieder überkommen hat. Marco, mir ist schon klar, dass du Angst hast und vor irgendetwas davongelaufen bist.«

»Das ist nicht wahr!«, entfuhr es mir. »Ich bin kein Feigling!«

»Na gut, sagen wir: Du bist in Sorge. Dafür muss es einen Grund geben. Ich verspreche dir, es nicht weiterzusagen. Also, was ist los mit dir?«

Ich war beinahe erleichtert, ihr alles erzählen zu können. Sie war ein siebzehnjähriges Mädchen, anderthalb Köpfe kleiner als ich und viel zu vorlaut, aber sie war der erste Mensch, bei dem ich das Gefühl hatte, über meine Probleme sprechen zu können.

Nachdem ich meinen Bericht beendet hatte, betrachtete sie mich stirnrunzelnd.

»Glaubst du mir etwa nicht?«, fragte ich.

»Wenn mir jemand anders diese Geschichte erzählt hätte, wäre ich vor Lachen tot umgefallen.«

»Dann wäre es immerhin ein fröhlicher Tod gewesen«, sagte ich griesgrämig.

Zu meinem Unwillen entlockte ihr meine Bemerkung ein weiteres Kichern, aber gleich darauf schüttelte sie den Kopf. »Damit wollte ich lediglich zum Ausdruck bringen, wie unglaublich das alles ist, und tatsächlich weiß ich nicht, ob ich es dir abgenommen hätte – wenn ich dich nicht am Ende des ersten Aktes mit dem Mönch hätte reden sehen. Das war vermutlich dieser Iseppo.«

Ich nickte und zeigte ihr das Kissen. »Das ist ein Geschenk von ihm.«

»Warum sagst du das jetzt?«

»Äh … nur so. Nur für den Fall, dass du denkst, ich hätte … ich würde …«

»Von Hause aus bestickte Seidenkissen lieben?« Sie grinste. »Marco, ich muss dir etwas sagen. Seit du bei den Incomparabili bist, hat das Leben wieder lustige Seiten.«

Mir war nicht ganz klar, ob das ein Kompliment sein sollte oder eher ein Hinweis auf mein komisch-tölpelhaftes Wesen, also gab ich mich unbeteiligt. »Ich habe auch noch eine Frage an dich«, sagte ich. »Wie lange sind Caterina und Bernardo schon verheiratet?«

Ihre Miene verfinsterte sich, doch ihre Antwort klang gelassen. »Seit zwei Jahren. Sie ist von zu Hause weggelaufen und kam bald darauf zu unserer Truppe, weil sie Schauspielerin werden wollte. Sie übte ihre Texte stundenlang vor dem Spiegel, mit Bernardo als Lehrer. Bernardo ist übrigens seit acht Jahren bei uns. Früher war er bei den *Gelosi*, doch mit denen geriet er in Streit.«

»Die Gelosi – ist das eine Schauspieltruppe? So wie die Fedeli?«

Elena nickte. »Es gibt noch andere, die ähnlich berühmt sind. Natürlich sind sie größer und besser ausgestattet als die Incomparabili.« Resignation klang aus ihrer Stimme. »Sie können mindestens zehn Rollen besetzen, ohne dass jemand doppelt auftreten muss. Und manche dieser Truppen haben sogar feste Bühnen, egal, wohin sie kommen.« Ihr Blick bekam etwas Verträumtes. »Auch wir waren einst sehr berühmt! Als meine Eltern noch lebten, spielten wir in Paris. In einem richtigen

Schloss voller Spiegel und goldener Möbel. Der König selbst sah uns zu und applaudierte uns. Ich erinnere mich auch an Auftritte am Fürstenhof von Ferrara. Wir spielten in Florenz und Neapel und Bologna, stets vor erlauchtem Publikum.« Mit zur Seite geneigtem Kopf verlor sie sich in ihren Erinnerungen. »Damals waren wir in aller Munde. Man feierte und bewunderte uns, und wir hatten die prächtigsten Kostüme.«

»Was ist geschehen?«, fragte ich leise.

»Zuerst starb meine Mutter bei einer Niederkunft, und kurz nach ihr das Kind. Es war ein Junge. Meine Eltern hatten sich so sehr einen Sohn gewünscht, und ich mir einen kleinen Bruder. Aber er lebte nur einen Tag.« Ihre Stimme war kaum zu hören. »Kaum ein halbes Jahr später erlag mein Vater einem Fieber. Großvater schaffte es, alles noch eine Weile im gewohnten Stil aufrechtzuerhalten. Er warb neue Schauspieler an. Cipriano und Franceschina, die auch schon sehr lange bei uns sind, haben ihn in vielen Dingen unterstützt – was sie beide übrigens heute noch tun, mehr denn je. Doch ohne meine Eltern war es, als hätte man der Truppe Herz und Seele herausgerissen. Bernardo und Caterina sind gute Schauspieler, aber es ist nicht dasselbe.« Sie schüttelte den Kopf. »Seither ging es abwärts, die Darsteller kommen und gehen schneller, als man sie zählen kann. Unser Repertoire wurde kleiner, die Kostüme schäbiger, die Vorführungen erfolgloser. Mittlerweile retten wir uns nur mühsam über die Runden. Falls noch jemand von den anderen geht, wäre es das Aus.«

»Das tut mir leid.«

»Das muss es nicht. Du kannst ja nichts dafür.« Sie lächelte flüchtig. »Und wenn es auch noch so arg ist: Wir machen unserer Kunst alle Ehre, im wahrsten Sinne des Wortes: Improvisation ist alles.«

Ihr Fatalismus nötigte mir Bewunderung ab – und Mitgefühl.

»Um die nächste Frage zu beantworten, die dir gewiss bereits auf der Seele brennt: Nein, Bernardo hat Caterina nicht durch Gewalt oder List dazu gebracht, ihn zu heiraten.«

»Das wollte ich gar nicht fragen«, widersprach ich.

Elena überging meinen Einwand. »Es war Liebe auf den ersten Blick. Caterina war nicht mal so alt wie ich jetzt, als sie ihn heiratete, und da war sie trunken vor Glück, jedenfalls sagte sie das zu mir. Auch Bernardo schwebte wie auf Wolken, so seine Worte. Unsterblich sollte diese Liebe sein, das behaupteten alle beide. Wie es aber heute in ihnen aussieht, kann keiner genau sagen. Bernardo ertränkt seinen Verstand und seine Gefühle im Schnaps, bis nur noch die Eifersucht übrig ist. Und was Caterina denkt, lässt sich noch schlechter feststellen, denn sie ist eine wirklich gute Schauspielerin.«

Ich wollte protestieren, doch ich wusste nicht, was ich sagen sollte, deshalb schwieg ich lieber.

»Mir ist nicht entgangen, wie gern du dich zu ihrem Beschützer aufschwingen würdest, doch aus manchen Dingen hält man sich besser heraus.«

Schon wieder versuchte dieses unmündige Geschöpf, mir Vorschriften zu machen!

»Und *mir* ist nicht entgangen, wie gern du dich in anderer Leute Angelegenheiten einmischst«, erklärte ich gereizt.

Ihr war anzusehen, dass sie aufbrausen wollte, doch dann presste sie die Lippen zusammen.

Einen Moment später war sie verschwunden. Die Plane fiel hinter ihr zu, und gleich darauf sah ich durch den Stoff nur noch schemenhaft den tanzenden, sich entfernenden Schein des Windlichts.

Mein Schlaf war unruhig, und oft wachte ich auf, weil ich fror. Von irgendwoher zog es herein, und die Decke, die Cipriano mir gegeben hatte, hielt die Kälte nicht völlig ab. Schließlich zerrte ich eine Ecke des schweren Kulissentuchs über mich, was mir zwar Schutz gegen die eisige Nachtluft, aber auch einen scheußlichen Albdruck bescherte.

Ich träumte, am Dampf einer kochenden Therme zu ersticken. Bruder Hieronimo stand am Rand der Quelle und verfolgte mit gütigem Lächeln, wie ich langsam an der Hitze zugrunde ging. »Ich werde die neue Orgel nach dir benennen«, versprach er mir.

Zum Glück wachte ich auf, bevor es zum Schlimmsten kam. Klatschnass geschwitzt, kämpfte ich mich aus der klammen Umhüllung und lugte nach draußen. Es war noch nicht richtig Tag, aber in das Morgengrauen mischten sich bereits die Farben des nahenden Sonnenaufgangs. Ein rötlicher Saum zeigte sich über den Dächern und erhellte die Umgebung. Verschlafen kletterte ich aus dem Wagen und schlug an einem der Räder mein Wasser ab, während ich überlegte, dass es nicht schaden könne, wenn ich mich wieder aufs Ohr legte, denn niemand konnte wissen, welche Anstrengungen dieser Tag mir noch brachte.

Dann hörte ich die Stimmen aus dem Stall. Zwei Männer führten dort in gedämpften Ton eine Unterhaltung, die mich schlagartig alles andere vergessen ließ – einer von ihnen hatte meinen Namen genannt! Ohne groß nachzudenken, huschte ich zum halb offenen Stalltor und drückte mich gegen den Pfosten.

»Marco Ziani heißt er also? Ihr meint diesen Jüngling von der Theatertruppe, der mit den braunen Locken und der großen Nase?«

»Ganz recht.«

»Und wie soll es Eurer Meinung nach geschehen?«

»Möglichst unauffällig, sodass es keinen Verdacht erregt.«

»So, als wäre es ein Zufall?«

»Zufälle sind immer gut.«

Die beiden Männer redeten so leise, dass sie kaum zu verstehen waren, doch ich hätte schwören mögen, dass derjenige, der den letzten Satz gesagt hatte, der Fremde war, der im Kloster mit Bruder Hieronimo gesprochen hatte!

Wie schon im Scriptorium hielt ich die Luft an, damit mir nichts von diesem neuerlichen Mordkomplott entging.

»Hilfreich wäre es sicher noch, wenn ich Euch von seiner familiären Vergangenheit erzähle.«

Mir schien, dass ich nicht nur das Atmen eingestellt hatte, sondern dass auch mein Herz aufgehört hatte zu schlagen. Ich stand so starr, dass ich mich mit dem Holz des Torpfostens, an dem ich lehnte, verwachsen fühlte, bis auf meine Ohren, die sich in bewegliche Segel verwandelt hatten. Auch meine Augen traten hervor, sowohl aus Luftmangel wie auch von dem ungezügelten Drang, mehr über mein dunkles Geheimnis zu erfahren.

»Alles begann in Venedig, im Jahr der großen Pest vor achtzehn Jahren …«

Ein Pferd scharrte mit den Hufen, und gleich darauf ein zweites, sodass die nächsten Worte nicht zu verstehen waren.

»Marco?«

Die schrille Frauenstimme war wie ein Dolch in meinem Rücken. Instinktiv versuchte ich, mich hinter dem Pfosten unsichtbar zu machen, doch zu spät: Die Herbergswirtin hatte mich genau gesehen. Sie stand in der offenen Tür des Gasthauses und winkte mich heran. »Komm in die Küche, ich habe frischen Haferbrei für dich!«

Die Unterhaltung im Stall war abrupt verstummt. Bevor einer der Männer mich entdecken konnte, verließ ich meinen Horchposten und hetzte mit Riesensprüngen zur Herbergswirtin hinüber. Den letzten Satz tat ich an der verblüfften Frau vorbei, ins Innere des Hauses.

»Da bin ich!«, stieß ich hervor.

»So ein guter Junge«, lobte sie mich, während ich noch nach Luft rang und mich dann mit zittrigen Gliedern an den großen Küchentisch setzte. »Wenn nur meine Söhne immer gleich aufs Wort angesprungen kämen!«

Zwei Mägde wuselten geschäftig zwischen Anrichte und Kochkamin hin und her, und als die Wirtin mir einen Napf mit heißem Brei füllte, kam auch Franceschina in die Küche. Sie wünschte mir einen guten Morgen und machte sich daran, einen übel riechenden Sud aus Kräutern aufzugießen und nebenher im Stehen einen gewaltigen Kanten Brot zu verschlingen. Die Verschnürung ihres Obergewandes stand offen und ließ einen Teil ihrer ausladenden Wölbungen unbedeckt. Ich bemühte mich, nicht den Spalt zwischen ihren Brüsten anzuglotzen, was Franceschina mir erschwerte, indem sie sich vorbeugte, um mir den Krug mit dem stinkenden Sud herüberzuschieben.

»Das kannst du gleich mit nach oben nehmen«, sagte sie. »Bernardo hat leider wieder ziemlich gebechert letzte Nacht. Achte darauf, dass er alles trinkt. Wenn nicht, sagst du mir Bescheid, dann komme ich und trichtere es ihm mit Gewalt ein. Sobald er es getrunken hat, ist er nüchtern genug, um damit anfangen zu können.«

»Womit?«

»Mit dem neuen Stück. Bei dem du ihm helfen sollst.« Sie biss von dem Brot ab und meinte mit vollem Mund: »Der frühe Vogel fängt den Wurm.« Etwas schien ihr Übelkeit zu bereiten, denn unvermittelt begann sie zu würgen. Gleich darauf presste sie sich die Hand vor den Mund und stürzte aus der Küche.

»Ja, ja«, sagte die Herbergswirtin. »So was hat man davon, wenn man sie zu oft ranlässt. Dumme Sache, ohne Ring am Finger.« Sie lächelte mich wohlwollend an. »Damit hast du noch nichts im Sinn, was? Oder doch?«

Während ich noch grübelte, was sie wohl meinte, drohte sie mir schalkhaft mit dem Finger. »Hast gestern Abend noch mit der kleinen Rothaarigen zusammengehockt, wie?«

Ich hatte das Gefühl, mich rechtfertigen zu müssen, obwohl ich nur nebulös ahnte, was sie mir unterstellte. »Wir haben über das Theater geredet«, sagte ich wahrheitsgemäß.

Die Herbergswirtin strahlte mich an. »Du hast es schon fertig, nicht wahr? Ich wusste doch, dass auf dich Verlass ist!« Mit der Schöpfkelle klatschte sie mir einen großen Nachschlag von dem Haferbrei in die Schale. »Iss tüchtig. Und nebenher kannst du es mir aufsagen.« Erwartungsvoll blieb sie am Tisch stehen.

»Äh … was?« Meine Miene spiegelte wohl meine Begriffsstutzigkeit wider, denn die Herbergswirtin sprach zu mir wie zu einem Kleinkind, langsam und jedes Wort einzeln betonend: »Das Gedicht für das Jubiläum.«

»Oh. Ach so.« Ich tat so, als wäre ich bestens im Bilde, dabei konnte ich mich nur schwach an ihren Auftrag erinnern; der Zwerg hatte mich abgelenkt, als sie im Schankraum mit mir gesprochen hatte. Hastig löffelte ich den Brei in mich hinein und rief mir Einzelheiten ins Gedächtnis. Fünfundzwanzig Jahre, zehn Kinder, davon acht Söhne. Liebe, Treue, eheliches Glück. Und hatte sie nicht auch erwähnt, dass es sich reimen sollte? Und worüber, zum Teufel, hatten die Männer im Stall geflüstert? Was führten sie im Schilde?

»Es sind mehrere Strophen«, sagte ich geistesabwesend. »Und ich habe sie noch nicht aufgeschrieben, weil mein Papier oben in der Kammer liegt.«

»Das macht nichts. Ich kann sowieso nicht lesen. Aufschreiben kannst du es später, das musst du ohnehin, für die Jungen. Mir reicht es, wenn du es aufsagst. Du kannst es doch aufsagen, oder?«

»Ich benötige zum Einfügen noch Euren Vornamen«, behauptete ich, um Zeit zu schinden. »Und den Eures Gatten.«

»Mein Name ist Faustina. Und mein Mann heißt Guido.«

Ich aß schnell hintereinander mehrere Löffel Brei und reimte wie rasend, bis ich die erste Strophe beisammen hatte.

»Faustina nahm Guido zum Mann. Sie führten die Ehe sodann. Voller Glück war'n sie immer, besonders im Zimmer.«

»Im Zimmer?«, echote die Herbergswirtin.

»Ihr Glück dadurch täglich gewann«, schloss ich eilig.

Die Mägde hatten ihre Arbeit eingestellt und starrten mich an. Die Herbergswirtin bewegte stumm die Lippen und hob dann die Schöpfkelle. Ich zuckte zusammen, in der Annahme, sie wolle mich damit schlagen, doch reine Freude verklärte ihr Gesicht. »Es reimt sich!«

»Und es ist schön!«, platzte eine der Mägde heraus.

»Und sehr einfach zu merken«, fügte die andere hinzu.

Die Herbergswirtin nickte. »Das ist wichtig!« Aufmunternd schwenkte sie die Kelle. »Sprich weiter, mein Junge!«

»Er war stets ein sorgender Gatte. Sie wusste, was sie an ihm hatte.« Ich ergriff den Krug mit dem Kräutersud, stand auf und ging zur Tür. »Acht Söhne sie kriegten. In den Armen sie wiegten. So mieden sie jede Debatte.«

»Was bedeutet das mit der Debatte?«

Natürlich nichts weiter als eine Notlösung, weil mir kein anderer Reim auf *hatte* und *Gatte* eingefallen war.

»Dass Ihr und Euer Gemahl stets um Frieden in Eurer Ehe bemüht wart«, erklärte ich den beeindruckten Frauen, bevor ich mich weiteren Strophen durch umgehende Flucht entzog.

»Schreib nur alles fein säuberlich auf!«, rief mir die Wirtin nach, während ich die Stiege hochflitzte und dabei die Hälfte von dem Sud verschüttete.

In der Schlafkammer der männlichen Schauspieler stank es betäubend nach Fusel und Nachtschweiß, und im Licht der Stundenkerze sah ich wie schon am Vortag überall irgendwelchen Kram herumliegen.

Außer Bernardo war niemand im Zimmer. Er lag bäuchlings auf seiner Bettstatt und schnarchte vor sich hin. Ich rüttelte ihn an der Schulter und half ihm in eine sitzende Haltung, nachdem er endlich unter allerlei Gestöhne zu sich gekommen war.

»Ihr müsst das trinken.«

»Wer sagt das?«, nuschelte er.

»Franceschina. Sie hat auch gesagt, Ihr müsst *alles* trinken, sonst flößt sie es Euch gewaltsam ein.«

Er musterte mich aus blutunterlaufenen Augen und trank dann widerspruchslos, vermutlich nicht zuletzt, weil er Durst hatte. »Widerlich«, befand er anschließend. Rülpsend lehnte er sich zurück. »Was willst du noch?«, wollte er barsch wissen.

Ich zuckte die Achseln. »Mir wurde aufgetragen, Euch bei dem neuen Stück zu helfen.«

Fluchend vergrub er das Gesicht in den Händen. »Oh, Himmel! Auch das noch!«

»Falls Ihr nicht in der Lage …«

»Schweig! Ich muss es tun, ob ich will oder nicht. Sonst ist es aus mit uns. Endgültig und für alle Zeiten. Hat die Kleine mir gesagt, weißt du.« Er rülpste. »Frauen haben immer recht. Und ich bin es den Incomparabili schuldig. Ah, wie schwer ist es, solche Schuld einzulösen, wenn ein Mann müde ist!«

Schlaff hockte er auf dem Bett und stierte vor sich ihn. Er hielt sich die Hände vor die Augen und fluchte, als er sah, wie sie zitterten. »Nicht der beste Tag zum Schreiben, so viel steht fest.«

Was das betraf, konnte ich nicht umhin, ihm zuzustimmen, wenn auch aus anderen Gründen als den seinen. Unablässig kreisten meine Gedanken darum, was die Männer im Stall gesagt hatten. In Verbindung mit dem, was ich im Scriptorium belauscht hatte, nahm die Bedrohung immer beängstigendere Ausmaße an. So gesehen konnte ich sicher von Glück sagen, hier bei Bernardo in der Kammer zu sitzen. In seinem Zustand taugte er zwar nicht dazu, mir gegen mögliche Meuchelmörder beizustehen, doch in seinem Besitz befanden sich immerhin einige ordentliche Waffen.

In seiner derzeitigen Verfassung war er kaum zum Aufstehen imstande, weshalb ich auch bezweifelte, dass er in der Lage war, ein neues Stück zu ersinnen. Trotzdem machte ich mich daran, alles für die Arbeit bereitzulegen. Ich holte Papier und Schreibzeug aus meinem Reisesack, spitzte die Feder und rührte die Tinte an.

»Es kann losgehen«, sagte ich, nachdem ich alle Utensilien vor mir auf dem kleinen Tisch vor dem Fenster ausgebreitet und die Kerze dazugestellt hatte. Der Schemel, auf dem ich saß, war unbequem und zu niedrig, aber es würde schon irgendwie gehen. »Ihr könnt mir diktieren, ich schreibe alles nieder.«

»Über eine Sache musst du dir vorher klar sein.«

»Worüber denn?«

»Dass du die Finger von meiner Frau lässt.«

Ich fuhr zusammen. An Caterina und ihre Ehe mit diesem Trunkenbold hatte ich angesichts meiner anderen Sorgen überhaupt nicht mehr gedacht, doch nun, da er es aussprach, kam mir alles wieder zu Bewusstsein, wodurch sich mein Elend nachhaltig vertiefte.

»Mir liegt gänzlich fern, in Bezug auf Eure Gattin unerlaubte Gedanken zu hegen«, versicherte ich steif.

Gleichwohl erinnerte ich mich an gewisse Tagträume rund um trauliches Lustwandeln an heißen Quellen, doch diese Bilder schob ich rasch beiseite. Immerhin hatte ich zu jener Zeit noch nicht geahnt, dass Caterina durch eine Ehe gebunden war.

»Denken kannst du, so viel du willst«, sagte Bernardo. »Du sollst nur die Finger von ihr lassen. Das gilt selbstredend auch für andere Körperteile. Außer du möchtest sie von mir abgehackt bekommen.« Demonstrativ wies er auf sein Schwertgehenk am Bettpfosten. Die Geste büßte jedoch wegen seiner zitternden Finger ihre Wirkung ein. Er bemerkte es selbst und zog die Hand zurück. Wortlos stemmte er sich vom Bett hoch und ging zum Nachttopf in der Ecke des Zimmers. Für die Dauer des Plätscherns schaute ich in eine andere Richtung, während ich mich in Gedanken wieder mit meinen Verfolgern befasste, bekannten wie unbekannten. Bis jetzt hatte ich keine

Ahnung, wie alles weitergehen sollte, daher würde ich bald damit anfangen müssen, Pläne zu schmieden.

Brummelnd ließ Bernardo sich wieder auf dem Bett nieder. »Fangen wir an. Umso eher haben wir es hinter uns.«

Er lehnte sich zurück und schloss die Augen. Stumm wartete ich auf seine Ansprache, doch das Schweigen hielt an.

»Muss kurz nachdenken«, murmelte er nach einer Weile.

Abermals wartete ich, doch es kam nichts mehr. Als ich schon dachte, er sei wieder eingeschlafen, öffnete er die Augen. »Don Juan de Austria.«

»Ist das der Name des Stücks?«

»Nein, du dummer Wicht! Es ist lediglich eine Idee, die mir eben kam! Schreib sie auf, bevor sie mir wieder entfällt!«

Gehorsam notierte ich den Namen, und darüber setzte ich Ort und Datum, so wie ich es bei Bruder Ottone gelernt hatte. Die Feder kratzte auf dem Papier, ein tröstliches Geräusch, das meine Nerven beruhigte und mich in friedfertige Stimmung versetzte.

»Es kann weitergehen«, sagte ich.

»Lass mich überlegen und stör mich nicht.«

Schweigend malte ich Kringel in die Ecken des Papiers.

»Was schreibst du da?«, wollte Bernardo wissen.

»Nichts, ich verziere nur das Blatt mit Schnörkeln.«

»Wo wir gerade von Schnörkeln reden …« Sein triefäugiger Blick glitt über die Decke und blieb dann an mir hängen. »Deine Verse waren bis auf ein paar übertrieben und kindisch elegische Anklänge nicht übel. Zumindest für einen so grünen Burschen, wie du einer bist. Was meinst du?«

»Wie belieben?«, fragte ich voller Unbehagen.

»Was meinst du zu der Idee des Stücks? Kann man etwas daraus machen? Wenn du über ihn schreiben müssest – wie würde er aussehen?«

»Ähm … Ihr wollt wissen, wie ich mir ein Stück über Don Juan de Austria vorstelle?«

»Nein, wie du dir *ihn* vorstellst. Tu es, aber so, dass ich es hören kann. Was fällt dir zu ihm ein?«

»Er ist Spanier«, sagte ich zögernd.

»Spanier gibt es wie Sand am Meer. Was für eine Sorte soll er sein?«

»Vielleicht ist er ein Andalusier mit maurischem Stammbaum«, sagte ich.

»Ah, jemand von dunkler Heißblütigkeit, wie?«

Diese Formulierung gefiel mir, also nickte ich. »Und er ist mutig und tapfer, was er in vielen Schlachten bewiesen hat. Ein Held eben.«

»Weiter. Was macht ihn unverwechselbar?«

»Er könnte eine Verwundung erlitten haben«, sagte ich. »Eine ehrenvolle Verletzung bei einer großen Schlacht.«

»Welche?«

»Die Seeschlacht von Lepanto«, erwiderte ich.

»Nein, ich meine, welche Verletzung sollen wir ihm andichten?«

»Vielleicht hat er eine Hand verloren«, schlug ich vor.

»Schlecht darzustellen, es sei denn, man hätte zufällig einen einhändigen Schauspieler für die Rolle zur Verfügung.«

Das sah ich ein. Also keine Verwundung.

»Was würde dich an einem Mann wie ihm interessieren?«, wollte Bernardo wissen. »Ich meine, neben seinen Verdiensten im Krieg.«

Ich zuckte die Achseln und überlegte ins Blaue. »Ob er eine Frau hat?«

»Gut. Fragen wir uns also, ob er eine Frau hat.«

»Das weiß sicher Messèr Baldassarre«, sagte ich. »Wo ist er eigentlich?«

»Keine Ahnung. Vielleicht auf dem Abtritt.«

»Dann frage ich ihn, sobald er zurückkommt.«

»Was willst du ihn fragen?«

»Ob Don Juan de Austria eine Ehefrau hatte.«

»Das müssen wir nicht herausfinden«, widersprach Bernardo. »Was wir nicht wissen, denken wir uns aus. Das nennt man künstlerische Freiheit! Merke dir: Der Autor ist der Herr des Stücks, niemand sonst. Auch die Figuren sind uns untertan, von Anfang an!« Bernardos Stimme klang immer noch leicht verwaschen, aber seine Gedanken schienen völlig klar zu sein. »Stellen wir uns also die Ehefrau dieses stolzen, tapferen Mauren einfach als gegeben vor! Erzähl mir, was sie auszeichnet!«

»Sie ist wunderschön und kann singen«, sagte ich ohne nachzudenken.

»Das ist gut. Das ist sehr gut!« Bernardo stach gebieterisch mit dem Finger in meine Richtung. »Schreib es auf!«

Ich gehorchte, während Bernardo fortfuhr: »Wir müssen festlegen, wo die beiden leben.«

»In Venedig«, schlug ich sofort vor.

»Eine gute Stadt für ein neues Stück«, stimmte Bernardo zu. »Schreib es auf.«

Das tat ich und blickte dann erwartungsvoll zum Bett.

»Kommen wir nun zu den Konflikten«, sagte Bernardo. »Ein gutes Stück braucht gute Konflikte, und man muss sie im ersten Akt erfahren. Welche Konflikte hat unser Held?«

»Er ist aus nichtigem Grund eifersüchtig«, platzte ich heraus. »Bis zum Wahnsinn! Bereit zu morden und alles, was er je liebte, zu opfern, allein aus der Verblendung der Eifersucht heraus!«

Bernardo starrte mich an, und für einen Augenblick war ich sicher, er werde aus dem Bett springen und mich mit dem Schwert durchbohren, doch dann sagte er in beinahe ehrfürchtigem Ton: »Das ist genial! Was für eine Idee! Welche Tragik, welche Tiefe liegt darin begründet! Ein starker Charakter, edel und tapfer, dabei aber auch gebrochen und vielschichtig!« Er schüttelte den Kopf. »Nicht zu fassen. Da kommt ein Anfänger daher und ersinnt einen Konflikt, wie er vielversprechender nicht sein könnte! Selbstverständlich können wir daraus keine Komödie machen, so viel muss dir klar sein. Ah, endlich wieder ein Drama! Was für eine Wohltat nach den immer gleichen öden Schwänken!« Sinnend schloss er die Augen und legte die Fingerspitzen an die Schläfen. »Mehr davon, Marco. Erzähl mir von Don Juans Eifersucht!«

Und so fing ich an zu fabulieren, zögernd zunächst, dann aber immer eifriger. Don Juan – der, wie ich inzwischen begriffen hatte, bis auf den Namen eine völlig fiktive Persönlichkeit war – kommt aus dem Krieg zurück, gemeinsam mit seinem vaterlosen jungen Adjutanten, der ihm als Schützling anvertraut ist. Eben jener Adjutant entbrennt in Liebe zur schönen Gattin des Don Juan, die jedoch ihrem Gemahl in unverbrüchlicher Treue ergeben ist und die Verehrung des Adjutanten taktvoll ignoriert.

»Dieser, ein edler junger Mann von hohen Prinzipien, versagt sich daraufhin alle weitergehenden Gefühle«, erklärte ich, fleißig meine Notizen ergänzend. Ich war bereits auf der dritten Seite angelangt.

»Ah«, seufzte Bernardo. »Was für eine Konstellation! Damit ist der Keim der Tragödie gelegt. Nun brauchen wir den bösen Dritten, den Unheilstifter, der die fatale Situation für seine ruchlosen Zwecke ausnutzt.«

»Der könnte ein Notar sein!«, sagte ich.

»Zu knöchern.«

»Ein geldgieriger Geistlicher, vielleicht ein Klostervorsteher?«

Bernardo schüttelte den Kopf. »Pfaffen dürfen in Theaterstücken nicht zu schlecht wegkommen, dergleichen ruft schnell die Inquisition auf den Plan.« Er dachte nach. »Ein Politiker. Politiker sind immer gut. Im Sinne von schlecht, versteht sich. Niemand kann sie leiden, weder Volk noch Klerus. Als Bösewichte sind sie nachgerade perfekt.« Nachdenklich furchte er die Stirn. »Vielleicht aber auch zu abgedroschen. Hm. Was wäre glaubwürdiger?«

Ich dachte nach. »Vielleicht ein konkurrierender Kriegskamerad. Jemand, der nicht verwinden kann, dass der junge Schützling Don Juans einen höheren Offiziersrang genießt.«

»Gefällt mir besser als der Politiker«, erklärte Bernardo. »Lass uns überlegen, was der Bösewicht tut, um Unfrieden zu stiften.«

»Er könnte falsche Beweise anbringen. Solche, die darauf deuten, dass die Ehefrau untreu ist und Don Juan mit dem Adjutanten betrügt. Don Juan fällt darauf herein, und die rasende Eifersucht treibt ihn zum Äußersten.«

»Was wäre denn das Äußerste?«, fragte Bernardo. Sein Blick war auf seltsame Weise abwägend, als wollte er mich auf die Probe stellen.

»Er tötet jemanden«, sagte ich vorsichtig.

»Selbstverständlich tut er das, sonst wäre es ja keine Tragödie.« Bernardo lächelte und sah plötzlich aus wie ein Raubtier. »Schreib es auf.«

»Äh … sollten wir nicht zuvor festlegen, wen er tötet?«

Bernardo schloss die Augen. »Das will sorgfältig bedacht sein. Zudem kommt das Töten erst am Ende – es muss der Höhepunkt des Stücks sein. Für heute Morgen haben wir genug geleistet. Der gesammelte Stoff reicht gut und gerne für den kompletten ersten Akt. Außerdem brauchen wir noch ein paar zusätzliche Charaktere, die wiederum eigene Konflikte benötigen. Und Verwicklungen. Verwicklungen sind unverzichtbar. Über all das muss ich eine Weile gründlich nachdenken.«

Danach sagte er nichts mehr, und nur wenige Atemzüge später war an seinem Schnarchen zu erkennen, dass er eingeschlafen war.

Fasziniert von der Handlungsidee, machte ich mir Gedanken über den Fortgang des Stücks, doch immer dann, wenn die Frage darauf kam, wen der Held am Ende töten sollte, lösten sich meine Phantasien in Beklemmung auf.

Gut gefallen hätte es mir, wenn Don Juan sich einsichtsvoll selbst entleibte, zumal das seiner Witwe eine ehrbare Verbindung zu dem jungen Adjutanten ermöglicht hätte, doch das Dahinscheiden lediglich eines einzigen Darstellers reichte für eine ordentliche Tragödie nicht. Je mehr am Ende starben, desto besser, abgesehen von den Nebenfiguren, denn die waren nötig, um die Toten aufzubahren, zu betrauern und zu besingen.

Um dem Problem auszuweichen und mich zugleich einer anderen Aufgabe zu entledigen, brachte ich eine hinreichende Anzahl von Versen für das Ehejubiläum der Herbergsleute zu Papier.

Danach gab es für mich keinen Grund mehr, länger in der Kammer herumzuhocken, zumal ich mir dabei wie ein Feigling vorkam. Ich war ein unerschrockener Mann und konnte mich verteidigen! Hatte ich es nicht bei dem Messerstecher Aldo bewiesen? Sollten die Attentäter doch kommen, ich würde es schon mit ihnen aufnehmen!

Dennoch wurde mir mulmig, als ich die Nase aus dem Fenster schob, um die Lage zu erkunden. Draußen war außer ein paar lärmenden Kindern niemand zu sehen, also rang ich mich dazu durch, nach unten zu gehen. Die Herbergswirtin, die gemeinsam mit ihren Mägden und Franceschina mitten in der Küchenarbeit steckte, nahm erwartungsfroh das Blatt mit den Versen an sich und drückte mir im Gegenzug ein großes Stück Kuchen in die Hand. Zu meiner Erleichterung hatte sie keine Zeit, sich den Rest meines Jubiläumswerks anzuhören, da in diesem Moment eine Lieferung von Bierfässern eintraf, um deren Entgegennahme sie sich kümmern musste.

»Wie lief es mit dem neuen Stück?«, wollte Franceschina wissen.

»Der erste Akt ist so gut wie fertig.«

»Wirklich?« Sie schien es nicht glauben zu wollen.

»Es fehlen noch ein paar Nebenfiguren und Verwicklungen«, räumte ich ein. »Aber die Grundidee und den groben Handlungsfaden haben wir schon.«

»Du bist ein guter Junge!« Sie strich mir über den Kopf und reichte mir ein Stück Salami.

In der einen Hand die Wurst und in der anderen den Kuchen, atmete ich tief durch und beschloss, der Gefahr, so sie denn auf mich lauerte, mutig entgegenzutreten. Ich ging auf direktem Wege in den Stall. Dort hielt sich aber, abgesehen von den Pferden und Maultieren, nur der Stallknecht auf.

Im Schankraum, wohin mich mein Weg als Nächstes führte, fanden sich dagegen eine Reihe mir unbekannter Gäste. Unauffällig blickte ich in die Runde, doch niemand schien mir besondere Aufmerksamkeit zu widmen, auch nicht der Zwerg, der allein an einem der Tische hockte und mit seinem Messer ein Stück Aal zerlegte.

An einem Ecktisch sah ich Elena und Cipriano beim Morgenmahl. Ich begrüßte sie und setzte mich zu ihnen.

Ich wusste nicht, wohin mit dem Kuchen und der Wurst, deshalb biss ich abwechselnd von beidem ab, obwohl ich nach dem zuvor reichlich genossenen Haferbrei noch keinen richtigen Hunger hatte.

»Wie lief es mit dem neuen Stück?«, erkundigte sich Elena.

Ich teilte ihr dasselbe mit wie zuvor Franceschina, doch im Gegensatz zu dieser wirkte Elena nicht überrascht, sondern nickte nur, als hätte sie nichts anderes erwartet. »Ich dachte mir schon, dass ihr beiden gut zusammenarbeiten würdet, du und Bernardo. Ihm fehlte nur der passende Anstoß.«

»Wovon handelt es?«, fragte Cipriano.

»Es wird eine Tragödie über Don Juan de Austria. Messèr Baldassarre wird sich bestimmt freuen, wenn er davon hört.« Kuchen und Wurst waren verzehrt, und ich blickte mich nach einem Tuch zum Abwischen der fettigen Finger um. In Ermangelung eines solchen rieb ich sie mir schließlich unterm Tisch an den Beinkleidern ab, sodass ich Elenas Aufregung erst bemerkte, als sie aufsprang und dabei fast ihren Schemel umwarf. »Was soll das heißen?«, rief sie. »War Großvater nicht bei euch im Zimmer?«

Beklommen schüttelte ich den Kopf, während ich mir in Erinnerung rief, was Bernardo über die Abwesenheit des Alten gesagt hatte, und dabei ging mir mit sträflicher Verspätung auf, dass kein Mensch so lange auf dem Abtritt sitzen konnte, wie wir an dem Stück gearbeitet hatten.

»Ich gehe ihn suchen.«

Cipriano und ich sprachen diesen Satz gleichzeitig aus.

»Wenn ihr zu zweit sucht, könnt ihr euch aufteilen«, sagte Elena. »Geh du schon los, Cipriano.« An mich gewandt, setzte sie hinzu: »Komm mit nach oben, ich will dir vorher noch etwas geben.«

»Ich suche das Gelände rund um die Universität ab«, sagte Cipriano im Hinausgehen.

»Und wo soll ich nachsehen?«, fragte ich Elena auf dem Weg ins Obergeschoss.

»In den Badehäusern«, sagte sie. In der Nähe gab es deren zwei, und sie beschrieb mir kurz, wo dasjenige lag, das ich noch nicht kannte. Oben auf dem Gang befahl sie mir zu warten und verschwand in der Frauenschlafkammer. Kurz darauf kehrte sie mit Requisiten zurück: einer weiten dunklen Jacke, einem Hut mit einem daran hängenden ausgefransten Bart und einem sauberen weißen Tuch.

»Es ist besser, wenn du dich unkenntlich machst«, sagte sie.

Ich war angenehm überrascht. Sie machte sich Sorgen um mich und wollte mich vor den Meuchelmördern beschützen!

»Wegen der Jungbrunnen-Schwindelei«, fügte sie hinzu. »Im Badehaus könnte dich jemand erkennen und anschwärzen. Dein Gesicht ist sehr … hm, prägnant.«

Missmutig überlegte ich, ob sie den wahren Hergang der Geschichte kannte, doch ich verkniff es mir, das Thema anzuschneiden. »Und was soll ich mit dem Tuch machen? Es mir umbinden? Oder es als Friedensfahne schwenken?«

»Nein. Du kannst daran die Finger abwischen, wenn du das nächste Mal etwas Fettiges gegessen hast.«

Binnen kürzester Zeit hatte sie es wieder geschafft, meine Laune auf den Tiefpunkt zu befördern. Wortlos zog ich die Jacke an, stülpte den muffig riechenden Hut über, zupfte die Bartfransen zurecht und machte mich auf den Weg.

Bald darauf erwies sich, wie nützlich die Verkleidung war, denn unweit des Badehauses wäre ich fast in Aldo hineingerannt, der in einer der Gassen unvermutet meinen Weg kreuzte.

»Willst du Ärger?«, fuhr er mich an, als ich nicht schnell genug auswich.

Zu gern hätte ich ihn Mores gelehrt, doch in der Tat hätte ich mir damit Ärger eingehandelt, auf den ich nicht aus war – schließlich wollte ich unentdeckt bleiben. Also hob ich nur in einer Geste gespielten Bedauerns die Hand und eilte weiter, befriedigt über den Anblick, der mir im Vorbeigehen zuteilwurde: Aldos Nase schillerte in allen nur erdenklichen Farbschattierungen zwischen Lila und Blau und war mindestens doppelt so groß wie normal.

»He!«, sagte er. »Warte mal! Du kommst mir bekannt vor …«

Doch ich war schon um die Ecke gegangen und bog zügig in die nächste Gasse ein, um außer Sicht zu sein, falls er auf den Gedanken käme, mir zu folgen.

Der Bader blickte mich scharf an, als ich ihn fragte, ob Messèr Baldassarre anwesend sei. »Ich kenne Euch«, sagte er. »Ihr seid dieser Pariser.« Er grinste. »Euer Bart ist verrutscht.«

Ich verdeckte mit der Hand die vermaledeiten Bartflusen. »Ihr redet Unsinn. Ich war nie in Frankreich.«

Ein in ein Leinentuch gewickelter Greis kam aus der Badestube in den Vorraum. »Da ist der Kerl«, sagte der Bader zu ihm. »Ihr hattet ganz recht mit Eurer Vermutung. Verbrecher kommen immer an den Ort ihrer Schandtat zurück.«

Ein weiterer Badegast tauchte aus den Dampfschwaden auf. »Er wagt es tatsächlich!«

Sogar nach lediglich flüchtigem Hinschauen war ich sicher, mit beiden im Zuber gesessen zu haben, daher machte ich mich bereit, schnellstmöglich das Feld zu räumen.

»Der alte Arturo ist letzte Nacht gestorben!«, erklärte mir der Bader.

»Und Filippo hat einen Leistenbruch erlitten.«

Die beiden Greise musterten mich so vorwurfsvoll, als hätte ich Arturo persönlich ins Jenseits befördert und Filippo eigenhändig die Gedärme gequetscht.

»Ihr seid ein Betrüger!«, sagte der eine. »Das Baden mit Euch nützt höchstens dem Teufel, mit dem Ihr im Bunde seid! Uns wird er bestimmt als Nächste holen! Mein Gliederreißen ist heute schlimmer denn je!«

»Ihr gehört an den Schandpfahl!«, pflichtete der andere bei. »Die Hand sollte man Euch abschlagen!«

»Wenn Ihr ihn festhaltet, hole ich rasch die Büttel«, erbot sich der verräterische Bader.

»Ich trage einen Dolch«, teilte ich ihm mit, was die beiden Alten dazu brachte, sich in die Badestube zurückzuziehen. Der Bader folgte ihnen kurzerhand, offenbar in der zutreffenden Annahme, dass ich es vorzog, dieses ungastliche Haus zu verlassen, bevor sie bei den übrigen Badegästen Verstärkung holten.

Draußen rannte ich um ein paar Ecken, dann vergewisserte ich mich, dass niemand mich beobachtete, und riss den nutzlosen falschen Bart ab. Der Hut musste als Verkleidung reichen, zumal mich in dem zweiten Badehaus sicherlich niemand kannte. Ich wandte mich in die von Elena beschriebene Richtung und fand nach einigem Herumfragen die gesuchte

Örtlichkeit. Als ich vom dortigen Bader wissen wollte, ob ein Messèr Baldassarre anwesend sei, forderte er mich auf, selbst nachzusehen.

Zögernd trat ich in die von Dampf erfüllte Badestube.

»Baldassarre? Seid Ihr hier drin?«

»Marco?«, kam es ungläubig zurück. »Bist du das etwa?«

Das war ganz eindeutig nicht Baldassarres Stimme, sondern die von Bruder Iseppo. Unmittelbar darauf erblickte ich durch die treibenden Schwaden wie einen schwebenden Mond sein rundes Gesicht über dem Rand eines Badezubers. Und im Nachbarzuber saß Bruder Hieronimo!

»Marco!«, brüllte der Prior, während er seine Körpermassen unter gewaltigem Platschen aus dem Zuber stemmte. »Haben wir dich endlich! Lauf ja nicht weg!«

Höchstens einen halben Atemzug später wehte mir der Wind den Hut vom Kopf, als ich in vollem Lauf durch die Gasse preschte. Ich ließ ihn fliegen, denn als Verkleidung taugte er kaum mehr als der Bart. Diesmal rannte ich so lange, bis ich nicht mehr entscheiden konnte, was schlimmer war – das Seitenstechen oder der Schmerz in meinem Bein. Erst, als ich bemerkte, dass mir argwöhnische Blicke von Passanten folgten, blieb ich keuchend im Schatten einer Säule stehen, wischte mir mit dem Tuch den Schweiß und die Reste der falschen Barthaare vom Gesicht und schaute mich nach allen Seiten um.

Ich konnte nicht fassen, dass der Zufall mir gleich zwei Mal hintereinander so übel mitgespielt hatte, zuerst in dem einen Badehaus, und dann auch noch im zweiten! Welche bösen Mächte hatten sich gegen mich verschworen?! Nun fehlte nur noch, dass ich dem Notar in die Arme lief, oder dem Fremden, von dem ich nicht einmal wusste, wie er aussah, oder seinen anderen Mitverschwörern, die theoretisch überall lauern konnten.

Mittlerweile war ich der festen Überzeugung, dass ich in dieser Stadt nicht länger sicher war. Egal, wohin ich mich wandte – an jeder Ecke drohte mir Gefahr.

Vor Anstrengung schwitzend und bis in die tiefste Seele aufgewühlt, beschloss ich, Padua noch an diesem Tag zu verlassen.

»Marco, mein lieber Junge, was machst du denn hier?« Einen Schrei unterdrückend, fuhr ich herum. »Verzeiht«, stammelte ich. »Ihr habt mich erschreckt!«

Caterina stand unter den Arkaden, lieblich anzusehen wie eh und je. Sie war so schön, dass es fast wehtat, und tatsächlich spürte ich, wie ein schmerzliches Sehnen mein Herz zusammenzog. Leicht benommen sah ich zu, wie mir das Tuch aus der Hand glitt und zu Boden flatterte.

Rasch hob ich es auf – und erschrak erneut. Ein Mann tauchte hinter Caterina auf und legte in vertraulicher Geste die Hand auf ihre Schulter. »Wer ist das, meine Liebe? Belästigt er dich?«

Dasselbe hätte ich ihn fragen können. Eine ungute Ahnung beschlich mich, als ich den Kerl näher ansah. Er war ekelhaft elegant gekleidet und trug obendrein eine Kette mit einem protzigen Amtswappen auf der Brust. Seine Schläfen waren leicht ergraut, was die Vornehmheit seiner Erscheinung und den hochmütigen Gesichtsausdruck noch unterstrich.

»Das ist bloß ein Junge, der eben vorbeikam«, sagte Caterina. »Und er belästigt mich nicht. Er hat mir nur mein Tuch aufgehoben.« Lächelnd nahm sie mir das Tuch weg und befestigte es an ihrem Gürtel.

»Du ziehst die Verehrer wohl überall auf dich.« Der Mann ergriff ihre Hand und küsste sie, und zwar auf die Fingerspitzen. Mit dem Küssen hatte ich nicht viel Erfahrung – genauer gesagt gar keine, abgesehen von den Schmatzern auf die Wange, die mir Paulina gelegentlich hatte angedeihen lassen –, doch ich hätte schwören mögen, dass höfliche Handküsse nicht auf Fingerspitzen gehörten.

Caterinas Wangen hatten sich erkennbar gerötet, was mich in der Überzeugung bestärkte, dass dieser Bursche sich unzulässige Freiheiten herausnahm. Sofort waren die Begegnungen in den Badehäusern vergessen, ich war mehr als bereit, statt meiner nun Caterinas Ehre zu verteidigen.

Doch Caterina kam mir zuvor. Sie entzog dem Mann ihre Hand und blickte züchtig zu Boden. »Ich muss nun gehen, werter Herr.«

»Warum so förmlich, meine Liebe?«

Drohend trat ich einen Schritt vor. »Wenn sie sagt, dass sie gehen will, dann geht sie auch!«

Der Mann lächelte überrascht. »Ah, ein selbst ernannter Beschützer, was? Doch wohl keiner mit besseren Rechten auf dich, oder?«

»Nicht doch!«, sagte Caterina. Sie lächelte strahlend. Der Mann ging achselzuckend davon, blickte aber über die Schulter zurück und zwinkerte ihr zu, was mich fast dazu brachte, ihm nachzulaufen und ihn für sein Benehmen zum Kampf zu fordern.

Caterina legte mir die Hand auf den Arm. »Gut, dass du da bist«, sagte sie fröhlich. »Du kannst mich zurückbegleiten.«

Ich deutete eine Verbeugung an. »Euer Diener, *Madonna*.«*

»Ach, Marco, lass doch die albernen Artigkeiten beiseite. Wenn du so mit mir redest, komme ich mir vor wie deine Mutter. Ich bin genauso alt wie du, also wirklich. Sag *du* und *Caterina*.«

Ich übte es im Stillen mindestens ein Dutzend Mal hintereinander, bevor ich wagte, es erstmalig anzuwenden. »Wer war der Mann, Caterina?«

Sie schritt in königlicher Haltung neben mir her, doch ich hatte den Eindruck, dass sie bei meiner Frage ein wenig aus dem Takt kam. »Das war Messèr Rizzo. Er ist ein wichtiger Mann im Stadtparlament.«

* Anrede für die Dame

»Du meinst, er ist derjenige, der für die Spielerlaubnis zuständig ist?«

»Ganz recht. Ohne Rizzo keine Bühne auf der Piazza, ohne Bühne keine Aufführung, ohne Aufführung kein Geld. Wir müssten binnen drei Tagen betteln gehen, wenn er nicht wäre.«

Widerstreitende Regungen erfüllten mich: Hass auf Rizzo, der die Notlage einer hilflosen Frau ausnutzte, um sich als Gönner aufspielen zu können, Mitleid mit Caterina, die sich von diesem Widerling die Finger küssen lassen musste, um ihn gewogen zu stimmen, aber auch Wut auf Bernardo, weil er als ihr Gatte nicht Manns genug war, dergleichen zu unterbinden. Auf mich selbst war ich ebenfalls wütend, weil ich es versäumt hatte, Rizzo in die Schranken zu weisen, und leid tat ich mir auch, weil ich wie alle anderen Truppenmitglieder Caterinas bedürftiges Schicksal teilte.

Doch dann fiel mir wieder ein, dass ich so schnell wie möglich aus der Stadt verschwinden wollte. Was danach hier geschah, war nicht länger mein Problem, oder?

Kaum hatte ich das gedacht, regte sich mein Gewissen. Was wurde aus den anderen, wenn ich einfach fortlief? Was aus Caterina? Und wenn nun Elena gar recht damit hatte, dass es das Ende der Incomparabili wäre, wenn es nicht bald ein neues Canovaccio gab?

Aber wenn ich hierblieb, wäre ich bald tot, folglich konnte ich genauso gut woanders sein. Eine Flucht ließ sich nicht umgehen, mein Entschluss stand fest!

Caterina berührte meinen Arm. »Du wirst doch Bernardo nichts von dieser Begegnung mit Messèr Rizzo erzählen, oder? Ich traf ihn rein zufällig, weißt du. Er ist sehr freundlich und redet als Kunstkenner gern über das Theater, und da würde es mir ungehörig vorkommen, ihn einfach stehen zu lassen. Bernardo aber regt sich leicht darüber auf und tut dann unüberlegte Dinge.«

Ich blieb ruckartig stehen. »Schlägt er dich etwa?«

»Was? Oh, nicht doch. Wenn überhaupt, würde er Rizzo schlagen.« Sie runzelte die Stirn. »Das aber würde er mit absoluter Sicherheit tun. Wenn nicht Schlimmeres.«

»Zu Recht«, meinte ich grimmig. »Dieser Rizzo nutzt es schamlos aus, dass du aus Rücksicht auf die Truppe freundlich zu ihm bist! Obwohl er doch genau weiß, dass du eine anständige, verheiratete Frau bist! Wäre ich an Bernardos Stelle, würde ich ihm ganz gewiss eine Tracht Prügel verabfolgen!«

Sie sah mich mit großen Augen an. »Aber dann bekäme Bernardo schrecklichen Ärger!«

Das war nun auch wieder wahr. Was für ein Dilemma!

Kräftig ausschreitend ging ich weiter, und Caterina trippelte neben mir her. »Du läufst so schnell, Marco! Was hattest du eigentlich vorhin dort zu tun?«

Ich verlangsamte meine Schritte und wandte mich ihr bedrückt zu. »Ich war auf der Suche nach Baldassarre. Er ist seit heute früh verschwunden.«

»Dann ist er bestimmt im Badehaus. Dort geht er meistens hin, wenn er sich aus dem Staub macht.«

»Da war ich schon.«

»Sicherlich ist er mittlerweile wieder zurück«, meinte Caterina.

Vor der Herberge tollten einige Kinder herum, und als wir näher kamen, war nicht zu überhören, dass es sich um Sprösslinge der Wirtsleute handeln musste: Sie übten unter närrischem Herumgehopse die von mir verfassten Jubiläumsreime ein, so laut, dass es weithin schallte. Vor den Einmündungen der umliegenden Gassen sammelten sich bereits Leute, die das Spektakel verfolgten.

Der älteste Sohn des Herbergswirts stand an einen der Planwagen gelehnt und las deklamierend die Strophen vom Blatt ab, worauf seine Geschwister alles unter kreischendem Gelächter wiederholten.

»Und war auch die Jugend dahin, gab das Pimpern dem Leben noch Sinn. Sie pimperten ständig, immerzu und unbändig, war er andauernd nur in ihr drin.«

Ich stand starr.

Caterina kicherte. »Marco! Da hast du aber gewagte Texte verfasst!«

»Nein«, stieß ich hervor. »Es ging ganz anders!«

Ich erinnerte mich an jedes Wort. *Und war auch die Jugend dahin, gab die Liebe dem Leben doch Sinn. Treuevoll und beständig, liebten sie sich unbändig, war das Eheglück höchster Gewinn.*

Der Übeltäter grinste mich frech an, was meinen Zorn erst richtig entfachte. Er deutete meinen Gesichtsausdruck richtig und war wie der Blitz hinterm Haus verschwunden, und mit ihm seine johlenden Brüder.

»Sieh nur, da ist Baldassarre!« Caterina wies zur Pforte der Herberge, wo der Alte palavernd mit einigen Männern zusammenstand.

Erleichterung schwemmte meinen Ärger hinweg, was sich jedoch gleich darauf als voreilig herausstellte, denn wie es aussah, steckte Baldassarre mitten in einem handfesten Streit. Mit erhobenen Fäusten brüllte er einen der Männer an: »Nimm sie mir weg, und du bekommst mein Schwert zu schmecken!«

»Du meinst dein Holzspielzeug? Versuch es doch, dann zeige ich dir, wie man mit einem echten Schwert kämpft.« Der Mann, ein Fettsack mit zu engem Wams und angeberisch polierten Stiefeln, legte die Hand an den Knauf seiner Waffe und betrachtete Baldassarre verächtlich. »Doch ich will dir dein Alter zugutehalten, welches ja bekanntlich nicht vor Torheit schützt. Gleichwohl entbindet dich das nicht davon, einmal geschlossene Verträge zu erfüllen, auch wenn du dir einbildest, alle Welt übers Ohr hauen zu können. Da du gemeinhin als alter Betrüger verschrien bist, habe ich vorgesorgt und meine Zeugen mitgebracht. Sogar bei deinem zerlöcherten Gedächtnis wirst du nicht vergessen haben, dass sie bei dem Verkauf und der Übergabe des Geldes zugegen waren.« Er deutete auf Baldassarres Gürtel, an dem eine pralle Geldkatze hing. »Du trägst es ja sogar noch bei dir, also kannst du dich nicht damit herausreden, es nicht erhalten zu haben.«

Der Fettsack wartete keine Antwort ab, sondern wandte sich an seine drei Begleiter, grobschlächtige Individuen mit vernarbten Gesichten und riesigen Fäusten. »Geht in den Stall und schafft die Pferde her.«

»Marco!«, sagte Caterina besorgt. »Hier geschieht etwas, das mir sehr, sehr falsch vorkommt!«

»Mir auch«, sagte ich leise. »Geh und hol die anderen. Ich werde einstweilen herausfinden, was los ist.«

Die Begleiter des Fettsacks stiefelten in den Stall, und ich marschierte geradewegs zu Baldassarre. »Gibt es Schwierigkeiten?«

Der Alte rang die Hände. »Dieser Mensch will uns die Gespanne wegnehmen!« Tränen standen in seinen Augen. »Er behauptet, ich hätte sie ihm verkauft!«

»Das behaupte ich nicht nur, du hast es getan. Heute Morgen. Unter Zeugen.«

Mir schwante Übles. Der Fettsack hätte nicht so selbstgefällig dreingeschaut, würde er sich nicht im Recht wähnen.

»Diese Zeugen scheinen mir eher Gefolgsleute von Euch zu sein«, sagte ich.

»Ja nun, das sind sie wohl, aber Zeugen sind sie dennoch. Außerdem war auch ein Notar zugegen, der zufällig gerade des Wegs kam. Ich kann ihn jederzeit herholen lassen, damit er alles bestätigt. Und dazu ein paar Büttel, wenn der Alte weiterhin die Herausgabe verweigert.«

»Aber die Gespanne sind sein ganzer Besitz!«, sagte ich. »Er benötigt sie für sein Theater!«

»Er sagte, diese Narretei wolle er aufgeben«, erklärte der Fettsack. »Und zufällig brauche ich gerade dringend zwei ordentliche Gespanne. Der Kauf wird nicht rückgängig gemacht, auch wenn es ihn reut. *Pacta sunt servanda.*«*

Keine Spur von Bedauern zeigte sich in seinem feisten Gesicht, auch nicht, als Baldassarre wie unter einem Schlag wankte und sich ans Herz griff.

Die anderen kamen aus dem Haus, außer Bernardo, der wohl noch zu verkatert war, um aufzustehen. Sein Fehlen war besonders ärgerlich, weil er der Einzige war, der vernünftig bewaffnet war und obendrein tyrannisch genug veranlagt, um dem Fettsack dessen unerhörtes Vorhaben auszureden. Cipriano hingegen wirkte, man konnte es nicht anders sagen, in seinem himmelblauen Hemd alles andere als kämpferisch, und die Frauen konnte man ohnehin getrost außen vor lassen.

Franceschina stand bleich und erschrocken neben Caterina, deren Augen von Kummer umflort waren. Beide sahen sie aus, als hätten sie soeben vom Tod eines lieben Menschen erfahren.

Elena, die sich mit steinerner Miene den Sachverhalt angehört hatte, wandte sich an ihren Großvater. »Wie viel hat dieser Kaufmann dir gezahlt?«

Der Alte nannte eine Summe, und sie lachte ungläubig auf. »Für zwei Wagen und vier gute Zugpferde? Das ist ein Witz, oder? Dafür kann er woanders höchstens einen Eselskarren kaufen!«

Der Fettsack mischte sich ein. »Was kann ich dafür, dass der Alte mein Angebot angenommen hat? Ich habe den Notar gefragt, es ist alles rechtsgültig. Das Pfand habe ich in der Sakristei der Basilika hinterlegt, wo zwar niemand Bescheid wusste, aber Ihr es Euch holen könnt. Der Kaufpreis wurde entrichtet, also bekomme ich jetzt die Gespanne!« Er wandte sich an einen der vierschrötigen Kerle, die soeben mit den Pferden aus dem Stall traten. »Lauf rasch zu Messèr Barbarigo, dem Notar. Er

* Lat.: Verträge sind einzuhalten

möge sofort mitkommen, um zur Durchsetzung meines Anspruchs seine rechtliche Autorität einzubringen.«

Auch das noch! Dieser windige Advokat hatte seine Hände im Spiel! Dass dabei nur Übles herauskam, hätte ich Baldassarre vorher sagen können!

Und überhaupt – was hatte der Alte sich nur gedacht, seinen wichtigsten Besitz zu verkaufen, und das für eine derart läppische Summe!

In ohnmächtiger Empörung ballte ich die Fäuste, als die Gehilfen des Fettsacks auf sein Geheiß die Pferde anschirrten und anschließend kurzerhand alles, was sich noch auf den Ladeflächen der Wagen befand, aufs Pflaster warfen. Viel war es nicht, da wir die Kisten mit den Requisiten und Kostümen zum Schutz gegen Diebstahl in die Schlafkammern getragen hatten, doch als ich die zusammengerollten Kulissen, mein Lavendelkissen und das Tau für den Seiltanz so rücksichtslos hingeworfen auf dem Boden liegen sah, wuchs meine Wut ins Unermessliche. Unwillkürlich griff ich nach Aldos Dolch, und hätte der Fettsack in diesem Moment noch eine einzige herablassende Bemerkung gemacht, wäre womöglich Blut geflossen.

»Marco, nicht«, sagte Elena leise. Ihr Gesicht war weiß, in ihren Augen stand Verzweiflung.

Mit einem Mal plagten mich Schuldgefühle. Warum war mir nicht schon in der Schlafkammer aufgefallen, dass Baldassarre viel zu lange wegblieb? Hätte ich mich nur bedachtsamer verhalten, wäre all das gar nicht geschehen!

Doch was konnte ich nun noch ändern? Die Existenz der Theatertruppe war ruiniert, und ob ich nun dafür mitverantwortlich war oder nicht – ich konnte nicht verweilen, um mit ihnen gemeinsam dieses Jammertal zu durchschreiten, denn damit würde ich mich unweigerlich um Kopf und Kragen bringen. Es hatte keinen Sinn, länger zu warten, jeden Moment konnte der Notar aufkreuzen.

Eilig hob ich mein Kissen auf, dann ging ich ins Haus und

holte meinen Reisesack, wobei mir auffiel, dass Bernardo nicht da war. Doch auch das war nun nicht mehr meine Angelegenheit.

Als ich die Herberge verlassen wollte, fing mich die Wirtin ab und schwenkte einen Kochlöffel, diesmal jedoch nicht enthusiastisch, sondern schäumend vor Entrüstung. »Du Lümmel!«, rief sie. »Was hast du da für abscheuliche Verse geschmiedet!«

Ich duckte mich. »Es war nicht meine Schuld! Eure Söhne haben sie umgedichtet!«

»Mach, dass du fortkommst, du undankbarer, verlogener Kerl! Ich will dich nie wieder in diesem Haus sehen! Wenn du dich noch einmal blicken lässt, zeige ich dich wegen sittlicher Gefährdung meiner Kinder an!«

Damit war auch dieses Kapitel abgeschlossen. Als ich mich von den anderen verabschieden wollte, trat Elena mir in den Weg. »Wo willst du hin?«

»Fort«, sagte ich.

»Ist das die Art, wie du dich einmal eingegangener Verpflichtungen entledigst?«

Unter ihrem flammenden Blick fühlte ich mich wie etwas, das unter einem modrigen Stein hervorgekrochen kommt und jederzeit damit rechnen muss, zertreten zu werden, und aus dieser Warte sah ich die Lage wieder so, wie sie sich für die anderen darstellte – hoffnungslos und von ganz unten.

Der Fettsack hatte mit seinen Gehilfen die Pferde angespannt und die Wagen vollständig entladen. Sie hatten sich schon auf den Kutschbänken breitgemacht und riefen sich unter dröhnendem Gelächter irgendwelche Zoten zu, als wären Baldassarre und die seinen überhaupt nicht anwesend.

Der Alte hockte zusammengesunken auf der Taurolle, eine Hand gegen sein Herz gepresst und mit der anderen die Augen bedeckend. Franceschina und Caterina standen mit hängenden Köpfen neben ihm. Von Cipriano war nichts zu sehen.

Elena war kreidebleich, sogar die Sommersprossen hatten sich entfärbt. »Du kannst nicht einfach so weggehen und uns im Stich lassen!«

Erschüttert rang ich nach Worten, die mein Verschwinden weniger selbstsüchtig aussahen ließen, doch ich stockte schon beim ersten Wort. Auf der gegenüberliegenden Seite des Platzes tauchte der Knecht des Fettsacks auf, und hinter ihm flatterte der schwarze Talar von Messèr Barbarigo, dem Notar.

»Ich muss mit dir reden!«, zischte ich in Elenas Richtung, bevor ich hinter einen der Wagen in Deckung sprang und von da aus die wenigen Schritte bis zum Stall huschte. Ich betete, dass es dort einen Hinterausgang gab, durch den ich zur Not verschwinden konnte, doch zuvor war ich Elena eine Erklärung schuldig. Ich musste nicht lange warten, bis sie auftauchte und wissen wollte, warum ich mich versteckte.

»Ich täte es nicht, wenn ich es nicht müsste«, flüsterte ich. »Auch würde ich gewiss nicht so überstürzt aufbrechen, wenn es nicht die Not verlangte! Ich habe keine Wahl. Der Notar ist gerade gekommen, ich erzählte dir bereits von ihm.«

»Oh!« Ihre Augen wurden kugelrund. »*Der* Notar?«

Ich nickte und spähte über ihre Schulter, doch für den Moment schien ich sicher zu sein. Elena hatte zwar das Tor offen gelassen, als sie mir in den Stall gefolgt war, doch ich hatte mich sofort in die hinterste Ecke verzogen und hinter einem Stapel Futtersäcke versteckt.

»Der Prior weiß ebenfalls, dass ich in der Stadt bin. Ich traf ihn heute im Badehaus. Und in dem anderen Badehaus haben sich die Kerle zusammengerottet, mit denen ich im Zuber saß. Sie wollen mich einkerkern und mir die Hand abhacken lassen.«

»Oh!«, sagte sie abermals. »Das ist ja …« Ihr fielen keine passenden Worte ein, aber in ihre Wangen war wieder Farbe gestiegen, und wäre das Licht im Stall nicht so dürftig gewesen, hätte ich geschworen, dass auch ihre Augen fast auf die gewohnte Art funkelten. Meine prekäre Situation wirkte offenbar belebend auf sie.

»Erwähnte ich schon, dass die Herbergswirtin mich wegen meiner Verse ebenfalls ins Gefängnis bringen will?«

»Oh«, kam es zum dritten Mal.

»Ja, oh. Vielleicht verstehst du jetzt, warum ich weg will. Oder anders ausgedrückt: Mir brennt hier der Boden unter den Füßen!«

»Nicht nur dir«, sagte Cipriano von der Stalltür her. Mit wehenden Engelslocken kam er herangeeilt und blieb außer Atem neben Elena stehen. »Wir müssen so schnell wie möglich die Stadt verlassen. Es ist schrecklicher Ärger im Anmarsch.«

»Was ist geschehen?«, fragte ich.

»Dieser Hitzkopf Bernardo hat sich mit Rizzo duelliert. Ich hatte so eine Ahnung davon, als ich ihn vorhin suchen ging, und siehe da, das Blut tropfte noch von seinem Degen und rann aus seinem Körper. Er hat ordentlich was abgekriegt, aber Rizzo hat es schlimmer erwischt.«

»Richtig so«, sagte ich mit grimmiger Befriedigung. Bernardos Vorgehen fand meine volle Zustimmung.

»Ist Bernardo schwer verwundet?«, fragte Elena erschrocken.

»Es geht. Er wird es gut überstehen, wenn er die Schulter eine Weile ruhig hält. Rizzo wird länger brauchen, um auf die Beine zu kommen. Bernardo hat ihm die Hoden tranchiert, jedenfalls drückte er es so aus. Er konnte fliehen, aber natürlich weiß Rizzo, wo er zu finden ist. Es ist also nur eine Frage der Zeit, bis die Ordnungshüter hier auftauchen.«

Draußen ertönten derbe Kommandos und gleich darauf Hufschlag und Räderrollen. Elena zuckte zusammen, denn ebenso wie ich wusste sie, was das bedeutete: Die Gespanne fuhren los. Der Fettsack hatte, ob mit oder ohne Hilfe des Notars, seinen Willen durchgesetzt, und nun zogen sie ab. Die Wagen waren verloren.

Ich sah, wie Elena um Fassung rang. Doch dann straffte sie sich. »Wo ist Bernardo denn jetzt?«

»Wir haben einen versteckten Treffpunkt ausgemacht, wo wir ihn später abholen. Denn dass wir nach diesem Eklat fort müssen, steht außer Frage. Es ist ja nicht das erste Mal, dass wir seinetwegen verschwinden, nicht wahr? Aber wie stellen wir es an? Ohne Gespanne können wir nicht weiterziehen. Jedenfalls nicht wie bisher als Truppe. Doch was sind wir dann? Ein Haufen versprengter Tagediebe?«

»Nein«, widersprach Elena vehement. »Wir sind die Incomparabili! Und wir geben nicht auf! Wir haben immer noch alles, was wir brauchen, um eine Theatertruppe zu sein!«

»Bis auf Wagen und Pferde«, wandte Cipriano ein. »Mein liebes Kind, unser Gastspiel in Padua ist vorbei, was besagt, dass wir unsere nächste Vorstellung woanders geben müssen. Und zwar in einer anderen Stadt. In die wir vorher reisen müssen, mitsamt unseren vielen Kisten. Sollen wir die etwa alle auf Handkarren laden und sie bergauf, bergab durch die Lande ziehen?«

»Nein«, sagte ich, von einem Geistesblitz getroffen. »Wir laden sie auf ein Boot. Und damit fahren wir in die einzige Stadt, wo kein Mensch einen Wagen braucht. Weil es da nämlich keine gibt. Alle Wege legt man dort zu Fuß oder mit dem Boot zurück, denn die Stadt ist im Wasser erbaut.«

Elena starrte mich an. »Du meinst Venedig!«

»Da waren wir noch nie«, sagte Cipriano. »Kein einziges Mal.«

»Warum nicht?«, fragte ich.

»Weil es dort keine Wagen gibt«, sagte er langsam. »Genau deshalb konnten wir nie dorthin – wegen unserer Wagen! Sie waren unverzichtbar und gehörten so sehr zu uns wie wir zu ihnen. Sie waren für uns Unterschlupf, Wahrzeichen und Fortbewegungsmittel, alles in einem. Nie hätten wir sie hergegeben!« Ein Lächeln zuckte in seinen Mundwinkeln. »Und jetzt sind wir sie los und können nach Venedig! Die Incomparabili gehen zum ersten Mal in ihrer langen Geschichte nach Venedig! Ist das zu fassen?« Und dann legte er den Kopf in den Nacken und lachte aus voller Kehle.

Befreit tat ich es ihm gleich. Venedig, dachte ich. Venedig, ich komme!

Teil 4

Brentakanal, April 1594

Cipriano zog mit einem Teil des Geldes los, das Baldassarre für die Gespanne erhalten hatte, und erwarb in aller Eile zwei Handkarren und eine ausreichende Anzahl an Säcken. Die Kisten konnten nicht alle mit, da sie zu schwer und sperrig waren, außerdem mussten wir die Kulissen und die Winde zurücklassen (von der ich immer noch nicht genau wusste, was man damit tat), doch wenigstens die Kostüme und unverzichtbaren Requisiten konnten wir, ordentlich in Wachstuch gewickelt und in großen Säcken verstaut, mit auf die Reise nehmen.

Die Arbeit des Packens und Aufladens überließ ich den anderen und blieb derweil im Stall, denn mich plagte die Furcht, man könne mich doch noch entdecken und gewaltsam zum Kloster zurückverfrachten, egal ob tot oder lebendig. Ohne Frage suchten der Prior und der Notar bereits in der ganzen Stadt nach mir, unterstützt durch den Fremden, dessen einziger mir bekannter Wesenszug darin bestand, Komplotte zu schmieden, um mir den Garaus zu machen.

Meine Angst fand bald frische Nahrung: Während die anderen vor dem Haus die Habe der Incomparabili auf die Karren luden, ertönte mit einem Mal Geschrei, und als ich das Getrampel beschlagener Stiefel näher kommen hörte, zweifelte ich nicht, dass es mir nun ans Leder ging. Unter Stoßgebeten duckte ich mich hinter die Hafersäcke, während ich Elena am

Stalltor laut sagen hörte: »Hier drin ist nur der Stalljunge. Ich sagte doch, Bernardo Caloprini ist weggelaufen! Der hat Padua sicher längst verlassen!«

Zum Glück war ich trotz meines Schreckens nicht so weit verblödet, um nicht sofort zu begreifen, dass Elena mich damit warnen wollte. Flugs lud ich mir einen der Futtersäcke auf den Rücken und schleppte ihn geschäftig zu den Pferden, während geharnischte und behelmte Männer kreuz und quer durch den Stall trampelten und in alle Winkel spähten. Hin und wieder traf mich ein prüfender Blick, und ich gab mein Bestes, wie ein redlicher Pferdeknecht auszusehen, indem ich weitere Säcke herumschleppte.

»Hier ist der Kerl auch nicht«, sagte schließlich einer. »Lass uns in der Herberge nachsehen.«

»Als ob er dort auf uns warten würde«, erwiderte ein anderer.

»Messèr Rizzo hat es befohlen, also sehen wir nach.«

»Davon wächst ihm sein ausgestochenes Ei auch nicht wieder an. Ich schätze, er wird befehlen, den ganzen Rest der Theaterbande zu verhaften, wenn wir diesen Bernardo nicht fassen.«

Vor Schreck ließ ich den Hafersack fallen, doch die Wachen hatten den Stall schon wieder verlassen. Ich schwitzte Blut und Wasser bei dem Gedanken, dass ihre Suche ebenso gut mir hätte gelten können, je nachdem, mit welchem Nachdruck der hinterhältige Bader und meine unzufriedenen Zubergenossen meine Einkerkerung betrieben.

»Die Luft ist rein«, sagte Elena wenig später. »Sie sind weg.«

»Ich bleibe lieber im Stall«, erklärte ich.

Wenig später waren die Incomparabili zum Aufbruch bereit. Elena brachte mir Sachen zum Verkleiden, in denen ich mich nicht besser fühlte als bei meiner ersten Maskerade am Morgen, zumal es ganz ähnliches Zeug war: ein Hut, ein falscher Bart, ein zusätzliches Wams.

»Steck dein Kissen vorn unter das Hemd«, forderte Elena mich auf. »Dann wird dich kein Mensch wiedererkennen. Du wirst wie ein beliebiger Fettwanst aussehen.«

Daran hegte ich leise Zweifel und kam mir mit der prall ausgestopften Mitte höchst lächerlich vor, doch im Interesse meines unerlässlichen Inkognitos wagte ich nicht zu widersprechen.

Unterstützt von zwei Trägern, die äußerst mürrisch dreinschauten, dafür aber auch ein beruhigend umfassendes Desinteresse an den Tag legten, beförderten wir im Schweiße unseres Angesichts die schwer bepackten Karren zu einer Anlegestelle und verstauten sie auf einem breiten Schleppkahn, auf dem sich bereits andere Reisende eingefunden hatten. Mir war heiß, und ständig fürchtete ich, das Kissen könne mir unterm Hemd hervorrutschen, weshalb ich es beharrlich mit einer Hand festhielt und mir dabei immer alberner vorkam.

Die Tatsache, dass ich zum ersten Mal in meinem Leben Boot fahren würde, konnte mich kaum von meinem Unbehagen ablenken. Meine Reiselust beschränkte sich auf den dringenden Wunsch, das Weite zu suchen.

Auf dem Kahn hielt ich nach Bernardo Ausschau, konnte ihn aber unter den übrigen Reisenden, die sich auf den Bänken niedergelassen hatten, nirgends entdecken. Zuletzt ließ ich meinen Blick auch über den Teil des Bootes schweifen, wo die Lasten aufgestapelt lagen, doch auch dort war er nicht zu sehen.

Alle anderen Incomparabili waren bereits an Bord, auch Cipriano, der uns vorausgeeilt war, um Bernardo von dessen Versteck aufs Schiff zu begleiten und die Passage für uns alle zu bezahlen. Zusammen mit Franceschina und Caterina saß er auf einer Bank, und dahinter hatten Elena und ihr Großvater Platz gefunden.

Ich ging zu Elena. »Wo ist Bernardo?«, fragte ich im Flüsterton, während ich mich an ihre freie Seite setzte.

»Hier«, sagte sie ebenso leise.

Befremdet blickte ich in die Runde – außer uns waren ein gutes Dutzend Reisende an Bord, Männer, Frauen und einige Kinder – und sah niemanden, der Bernardo auch nur entfernt ähnelte. Schließlich gelangte ich zu der Überzeugung, er müsse der alte Jude sein, der den gelben Hut tief ins Gesicht gezogen hatte und zusammengesunken auf der Backbordseite des Kahns saß. Aber dann sah ich den Alten gähnen und stellte fest, dass er keinen einzigen Zahn mehr besaß. So weit wäre Bernardo bei seiner Verkleidung sicher nicht gegangen. Sofort hielt ich Ausschau nach anderen möglichen Kandidaten, hinter denen Bernardo stecken könnte, immer noch – ich gebe es zu – in der stillen Hoffnung, er könne trotz Elenas anders lautender Behauptung vielleicht doch die Abfahrt verpasst haben. Dann obläge es künftig mir, Caterina zu beschützen.

»Glotz nicht so, das fällt auf«, zischte Elena. »Und zieh nicht immer so an dem Hut herum, dabei verrutscht dir der Bart! Vor allem aber hör auf, dauernd das Kissen zu begrapschen!«

Sofort senkte ich den Kopf und fummelte in meinem Gesicht herum, bis ich sicher war, dass der Bart richtig saß. Meine Hände zuckten in dem Bedürfnis, ein weiteres Mal die Position des Kissens zu prüfen, doch das versagte ich mir.

Endlich erteilte der Schiffsführer den Befehl zum Ablegen, und die Pferde am Kanalufer setzten sich in Bewegung. Die Ruder des Schleppkahns wurden nur zum Steuern eingesetzt; die eigentliche Kraft für die Fortbewegung kam von der Strömung sowie den Treidelpferden, die das Boot flussabwärts zogen.

Die Brenta verband Padua mit dem östlichen Tiefland des Veneto ebenso wie mit der Lagune. Vor nicht allzu langer Zeit war der Fluss, wie ich gelesen hatte, umgeleitet und das ursprüngliche Flussbett zu einem zusätzlichen Wasserweg, dem Naviglio di Brenta, ausgebaut worden, sodass Venedig von Padua aus mühelos über diesen Kanal zu erreichen war. Die Fahrt würde mit Unterbrechungen bis zum späten Nachmittag des nächsten Tages dauern, eine Übernachtung auf halber Strecke mit eingerechnet.

Die Pferde zockelten am Ufer entlang, und der Kahn glitt behäbig dahin, überwiegend von der Strömung getragen, sodass die Zugtiere sich nur an vereinzelten Stellen ins Zeug legen mussten. Es ging ein sanfter Wind, der den Baldachin über dem Boot in Schwingungen versetzte und das Grasland ringsherum fächelte. Beinahe unbemerkt hatten wir die Stadt hinter uns gelassen, und die hügelig-grüne Weite der uns umgebenden Landschaft, das gleichmäßige Stampfen der Pferde und das dumpfe Rauschen des Kielwassers übten eine beruhigende Wirkung auf mich aus. Ich merkte, wie ich mich entspannte und wie nach und nach alle Unbilden der vergangenen Tage von mir abfielen, bis mir vieles davon nur noch wie ein entfernter böser Traum vorkam.

Schläfrig lehnte ich mich zurück und gab mich ganz der milden Gelassenheit hin, die mich erfüllte.

Irgendwann muss ich eingeschlafen sein, denn ich hatte einen lebhaften Traum: Bernardo und ich arbeiteten an dem Stück über Don Juan de Austria weiter, und gemeinsam sannen wir darüber nach, welche falschen Beweise der tückische Kriegskamerad Juans auslegen könnte, um den Verdacht ehelicher Untreue auf Caterina zu lenken und auf diese Weise Juan tödlich zu reizen. Im Traum überlegte ich eine Weile, ob die Ehefrau Don Juans tatsächlich Caterina hieß, doch diese Frage war bald nebensächlich, denn ich fand einen zündenden Vorschlag für den gesuchten falschen Beweis: Der böse Kriegskamerad könnte Caterina unbemerkt ein Tuch des arglosen jungen Adjutanten an den Gürtel stecken, was Juan zu der Überzeugung verleiten würde, seine Frau habe ein Techtelmechtel mit dem Adjutanten.

»Das ist gut«, sagte Bernardo in meinem Traum. »Das ist *sehr* gut! Das hat Tragik und Tiefe! Vor allem aber gibt es unserem Helden Juan ein nachvollziehbares Motiv, den Adjutanten auf der Stelle zu töten! Was meinst du, lässt sich etwas aus dieser Idee machen? Wie sollen wir den Mord aus Eifersucht inszenieren? Mit dem Dolch oder mit der Würgeschlinge? Oder doch lieber als Degenduell, Mann gegen Mann, oder vielmehr Mann gegen Sack, so wie bei Rizzo?«

Mit einem Mal erschien mir meine Idee für den falschen Beweis nicht mehr so ideal wie zu Anfang, und verzweifelt suchte ich nach Alternativen, doch dann zeigte Bernardo auf sein Schwertgehenk und sagte: »Hatte ich dir nicht gesagt, dass ich dir die Eier tranchiere?«

Ich war absolut sicher, dass er das nicht gesagt hatte, jedenfalls nicht mit diesen Worten, und möglicherweise half mir diese Gewissheit dabei, den Traum zu beenden, bevor er einen grässlichen Fortgang nehmen konnte. Heftig fuhr ich auf, einen unterdrückten Schreckenslaut auf den Lippen. Mein Blick fiel auf eine ältliche Frau, die neben der Bank stand und mich anstarrte, und erst mit peinlicher Verzögerung gewahrte ich, dass ich beide Hände zwischen meine Beine geschoben hatte, offenbar in der geträumten Annahme, ich müsse meine wertvollsten Körperteile vor Bernardos Degen schützen. Hastig versteckte ich die Hände hinterm Rücken und duckte mich unter dem anklagenden Starren der Frau.

Auch die anderen Fahrgäste hatten sich erhoben, wie ich bei einem raschen Rundblick feststellte, und einige waren bereits über einen Steg an Land gegangen, unter ihnen die Incomparabili: Das Boot hatte angelegt. Waren wir schon angekommen? Eilig stand ich auf und stolperte von Bord, mich nach allen Seiten umschauend. Überall Grün, weit und breit keine Stadt, also waren wir noch nicht am Ziel.

»Der erste Halt«, klärte mich Cipriano auf, der sich am Ufer die Beine vertrat. Er lächelte mich an. »Jetzt hast du den Anfang deiner ersten Bootsfahrt glatt verschlafen. Ich hoffe, du hast trotz dieser unbequemen Verkleidung etwas Schönes geträumt.«

»Äh … ja«, log ich, während ich Elena, Caterina und Franceschina beobachtete, die auf ein Haus in der Nähe der Anlegestelle zuhielten.

»Übernachten wir hier schon?«, fragte ich.

»Nein, wir halten nur, damit die Reisenden Gelegenheit haben, sich zu erleichtern. Drüben auf dem Abtritt bei der Schenke da. Oder in den Büschen, ganz nach Belieben.« Er schickte sich an, die letztgenannte Variante in die Tat umzusetzen, und verschwand zwischen den Sträuchern der Uferböschung.

Ich tat dasselbe, und als ich zurückkam, stieß ich auf Baldassarre, der es sich auf einem flachen Felsen am Kanal bequem gemacht hatte. Anders als am Vormittag wirkte er nicht mehr verstört, sondern beinahe heiter, als er mir entgegenblickte. »Edler Herr, Ihr seht so wohlgenährt aus, kann es sein, dass Ihr Euch reichlich verproviantiert habt und einem armen alten Mann ein kleines Stückchen Brot abtreten mögt?«

Unwillkürlich fasste ich an das Kissen, überrascht und erfreut von der Wirkung, die meine Verkleidung offenbar entfaltete.

»Das war ein Scherz«, erklärte Baldassarre. »Ich habe keinen Hunger. Marco, mein Junge, komm und setz dich zu mir.« Er klopfte neben sich auf den Stein und kicherte. »Dachtest du, einen alten Fuchs wie mich kannst du mit einem Kissen und ein paar Bartfransen täuschen?«

Rasch vergewisserte ich mich, dass niemand diese Worte gehört hatte, dann setzte ich mich neben ihn auf den Felsen und umschlang meine Knie mit den Armen. Das Kissen war mir dabei im Weg, und plötzlich drängte es mich, mir das ganze falsche Zeug herunterzureißen.

»An der nächsten Anlegestelle«, sagte Baldassarre.

»Was?«, fragte ich verdattert.

»An der nächsten Anlegestelle kannst du den Kram ausziehen. Da übernachten wir, und du kannst wieder du selbst sein.«

Ich nickte belämmert. Anscheinend war ich dermaßen leicht durchschaubar, dass dagegen keine Maskerade der Welt half.

Baldassarre strich sich durch das graue Bartgelock. »Welche Fortschritte macht das Stück? Ich hörte, es handelt von meinem persönlichen Helden, Don Juan de Austria?«

»Ach, ich weiß nicht«, sagte ich ausweichend. »Eigentlich finde ich es zu … vorhersehbar. Außerdem wäre er in dem Stück ein jähzorniger Maure, dessen blinde Eifersucht sich an einem harmlosen Tuch entzündet und dem es völlig egal ist, was seine Frau fühlt. Von seinem jungen Adjutanten ganz zu schweigen. Am liebsten würde er alle umbringen.«

»Hm, das klingt tatsächlich ungemein tragisch.«

»Bernardo war sehr angetan von dem Gedanken, eine Tragödie zu schreiben.«

»Unsinn. Die Leute wollen heutzutage im Theater lieber lachen. Zu weinen haben sie selbst genug. Denkt euch etwas Komisches aus!«

»Komische Ideen sind schwerer zu finden als tragische«, gab ich zu bedenken.

»Wirklich? Dabei schreibt das Leben die lustigsten Geschichten, man muss bloß hinsehen! Nimm nur mich.«

»Euch?«

»Na, was ich getan habe. Zwei gute Gespanne an einen selbstgerechten Kaufmann verhökert, dessen Geschrei über einzuhaltende Verträge und notarielle Rechtmäßigkeit bestimmt von Padua bis Venedig zu hören war. Von so einem habe ich mir das Fell über die Ohren ziehen lassen. Wenn das nicht komisch ist!«

Unsicher blickte ich den Alten an. »Ihr findet das … komisch? Eigentlich hatte ich den Eindruck, dass es für alle Mitglieder der Truppe besonders tragisch war.«

Ungerührt zuckte Baldassarre die Achseln. »Im Rückblick

sind gerade die tragischen Ereignisse komisch, das ist ein dramaturgisches Naturgesetz. Nur das ist komisch, was für einen anderen tragisch ist. Lachen kann man am besten aus Schadenfreude. Wie bei der Tragödie ist auch bei der Komödie der Held ein vom Schicksal Geschlagener, aber in überzeichneter Form. Daher auch die Lazzi, in denen der innere Kampf sich zum Schabernack wandelt. Das bringt die Leute zum Lachen.«

Schweigend lauschte ich diesen Worten, die mir so eigentümlich wahr und treffend erschienen. Ein Entschluss gewann dabei in mir Gestalt: Das Eifersuchtsdrama sollte gestalten, wer wollte. Ich würde mich nach anderen Stoffen umtun. Wenn das Leben tatsächlich die besten Komödien schrieb – und eine innere Stimme sagte mir, dass dem so war –, sollte ich vielleicht einfach anfangen, in meiner Umgebung nach neuen Ideen zu suchen. Ob ich nun Bernardo dafür entflammen konnte, war eine andere Frage, die ich zu gegebener Zeit klären würde. Vielleicht würde ich ihm auch zunächst gar nichts davon erzählen, schließlich war er verwundet und musste sich schonen.

»Nur wer selbst schreibt, der bleibt«, reimte Baldassarre mitten in meine Gedanken hinein. »Mit einer Hand oder zwei, er ist immer dabei. Er erschafft sich das Stück, beherrscht Leiden und Glück. Keiner kann es ihm nehmen, die Geschichte zu zähmen. Sie in Worte zu gießen, seine Kunst zu genießen.« Er räusperte sich und sprach versfrei weiter. »Vergiss den eifersüchtigen Mauren. Schreib ein anderes Stück. Hör auf das, was dir das Leben erzählt, und pack es in drei Akte. Aber mach eine Komödie daraus, mein Junge.«

Nach und nach kehrten alle Mitfahrenden zurück auf das Boot, und die Reise ging weiter. Diesmal blieb ich wach und betrachtete meine Umgebung. Den ruhig dahinströmenden Kanal, die stille Natur, in der nur hier und da einzelne Dorfflecken auftauchten.

Baldassarre hatte sich zwei Bänke vor mir neben eine schöne, dunkel gelockte Frau gesetzt, die er hin und wieder von der Seite ansprach, dafür aber nur ablehnende Blicke oder ungeduldiges Achselzucken erntete, was Baldassarre indessen nicht anfocht, denn immer wieder redete er mit der Frau. Offenbar hatte der Alte nach dem Debakel am Morgen seinen Mut nicht sinken lassen.

Ich sprach Cipriano, neben den ich mich gesetzt hatte, darauf an. »Baldassarre scheint mir trotz des schweren Verlustes recht gut beisammen.«

»Selbstverständlich ist er gut beisammen, denn er hat ein ganz ordentliches Geschäft gemacht.« Cipriano klopfte auf den Beutel an seinem Gürtel, der mir deutlich größer vorkam als noch vor Stunden.

»Aber ich dachte …«

»Nun ja, er ist ein formidabler Schauspieler, er hat sogar uns genarrt.« Unbehaglich hob Cipriano die Schultern. »Diesmal war es wirklich knapp, wir sind gerade noch weggekommen, und das nicht nur wegen Rizzo.«

Er sah meinen verständnislosen Blick, beugte sich nah zu mir hin und teilte mir im Flüsterton den Grund für Baldassarres ausgeglichene Gemütsverfassung mit.

»Der Alte hat die Gespanne zwei Mal verkauft. Der Fettsack war kaum weg, da kam der zweite Käufer und forderte sein Eigentum. Baldassarre erklärte ihm, er müsse sich die Wagen bei dem Räuber holen, der sie ihm kurz zuvor gestohlen habe, und er nannte ihm das Haus des angeblichen Diebs. Danach wurde es wirklich sehr eilbedürftig mit allem.«

Ich war erschüttert. »Lieber Himmel! Wie kann Baldassarre nur so etwas Dummes tun!«

»Weil er denkt, es würde klappen«, sagte Cipriano. »Tat es bisher ja auch immer. Aber oft eben nur haarscharf. Und es führt in der letzten Zeit immer häufiger dazu, dass wir in manche Orte nie wieder reisen können. Padua ist nun einer davon.«

Ergeben hob er die Schultern. »Zwei oder drei Städte gehen auch auf Bernardos Konto. Ich denke, Padua können die zwei sich brüderlich teilen.«

»Aber wie hat Baldassarre es geschafft, dass ihm beide Käufer das Geld vor der Übergabe der Gespanne aushändigten?«

»Er hat ein Pfand hinterlassen.«

»Ein Pfand?«

»Das ist eine Sicherheit«, erklärte Cipriano.

»Ich weiß, was ein Pfand ist. Mir ist nur nicht klar, welches Pfand wertvoll genug ist, um als Sicherheit für einen Haufen Geld zu dienen.«

»Ein Zeh des heiligen Antonius. Das ist der Stadtheilige von Padua. Für Reliquien seines Körpers werden Unsummen gezahlt, besonders in seiner Heimatstadt. Baldassarre hatte ein päpstliches Zertifikat für den Zeh, und ein zufällig vorbeikommender Weihbischof konnte sich für die Echtheit der Urkunde verbürgen.«

Ich erinnerte mich, dass der Fettsack von einem Pfand gesprochen hatte, das er in der Basilika hinterlegt hatte, wo allerdings niemand Bescheid gewusst hatte.

»Der Weihbischof – war der echt?«, fragte ich.

»Nein, natürlich nicht. Er war ein Kerl aus einem der Badehäuser, der zufällig in das Kostüm passte und eine salbungsvolle Stimme hatte.«

All das musste ich erst verdauen. Und fing dabei an, nachzudenken.

Nimm nur mich, hatte Baldassarre gesagt, und: Das Leben schreibt die lustigsten Geschichten. Wenn das nicht Stoff für eine war! Sofort gingen meine Gedanken auf Wanderschaft, ich ersann Händler und Käufer, Pfandleiher und Schuldner, vermengte alles mit der Not eines edlen Mannes und der Skrupellosigkeit eines Paragraphen reitenden Wucherers, garnierte es mit einer hoffnungsvollen Liebesgeschichte, und siehe da, die ersten Fragmente einer Handlungsidee waren geboren.

Selbstverständlich würde das Stück wieder in Venedig spielen, bald konnte ich sogar vor Ort die besondere Atmosphäre recherchieren. Mein Blick fiel auf den zahnlosen Alten mit dem gelben Hut. Der Wucherer müsste ein Jude sein, denn fast alle Geldverleiher waren Juden, und sein Widerpart wäre ein junger Patrizier, der dringend Bares benötigte, um seinem in Not geratenen Freund aus einer schrecklichen Klemme zu helfen. Welche Klemme kam infrage?

Ich sah, wie sich Baldassarre zu der schönen Frau an seiner Seite neigte und ihr mit galantem Lächeln etwas zuflüsterte, worauf sich die Schöne brüsk abwandte. Genau, der Freund war unglücklich verliebt und würde ohne das Geld des Juden jede Aussicht auf sein Glück verlieren. Schlimmer noch, er würde vor lauter Kummer sterben müssen!

Der Jude würde den Kredit bewilligen und von dem jungen Patrizier ein Pfand verlangen, wie es üblich war. Doch musste es ein besonderes, ein Unheil stiftendes Pfand sein, damit der Konflikt vorgezeichnet war. Was könnte das Pfand sein? Ein Pferdegespann? Nein, viel zu profan. Es musste *wichtig* sein, und, falls es verfiele, ein übermenschliches Opfer, ein höchst schmerzlicher Verlust.

Ein Zeh! Aber kein toter, sondern einer, der noch am Körper war! Mit List würde der Jude den jungen Patrizier dazu bewegen, seinen großen Zeh zu verpfänden, allein mit dem Ziel, ihn (den jungen Patrizier) zu vernichten, denn insgeheim trieben ihn (den Wucherer) noch ganz andere Motive um als der erstrebte Zinsgewinn. Dereinst hat nämlich der junge Patrizier die schöne Tochter des Juden verschmäht, was nach blutiger Rache schreit …

Hm, wäre das dann noch eine Komödie? Oder doch schon wieder zu tragisch? Wo war der Witz? Nun denn, der Jude könnte einige Lazzi vollführen. Oder den jungen Patrizier bei der beabsichtigten Zehenamputation so sehr an den Füßen kitzeln, dass er sich versehentlich selbst einen Finger abschnitt.

Oder ich könnte einen Notar mitspielen lassen, den ein Gebrechen plagte – er könnte zum Beispiel schwerhörig sein, sodass er alles, was man ihm sagte, falsch verstand. Daraus ergaben sich Lazzi in allen Variationen! Und zugleich hätte es den Vorteil, dass ich alle wichtigen Komödienrollen besetzt hatte, zumindest bei den Hauptfiguren.

Längst hatte ich Papier aus meinem Reisesack geholt und auf meinen Knien ausgebreitet, die Feder und das Säckchen mit dem Löschsand gezückt und das Tintenfass zum Nachschöpfen zwischen meinen Füßen deponiert, um alle Gedanken, ungeordnet und in der Reihenfolge, wie sie mir kamen, zu Papier zu bringen.

Zerstreut blickte ich mittendrin auf und sah, wie ein Reisender mittleren Alters sich zu der Schönen an Baldassarres Seite vorbeugte und ihr etwas zuflüsterte. Die Frau blickte den Reisenden empört an und versetzte ihm eine schallende Ohrfeige.

»Die Männer nehmen sich auf dreiste Weise Anzüglichkeiten bei dieser Frau heraus«, sagte ich ärgerlich zu Cipriano. »Wahrscheinlich denken sie, dass sie einen losen Lebenswandel führt, weil sie Schminke trägt und allein reist. Dass sie womöglich ehrbar ist, wollen sie nicht sehen.«

Cipriano lachte. »Nein, sie wollen nicht sehen, dass diese Frau in Wahrheit ein Mann ist.«

Mir fiel die Schreibfeder aus der Hand. *Das* war Bernardo!? Ich starrte die Frau an, und tatsächlich – wenn man es wusste, war es sofort zu erkennen. Der mürrische Gesichtsausdruck, die edle römische Nase, der von der Schminke überdeckte Bartschatten … Und doch wäre ich niemals auf den Gedanken gekommen, ihn hinter dieser Maskerade zu vermuten.

Rasch hob ich die Feder wieder auf und begutachtete meine Notizen. Irgendeiner der Mitspieler könnte sich als Frau verkleiden, nur welcher? Vielleicht der Notar?

Baldassarre hatte recht, nichts war komischer als das wirkliche Leben.

Ich hielt inne, denn mir kam eine ungeklärte Frage in den Sinn. »Eines verstehe ich dennoch nicht«, sagte ich zu Cipriano. »Wieso hat Baldassarre überhaupt die Gespanne verkauft?«

»Weil er fand, es sei für die Incomparabili an der Zeit.«

»Zeit wofür? Aufzuhören?«

»Nein. Nach Venedig aufzubrechen.«

In ungebrochenem Eifer ersann ich Konflikte und Szenen, stellte mir Kostüme und Requisiten vor und versuchte bei den Beschreibungen der Auftritte sogar das Problem der notwendigen Doppelrollen zu lösen – schließlich konnten ja für ein neues Stück der Incomparabili nicht beliebig viele Darsteller eingeplant werden.

Hin und wieder blickte ich auf und ließ mich von der Schönheit der Flussauen ablenken. Nichts störte mich, weder das Geschwätz der übrigen Reisenden, das sich in meinen Ohren zu einem Strom endlosen Gemurmels verdichtet hatte, noch die gelegentlichen Blicke der Incomparabili, die durchweg wohlwollend ausfielen. Nur Bernardo schaute gewohnt griesgrämig drein. Doch dann bemerkte ich, dass er nicht einfach nur verstimmt war, sondern dass ihm Schmerzen zu schafften machten. Den linken Arm hielt er die ganze Zeit in derselben Haltung vor dem Körper und bewegte sich auch sonst kaum. Caterina saß bei ihm und reichte ihm hin und wieder ein Stück Brot oder eine Flasche, was er sich ohne sichtbares Zeichen von Dankbarkeit gefallen ließ. Franceschina saß an seiner anderen Seite, dicht am Bootsrand. Einmal beugte sie sich darüber, um auszuspucken, was sie gegessen hatte. Mittlerweile fragte ich mich, ob sie an einer Krankheit litt. Doch auch einige der anderen Mitreisenden waren reichlich grün um die Nase; anscheinend vertrug nicht jeder die Fahrt auf dem Wasser, obwohl das Schiff sich infolge der gleichmäßigen Strömung recht ruhig vorwärtsbewegte.

Nach einem weiteren Zwischenhalt legten wir am Abend in einem Dörfchen an, wo einige Reisende ihr Ziel bereits erreicht hatten und andere dafür am nächsten Morgen zusteigen würden. Die Übrigen konnten in einer Herberge Quartier beziehen oder wahlweise auch auf dem Boot schlafen. Cipriano verkündete, dass die Truppe sich wegen des unverhofften pekuniären Zugewinns richtige Betten gönnen würde, was ich angesichts der unbequemen Umstände, unter denen ich die vergangenen Nächte verbracht hatte, sehr begrüßte.

Das Gasthaus lag direkt am Brentakanal und bot eine ausreichende Anzahl von Kammern sowie ein warmes Abendessen im großen Schankraum, wo sich bereits die Gäste drängten, als wir dazukamen. Wir ergatterten einen freien Tisch und ließen uns von der Schankmagd mit Getränken und einer zünftigen Mahlzeit versorgen.

Elena, die neben mir saß, musterte mich von der Seite. »Du hast heute viel geschrieben. Ist das Stück über Don Juan de Austria schon fertig?«

»Der spielt nicht mehr die Hauptrolle, und es wird auch keine Tragödie«, sagte ich, wobei ich Bernardos bohrenden Blicken auswich. Die Verkleidung hatte er genau wie ich in einem unbeobachteten Winkel abgelegt und war nun wieder ganz der Alte, auch in anderer Hinsicht: Er hatte einen großen Becher Grappa vor sich stehen. Caterina hatte eine spitze Bemerkung darüber gemacht, doch Franceschina war ihr über den Mund gefahren und hatte erklärt, Bernardo brauche das jetzt, nach allem, was er wegen Caterina an diesem Tag durchgemacht habe, vor allem aber auch gegen die Schmerzen in der Schulter.

Als er von meinen geänderten Plänen hörte, setzte er zum Widerspruch an, doch dann nahm er nur einen tiefen Schluck von dem Schnaps und starrte anschließend brütend ins Leere.

»Was genau hast du denn heute geschrieben?«, wollte Elena wissen.

Ich überwand meine Scheu, vor den anderen darüber zu reden, und erzählte es ihr. Hin und wieder warf ich Bernardo einen verstohlenen Seitenblick zu, doch er erhob keine Einwände. An der einen oder anderen Stelle nickte er sogar, fast so, als könne er sich damit anfreunden.

»Das ist ja wahrhaft exzellent!«, sagte eine begeisterte Stimme dicht hinter mir. Ein Mann am Nebentisch hatte sich zu mir umgedreht. »Was für eine herrliche Idee für ein Theaterstück! Ich musste eben bereits kichern, als ich das mit dem verkleideten Notar hörte! Und erst die Sache mit dem Zeh! Ein Körperpfand, was für ein genialer Kniff! Ich hoffe, Ihr nehmt mir nicht übel, dass ich Euch belauschte, doch ich konnte nicht anders, denn das Theater ist meine ganze Leidenschaft!«

Er sprach ein grammatikalisch fehlerfreies Gemisch aus Venezianisch und Italienisch, jedoch mit hörbar fremdländischem Akzent. Seine Kleidung war schlicht, aber solide und sauber, und das Haar trug er in sorgsam gestutzten rötlichen Löckchen. Seine Wimpern waren ungewöhnlich hell, genau wie sein Teint. Er mochte um die dreißig sein; seine himmelwärts strebende Nase und die wasserblauen Augen verliehen seinem Gesicht einen heiteren und arglosen Ausdruck. Er sah aus wie jemand, der gern und häufig lachte.

»Gestattet, dass ich mich vorstelle.« Er stand auf und deutete eine Verbeugung an. »Henry Littleton aus England, zu Euren Diensten.«

»Ein Engländer!«, sagte Baldassarre. Neugierig musterte er den Fremden. »Was verschlägt Euch in die Gegend, Master Littleton?«

»Ach, langweilige Geschäfte. Ich bin Händler.«

»Womit handelt Ihr, wenn ich fragen darf?«

»Mit allem Möglichen. Hier etwas kaufen, dort etwas verkaufen – so wie es Händler allgemein machen. Momentan bin ich auf dem Weg nach Venedig, wo ich neue Käufe tätigen will. Seide, Glas, Gewürze – oder vielleicht auch anderes, wenn es mir als lohnendes Geschäft erscheint.«

»Das klingt aber kurzweilig!« Baldassarre betrachtete ihn mit leuchtenden Augen. »Setzt Euch doch zu uns, Master Littleton!«

»Gern! Nur lasst doch bitte den *Master* weg und nennt mich Henry.« Der Engländer lächelte. »Ihr ahnt nicht, wie sehr es mich freut, eine Theatertruppe zu treffen! Für mich ist das Theater weit kurzweiliger als der Handel!«

»Das ist Ansichtssache«, erklärte Baldassarre freundlich.

»Großvater!«, sagte Elena.

Baldassarre machte ein zerknirschtes Gesicht, womit er mich jedoch nicht täuschen konnte. Mittlerweile traute ich ihm jede Schlitzohrigkeit zu. Immerhin übernahm er es mit tadelloser Höflichkeit, uns dem Engländer vorzustellen. Henry verneigte sich seinerseits formvollendet vor den Frauen und nickte den Männern ehrerbietig zu, bevor er an unserem Tisch Platz nahm.

»Euer neues Stück ist wirklich famos!«, sagte er zu mir.

Verlegen betrachtete ich meine tintenbekleckten Finger. »Bislang ist es nur eine Idee.«

»Eigentlich ist er nur mein Schreibgehilfe«, warf Bernardo nuschelnd ein. Er hatte einen zweiten Becher bestellt und auch diesen bereits geleert.

»Auch Schreibgehilfen haben oft brauchbare Inspirationen«, sagte Henry fröhlich. »Da spreche ich aus Erfahrung, müsst Ihr wissen. Ich bin nämlich einer. Oder sagen wir, ich versuche mich darin, wenn es sich gerade so ergibt. Selbstverständlich nicht hier in Italien, sondern in London. Einer meiner besten Freunde übt sich dort in der Kunst des Stückeschreibens. Er ist ungemein talentiert und hat schon einiges auf die Bühne gebracht, wenngleich ich glaube, dass Wills glanzvollste Zeiten noch vor ihm liegen, denn er ist ja noch jung. Hin und wieder sitzen wir zusammen beim Wein und denken uns Wendungen für seine Stücke aus. Oder ich erzähle ihm von Venedig. Er war nie dort, aber er liebt die Stadt über alles und will sie unbedingt als Schauplatz in einem seiner nächsten Stücke verwenden.«

Bernardo, obschon mittlerweile ziemlich betrunken, bestand beim Stichwort Venedig darauf, dem Engländer sofort und in allen Einzelheiten von seinem neuen Stück über Don Juan de Austria zu erzählen, da dieses auch in der Lagunenstadt spielte.

»Der Maure bringt am Ende alle um«, schloss er mit schwerer Zunge. »Vor allem seine Frau. Aus rasender Eifersucht.« Er griff an Caterinas Hüfte und zerrte ihr mein Tuch aus dem Gürtel. »Denn er entdeckte einen unwiderlegbaren Beweis für ihre Untreue.«

»Die er sich nur einbildete«, setzte Caterina mit lieblichem Lächeln hinzu. »Das Tuch fand ich übrigens ganz zufällig unterwegs, falls es dich zu irgendwelchen dummen Mutmaßungen inspirieren sollte.«

Elena musterte das Corpus Delicti mit scharfen Blicken und bedachte mich dann mit einem überaus frostigen Seitenblick, den ich geflissentlich ignorierte.

»Wie auch immer, das Stück klingt sehr spannend!«, sagte Henry mit aufrichtiger Bewunderung zu Bernardo. »Ein eifersüchtiger Maure in Venedig! Darauf muss man erst kommen! Ihr seid ein wirklich geübter Autor!«

»Ich weiß.« Bernardo rülpste und stand auf. »Muss mal raus«, nuschelte er, während er sich an den anderen vorbeischob. Kurz darauf folgten zuerst Franceschina und dann Caterina seinem Beispiel, und ich verspürte wenig später ebenfalls das Bedürfnis, mich zu erleichtern, weshalb ich es ihnen nachtat und nach draußen ging. Die Latrinen waren alle besetzt, deshalb schlug ich mich unweit des Gasthauses in die Büsche.

Sie standen zu dritt unter einer Trauerweide und stritten, was das Zeug hielt. Wegen der herabhängenden Äste und der Dunkelheit, die nur dürftig von den Fackeln bei der Herberge erhellt wurde, waren sie zwar nicht zu sehen, doch dafür umso besser zu hören.

»Du hast schon wieder herumpoussiert!«, sagte Bernardo voller Zorn. Es klang nicht mehr ganz so verwaschen wie vorhin in der Schenke, offenbar hatte die frische Luft ihn ein wenig ernüchtert.

»Du siehst Gespenster«, sagte Caterina.

»Von wem hast du das Tuch?«

»Ich sagte doch, ich habe es gefunden.«

»Und warum trägst du es wie ein Liebespfand am Gürtel?«

»Weil es ein sehr gutes Tuch aus reiner Seide ist. Und wo sonst sollte man ein gutes Tuch tragen als am Gürtel, wo es jeder sieht?«

»Reg dich nur nicht so auf, Bernardo«, sagte Franceschina bittend. »Das verleitet dich nur wieder dazu, mehr zu trinken, als du verträgst, und du weißt, wie schlecht du dich dann hinterher immer fühlst!«

»Wieso musst du dich eigentlich immer in alles einmischen?«, wollte Caterina wissen.

»Ich kenne ihn länger als du und weiß, was er braucht!«

»Und ich bin seine Frau. In guten wie in schlechten Tagen!«

»Hauptsächlich in schlechten«, sagte Bernardo grollend.

»Siehst du!«, rief Franceschina triumphierend. »Er wäre ohne dich besser dran!« Sie wandte sich an Bernardo. »Es wird wirklich Zeit, dass du sie wegschickst. Eure Ehe ist sowieso nicht gültig. Der Priester war sturzbetrunken, sie hatte keine Erlaubnis ihrer Eltern, das alles war von Anfang an doch nur eine idiotische Posse!«

»Schweig, du dummes Weib!«, donnerte Bernardo. »Scher dich weg und lass uns in Ruhe! Caterina hat recht! Sie ist meine Frau, und ich bin ihr Mann, wir gehören zusammen!«

Franceschina gab einen unterdrückten Schluchzer von sich und lief davon. Sie kam so nah an mir vorbei, dass ich ihr verzweifeltes Gesicht sehen konnte. Rasch duckte ich mich, doch sie bemerkte mich gar nicht.

Unterdessen waren Bernardo und Caterina weit davon entfernt, ihren Zwist beizulegen.

»Eine schwangere Frau sollte man nicht so anbrüllen«, sagte Caterina leichthin. »Ich hoffe, du weißt, was du tust.«

»Schwanger?«, sagte Bernardo. »Wie kommst du darauf?«

»Nun ja, du verschläfst es zumeist, aber du musst gesehen haben, wie oft sie kotzt!«

»Sie sagte, sie hätte ein Magenleiden!«

»Bei den Mengen, die sie zwischen ihren Übelkeitsanfällen in sich hineinstopft?« Caterina lachte. »Mein Lieber, ich teile in den meisten Nächten die Kammer mit ihr. Wir waschen und kleiden uns im selben Raum an und aus. Gewisse Dinge bemerkt man an einer Frau rasch, und diese besondere Sache gehört dazu.« Sie hielt inne, dann fragte sie gelassen: »Ich nehme an, du bist der Vater?«

»Was?«, stieß Bernardo hervor. »Bist du von Sinnen?«

Ich glaubte förmlich zu sehen, wie Caterina die Achseln zuckte. »So viele andere kommen nicht infrage. Baldassarre ist zwar noch rüstig, aber doch nicht Franceschinas Geschmack. Und was Cipriano angeht, so ist Franceschina ganz gewiss nicht *sein* Geschmack. Es kämen natürlich noch Burschen aus Bologna in Betracht, dort gastierten wir immerhin fast drei Monate, aber nie sah ich einen in ihrer unmittelbaren Nähe. Sie hielt sich eigentlich beständig immer nur in der Nähe eines einzigen Mannes auf.«

»Du redest Unfug, Frau!«

»Und du könntest betrunken gewesen sein. Genau wie der Priester bei unserer Hochzeit. Franceschina hat recht: So manches, was lebenslange Konsequenzen nach sich zieht, geschieht im Suff.«

»Schweig, oder ich erwürge dich!«

Ich richtete mich auf und machte mich zum Eingreifen bereit.

»Du willst mich umbringen?«, fragte Caterina. »Muss ich mich jetzt fürchten?« Es klang nicht die Spur ängstlich, im Gegenteil, sondern eher … lockend? Oder sogar erwartungsfroh?

»Caterina …«, sagte Bernardo rau. »Du machst mich wahnsinnig! Was tust du mir nur an!«

»Bernardo, nicht! Deine Schulter …«

»Drauf geschissen.«

Dann verstummten beide, es war nur noch unterdrücktes Ächzen und Stöhnen zu hören, gefolgt von einem leisen Aufschrei Caterinas.

Mit wenigen Riesensprüngen war ich bei der Weide und riss die Äste zur Seite, doch was ich sah, ließ mich auf der Stelle innehalten: Bernardo hatte Caterina gepackt und gegen den Baumstamm gedrängt, jedoch keineswegs, um sie zu erwürgen. Er hatte eine Hand in ihrem Ausschnitt und die andere unter ihren Röcken, und dabei küsste er sie mit solch wilder Inbrunst, dass mir beim bloßen Anblick der Atem stockte. Wie vom Donner gerührt blieb ich einen Herzschlag lang stehen – vielleicht auch zwei –, bis ich begriffen hatte, dass er ihr keine Gewalt antat, sondern dass sie nichts dagegen hatte. Und dass sie mich jeden Moment entdecken konnten, wenn ich weiter wie angenagelt stehen blieb. Mit heißen Ohren und einem wahren Gefühlssturm in meinem Inneren zog ich mich zurück.

Rückwärts gehend, prallte ich nach wenigen Schritten gegen einen Körper und fuhr herum. Elena stand dort, beide Arme vor der Brust verschränkt.

»Na, hast du genug gesehen?«

Herausfordernd blickte sie mich an, doch ich gab keine Antwort. Eilends strebte ich weiter, weg von dem Baum und hin zum Kanal, wo ich mich mit zittrigen Gliedern auf dem Anlegesteg niederließ. Elena folgte mir und hockte sich neben mich.

»Begreifst du es jetzt endlich?«, fragte sie. »Caterina braucht deinen Schutz nicht! Sie braucht überhaupt niemanden, außer sich selbst. Und hin und wieder einen Spiegel, der ihr zeigt, wie unwiderstehlich sie ist. Anstelle eines Spiegels benutzt sie dafür zuweilen auch einen Mann, manchmal sogar ihren eigenen, wie du eben feststellen konntest.«

»Rede nicht so über sie!« Immer noch außer mir, konnte ich kaum einen klaren Gedanken fassen, doch eines war sicher: Caterina traf an der ganzen verfahrenen Situation nicht die geringste Schuld. Alle Verantwortung lag bei Bernardo! Er war in diesem Spiel der alleinige Schurke! Es drängte mich, Elena genau das klarzumachen und ihr die ganze himmelschreiende Wahrheit zu erzählen.

»Er hat die Ehe gebrochen und Franceschina geschwängert!«, platzte ich heraus.

Elena wirkte unbeeindruckt, sie musste es also gewusst haben.

»Wie hast du es erfahren?«, wollte sie wissen.

»Sie haben davon gesprochen«, sagte ich.

»Und Caterina? Was hat sie dazu gesagt? War sie wütend?«

Ich dachte nach. Nein, sie war nicht wütend gewesen.

»Also nicht«, sagte Elena, als ich stumm blieb. »Gibt dir das nicht zu denken?«

»In der Tat, denn es zeigt mir, wie freundlich und duldsam sie ist, wie bemüht, den Ehefrieden zu bewahren! Sie lässt sich sogar von ihm …« Ich konnte es nicht aussprechen.

»Küssen und anfassen und vielleicht sogar noch mehr?«

Anstelle einer Antwort knirschte ich mit den Zähnen. »Alles erträgt sie ohne ein Wort der Klage! Und was macht Bernardo? Er ist derjenige, der … der …«

»Dasselbe mit anderen Frauen tut?«

»Ganz recht. Und dann besitzt er noch die Frechheit, *ihr* Untreue zu unterstellen! Nur weil sie ein harmloses fremdes Tuch am Gürtel trägt!«

»Es ist kein fremdes Tuch«, widersprach Elena. »Sondern deines, denn ich hatte es dir geschenkt.« Mit einem Mal klang ihre Stimme schneidend, und in ihren Augen funkelte es vor Zorn. »Wieso hast du es ihr gegeben?«

»Das war reiner Zufall«, beteuerte ich. »Es fiel mir runter, und dann kam dieser Rizzo vorbei, und als ich das Tuch aufhob, nahm sie es an sich, und sie sagte zu Rizzo, ich hätte es ihr aufgehoben, weil er dachte, ich wolle …«

Elena unterbrach meine konfuse Erklärung mit einer Handbewegung. »Sicher denkst du jetzt, dass sie es behält, weil sie es als Unterpfand deiner Verehrung wertschätzt.«

Ungläubig wandte ich mich ihr zu. »Was? Nein! Das dachte ich nie!« Verunsichert hielt ich inne. »Meinst du wirklich, dass sie es *deshalb* trägt?«

Elena schnaubte. »Du Narr! Das war ein Scherz! Sie trägt es, weil sie Bernardos Eifersucht damit am Kochen halten kann. Und außerdem, weil es aus guter Seide ist und weil es meiner Mutter gehörte, die eine der größten und berühmtesten Schauspielerinnen des Jahrhunderts war!«

Entschieden schüttelte ich den Kopf. »Ich glaube dir kein Wort. Du kannst sie bloß nicht ausstehen, und deshalb machst du sie schlecht!«

»Und du bist nicht nur ein Narr, sondern obendrein blind!«

Hier war jede Erwiderung sinnlos. Erbost rappelte ich mich von dem Steg hoch, kehrte Elena den Rücken und marschierte zur Herberge zurück.

Aus der uns zugewiesenen Schlafkammer, die ich mit Baldassarre und Cipriano teilte, drang mir bereits das laute Schnarchen des Alten entgegen.

Cipriano hingegen war noch wach, er stand vor einem Spiegel und betrachtete sich. Als ich den Raum betrat, fuhr er mit schuldbewusster Miene herum.

»Ich habe es nur angezogen, um mich darauf vorzubereiten«, sagte er verteidigend. »In nicht allzu ferner Zukunft muss ja jemand anderer Franceschinas Rollen übernehmen, zumindest vorübergehend, und da dachte ich, es könne nicht schaden, schon damit zu üben.«

Damit bedeutete in diesem Fall Frauenkleidung. Und zwar nicht nur irgendein schlichtes Alltagsgewand, sondern ein reich besticktes Festtagskleid voller Rüschen, Schleifen und Spitzen. Ciprianos Haar war frisch gebürstet und wellte sich in leuchtendem Gold über seine Schultern, und ich meinte sogar, auf seinen Wangen eine Spur von Schminke zu entdecken.

»Es steht dir sehr gut«, sagte ich höflich. Ich konnte es nicht fassen! Auch Cipriano wusste bereits von der unsäglichen Dreiecksgeschichte!

»Du findest es abscheulich!«, sagte Cipriano anklagend.

Selbstverständlich tat ich das! Wie sollte ich es sonst finden!

Doch er meinte natürlich das Kleid, weshalb ich mich beeilte, ihn meines Lobes zu versichern. »Ich finde, es steht dir ausnehmend gut.«

»Sehe ich darin sehr weiblich aus?«

Ich musterte ihn. »Ich würde nicht erkennen, dass du ein Mann bist, wenn du das meinst. Aber das soll vermutlich auch Sinn der Sache sein.«

»Du findest wirklich, dass ich in dem Kleid wie eine echte Frau aussehe?«, fragte Cipriano unsicher.

»Na ja«, gab ich unbehaglich zurück. »Irgendwie … ja, ehrlich gesagt. Bei Bernardo hat man gesehen, dass ein Mann in der Verkleidung steckt, jedenfalls, sobald man es wusste. Bei dir eher nicht. Tut mir leid.« Beruhigend setzte ich hinzu: »Und du musst es ja auch immer nur für sehr kurze Zeit anziehen, da macht es dir bestimmt nicht so viel aus.«

Zu meiner Überraschung strahlte er mich an. »Du ahnst nicht, welche Freude du mir machst! Du bist so ein guter Junge!«

Allmählich hatte ich es satt, für alle nur ein guter Junge zu sein. Verdrossen ließ ich mich auf einem der beiden freien Betten nieder und streifte die Schuhe ab.

Nach einer Weile rang ich mich zu der Frage durch, die mir auf der Seele brannte. »Das Kind, das Franceschina erwartet – es ist von Bernardo, oder?«

»Wir nehmen es an. Obwohl Franceschina sich darüber nicht äußert und Bernardo davon erst recht nichts wissen will.«

»Ich verstehe nicht, dass Caterina unter diesen Umständen überhaupt bei ihm bleibt.«

»In manche Köpfe kann man nicht hineinsehen«, sagte Cipriano pragmatisch.

»Liebe kann es unmöglich sein!«

Cipriano lachte. »Marco, was weißt du denn schon von der Liebe!«

»Ich habe viel darüber gelesen!«

»Bücher sind eine schöne Sache. Für die Theorie. Im wirklichen Leben geht es anders zu. Da passieren die echten Geschichten.«

Darauf schwieg ich, denn ich musste daran denken, was Baldassarre mir zu diesem Thema gesagt hatte. Wie ein gefällter Baum lag der Alte in dem Bett beim Fenster und brachte mit seinem Schnarchen die Wände zum Wackeln. Sein Bart bebte im Rhythmus seines Atems. Im Schlaf war er unschuldig und hilflos wie ein Kind, und doch musste man stets darauf achten, welche faulen Geschäfte er als Nächstes ausheckte.

»Dieser Henry – er ist ein netter Bursche, oder?«, meinte Cipriano, während er aus dem Kleid schlüpfte.

Ich nickte und zog mein Wams aus, während ich überlegte, was geschehen würde, sobald Franceschinas Kind erst auf der Welt war. Ob Bernardo es als seines anerkennen würde? Ich wusste, dass viele Männer außereheliche Kinder hatten und sie wie eigene behandelten. Aber wie würde es Caterina ertragen? Ob sie darunter litt, dass sie Bernardo in den zwei Ehejahren selbst noch kein Kind hatte schenken können? Wie bewunderungswürdig ihre Langmut doch war! Mit welcher beinahe heiteren Opferbereitschaft sie die Launen ihres unausstehlichen Gatten aushielt! Ich wusste, dass sie diese Nacht eine Kammer mit ihm teilte, und allein der Gedanke daran war mir unerträglich.

»Henry reist morgen mit uns zusammen weiter«, sagte Cipriano. »Sein Interesse für das Theater ist grenzenlos!«

»Das ist fein«, sagte ich geistesabwesend, meine Beinkleider abstreifend.

»Er hat einen Bekannten, der auch noch dazustoßen soll, ebenfalls ein Liebhaber des Theaters.«

Ich erinnerte mich dunkel. »Sein Freund Will, der Bühnenautor.«

»Nein, das ist doch der in London. Der von hier heißt Rodolfo. Ein kleiner Bursche, aber sehr gewitzt, sagt Henry. Er ist früher zu Bett gegangen, sonst hätten wir ihn auch schon kennengelernt.«

»Das ist fein«, murmelte ich, während ich mich rücklings auf die Bettstatt sinken ließ, den Kopf auf mein Lavendelkissen legte und die Augen schloss. Bevor ich einschlief, dachte ich an die Geschehnisse der letzten Stunde. Der Streit unter der Weide, der wilde Kuss. Dann die Unterhaltung mit Elena am Kanal. Trotz der Dunkelheit hatte ich deutlich sehen können, wie wütend sie wegen des Tuchs gewesen war. Vielleicht sollte ich Caterina bitten, es mir zurückzugeben. Aber was, wenn sie es wirklich nur deswegen behalten hatte, weil es von mir war? Die Vorstellung war verstörend und verlockend zugleich, und diese widersprüchliche Empfindung begleitete mich schließlich in den Schlaf.

In dieser Nacht schlief ich erstmals seit Tagen tief und traumlos und fühlte mich beim Aufwachen frisch und tatendurstig. Cipriano und Baldassarre waren bereits aufgestanden, und die Morgensonne schien durch das Butzenfenster in die Kammer. Die morgendliche Wäsche und das Bartschaben gingen mir leicht von der Hand, und so war ich bald bereit, den neuen Tag zu begrüßen.

Die Schauspieler seien draußen beim Schiff, wurde mir von der Schankmagd mitgeteilt, und tatsächlich fand ich die Truppenmitglieder an der Anlegestelle, wo sie auf dem Vorplatz beim Steg ihre Kunststücke vollführten.

Trotz der Morgenkühle waren sie ganz in ihrem Element. Franceschina jonglierte mit fünf Bällen, Cipriano wanderte auf dem Platz umher und schlug gekonnt die Laute, und Caterina tanzte geschmeidig und umweht von bunten Seidenschleiern einen anmutigen Tanz. Doch die meisten Augen zog Elena auf sich, die mit akrobatischer Finesse auf dem Seil balancierte, das vom Boot bis zu einem Baum gespannt worden war. Obwohl es noch früh am Morgen war, hatte sich eine beträchtliche Anzahl von Herbergsgästen und Reisenden rund um die Anlegestelle versammelt und bestaunte die Darbietung. Baldassarre klapperte mit dem Hut in der Hand die Leute ab und sammelte, untermalt von klangvollen Reimen, einiges an Münzgeld ein.

Bernardo war nicht zu sehen, was mich erleichterte, denn es war peinlich genug, den Frauen gegenübertreten zu müssen. Allerdings war weder Franceschina, Caterina noch Elena etwas von den nächtlichen Zerwürfnissen anzumerken. Jede Einzelne lächelte strahlend in die Runde und war auch sonst mit Hingabe bei der Sache.

Baldassarre wanderte deklamierend zwischen den Zuschauern umher. »So gebt nun ordentlich, ihr braven Leute, des Künstlers Brot ist nicht nur der Applaus. Ergötzt euch an der Kunst der Truppe heute, und nehmt die Freude daran mit nach Haus.«

Der Engländer Henry hatte sich ebenfalls bereits eingefunden und saß am Rand des Bootsstegs, von wo aus er eine gute Sicht auf die Darbietung hatte, die in diesem Moment unter dem Applaus der Zuschauer zu Ende ging. Die Schauspieler verneigten sich, nur Elena balancierte noch auf dem Seil und lenkte alle Aufmerksamkeit auf sich, auch die von Henry.

Helles Entzücken sprach aus seiner Miene, als Elena auf dem Seil eine besonders gewagte Kapriole vollführte, indem sie sich auf einem Bein um ihre Achse drehte, das andere Bein graziös bis zur Schulter hochgebogen. Hingerissen klatschte er Beifall.

Die übrigen Zuschauer fielen ein, und ein zufriedenes kleines Lächeln erschien auf ihrem Gesicht, während sie zum Steg schritt, wo das Seil befestigt war, und von dort aus mit einem Salto zu Boden sprang.

Unwillkürlich hielt ich die Luft an, denn das hatte sie beim letzten Mal nicht gemacht. Überrascht sah ich ihr entgegen, als sie auf mich zukam.

»Das hast du gut gemacht.« Ich räusperte mich. »Es war wohl sehr schwer, das zu lernen, oder?«

»Wenn man als kleines Kind damit anfängt, ist es leicht«, sagte sie. »Man muss in einer Familie von Gauklern groß werden, um es perfekt zu beherrschen.« Sie löste das Seil von der Holzverstrebung des Stegs und rollte es zusammen.

Ich half ihr dabei. »Diesen Salto – den hast du in Padua nicht gemacht.«

»Nein, denn wäre ich falsch aufgekommen, hätte ich mich schwer verletzen können.«

Ich begriff. In Padua wäre sie auf dem harten Pflaster aufgeschlagen, hier am Kanal auf einer mit weichem Gras bewachsenen Böschung.

»Über dem Wasser traue ich mich am meisten«, sagte sie. »Da kann ich alles zeigen.«

»Dann ist Venedig ja geradezu ideal für dich«, meinte ich erfreut.

»Das wird sich erst erweisen müssen.«

Mir schien, sie sprach nicht nur vom Seiltanz, und ich erinnerte mich an unseren gestrigen Streit. Während ich noch überlegte, ob es wohl angebracht sei, mich für mein unfreundliches

Verhalten zu entschuldigen, trat Henry zu uns und verneigte sich tief vor Elena. »Madonna, lasst mich Euch meine Huldigung darbringen! Nie sah ich eine begnadetere Artistin! Welch kühne Eleganz, welche Grazie! Und das in Verbindung mit solcher Schönheit! Was für herrliches rotes Haar, und diese Augen!«

Misstrauisch beobachtete ich ihn, auf der Suche nach einem Ausdruck von Falschheit in seinem Gesicht, zum Beweis, dass er Elena verlogenen Honig ums Maul schmierte, doch ich sah nur echten, unverstellten Enthusiasmus.

Verdutzt folgte ich seinen Blicken und versuchte, Elena mit seinen Augen zu sehen. Zuerst fiel mein Blick auf ihr Haar. Wie flüssiges Kupfer leuchtete es in der Morgensonne, wallte ihr in ungezähmten Locken über die Schultern herab. Es war wirklich schön – wenn man rotes Haar mochte. Als Engländer hing Henry möglicherweise ausgefallenen Schönheitsidealen an, was auch angesichts seiner eigenen Haarfarbe durchaus nahelag. Gerade wollte ich den Rest ihrer Erscheinung genauerer Betrachtung unterziehen, als mir der Schreck in die Glieder fuhr: Über ihre Schulter hinweg sah ich jemanden näher kommen, den ich kannte.

Schwarzbärtig, gewandet in ein starres Lederwams, die kurzen Beine in überlangen Stulpenstiefeln steckend – der Zwerg sah immer noch aus wie ein kleiner Capitano.

Und doch war er weit davon entfernt, in seiner Kleinwüchsigkeit schwächlich zu wirken. An seinen Oberarmen und Schenkeln wölbten sich enorme Muskeln, und sein Rücken war sogar noch breiter als in meiner Erinnerung.

Onkel Vittore hatte mich im letzten Jahr vor seinem Tod manchmal als wandelnden Kraftprotz bezeichnet, doch dieser Zwerg, der mir kaum bis zur Brust reichte, war gewiss doppelt so stark wie ich.

»Da kommt Rodolfo!«, rief Henry erfreut. Er klopfte dem kleinen Mann auf die Schulter und strahlte ihn an. »Hast du gut geschlafen?«

»Es geht«, sagte Rodolfo mit einer überraschend tiefen Bassstimme. Er musterte mich. »Ich kenne Euch. Ihr seid mir in einer Herberge in Padua aufgefallen, weil Ihr ähnlich gekleidet seid wie ich.«

»Äh – ja.« Ich war erleichtert, dass er mich – wie schon von mir vermutet – allein aus diesem Grund gemustert hatte. Die vage Sorge, er könne mir im Auftrag gewisser Erbschleicher gefolgt sein, verflüchtigte sich.

»Es ist ein Kostüm«, sagte Rodolfo.

»Wie bitte?«, fragte ich perplex.

»Ein Theaterkostüm.« Er klopfte auf seine harte Brust. »Ich gab darin einst den Capitano. Später fiel es mir schwer, mich davon zu trennen, also trage ich es immer noch.«

»Was für ein Zufall! Meine Kleidung ist ebenfalls ein Capitano-Kostüm! Und als ich Euch gestern in jener Schenke in Padua sah, dachte ich tatsächlich, dass Ihr genauso ausseht wie ein …« Gerade noch rechtzeitig hielt ich inne, denn ich wollte nicht taktlos sein.

»Ein zu kurz geratener Capitano?«, meinte Rodolfo. Seine tiefschwarzen, buschigen Brauen hoben sich ein Stück, als ich verlegen nickte.

»Bei welcher Truppe wart Ihr?«, wollte Elena wissen.

»Bei den *Rapidi.*«

»Von denen hörte ich nie. Wo fanden Eure Auftritte statt?«

»Es gab nur wenige, ausschließlich in Neapel, und es ist viele Jahre her. Ich war Schauspieler, Ansager und närrischer Spaßmacher in einem. Eine schöne Zeit war das.« Der Zwerg hob die massigen Schultern. »Der Intendant starb, die Truppe löste sich auf, bevor wir auf Reisen gehen konnten. Aber das Theater liebe ich immer noch und versäume nie eine Vorstellung, egal wohin es mich gerade führt.«

Baldassarre trat in unseren Kreis. »In welchen Geschäften reist Ihr denn, wenn ich fragen darf?«

»Großvater!«, sagte Elena.

»Was denn?«, gab Baldassarre zurück. »Ich frage aus reiner Höflichkeit!«

»Mein Geschäft ist der Waffengang in Scharmützeln aller Art.« Rodolfo zeigte auf seinen Gurt, an dem er nicht nur einen Degen trug, sondern auch einen Krummdolch und einen Morgenstern, dessen langer Stiel ihm bis zum Knöchel hing.

Es faszinierte mich, diese Gerätschaften zum ersten Mal *in natura* zu sehen; das Kriegshandbuch von Onkel Vittore, in dem ich akkurate Zeichnungen von Waffen aller Art studiert hatte, war eben nicht dasselbe. Arkebuse und Pulverhorn hatte ich seit meinem Aufbruch von unserem Gut mittlerweile häufiger zu Gesicht bekommen. Auch Rodolfo musste eine Arkebuse besitzen, da er ebenfalls ein Pulverhorn am Gurt trug. Mein seit langem gehegter Wunsch, selbst einmal so einen Schießprügel mein Eigen zu nennen, oder wenigstens einen richtigen Degen, verstärkte sich beim Anblick des schwer bewaffneten Zwergs beträchtlich, und am liebsten hätte ich Aldos schartiges Messer auf der Stelle in den Kanal geworfen.

»Was tut Ihr in Zeiten des Friedens?«, fragte ich.

»Leibwächter, Wächter, Geleitschutz«, zählte Rodolfo auf. »Für Stunden, Tage oder Wochen, je nachdem wie lange meine Dienste gebraucht werden.«

»Ein nützliches Gewerbe«, warf Baldassarre ein. »Sicher habt Ihr gut zu tun.«

»Man kommt herum«, erwiderte Rodolfo.

»Großvater, er war früher Schauspieler«, sagte Elena.

»Wirklich?« Baldassarre musterte Rodolfo mit neu erwachtem Interesse. »Davon müsst Ihr mir mehr erzählen. In aller Ausführlichkeit. Vielleicht bei einem Humpen Bier vor unserem Aufbruch nach Venedig.« Er legte Rodolfo die Hand auf die Schulter und führte ihn zur Herberge.

Besorgt blickte ich ihnen nach.

»Keine Angst«, sagte Elena zu mir. »Diesmal will Großvater kaufen, nicht verkaufen.«

Cipriano gesellte sich zu uns; er schwenkte Baldassarres Hut, in dem es vielversprechend klimperte. »Der Tag fing gut an«, sagte er, während er Elena einen Teil des Geldes überreichte. Dann wandte er sich an mich und hielt mir ebenfalls einige Münzen hin. »Hier, dein Anteil. Der von gestern ist auch noch dabei.«

Verdattert nahm ich das Geld entgegen. Es war mindestens so viel, wie ich für meine Rolle als Quelljüngling bekommen hatte. »Wofür ist das?«

»Bei uns gilt die Devise: Einer für alle, alle für einen«, sagte Elena. »Jeder tut das, was er kann, und alle Anteile sind gleich. So haben wir es bei den Incomparabili seit Gründung der Truppe gehalten. Keiner bekommt mehr als der andere, alles wird redlich geteilt. Cipriano führt die Kasse. Die Hälfte aller Einnahmen aus den Vorführungen wird sofort aufgeteilt, die andere Hälfte für Quartier, Essen und Anschaffungen zurückgelegt.«

»Aber ich bin doch kein richtiges Truppenmitglied …«

»Du bist unser Bühnenhelfer und Autor«, sagte Elena.

»Ich dachte immer, *ich* wäre der Autor«, sagte Bernardo hinter mir. Er trat zu uns, einen griesgrämigen Ausdruck im Gesicht.

»Sicher bist du unser Autor«, erklärte Cipriano. »Aber Marco nun eben auch. So lange, bis du wieder vollständig … gesund bist. Hier, dein Anteil.«

Mit verquollenen Augen starrte Bernardo das Geld an. Die Strapazen des Vortags waren ihm noch deutlich anzumerken. Sein Gesicht unter dem Bartschatten war bleich und aufgedunsen, und sein Körpergeruch war auch nicht sonderlich einnehmend.

Mit Widerwillen erinnerte ich mich daran, dass er mit Caterina die Nacht verbracht hatte, doch ich tröstete mich damit, dass er auch bei objektiver Betrachtungsweise nicht aussah wie jemand, mit dem man gern das Bett teilte. Caterinas Duldsamkeit musste wahrhaft übermenschlich sein. Trotzig stellte ich mir vor, dass sie die fleischlichen Anforderungen ihrer Ehe ähnlich unbeteiligt über sich ergehen ließ wie Paulina, doch bei dem Versuch, mir auszumalen, wie es wohl von einem Deckenbalken aus betrachtet aussähe, versagte meine Vorstellungskraft.

Bernardo warf mir einen bösen Blick zu, entriss Cipriano die Münzen und marschierte zur Herberge zurück. Achselzuckend ging Cipriano ihm nach.

»Wir müssen langsam anfangen, unser Gepäck aufs Boot zu bringen«, sagte Elena zu mir. Wie immer hatten wir alle Requisiten über Nacht mit auf die Schlafkammern genommen, folglich gab es wieder einiges zu schleppen.

Mir fiel ein, dass ich mir Elenas Gesicht noch näher hatte anschauen wollen, doch sie hatte sich bereits abgewandt.

Bevor wir aufbrachen, zählte ich mein Geld und wandte mich anschließend an Cipriano. »Was schätzt du, wie viel ungefähr ein guter Degen kostet?«

Er nannte mir eine Summe, und resigniert musste ich erkennen, dass ich weit davon entfernt war, mir solchen Luxus leisten zu können.

Cipriano klopfte mir auf die Schulter. »Lass den Mut nicht sinken, Marco. Das, was du bisher bekommen hast, ist nur ein bisschen Taschengeld. In Venedig stehen unsere Aussichten, ordentlich zu verdienen, besser denn je. Sicher wird es nicht mehr lange dauern, bis du dir ein Schwert zulegen kannst. Und noch ein paar andere Dinge, die deine Männlichkeit unterstreichen. Die Leute dort sind nicht nur viel reicher, es gibt auch deutlich mehr von ihnen als anderenorts. Henry erzählte mir, dass in der Lagunenstadt zweihunderttausend Menschen leben!«

Die unvorstellbare Größe dieser Zahl verschlug mir den

Atem, und aufgeregt begann ich zu berechnen, wie oft unser Dorf – rein von der Einwohnerzahl her – in Venedig hineinpassen würde. Das Ergebnis machte mich schwindeln.

Bald war alles Gepäck verladen, und die Reisenden kamen nach und nach auf das Boot, unter ihnen auch Henry und Rodolfo. Nach dem Ablegen berichtete Henry, dass er und Rodolfo ursprünglich zu Pferde nach Venedig hätten reisen wollen, dann aber Henrys Rappe sich den Hinterlauf gebrochen habe, und da auf die Schnelle kein Ersatzpferd zu beschaffen war, hätten sie beschlossen, die letzte Etappe mit dem Boot zurückzulegen.

Schweigend genoss ich eine ganze Weile lang die beschauliche Fahrt durch das östliche Tiefland des Veneto, und manchmal glaubte ich bereits zu spüren, wie wir dem Meer immer näher kamen.

Unterwegs wurde noch zwei Mal Zwischenhalt eingelegt, und mehrere Male musste das Boot auch Schleusen passieren, ein Vorgang, den ich mit Interesse verfolgte, weil ich dergleichen bisher nur aus Onkel Vittores Büchern kannte.

Die Fahrt verlief friedlich und ruhig, bis zu dem Augenblick, da Baldassarre die Stille mit der Ankündigung unterbrach, dass er ein Reimrätsel ersonnen habe, und für den, der es als Erster löse, habe er ein schönes Stück Kuchen aus der Herbergsküche mitgebracht. Im Mittelgang zwischen den Sitzbänken stehend, intonierte er sein Gedicht.

»Mit Stern und Strahl und türkisch Gut bestückt
So kreuzt des Rätsels Lösung unseren Pfad.
Mit froher Kunde es uns dann beglückt –
Des Rätsels Lösung steht für uns parat.«

»Ein eigentümliches Rätsel, das kein Mensch lösen kann«, befand Franceschina. Sie saß neben Bernardo, als hätte sie jedes Recht dazu und als hätte es nie eine Meinungsverschiedenheit zwischen ihnen gegeben. Zwar sandte sie hin und wieder einen von stillem Groll erfüllten Blick in Caterinas Richtung, doch im Übrigen war sie wieder ganz die Alte. Kurz nach dem ersten Ablegen des Bootes hatte sie ihr Frühstück ins Wasser gespuckt, aber bald darauf hatte sie mit ihren rosigen Wangen wieder ausgesehen wie das blühende Leben. »Was meinst du, Bernardo?«

Er zuckte die Achseln und verzog vor Schmerz das Gesicht, weil er seine verletzte Schulter vergessen hatte. »Ich kann es mir schon denken, aber ich will keinen Kuchen, deshalb mag es ein anderer erraten.«

»Hm, mit Stern und Strahl – was kann das sein?«, fragte Caterina. Sie warf ihr langes Haar zurück, in das sie ein gelbes Seidenband geflochten hatte, und lächelte Henry zu, der schräg hinter ihr saß. »Sehr merkwürdig, oder?«

»Es muss eine Allegorie sein«, meinte Henry.

Sie strahlte ihn an. »Verzeiht einer dummen jungen Frau – aber was ist eine Allegorie?«

»Ein Sinnbild«, sagte Elena schlecht gelaunt. Sie zeigte auf Rodolfo. »Er ist es.«

»Der Zwerg ist ein Sinnbild?«, fragte Caterina erstaunt.

Elena verdrehte die Augen, und rasch mischte ich mich ein.

»Er ist des Rätsels Lösung«, sagte ich.

»Wieso?«, fragte Caterina stirnrunzelnd.

»Sein Stern ist der Morgenstern«, erklärte ich.

»Welcher Morgenstern? Der über dem Stall von Bethlehem?« Ihre Verwirrung schien nun vollständig.

»Selbstverständlich, welcher sonst«, sagte Elena mürrisch. »Und die Heiligen Drei Könige folgten ihm aus dem Morgenland dorthin.«

»Nein, gemeint ist der Morgenstern an Rodolfos Gürtel«, sagte ich. »Und der Strahl ist sein Degen, während das türkische Gut für den osmanischen Krummdolch steht.«

»Ich verstehe!« Caterina lachte begeistert. »Wie klug du

bist, Marco!« Sie deutete auf Rodolfo. »Er hat unseren Pfad gekreuzt, und jetzt steht er mit froher Kunde für uns parat! Welche Kunde das wohl ist?«

»Ich nehme an, er wird sich unserer Truppe anschließen«, mutmaßte ich.

»Richtig«, sagte Baldassarre vergnügt. »Damit ist das Rätsel gelöst, und die Lösung sitzt hier mit uns auf einem Boot! Nach der Sprechprobe, mit der dieser ehrenwerte Rodolfo mich heute Morgen im Schankraum erbaut hat, bin ich überzeugt, dass er ein enormer Gewinn für uns alle sein wird. Zumal unser Capitano derzeit ein wenig … indisponiert ist.«

Bernardo quittierte diese vornehme Umschreibung seines Zustands mit einem sturen Blick in eine andere Richtung.

Baldassarre wandte sich unterdessen an Rodolfo. »Willkommen bei den Incomparabili, Rodolfo! Freunde, begrüßt unseren neuen Schauspieler und Spaßmacher!«

Rodolfo stand von der Bank auf und verneigte sich mit knappem Lächeln vor uns.

Caterina klatschte abermals in die Hände. »Baldassarre, du alter Fuchs! Was für ein schwieriges Rätsel du uns da aufgegeben hast! Aber Marco ist so überaus gewitzt, er hat es sofort durchschaut!«

Ein Anflug von Stolz wollte in mir aufkeimen, doch die Blicke, die Elena mir von der Seite zuwarf, unterbanden diese Regung augenblicklich.

Ich räusperte mich. »Ich glaube, Elena hat es zuerst erraten. Sie soll den Kuchen bekommen.«

»Sei nicht albern«, sagte Elena.

»Mir kam es nicht so vor, als hätte sie es gewusst«, meinte Caterina. »Sie hat gesagt, der Morgenstern wäre der von Bethlehem.«

»So ist es«, versetzte Elena kalt. »Da lag ich wohl völlig falsch. Kuchen, wem Kuchen gebührt.«

»Dann soll ihn der Junge bekommen. In seinem Alter hat

man immer Hunger.« Baldassarre drückte mir ein riesiges, von Butter triefendes Stück Mandelkuchen in die Hand, und ich starrte es an, als könnte es mich beißen.

»Wie wäre es, wenn du Marco dein herrenloses Seidentuch gibst?«, sagte Elena zu Caterina. »Mir scheint, er wird gleich dringend etwas benötigen, um sich die Hände abzuwischen. Ich würde ihm ja das Tuch geben, das ich noch von meiner Mutter hatte, aber leider kam es kürzlich abhanden.«

Caterina bedachte Elena mit argwöhnischem Blick. Sie zögerte kurz, reichte mir aber dann mit ihrem lieblichsten Lächeln das Tuch. »Wenn das so ist – nimm es und behalte es.«

Zaghaft dankend nahm ich es entgegen und legte es mir zum Schutz gegen herabfallende Fettkrümel über die Knie.

Alle blickten mich an, bis ich begriff, worauf sie warteten: Ich sollte meinen Gewinn aufessen. So schnell wie möglich tat ich es und hatte dabei das Gefühl, statt Kuchen Matschklumpen zu verzehren, obwohl er unter anderen Umständen zweifellos köstlich gewesen wäre.

Bernardo hatte den ganzen Vorgang mit verengten Augen verfolgt. »Du gibst ihm dein Tuch, Weib?«

»Wie du schon richtig erkannt hast, ist es nicht mein Tuch«, belehrte ihn Caterina. »Warum also sollte es nicht der Junge bekommen?«

»Ich … ähm, vielleicht geht es auch ohne«, stammelte ich.

»Nein, auf keinen Fall«, sagte Elena. »Nun wisch dir schon die Finger ab! Caterina kann dieses Tuch gewiss entbehren!«

»Madonna, wenn es Euch an Tüchern gebricht – Ihr könnt als Ersatz eines von meinen haben!«, meldete sich Henry eifrig. »Aus bestem englischen Leinen!« Mit Schwung zog er ein Tuch hervor und reichte es Caterina. »Es ist ganz sauber!«

»Ach, wie reizend von Euch, Henry.« Caterina lächelte ihn an. »Und dieses schöne Blau! Es wird mich stets daran erinnern, von wem ich es bekam!«

Ich hörte, wie Bernardo Luft holte, und rechnete mit dem

Schlimmsten, doch Franceschina ergriff seinen Arm – den verletzten – und zeigte zum Ufer. »Sieh nur, was für eine prachtvolle Villa!«

Bernardo ächzte und gab dann einen unterdrückten Fluch von sich, doch das erwartete Donnerwetter wegen Henrys Tuchgeschenk blieb aus.

»Das ist eine der Villen, die sich reiche Venezianer als Sommersitz im Hinterland haben bauen lassen«, sagte Henry. »Die berühmtesten Architekten haben hier herrliche Beispiele ihrer Baukunst geschaffen, unter anderem Palladio, ein wahres Genie seiner Zunft. Auf dem restlichen Weg in die Lagune werden wir noch einige dieser Prachtstücke sehen.«

Tatsächlich war die Villa, auf die Franceschina hingewiesen hatte, ein höchst sehenswertes Gebäude, mit einer breiten Freitreppe und einer vorgebauten Säulenhalle, in der marmorne Standbilder das Portal flankierten. Vom Ufer des Kanals an bis zum Haus erstreckte sich ein parkartiger Garten, in dem Frühlingsblumen und Kirschbäume blühten und ein Springbrunnen mit steinernen Wasserspeiern dem Auge des Betrachters schmeichelte.

»Sehr beeindruckend«, sagte Caterina. »Der Patrizier, dem es gehört, muss ziemlich reich sein.«

»Steinreich«, sagte Henry. »Uralter Adel. Sein Name ist Alessandro Morosini. Er gehört dem mächtigen Rat der Zehn an, dem höchsten venezianischen Regierungsgremium.«

Danach versiegte die Unterhaltung. Die anderen hingen ihren Gedanken nach oder bewunderten den Sommerpalast des Patriziers.

Erleichtert nutzte ich die friedliche Stimmung, um mich auf eine leere Bank zurückzuziehen, mein Schreibzeug herauszuholen und mich an die Arbeit zu machen.

Eine Weile später war ich mit meinen Notizen mitten im zweiten Akt und brütete über der Stelle, an welcher der jüdische Geldverleiher den bei ihm verschuldeten Hauptdarsteller damit konfrontiert, dass nunmehr das Pfand und damit die Amputation des Zehs fällig sei, als Rodolfo sich zu mir setzte.

»Ich hörte, dass du der Autor des neuen Stücks bist«, sagte er in seinem abgrundtiefen Bass. »Falls du je um Ideen für ein Canovaccio verlegen sein solltest – du kannst mich jederzeit fragen. Ich habe viel erlebt und viele Kämpfe ausgefochten, für Herrscher und Händler gleichermaßen.«

Begierig musterte ich seinen Waffengurt. »Wenn es Euch nichts ausmacht, würde ich Euch gern einmal beim Laden und Abfeuern Eurer Arkebuse zusehen. Ähm … nur zur Anschauung, damit ich weiß, wovon ich schreibe, wenn ich die Szene einfüge, in der es vorkommt.« Ich hatte bis dato gar nicht vorgehabt, eine Schuss-Szene einzubauen, doch ab sofort wollte ich es, egal wie.

»Das sollte sich machen lassen«, meinte Rodolfo. »In der Lagune gibt es zahllose winzige Inseln, die völlig menschenleer sind. Dort können wir schießen bis zum Überdruss, oder bis das Pulver aufgebraucht ist. Ich besitze auch eine gute Armbrust, falls du dich einmal auch an dieser Waffe versuchen willst.«

»O ja!« Ich konnte kaum meine Begeisterung zügeln. »Für mein Leben gern würde ich schießen lernen, ob mit Pulver oder Bolzen!«

»Das ist die richtige Einstellung! Es kann nicht schaden, wenn ein Mann weiß, wie er sich zu verteidigen hat. Auf der Welt gibt es viele böse Menschen, und es ist nie auszuschließen, dass man jemanden trifft, der einem nach dem Leben trachtet. Unfassbar, wozu manche Leute imstande sind!«

»Wie recht Ihr habt!« Meine Zustimmung kam aus tiefstem Herzen. »Manches ist *so* unfassbar, dass man es für erlogen hielte, wenn man nicht selbst wüsste, dass es wahr ist!« Mit leisem Groll fügte ich hinzu: »Manch einer würde gar vor Lachen tot umfallen, wenn er davon hört!«

»Es gibt Intrigen, die klingen wie ein antikes Schauspiel«,

pflichtete Rodolfo mir bei. »Neulich erst erfuhr ich von einer, die sich ausnahm wie das Phantasiegespinst eines verrückten Dichters.«

Sofort war ich neugierig. »Erzählt mir doch davon!«

»Nun ja, ein Reisender berichtete von dem Fall, der sich vor vielen Jahren in Venedig zugetragen haben soll. Er erinnerte mich spontan an ein Stück von Plautus, deshalb meine diesbezügliche Bemerkung eben.«

»Ich liebe Plautus!«, warf ich ein. »Ganz besonders ein bestimmtes Stück von ihm, die Menaechmi!«

»Potzblitz!«, sagte Rodolfo. »An genau *dieses* Stück fühlte ich mich erinnert! Auch wenn die Begebenheit, von der ich hörte, eher eine Tragödie als ein Lustspiel ist. Doch lass mich erzählen, was mir darüber zugetragen wurde. In Venedig lebte zur Zeit der letzten großen Pest ein reicher alter Kaufmann, der mit einer schönen jungen Frau vermählt war. Zum Verdruss des Alten war seine Ehe kinderlos, und so setzte er, für den Fall, dass er ohne Sohn das Zeitliche segnen sollte, die Kirche als alleinige Erbin ein. Seine Frau war darüber nicht erfreut, und da sie äußerst durchtrieben war, ersann sie bald einen teuflischen Plan: Sie täuschte eine Schwangerschaft vor, mit der Absicht, ihrem Gatten einen fremden Knaben als seinen Sohn unterzuschieben. Zu diesem Zweck suchte sie sich mehrere Frauen aus, die um die passende Zeit herum niederkommen würden.«

»Wieso mehrere?«, fragte ich, ganz aufgeregt ob der Dramatik, die dieser unglaublichen Geschichte innewohnte.

»Es mussten mehrere sein, weil ja die Möglichkeit bestand, dass eine der Frauen ein Mädchen gebar. Oder ein totes Kind. Deshalb wählte die Betrügerin gleich drei werdende Mütter aus.«

»Und diese Frauen – waren sie eingeweiht und einverstanden?«

»Das waren sie, mitsamt der Hebamme. Sie sollten reich entlohnt werden. Aber in allen Fällen ging es schief. Zwei der

Frauen kamen mit Töchtern nieder, und die dritte starb mit ihrem Kind bei der Geburt. Am selben Tag starb auch die Hebamme, an der Pest.«

Ich schüttelte den Kopf. »Daran zeigt sich wohl, dass Lüge und Betrug sich nicht auszahlen!«

»Warte, die Geschichte geht noch weiter. Die Betrügerin gab nicht so schnell auf, nachdem sie sich immerhin seit Monaten der Mühe unterworfen hatte, ihrem Gatten vorzuspielen, dass sie ihm bald ein Kind gebären werde. Mit dem Mut der Verzweiflung und ungeachtet der grassierenden Seuche machte sie sich auf die Suche nach einer anderen passenden Mutter. In einem Pesthaus wurde sie schließlich fündig.« Rodolfo breitete die schaufelartigen Hände aus. »Man muss dazu wissen, dass sich damals ganz Venedig in einem Ausnahmezustand befand. Eine grausamere Krankheit als die Pest kann man sich nicht vorstellen, denn sie verschont niemanden, weder Arm noch Reich, Alt oder Jung. Sie rafft binnen Tagen Hunderte, ja sogar Tausende dahin, und wen sie nicht tötet, dem raubt sie oft jede Moral. Mörder und anderes Gelichter machen allenthalben die Gassen unsicher, in unzähligen Häusern liegen die Menschen sterbend danieder, überall tönt Weinen und Wehklagen, und von früh bis spät bergen die Pestboote die Toten. In solchen Zeiten, da es niemanden mehr schert, wie viele zugrunde gehen, gerät die Menschlichkeit oft aus den Fugen. Und damals, mitten in dieser übelsten aller Zeiten, ging die Betrügerin auf ihrer schändlichen Suche in das Haus einer gebärenden Frau. Diese war ganz allein und hilflos, denn ihr Gatte war tags zuvor an der Pest gestorben und das Gesinde aus Angst vor Ansteckung fortgelaufen. Das nutzte die Kindsräuberin aus, indem sie vorgab, helfen zu wollen. Sie wartete am Bett der Kreißenden, bis die Frau entbunden hatte. Es war der gewünschte Knabe.«

Ich war erschüttert. »Und sie stahl ihn, um ihn als ihren eigenen Sohn auszugeben! Lieber Himmel! All das hat sich wirklich so zugetragen?«

»Und nicht nur das. Die Betrügerin erstach die Mutter des Knaben, damit niemand mehr ihre Untat bezeugen konnte. Genauer, sie brachte ihr einen tödlichen Stich bei, doch lebte das Opfer noch eine kleine Weile, gerade lange genug, um einem weiteren Knaben das Leben zu schenken. Denn die Mörderin hatte übersehen, dass noch ein zweites Kind im Mutterleib war und auf die Welt drängte.«

Ein zweites Kind! Zwillinge! Nun war mir auch klar, wie Rodolfo auf die Menaechmi kam!

»Was geschah dann?«, fragte ich atemlos.

»Sicherlich hätte das zweite Kind nicht lange durchgehalten im Arm seiner toten Mutter, doch wie es ein glücklicher Zufall fügte, kam bald darauf ein Verwandter von einer langen Reise zurück und fand die Tote in ihrem Blut sowie den neugeborenen Knaben. Und er nahm sich des Kindes an.« Rodolfo hielt inne.

»Das ist … unglaublich!«, sagte ich. Was für ein Stoff! Mir wurde ganz schwindlig bei dem Gedanken, welche Verstrickungen im späteren Leben der Knaben aus alledem folgen konnten. Mochte die Vorgeschichte auch tragisch sein – das komische Potenzial für die Gegenwart war kaum zu übertreffen!

»Seither kann ich nicht aufhören, darüber nachzudenken«, sagte Rodolfo. »Ich habe auch schon mit Henry darüber geredet. Er hält es für eine außergewöhnlich gute Ausgangsidee für eine Komödie im Stil der Menaechmi und will auch seinem Freund Will davon erzählen. Er ist der Meinung, dass dieses Zwillingsthema unbedingt neuer, zeitgemäßer Dramatisierung bedürfe. Gleichwohl frage ich mich, wieso es nur ein englischer Dichter für sich verwenden soll. Warum nicht ein aufstrebender junger Landsmann von mir?« Zwischen seinem wuchernden schwarzen Bart blitzte sein kurzes Lächeln auf, und ich sah, dass er eine Lücke zwischen den Vorderzähnen hatte, was ihn für einen Moment wie einen spitzbübischen Gnom aussehen ließ.

Mit einem Mal erschien mir die Geschichte rund um den jüdischen Wucherer fade und langweilig. Wen interessierte schon die Verpfändung eines Zehs! Was war das gegen ein Thema, das schon den Meister aller Komödiendichter vor über tausend Jahren zu einer seiner besten Geschichten inspiriert hatte! Hurtig sammelten sich in meinem Kopf Bilder von allen möglichen komischen Verwicklungen, sie summten herum wie Hummeln im blühenden Klee.

»Du siehst aus, als hättest du gerade eine Offenbarung erlebt«, meinte Rodolfo.

O ja, das hatte ich, gar keine Frage. Ich war förmlich durchdrungen von der Erkenntnis, wohin mein Weg mich ab sofort führte, nicht nur geografisch, sondern vor allem auch künstlerisch. Ich würde die beste Verwechslungskomödie schreiben, die die Welt je gesehen hatte!

Neues Canovaccio von Marco Ziani
Titel: Noch nicht festgelegt; nehmt was Ihr wollt.

Personae Dramatis:

Vecchi:
Dottore Barbarigo, hinterlistiger Notar
Hieronimo Pantalone, geldgieriger Kaufmann aus Venedig
Capitano Spezzaferro, ehemaliger Kriegsheld aus dem Veneto

Innamorati:
Flavio, reicher junger Patrizier
Leandro, sein verschollener Zwillingsbruder
Rosalinda, schöne junge Witwe
Aurelia, Enkelin des Pantalone

Zanni:
Colombina, Dienerin der Rosalinda
Pedrolino, Diener des Flavio

Damit hatte ich neun Rollen, zu verteilen auf sechs Personen. Franceschina konnte ich nicht mehr mitzählen, oder höchstens vorübergehend, denn als werdende Mutter, so stellte ich mir vor, würde sie der Bühne bald fernbleiben müssen.

Dafür bezog ich Bernardo in die Besetzung mit ein. Nachdem ich gesehen hatte, was er als Darsteller leisten konnte, war ich davon überzeugt, dass er sich nicht mehr lange schonen musste. Mochte ihm auch das Schreiben nur noch schwer von der Hand gehen und sein Geist von Eifersucht getrübt sein, so machte er doch auf der Bühne eine höchst überzeugende Figur. Im Übrigen war seine Mitwirkung unverzichtbar, denn er musste den Leandro und den Flavio geben.

Cipriano schied für diese Doppelrolle aus, weil er die Colombina und den Notar spielen musste und damit bereits zwei Rollen innehatte.

Blieben Caterina für die Rosalinda und Elena als Aurelia sowie Pedrolino. Baldassarre würde den Pantalone mimen und Rodolfo den Capitano, wobei die zwei zusätzlich und je nach Bedarf die Rolle des Sprechers und Ansagers unter sich aufteilen konnten.

Nach dieser Verteilung kam ich auf folgende Besetzung:

Dottore – Cipriano
Pantalone – Baldassarre
Capitano – Rodolfo

Flavio – Bernardo
Leandro – Bernardo
Rosalinda – Caterina
Aurelia – Elena

Colombina – Cipriano
Pedrolino – Elena

Zufrieden betrachtete ich die Konstellation, die insgesamt vier Innamorati beinhaltete, was für komische Verwicklungen und Verwechslungen viel mehr Raum ließ als bei nur einem einzigen Liebespaar. Außerdem bot diese Verteilung diverse Umbesetzungsmöglichkeiten. Anstelle eines Pedrolino als Zanni-Figur könnte man beispielsweise einen erkennbar männlicher ausstaffierten Arlecchino integrieren und diesen von Baldassarre verkörpern lassen, falls Elena es ablehnte, eine Doppelrolle zu spielen.

Noch vielfältiger waren die Möglichkeiten, solange Franceschina noch auftreten konnte, da sie dann wie gehabt die Colombina übernehmen konnte, wodurch wiederum Cipriano bei Bedarf die Zwillinge spielen konnte, und sei es nur vertretungsweise, falls Bernardo wieder einmal indisponiert wäre.

Es hing eben alles davon ab, wie man die Auftritte inszenierte.

Womit ich dann auch schon beim Allerwichtigsten war: dem Stück.

Bevor ich jedoch mit der ersten Szene beginnen konnte, musste die Vorgeschichte zusammengefasst werden.

Die kannte ich ja nun schon in groben Zügen, und was ich nicht wusste, ergänzte ich. Flavio und Leandro waren gleich nach der Geburt getrennt worden. Flavio wächst als Sohn eines reichen alten venezianischen Patriziers auf. Sein Vater ist schon lange tot, Flavio kann sich nicht an ihn erinnern. Auch seine Mutter starb früh; auf dem Totenbett gestand sie ihm, dass sie gar nicht seine Mutter war, doch mehr verriet sie nicht.

Leandro … Ja, was geschah in der Zwischenzeit eigentlich mit Leandro? Es ging unmöglich an, dass er ebenfalls in Venedig groß wurde, denn dann wären die beiden Knaben einander unweigerlich bereits über den Weg gelaufen, oder jemandem wäre die Ähnlichkeit aufgefallen, sodass ihre Verwandtschaft längst entdeckt worden wäre.

Rasch fand ich die perfekte Lösung: Der Verwandte, der

sich damals Leandros angenommen hatte, war mit ihm in ein fernes Land gezogen und hatte dort märchenhaften Reichtum angehäuft, den er Leandro hinterlassen hatte. Nach dem Tode des Verwandten kehrt nun Leandro nach Venedig zurück, weil sein Onkel ihm erzählt hat, dass dies die Stadt seiner Väter sei.

Damit kam ich zum eigentlichen Anfang des Stücks, denn hier musste die Handlung einsetzen.

Ich stellte mir vor, wie Leandro als Besitzer eines prunkvoll ausgestatteten, möglichst vergoldeten Schiffs in Venedig Einzug hielt, verwarf dieses Bild jedoch sofort wieder. Es musste einen konfliktträchtigen Gegensatz zwischen Leandro und seinem in sorglosem Reichtum aufgewachsenen Bruder geben. Wenn beide reich waren, fehlte die Reibung, folglich musste Leandro arm sein. In Wahrheit war er sehr wohl reich, denn am Ende sollte er immerhin Rosalinda freien, und welche schöne Frau wollte schon einen armen Schlucker zum Manne. Aber einstweilen konnte er nicht mit seinem Reichtum auftrumpfen, weil er … weil er … Ich dachte nach. Ein Schiffbruch! Leandro hat alles, was er an Preziosen mit sich führte, bei einem Sturm auf See verloren; das Schiff ist gesunken, die Diener verschollen. An sein Vermögen kann er erst wieder heran, wenn er in das ferne Land zurückkehrt, und bis dahin ist er ausschließlich auf seinen Mut und seine Männlichkeit angewiesen.

Frohlockend schrieb ich die komplette Vorgeschichte nieder, die zugleich den Auftakt zu Leandros erstem Auftritt bildete.

1. Akt – 1. Szene – am Strand von Venedig.

Als einziger Überlebender wird Leandro nach dem Schiffbruch an die Gestade der Lagune gespült …

»Wir erreichen übrigens gleich die Gestade der Lagune«, sagte Elena. Sie stand hinter mir und las, was ich geschrieben hatte, während ich gegen den Drang ankämpfte, das Blatt mit der Hand zu bedecken. Ersatzweise streute ich reichlich Löschsand über die frische Tinte. Rodolfo hatte sich diskret woanders hingesetzt, als ich mit dem Schreiben begonnen hatte, doch Elena lag derlei Rücksichtnahme offenbar fern.

Irritiert blickte ich zu ihr hoch. »Was ist?«

»Gleich ist die Fahrt zu Ende«, sagte Elena. Sie deutete auf eine dörfliche Ansiedlung zu ihrer Linken. »Dort vorn mündet der Kanal in die Lagune. Wenn du also besagte Gestade selbst sehen willst, statt sie dir bloß auf dem Papier vorzustellen, musst du den Schreibkram jetzt wegpacken und hinschauen.«

Rasch verstaute ich mein Schreibzeug und stand von der Bank auf, um eine bessere Sicht zu haben. Dass wir uns dem Meer näherten, war mir bereits vor einer Weile daran aufgefallen, dass das Land immer flacher und die Vegetation spärlicher wurde. Nun jedoch sah ich zum ersten Mal nur wenige Steinwürfe voraus das Wasser der Lagune leuchten, das im Licht der tief stehenden Nachmittagssonne von überraschender Farbintensität war, ein Gemisch aus sattem Blau und tiefem Türkis. Vereinzelt waren in der weiten Wasserfläche dunkle Flecken von Land zu erkennen, verstreut liegende kleinere Inseln, von denen es, wie ich gehört hatte, in der Lagune unzählige gab.

Schwer und feucht drang der Geruch nach dem Meer in meine Nase. Der Eindruck von Weite und blendender Helligkeit war überwältigend, und ich beschattete die Augen mit der Hand, weil das strahlende Licht so fremd für mich war.

Stumm ließ ich die ungewohnten Eindrücke auf mich wirken, bis wir an einem Landungssteg anlegten und unser Gepäck von dem Treidelkahn auf Segelboote luden, mit denen wir das restliche Stück der Reise zurücklegen sollten.

Im Gegensatz zu dem flachen, ruhig im Wasser liegenden Flusskahn schwankte das Boot beträchtlich, was in mir das Bedürfnis weckte, mich irgendwo festzuklammern. Das versagte ich mir jedoch, als ich sah, mit welcher eleganten Leichtigkeit Elena zu einer der Sitzbänke schritt.

Ich setzte mich neben sie, und Henry nahm an meiner anderen Seite Platz. Er wusste, dass ich zum ersten Mal das Meer sah, und nun übernahm er es geduldig, mir all das Neue zu erklären, da er selbst schon häufig die Lagunenstadt besucht hatte.

Die Boote, so erklärte er, hießen *Sàndoli*, neben den Gondeln die wichtigsten Fortbewegungsmittel innerhalb der Lagune.

»Der Sàndolo bietet den Vorteil, dass man ihn nicht nur segeln, sondern auch rudern kann«, sagte Henry. »Es gibt große und kleine davon, je nach ihrem Zweck. Die Fischer fahren mit diesen Booten hinaus, und man kann mit ihnen Lasten und Menschen zwischen den Inseln befördern. Für die weiteren Strecken, auch außerhalb der Lagune, werden die Galeeren benutzt, die ebenfalls sowohl unter Segeln fahren als auch gerudert werden können. Auf den Kanälen der Stadt hingegen werden wir, abgesehen von den Lastflößen, hauptsächlich Gondeln sehen, von denen es Tausende gibt, alle gleich geformt, aber jede einzelne ein Meisterwerk der Handwerkskunst.«

Es kam mir absurd vor, dass ein Engländer mir, der ich nur drei Tagesreisen von der Lagune aufgewachsen war, die Besonderheiten des venezianischen Wasserverkehrs erklären musste. Auch der schiffbrüchige Leandro, so fiel mir dabei ein, würde erst lernen müssen, sich in dieser für ihn fremden Welt zurechtzufinden. Der Capitano würde ihm dabei helfen, beschloss ich. Der Offizier war gerade von seinem letzten Feldzug aus der Fremde zurückgekehrt und traf bei seiner Ankunft auf den soeben gestrandeten Leandro, und da dieser nicht viel über Venedig wusste, ließ er es sich von dem altgedienten Kämpen erklären.

Der Sàndolo krängte im Wellengang, als zwei Männer Segel hissten, während zwei andere es mittels Rudern vom Land weg bewegten. Danach nahm das Boot rasch Fahrt auf, denn eine steife Brise füllte die beiden Segel und trieb das Gefährt in beachtlicher Geschwindigkeit über das Wasser. Salzige Gischt spritzte auf und traf meine Lippen, und ich leckte sie ab und dachte: So schmeckt die Lagune!

Dann hatte das Boot den Landzipfel passiert, der jenseits des Brenta-Kanals ein Stück weit ins Meer ragte, und auch ohne, dass mich jemand darauf hinweisen musste, sah ich vor mir Venedig liegen.

TEIL 5

La Giocoliera

Venedig, April 1594

Zuerst waren es nur die Umrisse einer Stadt, gesprenkelt mit rötlichen Tupfen, die sich beim Näherkommen in ein Meer von Häusern verwandelten, aus denen wiederum ungezählte Türme emporragten.

Dem Stand der Sonne zufolge fuhren wir von Westen her auf Venedig zu. Vor dem Segelboot schien sich die Stadt in zwei Hälften zu teilen, und als wir den breiten Kanal erreichten, der sich vor uns auftat, fragte Elena: »Ist das der Canal Grande?«

»Nein, der Canale della Giudecca.« Henry wies auf die Landmasse zu unserer Rechten. »Das ist die Giudecca. Sie ist den übrigen Sestieri vorgelagert, gehört aber zur Stadt.« Er deutete auf das Ufer zur Linken, das eine scheinbar endlos lange, schnurgerade Promenade zum Wasser hin abgrenzte. »Das ist Dorsoduro, ein weiterer Stadtteil.«

Ich hatte ihn auch noch etwas fragen wollen, doch mir war entfallen, was.

Mit offenem Mund saß ich da und konnte nichts weiter tun als staunen. War mir schon Padua über die Maßen beeindruckend erschienen, so war ich von Venedig förmlich erschlagen. An den Ufern der breiten Wasserstraße erhoben sich dicht an dicht Häuser aus solidem Stein, und alle paar Dutzend Schritte, so kam es mir jedenfalls vor, ragte ein hoher Kirchturm heraus. Die Menschen dieser Stadt mussten wahrhaft begütert sein!

Der Schiffsverkehr war beängstigend dicht, ständig kreuzten Boote unseren Weg, und einmal glitt sogar eine große Galeere vorüber, die Ruder rhythmisch das Wasser durchpflügend. Im Laufgang sah man den Trommler stehen, der den Galeoten den Takt vorgab.

Auch Gondeln gab es zuhauf, und wie Henry schon angekündigt hatte, waren sie alle gleich geschnitten, lang und schmal, mit aufwärts gebogenen Enden, manche mit, manche ohne Überdachung über der Sitzbank. Von der Verzierung her waren sie jedoch alle unterschiedlich; die einen in schlichtem Schwarz, andere wiederum in den grellsten Farben gestrichen, und hier und da zog auch eine vorbei, die vornehm mit Samt ausgeschlagen und mit einem Baldachin versehen war.

Vor uns tat sich ein weites Hafenbecken auf, das Bacino di San Marco, wie wir von Henry erfuhren. Hier wimmelte es nur so von Schiffen, die einen wahren Wald von Masten bildeten. Dicht an dicht tanzten die Boote an dem gewaltigen Kai oder kreuzten zwischen den umliegenden Landspitzen umher, sodass einem bei dem Versuch, ihre Anzahl zu schätzen, schwindlig wurde.

»Die Piazza San Marco.« Henry deutete auf den Kai, der von gewaltigen Bauwerken eingerahmt war. Mir schwirrten die Ohren von all den Namen, die Henry mir und Elena nannte, allen voran den des Palazzo Ducale. Der Dogenpalast war ein Gebäude von wahrhaft gigantischen Ausmaßen. Dahinter erhoben sich die mächtigen Kuppeln der Markusbasilika, in welcher, wie ich wusste, der Stadtheilige begraben lag. Überragt wurde die Piazza von dem größten Turm, den ich bisher gesehen hatte. Ein goldener Engel schwebte über seiner Spitze, als wäre er soeben mitten im Flug dort gelandet.

»Für die Leute hier ist dieser Campanile *Il paron de casa* – der Hausherr.« Henry ahmte den venezianischen Dialekt perfekt nach.

Den Kopf in den Nacken gelegt, versuchte ich, die Höhe

dieses frei stehenden Kolosses zu schätzen, gab es aber mangels passender Vergleiche gleich wieder auf.

Wie aus der Ferne hörte ich Henry sagen, dass sich hier bei der Mole die Einfahrt zum Canal Grande befinde, den die Einwohner Venedigs *Canalezzo* nannten, so wie sie den riesigen Markusplatz einfach nur als *Piazza* bezeichneten und den ans Meer grenzenden Teil davon *Piazzetta*. Die anderen Plätze in Venedig, so erklärte uns Henry, nannte man schlicht *Campi*.

Seine nicht enden wollenden Erklärungen summten mir in den Ohren, und ich fürchtete, bis zum Abend alles wieder vergessen zu haben – zu beschäftigt war ich damit, all die überwältigenden Eindrücke in mich aufzusaugen. Nun stachen mir auch ungewöhnliche Details ins Auge, etwa die reichhaltigen, teilweise orientalisch anmutenden Verzierungen am Dogenpalast, oder aber die beiden riesigen Granitsäulen auf der Piazzetta. Zwischen diesen beiden Säulen, so berichtete Henry, würden die schlimmsten Verbrecher der Stadt enthauptet, und jeder dürfe dabei zusehen.

Schaudernd blickte ich zu den Säulen hoch. Die eine war gekrönt mit dem Wahrzeichen der Stadt, dem geflügelten Löwen, während auf der anderen die Statue eines Drachenbezwingers thronte.

Besonders aber faszinierten mich die vielen fremdländisch aussehenden Menschen. Mit offenem Mund bestaunte ich einen echten Mohren, der, in schreiendes Rot gehüllt, einer tief verschleierten Dame beim Gehen half, da diese wegen ihrer abnorm hohen Schuhe nicht allein laufen konnte. Ein anderer Mann in grauem Kattun war klein wie ein Kind und hatte blauschwarzes Haar sowie merkwürdig geschlitzte Augen.

Ich sah Männer in vornehmen Samtwämsern und Frauen in leuchtenden Seidengewändern, aber auch Kaufleute in schlichtem Schwarz, uniformierte Wachleute, Matrosen in abgerissener Arbeitskleidung und hier und da auch zerlumpte Bettler.

Geschäftig gingen sie alle miteinander ihren Verrichtungen nach. Hier wurde entladen und geschleppt, gefeilscht und geredet, flaniert und geschaut – lärmende Hafenatmosphäre mischte sich mit pulsierender städtischer Lebensart.

Bei dem Versuch, alles gleichzeitig anzustarren, stolperte ich mehrfach über meine eigenen Füße, während ich half, die Kisten und Säcke auf die Handkarren zu laden, nachdem unser Boot an einem Steg vor der Piazzetta festgemacht hatte. Henry hatte sich freundlicherweise erboten, uns zu der Herberge mitzunehmen, wo auch er selbst immer abzusteigen pflegte, wenn er in der Stadt weilte.

Einen der vollgepackten Handkarren hinter mir her zerrend, folgte ich den anderen über den Platz. Vor mir zogen Cipriano und Rodolfo den zweiten Karren in die Richtung, die Henry uns wies. Franceschina und Caterina hatten Bernardo in die Mitte genommen; alle drei waren sichtlich beeindruckt von der sie umgebenden Pracht.

Endlos scheinende Säulengänge flankierten den Platz, ähnlich den Loggien in Padua, und über einem dort angrenzenden Durchgang erhob sich ein Uhrturm mit zwei lebensgroßen Mohren aus Bronze auf dem Dach. An der Fassade der Markusbasilika fiel mir inmitten der überbordenden Marmorornamente eine gewaltige, golden schimmernde Quadriga auf, von der Henry berichtete, dass sie einst den Triumphbogen des Nero zierte und später von Kaiser Konstantin mit nach Konstantinopel genommen wurde, bevor die Venezianer sie viele Jahrhunderte später als Kriegsbeute mit in die Lagune brachten.

Baldassarre schritt munter neben dem Engländer aus und blickte sich freudestrahlend um. »Wie gut es tut, diese Perle der Adria wiederzusehen!«, hörte ich ihn sagen. »Ich hatte schon fast vergessen, was für eine herrliche Stadt das ist!«

Befremdet wandte ich mich an Elena, die neben mir ging. »War dein Großvater früher schon einmal in Venedig?«

»Keine Ahnung«, sagte sie mit gerunzelter Stirn. Ebenso

wie ich stand sie völlig im Bann der vielen neuen Eindrücke, ich merkte es an ihrer blassen Haut und dem unsteten Blick. Zweifellos war sie von ähnlich widerstreitenden Empfindungen beseelt wie ich – am liebsten hätte ich mich in einem stillen Winkel verkrochen, um all das Überwältigende zu verarbeiten, aber gleichzeitig wäre ich gern losgelaufen, um alle Ecken und Winkel dieses ebenso betörenden wie fremdartigen Ortes auf einmal zu erkunden.

»Das ist alles ziemlich gewaltig hier, oder?«, fragte Elena. Ihre Stimme klang ungewohnt hilflos.

Ich nickte schweigend. Ja, das war es. Ich fühlte mich wie ein Maultier nach einem Faustschlag auf die Nase. Doch wen nahm es wunder! Bis vor ein paar Wochen war unser Dorfkirchlein für mich der Inbegriff kultureller Abwechslung gewesen. Venedig dagegen war eine der größten Städte der Welt. Nirgends sonst trafen so viele Menschen aus aller Herren Länder aufeinander, an keinem anderen Ort Italiens war das Leben so bunt und vielfältig, jedenfalls meinte das Rodolfo, der schon im ganzen Land herumgekommen war.

»Wir gewöhnen uns bestimmt schnell daran«, sagte ich tröstend zu Elena, während ich den rumpelnden Karren über das Pflaster des Markusplatzes zog. »Als ich nach Padua kam, war ich das erste Mal überhaupt in einer Stadt, und schon nach zwei Tagen hatte es jeden Schrecken für mich verloren.« Ich dachte an die Badehäuser. »Na ja, sagen wir, fast.«

Henry führte uns durch den Durchgang unter dem Uhrturm, in ein Gewirr aus Gassen und Kanälen, was die Beförderung der Handkarren in eine enorme Herausforderung verwandelte. Öfter galt es schmale, teils mit Stufen versehene Brücken zu überwinden, was angesichts der vielen Menschen, die sich hier tummelten, noch zusätzlich erschwert wurde. Schwitzend und erschöpft bugsierte ich mit Elenas und Henrys Hilfe das sperrige Gefährt vorwärts, während sich Baldassarre, Rodolfo und Cipriano mit dem anderen Karren abmühten.

Bernardo musste beim Gehen hin und wieder innehalten und durchatmen. Offenbar machte ihm die Verletzung wieder stärker zu schaffen. Nicht ohne Schadenfreude überlegte ich, dass er in der vergangenen Nacht wohl besser von gewissen körperlichen Anstrengungen Abstand genommen hätte. Das hatte er nun davon.

Caterina war die Einzige von uns, die weder verschwitzt noch zerrauft aussah, was möglicherweise daran lag, dass sie zu beschäftigt war, um beim Schieben der Karren zu helfen. Immer wieder blieb sie stehen, um besonders sehenswerte Einzelheiten der Umgebung in Augenschein zu nehmen. Vor einer offenen Ladentür hielt sie inne und ließ einen entzückten Ausruf hören. »Sieh nur, Bernardo! Eine richtige, echte Schneiderei! Diese wundervollen Seidenstoffe!«

An einem anderen Laden begeisterte sie sich für die feinen Schuhe und Handschuhe, ein dritter entzückte sie mit buntem Glasschmuck. »Ach, Bernardo, Liebster! Diese Kette hättest du sehen müssen! Die Perlen hatten die Farbe von Veilchen! Sie wären wie für mich gemacht! Was meinst du, ob ich mir das in den nächsten Tagen einmal näher anschaue?«

Bernardo machte eine brummige, aber zustimmende Bemerkung, was wiederum Franceschina veranlasste, eine grimmige Miene aufzusetzen. Caterina hingegen lächelte zufrieden und hakte sich an Bernardos unversehrtem Arm ein.

Henry lotste uns um eine der zahlreichen Kirchen, und dahinter lag an einem Kanal die Herberge, ein schon recht betagtes, vierstöckiges Backsteinhaus, das nur durch eine kaum schrittbreite Befestigung von dem Kanal getrennt war. Während ich mit unterdrücktem Fluchen den Karren knapp vor einem Absturz ins Wasser bewahrte, teilte mir Henry mit, dass man einen solchen Gehsteig am Kanal *Fondamenta* nannte.

Allerdings scherten mich solche Einzelheiten nicht länger. Mittlerweile plagten mich Durst und Hunger und der Wunsch nach dem möglichst baldigen Besuch eines Abtritts. Den Übrigen erging es nicht anders, alle waren froh, dass wir endlich unser Ziel erreicht hatten.

Durch einen Torbogen gelangten wir in einen Innenhof, wo wir die Karren entladen konnten. Der Herbergswirt wies uns drei Schlafkammern zu. Eine teilten sich Henry, Rodolfo und Cipriano, eine die drei Frauen, und die dritte bezogen Bernardo, Baldassarre und ich.

Nachdem wir unsere Siebensachen in den Kammern verstaut und uns mit den Räumlichkeiten der Herberge vertraut gemacht hatten, nahmen wir in der Schankstube ein Vespermahl aus Käse, eingelegten Oliven, Brot und Räucherfisch zu uns und saßen danach noch eine Weile zusammen. Die Stimmung war, wohl infolge der allgemeinen Erschöpfung, erstaunlich friedfertig, weshalb ich mich auch nicht lange zierte, als Elena mich aufforderte, von meiner neuen Idee zu erzählen.

»Was ist aus der Geschichte mit dem Zeh und dem Juden geworden?«, unterbrach mich Bernardo nach den ersten Sätzen mit schwerer Zunge. Wie immer hatte er zu tief ins Glas geschaut.

»Man kann gar nicht genug Geschichten sammeln«, belehrte ihn Baldassarre. »Nur im unmittelbaren Vergleich mehrerer Möglichkeiten kann man beurteilen, was den Geschmack am besten trifft.«

»Wie wahr«, sagte Caterina.

Bernardo starrte sie an. »Was meinst du damit?«

»Nichts. Nur, dass Baldassarre recht hat. Erzähl weiter, Marco.«

In groben Zügen erklärte ich meine Idee und berichtete ihnen von den Zwillingen Flavio und Leandro und den haarsträubenden Abenteuern, die ich mir noch für sie ausdenken wollte.

Rodolfo klopfte mir auf die Schulter. »Gut gemacht, Junge. Nicht lange gefackelt und ran an den Speck, was?«

Henry räusperte sich. »Mir kommt die Geschichte sehr bekannt vor. Sprachen wir neulich nicht erst darüber, dass ich Will den Stoff ans Herz legen wollte?«

»Und wenn schon«, brummte Rodolfo. »Wer zuerst kommt, mahlt zuerst.«

»Du meinst, weil du die Geschichte früher gehört hast, gehört sie dir?«

Rodolfo grinste über das Wortspiel. »Nein, sie gehört dem, der zuerst etwas daraus macht. Und das ist in dem Fall Marco. Wobei es deinem Freund Will natürlich unbenommen bleibt, auch darüber zu schreiben. Wenn es ihn nicht stört, dass andere dieselbe Idee schon vorher hatten.«

»Das hat ihn noch nie gestört. Gute Ideen sind rar. Er benutzt sogar seine eigenen Ideen mehrmals, warum also nicht auch die von anderen?«

»Mich beschäftigt eine andere Frage«, sagte Caterina zu mir. »So, wie du das Stück erzählt hast, sieht es zwei Paare von Innamorati vor. Wie hast du dir die Rollenverteilung vorgestellt? Welchen Part soll ich übernehmen?«

»Ich dachte, dass du die Witwe Rosalinda spielst«, antwortete ich.

Ihre Miene verfinsterte sich. »Ich will keine Witwe spielen. Das sind Rollen für alte Frauen.«

Ich zuckte zusammen. »Aber die Rosalinda ist jung und schön!«

»*Ich* werde sie spielen, wenn du die Rolle verschmähst«, sagte Cipriano entschlossen.

Damit zog er die Blicke aller auf sich. Sogar der betrunkene Bernardo musterte ihn mit mildem Interesse.

»Das ist ein durchaus erwägenswerter Gedanke«, kommentierte Henry. »Bei uns in London werden alle Frauenrollen von Männern gespielt. Immer und ausschließlich. Es dient der Sittenstrenge.«

Das trug wiederum *ihm* erstaunte Blicke ein, denen er achselzuckend standhielt. »Es ist gesetzlich vorgeschrieben.«

»Wieso fragt mich eigentlich keiner, ob ich die Rolle übernehmen will?«, fragte Franceschina ärgerlich. »Ich erfülle alle Voraussetzungen: Ich bin alt genug, ich bin eine Frau, und ich bin tatsächlich verwitwet, sodass ich auch die nötige innere Einstellung für diese Rolle mitbringe.«

Ich musterte sie überrascht. Dass sie verwitwet war, hatte ich bis dahin nicht gewusst.

»Elena sollte auf jeden Fall die Enkelin Aurelia geben«, sagte Baldassarre. »Es wird Zeit, dass sie sich in Frauenrollen übt.«

»Soll das etwa darauf hinauslaufen, dass ich die Colombina spielen soll?«, bemerkte Caterina. »Eine ordinäre *Dienerin*? Ich?«

In der unvermittelt einsetzenden Gesprächspause war deutlich das Knirschen von Franceschinas Zähnen zu vernehmen.

Ratlos blickte ich in die Runde. »Ich kann unterschiedliche Variationen notieren, über die wir noch nachdenken können. Auf jeden Fall sind jedoch mehrere Doppelrollen zu spielen, gleichviel, wie wir es verteilen.«

»Außerdem musst du zuerst das Stück fertig schreiben«, sagte Elena. »Ohne Stück können wir keine Rollen verteilen.«

Die Debatte um die Rollenverteilung ging trotzdem noch eine Weile weiter, führte aber zu keinem Ergebnis. Irgendwann – draußen war es bereits stockfinster – gingen wir alle todmüde zu Bett.

Beim zweiten Nachtläuten wachte ich auf, unter meiner Wange das Lavendelkissen von Iseppo. Mittlerweile roch es ziemlich muffig, war aber immer noch deutlich frischer und weicher als alles, was mir bisher an Herbergskissen untergekommen war.

Mein Gesicht war nass von Tränen. Ich hatte etwas Schlimmes geträumt, wusste aber nicht mehr, was. Jemand wollte mich verlassen, daran erinnerte ich mich vage, doch wer das gewesen war, verlor sich in den schwindenden Traumbildern.

Augenblicklich erwachte meine Trauer, die ich in den vergangenen Tagen angesichts der auf mich einstürmenden Eindrücke verdrängt hatte. Ich vermisste Onkel Vittore mit solcher Heftigkeit, dass mir nun erst richtig die Tränen kamen. Um mein Schluchzen zu unterdrücken, presste ich mein Gesicht in das Lavendelkissen und weinte eine Weile hinein, bis der Schmerz sich allmählich in Trostlosigkeit verwandelte.

Als mein Bedürfnis zu heulen nachließ, setzte ich mich auf und atmete tief ein, was ein Fehler war, da die Luft in der Schlafkammer grässlich war. Bernardo dünstete massiven Gestank nach Schnaps und Schweiß aus. Baldassarre roch nicht ganz so aufdringlich, dafür aber der Nachttopf, den er seit dem Zubettgehen schon zwei Mal benutzt hatte. Außerdem machte er das, was andere ihm in Sachen Mief voraushatten, durch sein Schnarchen mehr als wett. Es klang, als würde ihn jemand langsam erdrosseln, bis er nach Luft schnappte und dann rasselnd weiteratmete, so lange, bis abermals die Strangulationsgeräusche einsetzten.

Bernardo vervollständigte die Tonkulisse, indem er im Schlaf redete, das meiste unverständliches Gemurmel, aber einmal sagte er deutlich: »Ich erwürge ihn! Ich drehe ihm den Hals um!«, während Baldassarre in lautmalerischer Kongruenz dazu röchelte.

Ich stand auf und ging zum Fenster. Es war einen Spalt offen, und auch die Läden waren nur angelehnt. Ich drückte sie auf und blickte hinaus. Um diese Zeit in der Nacht war es rund um unser Gut immer völlig finster gewesen, doch hier sah man vereinzelt den Widerschein von Licht. Es bildete diffuse Flecken auf dem Kanal und hob die Umrisse der Dächer hervor. Während ich dort stand und schaute, trieb unten vor der Herberge eine Gondel vorbei, der nächtliche Ruderer ein stummer Schatten auf der Bootsabdeckung, das Gesicht schwach erhellt von der Laterne am Bug.

Seine Züge wirkten gespenstisch bleich und starr, und als ich genauer hinschaute, bemerkte ich unterhalb der Hutkrempe die helle Halbmaske. Augenblicklich war mein Interesse geweckt. Ich wusste, dass man sich in Venedig zur Karnevalszeit maskierte, doch lag diese schon eine Weile zurück. Ob er ein Schauspieler war? Oder jemand, der heimlich oder gar mit üblen Absichten unterwegs war und deshalb nicht erkannt werden wollte?

Am nächsten Morgen erklärte mir Henry, dass das Maskenwesen in Venedig große Tradition besaß.

»Und zwar so sehr, dass man es sich andernorts kaum vorstellen kann«, sagte er. »Es gibt Leute, die ohne Maske überhaupt nicht mehr das Haus verlassen, schon gar nicht nach Einbruch der Dunkelheit. Auf Bällen und anderen fröhlichen Festen gehört die Maske zur Kleidung wie Wams oder Schuhe. Alle Welt geht sozusagen maskiert, zumindest bei Nacht. Der Rat erlässt alle paar Jahre neue Gesetze, um das permanente Maskentragen zu unterbinden, doch es hält sich niemand daran.«

Rodolfo verdeutlichte es mit einer Anekdote. »Einst wurde sogar verboten, dass maskierte Männer sich nachts in Frauenklöster schleichen. Worauf der eine oder andere sich fragte, ob es denn unmaskiert erlaubt sei.«

Nach dem Morgenmahl bat Elena mich, mit ihrem Großvater ins Badehaus zu gehen. Nach kurzem Zaudern stimmte ich zu, denn das Baden an sich war ein verlockender Zeitvertreib. Ich musste dieses Mal ja nicht unbedingt dabei einschlafen.

Baldassarres Augen leuchteten unternehmungslustig, als wir uns auf den Weg zum Badehaus machten. Henry hatte mir haarklein erklärt, wie man dort hinkam.

Die Luft war auf frühlingshafte Weise frisch, die Sonne angenehm warm. Ihr Licht tauchte die ganze Umgebung in Glanz, sodass es nicht weiter störte, dass es aus den Kanälen hier und dort nach totem Fisch roch.

Im Vergleich zum Vortag wirkte die überall sichtbare architektonische Prachtfülle auf mich nicht mehr ganz so überwältigend, doch immer noch gab es an jeder Ecke etwas zu bestaunen, vor allen den enormen Kanal, den wir bereits nach kurzem Fußweg erreichten. Es war nicht schwer zu erraten, dass es sich hierbei um den Canal Grande handelte, denn Henry hatte ihn mir ausführlich beschrieben. »Nirgends sonst gibt es protzigere Paläste, die so dicht an dicht stehen wie dort.«

»Das ist also die neue Rialtobrücke!«, sagte Baldassarre neben mir begeistert. Er wies auf einen reinweißen, marmornen Brückenbogen von beträchtlicher Breite, dessen Laufgang beidseitig von Ladenbauten flankiert war. »Das letzte Mal war sie noch aus morschem Holz.«

»Was meint Ihr mit *das letzte Mal*?«, fragte ich, während wir die flachen Treppenstufen der Brücke erstiegen.

Baldassarre antwortete nicht. Stattdessen schaute er in die einzelnen Läden und kommentierte beifällig das dort feilgebotene Warensortiment. »Sieh nur, dieser Händler hier verkauft Hornkämme. Damit habe ich ebenfalls schon glänzende Geschäfte gemacht.«

»Mit Kämmen?«

Der Alte nickte. »Es waren natürlich besondere Kämme. Heilige sozusagen. Es war sogar einer aus dem Besitz eines Apostels dabei.« Er runzelte die Stirn. »Ich weiß nicht mehr, ob es der von Johannes oder Matthäus war. Aber möglicherweise hatte ich auch beide. Auf jeden Fall hingen noch original erhaltene Apostelhaare darin, die waren im Preis inbegriffen.«

Vermutlich hatte er dazu auch passende klerikale Urkunden auf Lager gehabt, weshalb ich es nicht für nötig hielt, diese Angelegenheit näher zu ergründen. Eher bewegte mich meine vorangegangene Frage.

»Seid Ihr schon früher in Venedig gewesen?«

»Aber ja.«

Ruckartig blieb ich stehen. »Habt Ihr hier auch Geschäfte gemacht?«

»Vielleicht. Wenn ja, habe ich es vergessen. Es ist unendlich lange her.« Grübelnd blickte er über die Schulter zurück, zu einem großen Gebäude am Kanalufer, dessen Fassade mit verblichenen Freskenmalereien geschmückt war. »Höchstens ist es noch der Schatten einer Erinnerung.«

»Hat sie etwas mit diesem Haus dort zu tun, weil Ihr dorthin schaut?«

»Was? Junge, du stellst einem alten Mann aber schwierige Fragen! Ich weiß ja nicht mal mehr, was das für ein Haus ist!«

»Der Fondaco dei Tedeschi«, sagte jemand im Vorübergehen. »Das deutsche Handelshaus. Dort treffen sich die einflussreichsten Händler Europas, um wichtige Geschäfte abzuschließen.«

Ich geriet ins Stolpern und verbot mir, über dieses Handelshaus nachzudenken. Auch wenn Baldassarre jemals dort Geschäfte getätigt hatte, erinnerte sich bestimmt niemand mehr daran. Es war ja sogar ihm selbst entfallen.

Der Weg führte vom Ende der Brücke über eine breite Marktstraße und dann linkerhand vorbei an Häusern und Kirchen, gepflasterten Plätzen und malerischen Kanälen. Baldassarre schritt zielstrebig aus, als sei er bestens mit seiner Umgebung vertraut, aber ich hatte nicht vergessen, dass ich vor wenigen Tagen mit ihm stundenlang im Kreis herum durch Padua marschiert war. »Seid Ihr sicher, dass es zum Badehaus hier entlanggeht?«

»Aber ja«, sagte er. »Wir sind schon da.« Er deutete auf ein Haus hinter der nächsten Brücke. »Wusste ich es doch. Genau wie früher.«

Ich riss die Augen auf, als ich die Frau im offenen Fenster des Erdgeschosses sah, davon überzeugt, es mit einer Sinnestäuschung zu tun zu haben. Doch auch beim zweiten Hinsehen erwies sich die Frau als nackt. Jedenfalls ihr Oberkörper war es, den sie auf die übereinandergelegten Arme stützte und dabei gelangweilt über den Kanal blickte. Ihre Brüste hingen dabei über ihre Unterarme, zwei weißfleischige Säcke mit handtellergroßen rosa Spitzen.

»Wie früher«, sagte Baldassarre, der auf der Brücke stehen geblieben war.

Mit aller Macht riss ich mich zusammen und löste meinen Blick von den nackten Tatsachen im Fenster. »Was meint Ihr?«, fragte ich krächzend.

»Die Brücke und der besondere Ausblick, den sie bietet. Man nennt sie auch *Ponte delle Tette*.* Abends sieht von hier betrachtet fast jedes Fenster so aus.« Er deutete auf ein Haus gleich neben jenem, aus welchem die Frau ihre Brüste hängen ließ. »Und da ist auch schon das Badehaus. Jedenfalls war es dort früher.«

»Es ist immer noch da, Alterchen!«, rief die Frau im Fenster. »Und ein paar freundliche Schätzchen ebenfalls! Wenn du an bestimmten Körperteilen besonders sauber werden willst, frag nach Matilda und ihren beiden Bürsten!« Lachend bewegte sie sich auf eine Weise, die ihre Brüste in kreisförmige Schwingung versetzte. Ich konnte nicht anders, als zu gaffen.

»Ich kümmere mich auch um deinen Enkel, wenn doppelter Bedarf besteht«, rief Matilda.

Bei aller Unerfahrenheit fiel es mir leicht, aus dieser Äußerung gewisse Schlussfolgerungen zu ziehen, doch der Versuch, mir vorzustellen, wie sich Matildas Dienste mit dem Baden in Einklang bringen ließen, überforderte mich. Das würde ich mir in Ruhe durch den Kopf gehen lassen müssen. Sobald ich wieder denken konnte.

Mit heißen Ohren duckte ich mich hinter Baldassarre und stolperte hinter ihm her zum Badehaus.

Eine Frau in mittleren Jahren ließ uns ein und kniff bedeutungsvoll ein Auge zu.

»Nur Baden oder besondere Säuberung?«, fragte sie.

* Wörtlich übersetzt: Tittenbrücke

Damit konnte sie nur Matildas Bürstungen meinen! Mir stockte der Atem, und ich schwankte zwischen Furcht und Erwartung.

»Für die besondere Säuberung ist es ein bisschen zu früh am Tage«, befand Baldassarre.

Wieder schwankte ich zwischen zwei Empfindungen, diesmal Erleichterung und Enttäuschung.

In dem dampferfüllten Raum standen mehrere Zuber, doch es waren nur zwei Besucher anwesend, von denen jeder eine Wanne für sich allein hatte, obwohl die Zuber groß genug für zwei Leute waren.

»Einzeln oder zusammen?«, fragte die Badewirtin.

»Einzeln«, sagte ich.

»Ich setze mich zu einem der anderen Herren«, erklärte Baldassarre. »Das spart Wasser. Und verschafft mir Gesellschaft. Ein gemeinsames Bad kann Grundstein vieler fruchtbringender Geschäftsbeziehungen sein.«

Sofort erkannte ich meinen Fehler.

»Ich will doch lieber mit Euch baden«, sagte ich. »Mir ist eben eingefallen, dass ich dringend mit Euch über das neue Stück reden muss.«

Dagegen hatte Baldassarre nichts einzuwenden.

Die Badewirtin winkte einen Knecht herbei und befahl ihm, einen Zuber mit heißem Wasser aufzufüllen. Danach machte sie keine Anstalten, den Raum wieder zu verlassen, sondern schickte sich an, einem der Männer den Rücken abzuschrubben. »Du bist schon wieder eingeschlafen«, sagte sie zu ihm. »Eines Tages stirbst du mir noch in der Wanne, und keiner merkt es!«

»Mein heimlicher Traum«, teilte Baldassarre ihr mit. »So zu sterben, im warmen Wasser, während eine liebliche Grazie wie Ihr mir den Rücken wäscht – welcher Tod könnte schöner sein!«

Die Badewirtin gluckste. »Unter meinen Händen hat schon mancher sein Leben ausgehaucht. Jedenfalls vorübergehend.« Sie lachte; es klang für eine Frau erstaunlich dröhnend.

Ihre Anwesenheit hemmte mich, doch ich hielt mir vor Augen, dass die anderen Männer sich ebenfalls nicht vor ihr zierten, also zog ich mich rasch aus und hielt die Hände vor meine männlichen Teile, während ich gemeinsam mit Baldassarre in den Zuber stieg. Das Badefass war kleiner als das, in welchem wir in Padua gesessen hatten, und ich musste die Beine anwinkeln, um nicht gegen Baldassarres knochige Knie zu stoßen.

»Ein paar Tropfen Duftöl?«, fragte die Badewirtin, während sie uns Schwämme und Seifenstücke reichte. Irgendwie brachte ich das Kunststück fertig, die Utensilien zu ergreifen und dabei meinen Unterleib mit den Ellbogen zu verdecken.

»Kuchen? Wein?«

»Von allem etwas«, sagte Baldassarre.

Aus einem Fläschchen schüttelte die Badewirtin ein wenig Essenz in den Zuber, und augenblicklich roch es aus dem Wasser wie in einem Rosenhain, bei dem die Büsche so dicht wuchsen, dass es daraus kein Entrinnen mehr gab.

»Oje, das war vielleicht ein bisschen zu viel«, sagte die Frau.

»Macht nichts«, meinte Baldassarre. »Mein Riechvermögen ist nicht mehr das beste.«

Die Badewirtin entfernte sich in Richtung eines Durchgangs und brüllte: »Kuchen und Wein, zwei Portionen!«

»Was das Stück betrifft, sollte dir eines klar sein«, sagte Baldassarre.

»Was denn?« Ich versuchte, möglichst flach zu atmen, um nicht zu viel von dem Rosenduft zu inhalieren. *Mein* Riechvermögen ließ nichts zu wünschen übrig, zumal meine Nase um einiges größer war als die vieler anderer. Nicht, dass ich etwas gegen Rosen gehabt hätte, aber sich gleichsam in ihnen zu suhlen war eine andere Sache.

»Du musst Elena die Rolle der Aurelia geben«, erklärte Baldassarre. »Als Intendant des Theaters muss ich darauf bestehen. Für gewöhnlich kehre ich nicht den Eigner heraus, aber diesmal muss ich es tun, denn sie ist mein Fleisch und Blut. Bisher war sie nie bereit, Frauenrollen zu übernehmen, jetzt ist sie es. Sie ist erwachsen. Ihrem alten Großvater ist das nicht entgangen.« Er legte den Kopf zurück, bis sein grauer Bart auf der Wasseroberfläche schwamm wie ein Fächer. »Wir hatten viele Jahre lang kein Stück mit zwei Innamorati-Frauenrollen, und diese Gelegenheit soll meiner Enkelin nicht verdorben werden.«

»Ich hatte sie sowieso für die Rolle der Aurelia vorgesehen«, sagte ich, wenn auch mit leiser Skepsis, denn ich hatte nicht vergessen, dass auch Caterina und Cipriano die Rolle wollten.

»Ich weiß die Lösung«, sagte Baldassarre, als hätte ich meine Gedanken laut ausgesprochen. »Lass beide Zwillingsbrüder die Rosalinda lieben. Das wird Caterina gefallen, und sie wird die Rolle der Rosalinda haben wollen. Damit wäre die Aurelia für Elena frei.«

»Aber … Zwei Männer und eine Frau …«

Im Hintergrund kicherte die Badewirtin. Ich holte Luft und spuckte aus, um den öligen Rosengeschmack loszuwerden. »Was wird denn dann aus Aurelia, wenn niemand sie liebt?«

»Oh, der Capitano liebt sie doch. Und der Dottore ebenfalls. Beide sind ganz vernarrt in Aurelia und wollen das Mädchen heiraten.«

»Na ja, ich weiß, dass das der feststehende Inhalt bei einer Commedia a soggetto ist, Ihr habt es mir selbst erzählt – Vecchi, die sich in Innamorati vergucken. Aber Aurelia will keinen von beiden, weil ihr der eine zu aufschneiderisch und der andere zu alt ist. Sie muss am Ende einen jungen Mann bekommen, und der muss sie selbstverständlich auch lieben. Dabei dachte ich an Flavio.«

»Das wird sich im Laufe des Stücks schon finden.« Baldassarre wusch sich genießerisch den Bart mit der Seife. »Wie hast du dir die erste Begegnung zwischen Aurelia und Leandro vorgestellt?«

Darüber hatte ich mir schon Gedanken gemacht. »Sie läuft von zu Hause weg, weil ihr Großvater Pantalone sie entweder mit dem Dottore oder dem Capitano verheiraten will. Bei der Gelegenheit begegnet sie Leandro. Der hat sich im ersten Akt in die junge Witwe Rosalinda verliebt und bittet nun deren Vertraute Aurelia, ihm bei der Werbung zu helfen.«

»Das ist zu einfach«, sagte Baldassarre. »Du brauchst ein zusätzliches Hindernis. Nehmen wir an, auch Flavio würde Rosalinda lieben – was ja, wie gesagt, Caterinas Interesse an dieser Rolle fördern würde. Auf diese Weise hätte Leandro einen Nebenbuhler, ein schöner Konflikt.«

Damit hatte er auf jeden Fall recht. Konflikte waren wichtig.

Ich nickte zustimmend und entwickelte den Gedanken weiter. »Also will Leandro Rosalinda für sich gewinnen und Flavio bei ihr ausstechen. Aurelia wiederum will Flavio Rosalinda abspenstig machen, wobei Leandro ihr helfen soll. Was sich sehr gut trifft, weil Leandro ja Rosalinda für sich haben will. Wirklich ein guter Konflikt für den zweiten Akt!«

Angeregt spann ich die Geschichte fort. »Leandro weiß, dass Aurelia in einem Haus mit Rosalinda lebt, da beide Großcousinen sind und Rosalinda als junge Witwe ihrem Onkel, Aurelias Großvater, unterstellt worden ist.« Ideen sprudelten aus dem Badewasser und entfalteten sich wie blühende Rosen. »Die Begegnung mit Aurelia ist für Leandro wie ein Geschenk des Himmels, denn mit ihrer Hilfe hofft er nun, an Rosalinda heranzukommen und seinen Nebenbuhler aus dem Feld zu schlagen, was umgekehrt zugleich Aurelia zupass kommt, da diese ja Flavio für sich will.«

»Wissen denn die Zwillingsbrüder voneinander?«

»Leandro weiß zu Anfang nur, dass es einen Nebenbuhler gibt. Dass dieser sein Ebenbild ist, erfährt er erst später. Wann genau, muss ich mir noch überlegen.«

»Es sollte die Mitte des Stückes markieren, das ist ein guter Zeitpunkt für diese schicksalsträchtige Begegnung«, sagte Baldassarre. »Danach können sie unter Ausnutzung ihrer Ähnlichkeit allerlei Verwirrspiele veranstalten.«

Begeistert griff ich diese Anregung auf. »Einer kann sich für den anderen ausgeben und umgekehrt, beide mit dem Vorsatz, Rosalinda für sich zu gewinnen!«

»Das hat eine Menge komisches Potenzial«, stimmte Baldassarre zu.

»Ich müsste mir noch Lazzi dazu überlegen. Etwas, das die Leute richtig zum Lachen bringt.«

»Lass Leandro etwas dichten.«

»Äh … was?«

»Ein Sonett.«

»Das verstehe ich nicht«, sagte ich irritiert.

»Na, ein Sonett. So wie Petrarca einst welche schrieb. Ein Gedicht mit zwei Quartetten und zwei Terzetten je Strophe.«

»Ich weiß, was ein Sonett ist, und Petrarca kenne ich auch. Aber weshalb sollte Leandro dichten?«

»Nun, er tut es zu Ehren von Rosalinda, die er damit umwerben will.«

»Und was soll daran komisch sein?«

»Leandro ist ein miserabler Dichter. Ihm wollen keine schönen Reime einfallen, *das* ist komisch. Es wird dir leicht fallen, Beispiele zu ersinnen, die zum Lachen anregen, denn du hast ein Talent für komische Reime.«

Aus unerfindlichen Gründen fühlte ich mich nicht geschmeichelt. »Leandro wäre nicht so dumm, schlechte Gedichte zu schreiben«, erklärte ich. »Er ist kein weltfremder Trottel. Er war zwar noch nie in Venedig und kommt aus einem fernen Land, aber er hat ein Vermögen geerbt und ist hoch gebildet.«

Baldassarre öffnete ein Auge und blinzelte mir über das Rosenwasser hinweg zu. »Auch helle Köpfe können wider die Vernunft handeln, wenn Balzgefühle sie umtreiben. Als komisches Element in einem Stück ist das Umwerben einer Frau unschlagbar. Warum soll man es immer nur bei den Vecchi anwenden, warum nicht auch bei den jungen Liebenden?«

»Ich weiß nicht«, sagte ich widerstrebend. »Irgendwie … passt es nicht zu Leandro, sich zum Narren zu machen.«

Baldassarre schloss das Auge wieder. »Nehmen wir an, er tut es aus Leidenschaft. Etwa, weil Aurelia ihm weismacht, er könne nur mit selbst gedichteten Versen Rosalindas Herz erobern.«

Das begriff ich nicht. »Warum sollte Aurelia das tun?«

»Weil es sie ärgert, wie sehr Leandro für Rosalinda schwärmt, obwohl er sie überhaupt nicht näher kennt. Und es ärgert sie noch mehr, dass Leandro sie für seine Werbung einspannen will. Aurelia möchte, dass Leandro sich bei Rosalinda lächerlich macht. Deshalb erzählt sie Leandro, dass Flavio Rosalindas Herz mit Gedichten gewonnen habe und dass er, Leandro, das mit schöneren Versen übertrumpfen müsse, um sie für sich zu gewinnen.«

Ich hatte den Eindruck, dass der Rosendampf mir langsam, aber sicher den Verstand vernebelte. »Aber Rosalinda ist Aurelias geliebte Cousine, Aurelia will doch nur deren Glück! Weshalb sollte sie dann darauf hinwirken, dass Leandro bei Rosalinda scheitert?«

»Aurelia will Leandro für sich selbst gewinnen, weil sie der Meinung ist, dass sie viel besser zu ihm passt.«

Meine Verwirrung wuchs. »Aurelia will gar nicht Flavio, sondern Leandro? Seid Ihr da sicher?«

»Wer kann bei so was schon sicher sein«, brummte der Alte. »Männer und Frauen sind ohnehin grundverschieden, nur ein Narr würde behaupten, sie passten zusammen. Abgesehen von gewissen schwachen Momenten, ohne die es der Menschheit nicht vergönnt wäre fortzubestehen. In der Komödie, mein junger Freund, geht es überdies nicht darum, wer zu wem passt, sondern darum, Verzweiflung bloßzulegen. Es geht darum, den Darsteller gegen Wände laufen und den Zuschauer darüber lachen zu lassen. Und weißt du auch, warum die Zuschauer darüber lachen?«

»Nein«, sagte ich.

»Weil sie sonst weinen müssten, denn der arme Verzweifelte steht für sie selbst. Sie fühlen mit ihm, weil er zu scheitern droht, so wie wir alle im Leben. Am Ende gestattet der Autor dem Verzweifelten, die Tür in der Wand zu finden, hinter der das Glück liegt. Das wiederum macht den Zuschauer glücklich, denn der Verzweifelte hat nicht nur seine, sondern auch ihre Schwächen besiegt. Dass er zugleich die große Liebe gefunden hat, ist nur hübsche Dreingabe.«

Das konnte ich nachvollziehen, ja, mehr noch: Diese Gedankengänge erschienen mir von bestechender dramaturgischer Logik. Dennoch vermochte ich mich mit Baldassarres Vorschlag nicht recht anzufreunden. Rosalinda passte nach meinem Dafürhalten besser zu Leandro, und Aurelia sollte Flavio lieben und heiraten. Das fühlte sich einfach besser an.

Hingegen fand ich die Idee eines Sonetts überzeugend, aber nicht, weil sie komisch war, sondern weil ich spürte, dass Rosalinda von einem Gedicht ihr zu Ehren überaus gerührt wäre und sich davon entflammen ließe. Selbstverständlich durften die Verse nicht holprig ausfallen, sondern mussten kunstvoll geschmiedet werden, ganz nach Art des Petrarca, eine Aufgabe, die ich als besondere Herausforderung betrachtete.

Vor der Aufführung würde Bernardo es auswendig lernen müssen, *all' improvviso** konnte kein Mensch Sonette vortragen, außer vielleicht Baldassarre, was zugleich die Frage aufwarf, ob Bernardo es schaffen würde, nüchtern zu bleiben. Oder, wahlweise, sich in betrunkenem Zustand den Text zu merken. Ob er die Verse notfalls auch von einem Zettel ablesen konnte? Oder war das bei Bühnenauftritten unüblich? Gerade setzte ich an, Baldassarre danach zu fragen, als ein Ausruf mich innehalten ließ.

»Ich kann nicht glauben, dass ich dich hier wiedersehe!«

* improvisiert

Eine Frau kam an unsere Wanne, in der einen Hand zwei Krüge und in der anderen ein Brett mit Kuchen. Sie war ungefähr in meinem Alter und hatte die größten Brüste, die ich je gesehen hatte, sicher noch voluminöser als die von Matilda, und das, obwohl sie ansonsten keineswegs breit gebaut war. Die dünne Bluse, die sie trug, kaschierte die pralle Fülle nicht im Geringsten, und obwohl ich mir redliche Mühe gab, nicht so aufdringlich hinzustarren, konnte ich nicht verhindern, dass sich ein gewisser Körperteil von mir unter der Wasseroberfläche zu regen begann.

»Hast du erfahren, dass ich jetzt hier arbeite? Bist du deshalb hier? Willst du mir ein zweites Mal das Herz brechen?«

Ihre Stimme klang vorwurfsvoll, und endlich gelang es mir, meinen Blick von ihrem enormen Busen loszureißen und ihr ins Gesicht zu blicken.

Sie starrte Baldassarre an. »Seit wann badest du lieber in männlicher Gesellschaft? Und dann auch noch in solcher?«

Ich versteifte mich erschrocken, bis auf besagte Stelle, die so schlaff wie noch nie wurde.

Mir war danach, unterzutauchen, mochte das Wasser auch noch so sehr nach Rosen riechen. Stattdessen hielt ich mir den Krug vors Gesicht, den sie mir reichte. Den anderen streckte sie Baldassarre hin, und mir knallte sie anschließend das Kuchenbrett auf die angezogenen Knie. Eilig griff ich danach, damit es nicht ins Wasser rutschte.

Beklommen suchte ich unterdessen Baldassarres Blick. Dass er seinerzeit womöglich nicht nur düpierte Geschäftspartner, sondern auch enttäuschte Frauenzimmer zurückgelassen hatte, war ein neuer unangenehmer Aspekt seines früheren Aufenthalts in Venedig.

»Kennen wir uns, schönes Kind?«, fragte Baldassarre. Er hatte sich aufgesetzt und lächelte die Frau an.

Die Frau sah uns abwechselnd an. »Was soll das hier?«, fragte sie langsam. »Hast du das Ufer gewechselt?«

»Mein liebes Kind, man hat mir schon vieles unterstellt, aber das gewiss noch nie«, sagte Baldassarre verbindlich. »Wäre ich nicht von geradezu biblischem Alter, würde ich mich auf der Stelle bereitmachen, die wahre Natur meiner Neigungen unter Beweis zu stellen. Galt ich doch einst eher als Stier denn als Mann!« Er betrachtete die Frau grübelnd. »Leider ist das lange her, und seitdem ist nicht nur meine Jugend dahin, sondern auch ein erklecklicher Teil meines Gedächtnisses. Wie lautete noch gleich dein Name?«

»Jetzt reicht es, Adelina.« Die Badewirtin näherte sich, einen unheilvollen Ausdruck im Gesicht. »Hör auf, die Herrschaften zu belästigen! Zurück in die Küche mit dir!«

»Ah, Adelina heißt sie«, sagte Baldassarre. Er furchte die Stirn. »Tut mir leid, bei dem Namen will sich nichts bei mir regen. Aber wie gesagt, ich bin ein hochbetagter Mann.«

Schnaubend drehte Adelina sich auf dem Absatz um und rauschte davon.

»Sie arbeitet noch nicht lange hier«, sagte die Badewirtin entschuldigend.

Summend ging sie anderen Verrichtungen nach, und ich vertilgte in Windeseile den Kuchen, damit wir schneller aufbrechen konnten. Baldassarre, in Gedanken versunken, erhob keine Einwände, als ich anregte, das Bad zu beenden.

»Ich mache mir große Sorgen«, sagte er, nachdem wir das Badehaus verlassen und die Brücke mit Aussicht auf die barbusige Matilda passiert hatten. »Dass mir eine Frau, der ich einst den Kopf verdrehte, gänzlich fremd erscheint …« Bedrückt schüttelte er den Kopf. »Offenbar werde ich *wirklich* alt.«

Mir kam ein Gedanke. »Sie hat Euch verwechselt!« Froh über diese einleuchtende Erklärung fuhr ich fort: »Gewiss kennt sie so viele Männer, dass sie Probleme hat, sie alle auseinanderzuhalten.«

Baldassarres Miene hellte sich auf. »Meinst du?«

»Ganz sicher.« Ein weiteres Argument fiel mir ein. »Außerdem wart Ihr viele Jahre nicht in Venedig, wie soll sie Euch da kennen? So alt ist sie noch nicht. Damals war sie gewiss noch ein kleines Kind.«

Das überzeugte ihn. »Du hast recht! Als ich das letzte Mal hier war, war Elena noch nicht auf der Welt. Also war es eine Verwechslung!«

Damit war seine Befürchtung, senil zu sein, mithilfe von Logik aus der Welt geschafft. Dennoch wollte das merkwürdig nagende Gefühl, dass die Begegnung mit Adelina in mir zurückgelassen hatte, während des gesamten Rückwegs nicht weichen.

»Rodolfo hat sich freundlicherweise bereit erklärt, uns zu begleiten«, informierte mich Elena bei unserem Eintreffen in der Herberge.

»Uns?«, fragte ich verwirrt.

»Dich und mich.«

»Wohin denn?«

»Durch die Stadt. Wir müssen einen geeigneten Platz für unseren nächsten Auftritt erkunden. Und Rodolfo wird uns dabei behilflich sein, da er Venedig gut kennt.« Schnüffelnd trat sie einen Schritt an mich heran. »Du riechst nach … Parfüm!« Ihr Blick wurde frostig. »In welchem Badehaus wart ihr, du und Großvater?«

»Ich … hm, also …«

»Gab es dort Frauen?«

»Nur die Badewirtin«, beteuerte ich. »Und eine Küchenmagd. Und sie haben nicht hingesehen, als wir uns auszogen.«

»Und wer hat das Rosenöl ins Bad geschüttet? Die Badewirtin oder die Küchenmagd? Und warum hat sie so viel davon genommen? Weil sie nicht hingesehen hat?«

»Ein Knecht hat den Zuber gefüllt«, erklärte ich wahrheitsgemäß, das unwichtige Detail der Parfümierung vernachlässigend. Doch dann straffte ich mich. Was ging es sie überhaupt an? War ich nicht ein erwachsener Mann, dessen gutes Recht es war, ein Badehaus aufzusuchen, wo auch Frauen zugegen waren?

Elena machte jedoch keine Anstalten, weiter in mich zu dringen. Sie bat Cipriano, während unserer Abwesenheit auf ihren Großvater zu achten, der sich zu einem zweiten Frühstück in den Schankraum begeben hatte.

Dort servierte Franceschina den Männern gebratene Eier mit Speck; offensichtlich hatte sie mit dem Betreiber der Herberge bereits eine ähnliche Regelung getroffen wie mit den Wirtsleuten in Padua.

»Willst du essen, bevor wir aufbrechen?«, fragte Elena mich.

»Nein, ich habe K…« *Kuchen gegessen*, wollte ich sagen, verwandelte es aber geistesgegenwärtig in »… keinen Hunger.«

Caterina betrat den Schankraum. »Hier duftet es wie in einem Rosengarten!« Lächelnd beugte sie sich zu mir, um an meinem Hals zu schnuppern. Mir stockte der Atem, als ich die zarte Berührung ihres Haars an meiner Wange spürte, und es wurde nicht besser dadurch, dass Bernardo mitten im Kauen innehielt und dabei aussah, als wolle er als Nächstes einen Knochen durchbeißen.

»Im Badehaus hat man es zu gut mit uns gemeint«, rief Baldassarre. »Sie haben uns in duftende Blumen verwandelt.«

Bis auf Elena und Bernardo lachten alle, und Caterina setzte sich zu den anderen an den Tisch, womit der peinliche Moment vorüber war.

Ich beeilte mich, Elena nach draußen zu folgen, wo bereits Rodolfo auf uns wartete.

Seine Nasenflügel blähten sich, als ich näher kam, doch zu meiner Erleichterung sah er davon ab, meinen Geruch zu kommentieren.

Seine breite, kurze Gestalt steckte in derselben Aufmachung wie in den letzten Tagen, so wie es auch bei mir der Fall war, und als wir gemeinsam die verwinkelten Gassen durchstreiften, folgten uns nicht wenige Blicke. Ein großer und ein kleiner Capitano, schienen die Leute zu denken, doch es focht mich nicht an. Mein Quantum Peinlichkeit hatte ich an diesem Tag bereits im Badehaus und im Schankraum der Herberge erfahren, dagegen fiel der Umstand, wie der Zwilling eines kleinwüchsigen Söldners daherzukommen, nicht ins Gewicht.

Rodolfo ging voraus, während Elena und ich ihm auf dem Fuße folgten. Hin und wieder wies er auf markante Gebäude – zumeist Kirchen – und nannte uns die dazugehörigen Namen der Heiligen, denen sie gewidmet waren. Außerdem erfuhren wir, dass die Venezianer vor einigen Tagen das Markusfest begangen hatten, eines der größten und wichtigsten Feste der Stadt. Bis zum nächsten feierlichen Anlass werde es jedoch nicht mehr lange dauern, denn in jedem Monat gebe es in Venedig Prozessionen und Feierzüge, zu denen die ganze Stadt zusammenströme. An Himmelfahrt beispielsweise könne man beobachten, wie unter dem Jubel des Volkes die große goldene Prachtbarke des Dogen, der *Bucintoro*, aufs Meer hinausfahre, gefolgt von unzähligen geschmückten Booten.

Bei dieser Schilderung entstanden vor meinem geistigen Auge sofort farbenfrohe, bewegte Bilder, und ich überlegte, ob man ein solches Fest in das neue Stück einbauen könnte. Nicht in darstellender Form, sondern beschreibend, etwa, indem Leandro am Kai stand, auf das imaginäre Bacino di San Marco hinausschaute und sich in einem aussagekräftigen Monolog über die Pracht des Bucintoro erging. Selbstverständlich musste ich mir unbedingt vorher dieses goldene Schiff anschauen.

»Wo liegt der Bucintoro?«, wollte ich von Rodolfo wissen.

»Im Arsenal.«

»Ah, ich las darüber. Die venezianische Werft, nicht wahr? Können wir dorthin gehen und uns den Bucintoro einmal ansehen?«

»Das Arsenal befindet sich hinter hohen Mauern. Außer jenen, die dort arbeiten, darf niemand hinein. Der Galeerenbau ist gleichsam der wichtigste und größte Schatz der Stadt, und die hiesigen Machthaber hüten ihn wie einen Augapfel.«

Das wiederum rief Phantasien in mir wach, die von Geheimnisverrat und Sabotage handelten. Wäre es möglicherweise ein geeigneter Konflikt, Leandro einen Feind gegenüberzustellen, der ihn der Spionage bezichtigte, sodass ihm der Kerker drohte? Was wiederum die Gelegenheit eröffnete, eine Gefängnisszene zu ersinnen, mit nachfolgendem dramatischem Ausbruch. Hm, nein, das führte zu weit. Leandro hatte genügend andere Probleme.

Aus den Augenwinkeln musterte ich Elena. Mehrere Löckchen quollen unter ihrer Haube hervor und wippten auf und ab, als hätten sie einen eigenen Willen.

Nach einer Weile zog sie sich mit der Begründung, ihr sei warm, die Kopfbedeckung herunter, sodass die Lockenfülle nun ungezügelt ihr Gesicht umrahmte.

Als ich meinen Blick von ihrem Haar weiter nach unten gleiten ließ, bemerkte ich zu meiner Erschütterung, dass sie einen Busen hatte – und zwar keinen kleinen!

Konnte ihr der über Nacht gewachsen sein? Ich zog diese Möglichkeit ernsthaft für einen Moment in Betracht – was wusste ich schon über die Entwicklung vom Mädchen zur Frau –, aber dann kam ich dahinter, dass es an dem Kleid liegen musste. Es war weder grau noch braun wie ihre anderen Gewänder, sondern vom selben Flaschengrün wie ihre Augen. Doch nicht das lenkte meinen Blick auf diesen erstaunlichen Busen, sondern eher der Umstand, dass es gänzlich anders geschnitten war als die formlosen Hängekittel, in denen ich sie bisher gesehen hatte. In der Leibesmitte lag es eng an und betonte die schmale Taille, und über der Brust war es geschnürt, sodass jede Rundung deutlich hervortrat. Obendrein war die Bluse, die Elena unter dieser *Gamurra** trug, ausgeschnitten, zwar nicht

* Frauengewand

besonders tief, aber genug, um die Wölbungen darunter unweigerlich hervorzuheben.

Mit einem Mal entsann ich mich der Komplimente, mit denen Henry Elena bedacht hatte, und tatsächlich musste ich nun nicht länger rätseln, wieso sie ihm anziehend erschienen war. In diesem Kleid war sie gewiss keine unreife Göre mehr. Und just, als mir das klar wurde, bemerkte ich auch, dass ich bei Weitem nicht der Einzige war, dem das auffiel. Sämtliche Männer, die uns entgegenkamen oder die wir auf unserem Weg passierten, warfen Elena interessierte und zum Teil offen begehrliche Blicke zu. Rodolfos Kleinwüchsigkeit oder unsere sich ähnelnde Aufmachung schien weit weniger Interesse zu wecken als Elena mit ihrem flammenden Haar und dem eng anliegenden Kleid.

In diesem Moment blickte sie auf. »Was ist los?«, fragte sie. »Du siehst aus, als hättest du dich an einer Rose gestochen.«

Verwirrung und Ärger bemächtigten sich meiner, und fast wäre ich gestolpert, so sehr war ich bestrebt, in eine andere Richtung zu schauen.

Elena räusperte sich. »So schlecht riecht es übrigens nicht«, meinte sie. Ihre Stimme klang versöhnlich, als sie fortfuhr: »Ich mag Rosen. Mehr als alle anderen Blumen.«

Eine Zeit lang gingen wir schweigend weiter, bis Elena am Ende einer Gasse stehen blieb und auf den Platz deutete, der sich vor uns auftat. »Was ist das hier für ein Campo?«, fragte sie Rodolfo.

»Wie er heißt, weiß ich nicht, aber die Kirche, die Ihr hier seht, ist Santo Stefano.«

»Ich finde, dass der Platz für eine Aufführung ideal ist.«

»Das dachte ich auch, deshalb führte ich Euch her. Bis zum nächsten Kanal sind es nur ein paar Schritte, wir können die Requisiten leicht mit dem Boot herschaffen.«

Er zeigte auf den Brunnen und dann auf die eiserne Fackelhalterung an der Kirchenwand. »Das Seil für Eure akrobatische

Einlage können wir von hier nach dort spannen. Wir würden ohne Kulisse auftreten, aber dort drüben wäre ausreichend Platz für ein Geviert aus Tüchern, hinter denen wir die Requisiten verbergen und uns beim Rollenwechsel umkleiden können.« Er sprach ein wenig lauter, um den Klang seiner Stimme zu demonstrieren. »Hört Ihr? Die akustischen Verhältnisse sind sehr gut, weil der Platz von Gebäuden umschlossen ist.«

Elena nickte. »Das fiel mir sofort auf. Besser könnte es gar nicht sein.« Sie wandte sich an mich. »Was meinst du, Marco?«

Ich war ausnahmsweise ihrer Meinung und sagte es ihr mit ebendiesen Worten, worauf ein schelmisches Grübchen in ihrer rechten Wange erschien. »Hast du dich sehr geärgert, als ich eben das mit der Rose sagte?«

»Nein«, log ich gelassen.

Sie kicherte. »Ich tat es, um dich von etwas Unziemlichem abzulenken. Und weißt du auch, wovon?«

Darauf gab ich keine Antwort, war aber höchst erleichtert, dass Rodolfo zum Kirchentor gegangen war und dort mit einem Geistlichen redete. So konnte er wenigstens nicht hören, was Elena mir mitzuteilen hatte.

»Du hast auf meinen Busen gestarrt«, erklärte sie.

Meine Ohren brannten. »Das ist nicht wahr!«

»Ich habe es genau gesehen.«

»Das kannst du gar nicht, denn du hast in dem Moment woanders hingeschaut.«

Sofort erkannte ich, dass ich mich damit selbst verraten hatte, und Elena entging es genauso wenig. Ein zufriedenes kleines Lächeln kräuselte ihre Mundwinkel. »Damit habe ich die Wette ganz klar gewonnen.«

»Welche Wette?«, fragte ich, entsetzt von der Aussicht, allgemeiner Belustigung anheimzufallen.

»Mit mir selbst. Manchmal tue ich das, weißt du. Mit mir selbst wetten. Und wenn ich dann gewinne, freue ich mich.«

Ich musterte sie ungläubig. »Du bist verrückt. Wenn du mit

dir selbst wettest, kannst du nicht gewinnen oder verlieren, weil es überhaupt keine richtige Wette ist! Es hält ja keiner gegen dich!«

»Das siehst du falsch«, belehrte sie mich. »Es kommt darauf an, wie man die Wette formuliert. In diesem Fall habe ich mir beispielsweise gesagt: Wetten, dass ich Marco heute dazu bringe, mir auf den Busen zu glotzen, so, wie er es sonst immer bei Franceschina und Caterina macht.« Sie warf sich in die Brust. »Und du tatest es. Also habe ich gewonnen. Hättest du es nicht getan, hätte ich verloren.«

»Es ist trotzdem keine richtige Wette.« Im Grunde war jeder Kommentar zu dieser hirnrissigen Nicht-Wette völlig überflüssig, doch eine Aufwallung zorniger Besserwisserei nötigte mich, ihre Argumente in der Luft zu zerreißen. »Denn es gibt ja keinen Wetteinsatz. Wenn niemand etwas setzt, ist es keine Wette.«

»Oh, aber da täuschst du dich, Marco. Ich habe sehr wohl etwas gesetzt. Hätte ich verloren, hätte ich morgen für einen neuen Versuch eine andere Bluse anziehen müssen. Eine mit tieferem Ausschnitt, von der Sorte, wie sie Caterina immer trägt. Nun bin ich froh, dass ich es nicht tun muss, denn es führt dazu, dass eine Frau die Hälfte des Tages nichts anderes zu tun hat, als sich die Männer vom Hals zu halten, und die andere Hälfte damit zubringt, den Sitz ihrer Bluse im Auge zu behalten.« Sie lächelte mich sonnig an. »Möchtest du auch wissen, was ich auf den Sieg gesetzt habe?«

»Nein«, behauptete ich, obwohl ich darauf brannte, es zu erfahren.

»Gut. Dann sage ich es dir nicht, sondern werde dich damit überraschen. Heute noch.«

Damit ließ sie mich stehen und schlenderte Rodolfo entgegen, der sein Gespräch mit dem Geistlichen beendet hatte und zu uns zurückkam.

Während in meinem Kopf die reine Konfusion herrschte,

gab ich mich unbeteiligt und tat, als ob ich aufmerksam zuhörte, was Rodolfo uns zu berichten hatte. In Wahrheit bekam ich nichts mit, weil ich unablässig darüber nachsann, was mich *heute noch* erwartete. Gewiss nichts Gutes, so viel stand fest.

»Du übernimmst das doch, oder?«, fragte Elena mich.

»Äh … was?«

»Den Antrag«, sagte sie ungeduldig.

»Ich komme dafür leider nicht in Betracht«, erklärte Rodolfo. »Die meisten Menschen halten mich für einen Narren, das ist mein Schicksal.« Er hob die buschigen Brauen. »Bis auf jene, die ich mit Schwert, Arkebuse und Morgenstern eines anderen belehrte. Aber die können nicht mehr für meinen Sachverstand bürgen.« Er grinste und entblößte dabei seine Zahnlücke.

»Tja, und ich komme auch nicht infrage«, sagte Elena. »So ungern ich es zugebe, aber als Frau in meinem Alter und mit meiner Haarfarbe wirke ich auf Amtsträger nicht besonders kompetent. Du bist zwar auch nicht viel älter als ich, dafür aber enorm groß und kräftig, das macht immer Eindruck. Und falls dir irgendwer mit was Lateinischem kommt, kannst du bestens mithalten, das wird uns zum Vorteil gereichen.«

Daraus schloss ich, dass sie den Antrag auf eine Genehmigung für die Nutzung des Platzes als Bühne meinte. Immerhin war ihr die Einsicht gegeben, dass ich mich für diese Aufgabe besser eignete als sie, was meinen Verdruss ein wenig milderte.

Unwillkürlich reckte ich mich. »Kein Problem«, meinte ich lässig.

»Das denke ich auch. Du musst einfach nur so tun, als hättest du Ahnung von dem, was du willst.«

Ich unterdrückte ein Zähneknirschen und machte mich mit den beiden auf den Weg, wohin immer dieser uns auch führte.

Es ging in Richtung Markusplatz, wie ich im Laufe der nachfolgenden Unterhaltung erfuhr. Im Dogenpalast, wo alle wichtigen Ämter untergebracht waren, sollte der zuständige Beamte ausfindig gemacht und um die nötige Erlaubnis ersucht werden. Der Priester von San Stefano hatte nichts gegen unterhaltsame Veranstaltungen auf dem Campo, solange nach jeder Aufführung eine noch näher auszuhandelnde Summe der Kirche gestiftet werde. Dessen ungeachtet müsse unser Vorhaben auch von der städtischen Obrigkeit abgesegnet sein. Er hatte Rodolfo den Namen eines *Provveditore** genannt, der uns weiterhelfen konnte.

Da ich diesmal beharrlich zwei Schritte hinter Elena ging, konnte niemand mehr mir vorwerfen, dass ich in ihren Ausschnitt starrte, womit ich zugleich Gelegenheit hatte, mich anderweitig umzusehen. Verwinkelte Gassen, schmale Wasserläufe, hohe, dicht stehende Häuser, steile Brücken und dicht umbaute Plätze – von der Gestaltung des Stadtbildes her hätte es beengend sein müssen, doch das war es nicht, denn hinter jeder Ecke tat sich ein anderer faszinierender Anblick auf. Immer wieder wurde das Auge von Einzelheiten gefangen genommen, sei es ein besonders kunstvoll geschmiedetes Brückengeländer, eine herausgeputzte Gondel auf einem der Kanäle, ein buntes Kirchenfester oder eine mit leuchtenden Fresken bemalte Fassade. Wäsche flatterte auf Leinen, die von Haus zu Haus und bisweilen auch über einen Kanal gespannt waren, und alle Fenster standen wegen der Frühlingswärme offen.

Die Vielfalt all dieser Eindrücke verband sich mit den Gerüchen und Geräuschen um mich herum. Der faulige Gestank aus den Kanälen, der Duft nach frisch gebratenem Fleisch, ein verirrtes, gackerndes Huhn, ein lachendes Kind. Menschen aller Schichten strömten durch die Gassen und über die Brücken, fuhren in Gondeln vorüber oder bevölkerten die Plätze

* venezianischer Verwaltungsbeamter

vor den Kirchen. Ich sah edel gekleidete Herren und verschleierte Damen, Tagelöhner und verkrüppelte Bettler, Mönche in den Kutten ihrer jeweiligen Orden, Hausfrauen mit Körben am Arm, farbenfroh gewandete Jünglinge. Manche Leute waren in Eile, andere streiften müßig umher, doch allenthalben wimmelte es vor städtischem Leben, sodass ich mir leicht vorstellen konnte, dass es in Venedig tatsächlich zweihunderttausend Menschen gab, eine Zahl, die mir zuvor unglaublich erschienen war.

»Darf ich dich einmal etwas fragen?« Rodolfo kam dicht an meine Seite. Er sprach mit gesenkter Stimme, ersichtlich darauf bedacht, dass Elena nichts hörte. Sie war einige Schritte vorausgegangen und hatte eine Brücke betreten, von der aus sie in beiden Richtungen über den Kanal schaute und die vielen Gondeln betrachtete, die dort unterwegs waren. Ein Ausdruck reinen Vergnügens stand in ihrem Gesicht, und ich war überrascht, als ich merkte, wie sehr es meine eigene Laune hob, dass sie sich freute.

»Äh … sicher, frag nur«, sagte ich zerstreut zu Rodolfo. Wieso hatte ich eigentlich nicht schon vorher bemerkt, wie reizvoll Elena war? Es konnte nicht nur an dem Kleid liegen, oder? Keinesfalls war es allein der Busen, der eine Frau anziehend machte! Obwohl … Möglicherweise sollte ich darüber zuerst eine Weile nachdenken, bevor ich es in Bausch und Bogen abtat. Weibliche Brüste hatten in meinem bisherigen Leben keine geringe Wirkung auf mich ausgeübt, das stand fest. Angefangen bei Paulina über Franceschina und Caterina bis hin zu Matilda und Adelina sowie jetzt auch noch Elena, hatte mich dieser Teil der weiblichen Anatomie nie unbeeindruckt gelassen.

»Die Sache ist die«, sagte Rodolfo leise und ungefähr in Höhe meines Ellbogens.

Auch ihre Gesichtszüge waren liebreizend, wie ich mir als Nächstes klarmachte. Man merkte es, sobald man genauer hinsah und sich nicht von dem roten Haar und dem Busen ablenken ließ.

»Es geht um Franceschina«, sagte Rodolfo. »Ich finde sie …« Er hielt inne und räusperte sich schließlich, ohne den Satz zu beenden. »Du hast dich doch sicher schon öfter mit ihr unterhalten, oder?«

Widerstrebend löste ich meinen Blick von Elena und wandte mich Rodolfo zu.

»Ein paar Mal«, sagte ich.

Er blieb stehen und zwang mich dadurch, ebenfalls innezuhalten. »Was läuft da zwischen ihr und diesem Saufbold?«

Ich suchte nach Worten, mit denen ich ihm möglichst höflich begreiflich machen konnte, dass ich mir keine Beurteilung dieses besonderen Falles anmaßen und überdies nichts ausplaudern wolle, von dem ich meinte, dass es andere nichts anging.

»Hat sie was mit ihm oder nicht?«

Unbehaglich zuckte ich die Schultern. »Von diesen Dingen weiß ich nichts«, behauptete ich. Erleichtert sah ich, dass Elena von der Brücke zurückkam.

»Was ist los?«, wollte sie wissen. »Ist das hier nicht der richtige Weg?«

Rodolfo brummte etwas und setzte sich wieder in Bewegung. Kurze Zeit später erreichten wir die Piazza San Marco.

Der Platz war so belebt wie am Vortag, als ich ihn zum ersten Mal gesehen hatte. Auf der weiten Fläche waren zahlreiche Menschen unterwegs, hauptsächlich Händler und Marktleute, die ihren Geschäften nachgingen. Vor den Toren des großen Dogenpalastes standen Wachen mit Lanzen. Die goldene Quadriga an der Fassade des kolossalen Gebäudes funkelte im Sonnenlicht, und wenn man kurz die Augen zusammenkniff, schien es einem beinahe, als hätten die Pferde gerade mitten im Lauf innegehalten und würden gleich weiterpreschen, auf dem Weg zu einem in der Ferne liegenden Ziel. Lebendig erschienen auch die beiden Mohren auf dem Uhrturm, die Klöppel in ihren Händen bereit, die zwischen ihnen hängende große Bronzeglocke zu schlagen.

Rodolfo palaverte kurz mit einem der Wachmänner vor dem von Marmorverzierungen überquellenden Tor, das der Basilika am nächsten lag, worauf der Behelmte uns den Weg durch den hohen Gang wies, der in den Innenhof des Palastes führte.

Auch dort war die Pracht allgegenwärtig. Unter anderem fand sie Ausdruck in verschnörkelten Steinmonumenten sowie einer enormen Freitreppe, die hinauf zu einer säulenbewehrten Galerie führte, welche dem ersten Stockwerk vorgebaut war. Flankiert wurde diese Treppe an ihrem oberen Ende von zwei überlebensgroßen Statuen. Die Blößen dieser steinernen Titanen waren nur unzureichend verhüllt, und von hinten überhaupt nicht, wie ich leicht schockiert feststellte, als wir die Treppe emporstiegen.

Elena blieb stehen und heftete ihren Blick auf das stramme männliche Hinterteil der einen Figur. Sie holte Luft. »Dergleichen sah ich nie! Das ist …«

»Ein Kunstwerk von Sansovino«, sagte ein Mann, der aus einer der Türen hervortrat. Seine schwarze, mit Samt besetzte Amtstracht wies ihn als höheren Beamten aus.

Kenntnisreich grinsend blickte er auf den Hintern der Steinfigur. »Der edelste Mars, der je geschaffen wurde. Man versteht, dass er weibliche Gefühle weckt. Und manche männliche ebenso.« Er deutete auf die andere Skulptur. »Dieser Merkur kann sich aber ebenfalls sehen lassen.« Offenbar befremdet wandte er sich mir zu. »Ihr seid ein wenig merkwürdig angezogen, wenn ich mir die Bemerkung gestatten darf.« Seine Brauen hoben sich, als er Rodolfo betrachtete. »Gleichsam ein Zwilling dieses Wichts hier – eine Art Kostümscherz? Und das außerhalb des Karnevals? Hier wäre wohl ein wenig mehr Augenmaß angebracht, zumindest tagsüber und unter den Blicken der Obrigkeit.« Freundlich wies er mit dem Kinn auf Elena. »Dieses junge Geschöpf hingegen ist eine Wohltat für jedermanns Auge und eine untadelige Wahl, das muss man Euch lassen. Was führt Euch heute her, mein Junge?«

Während ich gegen meine Befangenheit kämpfte und zugleich zu einer Erwiderung ansetzte, mit der ich möglichst eloquent unser Begehr darlegen wollte, hob er die Hand. »Sagt es nicht mir, sondern demjenigen, den Ihr zweifellos sprechen wollt. Er ist hier, ich sah ihn vorhin in sein Amtszimmer gehen. In reizender weiblicher Begleitung, wenn ich das hinzufügen darf. Ah, da drüben kommt er ja. Und die junge Dame ist auch noch bei ihm.« Der Mann hob die Hand und winkte. »Noch mehr Besuch für Euch, Morosini!«, rief er.

Er nickte mir kurz zu und verschwand in einem der Räume entlang der Galerie, während besagter Morosini näher kam. Mit seinem schmalen Gesicht und den grauen Schläfen sah er auf asketische Weise gut aus, obwohl er die fünfzig bestimmt schon überschritten hatte. Wie der andere Mann war er in Schwarz gekleidet, was, wie ich inzwischen wusste, bei vornehmen Patriziern üblich war.

Als ich sah, wer sich in seiner Begleitung befand, entwich mir ein Laut der Überraschung.

Elena erging es nicht anders. »Ist es eine Sinnestäuschung, oder ist es Caterina?«

»Es ist Caterina«, sagte Caterina, deren Schönheit wie immer den hellen Tag überstrahlte. »Was für ein Zufall, euch an diesem Ort zu treffen! Obwohl – vermutlich ist es überhaupt kein Zufall, denn sicher habt ihr euch ebenso wie ich zum Dogenpalast aufgemacht, um wegen einer Spielerlaubnis für die Incomparabili nachzusuchen, stimmt's?« Sie wandte sich dem Mann an ihrer Seite zu. »Messèr Morosini, hiermit nutze ich mit Freude die Möglichkeit, Euch Mitglieder unserer Truppe vorzustellen. Der große junge Mann mit dem Lederharnisch ist Marco Ziani aus dem Veneto, der erst kürzlich zu uns gestoßen ist, aber als Bühnenhelfer und Stückeschreiber bereits unentbehrlich für uns alle geworden ist.« Für einen kurzen Moment bedachte sie mich mit jenem besonderen Lächeln, was das mir schon bekannte Flattern in meiner Magengrube hervorrief. Auf Rodolfo deutend, fügte sie hinzu: »Auch dieser werte Herr, um einiges kleiner und ebenfalls im Lederharnisch, ist neu bei den Incomparabili. Sein Name ist Rodolfo, er stammt aus Neapel und fungiert als Schauspieler, Spaßmacher und Leibwächter. Und hier haben wir Elena, das Enkelkind unseres Intendanten.«

Es kam mir so vor, als hätte sie *Kind* über Gebühr betont, und ich sah, wie Elena die Lippen zusammenkniff, was, wie ich inzwischen wusste, bei ihr nicht gerade auf gute Stimmung schließen ließ.

»Und nun will ich euch unseren neuen Gönner vorstellen.« Bedeutungsvoll fuhr Caterina fort: »Ihr Lieben, verneigt euch vor Alessandro Morosini, dem Zehnerrat.«

Unwillkürlich tat ich es, denn das Wort *Zehnerrat* war gleichbedeutend mit Macht und Einfluss. Und der Name Alessandro Morosini mit Reichtum! Auf der Stelle erstand vor meinem inneren Auge seine prächtige Villa am Brentakanal, die wir auf der Reise hatten bewundern dürfen.

»Unglaublich«, sagte der Mann verblüfft. »Was für eine bemerkenswerte Ähnlichkeit!« Er kam zu uns, und Rodolfo trat unwillkürlich neben mich, während der Patrizier um uns beide herumging, um uns aus der Nähe betrachten zu können.

»Es ist Zufall, dass die beiden dasselbe Kostüm tragen«, erklärte Caterina.

»So ist das beim Theater«, hörte ich mich sagen, und zu meinem Ärger klang meine Stimme nicht männlich und fest, sondern trotzig wie die eines kleinen Jungen.

Morosini starrte mich an. »Klingt so, als wäre das Theater ganz deine Welt, Marco Ziani.«

»Es *ist* meine Welt«, sagte ich.

»Eine Welt besonderer Art, nicht wahr?«, meinte Morosini. »Man sagt, sie sei bunt und fröhlich. Aber auch voller Lug und Trug, falscher Gefühle und tragischer Wendungen. Ah, ich weiß zu wenig über diese Welt, fürchte ich. Aber dank der begeisterten Erklärungen von Madonna Caterina bin ich entschlossen, alles zu erfahren, was es darüber zu wissen gibt. Nur leider nicht hier und jetzt, rufen mich doch ausgerechnet in diesem Moment wichtige Geschäfte.« Er wandte sich ab und meinte im Weggehen über die Schulter zu Caterina: »Keine Sorge, mein Wort gilt, schönste Caterina. Für alles Weitere schicke ich einen Adjutanten zu Eurer Herberge!«

Damit ließ er uns stehen und eilte davon.

»Ist er nicht unglaublich faszinierend?«, fragte Caterina. »Was für ein Glück wir haben, einen so mächtigen Mann für unsere Interessen gewinnen zu können!«

»Bernardo wird das nicht gefallen«, sagte Elena.

»Das kommt ganz darauf an, was ihr ihm sagt«, erklärte Caterina leichthin.

Aus Elenas Augen schossen zorngrüne Blitze.

»Caterina hat recht«, beschwichtigte ich sie. »Wir hätten ja sowieso bei dem Mann vorgesprochen. Dadurch, dass sie vor uns hier war, wurde alles nur abgekürzt, und das Ergebnis ist in unserem Sinne.«

»Von dem Ergebnis weißt du überhaupt nichts«, fuhr Elena mich an. »Und ebenso wenig weißt du, ob er überhaupt der zuständige Provveditore ist. Rodolfo, wie war der Name des Provveditore, den der Priester von San Stefano dir nannte?«

»Nicht Alessandro Morosini«, erwiderte Rodolfo.

»Da siehst du es!«, sagte Elena. »Sie ist einfach zu diesem Morosini gegangen, weil ihm die monströse Villa an der Brenta gehört und weil er steinreich ist. Und weil sie dachte, sie könne daraus Vorteile schlagen!«

Caterina lächelte entwaffnend. »Du musst zugeben, dass meine Art zu denken stets zum Erfolg führt. Statt mit irgendwelchen dummen Provveditori, die für alles nur die Hand aufhalten, rede ich lieber gleich mit einem Mann, auf dessen Wort man sich verlassen kann.«

»Der nicht die Hand aufhält, sondern gleich beide Arme, damit du auch hineinpasst«, sagte Elena.

»Du bist ein dummes, junges Ding, das keine Ahnung vom wahren Leben hat«, bemerkte Caterina, immer noch sonnig lächelnd. »Daran ändert dieses Kleid aus unserem Fundus auch nichts.«

Elena ballte die Hände zu Fäusten, und ich hatte das ungute Gefühl, sie hätte Caterina gern geschlagen.

»Vielleicht sagt uns Caterina zunächst einmal, was sie erreicht hat«, warf Rodolfo brummend ein.

»Morosini hat mir eine Spielstätte versprochen, bei der wir ein Dach über dem Kopf haben!«, versetzte Caterina triumphierend. »Ein richtiges Theater! Zum ersten Mal können wir unsere Aufführungen an einem Ort abhalten, bei dem wir vom Wetter unabhängig sind! Niemand wird uns mehr betrügen, indem er das Geld fürs Zuschauen schuldig bleibt, weil wir nämlich bereits an der Eingangspforte kassieren werden! Es kann regnen, und die Leute kommen dennoch, da sie trocken bleiben! Es kann dunkel sein, und die Leute kommen dennoch, weil wir überall Kerzen anzünden können, die kein Wind ausbläst!«

»Das ist ein beachtliches Ergebnis!«, sagte ich erfreut.

»Das ist *nicht* das Ergebnis«, behauptete Elena. »Das Ergebnis ist immer das, was am Ende herauskommt. Zum Beispiel ein Duell, bei dem Blut fließt.« Sie deutete auf Caterina. »Weil es ihr so gefällt.«

Unversöhnlich blickten die beiden sich an, bis sich Caterina schließlich wortlos umdrehte und zur Treppe ging. Unten im Innenhof strebte sie sofort dem Durchgang zur Piazza zu, ohne sich nur einmal zu uns umzudrehen.

Auch Elena sah stur geradeaus, die Nase empört erhoben.

Rodolfo und ich tauschten Blicke, und ich spürte, dass er dasselbe dachte wie ich: Dieses von Caterina erzielte *Ergebnis* würde uns womöglich noch Ungemach bescheren.

Morosini hielt Wort: Am frühen Nachmittag wurde sein Adjutant in der Herberge vorstellig, ein in feines Tuch gekleideter Schönling namens Dario Razzi. Die Begeisterung, mit der Caterina ihn begrüßte, ließ mich ihn auf der Stelle hassen.

Die Namensähnlichkeit zwischen Razzi und dem unseligen einhodigen Rizzo war aus meiner Sicht ein übles Omen, und tatsächlich war Razzi so unverkennbar von Caterinas Schönheit hingerissen, dass Bernardo sofort begann, ihn mit der Aufmerksamkeit eines Bluthundes zu belauern.

Mehr als einmal fing ich Elenas Blick auf und las darin ihre Gedanken: *Ich habe es kommen sehen!*

Razzi lud uns ein, die Gondel seines Herrn zu besteigen und mit ihm zu dem Haus zu fahren, in dem sich unser neues Theater befand, damit er uns die Räumlichkeiten zeigen könne.

In der Gondel lachte und scherzte Caterina mit Razzi, legte hin und wieder wie unabsichtlich die Hand auf seinen Arm und beugte sich vor, bis der Ausschnitt ihres Kleides atemberaubende Einblicke zuließ. Da ich ihr gegenübersaß, verfolgte ich dieses Verhalten aus unmittelbarer Nähe und spürte dabei Stiche von Eifersucht, die freilich nicht so bohrend war wie meine Ahnung, was Bernardo über all das denken mochte.

Franceschina lenkte ihn dankenswerterweise ab. Sie sprach mit ihm über seine neue Doppelrolle als Flavio und Leandro und malte ihm in glühenden Farben aus, wie er sein schauspielerisches Talent bei dieser Verwechslungskomödie zum Einsatz bringen könne. »Keiner sieht so gut aus wie du«, sagte sie zu ihm. »Und niemand außer dir stellt die innere Zerrissenheit des jungen Liebenden so berührend und zugleich wahrhaftig dar! Das ist Können in höchster Vollendung!« In ihrer Stimme lagen so viel Wärme und Zuneigung, dass kein Zweifel blieb, wie ehrlich sie es meinte. Das nahm offenbar auch Caterina wahr, denn sie wandte sich mit abfälliger Miene zu Franceschina um und setzte zu einer Bemerkung an.

Bevor sie jedoch etwas sagen konnte, mischte sich Rodolfo ein. »Da wir gerade über Kunst und Können reden, Madonna Franceschina – sagte ich Euch schon, wie begeistert ich von Euren Jonglierkünsten bin? Früher, zu meiner Glanzzeit als Schauspieler und Spaßmacher, übte ich mich selbst in dieser Artistik, aber über fünf Bälle kam ich nie hinaus. Ihr jedoch beherrscht deren sieben! Gäbe es vielleicht eine Möglichkeit, mir einmal zu zeigen, wie Ihr das macht?«

Mit dieser Frage zog Rodolfo alle Aufmerksamkeit auf sich. In Franceschinas Gesicht stand freudiges Erstaunen.

»Ich bin Euer größter Bewunderer«, fuhr Rodolfo fort, um mit gutmütigem Grinsen hinzuzufügen: »*Groß* natürlich nur im übertragenen Sinne.«

»Ich kann Euch gern zeigen, wie es geht«, antwortete Franceschina.

»Das ist ein guter Plan«, warf Baldassarre ein. »Ein zweiter Jongleur belebt das Geschäft.«

»Wir sind da«, sagte Razzi. »Hier seht Ihr Euer künftiges Theater.«

Der Bootsführer legte vor einem großen Steingebäude am Canal Grande an, und wir stiegen alle aus der Gondel, um das Haus in Augenschein zu nehmen.

»Das ist ja ein richtiger Palazzo!«, rief Caterina begeistert.

»Er ist alt«, sagte Bernardo abfällig.

Tatsächlich waren die Fresken an der Fassade und die ehemals bunten Glasfenster ausgeblichen, und von den Stuckornamenten an den Pilastern und Friesen bröckelte der Putz. Seine prachtvollsten Tage hatte dieser Palazzo schon eine Weile hinter sich, aber das machte er durch Größe und Solidität mehr als wett.

Bernardo konnte dieses neue Theater nicht schlechtreden, hatten wir doch höchstens mit einem Schuppen oder einem ausgedienten Magazin gerechnet.

Über eine Außentreppe führte Razzi uns in den ersten Stock, das *Piano Nobile*, wie er es nannte, dessen Hauptgrundfläche von einem riesigen Saal eingenommen wurde, dem *Portego.*

Säulen trugen die hohe, von alten Malereien verzierte Decke. Die zum Kanal hin gelegene Stirnseite des Saals wurde von einer Loggia begrenzt, durch deren Fenster Sonnenlicht strömte und die rissigen Lederbespannungen an den Wänden mit staubig-goldener Patina überzog.

»Dieser Saal ist ideal!«, rief Cipriano. Seine Stimme hallte von allen Seiten wider, womit zugleich eindrucksvoll unter Beweis gestellt wurde, dass die akustischen Gegebenheiten nichts zu wünschen übrig ließen. Cipriano drehte sich auf dem glatten Terrazzoboden mehrfach um die eigene Achse und machte einige graziöse Sprünge, bis seine blonden Locken flogen. »Hier lässt es sich herrlich tanzen!«

Caterina hob einen Aspekt hervor, den sie schon im Dogenpalast angesprochen hatte. »Seht nur diese vielen Kerzenhalter an den Wänden! Licht hätten wir damit auch an den Abenden in Hülle und Fülle!«

»Und in den Nebenräumen können wir Requisiten lagern und uns zwischen den Szenen umkleiden!« Franceschina hatte die Tür zu einer benachbarten Kammer geöffnet. »Hier gibt es einen Kamin! Niemand muss mehr frieren beim Kostümwechsel!«

»Es passen mindestens hundertfünfzig Zuschauer in den Saal«, sagte Bernardo mit widerstrebender Anerkennung. »Den Bereich vor den Fenstern könnte man erhöhen, mit Kisten, Fässern und Planken, dann hätte man ein richtiges Podium, so wie wir es schon immer wollten.«

Die allseitige Begeisterung war förmlich mit Händen zu greifen, und Caterina machte keinen Hehl aus ihrer Genugtuung. »Damit haben wir es endlich geschafft! Noch nie hatten wir eine so wundervolle Spielstätte! Mit diesem Theater gehen unsere kühnsten Träume in Erfüllung!« Entzückt auflachend blickte sie in die Runde, so hinreißend in ihrer überschäumenden Freude, dass der Anflug von Skepsis, der sich in mir ausbreiten wollte, auf der Stelle verflog.

Rasch wandte ich mein Gesicht zur Seite, denn ich fürchtete, ähnlich dämlich auszusehen wie Razzi, der Caterina anstaunte wie eine göttliche Erscheinung und zu jedem ihrer Worte nickte, als verkünde sie das Evangelium.

Bernardo wiederum starrte Razzi an, als sei er auf der Suche nach einem Körperteil, an dem er die Stoßkraft seines Degens ausprobieren konnte.

Mit einem Ruck wandte er sich zu mir um. »Wie hast du es eigentlich geschafft, dass dieser Messèr Morosini uns so großmütig gleich einen ganzen Palazzo zur Verfügung stellt?«, fragte er.

»Oh, das war nicht weiter schwierig«, behauptete ich. »Er ist ein großer Liebhaber der Theaterkunst und hat sich gefreut, uns gefällig zu sein.« Ich fragte mich, ob er mir das schlechte Gewissen ansah. Wir hatten ihm eine leicht geschönte Version des Hergangs aufgetischt, derzufolge Elena, Rodolfo und ich den Zehnerrat wegen der Spielerlaubnis aufgesucht hatten. Dabei war das nicht einmal direkt gelogen, abgesehen von dem entscheidenden Teil, den wir weggelassen hatten – dass nämlich Caterina vor uns dort gewesen war und alle Vereinbarungen mit Morosini selbst getroffen hatte.

So schnell gab Bernardo sich jedoch nicht zufrieden. Er sprach aus, was auch mir schon durch den Kopf gegangen war. »Was genau erwartet dieser Morosini denn als Gegenleistung?«

»Tja, also …«, hob ich an, ohne die geringste Vorstellung, wie ich den Satz beenden sollte.

»Das hängt von Eurem Erfolg ab«, fiel Razzi mir zu meiner Erleichterung ins Wort. »Messèr Morosini erwähnte mir gegenüber zehn Prozent der Einnahmen aus den Vorführungen.

Und dafür, dass Ihr Euch hier im Haus auch zum Wohnen einquartiert, verlangt er lediglich denselben Preis, den Ihr in der Herberge zahlt.«

Darauf erhob sich aufgeregtes Gemurmel.

»Wir könnten hier wohnen?«, fragte Cipriano begeistert.

»Das sagte Messèr Morosini«, bestätigte Razzi.

»Eine glänzende Geschäftsoption!«, sagte Baldassarre. »Wir würden residieren wie hochgestellte Kaufleute! Wie Herren im eigenen Haus!«

»Ich nehme das Zimmer dort drüben, mit Blick auf den Kanal«, erklärte Caterina.

»Der Pfaffe von Santo Stefano wollte zwanzig Prozent, und das nur für den Kirchplatz«, raunte Rodolfo mir zu.

»Wo ist die Küche?«, fragte Franceschina.

»Im *Mezzanin* seitlich des *Andron*«, erklärte Razzi. Auf Franceschinas verständnislosen Blick fügte er hinzu: »Andron nennt man die Halle hinter dem Wassertor im Untergeschoss. Das Mezzanin, kurz auch Mezzà genannt, ist das daran angrenzende Zwischengeschoss, mit Lager- und Wirtschaftsräumen und einigen Gesindekammern. Ihr könnt alle Räume im Haus nutzen. Nur das Stockwerk über diesem hier bleibt verschlossen, da lagern noch Waren der Compagnia Contarini. Aber dafür steht neben dem Mezzà auch der Dachboden zur Verfügung, die Innentreppe geht bis ganz nach oben. Dort müssen alte Bettgestelle der früheren Bediensteten zu finden sein, und im Mezzà gibt es noch Kisten mit Hausrat.«

Franceschina lächelte hochzufrieden, mehr als überzeugt von den Vorzügen unseres neuen Theaters.

»Wofür wird das Haus außer als Warenlager denn sonst genutzt?«, wollte Elena von Razzi wissen. »Es sieht aus, als würde es schon lange leer stehen.«

»Einst lebte ein Verwandter von Messèr Morosini hier«, sagte Razzi. »Der starb jedoch vor etlichen Jahren. Kurz danach auch dessen Gattin. Seither ist das Haus unbewohnt.«

Sein Blick fiel auf mich und irrte dann ab. Schon in der Herberge und während der Gondelfahrt war es mir so vorgekommen, als würde er mich heimlich beobachten.

Mein Unbehagen verstärkte sich, als ich Elenas misstrauischen Gesichtsausdruck bemerkte: Sie traute Morosini und seinem Adjutanten keinen Schritt weit über den Weg, eine Empfindung, die ich so nachhaltig teilte, dass ich den Worten, die sie mir auf der Rückfahrt zur Herberge zuflüsterte, nur zustimmen konnte.

»Etwas ist faul an dieser Sache.«

Etwas ist faul in dieser Stadt der Kanäle, schrieb ich in einen Monologentwurf zu einer Szene im zweiten Akt meines neuen Stücks. Leandro war derjenige, der diese Worte sprach, voller Argwohn wegen der scheinbar selbstlosen Freundlichkeit, mit der ein einflussreicher Venezianer ihm Unterschlupf in einem leer stehenden Haus anbot.

Henry, der sich nach Erledigung diverser Geschäfte wieder in der Herberge eingefunden und mit uns im Schankraum das Vespermahl eingenommen hatte, äugte mir über die Schulter. »Faul? Du meinst, faul wie ein fauler Arbeiter?«

»Nein, faul wie ein fauler Apfel. Verfault, verrottet.«

»Ah, das Wort kennen wir in England auch.« Er ließ es in abgewandelter Form auf der Zunge zergehen. »Etwas ist faul im Staate England … Welch dunkle, unheilvolle Wendungen das ahnen lässt! Mein Freund Will würde so eine Formulierung lieben!« Interessiert überflog er die oberste Seite meiner Notizen. »Was genau hält Leandro denn für faul?«

»Er weiß es noch nicht, ahnt jedoch, dass etwas nicht stimmt«, antwortete Elena an meiner Stelle. »Es ist nur so ein Gefühl, aber er nimmt es ernst.« Sie saß zu meiner Linken und hatte ebenfalls den einen oder anderen Blick über meine Schulter gewagt, was ich nach vereinzelten Impulsen, meinen

Wasserkrug zwischen ihre Nase und mein Papier zu stellen, mittlerweile sogar halbwegs gelassen erdulden konnte.

»Weiß Leandro denn inzwischen, dass er einen Bruder in Venedig hat?«, fragte Henry.

»Die Szene, in der er seinem Doppelgänger Flavio zum ersten Mal begegnet, muss ich noch schreiben«, sagte ich. »Leandro wurde jedoch schon von mehreren Leuten mit Flavio verwechselt, was zu komischen Situationen geführt hat.«

Tatsächlich hatte ich im Laufe des Nachmittags einige Lazzi ersonnen und zu Papier gebracht. Elena hatte darauf gedrängt, dass ich mich wieder ans Schreiben machte, da in den kommenden Tagen bereits die Proben beginnen sollten. Mit den drei Stücken, die derzeit das gesamte Repertoire der Incomparabili bildeten, werde dem Publikum bei Weitem nicht genug Abwechslung geboten. Elena hatte betont, dass ich unmittelbar nach diesem Stück schon mit dem nächsten anfangen müsse. Für ein ordentliches Programm, so erklärte sie, müssten mindestens sechs Stücke zur Verfügung stehen, jeden Tag in der Woche ein anderes. Die Fedeli, so hob sie hervor, spielten in einer Saison bis zu zehn verschiedene Stücke im steten Wechsel.

Folglich spitzte ich meine Feder und schrieb fleißig, darauf hoffend, bald mit der Rohfassung fertig zu werden. Danach wären Feinheiten auszuarbeiten und für die einzelnen Schauspieler Abschriften des Canovaccio unter besonderer Hervorhebung der jeweiligen Rolle anzufertigen, damit jeder für sich seinen Teil verinnerlichen und dazu passende Sprechtexte einstudieren konnte. Die Improvisation, so erklärte es mir Elena, wurde zwar im Sinne der Stegreifkunst gern hochgehalten, aber sie taugte nur dann etwas, wenn ein Schauspieler genau wusste, was er sagen sollte. Hierzu wiederum musste er nicht nur haarklein seine Rolle kennen, sondern auch das ganze Stück.

Rodolfo kam mit Stiefelgepolter in den Schankraum, ein einziges kompaktes Kraftbündel, so breit wie hoch. »Unsere Aufgabe ist erfüllt. Cipriano und ich haben alle, die wir in der kurzen Zeit erreichen konnten, von der bevorstehenden Aufführung in Kenntnis gesetzt.« Er bedachte Franceschina, die zur Vesper ein Stück Schinken von der Größe eines Huts vertilgt hatte, mit scheuem Blick. »Ich erwähnte eigens und mit besonderer Eindringlichkeit die unglaublichste Jongleurin aller Zeiten.«

Erfreut lächelte sie Rodolfo zu. »Das tatet Ihr wirklich?«

Er legte sich die prankenartige Rechte auf die lederbewehrte Brust. »So wahr ich hier stehe.«

Bernardo, der mir in leidlich nüchternem Zustand gegenübersaß, gab ein Knurren von sich, das in meinen Ohren klang wie *dämlicher Zwerg*. Außer mir achtete zum Glück niemand darauf, denn er brummelte ohnedies die ganze Zeit. Seit dem Abtragen der Teller las er nämlich zu meinem großen Verdruss meine fertig beschrifteten Bögen und sparte nicht mit gemurmelten, aber vernichtenden Kommentaren, von: »Ein Liebeslied bei Mondenschein in der Gondel?« – (angedeutetes Würgen) – und: »Man reiche noch einen Löffel Schmalz dazu!« über: »An dieser Stelle sollte der Kerl sie aber dann auch verdammt noch mal endlich küssen!« bis hin zu: »Was ist das für ein stumpfsinniger Dialog, soll der etwa komisch sein?«

Bei dieser letzten Bemerkung zuckte ich zusammen, verkniff mir aber jeden Widerspruch. Niemand sollte mir nachsagen, ich sei nicht kritikfähig!

Cipriano betrat den Schankraum, das goldene Haar verschwitzt vor Anstrengung. »Ich bin zum Ausrufen unserer Vorstellung auf so viele Brunneneinfassungen und Kanalmauern gestiegen, dass ich irgendwann aufhörte, sie zu zählen! Es gibt mehr Campi in Venedig, als ich mir je hätte vorstellen können. Und dabei waren wir nur im *Sestiere** San Marco!« Er breitete

* Venezianische Stadtviertel, genauer -sechstel, da Venedig aus sechs Stadtbezirken besteht: San Marco, San Polo, Castello, Cannaregio, Dorsoduro und die Giudecca.

die Arme aus. »In dieser Stadt leben so unendlich viele Menschen, dass wir jahrelang auftreten können, ohne zwei Mal vor demselben Publikum zu spielen!« Fröhlich blickte er in die Runde. »Sind alle so weit? Können wir aufbrechen? Unsere erste Aufführung in der Serenissima beginnt in einer Stunde! So lasst es uns wagen, meine mutigen Incomparabili, denn nur wer wagt, gewinnt!«

Die Kostüme und sonstigen Requisiten befanden sich bereits vor Ort, ebenso wie alle anderen Besitztümer der Truppe. Cipriano und Rodolfo hatten vor ihrem Ankündigungsrundgang alle Habseligkeiten der Incomparabili mit einem gemieteten Boot zu dem alten Palazzo geschafft.

Für die Vorstellung war nicht viel vorzubereiten, weil wir keine Bühne aufbauen mussten – das war für die nächste Aufführung vorgesehen, da wir zuerst ausreichend Kisten und Bretter für das Podium beschaffen mussten. Wir steckten lediglich Kerzen in die Wandkandelaber und verspannten zwischen zwei Säulen Elenas Seil, das nicht nur für ihre artistische Darbietung bestimmt war, sondern auch als Abgrenzung zu dem Bereich diente, in welchem sich die Zuschauer aufhalten würden – jene, die frühzeitig kamen, im vorderen Teil, die anderen, je nach dem Zeitpunkt ihres Eintreffens, weiter hinten. Meine Aufgabe bestand nicht nur darin, das Eintrittsgeld zu kassieren, sondern ich musste auch darauf achten, dass kein unziemliches Gedränge entstand, dass niemand gotteslästerlich fluchte, in die Ecken urinierte, in besoffenem Zustand andere Anwesende belästigte, die Schauspieler auf obszöne Weise beleidigte oder ihnen heimlich beim Umkleiden zusah.

Ich hatte nicht vergessen, dass Elena mir für diesen Tag noch eine Überraschung angekündigt hatte. Seither hatte ich die eine oder andere wilde Spekulation darüber angestellt, und keine davon war angenehm. In plastischen Einzelheiten malte ich mir aus, was Elena unternehmen würde, um mich vor den anderen lächerlich zu machen, zur Strafe, weil ich sie auf ungehörige Weise angestarrt hatte.

Sie schien zu ahnen, was mir durch den Kopf ging, denn sie musterte mich betont beiläufig, gerade so, wie ich sie am Vormittag beobachtet hatte – aus den Augenwinkeln. Damit stürzte sie mich in Verlegenheit, obwohl sie in ihrem Kostüm wieder wie ein geschlechtsloses Kind aussah. Sie hatte ihr Seiltänzerinnengewand angelegt und das Haar zu einem festen Zopf geflochten. In einer einzigen fließenden Bewegung erklomm sie das Seil und begann mit ihren Übungen.

Ich widerstand dem Impuls, ihr zuzuschauen, und wandte meine Aufmerksamkeit den anderen zu, die sich ebenfalls für die Vorstellung umgezogen hatten.

Caterina und Cipriano übten gemeinsam ihre Tanzschritte, und Bernardo stolzierte im Capitano-Kostüm kreuz und quer durch den Saal und murmelte seinen Rollentext vor sich hin. Franceschina jonglierte zuerst mit fünf und dann mit sieben kleinen Lederbällen, wobei ihr Rodolfo aufmerksam zusah. Bernardo, dem das nicht entging, verhielt mitten im Schritt. »He, du Zwerg! Hast du nichts Besseres zu tun als faul herumzustehen und Franceschina anzugaffen?«

»Wäre es dir lieber, wenn ich mich um *dich* kümmere?«, gab Rodolfo zurück. »Vielleicht bei einem Übungsgefecht mit dem Degen?«

»Jederzeit!« Bernardo legte die Hand an seinen Waffengurt.

Franceschina ließ die Bälle zu Boden fallen, bevor sie sich Bernardo zuwandte. »Was soll das? Ich unterweise Rodolfo in der Kunst des Jonglierens. Für welche du dich, nebenbei bemerkt, noch nie interessiert hast, während er sich überaus gelehrig anstellt!«

»Dann solltest du ihn besser auf einen Schemel stellen,

sonst ist der Abstand zwischen Boden und Bällen zu kurz«, sagte Bernardo sarkastisch.

Caterina unterbrach ihre Tanzübungen und lächelte strahlend über seine Schulter hinweg. »Oh, was für eine Überraschung!«

Morosini und sein Adjutant Razzi waren unbemerkt die Innentreppe heraufgekommen und standen vor dem mit Marmorschnörkeln überladenen Portikus, der zur Treppe führte.

»Das ist Messèr Morosini«, sagte Razzi zu den Mitgliedern der Truppe, die den Patrizier noch nicht persönlich kannten. »Er hat Euch diesen Palazzo zur Verfügung gestellt.«

»Und gerade eben zog ich Nutzen daraus, einen Schlüssel zu besitzen, denn ich wollte zur heutigen Aufführung unbedingt der erste Zuschauer sein«, sagte Morosini lächelnd.

»Das seid Ihr ohnehin«, erklärte Caterina voller Wärme. »Kein Besucher unserer Vorstellung wurde so sehnsüchtig erwartet wie unser neuer Gönner!« Graziös strich sie ihr silberbesticktes Gewand glatt, in welchem sie wie immer über die Maßen zauberhaft aussah.

Bernardo gab ein ersticktes Geräusch von sich.

Fraglos fiel ihm der beifällige Ausdruck auf, der sich bei Caterinas Anblick in Morosinis Zügen zeigte. Oder vielleicht auch die verklärte Miene von Razzi, der aussah, als wolle er beim nächsten Atemzug vor Caterina niedersinken und ihre Füße küssen.

Bernardo trat einen Schritt auf Morosini und seinen Adjutanten zu, die Hand diesmal nicht nur am Gurt, sondern am Griff des Degens. Während ich noch überlegte, wie ich mich auf möglichst unspektakuläre Weise zwischen ihn und die Besucher werfen konnte, kam mir Baldassarre zuvor.

»Wenn die Herren gestatten, weise ich Euch den Ehrenplatz zu. Drüben neben der Säule, wenn ich bitten darf. Direkt beim Seil, wo Ihr die beste Sicht habt!« Sogleich untermalte er es mit einem Vers. »So stellt Euch her und lasst's Euch wohlergehen! Kein Platz ist besser als hier vorne der! Da könnt Ihr leicht die ganze Bühne sehen. Und zu verstehen ist es auch nicht schwer.«

»Ihr solltet einmal einen Blick ins Freie werfen«, sagte der Zehnerrat. »Draußen warten mehr Leute auf Einlass, als dieser Saal fassen wird. Einen guten Teil davon werdet Ihr auf die nächste Aufführung vertrösten müssen.«

Cipriano ging zu einem der Fenster und blickte zur Gasse hinaus. »Tatsächlich«, sagte er erfreut. »Sie stehen Schlange bis zum nächsten Campo! Ich würde sagen, wir legen los.«

Die Besucher drängten in Scharen herein, einfaches Volk ebenso wie vornehm gekleidete Edelleute, und ich sammelte unten am Fuß der Außentreppe so viel Geld ein, dass mir davon schwindlig wurde. Der Beutel an meinem Gürtel wurde immer schwerer, ein Gewicht, das auf seltsame Art meine Sinne stimulierte. Es erzeugte in mir ein Gefühl freudigen Stolzes und weckte Bilder von Gegenständen, die man von all dem Reichtum kaufen konnte, etwa blitzende Degen oder silberbeschlagene Gurte, um Erstere daran zu befördern. Oder auch ein samtenes Barett mit einer Fasanenfeder, wie Messèr Morosini eines trug.

Ich duckte mich unter dem Gezeter einer Frau, die ich gebeten hatte, ihr laut gackerndes Huhn draußen zu lassen. Sie habe es soeben erst gekauft, erklärte sie mir unwirsch, und sie werde den Teufel tun, es einfach im Freien allein zu lassen, wo jeder Langfinger es sich greifen könne. Als ich sie bat, ihr Huhn ersatzweise umgehend zum Schweigen zu bringen, gackerte das Federvieh noch lauter und hob an, wild mit den Flügeln dazu zu schlagen. Die Frau tat so, als ginge es sie nichts an. Ehe ich mich versah, war sie die Treppe hinaufgestiegen.

Rasch folgte ich ihr und ihrem gackernden Huhn. »Das geht aber nicht«, sagte ich.

»Ich habe bezahlt«, fuhr die Frau mich an. »Willst du frech werden, Lümmel?«

»Nicht doch, er erfüllt nur seine Pflicht«, mischte sich Morosini ein. Er hatte seinen Platz bei der Säule verlassen und war zur Tür gekommen. Freundlich lächelnd nahm er der Frau den Störenfried aus der Hand und drehte ihm mit raschem Griff das Genick um. »Und schon ist es still.« Er gab der Frau das tote Huhn zurück. »Verzeiht die Umstände. Viel Freude bei der Vorstellung!«

Der Frau war anzusehen, dass sie aufbegehren wollte, es sich aber angesichts des hohen Ranges Morosinis lieber verkniff. Stumm und mit zornrotem Gesicht klemmte sie ihr schlaffes Huhn unter den Arm und verschwand in der Menge der Zuschauer.

»Manchmal muss man grob zu Werke gehen, um für Ruhe und Frieden zu sorgen«, sagte Morosini.

Ich hatte schon viele Hühner sterben sehen – etliche hatte ich sogar eigenhändig ins Jenseits und hinterher zu Paulina in die Küche befördert –, und Morosini hatte mich durch sein resolutes Eingreifen aus einer dummen Klemme befreit, doch der Vorfall verursachte mir Unbehagen. Nichtsdestotrotz bedankte ich mich höflich bei ihm, was er mit knappem Nicken zur Kenntnis nahm.

Der Einlass der übrigen Zuschauer verlief zum Glück reibungslos, auch wenn sich unter denen, die keinen Platz mehr im Saal fanden und daher draußen bleiben mussten, einiges Murren erhob. Diesmal eilte mir Cipriano zu Hilfe, der sich oben an der Außentreppe postierte und den unten Stehenden freudestrahlend zuwinkte. »Niemand muss enttäuscht sein, liebe Leute! Alle, die heute zu spät kamen, haben morgen mehr Glück – die zehn ersten Besucher dürfen eine zweite Person kostenlos mit hineinnehmen! Und einen Becher Wein gratis dazu! Also kommt auf alle Fälle wieder!«

Dieses Angebot fand ich zur Lösung des Problems geradezu

genial. Dasselbe dachten wohl die Besucher, die für diesmal auf ihr Vergnügen verzichten mussten – ich sah kein einziges wütendes Gesicht, als ich die Pforte schloss.

Oben im Portego hatte Baldassarre bereits mit seiner Ansprache begonnen und kündigte in spritzigen Versen die bevorstehende Aufführung von *Eine lustige Brautwerbung* an. Unter den erwartungsvollen Ausrufen der Zuschauer kamen gleich darauf die Schauspieler aus einem Nebenraum und betraten die Fläche des Saals, die als Bühne abgeteilt war, und schon war die akrobatische Einführungsdarbietung in vollem Gange. Franceschina jonglierte mit sieben, Rodolfo mit fünf Bällen, Bernardo blies die Trompete, Baldassarre schlug die Trommel, Cipriano und Caterina tanzten und Elena balancierte auf dem Seil.

Im Licht der zahlreichen Kerzen sah sie aus wie ein schwebender Engel, und atemlos verfolgte ich, wie sie ihre Kunststücke darbot. Sie umfasste einen Fuß und hob ihn hoch über den Kopf, als wäre ihr Körper vollkommen knochenlos und biegsam wie ein Grashalm. Dann glitt sie auf dem Seil nieder und spreizte ihre Beine dabei zum Spagat, Kopf und Arme in königlicher Gebärde erhoben, bevor sie sich wie von Zauberhand emporgezogen zum Stand aufrichtete. Nach einigen weiteren gefährlich aussehenden Verrenkungen kam sie zum Abschluss: Sie beugte sich vor, umfasste mit den Händen das Seil und vollführte einen fließenden Überschlag, bis sie wieder auf den Füßen stand.

Der Applaus galt allein ihr, davon war ich mit einem Mal überzeugt, und ich fragte mich, warum ich so naiv gewesen war zu glauben, dass hauptsächlich Caterina das Publikum zu solchem Beifall animierte.

Vergleichshalber betrachtete ich Caterina – und bekam sofort Zweifel, ob ich wirklich naiv gewesen war. Sie war vollkommen in ihrer Schönheit, daran gab es nichts zu rütteln, und die Art, wie sie sich zum Takt der Musik bewegte …

»Sie ist eine Göttin, nicht wahr?«, zischte mir jemand von

rechts ins Ohr. Es war Razzi, der sich an meine Seite geschoben hatte und Caterina anstarrte, als wäre er ein Verdurstender nach einem Wochenmarsch durch die Wüste und sie die rettende Oase. »Ich hörte munkeln, dass sie mit ihrer Ehe hadert und darunter beträchtlich leidet.« Sein Zischen wurde feuchter, ein Spuckespritzer traf mich am Ohr. »Eine Ehe, von welcher man sagt, sie sei ohnedies nicht rechtens. Wisst Ihr mehr darüber?«

Ich fragte mich, wo er das wohl hatte munkeln hören, vor allem aber, von wem. Zog man in Betracht, dass die Incomparabili erst seit dem Vortag in der Stadt weilten, mussten gewisse Gerüchte seither nicht nur Beine, sondern auch Flügel bekommen haben. Der gelackte Schönling Razzi wiederum war offenbar genau der Richtige, um solche Informationen sofort in den falschen Hals zu bekommen und sich Hoffnungen zu machen.

Vorsorglich tat ich, als hätte ich seine Worte nicht verstanden. Mittlerweile hatte ich begriffen, dass man sich aus bestimmten Dingen besser heraushielt, und das bezog sich nicht nur auf fremde Badezuber, sondern auch auf fremde Ehen und fremde Romanzen, besonders solche, an denen Schwertträger beteiligt waren.

Auch Razzi trug ein Schwert. Und seine *Calze** waren im Schritt so eng, dass man nicht umhinkonnte, den knappen Sitz seiner Schamkapsel zu bemerken. Bei Rizzo hatte selbige ganz ähnlich ausgesehen, nur, dass er künftig mit einer halb so großen auskommen würde.

Ich blickte über die Köpfe der Zuschauer hinweg zur Bühne, wo soeben der Dottore, seine Tochter Rosalinda und deren Dienerin Colombina durch den imaginären Wald irrten. Baldassarre überzeugte mit wendigen Lazzi und Caterina durch ihre berückende Schönheit, während Franceschina mit

* Strumpfhosen

ihrem großzügigen Blusenausschnitt den einen oder anderen anerkennenden Pfiff einheimste.

Es folgte der Auftritt des Geistes – Rodolfo schob die Stange mit dem Hemd aus dem Nebenraum in den Saal, ohne selbst in Erscheinung zu treten – und das mir schon bekannte Versteckspiel der verängstigten Reisenden. Gleich darauf ernteten Pantalone, Pedrolino und Capitano alias Cipriano, Elena und Bernardo mit ihrem Kampf gegen den Geist brüllendes Gelächter. Bernardo musste seine verletzte Schulter noch schonen, doch er tat es auf eine Weise, dass nur Eingeweihte es bemerkten. Er hätte die Rolle des Capitano an diesem Abend auch Rodolfo überlassen können, der nach der Lektüre des Scenario beteuert hatte, den Part zu beherrschen, doch Bernardo hatte darauf bestanden, trotz seiner Wunde selbst aufzutreten. Ob ich es nun gern zugab oder nicht – er war wahrlich ein Vollblutschauspieler!

Für alle anderen galt dasselbe, nicht zuletzt für Cipriano. Mit seinem Auftritt als halb nackter, singender Lelio entlockte er der anwesenden Damenwelt und nicht wenigen Männern sehnsüchtige Seufzer.

Das Stück schritt voran, wie ich es aus dem Canovaccio kannte, und diesmal verfolgte ich es in all seinen Wendungen und Verstrickungen aufmerksam bis zum glücklichen Ende des letzten Aktes, bei welchem sich Caterina und Cipriano als Rosalinda und Lelio in die Arme sanken und Elena als Pedrolino der geneigten Colombina die Ehe antrug, wogegen die Vecchi Dottore und Pantalone zusammen mit dem Capitano ein freundschaftliches Trinkgelage veranstalteten.

Der Applaus schien nicht enden zu wollen, und während ich heftig mitklatschte, stellte ich mir vor, wie wohl der Beifall nach der Uraufführung meines neuen Stücks ausfallen würde. Bei dem Gedanken keimte jedoch nicht Freude, sondern Furcht in mir auf. Jäh durchdrangen mich Zweifel, ob ich als Autor den Anforderungen eines anspruchsvollen und gebildeten Publikums gerecht werden konnte. Die Venezianer waren von hochstehender Kultur, wofür allein schon die prunkvolle Detailversessenheit der hiesigen Architektur ein einziger schlagender Beweis war.

Als Theaterdichter ein neues Stück nach Venedig zu bringen hieß, Eulen nach Athen zu tragen. Eine Stadt von so verfeinerter Lebensart war keine Herausforderung für einen subalternen Poeten wie mich, sondern die reine Katastrophe! Wie sollte mein Stück neben den unsterblichen Komödien eines Plautus bestehen, wie an die Genialität eines Dante oder Petrarca heranreichen? Gewiss, keiner von denen stammte aus Venedig, und es war mir auch sonst kein wirklich großartiger Dichter venezianischer Konvenienz bekannt. Gleichwohl gab es keine Lücke, in die ich mit meinem neuen Stück stoßen würde, dazu hätte man schon in die tiefste Provinz gehen müssen, wo es nur Bauern gab, die von jeglicher Kultur unbeleckt waren und kein Theater kannten.

Aber Venedig! Hier wurden die Stücke der Besten aufgeführt! Nie und nimmer konnte ich dagegen bestehen! Wie kamen Baldassarre und die anderen überhaupt darauf, ich könne es? Sie wussten gar nicht, worauf sie sich mit mir eingelassen hatten! Ich war viel zu … uninspiriert, unbegabt, unerfahren! Mit einem Wort: unfähig.

»Du siehst unzufrieden aus«, sagte Henry. »Hat dir die Aufführung nicht gefallen? Ich fand das Stück schlicht, aber in der Darbietung ausgezeichnet. Allein Cipriano ist jeden Soldo Eintritt wert! War er nicht großartig? Die Zuschauer waren jedenfalls angetan, sie wirkten allesamt sehr gut aufgelegt, als sie gingen.«

Aus meinen trüben Gedanken gerissen, gewahrte ich, dass der Portego sich geleert hatte. Alle Besucher waren fort. Die Mitglieder der Truppe hatten sich zum Umkleiden in die Nebenräume zurückgezogen. Außer Henry und mir war nur noch Rodolfo zugegen. Er rollte das Seil zusammen, verstaute die

Requisiten in Kisten und löschte bis auf wenige Kerzen das Licht.

»Wie weit bist du mit deinem Stück?«, wollte Henry wissen. Im Kerzenschein schimmerte sein Bartschatten genauso rötlich wie sein Haar.

»Hm«, machte ich.

Aufmerksam betrachtete er mich. »Ah, du bist in eine Schaffenskrise gefallen!«

»Wie kommt Ihr auf den Gedanken?«

»Ich kenne diesen Gesichtsausdruck.«

»Vermutlich von Eurem Freund Will.«

»Ganz recht.« Mitfühlend schnalzte Henry mit der Zunge. »Lass dir eines sagen, mein Junge: Meist geht es vorüber.«

»Wieso nur meist?«

»Zuweilen führt es auch zu Depression und Trinkerei, was im schlimmsten Fall sogar mit dem Tode enden kann. Mein Freund Will hatte beispielsweise einen Konkurrenten, einen sehr erfolgreichen Theaterautor, der im vergangenen Jahr unter scheußlichen Umständen bei einer Wirtshausschlägerei …«

»Ich glaube nicht, dass ich seine Geschichte hören möchte«, unterbrach ich ihn resigniert.

»Wie du meinst.« Henry klopfte mir kameradschaftlich auf die Schulter. »Es wird ohnehin Zeit, dass ich mich verabschiede.«

»Reist Ihr denn schon nach London zurück?«

»Nicht doch!« Henry lachte. »Es ist nur ein Abschied für heute. Morgen werde ich mich wieder hier einfinden, denn wie ich erfahren habe, probt ihr am Nachmittag zum ersten Mal dein neues Stück, das möchte ich mir um nichts in der Welt entgehen lassen!«

Dasselbe hatte ich bis vor ein paar Stunden auch noch gedacht, doch nun wünschte ich mir, das Ganze könne ohne mich stattfinden.

Niedergeschlagen begleitete ich Henry nach draußen. Anschließend blieb ich im Innenhof stehen und lauschte dem Geräusch der zufallenden Pforte.

Wie hatte ich mir je einbilden können, ein strahlender Held zu sein, dem zur Vollkommenheit lediglich ein Schwert fehlte, oder gar ein vielversprechender Autor, der sich für den rauschenden Erfolg bloß ein paar Szenen ausdenken musste!? Ausgerechnet ich, ein Junge aus der Einöde, der zufällig einen Stapel Bücher gelesen hatte, aber sonst kein bisschen von der Welt verstand!

Was war ich für ein dummer Tropf!

Oben ging die Tür zum Piano Nobile auf, und ein schmaler, vom unsteten Schein eines Windlichts umflossener Schatten kam durch die Dunkelheit über die Außentreppe herunter in den Innenhof. Es war Elena.

»Warum stehst du allein hier im Dunkeln?«, wollte Elena wissen.

»Ich war gerade dabei, ins Haus zu gehen.«

»Ohne Licht?«

»Ich finde den Weg auch so.« Das traf zu, denn ich kam im Dunkeln gut zurecht, auch wenn ich mir sicher ein paar Mal die Zehen stoßen würde, bis ich die Kerze in meiner Kammer angezündet hatte.

Elena trat von einem Fuß auf den anderen und wirkte seltsam verlegen. »Ich bin wegen der Überraschung hier, die ich dir angekündigt hatte. Du musst dafür die Augen schließen.«

Perplex musterte ich sie, wobei mir sofort auffiel, dass sie wieder das offenherzige Kleid angelegt hatte. Unter dem Arm trug sie ein enorm dickes Buch, das ich beim zweiten Hinsehen anhand des Aufdrucks als Bibel identifizierte.

»Du kannst mir ruhig auch so mitteilen, was du mir zu sagen hast«, erklärte ich, würdevoll zur Seite blickend. »Ich werde dich nicht unzüchtig anstarren und schwöre es notfalls auf diese Bibel da.«

»Du musst trotzdem die Augen schließen«, verlangte sie.

»Willst du mich schlagen?«, fragte ich misstrauisch.

»Nein. Nun mach schon die Augen zu.«

Achselzuckend tat ich es, in der vagen Befürchtung, sie könne mir möglicherweise einen Streich spielen, auf den ich schon einmal hereingefallen war, mit ungefähr fünf, als ein Spaßvogel namens Piero, der ein oder zwei Jahre älter war als ich, mir versprochen hatte, mich von seinem Kuchen abbeißen zu lassen. Ich müsse dazu nur die Augen schließen und weit den Mund aufmachen. An dem Klumpen Matsch, mit dem Piero mich sodann fütterte, hatte ich noch Stunden später würgen müssen. Bereits im Jahr darauf hatte ich mich stark genug gefühlt, um es ihm heimzuzahlen. Ich drückte ihm bei einer Rauferei nach dem Kirchgang das Gesicht so lange in eine Pfütze, bis Pfarrer Anselmo mich am Hosenboden packte und mir die Ohren lang zog.

Selbstverständlich konnte ich Elena nicht in eine Pfütze werfen. Überhaupt dürfte es sich sehr schwierig gestalten, ihr irgendwelche Gemeinheiten im Stile Pieros adäquat heimzuzahlen. Deshalb sollte ich diesen Blödsinn gar nicht erst mitmachen. Womit sich, zum Teufel auch, die Frage erhob, warum ich es tat.

Verärgert über mich selbst riss ich die Augen wieder auf, bereit, mit einem Satz aus ihrer Reichweite zu springen. Doch sie machte keine Anstalten, mir Matsch in den Mund zu stopfen oder mich sonst wie zu foppen. Sie stand auf Zehenspitzen vor mir und reckte mir ihr Gesicht entgegen, die Lippen sanft geschürzt und die Augen geschlossen. Sie wirkte eigenartig entrückt und dabei zugleich so konzentriert, dass die Spannung, die sie umgab, körperlich zu spüren war.

Ich erstarrte, als ihre Lippen sich auf meine legten, und mein Herz fing an, mit der Wucht eines Schmiedehammers zu schlagen.

Ihr Mund drückte sich auf den meinen, sacht und doch fest, und ihre Lippen waren so warm wie von der Sonne erhitzter

Honig. Der Kuss war von einer so ungeahnten Köstlichkeit, dass ich vor Überraschung den Mund öffnete, sodass ihre Oberlippe meine Zähne streifte. Im selben Moment zuckte sie zurück, und ich fühlte mich um eine Verheißung beraubt, von der ich nur einen Lidschlag weit entfernt gewesen war.

Mit dem nächsten Atemzug huschte sie die Treppe hoch und war schneller verschwunden als ein Windhauch. Ich blieb wie vom Donner gerührt im Innenhof stehen und dachte einige irrwitzige Augenblicke lang, ich hätte mir alles nur eingebildet. Doch die Bibel, auf der Elena während des Kusses gestanden hatte, lag als Beweis zu meinen Füßen.

Es dauerte lange, bis sich mein jagendes Herz wieder beruhigte. Auf dem Weg in meine Kammer stieß ich mir im finsteren Flur nicht nur die Zehen, sondern ein paar Mal auch den Kopf, was jedoch keine Klarheit in meine Gedanken brachte, sondern meine heillose Verwirrung nur verschlimmerte.

Völlig ausgeschlossen, dass ich mich schlafen legte!

Wie Rodolfo hatte ich mich im Mezzà einquartiert. Dort waren die Räume kleiner und gemütlicher als im Piano Nobile, wo die Decken ungewohnt hoch waren und die Wände so weit auseinanderlagen, dass ich mir verloren vorkam. In einer Kammer neben der Küche hatte ich mir mein Lager bereitet, mit einem noch brauchbaren Strohsack, den ich im Gerümpel eines der Wirtschaftsräume aufgestöbert hatte.

Aufgewühlt stolperte ich in der Kammer herum und versuchte, die Dimensionen dessen zu erfassen, was mir eben widerfahren war. Elena hatte mich geküsst! Und dieser Kuss – mein erster überhaupt, jedenfalls von *dieser* Sorte – war ein so weltbewegendes Ereignis, dass ich außerstande war, es zu begreifen. Sobald ich es auch nur versuchte, fing mein Herz wieder an zu wummern!

Der Kragen wurde mir eng, ich konnte nicht richtig atmen. Der Drang, das Haus zu verlassen, wurde übermächtig, und so zündete ich ein Windlicht an und eilte nach draußen, zunächst in den Hof und von dort durch die Pforte hinaus auf die Gasse. Dort stromerte ich einfach los, bog in eine andere Gasse ab, überquerte einen Campo, dann eine Brücke, und ging weiter, ohne auf den Weg zu achten. Mir war gleichgültig, dass ich mich verirren konnte. Ich musste mich bewegen, vielleicht bekam ich davon einen freien Kopf!

Nach einer Weile des Herumlaufens wurde ich tatsächlich ruhiger. Meine Aufregung legte sich, und ich schaffte es, den einen oder anderen klaren Gedanken zu fassen und auch über Elenas mögliche Motive nachzudenken. Was andere Menschen dazu trieb, einander auf solche Art zu küssen, nämlich Liebe oder Begehren oder beides, konnte ich bei Elena getrost vergessen. Schließlich ließ sie keine Gelegenheit aus, mich aufzuziehen oder zu verspotten.

Ihr nächstliegender Beweggrund für diesen Kuss bestand folglich darin, dass sie mich – wieder einmal – in Verlegenheit bringen wollte, weil es sie freute, wenn ich mich tölpelhaft benahm. Diese Freude war zugleich ihr Wettgewinn. Sie hatte alles genau vorher geplant. Sogar an ihre geringe Körpergröße hatte sie gedacht und eigens die Bibel mitgebracht, um sich daraufzustellen!

Aus meiner Verwirrung wurde handfester Ärger, eine Regung, die mir im Zusammenhang mit Elena bestens vertraut war. Mit Ärger auf Elena konnte ich umgehen, den kannte ich mittlerweile zur Genüge. Am vernünftigsten war es, so zu tun, als tangiere es mich überhaupt nicht. Darüber wiederum ärgerte *sie* sich dann, was ihr recht geschah. Eine wirkliche Genugtuung bedeutete das zwar nicht für mich, aber es war besser als nichts.

Nachdem ich solchermaßen alles rekapituliert hatte, machte ich mich auf den Rückweg. Mein Orientierungsvermögen sagte mir, wohin ich mich wenden musste, obwohl ich mich in der Stadt nicht auskannte und keine Ahnung hatte, in welchem Sestiere ich mich befand.

Nichtsdestotrotz merkte ich rasch, dass mir mein Richtungssinn nicht viel half. Jede dritte Gasse endete abrupt an einem Kanal oder in einer Sackgasse. Mehr als einmal fand ich mich in einem winzigen Hinterhof wieder, der keinen zweiten Ausgang aufwies, oder auf einer Fondamenta, von der aus man wahlweise bloß entweder ein Haus betreten oder ein Boot besteigen konnte. Oder ins Wasser springen, was schon deshalb ausschied, weil ich nicht schwimmen konnte.

Ein durchdachtes System hinter der Anordnung der Fußwege schien es nicht zu geben. Meinte ich etwa eben noch, auf einer gut ausgebauten Gasse unterwegs zu sein, so stand ich gleich darauf vor einer geschlossenen Häuserzeile.

Die Suche nach Um- und Auswegen in diesem Wirrwarr führte mich auf einen stundenlangen Zickzackkurs, ohne dass ich dabei meinem Ziel näher kam. Mein Windlicht stand bereits kurz vorm Verlöschen, als ich endlich eine Brücke erreichte, die ich wiedererkannte. Von hier aus war es nicht mehr weit – vorausgesetzt, ich schaffte es, die Sackgassen zu meiden.

Theoretisch hätte ich nach dem Weg fragen können. Sogar zu dieser nachtschlafenden Zeit waren recht viele Leute in der Stadt unterwegs, zu Wasser wie zu Lande. Gondeln glitten im Licht gespenstisch leuchtender Bootslaternen vorbei, die Konturen mit den Schatten der Kanalmauern verschwimmend. Nachtschwärmer kamen mir entgegen, tief in ihre Umhänge gehüllt und Windlichter oder Fackeln vor sich hertragend, und wenn sie an mir vorüberschritten, blickte ich nicht selten in ein maskiertes Gesicht.

Indessen widerstrebte es mir, jemanden um eine Wegbeschreibung zu bitten. Ich war ein Mann und konnte mich selbst zurechtfinden!

Oben auf der Brücke blieb ich stehen, um mich neu zu orientieren und die Entfernung abzuschätzen, die ich noch zurückzulegen hatte.

»Kann ich Euch helfen, junger Mann?« Ein Mann kam über die Brücke auf mich zu. »Ihr seht aus, als hättet Ihr Euch verlaufen.«

Er trug einen wallenden Umhang, und sein Gesicht unter dem tief gezogenen Hut war von einer der typischen venezianischen hellen Masken bedeckt. Ich lauschte seiner Stimme nach, die mir vage bekannt vorkam. Vielleicht hatte er am Abend die Vorstellung besucht? Einerlei, die Gelegenheit war günstig, nach dem Weg zu fragen, ohne das Gesicht zu verlieren, immerhin hatte er es mir angeboten.

»Ich bin neu in der Stadt und logiere in dem alten Palazzo von Messèr Morosini.«

»Ich weiß. Ihr gehört zur Theatertruppe und habt das Eintrittsgeld eingesammelt. Ich selbst war ebenfalls dort, wenngleich ich zu spät kam, um eingelassen zu werden.«

Demnach hatte ich richtig vermutet. »Ich wollte nur frische Luft schnappen und bin vom Weg abgekommen«, erklärte ich. »Die vielen Sackgassen und Kanäle sind ungewohnt.«

»Ja, daran sind schon andere verzweifelt, wobei es keineswegs nur Zugereiste trifft.« Der Maskierte deutete in eine dunkle Gasse. »Dort hinein und nach dem dritten Haus gleich rechts in den *Sottoportego*, so nennen wir in Venedig die Durchgänge unter einem Haus. An dessen Ende haltet Ihr Euch links bis zur nächsten Brücke. Vor dieser Brücke wieder links bis zur Kirche, die Ihr halb umrundet und dann quer über den Campo geht. Danach seht Ihr ein paar Schritte voraus die *Ca'* Contarini.«

»Nicht das Haus der Contarini suche ich, sondern das von Messèr Morosini.«

»Es gehört zu dem von ihm verwalteten Besitz seines Neffen. Der wiederum ist Erbe der Contarini, die früher dort lebten, weshalb es auch danach benannt ist.« Aus den Sehschlitzen der Maske traf mich ein forschender Blick. »Soll ich die Wegbeschreibung wiederholen?«

»Ich glaube, ich konnte es mir merken.« Sicherheitshalber wiederholte ich es selbst.

Der Maskierte nickte. »Ihr habt ein gutes Gedächtnis«, stellte er fest.

Abermals bedankte ich mich, diesmal mit einer Spur von Unbehagen, denn es war mir ein wenig unangenehm, von jemandem, der sein Gesicht verbarg, betrachtet zu werden.

Einige betrunkene Nachtschwärmer kamen über die Brücke, sie blieben stehen und verwickelten den Maskierten in ein Gespräch.

Ich ging weiter und hielt mich an die Wegbeschreibung. Vor der letzten Brücke verlosch mein Windlicht. Zum Glück waren es von dort nur noch wenige Schritte. Im Widerschein einer Fackel, die jemand anderer trug, sah ich bereits die erwähnte Kirche aufragen.

Gerade wollte ich mich wie beschrieben nach links wenden, als ein Mann mich von hinten packte. »Hab ich dich endlich, du widerlicher Bengel! Höchste Zeit für die Abrechnung!«

Ich wollte den Angreifer von mir stoßen, doch der hatte bereits begonnen, mich hinterrücks aus Leibeskräften zu würgen. »Dich werde ich lehren, mir das Liebchen auszuspannen!« Er war etwas kleiner als ich, aber nicht viel, und so konnte ich seinen nach Schnaps stinkenden Atem dicht im Nacken spüren.

»Welches Liebchen?«, wollte ich fragen, doch ich brachte wegen des Würgegriffs nur ein Ächzen heraus. Für einen absurden Augenblick glaubte ich, der Kerl könnte Elena meinen, aber das war natürlich Unfug. Wann hätte sie sich in der kurzen Zeit in Venedig einen Liebhaber zulegen sollen? Doch in diese Überlegung mischte sich auf der Stelle Unsicherheit. Was wusste ich denn schon über die Ränke der Frauen? Man musste ja nur Caterina als Beispiel nehmen. Kaum kehrte man ihr für eine Stunde den Rücken zu, wartete sie gleich mit zwei neuen Verehrern auf!

Unterdessen fuhr der Angreifer damit fort, mich zu erwürgen, was mich bewog, nicht länger über mögliche Hintergründe seiner Attacke nachzusinnen, sondern mich meiner Haut zu wehren. Mit beiden Ellbogen keilte ich nach hinten aus und traf auf zufriedenstellend knackenden Widerstand, worauf der Bursche mich losließ und sich stöhnend die geprellten Rippen hielt. Zugleich zückte er jedoch einen Degen, den ich wegen der Dunkelheit zwar nicht richtig sehen konnte, der aber dem tödlich sirrenden Geräusch zufolge lang genug sein musste, um mich vollständig zu durchbohren.

»Ich bring dich um, Contarini!«, zischte der Angreifer.

Ich machte einen Sprung rückwärts. »Ihr verwechselt mich!« Ich war erleichtert, weil alles nur ein dummer Irrtum war. »Ich heiße Ziani! Und ich habe überhaupt kein Liebchen!«

»Stirb, du Halunke!«

Ich tat einen weiteren Satz von ihm weg, und als er nachrückte, warf ich ihm das ohnehin nutzlose Windlicht an den Kopf, was ihm ein Schmerzgeheul entlockte, ihn aber nicht daran hinderte, abermals mit dem Degen nach mir zu stoßen. Ich sah von weiteren Ausweichmanövern ab und versuchte auch nicht länger, mit ihm zu diskutieren, sondern rannte davon, so schnell ich konnte.

Zurück in meiner Kammer, zündete ich eine frische Kerze an und drückte mir mein Lavendelkissen vor die Brust, weil ich das Bedürfnis hatte, mich irgendwo festzuhalten. Vorsichtig rieb ich mir den schmerzenden Kehlkopf, teils froh, dass der Kerl mich nicht verfolgt hatte, teils verärgert, weil ich nicht Manns genug gewesen war, mich ihm zu widersetzen. Hätte ich nur endlich eine ordentliche Waffe statt bloß Aldos schartiges altes Messer, das kaum dazu taugte, sich die Nägel zu reinigen!

Rodolfo, der den Raum neben mir bezogen hatte, hatte

mich gehört und kam herein. Im Licht der Talgleuchte, die er vor sich hertrug, wirkte er mit seinem bodenlangen hellen Hemd wie ein zu kurz geratener Geist, ein Eindruck, der nur durch die irdisch-ungeschlachten Zehen gestört wurde, die unter dem Saum hervorlugten und mit dichten schwarzen Haaren bewachsen waren. »Warst du noch unterwegs?«, fragte er.

Immer noch aufgewühlt, berichtete ich ihm von dem nächtlichen Angriff. »Der Kerl muss mich demnach mit irgendwem verwechselt haben, der Contarini heißt«, schloss ich.

»Der Name Contarini ist ziemlich verbreitet in Venedig.«

»Ich weiß. Sogar dieses alte Gemäuer hier heißt so.« Ich erzählte ihm von meiner Begegnung mit dem Maskierten.

Rodolfo wirkte besorgt. »Du solltest dich nicht bei Nacht allein herumtreiben, da kann sonst was passieren!«

»Das hat dieser Maskenmann auch gesagt.«

»Womit er eindeutig recht hatte.« Er räusperte sich. »Um frische Luft zu schnappen, weiß ich andere Möglichkeiten. In der Lagune gibt es viele unbewohnte kleine Inseln. Morgen früh fahre ich mit Franceschina zu einer hinaus. Wir wollen jonglieren üben. Mit brennenden Fackeln.«

Ich staunte. »Geht das überhaupt?«

»Wir wollen es herausfinden.« Er musterte mich. »Es wäre eine gute Gelegenheit, sich auch in anderen gefährlichen Disziplinen zu üben. Zum Beispiel im Schießen. Oder im Fechten.«

»Oh!«, sagte ich begeistert. »Soll das heißen, ich kann mitkommen und mit der Arkebuse schießen?«

»Wir brechen im Morgengrauen auf.«

Mit meiner Nachtruhe war es folglich wenige Stunden später wieder vorbei. Geweckt wurde ich von dem Rumoren in der Küche. Franceschina hatte nicht gezögert, sich diesen Bereich des Hauses untertan zu machen. Sie klapperte mit den Töpfen und Tellern, die sie von irgendwoher beschafft hatte, und das Mezzà war durchzogen von dem Duft nach heißem Haferbrei.

Draußen war es noch nicht richtig hell. Der Innenhof war von nebelgrauen Schatten erfüllt, als ich verschlafen zum Abtritt tappte und dabei feststellte, dass ich mich für den bevorstehenden Ausflug in die Lagune wohl besser warm anzog, wozu sich der Umhang, den ich als Schlafdecke aus dem Fundus abgezweigt hatte, gut eignete. Es war um diese Tageszeit noch empfindlich kühl.

Der Haferbrei war köstlich, denn Franceschina hatte frische Sahne und reichlich Honig hineingegeben. Mit Rodolfos Hilfe hatte sie bereits am Vortag einige Vorräte beschafft. Zur Vesper, so verkündete sie, werde es Fisch in Kräuterkruste geben und dazu in Butter geschwenkte Pasta.

Rodolfo saß neben mir am Tisch und betrachtete Franceschina wohlwollend, offenbar schätzte er ihre Kochkünste genauso sehr wie ich. Als Franceschina sich jedoch vorbeugte und ihm einen Nachschlag auftat, blickte er nicht auf den Teller, sondern in ihren Ausschnitt.

»Dieser Brei ist phänomenal«, sagte Rodolfo. »Du kochst wie eine Göttin.«

Franceschina drückte sich die Hand vor den Mund. »Ich bin gleich wieder da«, stieß sie hervor. Und schon war sie draußen.

»War das Kompliment zu dick aufgetragen?«, fragte Rodolfo mich.

»Hm, ich weiß nicht, ob Göttinnen überhaupt kochen«, redete ich mich heraus.

Rodolfo blickte zweifelnd auf seinen Teller, während es mich drängte, ihm reinen Wein über Franceschinas Zustand einzuschenken, ebenso wie über Bernardos mutmaßliche Beteiligung daran. Doch die Gelegenheit ging ungenutzt vorüber, denn gleich darauf kam Franceschina zurück.

Wir machten uns zum Aufbruch bereit und bestiegen wenig

später einen kleinen Sàndolo, den Rodolfo irgendwo aufgetrieben hatte. In den Kanälen der Stadt wurde das Boot gerudert, und für das Kreuzen in der Lagune konnte ein Segel aufgezogen werden. Rodolfo zeigte mir, wie man es machte, und ich war mit Feuereifer bei der Sache.

Es gab nur ein einziges langes Ruder, das man im Stehen durchs Wasser zog, mit Blick in Fahrtrichtung, um Zusammenstöße zu vermeiden. Rasch erwies sich, wie vernünftig diese Methode war, denn die Kanäle waren zumeist eng und trotz der frühen Morgenstunde stark befahren. Zudem behinderten Nebelschwaden die Sicht. An manchen Stellen war der Dunst so dicht, dass man kaum bis zur nächsten Brücke sah und sich dann schleunigst ducken musste, um sich nicht den Kopf zu stoßen.

Getreulich befolgte ich Rodolfos Kommandos. Bei den Abzweigungen übernahm er selbst das Ruder, denn hier war oft geschicktes Manövrieren nötig, was ich noch nicht beherrschte. Bei den langen, geraden Kanälen hatte ich es dagegen leichter. Hier kam es auf gleichmäßige Bewegungen und Muskelkraft an. Mit beidem konnte ich in ausreichendem Maße dienen, und so erreichten wir bald das nördliche Ufer der Stadt, wo wir jenseits der Nebelbänke in offenem Gewässer das Segel setzen konnten.

Auch das Segeln erklärte Rodolfo mir, und ich erkannte rasch, dass es ungleich schwieriger war als das Rudern. Nach seinen Anweisungen versuchte ich mich an Wenden und Halsen, am Reffen und Spannen des Segels sowie am Umgang mit Pinne und Kompass.

Bei alledem war ich von solcher Hochstimmung erfüllt, dass jegliches Ungemach bedeutungslos wurde. Wenn das Schießen nur halb so viel Spaß machte wie das Segeln, würde dieser Tag einer der schönsten meines Lebens werden!

Der Wind pfiff mir um die Nase, und das Boot hüpfte zuweilen so heftig auf den Wellen, dass Wasser hochspritzte und meine Kleidung benetzte, doch es focht mich nicht an. Ich hätte jubeln können!

Um Franceschinas Befinden war es weniger erfreulich bestellt. Ich sah sie ein paar Mal würgen, und kaum hatten wir richtig Fahrt aufgenommen, beugte sie sich ruckartig über den Dollbord und spie heraus, was sie vor dem Aufbruch verspeist hatte, den Geräuschen zufolge nicht gerade wenig. Anschließend richtete sie sich wieder auf, ein wenig grün um die Nase, aber mit entschlossenem Gesichtsausdruck. »Schon vorbei. Alles draußen.«

»Manche trifft diese Übelkeit leider härter als andere«, sagte Rodolfo teilnahmsvoll.

»Ja, bei den einen hört es nach ein paar Wochen auf, die anderen plagen sich Monate damit herum«, lautete Franceschinas stoische Antwort.

»Es geht bestimmt bald vorbei«, meinte Rodolfo tröstend. »Jeder wird über kurz oder lang seefest.«

»Darüber mache ich mir keine Sorgen«, sagte Franceschina. Sie drapierte ihren Umhang um sich herum und verfiel in Schweigen.

Wir hielten uns in nordöstlicher Richtung, bis mehrere Inseln aus dem dunstigen Grau des Morgens vor uns auftauchten. Einige waren dünn besiedelt, andere bestanden nur aus sumpfigem Schwemmland, das für eine Bebauung nicht genügend festen Untergrund bot. Eines der unbewohnten Eilande steuerten wir an und machten am mangrovenbewachsenen Ufer fest. Rodolfo half Franceschina aus dem Boot, wobei ich den Eindruck hatte, dass er ihre Hand länger festhielt als nötig. Franceschina trachtete ihrerseits offensichtlich nicht danach, sich seiner Galanterie zu entziehen.

Auch bei der anschließenden Jonglierübung kamen sie sich mehrfach recht nahe. Einmal hätte sogar kein Haar mehr zwischen beide gepasst, als nämlich Franceschinas Rock beim Herunterfallen einer Fackel im Weg war und Rodolfo sich auf sie werfen musste, um die Flammen zu löschen, bevor sie Schlimmeres anrichten konnten als den Saum ihres Gewandes zu verkohlen.

Von diesem kleinen Malheur abgesehen, war der Versuch, mit angezündeten Fackeln zu jonglieren, ein voller Erfolg. Es funktionierte zwar nur mit drei Fackeln, aber die Wirkung auf den unbefangenen Zuschauer – als solcher zählte ich ja – war auch so unbeschreiblich. Ich konnte nur mit offenem Mund dastehen und staunen. Und anschließend in Begeisterungsrufe ausbrechen.

Franceschina lächelte gerührt. »Du bist ein guter Junge, Marco!«

Mir fiel ein, in welchem Zusammenhang sie diese Worte schon einmal zu mir gesagt hatte, was mich sofort daran erinnerte, dass ich seit dem Vortag nichts mehr zu Papier gebracht hatte. Dabei sollten heute schon die ersten Proben stattfinden! Der erste Akt war zwar als ordentliches Canovaccio niedergeschrieben, ebenso ein Großteil des zweiten, aber vom Rest gab es nichts außer vagen, dürftigen Stichpunkten, die meisten davon so unleserlich hingekritzelt, dass vermutlich nicht einmal ich selbst sie entziffern konnte.

Und das Sonett, das Leandro Rosalinda darbringen sollte, fehlte auch noch! Die Incomparabili würden nicht mehr lange brauchen, um mich als überflüssigen Versager zu durchschauen, dann wären meine Tage bei der Truppe gezählt!

Rodolfo richtete die Arkebuse auf mich, und schockiert hob ich beide Hände, bis ich merkte, dass er mir das Gewehr lediglich geben wollte.

»Ich war in Gedanken«, sagte ich lahm.

»Keine guten, wie mir scheint.« Er reichte mir das Gewehr. »Selbstverständlich ist es nicht geladen. Das kommt später. Hier, halte es einmal und mach dich mit dem Gefühl vertraut.«

Rodolfo zeigte mir, wie die Pulverpfanne befüllt wurde, und nebenher erklärte er mir die Funktionsweise der Arkebuse.

Die Waffe war auf der rechten Seite am Schlossblech mit einem stählernen Rad versehen, das mittels eines Hahns, zwischen dessen Backen Schwefelkies klemmte, gespannt wurde. Beim Ziehen des Abzugs sprang das Rad vor, und die Reibung durch den Funkenschlag des Schwefels entzündete auf einen Schlag das Pulver, wodurch wiederum die Kugel aus dem Lauf katapultiert wurde.

Die ganze Handhabung erschien mir recht umständlich, und ich äußerte Rodolfo gegenüber meine Zweifel, ob die Arkebuse im Nahkampf viel nütze, denn bis man mit Laden, Anlegen und Schießen fertig sei, könne einen der Gegner mit dem Schwert drei Mal erledigen.

»Oh, manche Arkebusiere sind ziemlich flink, sie beherrschen jeden Handgriff blind und laden und schießen in einem Zug. Aber versierten Langbogenschützen sind sie auf größere Distanzen unterlegen. Außerdem taugen diese Donnerbüchsen bei feuchtem Wetter wenig, und bislang habe ich noch selten eine Schlacht erlebt, bei der es nicht regnete.«

Er lud eine Kugel in den Lauf der Arkebuse und ließ mich feuern. Der Knall brachte meine Ohren zum Klingeln, meine Hand schmerzte vom Rückschlag, und der Pulverdampf ließ das Strandstück um uns herum wie eine Schwefelhölle aus Dantes Inferno riechen.

Das angepeilte Ziel hatte ich verfehlt. Der morsche Mangrovenstumpf, auf den ich angelegt hatte, sah genauso aus wie vorher. Dafür hatte die Kugel ein beachtliches Loch in die darunterliegende Uferböschung gegraben. Bei einem Zweikampf gegen einen Berittenen hätte ich mit diesem Treffer dem Pferd ein Hufeisen abgeschossen, meinte Rodolfo.

»Immerhin hätte es dann keine Toten gegeben«, sagte Franceschina, ohne mit Jonglieren innezuhalten. »Ich hasse es, wenn Menschen sich gegenseitig totschießen. Oder sich auf andere Weise umbringen. Männer, die das tun, sind mir ein Gräuel.« Von den brennenden Fackeln war sie wieder zu Lederbällen übergegangen und fing sie abwechselnd vor und hinter ihrem Körper auf, was mich erneut zum Staunen und Rodolfo zu überschwänglichen Lobeshymnen hinriss. Dann räusperte er sich und meinte: »Manchmal geht es nicht anders, als jemanden umzubringen.«

»Zum Beispiel in Notwehr«, pflichtete ich ihm bei. »Oder im Krieg.«

»Nur wer sich in Gefahr begibt, kommt darin um«, sagte Franceschina kategorisch.

»Für manche Gefahren kann ein Mann nichts«, wandte Rodolfo ein. Es klang, als wollte er sich entschuldigen.

»Papperlapapp.« Sie packte die Bälle weg und kramte in dem Proviantkorb herum, den wir mitgenommen hatten. »Hat jemand Hunger?« Sie holte eine Dauerwurst heraus und biss ein gewaltiges Stück davon ab.

Einträchtig nahmen wir ein zweites Morgenmahl zu uns und labten uns an Wurst, Brot, Käse und einigen Schlucken aus einem Krug mit verdünntem Wein. Anschließend lehnte Franceschina sich mit dem Rücken gegen einen Felsen und döste ein.

Ich war ebenfalls müde, doch Rodolfo winkte mich zu sich. »Dass die Büchse nicht ganz deinem Naturell entspricht, ahnte ich schon. Deshalb habe ich genau das Passende für dich dabei.« Aus der mitgebrachten Waffenkiste zog er ein langes, im Sonnenlicht funkelndes Rapier. Ehrfürchtig betrachtete ich es und schluckte, weil es exakt so aussah wie das Schwert, das ich mir schon lange wünschte, von dem ich jedoch weiter entfernt war denn je. Sobald mich die Incomparabili wegen Untauglichkeit hinauswarfen, hatte ich keine Einkünfte mehr. Ohne Einkünfte wiederum hatte ich kein Geld, und ohne Geld gab es kein Schwert, erst recht keines wie dieses.

»Es gehört dir«, sagte Rodolfo.

Fassungslos starrte ich ihn an.

»Nimm es.« Er führte meine Hand an den Griff, der von

einem filigran gearbeiteten Gitterkorb geschützt war. »Ich habe es von einem Franzosen, der es nicht mehr braucht.«

»Dieses Schwert? Nicht mehr brauchen?« Ich glaubte ihm kein Wort.

»Na ja, er ist tot.«

»Äh … Hast *du* …?«

Er wandte sich rasch zu Franceschina um, aber die schlief tief und fest. »Ich sagte doch, manchmal geht es nicht anders«, sagte er mit gedämpfter Stimme. »Für mich ist das Schwert viel zu lang, aber für dich ist es ideal.«

Er hatte recht. Ich wog es in der Hand und fand es perfekt ausbalanciert, fast wie eine natürliche Verlängerung meines Arms. »Was willst du dafür haben?«

»Nichts«, sagte er entrüstet. »Was für ein Christ wäre ich, das Schwert eines wackeren Soldaten zu verscherbeln, nur weil ich ihm zuvor umständehalber den Arm abhacken musste, mit dem er es führte!«

Diese spezielle Herkunft machte das Geschenk nicht seriöser, im Gegenteil, doch ich brachte es nicht über mich, die unverhoffte Gabe zurückzuweisen. Zu sehr hatte ich mich nach einer solchen Waffe gesehnt!

In vorschriftsmäßiger Kampfhaltung übte ich gegen einen imaginären Gegner alle Hieb- und Stichtechniken, die ich von Onkel Vittore gelernt hatte, und der Unterschied zu dem früher benutzten Holzschwert war in etwa so umfassend wie derjenige zwischen dem abgeschabten alten Sàndolo dort drüben und der goldenen Prunkbarke des Dogen.

Beseligt schwang ich meinen persönlichen Bucintoro durch die Luft. Meine Euphorie erreichte ungeahnte Höhen. Dieser Tag *war* der schönste meines Lebens!

»Du bist der geborene Fechter«, sagte Rodolfo.

Mitten in einer Riposte hielt ich inne. »Trotzdem verstehe ich nicht, wieso du mir einfach ein solches Schwert schenkst.«

»Weil du es vielleicht einmal brauchen kannst.«

Bevor ich diese kryptische Verlautbarung hinterfragen konnte, wachte Franceschina auf, und angesichts ihres missfälligen Gesichtsausdrucks beeilte ich mich, meine neue Waffe in der dafür bereitliegenden Scheide zu verstauen und einstweilen in der Kiste zu belassen.

Während der Rückfahrt malte ich mir aus, welchen Eindruck es auf die übrigen Truppenmitglieder machen würde, wenn ich, gegürtet mit dem Rapier, das nächste Mal in der versammelten Runde erschien. Endlich würden mich alle für voll nehmen!

Meine frisch erwachte Souveränität schrumpfte beträchtlich, als Franceschina eine Bemerkung über die am Nachmittag anstehenden Proben fallen ließ. Was nützte mir das prächtige Schwert, wenn ich mit einem Bühnenstück ankam, das mehr Löcher hatte als alter Käse!

Voller Gewissensbisse ging ich daran, weitere Szenen für den zweiten Akt zu ersinnen.

Bei dieser Gelegenheit erinnerte ich mich wieder an Baldassarres Vorschlag, Leandro nicht Rosalinda, sondern Aurelia lieben zu lassen, und mit einem Mal fand ich die Idee gar nicht mehr so übel. Figuren mussten sich entwickeln, und dazu bedurfte es sowohl innerer wie auch äußerer Wandlung. Die Wandlung der Figuren machte ein Stück erst spannend. Leandro, der sich zunächst einbildet, Rosalinda zu lieben, stellt im Laufe des zweiten Aktes fest, dass seine eigentliche Zuneigung Aurelia gilt.

Aurelia liebt Leandro ebenfalls, aber wegen seiner anfänglichen Hinwendung zu Rosalinda ist sie wütend auf ihn und tut daher so, als ziehe sie Flavio vor. Flavio wiederum liebt Rosalinda, macht aber bereitwillig bei Aurelias Scharade mit, um Rosalinda eifersüchtig zu machen.

Damit hatte ich nicht nur den zweiten Akt entscheidend

vorangetrieben, sondern auch bereits eine Menge Potenzial für den dritten Akt beisammen! Angeregt spann ich in Gedanken die Handlung weiter und hielt mich nach einer Weile für nicht mehr ganz so unfähig wie zuvor. Mein schöpferischer Höhenflug reichte sogar aus, ein Sonett zu dichten, das Leandro folgerichtig nun nicht länger Rosalinda, sondern Aurelia zu Ehren darbieten würde.

Aurelias Antlitz bringt mein Herz zum Singen,
Kaum seh ich sie, gibt es kein Halten mehr.
Auf Knien sink ich hin und hoffe sehr,
Mit meiner Liebe zu ihr vorzudringen.

Doch keine Worte auf der Dichtung Schwingen,
Kein Dolch, kein Schwert, kein knallendes Gewehr
Erweichen sie und wecken ihr Begehr –
Da muss ich ihr wohl and're Gaben bringen.

Mit Schmuck und Seide könnt ich sie betören,
Nebst Sammet, Gold und bunten Edelsteinen
Könnt ich mein Herz vor ihre Füße legen.

Doch dieses Werben wird sie nicht erhören.
Ein neuer Plan macht eher sie zur meinen:
Mit Küssen will ich sie dazu bewegen!

Beim Dichten der letzten Zeile wurde mir warm, und ich fragte mich, ob sie nicht zu gewagt war. Aber selbstverständlich mussten die Innamorati sich zu guter Letzt küssend in die Arme sinken, wie sonst sollten sie ihre überströmende Liebe zum Ausdruck bringen?

Außerdem waren Bühnenküsse ohne echte Leidenschaft, wie ich von Cipriano wusste. Als Lelio hatte er Caterina am Ende der *Lustigen Brautwerbung* zur Freude aller Zuschauer auf den Mund geküsst – in Wahrheit nur auf den Mundwinkel, aber es hatte wie ein echter Kuss ausgesehen –, und nicht einmal der notorisch eifersüchtige Bernardo hatte daran Anstoß genommen.

Auf ähnliche Weise würde Bernardo alias Leandro in meinem Stück Aurelia küssen, das war folgerichtig und gehörte nun einmal dazu.

Doch dann wurde mir klar, dass er in Wahrheit Elena küssen müsste, und augenblicklich fand ich die ganze Idee weit weniger praktikabel als vorher.

»Du siehst aus, als hättest du Bauchschmerzen«, sagte Rodolfo. »Du wirst mir doch nicht auch noch seekrank werden?«

Als ich verneinte, schlug er vor, dass ich noch einmal in die Rolle des Bootsmanns schlüpfte. Er überließ mir Ruderpinne und Segel und korrigierte nur hin und wieder den Kurs, bis sich vor uns die Silhouette Venedigs erhob. Die vielen Türme inmitten des dichten Häusermeers waren auch von Norden aus betrachtet ein imposanter Anblick, und obwohl ich erst seit so kurzer Zeit in der Lagune weilte, erfasste mich alberner Stolz, als ich die einzigartige Pracht vor mir sah. Hier war ich geboren, ein echter Venezianer, sogar einer von adligem Geblüt, und es war mein angestammtes Recht, diese Stadt meine Heimat zu nennen! Dass ich mit geradezu kindischer Unvernunft mein Dorf und unser Gut in der Einöde vermisste, wollte nichts besagen. Ich musste einfach nur noch eine Weile hierbleiben, dann würde sich das Heimatgefühl von ganz allein einstellen.

»Wo wart ihr?«, wollte Bernardo wissen. Er saß mit Cipriano in der Küche der Ca' Contarini und verleibte sich die Reste der Mahlzeit ein, die Franceschina am frühen Morgen vor unserem Aufbruch zubereitet hatte.

»Wir haben das Jonglieren mit brennenden Fackeln geübt.«

Bernardo musterte Franceschina missgestimmt. »Dein Gesicht ist ganz rot.«

»Rosig«, korrigierte Rodolfo, während er hinter mir die Küche betrat. »Die Farbe der guten Laune, der Frische und des Wohlbefindens.«

Bernardo ließ den Löffel neben seinen Teller fallen. »Warum habt ihr so lange gebraucht?«, fragte er vorwurfsvoll. »Wir hatten Hunger, und es gab kein Mittagsmahl!«

»Ich hatte euch gestern Abend schon gesagt, dass wir heute erst zur Vesper warm essen«, sagte Franceschina.

»Daran erinnere ich mich nicht.«

Achselzuckend legte sie ihren Umhang ab und machte sich am Herd zu schaffen.

Rodolfo war weniger zurückhaltend. »Du hast dir die Nase mit Schnaps begossen, da löst sich die Erinnerung leicht im Nebel des Suffs auf.«

»Du dreister Gnom!« Bernardo erhob sich, die Hand in drohender Gebärde am Waffengurt. Rodolfo straffte sich angriffslustig, doch die Auseinandersetzung war vorbei, bevor sie richtig begonnen hatte, denn Bernardo verzog schmerzerfüllt das Gesicht, sank auf den Schemel zurück und griff nach seiner Schulter.

»Meine Güte, was ist mit dir?« Franceschina ließ sämtliche Kochutensilien fahren und eilte zu Bernardo an den Tisch. Besorgt beugte sie sich über ihn. »Lass sehen!«

»Es ist nichts«, ächzte er, wobei er das Kunststück fertigbrachte, zugleich tapfer und jammervoll dreinzuschauen.

»Die Wunde hat sich bestimmt entzündet!« rief sie, während sie sein Hemd zur Seite zog und vorsichtig den Verband anhob, um die Verletzung zu betrachten. »Ich hatte dich angefleht, du mögest dich schonen! Aber du musstest ja unbedingt gestern schon wieder auftreten!«

»Ich konnte doch den Part des Capitano unmöglich diesem Zwerg überlassen!«

»Rodolfo hätte die Rolle gewiss gemeistert«, widersprach Franceschina. »Er versteht sich auf alle Belange des Theaters und ist ein umsichtiger, kluger Mann!«

Anstelle einer Antwort stöhnte Bernardo abermals auf, ob vor Wut oder vor Schmerzen, war schwer zu sagen.

»Mach es am besten wie Baldassarre«, empfahl Cipriano ihm. »Leg dich für eine Stunde zu einem Mittagsschläfchen nieder.«

Dann warf er mir einen anerkennenden Blick zu, denn ihm war ein gewisses Detail an meiner Aufmachung nicht entgangen. »Marco, du trägst ja ein richtiges Schwert!«

Ich reckte mich stolz. »Es ist ein französisches Rapier. Rodolfo hat es mir geschenkt.«

»Lass sehen!«

Ich zog blank und hielt das Rapier so, dass sich das einfallende Sonnenlicht in der Klinge spiegelte.

»Donnerwetter«, sagte Cipriano beeindruckt. »Scharf wie ein Rasiermesser!«

»Fragt sich, ob der grüne Bengel überhaupt damit umgehen kann«, sagte Bernardo missmutig. »Wenn er so ficht wie er dichtet, muss er sich auf ein kurzes Leben einrichten.«

Es drängte mich, ihm ein Übungsgefecht vorzuschlagen, doch in diesem Moment kam Elena in die Küche, und augenblicklich waren mir alle Schwerter dieser Welt gleichgültig. Mein Herz raste wieder genauso heftig wie in der vergangenen Nacht, als sie auf ihrer Bibel gestanden und mich geküsst hatte.

Meinem Rapier gönnte sie nur einen flüchtigen Blick, doch ich meinte, deutliche Nervosität in ihrem Gesicht zu erkennen.

Doch nicht ich war der Grund für ihre Aufregung. »Großvater ist verschwunden. Vor einer Stunde lag er noch friedlich schlafend oben in seinem Bett, aber als ich vorhin nach ihm schaute, war er weg!«

»Herrjemine!« Cipriano stand auf. »Da hilft wohl nichts außer Suchen!«

Wir teilten uns auf. Rodolfo und Cipriano wollten das Sestiere in Richtung Castello abgehen, und Elena und ich begaben uns in Richtung Rialto, weil ich mich nach meinem Ausflug mit Baldassarre dort besser als andernorts in der Stadt auskannte und überdies bereits eine Vorstellung davon hatte, wo er sein könnte.

Ich trottete neben Elena her und hatte das Bedürfnis, etwas zu sagen, egal was – nur fiel mir nichts ein. Sie selbst war ebenso schweigsam, doch ich bemerkte, dass sie mich hin und wieder von der Seite ansah, genauso wie ich sie.

»Du hast ein Schwert«, sagte sie schließlich.

Ich widerstand dem Drang, das Rapier zu zücken, um ihr den präzisen Dreikantschliff vorzuführen. Sie war ein Mädchen, und als solches hatte sie gewiss kein Interesse an Waffen.

»Rodolfo hat es mir geschenkt«, sagte ich daher nur.

»Es passt sehr hübsch zu dem ledernen Harnisch.«

Der modische Aspekt an dem Schwert war mir bislang völlig entgangen, deshalb konnte ich auch hierzu nichts sagen und blieb lieber stumm.

Nach einer Weile meinte sie: »Was ist eigentlich mit dem Buch?«

»Mit welchem Buch?«

»Das, was ich gestern im Innenhof vergaß.«

Mein Gesicht brannte. »Ich nahm deine Bibel mit in meine Kammer, dort liegt sie noch. Ich gebe sie dir, sobald wir zurück sind.«

»Es ist gar keine Bibel. Wäre es eine Bibel, wäre das, was ich damit getan hätte, Blasphemie.«

»Es steht aber Bibel darauf«, sagte ich töricht.

»Nicht alles ist das, wonach es aussieht. In Wahrheit ist es ein Sammelband, der Großvater gehört, und drinnen sind das Decamerone von Boccaccio, eine Gedichtsammlung von Petrarca und die Divina Commedia von Dante. Nur am Anfang steht ein Stück aus der Bibel, der Rest ist unterhaltsame Lektüre. Irgendwann hat Großvater das so für sich binden lassen.« Sie räusperte sich. »In ein oder zwei Städten, wo er früher war, gab es wohl Ärger mit der Inquisition. Für diese Fälle hatte er das dicke Buch. Das ließ man ihm auch im Gefängnis, und so hatte er ein Mittel gegen die Langeweile.«

»Er war hinter Gittern?«

»Nie lange, wenn man ihm glauben darf. Außerdem muss das vor meiner Geburt gewesen sein. Ich selbst kann mich jedenfalls nicht daran erinnern.«

»Theoretisch könnte es also auch hier in Venedig gewesen sein?«

»Woher soll ich das wissen? Ich war ja nicht dabei, und er hat stets alles Vergangene vergessen, wenn man Näheres darüber wissen will.« Sie blickte sich um, während wir die Rialtobrücke erreichten. »Wo gehen wir eigentlich hin?«

»Zu dem Badehaus, in dem wir gestern waren.«

Sie nickte. »Es ist vernünftig, dort zu suchen.« Zusammenhanglos fügte sie hinzu: »Fandest du den Kuss sehr schrecklich?«

Ich stolperte über eine der flachen Treppenstufen und wäre beinahe mitten auf der Rialtobrücke hingeschlagen.

Bevor ich eine Antwort geben konnte, fuhr Elena fort: »Ich musste wissen, wie es ist. Darum tat ich es.«

Mir entwich ein unartikuliertes Geräusch, aber eigenartigerweise verstand Elena sofort, dass es eine Frage sein sollte.

»*Warum* ich es wissen wollte? Nun, ganz einfach: Ich soll doch die Rolle der Aurelia spielen. Und wie kann ich glaubwürdig einen Kuss spielen, wenn ich es noch nie zuvor ausprobiert habe?«

»Äh … Ach so.«

»Natürlich hätte ich es auch bei Bernardo ausprobieren können, denn er wird ja den Leandro verkörpern, folglich muss ich ihn auch im Stück küssen. Aber erstens riecht er die meiste Zeit nach Schnaps, und zweitens kennt er die Rolle nicht so gut wie du. Schließlich bist du der Autor, und niemand steht dem Stück jemals näher als der, der es schreibt. Also lag es nahe, dass ich mich an dich wandte.«

Die Logik hinter diesen Ausführungen wirkte bestechend, weshalb es nachgerade seltsam war, dass Elenas Erklärung mich in hohem Maße irritierte. Doch wie ich es auch drehte und wendete – ich kam nicht darauf, woran es lag. Vielleicht hing mein Unvermögen, klar zu denken, damit zusammen, dass sie abermals das enge Kleid trug. Oder dass sie schon wieder die Haube vom Kopf gezogen hatte.

»Ich glaube nicht, dass ich es richtig gut gemacht habe«, sinnierte sie.

»Was?«, fragte ich geistesabwesend, den Blick auf eine vorwitzige Locke gerichtet, die sich in ihrem Ausschnitt ringelte.

»Das Küssen«, sagte sie. »Sicher war es ziemlich stümperhaft und der Aurelia unangemessen. Wie würdest du das beurteilen?«

Ich stolperte erneut und stieß dabei gegen einen Bettler, der vor einer Hauswand hockte und die Hand aufhielt. Er bedachte mich mit unflätigen Beschimpfungen, während ich ihm half, die paar Münzen einzusammeln, die bei dem Zusammenprall zu Boden gefallen waren.

»Ich weiß nicht«, stieß ich als Antwort auf Elenas Frage hervor.

»*Ich* aber!«, rief der Bettler erbost. »Du bist ein übler Hurenbock, das bist du! Immer die Finger unter den Röcken willfähriger Weiber, sonst kannst du nichts!«

Hastig weitergehend, tat ich so, als hätte ich diesen Anwurf nicht gehört, während Elena sich eilig den Ausschnitt ihrer Bluse höher zog und die Haube überstülpte. »So ein unhöflicher alter Mann!«, sagte sie entrüstet.

»Er war nur wütend, weil sein Geld runtergefallen ist.«

»Ja, du hast recht. Sicher wollte er uns nicht beleidigen.« Elena räusperte sich und erklärte unvermittelt. »Also, nachdem auch du es stümperhaft fandest, sollten wir es nicht dabei belassen, was meinst du?«

»Äh … bei was belassen?«, fragte ich begriffsstutzig.

»Bei dem einen unzureichenden Versuch. Ich möchte das Küssen auf alle Fälle noch besser beherrschen, bevor ich damit auf die Bühne gehe.« Eilig fügte sie hinzu: »Nicht, dass du denkst, ich sei … willfährig! Es ist eine rein schauspielerische Angelegenheit!«

Ich nickte einfältig, während mir heiß das Blut in alle möglichen Körperteile schoss bei der Aussicht, wir könnten uns noch einmal küssen, schauspielerisch oder sonst wie.

»Es sollte dunkel sein, damit niemand uns dabei sieht«, sagte sie.

Ich konnte nichts sagen, weil mir fast das Herz aus dem Hals sprang vor Aufregung.

»Im Haus könnte jemand zufällig hinzukommen, dann würden wir dumm dastehen«, fuhr Elena fort. »Deshalb sollten wir uns nach Einbruch der Nacht kurz zusammen von dort fortstehlen. Wärest du damit einverstanden?«

Ich fing an zu schwitzen und nickte abermals.

»Dann ist es abgemacht«, schloss sie.

Immer noch unfähig, auch nur einen einzigen vernünftigen Gedanken zu fassen, folgte ich eher meinen Füßen als meinem Verstand zu der Gasse, die zu der Brücke mit dem anrüchigen Namen Ponte delle Tette führte. Ich spähte vorsichtig voraus, aber zum Glück war in den umliegenden Fenstern nirgends eine Frau zu sehen.

»Da drüben ist das Badehaus«, sagte ich. »Am besten wartest du hier bei der Brücke, und ich gehe rasch nachsehen, ob dein Großvater drinnen ist.«

»Ich gehe mit.«

»Auf keinen Fall!«, protestierte ich.

»Warum nicht?«

»Es ist nicht schicklich.«

Zu meinem Schrecken kam just in diesem Moment Matilda über die Brücke. Ihre wippenden Brüste waren zwar nicht nackt, aber ihr Ausschnitt war so tief, dass nicht viel daran fehlte. Als sie mich erblickte, setzte sie ein breites Lächeln auf. »Wie schön, dich schon wieder hier zu sehen! Ein paar ordentliche Bürstungen gefällig?«

»Ich … ähm, nein danke.«

»Wer ist das?«, zischte mir Elena zu.

»Keine Ahnung«, flüsterte ich zurück.

»Aber was denn, ich hatte mich dir doch vorgestellt, und meine Bürsten gleich dazu!« Matilda umfasste mit beiden Händen ihre Brüste, ließ sie mit einem Ruck hochschnellen und kniff ein Auge zu. Immerhin schien die Angelegenheit damit für sie erledigt zu sein, denn sie ging mit schwingenden Hüften weiter und verschwand im benachbarten Haus.

Elena starrte mich an. »Du kennst sie doch! Und ihre *Bürsten*!«

»Baldassarre und ich sahen sie auf dem Weg hierher, das ist alles! Diese Matilda redet mit allen Männern so.«

»Du weißt sogar, wie sie heißt!«

»Weil sie es aus dem Fenster posaunte.«

Elena warf mir einen argwöhnischen Blick zu, dann legte sie die noch fehlenden Schritte zur Pforte des Badehauses zurück und klopfte an.

»Nicht!« Eilig folgte ich ihr und versuchte, sie von der Tür wegzudrängen, doch sie behauptete ihre Position und blieb stehen. Als die Tür aufging, prallte sie zurück, denn vor ihr stand Adelina, die noch freizügiger gekleidet war als Matilda. Ihre melonenartigen Brüste strebten uns entgegen, kaum bedeckt von der dünnen, vom Dampf durchfeuchteten Bluse. Elena schnappte ungläubig nach Luft.

Adelina würdigte sie jedoch keines Blickes. Stattdessen bedachte sie mich mit einem Jubelschrei. »Ich wusste, dass du wiederkommst! In meiner tiefsten Seele habe ich gespürt, dass das zwischen uns nicht alles gewesen sein kann!« Sie packte mich bei den Schultern und zog mich an sich. Ein Schwall Rosenduft schlug mir ins Gesicht, als sie ihr Gesicht dem meinen entgegenreckte. Möglicherweise hätte sie mich geküsst, und ich war so erstarrt vor Fassungslosigkeit, dass ich es vermutlich geduldet hätte, wären weitere Vertraulichkeiten nicht von anderer Seite vereitelt worden.

Elena schubste mich von Adelina weg. »Ist mein Großvater zufällig hier?«

»Mein Kind, bist du das etwa?«, rief Baldassarre von drinnen.

»Großvater!«, rief Elena erleichtert. »Gott sei Dank!« Auffordernd sah sie mich an. »Worauf wartest du? Hol ihn da raus!« Trotz des überall aufwallenden Dampfes war zu sehen, dass sie mich mit Blicken erdolchte. Doch wenigstens blieb sie bei der Tür stehen, weil sie offenbar erkannt hatte, dass dies kein Ort für anständige junge Mädchen war.

»Wer ist diese Rothaarige?«, wollte Adelina von mir wissen. Sie folgte mir zu den Zubern und schüttete im Vorbeigehen einem Badegast heißes Wasser über den eingeseiften Kopf.

»Sie ist meine Enkelin«, sagte Baldassarre. Er saß im Nachbarzuber, zusammen mit einem Mann mittleren Alters, der Wein aus einem Pokal schlürfte und mir zunickte, als ich bei der Wanne stehen blieb.

»Seid gegrüßt«, meinte er.

Er kam mir vage bekannt vor, aber mir fiel nicht ein, wo ich ihn schon gesehen hatte.

»Ihr solltet jetzt aufstehen«, sagte ich zu Baldassarre.

»Ich verstehe dich wirklich nicht«, klagte Adelina. »Du kommst eigens her zu mir, aber dann sprichst du wieder nur mit diesem alten Kerl!«

Die Badewirtin erschien inmitten der Dampfschwaden. »Was ist das hier für ein Auflauf?«

»Großvater, ich warte hier vorn auf dich!«, rief Elena von der Tür her.

»Ich fürchte, nun muss ich aufbrechen«, sagte Baldassarre. Sein magerer Altmännerkörper erhob sich platschend aus den

Fluten, und die Badewirtin reichte ein Leinentuch zum Abreiben.

»Wir reden beim nächsten Mal weiter über unsere Geschäfte«, sagte er.

»Das tun wir ganz bestimmt«, antwortete der Mann im Zuber.

Beim Klang seiner Stimme stutzte ich, denn ich war sicher, dass ich ihn schon sprechen gehört hatte. Und gleich darauf wusste ich auch, wann – in der vergangenen Nacht, als ich mich in dem Gassengewirr verlaufen und dank der Wegbeschreibung des maskierten Mannes zurückgefunden hatte. Der Mann im Zuber war der Maskierte!

Und Baldassarre machte Geschäfte mit ihm!

Augenblicklich überkamen mich Schreckensvisionen von heiligen Zehen, Kämmen und anderen zweifelhaften Handelsobjekten.

»Was habt Ihr mit dem Mann im Zuber besprochen?«, fragte ich flüsternd, während ich Baldassarre hinter einem Wandschirm beim Ankleiden half. »Seid Ihr Euch schon handelseinig geworden mit ihm?«

»Handelseinig? Worüber denn?«

»Zum Beispiel, dass Ihr ihm irgendwelche Dinge herausgeben oder bezahlen müsst?«

»Aber nein. Wie kommst du darauf?«

»Na ja, Ihr spracht von Geschäften …«

»Und was ist jetzt mit *mir*?«, quengelte Adelina von der anderen Seite des Wandschirms.

»Ich bin nicht der, für den Ihr mich haltet«, antwortete ich.

Es kam mir zupass, dass die Badewirtin Adelina an die Arbeit zurückscheuchte. So konnte ich in Ruhe nachdenken, während Baldassarre sich fertig anzog.

Allmählich sah ich klarer. Schon bei meinem ersten Besuch hier hatte ich richtig vermutet, wenn auch ganz anders, als ich zunächst ahnte: Adelina hatte nicht Baldassarre für jemand anderen gehalten, sondern mich. Und zwar für einen Kerl namens Contarini. So wie der Angreifer in der vergangenen Nacht.

Dieser Contarini musste mir wirklich ziemlich ähnlich sehen!

Grübelnd folgte ich Baldassarre und Elena durch die Gassen beim Rialto und dann weiter über die Brücke nach San Marco. Konnte es sein, dass auch der zornige Bettler mich mit besagtem Contarini verwechselt hatte? Das würde passen, denn allem Anschein nach war dieser Contarini ein Schwerenöter, sonst hätte er dem Burschen, der mit dem Degen auf mich losgegangen war, nicht das Liebchen ausgespannt.

Die Vorstellung, dass in Venedig jemand herumlief, der aussah wie ich und seine Hände unter den Röcken willfähriger Weiber hatte, war verstörend. Und auf merkwürdige Weise faszinierend!

Elena fiel hinter Baldassarre zurück und ging neben mir. »Was war da zwischen dir und dieser … Bademamsell?«

»Nichts!«, beteuerte ich. »Sie hat mich verwechselt!«

Elena musterte mich unter hochgezogenen Brauen. »Was du nicht sagst.«

»Es stimmt, ich schwöre es. Genau wie der Kerl, der mich letzte Nacht umbringen wollte, weil ich ihm angeblich die Geliebte ausgespannt habe.«

»Es scheint dir zu gefallen, mich für dumm zu verkaufen, Marco Ziani.«

»Glaub mir oder lass es.«

Sie runzelte die Stirn. »Was war denn los letzte Nacht?«

Ich erzählte es ihr, was sie für eine Weile in nachdenkliches Schweigen versinken ließ. »Contarini, sagst du?«, meinte sie schließlich. »Genau wie der Palazzo, in dem wir logieren?«

»Das war mir auch schon aufgefallen, aber Rodolfo meinte, es sei in Venedig ein gebräuchlicher Name.«

»Dieser Contarini muss ein windiger Bursche sein. Und dir bis aufs Haar gleichen.« Sie hielt kurz inne. »Hoffentlich nur äußerlich.«

Ich war zu erleichtert darüber, dass sie mir glaubte, um über die Spitze beleidigt zu sein.

»Er könnte noch mehr Feinde haben, die aus Versehen dir das Fell gerben wollen«, gab Elena zu bedenken.

Ich klopfte auf den Griff meines Schwerts. »Gegen weitere Angriffe bin ich ja nun gewappnet.«

»Bei Angriffen wie von dieser Bademamsell wird dir das Schwert nicht viel helfen«, sagte Elena. »Aber vielleicht willst du dich gegen solche Attacken ja auch gar nicht wehren.«

Auf diese lächerliche Bemerkung ging ich nicht ein, sondern dachte weiter angestrengt nach. »Weißt du, was ich komisch finde?«, meinte ich schließlich.

»Bestimmt dasselbe, was auch mir komisch vorkommt«, sagte Elena.

»Was denn?«

»Sag du es zuerst.«

»Wieso ich?«

»Weil du davon angefangen hast.«

Ich unterdrückte ein Stöhnen, denn ihre sprunghafte Art war manchmal kaum auszuhalten. Dennoch gab ich meine Meinung als Erster preis, weil alles andere kindisch gewesen wäre. »Ich schreibe eine Verwechslungskomödie, und plötzlich verwandelt sich das Stück in wirkliches Leben! *Das* ist komisch!«

»Genau das dachte ich auch. Es ist wie Hexerei!«

Ich schüttelte den Kopf. »Ich glaube nicht an Hexerei.«

Dasselbe hatte Onkel Vittore oft gesagt. Behauptete jemand aus unserem Dorf nach einer Missernte, nach der Geburt eines zweiköpfigen Kalbes oder nach anderen merkwürdigen Begebenheiten, es müsse Hexenwerk im Spiel sein, so erwiderte Onkel Vittore stets, er glaube nicht an Hexerei.

»Hexerei ist eine Erfindung von Männern, die Probleme

mit Frauen haben«, hatte er einmal erklärt. Pater Anselmo, der kurz zuvor einen durchreisenden Inquisitor beherbergen und stundenlang dessen Erkenntnissen über die besten hochnotpeinlichen Verhörmethoden hatte lauschen müssen, hatte sich brummelnd bekreuzigt und nicht widersprochen.

»Es gibt für alles eine vernünftige Erklärung, man muss sie nur finden.« Auch das waren Onkel Vittores Worte, und mit einem Mal war ich froh über die Rationalität, mit der er mich erzogen hatte. Er war ein gottesfürchtiger Mann gewesen, aber darüber hatte er nie das kritische Denken vergessen. Nicht alles klerikale Wirken war in seinen Augen sakrosankt, der Papst kein untadeliger Heiliger und der Prediger auf der Kanzel kein Evangelist.

»Du hast recht«, sagte Elena. »Es mit Hexerei zu erklären wäre zu einfach, und einfach machen es sich meist die Dummen, weil sie sich gern das Nachdenken sparen. Lass uns also nachdenken. Du schreibst ein Stück über Doppelgänger in Venedig, und plötzlich stellst du fest, dass du wirklich einen Doppelgänger in Venedig hast. Könnte das ein Zufall sein?«

»So ein Zufall wäre gar zu haarsträubend.«

»Aber wenn es kein Zufall ist und keine Hexerei – was ist es dann?« Elena gab sich selbst die Antwort. Entschlossen hob sie das Kinn. »Was immer es ist – wir werden es herausfinden!«

Wir kamen überein, Rodolfo zu befragen, denn er hatte mir die Geschichte erzählt, welche die Grundlage meines Stücks bildete. Vielleicht erinnerte er sich, wer davon berichtet hatte. Irgendjemand musste mehr darüber wissen.

Der Gedanke, ich selbst könne womöglich ein Teil jener tragischen Ereignisse sein, die sich zu den Zeiten der letzten großen Pest in Venedig zugetragen hatten, war beklemmend, doch in mein Erschaudern über etwaige furchtbare Familiengeheimnisse mischte sich auch brennende Neugierde.

Konnte ich das zweite Zwillingskind sein? Und Onkel Vittore der fürsorgliche Verwandte, der mich vor der wahnsinnigen Räuberin des Erstgeborenen in Sicherheit gebracht hatte?

Elena riss mich aus meinen galoppierenden Mutmaßungen. Sie zupfte mich am Ärmel und deutete auf Baldassarre, der unbemerkt ein Stück hinter uns stehen geblieben war und mit einem Juden sprach.

Wir eilten zu ihm und hörten schon beim Näherkommen, dass es auch bei dieser Unterhaltung um Geschäfte ging.

»... würde ich Euch gern mehr über diese neuartige Art von Alchimisten-Öfen erzählen«, sagte Baldassarre gerade. »In Deutschland bauen sie Athanore nach einem gänzlich neuen Prinzip. Unlängst hörte ich von einem Meister, der damit in Würzburg geringe Mengen von Gold herstellte. Es war nicht viel, aber nach Meinung führender Apotheker in Padua lässt sich bei längerer Brenndauer die Transmutation deutlich steigern.«

»Bis wann könnt Ihr mir einen dieser Öfen besorgen?«, wollte der Jude wissen. »Ich nehme auch mehrere. Und ich zahle gut, wie Ihr wisst.«

Baldassarre sah uns und fuhr leicht zusammen. »Das besprechen wir bei unserem nächsten Treffen«, sagte er verbindlich. »Ich lasse von mir hören.«

Der Jude berührte höflich die Krempe seines gelben Huts, während wir Baldassarre in die Mitte nahmen und weitergingen.

»Großvater, kanntest du den Mann schon vorher?«, fragte Elena.

»Nun ja, ich traf ihn auf dem Weg zum Badehaus. Er sagte, wir hätten in früheren Jahren schon einmal Geschäfte gemacht, doch daran erinnere ich mich nicht.«

»Was ist das für eine Sache mit den Öfen?«, wollte ich wissen.

»Ach, davon erfuhr ich vor nicht allzu langer Zeit in einem

Badehaus. Es ging um das Thema Langlebigkeit.« Er musterte mich fragend. »Warst du nicht selbst ebenfalls dabei?«

»Falls ja, habe ich geschlafen«, sagte ich säuerlich.

»Ach? Nun ja, wie dem auch sei. Irgendein Apotheker gab mit seinem neuen Athanor an. So nennt man eine spezielle Art Brennofen. Damit versuchen die Alchimisten, den *Lapis Philosophorum** herzustellen, und wenn das nicht gelingt, dann wenigstens Gold. Einer von den anderen Badegästen sagte, er habe von einem Würzburger Alchimisten reden hören, dem eine Transmutation in Gold geglückt sei. Ich habe in der Zwischenzeit Erkundigungen eingezogen, wer diese neuen Öfen herstellt. Man kann ja nie wissen, ob einem solches Wissen vielleicht noch nützlich sein kann.«

»Und vorhin war dieses Wissen nützlich?«, fragte Elena.

»Nun ja, das hätte es sein können. Aber heute habe ich wichtigere Verpflichtungen, als mich um Importgeschäfte zu kümmern.« Der Alte lächelte seine Enkelin an. »Zum Beispiel dabei zu sein, wenn du nachher zum ersten Mal eine Frauenrolle probst.«

Offenbar hatte er keine Schwierigkeiten, sich gegenwärtige Geschehnisse zu merken.

»Hm, ja. Die Proben.« Elena wirkte mit einem Mal ein wenig nervös. »Ich weiß nicht, ob ich das schaffe. Eine richtige Frauenrolle zu spielen, meine ich.«

»Du kannst mit dem wackeren jungen Marco die Rolle durchgehen. Schließlich ist er mit der Figur vertraut wie kein anderer, denn er ist der Autor.« Baldassarre strich Elena übers Haar. »Sofern dein Auftritt verbesserungswürdig ist, kannst du mit Marco üben. Was meinst du dazu, Marco?«

Ich brachte ein bejahendes Krächzen zustande und war froh, als wir gleich darauf die Ca' Contarini erreichten.

* Stein der Weisen (von dem man u.a. annahm, er mache unsterblich)

Vor der Probe hatte ich mindestens genauso viel Angst wie Elena.

Es gab erst anderthalb Akte, mehr hatte ich bisher nicht in lesbarer Form niedergelegt. Den Rest der Geschichte hatte ich den anderen lediglich grob zusammengefasst erzählt.

In den zwei Stunden, die mir bis zum Beginn der Probe blieben, schrieb ich noch eine Handvoll Szenenentwürfe, doch am Ende kam dabei weniger heraus, als ich mir erhofft hatte, denn die Nervosität lähmte meine Inspiration.

Immerhin das bereits fertig gedichtete Sonett warf ich noch rasch aufs Papier. Ich überreichte es Bernardo zum Lesen. Zu meiner Erleichterung war er nüchtern und auch sonst in halbwegs zuträglicher Stimmung; sein Wundschmerz war offenbar wieder vergangen.

Wortlos begutachtete er das Sonett – und brach in brüllendes Gelächter aus. Ich zog den Kopf ein und fühlte mich wie eine in Zermalmung begriffene Küchenschabe unter einem harten Stiefel.

Bernardo wischte sich die Augenwinkel. »Marco, alles was recht ist, man kann dir viel nachsagen, aber nicht, dass du kein Talent hast. Es fiel mir schon vorher auf, an den Reimen, die du in Padua verfasst hattest, zu Ehren meiner Frau und der Herbergsleute. Aber das hier schlägt alles!«

Ich schluckte. »Es gefällt Euch? Warum lacht Ihr dann darüber?«

»Weil es saukomisch ist! Ich könnte mich schon beim Lesen totlachen! Was meinst du, wie es erst wirkt, wenn ich es deklamiere!« Grinsend wiegte er den Kopf. »Auf Knien sink ich hin! Kein Schwert, kein knallendes Gewehr! Haha!« Laut glucksend ging er davon.

»Wes Lachen hör ich hier im Saale?« Ein feengleiches Wesen kam aus einer der Kammern in den Portego geflattert, und fast hätte ich mich vor der Fremden verneigt, bevor ich merkte, dass ich Cipriano vor mir hatte.

Er war geschminkt und herausgeputzt wie für eine Hochzeit – als Braut.

Das helle Haar war zu wasserfallartigen Löckchen frisiert und mit golddurchwirkten Bändern geschmückt. Irgendwie hatte er es auch geschafft, seinem Oberkörper weibliche Formen zu verleihen. Unter dem blauen Seidenkleid zeichneten sich runde Brüste ab.

Verschämt legte er die Hände darauf. »Baumwollpolster«, sagte er. »Sieht es echt aus?«

Ich nickte, immer noch verdattert wegen des unerwarteten Anblicks. »Beinahe hätte ich dich nicht erkannt.«

»Das ist fein! Und wie findest du den Rest? Das Haar? Das Gesicht? Sehe ich wie eine richtige Frau aus?«

Henry betrat den Raum. »Nein, viel besser.« Mit sichtlicher Begeisterung betrachtete er Cipriano. »Wie weise war doch die Entscheidung der englischen Obrigkeit, Frauenrollen beim Theater nur mit Männern zu besetzen! Galten doch bereits den alten Griechen Männer als die schöneren Frauen! Dieses hehre Ideal der Antike belebst du auf wundervolle Weise neu!«

»Oh, Henry!« Cipriano strahlte den Engländer an. »Danke für das Kompliment! Das bedeutet mir viel, denn als langjähriger Freund der Bühne verstehst du von diesen Dingen mehr als viele andere! Ich weiß, ich hätte mich für diese erste Probe nicht kostümieren müssen, kein Darsteller tut das. Aber ich will von Anfang an wissen, wie es sich anfühlt. Heute ist für mich ein großer Tag: Zum ersten Mal verkörpere ich einen weiblichen Part bei den Innamorati! Ich kann es immer noch nicht glauben!«

Ich konnte es auch nicht glauben, denn die zu dem Kleid passende Rolle der Rosalinda sollte nach meinem bisherigen Wissensstand nicht von Cipriano, sondern von Caterina gespielt werden.

Cipriano kam meiner Frage zuvor. »Caterina hat die Rolle

der Rosalinda mir überlassen, Marco. Sie wusste, wie sehr ich es mir wünsche.«

»Ach«, sagte ich lahm. »Das ist aber großzügig von ihr.«

»Na ja, sie tat es wohl weniger aus Großzügigkeit, sondern weil ihr die Umgestaltung der Rolle missfiel.«

»Welche Umgestaltung?«

»Sie mag es nicht, dass Leandro sich zuerst in Rosalinda verliebt, dann aber zu Aurelia umschwenkt. Baldassarre hat uns heute Morgen von dieser dramaturgischen Änderung berichtet.«

Ich fühlte mich übergangen, konnte aber schlecht Einwände erheben, denn ich hatte ja die Idee von Leandros Sinneswandel inzwischen selbst gutgeheißen und umgesetzt. Dass Caterina sich darüber ärgern könnte, hatte ich allerdings nicht bedacht. Ich musste ihr unbedingt erklären, dass es lediglich der Dramaturgie diente und keinesfalls der Schmähung ihrer Person!

»Wo ist Caterina denn jetzt?«

»Keine Ahnung«, sagte Cipriano. »Irgendwo in der Stadt unterwegs.«

»War sie sehr aufgebracht?«, fragte ich beunruhigt.

»Ziemlich.«

Ich erschrak, doch Cipriano beruhigte mich. »Nicht deinetwegen, Marco. Sie hat mal wieder mit Bernardo gestritten. Mit dem Stück hatte das nichts zu tun, eher mit diesem Razzi.«

Letzterer war, wie ich sodann von Cipriano erfuhr, zwischenzeitlich hier gewesen und unter dem Vorwand, im Auftrag des Zehnerrats Morosini nach dem Rechten sehen zu wollen, um Caterina herumscharwenzelt, jedenfalls war das Bernardos Sicht der Dinge. Bernardo hatte Razzi mit dem Degen bedroht, und auch Razzi hatte blankgezogen, worauf Caterina dazwischenging und gleichzeitig Razzi bat, sich zu entfernen. Danach zerstritt sie sich mit Bernardo und verließ zornig das Haus.

»Es ist jedes Mal dasselbe Lied mit den beiden«, sagte Cipriano. »Fast so, als gebe es ein Gesetz, dass sie alles ruinieren müssen. Venedig ist die Erfüllung unserer Träume, ein wahres Paradies für Schauspieler. Aber das hausgemachte Unheil wartet dank Caterina und Bernardo immer nur eine Nasenlänge voraus.«

Es war an der Zeit, alle für die Probe zusammenzurufen. Ich machte mich auf die Suche nach Rodolfo. Er half Franceschina in der Küche bei der Zubereitung des Vespermahls. Beide rochen nach Bratfisch und machten einen aufgeräumten Eindruck.

Ich nutzte die Gelegenheit, ihn nach der Herkunft der Zwillingsgeschichte zu befragen, die er mir erzählt hatte, doch er wusste nichts Genaueres. In einer Schenke habe er Reisende darüber reden hören, die hätten davon gesprochen, als sei es eine wahre Begebenheit, was er wenig später zum Anlass genommen habe, sich darüber mit Henry auszutauschen, wegen der spannenden Thematik.

Danach war ich so klug wie zuvor.

Kurz darauf versammelten sich alle im Portego, und die Probe für das neue Stück konnte beginnen.

Rodolfo heftete den fertigen Teil des Canovaccio mit Wachs an eine der Säulen, sodass jeder bei Bedarf hingehen und einen Blick darauf werfen konnte. Henry war sofort Feuer und Flamme, als Cipriano ihm vorschlug, Szenenanweisungen zu erteilen, falls jemand feststeckte. Der Engländer stellte sich vor die Säule und studierte aufmerksam den Text.

»Was Ihr wollt«, las er. »Ein ungewöhnlicher Titel für ein Stück!«

»Heißt es so?« Cipriano trat hinter ihn. »Da steht: Titel: Steht noch nicht fest, nehmt was Ihr wollt.« Er lachte. »Henry, das Stück hat noch keinen Titel. Marco hat uns anheimgestellt, einen auszusuchen, der uns gefällt. Aber das Missverständnis liegt nahe.«

Gutmütig stimmte Henry in Ciprianos Lachen ein und behauptete, der Titel gefalle ihm trotzdem, auch wenn es gar keiner sei.

Bevor es losging, trug ich allen Anwesenden noch einmal Satz für Satz den Inhalt der ersten Szene vor, damit jeder gemäß seiner Rolle improvisieren konnte.

Das Stück fing mit einem Auftritt Leandros an, der als Schiffbrüchiger an Land gespült wird und mit letzter Kraft die Gestade der venezianischen Lagune erreicht.

Torkelnd betrat Bernardo die Bühne und erging sich in verzweifelten Beschreibungen seiner Not. Er schaffte es, den tobenden Sturm und das Versinken seines Schiffes so wortgewaltig zu schildern, dass ich nur atemlos zuhören konnte. Fast meinte ich, das Brüllen des Orkans und das Bersten des Hauptmastes zu vernehmen, ebenso wie das angstvolle Schreien der armen Seelen, die von der Gewalt des Unwetters auf den Grund der See gezogen wurden.

Mit letzter Kraft gelangt der tapfere Leandro endlich an Land und bleibt betäubt zwischen den Felsen am Ufer liegen.

Noch ganz unter dem Eindruck dieser Darbietung stehend, musste ich mich gleich darauf schon auf Cipriano konzentrieren, der als holde Rosalinda die Bühne betrat, gefolgt von der Dienerin Colombina, selbige dargestellt von Franceschina.

Hier kam eine Stelle zum Lachen, denn Colombina hält den bewusstlos daliegenden Leandro für einen Felsen und setzt sich auf ihn, wobei sie ihrer Freude Ausdruck verleiht, dass der Stein so wunderbar von der Sonne erwärmt sei, sodass sie sich nicht erkälten könne.

Franceschina ließ sich also auf Bernardos verlängertem Rücken nieder, was ihm ein Ächzen entlockte, worauf Franceschina sich wunderte, dass der Wind so laut sei.

Damit brachte sie uns alle ein zweites Mal zum Lachen, und

ich war überglücklich, als ich den beifälligen Ausdruck auf den Gesichtern der anderen sah. Lediglich Bernardo fand die Situation weniger erheiternd, was sicher daran lag, dass Franceschina nicht gerade ein Leichtgewicht war.

Aus der folgenden Unterhaltung von Rosalinda und Colombina sollte der Zuschauer einen Eindruck vom Leben Rosalindas gewinnen, die als junge Witwe im Hause ihres Onkels Pantalone lebt und jede Stunde nutzt, ein wenig in die freie Natur zu entfliehen. Gekonnt breitete Cipriano das Schicksal dieser von ihm dargestellten Schönheit aus und erzählte von ihrer ungestillten Leidenschaft für den Patrizier Flavio, den ihr Onkel jedoch ablehnt, weil er sie zwecks Tilgung seiner Schulden mit einem rabiaten neapolitanischen Offizier, dem Capitano, verheiraten will. Auch seine eigene Enkelin, die schöne junge Aurelia, will er ohne Zahlung einer Mitgift mit dem Meistbietenden vermählen: dem schon drei Mal verwitweten Notar Dottore, einem Ausbund an Hässlichkeit mit einer langen, warzigen Nase.

Die beiden Frauen gehen schließlich ab, und Leandro erwacht aus der Ohnmacht. Sich aufrichtend, sieht er gerade noch die schöne Rosalinda entschwinden. Stumm blickt er ihr nach, betört von ihrer Schönheit. Dann schleppt er sich weiter, auf der Suche nach trockener Kleidung und möglichen Überlebenden des Schiffbruchs.

Nun tritt der Diener des Flavio auf, Pedrolino (Elena), voll des Mitleids, weil sich sein Herr in aussichtsloser Liebe zu Rosalinda verzehrt. Er begegnet Leandro, hält ihn folgerichtig für seinen Herrn und nimmt an, jener sei das Opfer von Piraten geworden. Beide reden nach allen Regeln der Kunst aneinander vorbei, es entspinnen sich muntere Lazzi Pedrolinos, der betulich um Leandro herumspringt und ihn ein ums andere Mal abtrocknen will, was dieser barsch zurückweist. Pedrolino glaubt, sein Herr habe bei dem Piratenüberfall das Gedächtnis verloren und erklärt ihm daher langatmig, wer er sei.

Leandro widerspricht ihm und behauptet, aus einem fernen Land zu kommen, was Pedrolino schließlich zu der Annahme führt, sein Herr habe nicht nur das Gedächtnis, sondern auch den Verstand verloren.

Elena glänzte im Abschlussmonolog dieser Szene mit witzigen Wendungen und diversen Grimassen, mit denen sie mich und die anderen zum Lachen brachte. Die Rolle des Pedrolino lag ihr im Blut, und ich war gespannt, wie sie sich als Aurelia schlagen würde.

Ihr erster Auftritt als Aurelia folgte in der nächsten Szene, die in einem Garten spielte.

Dort treffen sich heimlich Aurelia und Flavio, die gemeinsam Pläne schmieden, damit Flavio mit der von ihm angebeteten Rosalinda zusammenkommen kann, für die aber schon der Capitano als Bräutigam feststeht. Flavio ist verzweifelt, doch Aurelia tröstet ihn. Rosalinda kommt hinzu, doch den Liebenden sind nur kurze Augenblicke vergönnt, bis sie von Pantalone gestört werden. Flavio muss fliehen.

Aurelia beglückwünscht Rosalinda zu Flavio und verspricht, ihr zu helfen.

In einem abschließenden Monolog beklagt sie ihr hartes Los, soll sie doch gegen ihren Willen mit dem alten Dottore verheiratet werden, obwohl sie sich insgeheim wünscht, sich ebenso wie ihre Cousine zu verlieben, möglichst in einen Mann, der von ähnlichem Wesen und Aussehen sei wie Flavio.

Die nächste Szene spielte im Hause des Pantalone (Baldassarre). Der von Geiz durchdrungene Kaufmann zeiht seine Nichte Rosalinda der Undankbarkeit, weil sie den von Pantalone ausgesuchten Ehekandidaten ablehnt. Er droht ihr, sie einzusperren, wenn sie den Capitano nicht freundlich begrüßt. Dieselbe Strafe droht er Aurelia an.

Dieser Auftritt Baldassarres war herrlich amüsant, ein Lacher jagte den nächsten, denn der Alte übertraf sich selbst in seinem Wortwitz und seinen aus dem Stegreif hingeworfenen

Versen. Aber auch Cipriano spielte seine Rolle, als hätte er immer schon Frauen verkörpert. Beim Auftritt des Dottore (Bernardo) gab er die Spröde und simulierte gleich darauf einen burlesk-dramatischen Ohnmachtsanfall.

Der arme Dottore, der auf dem Weg zu seiner künftigen Braut seine Aufregung mit reichlich Schnaps gedämpft hat und außer Stottern kaum etwas herausbringt, fällt vor Schreck ebenfalls in Ohnmacht.

Bernardo entledigte sich der Aufgabe mit ausgiebigem Gestotter und Herumtorkeln vor dem Sturz, was bei uns anderen kein Auge trocken bleiben ließ. Sogar Cipriano lachte, obwohl er eigentlich ohnmächtig war.

Bernardo, der neben ihm zu Boden gesunken war, hob den Kopf. »Gelernt ist gelernt«, brummte er, bevor er sich wieder hinlegte.

Gleich darauf hatte Rodolfo seinen ersten Auftritt als Capitano.

Jener wird von Colombina hereingeführt, die ein überdurchschnittliches Interesse für den Offizier an den Tag legt.

Franceschina hatte sich wunderbare Lazzi einfallen lassen, um dieser sich anbahnenden Zuneigung Ausdruck zu verleihen: Sie wedelte dem Capitano ständig Staub von der Kleidung und polierte sogar zwischendurch mit Spucke seinen Lederharnisch, auf dass er richtig glänze, wie es einem so hohen Herrn angemessen sei. Das Wort *hohen* betonte sie dabei auf liebevoll-spöttische Weise und bezog dabei dicht hinter Rodolfo Aufstellung, damit jeder sah, dass er ihr kaum bis zur Schulter reichte.

Rodolfo nahm es nicht krumm, im Gegenteil: Er lachte von allen am lautesten, so lange, bis ihm die Tränen kamen. »Du meine Güte«, keuchte er, nun gänzlich aus der Rolle fallend. »Hier muss ich unbedingt lernen, mich zu beherrschen. Aber das wird schwer!« Mit dem Lachen kämpfend, verneigte er sich vor Franceschina. »Du bist zu überzeugend, meine Liebe.«

Danach waren alle aus dem Konzept gebracht, und Henry waltete seines Amtes als Einsager für den nächsten Auftritt. Szene reihte sich an Szene, manchmal noch etwas holprig in der Umsetzung und mit viel Gelächter zwischendurch, aber der Schwung der Handlung riss alle mit. Flugs war der erste Akt gespielt, womit ungefähr eine Stunde vergangen war. Baldassarre beendete die Probe an dieser Stelle, denn er hielt es ebenso wie die anderen für besser, wenn der zweite Akt vollständig fertig war, bevor es weiterging. Er mahnte mich, auch den dritten Akt schleunigst zu schreiben, damit die Incomparabili baldmöglichst mit einer neuen Uraufführung glänzen konnten. Noch ganz erfüllt von meiner Begeisterung über die erfolgreiche Bühnenprobe, versprach ich, mein Bestes zu geben.

Cipriano nahm mich zur Seite und lobte mich für meine bisherige Arbeit, und bei dieser Gelegenheit überreichte er mir auch meinen Anteil für die Aufführung des Vorabends. Ich zählte es drei Mal, weil ich nicht glauben konnte, wie viel es war. Gerechnet in Zuckerkringeln – für andere Bedarfsgüter fehlten mir noch die Vergleichsmaßstäbe – war ich wohlhabend. Von dem Geld konnte ich mir wochenlang täglich mehrere kaufen! Spontan beschloss ich, mir bei nächster Gelegenheit einen Hut mit einer Feder zuzulegen.

Gemeinsam nahmen wir in der Küche des Hauses das von Franceschina und Rodolfo vorbereitete Vespermahl zu uns, in Kräuterkruste gebratenen Fisch, der auch kalt köstlich schmeckte, und dazu weißes Brot, das Franceschina selbst gebacken hatte. Als weitere Beilagen gab es Oliven, hart gekochte Eier und Schinken, und zum Trinken hatten wir verdünnten Wein, den ich mittlerweile zu schätzen gelernt hatte, da er besser mundete als das zuweilen brackig schmeckende Wasser aus den Zisternen.

Wir langten herzhaft zu und waren auch sonst guter Dinge, sogar Bernardo, der es sichtlich genoss, dass Franceschina wie eh und je um ihn herumsprang und ihm von allen Speisen nachlegte, sobald sein Teller sich leerte. Ihm entging zwar nicht, dass Rodolfo auf ähnliche Weise bedient wurde, doch bis auf ein gelegentliches Stirnrunzeln ließ er sich sein Missfallen nicht anmerken. Sichtlich zufrieden war er mit seinen Rollen in dem neuen Stück, denn er empfand es, wie er sagte, als besondere schauspielerische Herausforderung, gleich drei Figuren zu verkörpern und jeder ein eigenes Gesicht zu geben.

Cipriano hatte sich umgezogen, doch auf seinen Wangen lag noch ein Hauch rosa Schminke, was indessen niemanden zu stören schien, vor allem nicht Henry, der neben Cipriano saß und an dessen Lippen hing, egal, was dieser sagte. Der Engländer wäre am liebsten bei uns eingezogen, wie er bekannte. Nichts habe ihn je so sehr beeindruckt wie die Bühnenkunst, kein Leben sei bunter und vielfältiger als das der Schauspieler und Artisten. Käme er noch einmal auf die Welt, so wolle er sein Dasein von Anbeginn an ausschließlich dem Theater verschreiben.

»Leider bin ich nur ein ganz gewöhnlicher Geschäftsmann«, sagte er seufzend. »Weiter weg von der Bühne geht es kaum.«

»Nicht doch«, widersprach Baldassarre. »Geschäft und Theater liegen sogar sehr nah beieinander. Das ganze Leben ist eine Bühne! Frauen und Männer sind nur Spieler, sie treten auf und gehen wieder ab. Ein Mensch spielt sein Leben lang viele Rollen.«

»Mit welch eindringlicher Weisheit Ihr sprecht!«, meinte Henry bewundernd. »Ich sollte es notieren, damit ich es nicht vergesse. Aber ich fürchte, bis ich das nächste Mal Papier und Tinte zur Hand habe, entsinne ich mich nicht mehr des Wortlauts.«

»Lasst es Euch von Marco aufschreiben, der vergisst nichts. Marco, weißt du noch? Du erwähntest es, als wir die Verse über Don Juan de Austria und den tapferen einhändigen El Manco reimten.«

Ich nickte unangenehm berührt, aber noch peinlicher wurde es, als er zum Beweis meines guten Gedächtnisses verlangte, ich möge das Gedicht hersagen.

»Die beiden letzten Zeilen hat Marco ganz allein gedichtet«, merkte Baldassarre an.

Dass er ausgerechnet das noch wusste! Ob er immer nur das vergaß, was er vergessen wollte?

»Nun sag es schon auf«, forderte er mich auf.

Widerstrebend leierte ich die Verse herunter. »Kanonen donnern, splitternd brechen Wanten. El Manco stehet aufrecht an der Rah, bis wir die Türken endlich überrannten, der letzte Halbmond abgefackelt war. Juan de Austria will die Hand ihm reichen, da sah er, dass nur eine übrig war.«

Elena kicherte, und Cipriano prustete in seinen Becher. Rodolfo erklärte grinsend, es seien sehr bildreiche Verse, man sehe förmlich das Blut aus El Mancos Armstumpf triefen, worauf Bernardo meinte, dass sich bei entsprechender Betonung die Dramatik noch steigern ließe. Wie zum Beweis wiederholte er mit viel Timbre in der Stimme das Gedicht und erntete damit allseitige Heiterkeit, so wie anschließend mit meinem Sonett für Aurelia, das er in donnernder Tonlage deklamierte.

»Aber das alles ist nichts gegen die Reime, die Marco den Herbergsleuten verehrt hat«, fuhr Bernardo fort. Und dann gab er zur Belustigung der Tischrunde die Version der unartigen Söhne zum Besten, bis alle sich vor Lachen bogen.

Der ganze Spaß ging zwar auf meine Kosten, aber ich lachte dennoch aus vollem Herzen mit, denn es war einfach zu komisch.

Dabei merkte ich, wie Bernardo mich von der Seite musterte. »Weißt du was, Marco? Eigentlich bist du ein guter Junge.«

Der Zeitpunkt der abendlichen Aufführung rückte näher, und so machten sich die Schauspieler daran, sich für die Vorstellung zu kostümieren. Ich zündete unterdessen die Kerzen an, spannte mit Rodolfo das Seil und kümmerte mich um die anderen Requisiten. Dazu gehörte diesmal auch eine Winde, die Cipriano am Vormittag beschafft hatte und die ich bedienen sollte. Das Geheimnis dieser Vorrichtung hatte ich rasch gelüftet. Sie bestand aus einem Seil, das an einem Deckenhaken befestigt wurde und über eine Rolle lief, wodurch die Kraft verstärkt wurde, die beim Heben oder Senken von Lasten aufzuwenden war. Mit der Winde wurde ein Brett nach oben gezogen oder von dort herabgelassen, je nachdem, ob die darauf sitzende Person zum Olymp emporfuhr oder gerade von dort kam. Besagte Person war Baldassarre in Gestalt des Göttervaters Zeus, der hinter einem von der Decke hängenden Tuch gleichsam vom Himmel herabsteigen würde: An diesem Abend sollte das mit griechischen Tragödienelementen inszenierte Mythenstück dargeboten werden.

Elena war ungewöhnlich nervös, was ich zunächst auf unsere bevorstehende nächtliche Verabredung schob – jene war nämlich der Grund, warum ich mich selbst schon die ganze Zeit zittrig fühlte –, doch dann erfuhr ich, dass Elena heute Caterinas Rolle übernehmen sollte. Caterina war noch immer nicht zurückgekehrt, und jemand musste für sie einspringen. Franceschina kam wegen ihrer Statur nicht als Nymphe infrage, und Cipriano schied aus, weil er in mehreren Szenen als Götterbote einen gemeinsamen Auftritt mit der Quellgöttin hatte.

»Hätten wir Caterina nicht suchen müssen?«, fragte ich Elena. »Sie könnte sich verlaufen haben!«

Elena äugte von schräg unten zu mir hoch. »Du scherzt.«

»Aber nein! Ich habe mich doch gestern auch verirrt! Das kann uns allen passieren!«

»Geh einfach davon aus, dass es *ihr* gewiss nicht passiert.

Wo immer sie ist – männlicher Schutz ist nicht weit. Anderenfalls wäre sie längst wieder hier. Dass sie es nicht ist, finde ich übrigens ziemlich rücksichtslos. Sie weiß genau, dass gleich die Vorstellung beginnt!«

»Du kannst Caterina einfach nicht leiden«, hielt ich ihr vor. »Und das völlig ohne Grund!«

Elena wandte sich wortlos ab und begann mit Dehnübungen für ihren Seiltanz.

Meine Sorge um Caterina hielt an, und ich fragte Cipriano, ob es nicht angebracht sei, sie zu suchen, doch er äußerte sich ähnlich ablehnend wie Elena, wenn auch nicht ganz so unfreundlich.

»Sie wird schon wiederkommen«, sagte er. »Je später, desto besser, denn dann ist der Ärger mit Bernardo noch eine Weile hinausgeschoben.«

Schon vor dem Kompletläuten drängten sich draußen die Besucher. Die ersten zehn ließ ich, wie am Vorabend versprochen, mit jeweils einer Begleitperson ein, die nichts zahlen musste, und Rodolfo reichte unter diesen Besuchern einen Weinschlauch herum. Wir hatten nicht genug Becher, aber die Leute tranken auch gern aus dem Schlauch, zumal ein paar von ihnen auf diese Weise gut und gerne das Doppelte von dem herunterkippten, was in einen Humpen gepasst hätte.

Wieder mussten wir einer Anzahl von Besuchern die Tür weisen, als der Saal voll war, und auch diese schickten wir mit der Zusage fort, dass die ersten von ihnen zur nächsten Vorstellung kostenlos jemanden mitbringen und Wein trinken durften.

Wie immer begannen die Incomparabili ihren Auftritt mit Tanz, Gesang und artistischen Darbietungen. Es fiel nicht weiter auf, dass Caterina nicht dabei war, denn Franceschina machte deren Fehlen durch das Jonglieren mit brennenden Fackeln mehr als wett. Die Zuschauer staunten um die Wette, und hier und da wurden gar Rufe der Begeisterung laut.

»*Bravo!*«, schrie ein Mann. »Das ist höchste Kunst!«

»Vor allem, wie die Titten dabei wackeln«, pflichtete ein anderer ihm bei.

Franceschina verneigte sich und blickte dann glücklich zu Rodolfo hinüber, der in der offenen Tür zum Requisitenraum stand und heftig applaudierte.

Das eigentliche Stück – es hieß *Der Bannstrahl aus dem Olymp* – begann sodann mit der Ansage Baldassarres, der sich, nachdem ich ihn mit der Winde herabgelassen hatte, als Zeus vorstellte und in gefälligen Reimen viele dramatische sowie tragische Verstrickungen der Liebe zwischen Göttern und Sterblichen ankündigte.

Während ich ihn im Schutz der Säule und des Tuchs wieder hochhievte, hatte Elena ihren Auftritt als Quellnymphe, und ich spürte, wie mir der Hals trocken wurde, als ich sie in dem dünnen, fließenden Gewand vortreten sah, das sonst Caterina trug. War es vorher auch schon so weit ausgeschnitten gewesen?

Hinter mir waren anerkennende Bemerkungen zu hören.

»Viel dran ist ja nicht an ihr, aber das bisschen ist tadellos in Form.«

»Genau, ein leckeres kleines Ding mit leckeren kleinen Äpfelchen«, sagte jemand unmittelbar hinter mir, derselbe, der vorhin die Bemerkung über Franceschinas Busen gemacht hatte.

Ich fuhr herum und erblickte einen feisten, rotgesichtigen Kerl, der mindestens dreimal so alt war wie Elena. Mit einem Ruck packte ich seine Hemdbrust und hielt ihm meine Faust vor die Nase. »Noch eine Beleidigung dieser Art, und du wirst es bereuen!«

Er schielte auf mein Rapier und behauptete, er hätte es als Kompliment gemeint. Widerwillig ließ ich ihn los und kämpfte gegen den Drang an, alle Männer hinauszuwerfen, die älter als zehn und jünger als neunzig waren.

Während Elena auf dem Felsen bei der Quelle (einer mit Tuch bedeckten Kiste) saß und ein Lied von der Sehnsucht nach Liebe anstimmte, kehrte immerhin Stille ein, weshalb ich auch sofort bemerkte, dass sich Unbefugte über die Innentreppe Zutritt verschafft hatten. Ich eilte zum Portikus – und rannte fast in Caterina hinein.

»Habt ihr ohne mich angefangen?« Sie lächelte mich an.

Wie immer war ich machtlos gegen die betäubende Wirkung, die ihre Schönheit auf mich ausübte. Ich konnte sie nur anstarren und dümmlich nicken. Dabei fiel mir auf, dass sie eine Kette aus Lapislazulisteinen trug, die haargenau wie der Glasschmuck aussah, den sie am Tag unserer Ankunft so bewundert hatte.

Sie bemerkte meinen Blick und griff sich an den Hals. »Manchmal braucht eine Frau das Besondere, um sich richtig weiblich zu fühlen.«

»Wie bist du hereingekommen?«, wollte ich wissen. Unten waren alle Pforten verschlossen, und der Schlüssel hing an meinem Gürtel.

»Der gute Dario hat mir aufgesperrt.«

Während ich noch überlegte, welchen guten Dario ich kannte, fügte sie hinzu: »Dario Razzi.«

Auch das noch! Beunruhigt spähte ich in den Portikus.

»Keine Sorge«, sagte Caterina. »Er ist nicht mit ins Haus gekommen.« Interessiert blickte sie zur Bühne. »Sie ist ein bisschen mager für die Rolle, und das Haar ist etwas zu struppig, aber davon abgesehen macht sie ihre Sache gar nicht so übel. Und das Gewand der Nymphe steht ihr auch recht gut. Oh, sieh nur, jetzt kommt Bernardos Auftritt. An dieser Stelle hat er immer seine Probleme, ich hoffe, er verdirbt es nicht wieder.«

»Welch holde Maid an diesem Quell sich labet, gar wundersam mir dieser Anblick scheint!«, rief Bernardo, der im Stil eines trojanischen Kriegers gekleidet war.

Mir gefiel nicht, dass Caterina Elena als mager und struppig bezeichnete; solche Beschreibungen passten eher zu einer Katze. Doch gleich darauf war das ohne Belang, denn Bernardo hatte Caterina erblickt und erstarrte.

»Mich sandte Zeus, der große Göttervater, die tapfren Krieger Trojas zu erquicken«, sagte Elena. Bernardo blieb ihr die Antwort schuldig. Er war vollauf damit beschäftigt, Caterina anzustieren.

Am liebsten hätte ich mich vor sie gestellt, damit er sich besser auf seine Rolle konzentrieren konnte. Warum musste sie auch ausgerechnet jetzt auftauchen!

Ob Bernardo aus dieser Entfernung die Kette sehen konnte?

Elena zischte ihm etwas zu, und er riss sich zusammen und besann sich auf seinen Einsatz. »Bei allen Göttern, ach, wie wohl wird mir, seh ich dein Antlitz in der Sonne strahlen.« Es klang zerstreut. »Nun denn, gewähr erquick Leib mir … quick freu quick Herz gewähr mir der wohlan …« Erneut stockte er, den Blick nach wie vor auf Caterina geheftet.

Er *hatte* die Kette gesehen!

Die Leute lachten über Bernardos Patzer.

»Er verdirbt es tatsächlich wieder«, sagte Caterina.

Elena fing kurzerhand an zu singen, um die Lücke im Dialog zu überdecken. Das Tuch, hinter dem die Winde verborgen war, geriet in Bewegung, und ich sah Baldassarre, der auf dem in Schulterhöhe hängenden Brett saß, aufgeregt mit den Füßen strampeln. Ich eilte hin und blickte möglichst unauffällig zu ihm hoch. »Was ist?«

»Lass mich runter, bevor ein Unglück geschieht!«

Bernardo erwachte aus seiner Erstarrung, aber nicht, um den verlorenen Faden wieder aufzunehmen, sondern um sich in Bewegung zu setzen – in Richtung Portikus, wo Caterina stand. Seine Hände öffneten und schlossen sich, gerade so, als übe er einen effektiven Würgegriff.

Ohne zu zaudern, kam ich Baldassarres Wunsch nach und zerrte an der Winde, mit dem Erfolg, dass sich das Seil mit einem Ruck löste und Baldassarre nicht gleitend, sondern fallend unten ankam. Mitsamt dem Brett knallte er auf die Bühne und erging sich sofort in wilden Flüchen, was die Zuschauer zu wahren Lachsalven hinriss.

Immerhin hatte das zur Folge, dass Bernardo für einen Moment irritiert innehielt. Doch er ließ Caterina nicht aus den Augen. In seinem Gesicht stand reine Mordlust. Sie wich in den Portikus zurück, und er ging ihr nach.

Unschlüssig, ob ich Baldassarre aufhelfen oder Bernardo folgen sollte, blickte ich verstört von einem zum anderen.

Unter den Zuschauern herrschte Heiterkeit, aber die Leute merkten auch, dass etwas nicht stimmte, denn hier und da waren Laute des Unmuts zu hören.

Während Elena immer noch aus voller Kehle sang, rappelte Baldassarre sich auf und schubste mich in Richtung Portikus. »Sorg dafür, dass die beiden herkommen und ihre Pflicht tun! Folge ihnen!«

Hastig tat ich wie geheißen. Auf dem Weg zum Portikus sah ich, wie Cipriano und Rodolfo geistesgegenwärtig einige Fackeln am nächstbesten Kandelaber entzündeten und sie Franceschina zum Jonglieren überreichten.

Funken stoben durch die Luft, und ich roch den Pechgestank der Fackeln, während ich Franceschina zuerst würgen und dann hervorstoßen hörte: »Um Himmels willen, ich glaube, es ist der Fisch!«

»Seht nur, die Dicke kotzt!«, schrie ein vorlauter Knabe aus einer der vorderen Reihen. »Sie hat die ganzen Fackeln ausgespuckt!«

»Noch mal!«, brüllte ein anderer Rüpel. »Gebt ihr neue!«

Zu meinem Ärger konnte ich mich ihnen nicht widmen, denn ich musste mich auf Bernardo konzentrieren.

»Wo ist der Kerl?«, herrschte er Caterina an. »Wo hast du diese Kette her?«

Beide standen nur wenige Schritte voneinander entfernt bei

der Innentreppe, und ich machte mich bereit, Mord und Totschlag zu verhindern.

Die beiden waren blind und taub für ihre Umgebung. Caterina griff sich abermals an den Hals, und ich hätte schwören mögen, dass die Geste eher lockend als schützend war. Zugleich lächelte sie Bernardo von unten herauf an, und als sie wieder sprach, hatte ihre Stimme einen ähnlichen Klang wie zuletzt unter der Trauerweide. »Bist du böse auf mich? Willst du mich schlagen?«

»Du Miststück!«, knurrte er. »Ich bring dich um!« Mit zwei Schritten war er bei ihr, und hätte ich diese Art von Dialog nicht in ähnlicher Variante schon einmal gehört, wäre ich aus dem Stand losgeschnellt, um ihn zu Boden zu werfen. So wartete ich einfach einen Herzschlag lang, mehr Zeit brauchte Bernardo nicht, um Caterina in seine Arme zu reißen und sie mit einer Wildheit zu küssen, die nicht nur sie, sondern auch mich zum Aufstöhnen brachte. Wie konnte er sich das herausnehmen! Dennoch wagte ich nicht, ihn zurückzuhalten. Nicht etwa, weil er ihr Ehemann war, sondern weil es mir so vorkam, als sei sie ganz versessen auf das, was Bernardo da mit ihr machte.

Er verschlang ihren Mund förmlich, drängte sie hart gegen die Wand und schob ihr die Röcke hoch, ohne Rücksicht darauf, ob jemand zusah oder nicht.

Im Saal ertönte Gebrüll, und ich drehte mich erschrocken um.

»Der Mann brennt!«, schrie ein Zuschauer. »Er hat von den Funken Feuer gefangen!«

Ich entschied, dass Bernardo und Caterina meine Aufmerksamkeit entbehren konnten, und rannte durch den Bogengang zurück in den Portego. Der brennende Mann war unschwer auszumachen, er stand nahe bei der Bühne und blickte sich verwirrt um, weil alle Menschen um ihn herum mit ausgestreckten Armen auf ihn zeigten und schrille Schreie ausstießen. Er selbst hatte noch gar nicht bemerkt, dass er brannte.

Genau genommen brannte auch nicht er selbst, sondern sein Hut, ein schönes Stück mit aufgebogener Krempe und diversen Federn, die freilich allesamt nur noch schwarze Strünke waren. Der Hut stand in hellen Flammen, und ohne nachzudenken sprang ich zu dem Mann und riss ihm die todbringende Kopfbedeckung herunter. Ich schleuderte sie zu Boden und sprang mit beiden Füßen darauf herum, um das Feuer zu löschen. Zu spät merkte ich, dass ich in meinem Eifer dem Mann nicht nur den Hut, sondern gleichzeitig auch das gesamte Haupthaar heruntergerissen hatte. Die Flammen griffen hurtig auf die Lockenpracht über und fraßen sie binnen Augenblicken auf.

»Das tut mir leid!«, stammelte ich, mich zu dem bedauernswerten Opfer umwendend, das schockiert seinen nackten Schädel betastete.

Da erst wurde mir klar, dass es bloß eine Perücke gewesen war. Wieherndes Gelächter schlug mir von allen Seiten entgegen, wobei unmöglich zu sagen war, was davon dem Glatzkopf und was mir galt. Beschämt über meine Begriffsstutzigkeit, suchte ich Schutz hinter einer Säule. Zu meiner Erleichterung kehrte gleich darauf Bernardo auf die Bühne zurück, siegessicher in die Runde blickend.

Baldassarre schlug die Trommel und brachte damit die Zuschauer nach und nach zum Schweigen. Mit ein paar munteren Versen teilte er sodann allen Anwesenden mit, dass die humoristische Einlage nun vorbei sei und *Der Bannstrahl aus dem Olymp* weitergehe.

Die Incomparabili setzten das Stück genau an der Stelle fort, wo es unterbrochen worden war, nur mit dem Unterschied, dass nicht mehr Elena, sondern Caterina die Nymphe gab. Elena hatte ihr das Gewand überlassen und sich in den Nebenraum zurückgezogen. Die Zuschauer focht es nicht an, und Bernardo und die anderen spielten ihre Rollen, als sei nie etwas gewesen.

Henry kam zu mir, einen Ausdruck blanker Ehrfurcht im

Gesicht. Er deutete auf die Schauspieler. »Das ist es, was ich meinte, verstehst du, Marco? Diese Menschen und ihre Welt – sie sind so unfassbar … anders!«

Es gab keinen Grund, ihm zu widersprechen.

Bei Anbruch der Dunkelheit war es ruhig im Haus, alle hatten sich für die Nacht zurückgezogen. Ich selbst saß im Schein einer Stundenkerze auf meinem Strohsack, das Lavendelkissen vor der Brust. Lederharnisch und Schuhe hatte ich abgelegt, Hemd und Beinkleider der kühlen Nachtluft wegen jedoch anbehalten.

Eine Zeit lang hatte ich geschrieben und am zweiten Akt gefeilt, doch mir wollten keine zündenden Ideen für die Mitte des Stücks kommen – für die Begegnung Leandros mit seinem Ebenbild Flavio. Sollten die beiden einander zufällig treffen? Und was würden sie dann sagen? Wie würden sie nach dem ersten Gespräch verbleiben? Wäre damit nicht viel an Spannung und Verwirrung vorweggenommen, die noch für den letzten Akt nötig waren?

Antworten auf diese Fragen fielen mir keine ein. Daher sann ich verstärkt darüber nach, wie man die Konflikte zwischen Leandro und Aurelia noch besser herausarbeiten konnte. Schließlich handelte es sich bei dem Stück nicht nur um eine Verwechslungskomödie, sondern auch um eine Liebesgeschichte.

Auch hier kam ich jedoch kaum weiter. Ich hatte zwei Entwürfe für eine Szene zwischen Leandro und Aurelia niedergeschrieben und sie wieder durchgestrichen. Auf der Rückseite des auf diese Weise verhunzten Blattes hatte ich mich erneut des Sonetts angenommen, mit dem ich immer noch nicht ganz zufrieden war, vor allem nicht, nachdem Bernardo und die anderen es lustig gefunden hatten. Nach wie vor war ich der Meinung, dass Leandro für seine Angebetete ein ernst zu nehmendes Gedicht schreiben sollte.

Das Ergebnis meiner neuerlichen Bemühungen um aussagekräftige Reime las sich jedoch für mich nur unwesentlich gelungener als die vorangegangene Version.

Wie soll ich es Aurelien nur sagen,
~~*Dass mich ihr enges grünes Kleid betört.*~~
Dass keine and're mich wie sie betört!
Dass all mein Sehnen ihr allein gehört!
Wie soll ich dieses Unterfangen wagen?

Wenn nun statt Freude Spott ich ernten würde,
Gesetzt den Fall, sie nähm' es gar als Scherz!
~~*Das schnitte mir ganz fürchterlich ins Herz*~~
Ich ahne schon des Hohnes schnöden Schmerz!
Wie soll ich überwinden diese Hürde?!

Für die beiden noch fehlenden Dreizeiler hatte mir am Ende schlicht die Inspiration gefehlt, was nicht zuletzt daran lag, dass mir die Verabredung mit Elena nicht aus dem Kopf gehen wollte. Mittlerweile war ich davon überzeugt, dass sie sich anders besonnen hatte, weil ihr schauspielerischer Ehrgeiz verflogen war und sie deshalb auch das Küssen nicht mehr üben wollte. Oder weil sie böse auf mich war. Oder beides zusammen.

Die unvermutete Rückkehr Caterinas hatte Elena verärgert, das war mir nicht entgangen. Zugleich hatte ich ihr aber auch die Erleichterung angemerkt, als Caterina die Rolle der Nymphe wieder übernahm. Anscheinend wusste sie selbst nicht so recht, was sie wirklich wollte.

Aus diesem emotionalen Widerspruch sollte ein Mensch schlau werden!

Jedenfalls rechnete ich nicht mehr damit, dass Elena noch herunterkam. Ihr Sinneswandel frustrierte mich, ohne dass ich einen Grund dafür benennen konnte. Gleichzeitig fiel mir aber auch ein gewaltiger Stein vom Herzen, und *dafür* kannte ich den Grund: Ich hatte eine Heidenangst vor der Küsserei!

Auch das war ein emotionaler Widerspruch, wie ich mir selbst gegenüber zugeben musste, und so dämmerte mir auch, dass Enttäuschung und Erleichterung über ein und dieselbe Sache sehr wohl zusammenpassten. Mit dieser erstaunlichen Erkenntnis legte ich mich nieder und sprach im Stillen mein Nachtgebet, wie ich es von klein an gewohnt war, in der Hoffnung, es werde mich wie immer in den Schlaf lullen.

Zwei Zeilen vor dem *Amen* ließ ein leises Pochen an der Tür mich hochfahren. Ich sprang auf und stolperte über mein neben dem Strohsack liegendes Schwertgehenk, dann über meine Schuhe und zuletzt über den Hocker, auf dem die Stundenkerze stand. Ein Poltern, und schlagartig war es dunkel im Zimmer, aber ich fand sofort die Tür und riss sie auf. Umschwebt vom Schein eines Windlichts, stand Elena vor mir.

Augenblicklich begann mein Herz im selben Tempo zu wummern wie in der letzten Nacht, als sie mit der Bibel unterm Arm im Innenhof aufgetaucht war. Diesmal hatte sie kein Buch dabei, wie ich am Rande registrierte. Aber wie sollte es ohne das Buch gehen?

Mitten hinein in meine abstrusen Überlegungen flüsterte Elena: »Sie schlafen alle. Wir können los!«

»Gut«, krächzte ich und folgte ihr, als sie vorausging. Nach ein paar Schritten blieb sie stehen und drehte sich um. »Willst du nicht deine Schuhe anziehen?«

Das tat ich, aber nicht nur das, sondern ich legte auch das Schwertgehenk um. Nicht etwa, weil ich mir dadurch männlicher vorkam – nun ja, ein wenig vielleicht –, sondern weil nicht auszuschließen war, dass wieder ein streitsüchtiger Kerl auftauchte, der mit meinem Doppelgänger noch eine

Rechnung offen hatte. Dagegen musste ich mich – und natürlich Elena – schützen.

Wie es schien, hatte sie bereits eine geeignete Stelle für unser Vorhaben ausgekundschaftet. Zielsicher ging sie voran, durch eine Gasse, dann über eine Brücke, einmal um die Ecke, und dann hinein in den tiefen Schatten eines Sottoportego, der, wie ich seit der vergangenen Nacht wusste, in eine Sackgasse führte. Ich wollte sie gerade darauf hinweisen, als sie stehen blieb. Prompt prallte ich gegen ihren Rücken und schubste sie versehentlich vorwärts, sodass sie das Windlicht fallen ließ und ins Taumeln geriet.

»Entschuldige!«, rief ich erschrocken und hielt sie fest. »Alles in Ordnung mit dir?«

»Schrei nicht so, du weckst noch alle Leute auf!«

»Entschuldige!«

»Du stehst auf meinem Fuß. Und hör auf, dich ständig zu entschuldigen!«

»Entsch… Es tut mir leid!« Hastig trat ich zurück, vergaß dabei aber, dass ich sie noch bei den Schultern hielt, sodass sie, von meinem Schwung mitgezogen, abermals gegen mich prallte. Erneut bewahrte ich sie vorm Fallen und packte sie fester, doch diesmal so dicht an meinem Körper, dass mir beim nächsten Atemzug ihr Duft in die Nase stieg. Sie roch nicht nach Blumen oder Parfüm, es war nichts, was man leicht hätte einordnen können. Dennoch war es so unverwechselbar und betörend, dass es auf geheimnisvolle Weise durch die Nase geradewegs in meine Körpermitte fuhr, oder genauer, etwas unterhalb der Mitte, wo zu meinem Entsetzen schlagartig eine enorme Erektion entstand. Die Elena nicht verborgen bleiben konnte, da ich sie an mich drückte!

Ich hätte sie loslassen und zurücktreten können, doch irgendeine Macht hinderte mich daran. Es war dieselbe Macht, die mir eingab, dass ich sie – oder sie mich – auch ohne Buch küssen konnte, denn ich musste ja nur den Kopf beugen.

Natürlich hätte ich auch darauf warten können, dass sie mir befahl, nun mit der verabredeten Übung zu beginnen, doch ich hatte nicht den Eindruck, eine besondere Aufforderung zu brauchen, noch kam es mir so vor, als wollte sie eine solche aussprechen.

Das Windlicht war auf dem Boden zerschellt und erloschen, doch es war nicht völlig dunkel um uns herum. Von irgendwoher kam der schwache Widerschein einer Nachtleuchte, und ich sah den Schimmer in Elenas Augen. Sie hatte ihr Gesicht zu mir emporgehoben, und ich fühlte mich seltsam entrückt, als ich mich zu ihr niederbeugte und meinen Mund auf ihre Lippen legte. Meine Nase stieß zuerst gegen ihre – wen nimmt es wunder bei meinem Zinken –, aber dann fügte sich alles ganz leicht zusammen. Ihre Lippen waren weich und warm unter den meinen, ihr Atem süß und belebend, das Gefühl war unendlich köstlich und … nicht genug.

Ich presste ihren Körper fester an mich, er war so leicht und zerbrechlich in meinen Armen, dass ich für einen Moment fürchtete, ich könne sie einfach zerdrücken. Als sie verhalten aufstöhnte, lockerte ich erschrocken meinen Griff, aber ich brachte es nicht fertig, sie loszulassen, erst recht nicht, als sich bei ihrem Stöhnen, ob absichtlich oder zufällig, ihr Mund öffnete und ich plötzlich ihre Zunge an meiner spürte. Es war, als würden dabei Funken auf mich überspringen, die so heiß waren, dass sie auch noch die Reste meines Denkvermögens verbrannten. Selbiges ging mir jedenfalls in diesem Augenblick vollständig verloren. Die einzige bewusste Wahrnehmung beschränkte sich auf mein ebenso schändliches wie eindeutiges Verlangen, mit Elena das zu tun, was Bernardo mit Caterina getan hatte – ihr die Röcke hochzuschieben und ihr zugleich die Bluse herunterzureißen und dabei ihren Mund so zu verschlingen, dass keiner von uns mehr atmen konnte. Ich musste … musste …

Atmen! Das war ein Gedanke, der sich aus dem Meer von

Begierden erhob und deutlicher wurde. Keuchend löste ich meine Lippen von Elenas Mund und holte Luft. Dabei sah ich ihr ins Gesicht. Sie hatte die Augen geschlossen und wirkte ebenso aufgewühlt, wie ich selbst mich fühlte. Genau wie ich atmete sie keuchend, die Lippen feucht und geöffnet. Im hellen Fackellicht war sie so begehrenswert, dass mir ein einziger Atemzug reichte, bevor ich mich wieder zu ihr neigte, um sie abermals zu küssen.

Helles Fackellicht?

Ich ließ Elena los und fuhr herum, die Hand am Schwertgriff. Vor mir stand Rodolfo, eine brennende Fackel in der Hand und ein halb reuiges, halb vorwurfsvolles Grinsen im Gesicht.

»Was musst du auch einfach verschwinden, ohne mir Bescheid zu sagen, Junge!«

Ich räusperte mich. »Wir wollten … uns über das neue Stück und Elenas Rolle unterhalten.«

Elena, die hinter eine Säule geflüchtet war, trat hervor, und ich bewunderte ihren undurchdringlichen Gesichtsausdruck, der in auffälligem Widerspruch zu ihrem aufgelösten Haar und ihrer verrutschten Bluse stand.

»Wir sollten besser zurückgehen«, sagte Rodolfo. »Die Nacht hat tausend Augen, besonders in Venedig. Hinter jeder Ecke kann ein Kerl mit einem Dolch stehen.«

Trotz des Zwischenfalls in der vergangenen Nacht fand ich, dass er maßlos übertrieb. Darüber hinaus war ich alt genug, um selbst zu beurteilen, welche Risiken ich eingehen konnte. Ich war kein wehrloser Knabe! Wie kam Rodolfo dazu, sich ungebeten zu meinem Hüter aufzuschwingen?

Während Elena und ich Rodolfo zur Ca' Contarini folgten, wuchs mein Ärger über Rodolfos Einmischung, doch ich sprach kein Wort. Ich wagte nicht einmal, Elena anzusehen, die sich beharrlich einen halben Schritt hinter mir hielt.

Unsicherheit bemächtigte sich meiner, und ich begann mich

zu fragen, was zum Teufel ich vorhin getan hatte. Das war keine sittsame schauspielerische Übung gewesen, sondern ein Kuss von der Art, wie ihn Bernardo und Caterina getauscht hatten! Gleich einem sittenlosen Unhold hatte ich Elenas Vertrauen missbraucht und ihr roh meinen Willen aufgezwungen!

Die Unsicherheit wich handfestem Schuldbewusstsein, und zu diesem gesellte sich alsbald die nagende Sorge, was Elena jetzt von mir denken musste! Dass sie kein einziges Wort sagte, ließ mich das Ärgste vermuten.

Im Innenhof verriegelte Rodolfo die Pforte in der Außenmauer und zündete mit der Fackel ein bereitstehendes Talglicht an, während Elena mit gesenktem Kopf die Treppe zum Piano Nobile hinaufhuschte und gleich darauf im Inneren des Hauses verschwunden war.

Schweigend gingen auch Rodolfo und ich hinein. Trüb erhellte die Talgleuchte den langen Gang im Mezzà und verwandelte Rodolfos Schatten an der Wand in den eines Riesen.

»Schlaf gut«, sagte er vor meiner Kammer.

»Danke, gleichfalls«, erwiderte ich, im Geiste immer noch unter dem Sottoportego. Eines wusste ich sicher: Schlafen würde ich in dieser Nacht ganz bestimmt nicht mehr!

Hellwach marschierte ich in meiner Kammer auf und ab, den Kopf zum Bersten voll mit Empfindungen, die sich allesamt um den Kuss drehten.

Das Atmen fiel mir schwer, obwohl ich gleich nach meiner Rückkehr das kleine Fenster weit aufgerissen hatte, um frische Luft hereinzulassen. Die Sorge um meine mangelnde Sittlichkeit wurde rasch von neu erwachender Begierde verdrängt, allein die Erinnerung an den Kuss ließ mich wieder hart werden. In einer Aufwallung von Scham kniete ich mich hin und betete, so wie ich es immer tat, wenn Pater Anselmo mir meine Unkeuschheit im Namen des Herrn bei der Beichte vergeben hatte.

Doch vorbeugend halfen kein Ave-Maria und kein Vaterunser gegen den Trieb. So erlag ich schließlich der Versuchung, obwohl es sündig war und die Reinheit des Geistes schädigte. Ich würde bald wieder beichten gehen müssen, denn ich ahnte, dass es bei dem einen Mal nicht bleiben würde. Zu meiner Beschämung fühlte ich mich hinterher wie erlöst und sogar ein wenig müde.

Ich ging zum Fenster, um es zu schließen – und hielt inne. Auf dem Kanal glitt in unmittelbarer Nähe eine Gondel heran, der Bootsführer ein aufrechter dunkler Schatten auf der hinteren Abdeckung.

Im Licht der Bootslaterne sah ich in der *Felze** ein bekanntes Gesicht: Es gehörte Adelina, dem Mädchen aus dem Badehaus. Auf ihren Zügen malte sich reines Entzücken, das offenbar dem neben ihr sitzenden Mann galt.

Sein Gesicht konnte ich nicht sehen, denn er hatte es zwischen ihren gewaltigen Brüsten vergraben und machte sich dort stöhnend zu schaffen.

»Ich liebe dich!«, sagte Adelina.

Der Mann erwiderte nichts, jedenfalls nichts Verständliches, was nicht verwunderlich war, weil Adelina sein Gesicht mit beiden Händen gegen ihren Busen drückte.

»Aber du darfst nie wieder so gemein zu mir sein, hörst du! Mir erzählen, dass du verreist, aber dann heimlich ins Badehaus gehen! Und dann auch noch so tun, als würdest du mich nicht kennen!«

Ich erstarrte.

Der Mann befreite seinen Kopf aus ihrem Griff. »Wie oft soll ich es dir denn noch sagen!? Ich war wochenlang auf der *Terraferma*** und bin erst heute Abend zurückgekommen, da kannst du jeden fragen! Und ab morgen bin ich schon wieder

* Sitzkabine auf der Gondel

** Zu Venedig gehörendes Festland

fort und bleibe es für die nächste Zeit! Wer immer dieser Kerl im Badehaus war – *ich* war es jedenfalls nicht!«

Die Stimme kam mir bekannt vor, ich hätte sogar schwören mögen, sie jeden Tag zu hören. Doch woher dieser Eindruck rührte, begriff ich erst, als die Gondel direkt am Haus vorbeifuhr und der Mann den Kopf vollends hob, sodass ich sein Gesicht sehen konnte.

Es war mein eigenes.

Venedig,
Mai 1594

TEIL 6

Im Rückblick fragte ich mich, warum ich nicht laut geschrien hatte, etwa *Sofort anhalten!* Oder: *Sieh her, es gibt dich zwei Mal!* Auch hätte ich hinauslaufen und versuchen können, dem Boot zu folgen, um mich zu vergewissern, wen ich gesehen hatte.

Stattdessen blieb ich stocksteif am Fenster stehen und tat keinen Mucks. Zum einen lag es gewiss am Schock, zum anderen aber auch daran, dass ich meinen eigenen Wahrnehmungen nicht traute. Im Hinblick darauf, was ich kurz zuvor auf meinem Strohsack getan hatte, lag das nahe, wusste man doch, dass es nicht nur zu Pickeln führen konnte, sondern manchmal auch zur Trübung des Verstandes.

Bis ich nach einigem Zaudern bereit war, doch für wahr zu halten, was ich gesehen hatte, war die Gondel längst verschwunden.

Am nächsten Tag erzählte ich Rodolfo davon. Er wiegte den Kopf und fragte, ob an dem Boot oder der Kleidung des Mannes ein Wappen oder ähnlich auffallendes Merkmal gewesen sei, worauf ich einräumen musste, mich nicht daran zu erinnern. Tatsächlich waren – abgesehen von der Ähnlichkeit des Mannes mit mir selbst – die beiden einzigen Details, die mir plastisch im Gedächtnis hafteten, Adelinas enorme Brüste.

Franceschina, die während unseres Gesprächs am Herd stand und kochte, hob gebieterisch den Rührlöffel. »Der Junge hat das nur geträumt«, sagte sie. »Er steckt mit seinem Kopf zu sehr in dem Stück und verwechselt es mit der Wirklichkeit. Außerdem hatte er einen aufregenden Tag und war viel zu lange auf.«

Hitze überflutete mein Gesicht, doch das war gar nichts gegen meine Verlegenheit, als kurz darauf Elena mit Baldassarre die Küche betrat.

Sie benahm sich, als sei nichts vorgefallen, obwohl ich an ihren tiefroten Wangen sah, dass sie die Situation mindestens so peinlich fand wie ich. Die meiste Zeit wichen wir beharrlich gegenseitig unseren Blicken aus und versuchten auch sonst, uns nichts anmerken zu lassen.

Cipriano kam ebenfalls zum Morgenmahl in die Küche, gefolgt von Bernardo und Caterina. Bernardo schritt wie ein satter Kater zum Tisch, während Caterina ihr übliches geheimnisvolles Lächeln zeigte.

Franceschina knallte ihnen wortlos die Teller hin und rauschte aus der Küche, was Rodolfo mit verbissenem Kiefermahlen quittierte.

Als Baldassarre nach dem Essen erklärte, nun sei es Zeit für ein schönes heißes Bad, zuckte Elena zusammen. »Aber Großvater, du hast doch erst gestern gebadet!«

»Ich bin alt und kann jeden Tag sterben«, sagte er würdevoll. »Willst du einem dahinwelkenden Greis seinen vielleicht letzten Wunsch verwehren?«

Mit zusammengepressten Lippen kramte Elena ein paar Münzen hervor und reichte sie mir. »In welches Badehaus geht ihr heute?«, fragte sie beiläufig.

»Auf jeden Fall in ein anderes als gestern«, sagte ich, ebenso beiläufig. »Ich werde nach einem suchen, das in jeder Beziehung einwandfrei ist.«

Mit diesem Wortwechsel schufen wir eine Art Schwebezustand zwischen uns, der eine ganze Weile vorhielt.

Die folgenden Tage verliefen im Großen und Ganzen ereignislos, es war eine Zeit des friedlichen Miteinanders der Truppenmitglieder, abgesehen von den üblichen Querelen, die jedoch nicht zu größeren Auseinandersetzungen führten.

Die täglichen Einnahmen brachten den Incomparabili enorme Mengen Münzen ein, die Cipriano gerecht unter uns allen aufteilte. Mir wurde jedes Mal schwindlig beim Anblick des vielen Geldes, ich schaffte es einfach nicht, mich daran zu gewöhnen, dass ich mir jederzeit einen Hut oder ein neues Hemd oder andere nützliche Dinge hätte kaufen können. Bisher hatte ich mich auf den Hut beschränkt, ein ansehnliches Barett mit breiter Krempe und zwei wippenden Fasanenfedern. Ein Hemd zum Wechseln solle ich mir ruhig aus dem Kostümfundus nehmen, hatte mir der in diesen Dingen praktisch veranlagte Cipriano empfohlen. So konnte ich das Geld für andere Bedürfnisse einplanen – zum Beispiel für ein Paar feste Lederstiefel, die mir als nächster Erwerb vorschwebten.

Fast jeden Tag probten wir an dem neuen Stück. Der erste Akt saß bereits perfekt, ebenso ein großer Teil des zweiten. Den markanten Höhepunkt in der Mitte hatte ich mittlerweile so gestaltet, dass alle Fragen, mit denen ich mich vorher herumgeplagt hatte, perfekt gelöst waren: Leandro sieht zwar Flavio, aber dieser nicht Leandro. In der Folgezeit ist Flavio auf Reisen, weshalb es vorerst zwischen Leandro und Flavio keine weiteren Begegnungen gibt – diese hatte ich zur Verschärfung des besonderen Konflikts für den letzten Akt vorgesehen.

Dass er Flavios Ebenbild ist, nutzt Leandro aus, um sich mit Aurelia zu treffen, zunächst, um mit ihr Pläne zu schmieden, wie er Rosalindas Herz gewinnen könne, schließlich aber, weil er sich mittlerweile in Aurelia verliebt hat, was er ihr jedoch nicht zu sagen wagt. Aurelia wiederum durchschaut rasch, dass er nicht Flavio, sondern ein Fremder ist. Es schürt ihren Zorn, dass er Rosalinda verehrt (noch weiß sie nicht, dass seine Liebe ihr gilt!), und um ihn lächerlich zu machen, behauptet sie, Rosalinda schätze selbst gedichtete Sonette über alles. In einem Monolog (bei Nacht und im Garten) trägt er sodann eines vor, allerdings für Aurelia.

Bis zu dieser Stelle war ich mit dem Schreiben des Canovaccio gekommen, damit hatte der zweite Akt entscheidende Fortschritte gemacht.

Zu Ciprianos Verdruss hatte Caterina die Rolle der Rosalinda nun doch für sich beansprucht, aber er war deswegen weniger verstimmt, als zunächst zu vermuten war, was zweifellos daran lag, dass er hin und wieder für Caterina einspringen durfte, wenn diese nicht da war. Deshalb hielt er sich zu jeder Probe bereit, meist geschminkt und in voller Kostümierung, darauf hoffend, dass Caterina nicht erschien. Tatsächlich musste sie häufig zu Besorgungen fort, sei es zu einer Schneiderin, weil sie unbedingt ein neues Kleid brauchte, oder zu einer Putzmacherin, die einen unverzichtbaren Haarschmuck für sie fertigte.

Ihre Abwesenheit schürte Bernardos Eifersucht. Zum Glück erschienen in dieser Zeit weder Morosini noch sein Adjutant Razzi in der Ca' Contarini, denn Bernardo geriet schon in Rage, wenn nur einer der beiden Namen fiel. Cipriano, der sich um das Geschäftliche kümmerte und auch dafür Sorge trug, dass Morosini den ausgehandelten Anteil am Gewinn erhielt, suchte für die erforderlichen Transaktionen Morosini in dessen Amtszimmer im Dogenpalast auf, sodass für Morosini oder Razzi keine Notwendigkeit bestand, zur Ca' Contarini zu kommen. Damit trug Cipriano sicher entscheidend dazu bei, dass Bernardos Gemütslage erträglich blieb.

Gleichwohl beargwöhnte Bernardo Caterina bei jeder Gelegenheit und bestürmte sie nach ihren Ausflügen mit Vorwürfen, und in der Folge trank er auch wieder mehr. Zu der einen oder anderen Probe erschien er mit deutlicher Schlagseite, und bei mancher nachfolgenden Vorstellung war er bereits so bezecht, dass er seinen Text nicht mehr beherrschte und seine Mitspieler die Lücke mit Lazzi oder eigenen Sprüchen überbrücken mussten.

Je mehr er sich gehen ließ, desto stärker fühlte sich seltsamerweise Franceschina bemüßigt, ihm beizustehen. Sie verabfolgte ihm frühmorgens ihr stinkendes Gebräu zur Ausnüchterung und verwöhnte ihn mittags mit seinen Leibspeisen, ein Verhalten, das für mich nicht nachvollziehbar war.

Rodolfo ließ seinerseits weiterhin keine Gelegenheit aus, sich bei Franceschina beliebt zu machen – mit Erfolg. Im Laufe der Zeit teilte sie ihre Aufmerksamkeit mehr oder minder gleichmäßig zwischen beiden Männern auf, was Bernardo immer wieder dazu brachte, Rodolfo zu hänseln, womit er sich unweigerlich Franceschinas Ärger zuzog.

Kurzum, die allgemeine Lage innerhalb der Truppe war so, dass mir kaum genug Konzentration für meine eigenen Probleme blieb, von denen ich zwei ernstliche zu beklagen hatte.

Das erste war mein Doppelgänger (Zwillingsbruder?), an den ich in diesen Tagen oft dachte, beinahe so häufig wie an das zweite Problem – Elena. Oder genauer: unseren Kuss unter dem Sottoportego. Die Erinnerungen an beide Vorfälle brodelten beständig in mir.

Dabei war es weitaus unangenehmer, an meinen Doppelgänger zu denken, denn unweigerlich kam mir dabei der grausame Kindesraub in den Sinn, von dem mir Rodolfo erzählt hatte.

In der Zeit bis Himmelfahrt gab es zwei weitere Verwechslungen. Beim ersten Mal, kurz vor Beginn der abendlichen Vorstellung, trat ein geckenhaft gekleideter, stark angetrunkener Bursche vor mich hin, beäugte mich prüfend und lallte: »D-dachte, du bissaufder Terraferma, aber d-du bisses wirklich. Komisse Sachen hasdu d-da an. Was machsuhier?« Ohne meine Antwort abzuwarten, torkelte er weiter. Ich konnte meinen Posten an der Pforte nicht verlassen und sah frustriert zu, wie er um die nächste Ecke verschwand.

Die zweite Verwechslung ereignete sich in der Kirche, wo ich gemeinsam mit den übrigen Truppenmitgliedern die Messe besuchte und beichten ging. Ich mochte den Priester. Sowohl Beichten als auch Messen dauerten bei ihm nur halb so lange, wie ich es gewohnt war, ein Umstand, der mich für ihn einnahm, denn für fromme Pflichten hatte ich von jeher nur beschämend wenig Inbrunst aufbringen können.

Eines Tages, als ich von der Beichte kam, traf ich vor der Sakristei auf einen Patrizier, der sichtlich erstaunt wirkte, als er mich sah.

»Seit wann geht Ihr in dieser Gemeinde zur Beichte? Ich dachte, San Giacometto sei Eure Hauskirche!« Er grinste und kniff ein Auge zu. »Oder habt Ihr Sünden begangen, die Euer langjähriger Beichtvater besser nicht erfahren sollte?«

Bevor ich mit der Frage herausplatzen konnte, die ich mir nach der letzten Verwechslung für weitere Begebenheiten dieser Art zurechtgelegt hatte, wurde er vom Priester zur Beichte gerufen. Ich beschloss, zu warten, bis er wieder auftauchte. Vor dem Altar kniend, gab ich vor, im Gebet meine Sünden zu sühnen. In dieser unbequemen Haltung harrte ich annähernd eine Stunde aus und war schließlich davon überzeugt, dass der Patrizier alle nur denkbaren Todsünden auf dem Kerbholz hatte. Kein normaler Mensch konnte so lange beichten!

Endlich öffnete sich die Tür zur Sakristei, doch nicht der Patrizier trat heraus, sondern der Priester, der sich befremdet zeigte, dass ich noch da war.

Bevor er sich abermals zurückziehen konnte, fragte ich ihn nach dem Verbleib des Mannes und erfuhr, dass dieser längst gegangen sei. Wie ich beim Verlassen der Kirche herausfand, gab es eine Hintertür.

Um den Patrizier ausfindig zu machen, hätte ich den Priester nach seinem Namen fragen können, doch mir fiel auf die Schnelle keine plausible Erklärung dafür ein, jedenfalls keine, die vertrauenswürdiger klang als *Ich will von ihm wissen, wo ich meinen Doppelgänger finde*.

Also beließ ich es an dem Tag dabei und nahm mir vor, die

nächste Sonntagsmesse in San Giacometto zu besuchen, um dort mehr herauszufinden.

Doch schon am darauffolgenden Donnerstag ergab sich eine andere Gelegenheit, und ab da liefen die Geschehnisse gänzlich aus dem Ruder.

In Venedig wurde Christi Himmelfahrt auf besondere Weise begangen, mit einer Zeremonie, die man *Sensa* nannte. An diesem Tag feierte man die symbolhafte Vermählung der Serenissima mit dem Meer. Das Volk versammelte sich an der Mole, wo der Doge mit zahlreichen Würdenträgern den Bucintoro bestieg und hinaus nach San Nicolò di Lido fuhr. Dort warf er im Beisein des Patriarchen einen goldenen Ring ins Meer, um auf diese Weise Jahr für Jahr aufs Neue die Verbindung zwischen Venedig und der See zu bekräftigen.

Mittlerweile hatte ich nicht nur viel über die traditionellen Feste der Stadt erfahren, sondern auch Stück für Stück die einzelnen Sestieri erkundet. Auf meinen Streifzügen durch Venedig hatte ich mich anfangs verlaufen, doch bald hatte ich es heraus, mich an markanten Gebäuden zu orientieren, vornehmlich den zahlreichen Kirchtürmen, die wie steinerne Monumente aus dem Gewirr der Häuser und Gassen ragten. Ich merkte mir den Verlauf einzelner Kanäle und auch, wo ich die Richtung wechseln musste, um nicht in einer Sackgasse oder auf einem brückenlosen Kai zu landen.

Ich bestaunte die mit Fresken bemalten Palazzi entlang des Canalezzo ebenso wie die riesigen Marmorkirchen, die mit ihrer Pracht die Plätze, an denen sie standen, förmlich erschlugen. Mit der Zeit wurden mir auch die Unterschiede zwischen Reichtum und Elend bewusst, die sich oft auf engstem Raum an der Bebauung zeigten. Hatte man eben noch einen vor Zierrat überbordenden Palast bewundert, konnte man sich kaum fünfzig Schritte weiter vor einem verwahrlosten Mietshaus wiederfinden. Neben samtbehängten Gondeln sah man morsche alte Kähne treiben, und Juweliere boten ihre Kostbarkeiten in vornehmen Läden an, die keinen halben Steinwurf von einem lärmenden Fischmarkt entfernt waren.

Auch in der Kleidung und im Auftreten der Menschen spiegelten sich solche Unterschiede wider, ohne dass eine räumliche Trennung sichtbar gewesen wäre. Herausgeputzte Patrizier flanierten auf denselben Plätzen, auf denen Bettler mit verbundenen Beinstümpfen hockten oder schmutzige Arbeiterkinder Fangen spielten.

Ein ähnlich buntes Durcheinander von Arm und Reich herrschte auch am Tag der Sensa auf der Piazza San Marco und der angrenzenden Mole, wo sich das Volk in Massen versammelt hatte, um die Prunkbarke des Dogen hinausfahren zu sehen.

Die Incomparabili hatten einträchtig beschlossen, dem Spektakel beizuwohnen. Wir brannten alle darauf, besonders ich, der ich bisher weder den Dogen noch dessen sagenumwobene Galeere zu Gesicht bekommen hatte.

Fanfarenbläser und Trommler hatten Aufstellung bezogen, und das schmetternde Getöse der Instrumente deutete darauf hin, dass es bald losgehen würde.

»Das Schiff!«, sagte Cipriano neben mir. »Da kommt es!«

Und tatsächlich, aus der Richtung des Arsenals glitt es heran, eine große Galeere, zum Takt einer weithin hallenden Trommel von über hundert Männern im Gleichmaß gerudert. Die Aufbauten waren überdacht von purpurnen Samtbaldachinen und mit so viel Gold beschlagen, dass man kaum hinsehen konnte, ohne davon geblendet zu werden.

Begleitet wurde die Festgaleere von vielen kleineren, ebenfalls aufwendig geschmückten Booten. Auch sonst sah man überall auf dem Wasser, so weit das Auge reichte, Gondeln und Sàndoli, von denen aus die Menschen die Fahrt des Bucintoro verfolgen konnten.

Wir hatten Plätze beim Ponte della Paglia ergattert und daher gute Sicht auf das Geschehen. Edelleute reihten sich an der Mole auf und bildeten ein Spalier für den obersten Würdenträger der Serenissima – den Dogen.

Hier wurden meine Erwartungen das erste Mal enttäuscht. Den alles überragenden, strahlenden Herrscher, den ich mir vorgestellt hatte, bekam ich nicht zu Gesicht. Der Doge war nur ein alter Mann, der unter der Last des schweren Mantels aus Goldbrokat fast zusammenbrach, obwohl ihm eine Handvoll Lakaien die Schleppe hinterhertrugen. Die Kopfbedeckung, ebenfalls golden und nach hinten aufstrebend wie ein Horn, schien ihn eher niederzudrücken statt ihn zu erhöhen.

Der Jubel der Umstehenden fiel entsprechend verhalten aus. Bloß vereinzelt waren *Vivat*-Rufe zu hören. Lautstarke Begeisterung kam erst auf, als der Doge stolperte und nur durch beherztes Zupacken eines der vielen ihn umwuselnden Robenträger vor dem sicheren Sturz bewahrt wurde.

»Was war gerade los?«, wollte Rodolfo wissen. Fluchend versuchte er, zwecks besserer Sicht das Brückengeländer zu erklimmen.

»Der Doge ist gestolpert«, sagte ich. »Und du fällst gleich ins Wasser.«

Inzwischen war ich so vertraut mit den Mitgliedern der Truppe, dass ich sie auf familiäre Weise anreden durfte. Bis auf Baldassarre duzte ich alle.

»Er geht jetzt auf das Schiff«, sagte ich. »Gleich siehst du ihn besser.«

An Bord des Bucintoro schritt der Doge zum Heck, um dort auf einem gewaltigen Thron Platz zu nehmen. Nach ihm strömten weitere erlauchte Herren an Deck und verteilten sich unter den Baldachinen. Begleitet von Fanfarenlärm legte die Prunkbarke sodann ab und glitt ins Hafenbecken hinaus.

Aus den Augenwinkeln sah ich es rechts von mir rot aufleuchten. Elena hatte sich schon nach kurzer Zeit die Haube heruntergezogen, sodass ihre Locken ungebändigt herabfielen. Es übte eine magische Wirkung auf mich aus, dieses rote Haar zu betrachten, wie es sich wellte und kringelte, ebenso unberechenbar und auf verstörende Weise anziehend wie seine Besitzerin. Wenn sie in meiner Nähe war, so wie jetzt, vermochte ich meiner Unruhe oft kaum Herr zu werden, und oft genug kam es vor, dass ich von Erregung gepackt wurde, wenn mir im Vorübergehen ihr Duft zuwehte. Ein Hauch reichte, um meine Hände zum Zittern zu bringen, weil es mich danach verlangte, sie zu berühren. Meist schämte ich mich meiner Empfindungen und versuchte, sie so gut es ging zu verbergen, doch ob mir das gelang, war unmöglich zu sagen. Elena jedenfalls verhielt sich, als sei sie von dem, was unter dem Sottoportego vorgefallen war, gänzlich unberührt. Sie behandelte mich freundlich, zuweilen aber auch mit der Herablassung, die ich bereits zur Genüge kannte. Im einen Moment konnte sie mich loben, im nächsten aufziehen oder mit schnippischen Worten maßregeln.

Ein lauter Ausruf riss mich aus meinen Gedanken.

»Contarini! Giovanni Contarini! Bist du schon wieder von der Terraferma zurück?«

»Huhu, Contarini! Hier sind wir!«

Hastig ließ ich meine Blicke über die Menge schweifen und entdeckte schließlich zwei Burschen in meinem Alter, die auf der anderen Seite des Rio di Palazzo standen. Der eine trug ein knallrotes, der andere ein knallgelbes Samtwams, und die Hüte waren ähnlich farbenfroh. Auch ihre seidenen Beinkleider ließen an Leuchtkraft nichts zu wünschen übrig. Vom Farbenreichtum her konnten diese Burschen mühelos mit den schillernd bunten Singvögeln mithalten, die manchmal an Markttagen auf der Piazza feilgeboten wurden.

Sie winkten mir über den Kanal hinweg zu. »He, Giovanni!«, rief der Gelbe. »Gehst du mit uns feiern? Wir wollen in Matildas Schenke!«

Die Gelegenheit war gekommen! Endlich hatte ich jemanden getroffen, den ich über diesen Giovanni Contarini ausfragen konnte! Entschlossen begann ich, mich durch das Menschengewimmel auf der Brücke zu ihnen durchzukämpfen.

»Was hast du vor?«, wollte Rodolfo wissen.

»Siehst du die beiden Männer da?«

»Natürlich nicht«, sagte Rodolfo. »Falls du es vergessen haben solltest – ich habe nicht gerade deine Stehhöhe. Was sind das für Männer?«

»Ich will sie fragen, wo ich meinen Doppelgänger finden kann!«

»Vielleicht kenne ich sie. Heb mich hoch.«

Ungeduldig packte ich ihn und stemmte ihn hoch. Obwohl er so klein war, hatte er ein beträchtliches Gewicht, und als ich ihn mir endlich auf eine Schulter gehievt hatte, konnte ich mich nur taumelnd aufrecht halten.

»Wo genau?«, wollte Rodolfo wissen.

»Direkt auf der anderen Seite des Kanals«, sagte ich. »Die beiden Gecken in Gelb und Rot!«

»Ich sehe nichts.«

Mir ging es nicht anders. Rodolfos Hemd hing mir vor dem Gesicht, doch ich konnte es nicht zur Seite schieben, weil ich beide Hände brauchte, um ihn festzuhalten. Außerdem zermalmte die Scheide von seinem Krummsäbel beinahe mein Schlüsselbein, wobei ich noch von Glück sagen konnte, dass er mit Rücksicht auf den hohen Feiertag nicht auch noch den Morgenstern trug.

»Lass mich runter«, befahl er. »Da ist niemand, auf den deine Beschreibung passt.«

Rasch stellte ich ihn wieder auf die Füße und spähte dann eilig zur anderen Seite der Brücke. Die beiden Gecken waren verschwunden.

»Ich habe sie auch gesehen«, sagte Elena. Sie hatte sich dicht an meine Seite geschoben und blickte zu mir hoch. »Und ich habe gehört, welchen Namen sie genannt haben.«

»Wirklich?«

»Ja. Du hast dich nicht getäuscht.«

Dankbar erwiderte ich ihren Blick, doch sie hob nur auf ihre gewohnt ironische Art die Brauen, bis ich mir wieder einmal dümmer vorkam, als ich mich für gewöhnlich fühlte. Aber ich hatte gelernt, mich damit abzufinden.

»Was ist, wollen wir los?«, fragte sie.

»Wohin?«

Abermals hob sie die Brauen, und ich merkte, dass ich mich geirrt hatte. Ich konnte mich *nicht* damit abfinden.

»Zu Matildas Schenke, wohin sonst?«, antwortete sie.

Prompt marschierte sie los, und ich schloss mich ihr an, über meine Füße stolpernd bei der Aussicht, zum ersten Mal seit dem Kuss wieder allein mit ihr zu sein, jedenfalls soweit von *allein* bei dem Menschengewühl, durch das wir uns kämpfen mussten, überhaupt die Rede sein konnte.

Doch nicht einmal zu dieser eingeschränkten Zweisamkeit sollte es kommen, denn Rodolfo hatte sich an meine Fersen geheftet. Nach wenigen Schritten merkte ich, dass er mir folgte wie ein Schatten.

»Ich halte es für sicherer, wenn jemand auf dich aufpasst«, erklärte er. »Schon einmal wollte dich ein Kerl umbringen, der dich mit diesem Contarini verwechselte.«

Wir bahnten uns unseren Weg durch das Gedränge am Dogenpalast, bis wir die ebenfalls vor Menschen wimmelnde Piazza hinter uns gelassen und den Uhrturm erreicht hatten. Elena ging zielstrebig voraus.

»Woher weißt du eigentlich, in welche Richtung wir müssen?«, fragte ich sie, während wir den Durchgang zur Merceria passierten. »Warst du schon einmal in Matildas Schenke?«

Sie kicherte. »Marco, du kennst sie doch auch! Die Frau mit den Bürsten!«

Mir schoss das Blut ins Gesicht. »Oh … Ach so, die. Ich

wusste nicht, dass sie eine Schenke betreibt, geschweige denn, wo.«

»Die ist in derselben Gasse wie das Badehaus. Ich weiß es auch nur, weil ich neulich nach dem Kirchgang ein paar Männer darüber reden hörte.«

Auch Rodolfo schien zu wissen, wohin es ging, denn er setzte sich an die Spitze und stapfte einige Schritte voraus. Ich blieb an Elenas Seite und riskierte aus den Augenwinkeln einen schnellen Blick in ihren Ausschnitt, etwas, das ich schon länger nicht mehr gewagt hatte. Wie es der Teufel wollte, schaute sie just in diesem Augenblick auf und bemerkte es, wodurch ich mir ein weiteres Mal hohlköpfig vorkam.

Höchste Zeit, endlich das zu tun, was ich mir schon länger vorgenommen, es mangels passender Gelegenheit jedoch aufgeschoben hatte.

»Für das, was neulich geschah, möchte ich dich um Verzeihung bitten«, sagte ich förmlich.

Fragend blickte sie zu mir auf. »Wofür genau?«

»Für den Kuss. Ich habe mich rüde benommen und mich dir … ähm, aufgedrängt.«

Sie wirkte erstaunt. »Aber es war doch nur eine Übung!«

Konsterniert starrte ich sie an. »Eine Ü … Äh?«

»Ja, ich fand, wir haben es sehr gut gemacht. Das wollte ich dir die ganze Zeit schon sagen.«

»Du bist mir nicht böse?«, krächzte ich.

Sie schüttelte den Kopf. »Warum denn auch? Es war eine nützliche Erfahrung. Ich würde es jederzeit wieder tun. *Wir* könnten es jederzeit wieder tun. Meine Rolle in dem neuen Stück nehme ich sehr ernst.«

Ich geriet ins Stolpern und fiel beinahe über einen Bettler, der an einer Brunneneinfassung lehnte und wüste Flüche ausstieß, als ich mich an ihm festhielt.

»Tollpatsch!«, schimpfte er. »Und wie immer mit leichtfertigen Weibern unterwegs!«

Ich zuckte zusammen. Es war derselbe Alte, über den ich neulich schon gefallen war. Die zweite Verwechslung an einem Tag!

Matildas Schenke war zum Bersten voll, und die versammelten Gäste wirkten alles andere als seriös. Die braven und frommen Leute hatten sich alle auf der Piazza versammelt, um der Sensa beizuwohnen, während sich hier in der Schenke diejenigen trafen, denen der Sinn nach profanerem Vergnügen stand. Der niedrige Raum war erfüllt von Grölen und Lachen, und Schnapsdünste schlugen uns entgegen, als wir eintraten.

Mit gerecktem Hals hielt ich Ausschau nach den beiden Burschen, die mich vorhin zum Mitkommen aufgefordert hatten, und dabei fiel mein Blick auf die Schankwirtin. Matilda stand bei einem Fass und zapfte schäumendes Bier in Krüge, die sie umgehend an eine Bedienung weiterreichte.

Mit wogendem Busen winkte sie in meine Richtung. »Wie schön, dich wieder mal hier zu sehen!«, schrie sie quer durch den Schankraum. »Hast du Sehnsucht nach den Bürsten der alten Matilda?« Sie machte eine ebenso aufmunternde wie eindeutige Bewegung mit ihrem Oberkörper.

Verlegen zog ich den Kopf ein, doch dann merkte ich, dass sie Rodolfo meinte.

»Ich will neuerdings ein bisschen seriöser werden!«, gab dieser zurück. »Vielleicht verheirate ich mich sogar!«

Seine Worte animierten einige Gäste zu einem geräuschvollen Heiterkeitsausbruch. »Sieh sich einer diesen Zwerg an, der wandelt auf Freiersfüßen!«, rief jemand.

»Aber bestimmt kriegt er nicht das rothaarige Liebchen da! Die ist viel zu hübsch für ihn!« Ein Mann stemmte sich von seinem Schemel hoch und kam näher, umweht von einer Bierfahne. Zutraulich legte er den Arm um Elenas Schultern und grinste sie an, wobei er etliche Zahnlücken entblößte. »Was hältst du von einem richtigen Mann, mein Schatz? Ich zahle gut!«

Ohne zu zögern, schubste ich ihn weg. »Lass deine schmutzigen Finger von der Dame!«

Das missfiel dem Mann sichtlich. »He, du grüner Frechdachs!« Die Hand am Messergurt, rückte er näher. »Willst wohl eins aufs Maul, was?«

»Wenn, dann wohl eher du!« Ich richtete mich auf, die Arme locker herabhängend, aber so, dass man mein Rapier sehen konnte.

Aber der Mann, der mich mit seiner platt geschlagenen Nase stark an Aldo aus Padua erinnerte, ließ sich davon nicht einschüchtern, denn er zog sein Messer und warf es mit fließenden Bewegungen von einer Hand in die andere. Plötzlich sah er nicht mehr betrunken aus, sondern nur noch gefährlich. Noch bedrohlicher wurde es, als sich zwei weitere Männer zu dem Kerl gesellten, mit geballten Fäusten und locker sitzenden Dolchen.

Elena zupfte an meinem Ärmel. »Lass uns gehen, Marco!«

»Gute Idee«, meinte Rodolfo. »Diese Herrschaften sehen aus, als wäre mit ihnen nicht gut Kirschen essen.«

»Keine Prügelei in meinem Lokal, sonst lasse ich die Wachen holen!«, rief Matilda. »Rauft euch gefälligst draußen!«

»He, da ist ja Contarini!«, kam es aus einer Ecke des Schankraums. »Schön, dass du hergefunden hast!« Die beiden Gecken in Gelb und Rot saßen zusammen mit anderen an einem der roh gezimmerten Holztische und prosteten mir mit ihren Krügen zu. »Giovanni, komm rüber und nimm einen zur Brust mit uns!«, rief der Rote.

»Ich glaube, Giovanni hat Ärger mit diesen Kerlen da«, gab der Gelbe zu bedenken.

»Schlag ordentlich zu, Giovanni!«, forderte mich der Rote auf.

»Das mache ich für ihn«, erklärte der Bursche mit den Zahnlücken. Bevor ich das Schwert ziehen konnte, hieb er mit dem Messer nach mir, doch das war nur ein Ablenkungsmanöver, denn gleichzeitig rammte er mir von der anderen Seite die Faust ans Kinn, so hart, dass ich zurücktorkelte und mich an der Wand abstützen musste, um nicht zu fallen. Als die wallenden Nebel vor meinen Augen sich verzogen und ich mich wieder dem Angreifer zuwandte, war dieser in ein Handgemenge mit einem anderen Gast verstrickt, den ich vorher noch gar nicht gesehen hatte. Einer seiner beiden Freunde lag flach auf dem Rücken, die Augen glasig und die Hände zwischen die Beine gepresst. Sein zweiter Kumpan wurde von Rodolfo umkreist, der spielerisch seinen Säbel tätschelte. »Soll ich dich aufschlitzen, oder willst du lieber auch einen Tritt in die Eier?«, erkundigte er sich freundlich bei dem Mann.

Weitere Gäste stürzten sich in die Balgerei, sie traktierten einander mit Fausthieben und Fußtritten, aber ich sah auch erhobene Stuhlbeine, wild geschwungene Bierkrüge und Holzbretter. Einer drosch sogar mit einer gewaltigen Salami um sich. Der Geck in Gelb war auf einen Tisch gesprungen und feuerte seinen Freund an, der mit einem stiernackigen Gast einen Ringkampf austrug.

Allenthalben herrschte wildes Getümmel in der Schenke, die Kämpfenden brüllten wüste Beschimpfungen, kein Mensch wusste, wer Freund oder Feind war.

Elena hatte sich an die Wand neben der Eingangstür zurückgezogen, einen Schemel zur Abwehr vor sich haltend. Gleich darauf zeigte sich jedoch, dass sie andere Pläne damit hatte, denn sie sprang vor und stieß die Beine des Möbels einem Kerl in die Rippen, der es anscheinend auf mich abgesehen hatte, was mir jedoch entgangen war, weil er hinter mir stand. Der Knüppel flog ihm in hohem Bogen aus der Hand, und er selbst klappte stöhnend zusammen.

»Danke!«, schrie ich.

»Gern geschehen«, schrie Elena zurück.

In dem ganzen Durcheinander hatte ich bislang noch keinen einzigen Schlag anbringen können, ein beschämendes Versäumnis. Als die Tür der Schenke aufflog und eine Horde angriffslustiger Männer mit Spießen und Knüppeln hereinstürmte, sah ich meine Chance zum Mitkämpfen gekommen. Mit einem Ruck zog ich blank und warf mich ihnen entgegen. »Kommt nur her, ich gebe euch mein Rapier zu schmecken!«

»Wachen!«, brüllte jemand hinter mir.

Schlagartig verstummte der Kampflärm. Die Männer sanken wie von Zauberhand berührt auf ihre Schemel zurück, nirgends waren mehr erhobene Fäuste oder Waffen zu sehen. Aus den Augenwinkeln gewahrte ich, wie Rodolfo sich von Matilda ein Bier reichen ließ.

Einzig ich stand mit verräterisch gezücktem Rapier im Raum, vor mir aufgereiht die Bewaffneten, mit Helm und Harnisch und auch sonst allem ausgestattet, was sie als Ordnungshüter der Serenissima auswies.

Drohend reckten sich mir mindestens vier Spieße entgegen. »Lass das Schwert fallen, oder du bist tot, Junge!«

Ich gehorchte unverzüglich.

»Und jetzt komm brav mit raus und lass dich in Ketten legen.«

»Das ist Giovanni Contarini, der Neffe des Zehnerrats Morosini!«, rief der Geck im roten Wams. Er saß einträchtig mit seinem Freund sowie dem Kerl mit den Zahnlücken am Tisch, und alle drei taten sie so, als würden sie miteinander Karten spielen. Dass dem Zahnlückigen dabei das Blut aus der Nase strömte, schien niemanden zu stören.

»Und wenn er der Doge persönlich wäre«, sagte der Anführer der Bewaffneten. »Er ist verhaftet.«

Die Verlautbarung des Gecken ließ offenbar die Wachleute nicht gänzlich unbeeindruckt, denn sie stießen mich zwar recht unsanft ins Freie und fesselten mir dort die Hände mit einer Kette auf den Rücken, hielten sich danach aber mit weiteren Grobheiten zurück. Schweigend nahmen sie mich in die Mitte und führten mich in Richtung Dogenpalast.

Mir war übel vor Angst und Entsetzen, und wirre Gedanken über das venezianische Strafrecht schossen mir durch den Kopf. In unserer Hausbibliothek gab es darüber ein dickes Buch, dessen Inhalt an Langeweile durch nichts zu überbieten war. An gewisse Einzelheiten sowie die zur Verdeutlichung angefügten Illustrationen erinnerte ich mich jedoch überaus genau. Etwa an die Bestrafungen, mit denen diverse Vergehen geahndet wurden. Dieben wurde beispielsweise die Hand abgehackt, im Wiederholungsfalle auch gern die Nase abgeschnitten, und bei Verschwörern, Ketzern und Aufrührern kam das Folterseil zur Anwendung, mit dem der Delinquent an den rücklings gefesselten Händen wieder und wieder hochgezogen wurde, bis er alles gestand. Mörder wurden zwischen den Säulen auf der Piazzetta enthauptet oder gehenkt, Ehebrecher und Sodomiten nackt ausgezogen und in einem Schaukäfig am Campanile aufgehängt, je nach Schwere des Falles aber mitunter auch verbrannt, gevierteilt, erdrosselt oder ertränkt.

»Keine Sorge!«, hatte Rodolfo mir nachgerufen. »In ein paar Tagen bist du wieder frei! Und ich passe so lange auf das Rapier auf!«

Es fragte sich nur, ob ich in ein paar Tagen noch lebte. Was wohl allein davon abhing, wessen man mich bezichtigte.

»Wie lautet eigentlich die Anklage?«, wagte ich den Anführer des Trupps zu fragen.

»Bewaffneter Aufruhr.«

Aufruhr … Hieß das, ich kam ans Folterseil?

»Werde ich gefoltert?«

»Auf alle Fälle kriegst du eins aufs Maul, wenn du nicht still bist, genau wie beim letzten Mal, als wir dich ins Loch gesteckt haben und du dein vorlautes Mundwerk nicht halten konntest.«

Mir lag auf der Zunge, ihn darauf hinzuweisen, dass ich gar nicht Giovanni Contarini war, sondern nur dessen harmloser

Doppelgänger, doch dann wurde mir klar, dass ich mir damit vielleicht eine wie auch immer geartete Vorzugsbehandlung verscherzte. Erfuhren sie erst, dass ich ein bedeutungsloser Niemand vom Lande war, knüpften sie mich möglicherweise sofort auf.

Folglich ließ ich mich widerspruchslos zum Dogenpalast bringen. Im Innenhof wurde ich von einem der Wachmänner die breite Freitreppe hinaufgeführt und dann die Galerie entlang bis zum Amtsraum von Morosini geschubst, wo der Bewaffnete mir befahl, stehen zu bleiben. Auf sein Klopfen hin öffnete jedoch niemand. »Tja, da hast du dasselbe Pech wie beim letzten Mal«, meinte er mit geheucheltem Bedauern. »Dein Onkel ist nicht da. Also ab in die *Giardini** mit dir.«

Er scheuchte mich die Treppe wieder hinunter und dann durch ein Portal in den östlichen Teil des Gebäudes, wo es nach längerem Fußmarsch durch triste Flure und eine sperrige Tür in den Gefängnistrakt ging, eine aus engen Gängen und Verliesen bestehende Baulichkeit. Es zog feucht und eiskalt aus allen Winkeln, und als wäre damit der Eindruck fehlender Gastlichkeit nicht längst vollständig, stank es auch noch wie aus einer offenen Jauchegrube.

Ein dicker kleiner Kerl in einer schmuddeligen Uniform nahm mir die Handfesseln ab und stieß mich in eine Zelle.

»Hier ist noch ausreichend Platz für dich, heute ist nicht viel los, weil Himmelfahrt ist«, erklärte er, bevor er das Eisengitter wieder verriegelte.

Das mit dem ausreichenden Platz konnte er nur im Scherz gemeint haben, denn ich brauchte eine Weile, bis ich die Män-

* Wörtl. übersetzt »Gärten« – so nannte man euphemistisch die Gefängnisräume, die sich seinerzeit noch im Erdgeschoss des Dogenpalastes befanden, im Gegensatz zu den »Pozzi« (Brunnen) genannten Kerkern, in die kein Tageslicht fiel. Das damals im Bau befindliche neue Gefängnis auf der anderen Kanalseite wurde erst im Jahre 1600 fertiggestellt.

ner, die sich bereits an diesem ungastlichen Ort befanden, gezählt hatte. Das musste ich sogar zwei Mal tun, weil ich beim ersten Mal nicht erkannte, dass sich drei von ihnen auf der steinernen Bank, die offenbar als Ruhemöbel diente, zusammendrängten, und nicht zwei, wie ich zuerst annahm. Die übrigen acht saßen auf dem Boden, manche auf zerschlissenen Matten, andere auf zusammengelegten Kleidungsstücken oder Decken. Einer saß auf einem Kübel und gab Geräusche von sich, die auf eine lebhafte Verdauung hindeuteten. Damit war zugleich geklärt, wo der Gestank herkam.

Die anderen beschäftigten sich mit ähnlich intimen Tätigkeiten. Einer zog sich Läuse aus dem Bart und zerkaute sie, ein zweiter bohrte in der Nase, ein dritter kratzte sich unablässig unter den Armen, ein vierter … Schockiert schaute ich weg. Wie konnte er nur, vor aller Augen!

Nummer fünf und sechs taten dafür nichts weiter als schlafen, auch wenn sie dabei markerschütternd schnarchten. Und Nummer sieben, der zwischen den beiden anderen Insassen zusammengekauert auf der Steinbank hockte, starrte mich an.

»Du warst doch vor ein paar Wochen erst da«, sagte er.

»Äh … scheint ganz so«, sagte ich höflich.

»Diesmal haben sie dir aber keins auf die Nase gegeben.«

»Nein«, stimmte ich zu, während ich mich mit aufkommender Panik umsah. Wohin sollte ich mich in dieser unwürdigen Klause nur setzen?

»Fertig«, sagte der Mann auf dem Topf und stand auf. »Will noch jemand, bevor der Kübel abgeholt wird?« Fragend blickte er in meine Richtung. »Du vielleicht?«

Als ich stumm den Kopf schüttelte, insistierte er: »Musst du scheißen?«

»Ich war heute schon«, flüsterte ich.

»Seine Augen sind nicht besonders, Kopfschütteln sieht er nicht«, erklärte mir der Mann auf der Steinbank. »Nur den Kübel, den sieht er immer.«

Der Nasenbohrer erhob sich und ließ die Hose herab. »Ich könnte noch mal. Ich glaube, der Kohl von gestern war schlecht.«

»Das stimmt«, sagte Nummer acht, der mir am nächsten hockte und sich stöhnend den Leib hielt. »Bei mir will der Fraß auch wieder raus!«

»Nimm den Kübel«, empfahl ihm Nummer neun. »Da passt noch was rein.«

»Zu spät«, meinte Nummer zehn.

Das traf zu, denn ich konnte nicht mehr rechtzeitig zur Seite springen. Nummer acht übergab sich mit einem Schwall auf meine Füße.

Alles in allem, so versuchte ich mich nach einer weitgehend schlaflosen, durchfrorenen Nacht und einem Morgenmahl aus steinhartem Zwieback zu trösten, hatte sich der ganze Aufwand doch gelohnt, zumindest ein wenig, denn immerhin wusste ich nun zuverlässig, dass ich Morosinis Neffe war. Genauer, mein Doppelgänger war der Neffe. Was das anging, so hatte ich beschlossen, nicht dessen Zwillingsbruder zu sein, jedenfalls nicht, solange es nicht zweifelsfrei bewiesen war. Wer wollte schon einen Mann zum Bruder haben, der regelmäßig wegen aufrührerischen Verhaltens ins Gefängnis musste?

Offen blieb auch, wie ich zwecks Aufklärung meiner Vergangenheit nun weiter verfahren würde. Das wollte gut durchdacht sein.

Doch vorerst mussten alle Pläne hinten anstehen, bis ich wieder frei war.

Dass diese vergitterten, bis an die Decke mit Häftlingen vollgestopften Löcher Giardini genannt wurden, war der blanke Hohn, doch mittlerweile kannte ich den Grund. Mein Mithäftling Nummer elf – der Einzige von allen, der sich eines leidlich kultivierten Verhaltens befleißigte, da er weder spuckte, furzte, sich lauste noch im Beisein aller onanierte –, hatte mir erklärt, dass es andere Kerkerräume gab, die noch viel schlimmer waren, da sie unter der Erde lagen und das Wasser den armen Insassen oft buchstäblich bis zum Hals stieg. Dort saßen jedoch nur die allerschlimmsten Schwerverbrecher ein, während in den Giardini die weniger gemeingefährlichen Übeltäter brummten.

Nummer elf, so erfuhr ich, hatte sich des verbotenen Glücksspiels schuldig gemacht. Er demonstrierte es mir mit drei kleinen Holzbechern und einer Kugel. Unter einem der Becher versteckte er die Kugel, und ich musste nach einigem Hin- und Hergeschiebe der Becher raten, unter welchem sie sich befand. Das war leicht, ich sah ja genau, wohin er sie legte, und als er mich ermunterte, ein paar Münzen darauf zu setzen, tat ich es bedenkenlos – und gewann! Begeistert spielte ich weiter, doch dann verlor ich mit einem Mal, obwohl ich davon überzeugt gewesen war, genau hingeschaut zu haben. Aha. Das Prinzip war klar. Er wiegte die Leute in Sicherheit, bis sie glaubten, nur gewinnen zu können, und dann zog er ihnen das Geld aus der Tasche.

»Wie hast du das gemacht?«, fragte ich neugierig.

»Reines Glück«, behauptete er. »Deshalb heißt es ja Glücksspiel.«

»Das Geld gibst du mir aber wieder! Du wolltest mir das Spiel ja nur demonstrieren!«

Ich hatte den Eindruck, dass er widersprechen wollte, doch dann hörten wir die hallenden Geräusche beschlagener Stiefel näher kommen, und als eine herrische Stimme sich nach dem Aufenthaltsort eines gewissen Giovanni Contarini erkundigte, gehörten die Münzen wieder mir.

Hoffnungsvoll erhob ich mich von dem eisigen Steinboden. Vielleicht holte man mich schon heraus!

Eilig streckte ich den Arm durch das Gitter. »Hier bin ich!«

Ein Wärter blieb vor der Zelle stehen und drückte mir ein dickes Buch in die Hand.

»Da. Das hat dir dein Liebchen gebracht. Niedliches kleines Ding. Konnte ihr nicht abschlagen, dein Seelenheil zu stärken. Tut mir wirklich sehr leid für dich, mein Junge. Vielleicht hilft es dir ja in deinen letzten Lebenstagen.«

Und schon war er wieder davongestiefelt. Letzte Lebenstage? Was hatte das zu bedeuten? Dass ich des Todes war? Hatten sie herausgefunden, dass ich gar nicht der echte Contarini war, sondern nur ein Betrüger, der sich anmaßte, sein Doppelgänger zu sein, und daher überflüssig war?

Ich umklammerte mit der freien Hand einen Gitterstab. »Ich will den Prokurator sprechen!«, schrie ich. Irgendwo hatte ich gehört, dass Prokuratoren die mächtigsten Beamten in Venedig waren.

»Warum nicht gleich den Dogen?«, fragte Nummer elf. Es klang beleidigt. Offenbar war er noch verärgert, weil ich mein Geld nicht verwetten wollte. »Was hast du da für ein Buch? Ah, ich sehe es! Eine Bibel! Und was meinte der Kerl mit deinen letzten Lebenstagen? Das hört sich übel an.«

»Sehr übel«, murmelte ich, an der Wand zu Boden rutschend, von rabenschwarzer Verzweiflung übermannt. Eine Weile saß ich benommen da, bevor ich, immer noch innerlich erstarrt, das Buch aufklappte. Die ersten paar dutzend Seiten waren tatsächlich Passagen aus dem Alten Testament, sodass der Band einer oberflächlichen Überprüfung leicht standhielt. Erst danach folgten, geschickt im selben Schriftbild gestaltet, die Texte von Boccaccio, Petrarca und Dante.

Trotz meiner Furcht vor dem mir zugedachten Schicksal war ich zutiefst gerührt, dass Elena mir auf diese Weise Trost spenden wollte. Zugleich wallte eine der Situation unangemessene Erregung in mir auf, weil ich mich nur zu gut daran erinnerte, wie ich zum ersten Mal mit diesem Buch in Berührung gekommen war.

Und vermutlich zum letzten Mal.

Tränen des Selbstmitleids brannten mir in den Augen, während ich in dem Band blätterte, mich lesend den vertrauten Versen von Petrarca hingab sowie den freizügigen Beschreibungen Boccaccios und den bestrickend klangvollen Reimen von Dante. Vor allem Dante erfasste mit seinen Formulierungen wunderbar treffend, wie mir zumute war. Nun erst konnte ich nachempfinden, wie es sich anfühlte, in der Hölle zu sein. Auf der ganzen Welt gab es nichts Schlimmeres als diesen Kerker des Grauens, in den es mich verschlagen hatte!

»Du bist ein guter Junge«, flüsterte es an meinem Ohr. Nummer zehn war dicht an mich herangekrochen und legte mir den Arm um die Schultern. »Willst du mir vielleicht was vorlesen?« Er lächelte mich gewinnend an und zerquetschte gleichzeitig eine Laus, die auf seiner Stirn herumkrabbelte.

Ich hatte mich getäuscht. Es gab *doch* Schlimmeres.

Nach dem Mittagsmahl, das aus säuerlichem Kohl bestand, musste ich zu meiner Beschämung im Beisein aller den schon ziemlich vollen Kübel benutzen. Mittlerweile fühlte ich mich genauso, wie die anderen Zelleninsassen auf mich wirkten: verdreckt, verlaust und mit einem Gestank behaftet, als hätte ich zeitlebens in Latrinen gehaust.

Nicht einmal mehr das Buch vermochte mich von meinem Elend abzulenken.

Mechanisch und ohne etwas zu lesen, blätterte ich herum – und stutzte. Auf einer der unbedruckten Rückseiten befand sich eine handschriftliche Notiz, die, wie ich rasch erkannte, von Baldassarre verfasst sein musste.

Die Pestilenz ist überall in der Stadt. Auch aus dem Gefängnis werden täglich Leichen geholt. Der Gestank des Todes ist unerträglich, ich sehne mich schmerzlicher denn je nach einem schönen heißen Bad. Letzte Nacht sind zwei Männer in dieser Zelle gestorben, sie liegen noch hier, weil das nächste Sammelboot erst nach der Terz kommt. Alle fragen sich, wen die Seuche als Nächsten holt! Einer glüht schon vor Fieber, und an seinem Hals bilden sich die Beulen – der arme Kerl, er wird vermutlich die bevorstehende Sensa nicht mehr erleben.

Ich selbst fürchte die Krankheit nicht, da ich sie bereits als Knabe überlebte, doch von den anderen kann es jeden treffen, daher ist die Angst unter ihnen groß. Sie lassen mich Abschiedsbriefe für ihre Familien schreiben und haben den Wärter bestochen, mir dafür Tinte und Papier zu geben. Die Wächter sind gnädig in diesen Tagen, deshalb bekam ich auch meine Bibel, die Camilla für mich brachte und die mir in dieser dunklen Zeit mehr als nur frommen Trost spendet. Nun hoffe ich, dass sie mich bald freilassen, denn wie ich hörte, ist der Kaufmann vorgestern an der Pest gestorben, und außer ihm hat derzeit meiner Einschätzung nach niemand etwas gegen mich vorzubringen – so Gott will. Mögen sie die Kämme mit ihm bestatten, auch wenn ich von dem ausgehandelten Entgelt nicht einmal die Hälfte bekommen habe. Dabei brauchen wir jeden Soldo, denn sobald Camilla niederkommt, müssen die Incomparabili eine Weile pausieren – Camilla war schon immer unersetzlich, als Darstellerin und als Tochter.

Die Vorstellung, im nächsten Frühjahr Großvater zu werden, schreckt mich sehr, fühle ich mich doch selbst kaum älter denn zu der Zeit, da ich ein Jüngling war. Wenigstens wird das Kind mit Francesco einen guten Vater haben, auch wenn dieser sich mehr durch schauspielerische Fähigkeiten als durch Geschäftssinn hervortut.

Der an der Pest erkrankte Bursche neben mir bot mir heute viel Geld für ein Geschäft, und ich ringe mit mir, ob ich mich darauf einlassen soll, weil es nicht ungefährlich ist und weil die Truppe dann aus Venedig verschwinden müsste. Andererseits müssen wir sowieso verschwinden, wegen der dummen Kämme –

An dieser Stelle brach der Eintrag ab, doch er gab genug her, um einige Schlüsse zu ziehen. Baldassarre war im Jahr meiner Geburt in Venedig gewesen und hatte just zu jener Zeit das Geschäft mit den Hornkämmen getätigt, von dem er gesprochen hatte. Und man hatte ihn ins Gefängnis gesteckt, während seine Tochter Camilla guter Hoffnung war – mit Elena. Danach hatte die Truppe offenbar die Stadt verlassen, denn nach allem, was ich wusste, war Baldassarre vor Elenas Geburt das letzte Mal in Venedig gewesen.

Ob er den geschäftlichen Vorschlag seines pestkranken Mithäftlings angenommen hatte?

Die Geschichte blieb rätselhaft.

Ich suchte nach weiteren Einträgen und fand deren drei, allesamt undatiert, doch da jedes Mal von Mithäftlingen, mangelnder Hygiene oder Kerkerfraß die Rede war, schloss ich daraus, dass auch sie im Gefängnis entstanden waren. Der Haftgrund schien ebenfalls immer derselbe gewesen zu sein, denn mehrfach beklagte Baldassarre, wie mimosenhaft und humorlos manche Kaufleute doch seien.

Zwei Einträge ordnete ich zeitlich vor der großen Pest ein, den dritten ungefähr ein Jahr danach, weil Baldassarre darin schrieb, dass seine Enkelin Elena bereits im Alter von vier Monaten den ersten Zahn bekommen habe.

Später hatte es anscheinend keine weiteren Gefängnisaufenthalte gegeben. Oder Baldassarre hatte die Bibel nicht mehr mitnehmen können.

Ich schloss die Augen und drückte das Buch an mich, jäh von Müdigkeit übermannt. Außerdem hatte ich Halsweh. Eine Nacht fast ohne Schlaf, noch dazu auf dem eiskalten Steinboden – das konnte auch bei robuster Konstitution nicht folgenlos bleiben.

Ich merkte, wie ich einnickte.

»Giovanni Contarini?«

Ich war bereits halb weggedämmert, sodass ich zuerst nicht reagierte.

»Giovanni Contarini?«

Das war ja ich!

»Hier!« Ich sprang auf, desorientiert und mit zitternden Gliedern.

»Dein Onkel will dich sprechen.«

Die Zellentür wurde aufgesperrt, und der dicke kleine Wärter, der mich am Vortag hineingeschickt hatte, ließ mich nun wieder heraus.

»Bis zum nächsten Mal!«, rief Nummer sieben mir nach.

Mein Kopf war gähnend leer, während ich hinter dem Wärter herstolperte. Bei der Tür, die den Gefängnistrakt vom übrigen Teil des Dogenpalastes trennte, überstellte er mich einem Amtsdiener. Erst jetzt gewann ich allmählich mein Denkvermögen zurück: Da mir keine Fesseln angelegt wurden und auch sonst keine besonderen Sicherheitsvorkehrungen erkennbar waren, zog ich kurz in Erwägung, wie der Blitz zu verschwinden, doch die Außenpforten des Palastes waren allesamt schwer bewacht, und es widerstrebte mir zutiefst, meine Bekanntschaft mit den Wachleuten zu erneuern. Zudem hätte Morosini, falls er mir Übles wollte, mich nicht einfach ohne Bewachung und Fesseln zu seinem Amtszimmer bestellt, sondern in einem verborgenen Verlies ertränken oder erwürgen lassen. Oder mir Gift in den Kohl getan. Nummer sieben hatte mir berichtet, dass man mit diesen Methoden geheime Todesurteile vollstreckte, eine Information, die ich so unersprießlich fand, dass es mich sofort ein zweites Mal auf den Kübel trieb.

Weiter kam ich nicht mit Nachdenken, denn der Amtsdiener öffnete die Tür und hieß mich hineinzugehen.

Das Buch umklammernd, betrat ich den Raum – und stockte mitten im Schritt, denn beim Fenster stand Caterina, die sich lächelnd zu mir umdrehte. »Marco, was machst du denn für Sachen! Ich bin sofort hergekommen, als ich hörte, was mit dir passiert ist!«

Also hatte ich es ihr zu verdanken, dass man mich aus der Zelle geholt hatte! Mit überströmender Erleichterung strahlte ich sie an und vermerkte dabei trotz meiner konfusen Gefühlslage, wie bezaubernd sie aussah, in ihrem himmelblauen Kleid und dem dazu passenden Schleier, der zurückgeschlagen auf ihrem herrlichen schwarzen Haar ruhte.

Dann erst fiel mein Blick auf Morosini, der hinter einem Schreibpult stand und Schriftstücke ausfertigte. Er nickte mir flüchtig zu und beugte sich dann wieder über die Papiere. »Gleich bin ich so weit. Es soll doch alles seine Richtigkeit haben mit der Freilassung, nicht wahr?« Er tropfte Siegelwachs über ein Dokument und drückte seinen Ring hinein. Anschließend überreichte er das Schriftstück dem Amtsdiener, der wartend hinter mir stand. »Hier, bring das dem Aufsicht führenden Capo.«

Der Amtsdiener zog sich mit einer Verbeugung zurück, während ich mich verstohlen umsah, überrascht von der Enge des Zimmers. Die dunkle Holztäfelung erdrückte den ohnehin schon schmalen Raum, und das Fenster ließ kaum genug Licht herein, um die Aufschriften auf den dicken Folianten, die auf reihum angebrachten Borden gestapelt waren, ausreichend zu erhellen.

Morosini bemerkte meinen Blick. »Für einen Zehnerrat nicht gerade besonders repräsentativ, wie? Aber so ist es in Venedig. Die mächtigsten Männer amtieren in den schlichtesten Räumen. Nur so wird gewährleistet, dass wir uns zum Ruhme der Serenissima einsetzen, nicht zu unserem eigenen.« Er lächelte lakonisch. »Bestimmt ist mein Amtszimmer kaum größer als die Zelle, in der du die Nacht verbracht hast.«

»Der arme Junge!«, warf Caterina ein. Mitgefühl und Sorge standen in ihrem Gesicht.

»Nun, ganz so arm war er nicht«, widersprach Morosini. »Er hatte immerhin den Vorteil, dass man ihn für meinen Neffen hielt. Anderenfalls hätte er auch ordentlich Prügel beziehen können.« Er zuckte die Achseln. »Nicht, dass Giovanni nicht auch schon mit einem blauen Auge aus dem Gefängnis gekommen wäre. Aber das hatte er sich selbst zuzuschreiben, rauflustig, wie er manchmal ist.«

»Die Ähnlichkeit zwischen Marco und deinem Neffen muss ja wirklich unglaublich sein!«, sagte Caterina.

»Das ist sie in der Tat.«

Angestrengt überlegte ich, wie ich möglichst beiläufig meine wichtigsten Fragen anbringen konnte. Etwa, warum Morosini sich nicht schon bei unserer ersten Begegnung zu der Ähnlichkeit geäußert hatte, an jenem Tag, als ich mit Elena, Caterina und Rodolfo wegen der Spielerlaubnis hier gewesen war.

Doch nein, halt! Er *hatte* die Ähnlichkeit erwähnt, desgleichen, wie bemerkenswert er sie fand. Nur hatte ich das auf Rodolfos und meine Kostümierung bezogen. Also mein Fehler.

Nun gut, dann sollte ich ihn fragen, ob er etwas über den Kindesraub wusste.

Ich räusperte mich. »Messèr Morosini, mit Verlaub ...«

»Du musst mir nicht danken, mein Junge.«

»Äh ... ja.« Auf die Idee, Morosini meinen Dank zu bezeugen, wäre ich gar nicht gekommen, doch nun fand ich, etwas mehr Konzilianz meinerseits könne nicht schaden. »Trotzdem vielen Dank für Eure Hilfe«, sagte ich höflich. »Dir auch, Caterina.« Ich wandte mich wieder Morosini zu. »Und was ich noch fragen wollte ...«

»Selbstverständlich hat der bewaffnete Angriff auf die Wachen keine weiteren Konsequenzen«, meinte Morosini beruhigend. »Es gibt Zeugenaussagen, dass alles ein Missverständnis war.«

»Oh. Gut.« Ich nahm einen erneuten Anlauf, den gewünschten Informationen näher zu kommen, als Caterina angewidert die Nase rümpfte. »Meine Güte, der Junge stinkt aber! Das ist ja grauenhaft! Alessandro, was herrschen denn für Zustände in eurem Gefängnis! Du sagtest doch, es wäre nicht so arg in diesen Giardini!«

»Nun ja, es gibt in der Tat weit schlimmere Kerker, aber man muss zugeben, dass auch die geräumigeren Zellen wenig anheimelnd sind, wenn sie in dem Maße überbelegt sind wie zurzeit. Leider wird das neue Gefängnis wohl in diesem Jahrhundert nicht mehr fertig. Aber danach wird alles besser!«

Mit einigem Unbehagen registrierte ich die Vertraulichkeit zwischen den beiden. Rein geschäftlich klang das alles nicht.

»Hast du denn genug zu essen bekommen?«, fragte Caterina.

»Es gab Kohl.«

»Ich verstehe«, sagte Caterina. »Du siehst erschöpft aus. Hoffentlich hast du wenigstens gut geschlafen.«

»Ich hatte meine Ruhe«, sagte ich wahrheitsgemäß. Zumindest, nachdem ich Nummer zehn mit der Faust auf die Nase geschlagen hatte.

»Gerade kommt mir ein Gedanke«, sagte Morosini zu Caterina. »Was hältst du davon, wenn ich ihm in meinem Haus ein Bad und eine Mahlzeit bereiten lasse? Es ist ohnehin Essenszeit, und wie ich meinen Koch kenne, hat er bestimmt dies und das servierfertig. Wir können auch der stinkenden Kleidung abhelfen. Die Truhen meines Neffen sind voll von kaum getragenen Sachen. Mir scheint, die beiden jungen Herren haben dieselbe Größe.« Vergnügt zwinkerte er mir zu. »Natürlich darfst du die Kleidung als Geschenk betrachten, es ist genug davon da.«

Caterina klatschte in die Hände. »Alessandro, das finde ich reizend von dir!« Mit leuchtenden Augen wandte sie sich mir zu. »Ist Messèr Morosini nicht unglaublich großzügig?«

Ich rang mir ein Nicken ab. Ich würde das Zuhause meines Doppelgängers betreten! Sehen, in welcher Umgebung er lebte, welche Menschen für sein Wohlergehen sorgten, vielleicht sogar, in welchem Bett er schlief!

Bestimmt fand sich auch Gelegenheit zu weiteren Fragen, die Licht in vergangene und gegenwärtige Intrigen brachten.

Wir bestiegen vor dem Dogenpalast eine Gondel, und Caterina und Morosini setzten sich nebeneinander in die Felze, wo sie sich angeregt miteinander unterhielten, während ich ihnen mit mulmigen Gefühlen gegenüberhockte. Nur gut, dass Bernardo nicht in der Nähe war, das gäbe Mord und Totschlag! Ich könnte ihm noch so sehr beteuern, dass Caterina sich lediglich für mich einsetzen wollte – er würde kein Wort glauben. Ich glaubte es ja selbst nicht richtig. Die Art, wie sie mit Morosini sprach, legte nahe, dass sie ihn bereits öfter getroffen hatte, und es sah auch nicht danach aus, als würde sie ihm nur schöntun, um die Erlaubnis für die Benutzung der Ca' Contarini aufrechtzuerhalten. Dafür schien ihr das Beisammensein mit ihm zu gut zu gefallen.

Besonders ging es mir gegen den Strich, dass sie mich gewissermaßen zu ihrem Komplizen machte, unterstellte sie dabei doch anscheinend ganz selbstverständlich, dass ich Bernardo nichts von dieser Zusammenkunft erzählen würde.

Die Gondel legte nach einer gemächlichen Fahrt über den Canal Grande vor einem Palazzo an.

Morosini befahl einem Lakaien, im Gemach seines Neffen ein heißes Bad zu bereiten, und führte uns dann hinauf zum Piano Nobile. Während ich selbst mit offenem Mund die Prunkmöbel und die goldgerahmten Spiegel und Gemälde bestaunte, wirkte Caterina wenig beeindruckt, und mir wurde klar, dass sie nicht zum ersten Mal hier war. Ich beobachtete sie genauer und meinte sogar, in ihrer Miene eine Spur Besitzerstolz zu lesen, als sie sich von Morosini zu einem ausladenden Esstisch führen und dort einen Stuhl zurechtrücken ließ.

Bedienstete trugen bald darauf Speisen auf, in einer Auswahl, als hätten den ganzen Tag über Heerscharen von Küchenkräften unsere Bewirtung vorbereitet. Viel verstand ich nicht vom Kochen, aber ich wusste, wie lange Paulina und Franceschina immer am Herd stehen mussten, um für eine Handvoll Leute eine sättigende, wohlschmeckende Mahlzeit auf den Tisch zu bringen, und zwar eine, die auf einen einzigen Teller passte.

Morosinis Diener schleppten indessen Schüsseln und Platten in solchen Mengen heran, als wollten sie die gesamte kulinarische Vielfalt dessen präsentieren, was ein Feinschmecker sich in den kühnsten Träumen kaum vorstellen konnte.

Es gab geröstete Lammspieße, gebackenen Schinken, gebratene Lende und krustigen Schweinerücken, eingelegte Sardinen und geräucherten Aal. Dazu wurde gebutterte Pasta serviert, außerdem frisches Weißbrot, Pastetchen, Hafergrütze und Oliven. Die Auswahl an Süßspeisen war nicht minder üppig und reichte von kandierten Früchten über Sahnecreme bis zu verschiedenen, nach allen Gewürzen des Orients duftenden Gebäckstücken. Alles war aufs Feinste angerichtet und kunstvoll dekoriert, mit blättrig geschnittenen Früchten und Blütenblättern. Fast sah es zu schön aus, um aufgegessen zu werden.

Morosini forderte mich auf, ordentlich zuzulangen, was ich mir nicht zweimal sagen ließ, denn mittlerweile triefte mir förmlich der Speichel von der Zunge. Der Geschmack der Speisen übertraf noch ihr Aussehen, nur mit Mühe konnte ich mir verkneifen, vor Behagen aufzustöhnen. Als ich nach der Schlemmerei wieder klar denken konnte, war ein beträchtlicher Teil der Speisen vertilgt, und ich fühlte mich wie der biblische Wal, unmittelbar, nachdem er Jona verschlungen hatte.

»Scheint so, als hätte es dir gemundet«, meinte Morosini mit gutmütigem Lächeln.

Seufzend zog ich mein Tuch vom Gürtel und wischte mir Mund und Hände ab. »Das war ein vorzügliches Mahl, besten Dank!«

»Ganz Venedig beneidet Messèr Morosini um seinen Koch«, sagte Caterina, die selbst nur hier und da ein Häppchen zu sich genommen hatte. »Der Mann zaubert in Windeseile die herrlichsten Speisen!«

»Manchmal beneide ich mich sogar selbst um ihn«, sagte

Morosini. »Einen guten Koch zu beschäftigen, ist eine der kleinen Annehmlichkeiten, wenn man wohlhabend ist. Ein Ausgleich für manchen Ärger, den der Reichtum an anderer Stelle bringen kann.«

»Ach, wie kann einem Geld Ärger bringen!«, widersprach Caterina.

»Meine Liebe, glaub mir, das kann es.«

»Dagegen weiß ich ein gutes Mittel: Man gebe es aus!« Caterina lachte ihn perlend an und sah dabei auf unbestimmte Weise hungrig aus, was jedoch nach meinem Dafürhalten nicht damit zusammenhing, dass sie so wenig gegessen hatte.

»Dieser Devise sollten wir huldigen. Diener, mehr Wein!«

Mein Glas füllte sich im Nu, zum wiederholten Male, wie mir schien. Ich hatte beim Nachschenken nicht mitgezählt. In meinem Magen fing Jona an zu rumoren, und es wurde nicht besser, als mir unvermittelt wieder einfiel, welche Fragen ich Morosini stellen wollte. Doch bevor ich einen Ton sagen konnte, erschien ein Diener und meldete, dass das Bad fertig sei.

Ich begleitete ihn in eines der Gemächer, die vom Portego abgingen. Ein gewaltiges Pfostenbett dominierte den Raum, in den meine eigene Kammer auf unserem Landgut sicher viermal hineingepasst hätte. Allein der Kamin war so groß, dass mehrere Männer aufrecht darin hätten stehen können.

An den Wänden gab es keine Gemälde oder Spiegel wie im Hauptsaal, aber die Fläche zwischen den Deckenbalken war mit einem Fresko bemalt, bei dessen Anblick ich mir fast den Nacken ausrenkte: Da oben tummelte sich eine Schar wollüstig dreinblickender Quellgötter und leicht bekleideter Nymphen.

Mir fiel auf, dass das Pfostenbett keinen Himmel hatte, sodass jemand, der dort lag, ungehinderten Ausblick auf die Decke hatte. Das war so genial, dass man es nur bewundern konnte! Bewunderung empfand ich auch beim Anblick der Waffen, die an der Wand hingen. Eine unglaubliche Sammlung war dort zu sehen: ein türkischer Krummdolch, ein schillernder damaszenischer Säbel, ein enormer Bidenhänder – das größte Schwert, das ich je in natura gesehen hatte! –, ein Morgenstern, wie ihn auch Rodolfo besaß, eine tödlich spitze Pike, eine nicht minder gefährlich aussehende Streitaxt, eine Armbrust und eine auf Hochglanz polierte Arkebuse.

Starr vor Ehrfurcht versuchte ich, den Wert der Sammlung abzuschätzen. Weder die kolossale Sommervilla an der Brenta noch dieser mit allem Prunk ausgestattete Palazzo hatten es mir so eindringlich vor Augen geführt wie die hier hängenden Waffen: Morosini musste unermesslich reich sein!

»Dieser Giovanni – benutzt er all die Waffen hier?«, fragte ich den Diener, der höflich neben einem dampfenden Badezuber wartete.

»Wie belieben, Domine?«

»Ob Giovanni all diese Waffen benutzt. Was trägt er am liebsten bei sich, wenn er aus dem Haus geht?«

»Ihr tragt immer das Rapier«, sagte der Diener verwirrt. »Als Ihr das letzte Mal aufgebrochen seid, hattet Ihr es am Gürtel. Habt Ihr es auf der Terraferma zurückgelassen, so wie Eure Kleidung? Die Sachen, die Ihr da tragt, kenne ich nicht.«

»Ich bin nicht Giovanni«, erklärte ich. »Ich sehe bloß so aus.«

Der Diener musterte mich befremdet, und es war kein besonderes Einfühlungsvermögen vonnöten, um zu erkennen, dass er sich verulkt fühlte. Sein Gesicht hatte einen pikierten Ausdruck angenommen.

Er wies auf einen Schemel. »Ich habe frische Sachen für Euch bereitgelegt und auch die Stiefel geputzt. Soll ich Euch den Bart schaben?«

»Vielen Dank. Ich glaube, ich komme allein zurecht.«

Er senkte den Kopf und verließ fluchtartig den Raum.

Die Tür besaß einen Riegel, mit dem man sie von innen verschließen konnte, eine erfreuliche Möglichkeit, von der ich umgehend Gebrauch machte. Anschließend unterzog ich das

Zimmer näherer Untersuchung. Mein Doppelgänger besaß eine umfangreiche Garderobe, wie ich dabei feststellte. Die meisten Sachen sahen noch recht neu aus und rochen auch gut, dank Stücken von Sandelholz, die zwischen den Kleidungsstücken lagen. Nicht ohne Neid betrachtete ich die Wämser und blütenweißen Hemden, die feinen wollenen Beinkleider und die säuberlich neben den Truhen aufgereihten Schuhe und Stiefel. Bis auf ein auffälliges rotes Wams fand ich nichts davon sonderlich geckenhaft. Fast alle Kleidungsstücke waren in gedeckten Farben gehalten, nicht schwarz wie bei den gesetzten, ihren Handelsgeschäften verpflichteten Nobili, aber einem Patriziersprössling auf solide Weise angemessen.

Dieser Giovanni Contarini führte wirklich ein Leben im Luxus! Das köstliche Essen, die Gewänder und Schuhe … und die Waffen! Er hatte alles, was das Herz begehrte. Und dabei war noch nicht einmal berücksichtigt, was er mit willfährigen Weibern tat.

Auch einige Bücher befanden sich im Besitz meines Doppelgängers, wenn auch nicht annähernd so viele, wie ich es von zu Hause her kannte. Auf einem Wandbord lagen ein halbes Dutzend zerlesener Bände, allesamt Werke, die auch ich mit glühender Begeisterung verschlungen hatte, darunter der Reisebericht des Venezianers Marco Polo und die Amores von Ovid.

Geistesabwesend zog ich mich aus. Als ich mich bückte, um mir die Schuhe und die Beinkleider abzustreifen, schüttelte es mich vor Ekel. Caterina hatte nicht übertrieben, der Gestank, der meinen Sachen entströmte, war grauenhaft. Aber auch ich selbst roch nicht viel besser, überall an mir klebte und juckte es. Vorsorglich wusch ich mir vor dem Baden mit der bereitliegenden Seife gründlich das Haar und beäugte anschließend die Wasseroberfläche. Erst, als ich sicher war, dass dort nichts Lebendiges herumschwamm, bestieg ich den Zuber.

Das heiße Wasser war die reine Wonne. Genießerisch zurückgelehnt, entspannte ich mich und fragte mich dabei unwillkürlich, ob Giovanni auch so gern badete wie ich. Mein Blick ging nach oben, zur Decke. Genau über mir lächelte eine rosige, nur mit einem dünnen Schleier bekleidete Nymphe huldvoll auf mich herab.

»Kam dir das nicht merkwürdig vor?«, wollte Elena wissen.

»Was?«

»Dass Morosini all dieses Essen für dich hatte.«

»Er sagte, es wäre Essenszeit und der Koch hätte bestimmt wie immer etwas vorbereitet.«

»Erzähl mir noch einmal, was es alles gab.«

Ich tat es, und Elena runzelte angestrengt die Stirn. Dann schüttelte sie energisch den Kopf. »Mag er auch ein Zehnerrat und steinreich sein – nicht einmal Könige können in so kurzer Zeit ein solches Festmahl aufbieten.«

»Dann hat er es eben vorher kochen lassen, weil er es immer so hält.«

»Für sich allein? In solchen Mengen und dieser Auswahl?« Elena hob die Brauen. »Und dann hat er dich auch noch ganz zufällig im Zimmer dieses Giovanni baden lassen, damit du dort die dämliche Waffensammlung und die dämlichen Nymphenbilder bestaunen konntest.«

»Es waren hervorragende Waffen! Und sehr kunstvolle Fresken!«

»Sicher. Und zu guter Letzt hat er dich, weil er sowieso schon in spendabler Stimmung war, mit Giovannis Sachen ausstaffiert.« Sie musterte mich von oben bis unten. »Die stehen dir immerhin gut, das muss man sagen. Passt alles wie angegossen.«

Das tat es wirklich. Sogar die Stiefel fühlten sich an meinen Füßen an, als wären sie eigens für mich gefertigt worden. Ich kam mir vor wie ein ganz anderer Mensch, vornehmer, bemerkenswerter, tüchtiger und, ja, besser aussehend als je zuvor. Nie zuvor hätte ich mir träumen lassen, dass elegante, gut gearbeitete Kleidungsstücke und blanke Stiefel einen Menschen derartig verändern konnten, und doch war es so. Es war ein so beflügelndes Gefühl, dass ich nur zu gern alle anderen Regungen verdrängt hätte, etwa das Misstrauen, das immer alarmierender wurde. In Elenas Augen mochte ich nicht allzu helle sein, aber ein blinder Narr war ich nun auch wieder nicht. Schon der Umstand, dass Morosini uns so großzügig die Ca' Contarini zur Verfügung gestellt hatte, musste Argwohn wecken, und das galt für seine Aufmerksamkeit mir gegenüber ebenso. Mir war durchaus klar, dass hier nach wie vor etwas höchst faul war, sogar fauler denn je.

Eine Weile hatte ich mir einzureden versucht, Morosini habe all diesen Aufwand nur getrieben, um Caterina zu beeindrucken, und diesen Aspekt gab ich auch Elena zu bedenken. Sie wischte es jedoch mit ein paar vernichtenden Worten beiseite, und auch ich selbst sah rasch ein, dass es an den Haaren herbeigezogen war.

»Wenn er sie beeindrucken will, kauft er ihr Schmuck«, sagte Elena. »Wobei ich glaube, dass er das sowieso schon getan hat.«

Das glaubte ich ebenfalls, doch ich sagte nichts.

»Eher denke ich, dass er Caterina irgendwie benutzt, weil er etwas von dir will.«

Ich musste an Nummer elf denken und musterte sie bestürzt. Elena schien meine Gedanken zu lesen und schüttelte den Kopf. »Nicht *das*.«

»Was dann? Etwa mein Erbe? Ich weiß ja nicht mal, *was* ich geerbt habe, geschweige denn, wie viel davon!«

»Das finden wir noch heraus. Und noch mehr.«

»*Ich* hätte mehr herausfinden müssen! Deshalb bin ich doch überhaupt nur mitgegangen!«

»Du wusstest ja nicht, dass er auf einmal verschwinden würde.«

Nicht nur Morosini war weg gewesen, als ich nach dem Bad in den Portego zurückgekehrt war, sondern auch Caterina. Der Auskunft des Dieners zufolge hatten sie das Haus verlassen, aber ich hätte schwören können, Caterina irgendwo kichern zu hören.

Mir war nichts anderes übrig geblieben, als das Buch und meine schmutzigen Sachen unter den Arm zu klemmen und allein aufzubrechen.

»Vielen Dank übrigens noch«, sagte ich zu Elena.

»Wofür?«

»Für das Buch. Es war nicht mehr ganz so schlimm im Gefängnis, als ich es hatte.«

»Das war Großvaters Idee. Er sagte, dass Lesen hinter Gittern ganz besonders bildet. Dem Wärter habe ich ein Märchen erzählt, damit er dir das Buch auch wirklich bringt.«

»Welches Märchen?«

»Dass du nur noch kurze Zeit zu leben hast, weil du unheilbar krank bist. Ich sagte, der Medicus hätte dir nur noch wenige Wochen gegeben.«

Das verschlug mir die Sprache, doch auch, wenn mir etwas dazu eingefallen wäre, hätte ich keine Zeit gehabt, es vorzubringen, weil Elena sofort weitersprach.

»Was hältst du von der Stelle da vorn?« Elena deutete auf einen schmalen Kanal, über den eine geschwungene Brücke führte. »Sieht aus, als könnte ich da gut üben.«

Diesmal hatte das Üben nichts mit dem Küssen zu tun, aber waghalsig schien es mir allemal. Gleich nach meiner Rückkehr hatte Elena darauf bestanden, dass wir sofort aufbrachen und einen passenden Kanal suchten, damit sie mit meiner Hilfe Seiltanz über dem Wasser ausprobieren könne.

Vor allem aber hatte ich ihr alles haarklein berichten müssen. Wir sprachen leise, denn Rodolfo und Henry folgten uns in kurzer Entfernung. Henry hatte bekundet, ihm sei langweilig, und auch für Rodolfo gab es nichts zu tun, weshalb die beiden beschlossen hatten, mitzugehen und Elena bei ihrem mutigen Vorhaben zuzuschauen.

Die Stelle, die sie sich dafür ausgesucht hatte, war tatsächlich gut geeignet, da auf beiden Kanalseiten Pfosten zum Festmachen von Booten aus der Fondamenta ragten. Rodolfo und ich spannten das Seil von einem Ufer zum anderen, während Elena Lockerungsübungen machte und Henry sie unterdessen mit Komplimenten wegen ihrer Grazie überhäufte.

Mit unseren Aktivitäten am Kanal zogen wir rasch eine Schar Neugieriger an, vorwiegend Kinder, die sich auf der Brücke und entlang der Fondamenta zu beiden Seiten des Kanals versammelten und abwechselnd Rodolfo und Elena anstarrten, wobei sie sich offenbar nicht entscheiden konnten, wer interessanter war. Aufsehenerregend waren sie beide, Rodolfo mit seiner kurzen, wuchtigen Statur, der geharnischten Brust und dem vor Waffen starrenden Gurt und Elena mit dem feuerroten Haar und den hochgeschürzten Röcken.

Einen konzentrierten Ausdruck im Gesicht, die Arme weit ausgebreitet, schritt sie über das Seil, während ringsherum alle gafften.

Als ich sie dort balancieren sah, fühlte ich mich von albernem Stolz durchdrungen, und noch ein anderes, nicht genau fassbares Gefühl weitete mir die Brust. Kaum konnte ich mich entscheiden, wonach es mich mehr drängte: an den Mienen der Zuschauer abzulesen, ob sie von der Darbietung auch so begeistert waren wie ich, oder aber Elena zu betrachten, ihre zierliche Gestalt und ihr reizendes Gesicht.

»Was tust du denn hier!«, kam es ebenso laut wie empört von der anderen Seite der Brücke herüber. »Du sagtest doch, du bliebest den ganzen Monat auf der Terraferma!« Die Stimme erkannte ich auf Anhieb, und richtig, es war Adelina, die sich durch die Menge der Zuschauer drängte und energisch auf mich zuhielt.

Schreie wurden laut, und unmittelbar darauf ertönte ein Platschen. Elena hatte eine unachtsame Bewegung gemacht – genauer, sie hatte versucht, sich nach Adelina umzudrehen – und war in den Kanal gestürzt.

Entsetzt sah ich das trübe Wasser über ihr zusammenschlagen, doch mindestens ebenso groß war der Schock beim Anblick des Mannes, der just in diesem Moment in der angrenzenden Gasse auftauchte. Es war Aldo, dessen Nase dort, wo meine Faust sie getroffen hatte, immer noch einen bläulichen Höcker aufwies. Und unmittelbar hinter Aldo … Nein, auch das noch!

All das gewahrte ich gleichzeitig und im Bruchteil eines Augenblickes, während ich schon dabei war, das einzig Sinnvolle zu tun: Ich sprang Elena hinterher, um sie zu retten.

Mir kam gar nicht erst in den Sinn, ich könne wegen meiner fehlenden Schwimmkünste dafür ungeeignet sein, aber das hätte mich ohnehin nicht davon abgehalten, in den Kanal zu springen. Später hielt mir Elena vor, dass ich hätte ertrinken können – sofern das Wasser nur tief genug gewesen wäre und keine Menschen in der Nähe, um uns zu helfen.

Nach Lage der Dinge schied diese Gefahr jedoch aus, denn als ich prustend und spuckend wieder auftauchte, hatte ich Grund unter den Füßen und Elena dicht an mich gedrückt. Das Wasser reichte mir bis zu den Schultern, und Elena hätte vermutlich ebenfalls die Nase gerade noch aus dem Wasser strecken können, auch wenn ich sie nicht mit beiden Armen festgehalten hätte.

Die Leute johlten und lachten, aber nicht wenige Hände streckten sich uns entgegen und halfen uns aus der nach Algen riechenden Brühe. Wasser spuckend, kletterte ich an Land, nachdem Rodolfo mit entschlossenem Zupacken Elena auf die Fondamenta gezogen hatte.

Trotz der sommerlichen Wärme der Luft war das Kanalwasser ziemlich kalt. Schlotternd standen wir da, umringt von den teils mitleidigen, teils schadenfrohen Zuschauern. Elena blickte trotzig in die Runde, bevor sie sich zuerst das Haar, dann die triefenden Röcke auswrang. Unterdessen musterte ich hastig alle Umstehenden. Aldo war jedoch verschwunden, desgleichen sein Begleiter.

Dafür war Adelina noch da, die Hände in die Seiten gestützt und das Gesicht eine einzige Anklage. »Wir sprechen uns noch!«, rief sie, bevor sie wütend davonrauschte.

»Husch!« Henry scheuchte ein paar kichernde Kinder weg. »Wollt ihr wohl verschwinden? Hier gibt es nichts mehr zu sehen!«

»Für heute war das wohl genug an Akrobatik«, stimmte Rodolfo zu. »Lasst uns gehen.«

In meinen neuen Stiefeln quietschte das Wasser.

Vor der Ca' Contarini erwartete uns weiteres Ungemach. Cipriano und Franceschina palaverten mit einem Juden in der Gasse vor dem Haus, und als wir dazustießen, teilte Cipriano uns mit, dass der Kaufmann gekommen sei, um seine Ware abzuholen.

»Ganz recht«, sagte der Mann mit dem gelben Hut. »Ich gehe auf keinen Fall ohne meine Athanore wieder fort! Schließlich habe ich die Hälfte angezahlt. Und die andere Hälfte habe ich hier!« Er klimperte mit der Geldkatze an seinem Gürtel.

Betreten suchte ich Elenas Blick; auch sie hatte den Mann wiedererkannt.

»Was zum Henker sind Athanore?«, wollte Rodolfo irritiert wissen.

»Öfen«, sagte der Jude. »*Meine* Öfen! Zwei Stück! Die ich heute hier holen sollte!«

»So weit waren wir schon«, meinte Cipriano.

»Wer braucht um diese Jahreszeit in Venedig einen Ofen, geschweige denn zwei?«, erkundigte Henry sich.

»Ein Athanor ist ein Alchimistenofen«, warf Elena verärgert ein. »Wo ist Großvater?«

Cipriano hob bedrückt die Schultern. »Ich war nur mal kurz draußen …«

Elena seufzte. »Also heißt es wieder suchen!«

Franceschina betrachtete Elena und mich. »Das hat wohl nicht so gut geklappt mit dem Üben, wie?«

»Jemand hat mich erschreckt«, versetzte Elena knapp. »Da bin ich eben vom Seil gerutscht.«

»Und du hast sie gerettet«, sagte Cipriano grinsend zu mir.

Ich sparte mir die Antwort und winkte Cipriano rasch ein Stück zur Seite. »Rizzo ist in Venedig, und dieser Kerl, dem ich an unserem letzten Tag in Padua die Nase gebrochen und das Messer abgenommen habe, ist in seiner Begleitung.«

Cipriano war entsetzt. »Haben sie euch gesehen?«

»Ich weiß nicht. Elena war gerade ins Wasser gefallen, und ich bin sofort hinterhergesprungen, während ich gleichzeitig Aldo und Rizzo auftauchen sah. Alles geschah im selben Augenblick. Als wir aus dem Wasser kamen, waren sie fort.«

»Könntest du dich getäuscht haben?«

Entschieden schüttelte ich den Kopf. An Trugbilder würde ich so schnell nicht mehr glauben! »Sie waren es. Aldo habe ich auf jeden Fall erkannt, schon an der Nase und dem stupiden Gesicht. Und Rizzo ebenfalls, so eine blasierte Miene hat sonst niemand.«

»Es würde passen«, sagte Cipriano wie zu sich selbst. »Rizzo hat herausbekommen, wohin die Truppe gereist ist, und dann ist er zu seinem Rachefeldzug aufgebrochen, sobald er wieder laufen konnte. Dass er keine amtlichen Schergen mitgebracht hat, spricht dafür, dass er es unter der Hand regeln will, zumal er in Venedig nichts zu sagen hat. Paduaner und Venezianer sind einander nicht sonderlich grün, das hat Tradition. Und der Verlust seines … Körperteils ist ihm zu peinlich, um es auch noch in Venedig herumzuposaunen. Bestimmt hat man ihn schon in Padua zum Gespött des Jahres erkoren. Also will er es privat austragen, und zur Unterstützung hat er Aldo dabei. Wahrscheinlich ist der nicht der einzige Schläger, den er mitgebracht hat. Sind dir noch andere Kerle in seinem Gefolge aufgefallen?«

»Ich hatte nicht genug Zeit, auf andere zu achten.«

Grimmig runzelte Cipriano die Stirn. »Einerlei. Es steht Ärger ins Haus. Sie werden nicht lange brauchen, bis sie uns gefunden haben.«

»Wir sollten Bernardo warnen!«

»Dazu müsste er erst mal zu Bewusstsein kommen, was bestimmt nicht vor heute Abend geschieht. Im Haus ist er einstweilen sicher.«

»Und während der Vorstellung? Sollen wir sie absagen?«

»Auf keinen Fall«, sagte Cipriano kategorisch. »Das würde uns nur eine Menge Geld kosten und das Problem lediglich aufschieben. Solange Rizzo Bernardo nicht findet, kann er ihm nichts tun. Rodolfo übernimmt die Rolle des Capitano. Ich werde heute den ganzen Tag im Haus bleiben und aufpassen, dass kein ungebetener Besucher hereinkommt. Heute Abend übernehmen wir zu dritt den Einlass. Vielleicht sollten wir noch zusätzlich einen oder zwei Aufpasser anheuern.«

Damit beendeten wir unser Vier-Augen-Gespräch und gesellten uns wieder zu den anderen, die uns bereits ungeduldig erwarteten.

»Ich will meine Ware!«, erklärte der Jude mit fester Stimme.

»Wir müssen Großvater suchen«, sagte Elena mindestens ebenso bestimmt.

Franceschina übertrumpfte sie noch an Autorität. »Zuerst wird das nasse Zeug ausgezogen.«

So sah ich mich alsbald vor das nächste Problem gestellt. Die von meinem Abstecher in die Giardini verdreckten Sachen waren ebenso nass wie jene, die ich gerade trug, da Franceschina alles zum Einweichen in ein Fass Seifenlauge gesteckt hatte. Das, was ich anhatte, solle ich wegen des Kanalgestanks gleich dazulegen, empfahl sie mir. Es blieb mir nichts anderes übrig, weshalb ich anschließend, nur mit einem Hemd bekleidet, in der Wäschekammer des Mezzà vor der Wahl stand, meine inzwischen wieder saubere Mönchskutte anzulegen – oder das von Cipriano eilends herbeigeholte Kostüm des Lelio, mit den hauchfeinen Seidenstrumpfhosen und dem mit Silberflitter bestickten, taillierten Wams. Alles andere an verfügbarer Herrenkleidung war entweder im Laugenbottich, da Franceschina heute Waschtag hatte, oder an den Körpern der jeweiligen Besitzer, oder aber vom Aussehen her so abenteuerlich – etwa der schlabberige rote Anzug des Pantalone, die kurzen Ledergamaschen des griechischen Kriegers oder die Notarsrobe des Dottore –, dass ich damit erst recht nicht ins Freie gehen konnte.

Cipriano hielt das schimmernde Wams hoch. »Es würde dich gut kleiden«, sagte er. »Ich könnte dir meine feinen Schnabelschuhe und mein Spitzentuch dazu borgen.«

»Er würde bemerkenswert aussehen, wie eine Mischung aus Höfling und Hufschmied«, stimmte Henry zu.

»Vielleicht eher wie eine Mischung aus Hermes und Ares«, meinte Cipriano diplomatisch.

Ohne zu zögern, griff ich nach der Mönchskutte.

»Dazu kannst du aber dein Rapier nicht tragen«, gab Cipriano zu bedenken.

Das Gewand schon halb über dem Kopf, hielt ich inne.

Cipriano reichte mir eilfertig die hellblauen Strumpfhosen.

Beim Betreten des Innenhofs betrachtete ich angelegentlich eine Stelle weit oben an der Mauer, doch Elenas Kichern konnte ich damit nicht ausweichen.

Ich warf ihr einen vernichtenden Blick zu. »Sag ja nichts!«

»Tu ich doch gar nicht«, sagte sie grinsend. Von dem unfreiwilligen Bad im Kanal war ihr nichts mehr anzusehen, bis auf das noch feuchte Haar, das sie fest zurückgekämmt und im Nacken zu einem Zopf geflochten hatte. Anders als in der letzten Zeit trug sie wieder eines von den farblosen Hängekleidern, in denen sie wie zwölf aussah. Leider half mir das nicht dabei, mich in meiner eigenen Haut wohler zu fühlen. Nicht einmal das Rapier, das an meiner Seite hing, konnte darüber hinwegtäuschen, dass ich mir wie der weibischste aller Gecken vorkam. Vielleicht hätte ich mir einbilden können, dass es nicht gar so arg auf den Betrachter wirkte, hätte nicht Cipriano mir, nachdem ich mich angekleidet hatte, in argloser Begeisterung einen großen Spiegel vorgehalten, auf dass auch ich mich gebührend bewundern könne, während Henry einen entzückten englischen Ausruf tat, den er alsdann für uns übersetzte. »Du bist ein Lord, nichts anderes als ein Lord – das ist eine Zeile aus einem sehr hübschen Stück, an dem mein Freund Will gerade schreibt und aus dem er mir kürzlich vorlas.«*

Was immer ein Lord war oder tat – nichts daran erschien mir erstrebenswert, und auch Rodolfo fühlte sich durch meinen Anblick lediglich dazu animiert, in seinem tiefsten Bass zu brummen, er habe schon Schlimmeres gesehen.

Elenas Vorschlag, dass wir uns wieder bei der Suche aufteilten, lehnte er rigoros ab. »Von euch beiden kann man keinen allein lassen, und auch nicht euch beide zusammen. Sei es, weil ihr in den Kanal fallt, sei es, weil ihr anderen Unfug anstellt.«

* Shakespeare, Der Widerspenstigen Zähmung

Elena wurde rot und schaute eilig weg, und ich bemühte mich ebenfalls, mir meine Verlegenheit nicht anmerken zu lassen.

Er verbot auch Franceschina, uns beim Suchen zu helfen. »Du bist seit Sonnenaufgang auf den Beinen«, erklärte er. »Und ich habe gesehen, was an Wäsche in den Bottichen liegt, wovon du zweifellos jedes einzelne Stück heute noch ausspülen, wringen und aufhängen willst.«

»Einer muss es doch machen«, meinte Franceschina überrascht. »Und ich tue es gern. Ob Kochen, Waschen oder Putzen – vor Hausarbeit habe ich mich nie gescheut.«

»Ich weiß. Aber vier Hände vollbringen es schneller als zwei. Warte, bis ich zurück bin, dann erledigen wir das gemeinsam.«

»Oh«, sagte Franceschina. In ihrem Gesicht arbeitete es. »Du bist ein guter Mann«, stieß sie hervor, mit beiden Händen ihre Schürze knetend, bevor sie sich umwandte und ins Haus lief.

Ein zufriedenes kleines Lächeln auf den Lippen, schritt Rodolfo aus, in Richtung Rialto, wo wir Baldassarre als Erstes suchen wollten. Elena und ich folgten ihm, jedenfalls so lange, bis Rodolfo kurz stehen blieb und uns hieß, vorauszugehen.

»Ich habe lieber alles im Blick«, war seine kurze Begründung.

»Dafür, dass er so klein ist, kann er ziemlich herrschsüchtig sein«, murrte Elena, nachdem sie sich vergewissert hatte, dass er sich weit genug hinter uns befand.

Ich warf einen Blick über die Schulter zurück und musste beim Anblick der kurzwüchsigen, aber kraftstrotzenden Gestalt schmunzeln. »Es scheint, als hätte er vorhin bei Franceschina an Boden gewonnen. Ich bin gespannt, wann er sie von seinen ehrbaren Absichten in Kenntnis setzt. In der Schenke hörte ich ihn von Heirat reden. Bleibt nur abzuwarten, ob seine Meinung sich nicht wandelt, sobald Franceschina ihr Geheimnis lüftet.«

»Manche Geheimnisse sind nicht so geheim, wie manche

Leute denken«, lautete Elenas orakelhafte Antwort. Bevor ich sie fragen konnte, was sie damit meinte, blickte sie mich eindringlich an. »Worauf wartest du?«

»Äh … was?«

»Erzähl schon!«

Wieder schaffte sie es, dass ich mir vorkam wie der stupideste aller Trottel, doch immerhin fand ich diesmal nach blitzartigem Nachdenken von allein heraus, worum es ihr ging.

»Du willst wissen, was ich vorhin mit Cipriano besprochen habe!«

Sie nickte ungeduldig. »Was sonst? Du hast so besorgt dreingeschaut. Was war los?«

Es gab keinen Grund, es ihr nicht zu erzählen, also tat ich es.

Von hinten schloss derweil Rodolfo auf. »Du meinst, dieser Bursche hat noch eine alte Rechnung mit dir offen?«

Wie es schien, hatte er alles mitbekommen. Sein Gehör musste beachtlich sein.

»Nicht mit mir, sondern mit Bernardo«, klärte ich ihn auf. »Bernardo war es, der Rizzo im Duell ein … ähm, ihn zwischen den Beinen verletzte.«

»Ich meine nicht Rizzo, sondern diesen … wie war sein Name? Aldo? Hörte ich dich eben sagen, dass du ihm in Padua die Nase gebrochen hast?«

Ich zuckte die Achseln. »Es war Notwehr. Er wollte mit dem Messer auf mich los.«

Rodolfo runzelte die Stirn, bis sein Haaransatz fast die wuchernden Brauen berührte. »Beschreib mir den Kerl.«

»Rizzo oder Aldo?«

»Ruhig alle beide.«

Ich tat es und fragte Rodolfo anschließend, warum es für ihn von solcher Bedeutung war.

»Wer seine Feinde nicht kennt, geht unter«, antwortete er knapp. »Ich nehme meine Aufgabe ernst, mein Junge.«

Als er merkte, dass Elena und ich ihn fragend anschauten,

fügte er hinzu: »Meine Arbeit bei den Incomparabili beschränkt sich nicht nur auf die Rolle des Capitano oder des Spaßvogels. Ich habe auch darauf zu achten, dass der eine oder andere sich nicht in schlimmere Nöte bringt als nötig.«

Elena blickte ihn erstaunt an, bevor ihr ein Licht aufging. »Jetzt verstehe ich! Ich hatte ganz vergessen, dass du auch Leibwächter von Beruf bist! Großvater hat dich auch dafür angeworben, stimmt's? Wie umsichtig von ihm!«

Damit war zugleich erklärt, wieso Rodolfo sich ständig an unsere Fersen heftete. Allerdings fand ich, dass Bernardo in ungleich größerer Gefahr schwebte, und teilte das Rodolfo auch umgehend mit, worauf er jedoch nur die Schultern hob und sich ähnlich äußerte wie zuvor schon Cipriano. »Im Haus ist er sicher. Und während der Vorstellung werde ich besonders auf ihn achten.«

Diese Aussicht fand ich ungemein beruhigend. Mit Rodolfo würde sich so schnell keiner anlegen!

Eine Weile gingen wir schweigend weiter, bis mir auffiel, dass Elenas Nase sich in der Sonne zunehmend rötete, was daran lag, dass sie schon wieder keine Haube trug. Noch vor ein paar Wochen hätte es nicht viel ausgemacht, aber der Mai brachte bereits sommerliche Hitze mit sich.

Aus eigener Erfahrung wusste ich, wie schmerzhaft das enden konnte. Als Kind hatte ich selbst von meinen Ausflügen in die Felder den einen oder anderen Sonnenbrand mit heimgebracht. Irgendwann einmal hatte Onkel Vittore mir gezeigt, wie man dem vorbeugen konnte. Flugs nahm ich das Spitzentuch, das Cipriano mir trotz meines Protestes vor meinem Aufbruch noch in den Gürtel geschoben hatte, und knüpfte einen Knoten in jede Ecke.

»Was machst du da?«, wollte Elena wissen.

»Wart's ab, gleich ist es fertig.« Rasch schlang ich den letzten Knoten. »Ich fand es übrigens sehr mutig von dir, dass du über dem Wasser gelaufen bist.«

»Ach, das war stümperhaft«, widersprach Elena unzufrieden. »Wirklich gekonnte Seilakrobatik sieht anders aus. Ich wünschte, ich wäre am *Giovedì grasso** hier in Venedig gewesen, um dem Türkenflug zuzusehen.«

Gehört hatte ich von diesem halsbrecherischen Kunststück, bei dem sich ein Akrobat an einem Seil von der Spitze des Campanile zur Loggia des Dogenpalastes hinabhangelte, doch allein die Vorstellung fand ich beängstigend.

»Bestimmt haben sich dabei bereits einige den Hals gebrochen.«

»Das schreckt mich nicht! Ich würde es zu gern einmal selbst versuchen!«

Mir war klar, dass man ihr das nicht so leicht ausreden konnte. Doch ich wusste auch, dass ich alles tun würde, um es zu verhindern, und wenn ich sie dafür eigenhändig festbinden müsste.

»Hier, bitte sehr!« Ich hielt ihr das Tuch hin.

Sie musterte es verdutzt. »Was soll ich damit?«

»Es dir aufsetzen. Du hast deine Haube vergessen.«

Sie schüttelte den Kopf. »Ich habe sie absichtlich zurückgelassen, weil mein Haar so besser trocknen kann.«

»Die Sonne verbrennt dir das Gesicht«, erklärte ich. »Deine Stirn und deine Nasenspitze sind schon ganz rot.«

Wie ein erschrockenes Kind fasste sie sich an die Nase, und ich musste lächeln.

»Komm, ich helfe dir.« Ich legte ihr das Tuch übers Haar und zupfte es zurecht, bis ihre Nase halbwegs im Schatten lag. »So, jetzt bist du gefeit.«

Sie sah mich an, und dabei wirkte sie nicht mehr kindlich. In ihrem Gesicht stand ein ähnlicher Ausdruck wie vorhin bei Franceschina, als Rodolfo ihr seine Hilfe angeboten hatte.

* Donnerstag vor dem Rosenmontag

»Das ist …« Sie hielt inne und atmete tief ein. »Das ist lieb von dir, Marco. Danke.«

»Keine Ursache«, sagte ich, gewollt großspurig, um meine plötzliche Befangenheit zu überspielen.

Gleich darauf wurde ich abgelenkt, denn soeben hatten wir die Rialtobrücke erreicht, und auf der gegenüberliegenden Seite des Canal Grande erspähte ich ein bekanntes Gesicht.

»Wir haben Glück!«, rief ich. »Da drüben ist Baldassarre!«

Elena lachte erleichtert. »Na, dem Himmel sei Dank, diesmal müssen wir nicht ins Badehaus!«

Bei diesen Worten warf sie mir einen bezeichnenden Blick zu, doch das focht mich nicht an, denn auch ich war froh, dass mir gewisse Peinlichkeiten erspart blieben. Weniger froh war ich jedoch, als ich sah, mit wem Baldassarre dort an der gegenüberliegenden Kanalseite beisammenstand. Ich sah den Mann nur im Profil, aber es gab keinen Zweifel. Es war der Maskierte, dem ich in jener Nacht, als ich mich verlaufen hatte, begegnet war und den ich später zusammen mit Baldassarre im Badezuber wiedergesehen hatte. Mit anderen Worten: jemand, mit dem Baldassarre Geschäfte machte.

Da ich die längsten Beine von uns dreien hatte, war ich am schnellsten über die Brücke gerannt. Trotzdem kam ich zu spät, denn als ich die Arkaden erreichte, war der Mann bereits davongeschlendert.

Als Baldassarre mich auftauchen sah, überzog ein Strahlen sein Gesicht. »Marco! Du kommst gerade richtig, mein Junge!« Er deutete auf ein Lastfloß, das vor ihm am Kai dümpelte. »Du kannst gleich mitfahren und mir dann beim Tragen helfen. Diese Dinger sind aus Eisen und unglaublich schwer.«

Diese Dinger waren vier ungefüge, fest in Sackleinen gewickelte Gegenstände, jeweils so groß wie eine mittlere Truhe. »Was ist das?«, fragte ich, von unguten Ahnungen erfüllt.

»Das sind Athanore«, erklärte Baldassarre.

Elena und Rodolfo gesellten sich im Eilschritt zu uns.

»Großvater! Du hättest uns sagen müssen, dass du weggehst! Wir haben uns Sorgen um dich gemacht!« Außer Atem wandte Elena sich an mich. »Hat er nicht vorhin noch mit jemandem gesprochen? Ich meine, ich hätte einen Mann bei ihm gesehen!«

»In der Tat«, sagte ich. »Wahrscheinlich hat er diese Athanore bei ihm gekauft.« Ich deutete auf das Floß.

Elena prallte beim Anblick der verpackten Öfen zurück. »Großvater! Wie konntest du!«

»Wie konnte ich *nicht*!«, gab Baldassarre nachsichtig zurück. »Es war ein hervorragendes Geschäft. Nur ein Idiot hätte es sich durch die Lappen gehen lassen. Außerdem habe ich bislang noch nichts bezahlt. Messèr Celsi hat mir bis morgen Aufschub gewährt, er will sein Geld erst, wenn ich es von dem Juden bekommen habe.«

»Der war schon da«, sagte Rodolfo grimmig. »Und er war ziemlich wütend, weil keine Öfen da waren.«

»Ach, der soll sich nicht so haben. Wir bringen ihm die Athanore gleich rüber ins Ghetto,* dann hat er einen Weg gespart und braucht sich nicht zu beklagen. Zumal er wirklich erstklassige Ware bekommt!«

»Woher willst du das wissen?«, fragte Elena.

»Weil Messèr Celsi mir niemals Schrott andrehen würde. Ich kenne ihn von früher.«

»Habt Ihr schon einmal mit diesem Celsi Geschäfte gemacht?«, fragte ich besorgt. »Ging es dabei vielleicht um Kämme?«

Baldassarre runzelte die Stirn. »Das habe ich leider vergessen. Ich weiß aber noch genau, dass er verlässlich war und dass ich durch ihn gutes Geld verdient habe.«

* Der Name leitet sich von den in diesem venezianischen Stadtbezirk früher betriebenen Gießereien her (*il ghetto* bezeichnete das flüssige Metall)

»Großvater, bist du sicher, dass es sich nicht um ein Geschäft handelte, dessentwegen du im Gefängnis warst?«, beharrte Elena.

Baldassarre schaute nachdenklich drein. »Himmel«, sagte er schließlich zweifelnd. »Da sprichst du etwas aus! Wenn es nur nicht so lange her wäre!«

Düster erwog ich, dass dieser Messèr Celsi durchaus einer von jenen Händlern sein konnte, die dazu beigetragen hatten, dass Baldassarre hinter Gittern gelandet war. Es war folglich sicherzustellen, dass der Kaufmann pünktlich sein Geld bekam, sonst würde es womöglich nur zu bald Ärger geben.

»Wie viel schuldet Ihr denn diesem Messèr Celsi?«, wollte ich wissen.

Baldassarre nannte eine Summe, und ich fiel fast in Ohnmacht. An Elenas Stöhnen erkannte ich, dass der Betrag nicht nur mir schwindelerregend vorkam.

»Aber das dafür nötige Geld kriege ich ja von dem Juden«, ergänzte Baldassarre. »Damit ist die Schuld gleichsam schon bezahlt.«

»Der Jude sprach von zwei Öfen«, sagte Rodolfo, womit er auf einen höchst widersprüchlichen Aspekt an dem Geschäft hinwies.

»Das ist ja das Gute daran!«, rief Baldassarre frohlockend. »Ich habe gleich vier gekauft, zu dem Preis, den ich mit dem Juden für zwei Stück ausgehandelt habe!«

»Dann habt Ihr keinen Gewinn gemacht«, stellte Rodolfo fest.

»Unsinn. Natürlich habe ich das. Immerhin besitze ich nun zwei zusätzliche Öfen! Ich muss nur noch einen weiteren Interessenten dafür auftreiben, und das dürfte bei der Aussicht, mit diesem neuartigen Gerät echtes Gold herstellen zu können, nicht weiter schwierig werden.«

Ich konnte mir einen Einwurf nicht verkneifen. »Wenn Ihr

so sehr von dieser Möglichkeit überzeugt seid, könntet Ihr Euch das Gold doch gleich selbst machen.«

Elena musterte mich böse, doch Baldassarre lächelte nur verschmitzt. »Aber das habe ich doch vor, mein Junge! Den dritten Ofen verkaufe ich dem Meistbietenden, das bringt mir meinen Gewinn bei dem Geschäft, und den vierten werde ich zur eigenen Golderzeugung einsetzen, das ist eine schöne Option auf weitere Gewinne und somit eine Investition, die über jeden Zweifel erhaben ist.«

Elena und ich tauschten Blicke, und als Rodolfo vorschlug, wir sollten doch alle gemeinsam am besten die Öfen sofort zu dem Juden bringen und gleich anschließend das Geld zu Celsi, stimmten wir sofort eifrig zu.

»Was du heute kannst besorgen, das verschiebe nicht auf morgen«, sagte Elena.

Baldassarre hingegen meinte, es sei die pure Verschwendung, das Kapital einen ganzen Tag lang ungenutzt zu lassen. So habe er neulich erst einen Händler getroffen, der ihm herausragende deutsche Taschenuhren zu einem unglaublich günstigen Preis angeboten habe.

»Ich könnte für das Geld ein halbes Dutzend davon erwerben und binnen Stunden mit einem Gewinn weiterveräußern, der jedem Kaufmann Freudentränen in die Augen treiben würde«, sagte er.

»Das machst du besser ein andermal«, sagte Elena.

Baldassarre lächelte gütig. »Du vergisst immer, wie alt ich bin, Kind. Ein andermal gibt es für mich vielleicht nicht mehr, und ich würde dir doch so gern noch einen Notgroschen hinterlassen, bevor ich das letzte Mal in einen Badezuber steige.«

Elena schüttelte bockig den Kopf. »So sollst du nicht reden! Du bist überhaupt nicht richtig alt! Und du musst all diese dummen Geschäfte nicht machen, schon gar nicht meinetwegen! Wir haben einander, das ist doch genug!«

Gemeinsam bestiegen wir das Floß. Ein mürrischer Bootsführer ruderte es im Schneckentempo den Canal Grande entlang in Richtung Cannaregio.

Baldassarre lehnte in Besitzerpose an einem der Athanore und erklärte uns ihre Funktionsweise. Es handle sich um Philosophen-Öfen neuester Erfindungskunst, gern auch *Piger Henricus** genannt, weil sie eine besonders arbeitssparende Vorrichtung zum Aufnehmen der Kohle besäßen, sodass der viel beschäftigte Alchimist sich nicht ständig mit Nachfüllen plagen müsse. In dem philosophischen Ei, einer speziellen Brennkammer, könne dann die *Prima Materia*** ganz allmählich vor sich hinkochen, bis die gewünschte Umwandlung erreicht sei.

Nachdem Baldassarre sich lang und breit über die vorzügliche Konstruktion der Athanore ausgelassen hatte, blickte er mit leuchtenden Augen über den Kanal. »Ah, wie schön es doch in Venedig ist! Welche Möglichkeiten sich hier einem tüchtigen Mann bieten!« Freundlich wandte er sich an mich. »Macht das neue Theaterstück Fortschritte, Marco?«

Das konnte ich nur verneinen, nachdem ich einen ganzen Tag im Gefängnis und fast einen weiteren durch meinen Besuch bei Morosini und das ungeplante Bad im Kanal verloren hatte.

Bis zur Vesper blieben höchstens zwei Stunden, in denen noch Baldassarres Athanor-Geschäfte abzuwickeln waren. Zum Schreiben reichte die Zeit vor der abendlichen Aufführung daher nicht mehr, erst recht nicht zum Proben des fertigen Teils, ganz abgesehen davon, dass Bernardo, der immerhin die beiden wichtigsten Rollen innehatte, im Vollrausch daniederlag.

Der Bootsführer lenkte das Floß nach rechts in einen Seitenkanal, und einige Abzweigungen später gelangten wir zum jüdischen Ghetto. Allseitig von Kanälen umflossen, war es eine nach außen abgeschirmte Insel, nicht nur von der Lage her,

* »Fauler Heinrich«

** Ausgangssubstanz, die in den Stein der Weisen verwandelt werden sollte sondern auch für die Bewohner: Ausschließlich Juden lebten in diesem Bezirk Cannaregios, insgesamt Tausende, wie es hieß, in Häusern, die wegen der wachsenden Bevölkerung bis zu zehn Stockwerken hoch waren. Nur dort durften sie wohnen, nirgends sonst in Venedig, und wenn sie tagsüber das Ghetto verließen, mussten sie den gelben Hut tragen, um für jedermann als Jude erkennbar zu sein. Nachdem wir bei einer Brücke angelegt hatten, die einen von nur zwei Zugängen zum Ghetto bildete, fiel mir die Aufgabe zu, hineinzugehen und den Juden zu suchen, damit diesem die Athanore übergeben werden konnten.

Nach dem Namen des Mannes befragt, schloss Baldassarre grübelnd die Augen, so lange, dass ich schließlich davon überzeugt war, er wisse es nicht mehr.

Doch dann blickte er uns strahlend an. »Eben ist es mir eingefallen. Sein Name ist Isacco.«

Darüber hinaus war ihm nichts zu entlocken, kein Zuname, keine Beschreibung des Hauses, in dem dieser Isacco wohnte, keine nähere Bezeichnung des Gewerbes, das er ausübte. Ich würde mich also zu ihm durchfragen müssen.

Zahlreiche Läden und Werkstätten mit vorgebauten Ständen säumten den großen Campo, auf dem reges Alltagstreiben herrschte, ganz so wie auf anderen Plätzen Venedigs.

Ich wandte mich an den nächstbesten Mann, der mir entgegenkam. Er führte eine Ziege am Strick und summte ein Liedchen.

»Guter Mann, könnt Ihr mir sagen, wo ich den Juden Isacco finde?«

Er starrte mich an. »Beliebt Ihr zu scherzen, hoher Herr?«

Während ich zu ergründen versuchte, was ihn wohl dazu bewog, mich für einen hohen Herrn zu halten – meine Statur, das Rapier oder eventuell doch die taubenblauen Seidenstrumpfhosen –, fügte er hinzu: »Isaccos gibt es hier mehr, als ich auf Anhieb benennen kann, gewiss fünf Dutzend an der

Zahl.« Er überlegte kurz. »Vielleicht sogar doppelt so viele. Und das wären nur die, die ich kenne.«

Ich sah unsere Aussichten, Baldassarres Handel zu einem raschen und unkomplizierten Abschluss zu bringen, rapide schwinden. »Es handelt sich um einen Isacco, der Athanore gekauft hat«, erklärte ich. »Das sind Alchimistenöfen zur Herstellung des Steins der Weisen.«

Der Blick des Mannes sprach Bände. Er hatte nicht den Hauch einer Ahnung, wovon ich redete.

Wahllos versuchte ich es bei weiteren Anwohnern, doch jeder von ihnen kannte mindestens ein Dutzend, wenn nicht gar hundert Isaccos, aber keinen einzigen, von dem sicher zu sagen war, er habe Athanore erstanden.

Unverrichteter Dinge kehrte ich daher zum Floß zurück und setzte die anderen von dieser misslichen Lage in Kenntnis.

Elena wirkte verärgert und besorgt, doch mir kam eine Idee. »Immerhin hatte der Jude schon den halben Kaufpreis entrichtet«, meinte ich. »Wir können daher Messèr Celsi diese Summe bereits aushändigen, das beweist Ehrlichkeit und guten Willen. Den Rest bekommt er, sobald dieser Isacco das nächste Mal anrückt, um die Öfen abzuholen – was gewiss nicht lange dauert, da er ja schon die Hälfte angezahlt hat.« Ich wandte mich an Baldassarre. »Ihr habt das Geld von der Anzahlung doch bei Euch, oder?«

Dem Alten stand das schlechte Gewissen auf der Stirn geschrieben. »Es ist momentan woanders«, bekannte er. Eilig fügte er hinzu: »Aber nur vorübergehend!«

Beharrliches Befragen förderte zutage, dass er mit *woanders* eine Apotheke meinte, wo er unverzichtbare alchimistische Zutaten für den Prozess der Goldgewinnung gekauft hatte. Nun müsse man nur noch den Ofen in Betrieb nehmen, um das investierte Geld in Gold umzuwandeln und es auf diese Weise wieder flüssig zu machen. Buchstäblich.

»Großvater«, sagte Elena hilflos.

»Du wirst schon sehen«, versetzte er, wenn auch eine Spur zerknirscht.

Uns blieb nichts anderes übrig, als mit den Öfen zur Ca' Contarini zurückzukehren und derweil darauf zu hoffen, dass nicht nur bald der Jude mit der zweiten Rate auftauchte, sondern dass sich auch rasch ein Käufer für den dritten Ofen fand, damit das Geld zusammenkam, das Celsi zustand.

Dass Baldassarre in dem vierten Ofen Gold backen würde, glaubte außer ihm selbst niemand von uns.

Beim gemeinsamen Vespermahl herrschte gedrückte Stimmung, obwohl Franceschina uns ein Muschelragout auftischte, das an Köstlichkeit nicht zu übertrumpfen war.

Cipriano erklärte, dass die angesammelten Ersparnisse der Truppe nicht ausreichten, um den fehlenden Geldbetrag auszugleichen, daher wolle er versuchen, mit Messèr Celsi wegen eines Aufschubs zu verhandeln.

Sorgenvoll schloss er: »Sonst müssten wir es machen wie sonst auch immer in solchen Situationen: Fersengeld geben.«

Baldassarre sparte nicht an wortreichen Protesten. Nicht einmal einen Tag werde er brauchen, um alles ins Lot zu bringen und die Truppe reich zu machen, so wahr er Baldassarre heiße.

Aus dem Stand dichtete er einen dazu passenden Vers.

»Wie öde und wie leer die Zeit verrinnt
Für den, der immerzu nur sich besinnt!
Nicht Hasenfuß, nicht zagend Herz gewinnt!
Wer feig in ausgetret'nen Pfaden wandelt
Nie mutig mit der Schicksalsmacht verhandelt
Erlebet nie des Sieges frischen Wind!«

Wir überhörten es geflissentlich, was nach Lage der Dinge wohl verständlich war. So leicht ließen sich die Sorgen nicht abschütteln, zumal Bernardo nach wie vor zu betrunken war, um aufzustehen, und auch Caterina sich noch immer nicht hatte blicken lassen. Anstelle der für diesen Abend eigentlich geplanten *Lustigen Brautwerbung* würden die Incomparabili das Mythenstück aufführen müssen, weil sonst nicht alle Rollen besetzt werden konnten.

Elena drängte mich, das neue Canovaccio so umzuschreiben, dass sie notfalls sowohl die Aurelia als auch die Rosalinda spielen könne, zumindest vorübergehend, bis sich eine andere Lösung gefunden habe. »Über kurz oder lang werden wir für die Innamorati eine neue Schauspielerin finden müssen, denn Caterina wird immer unzuverlässiger«, sagte sie, während wir nach dem Essen im Portego alles für die anstehende Aufführung vorbereiteten. »Vielleicht sollten wir auch gleich eine neue Colombina suchen. Franceschina wird bald wie ein Fass aussehen.«

Hastig gab ich ihr ein Zeichen, denn soeben näherte sich Franceschina, doch Elena, die sich die Schuhe schnürte, bemerkte meinen Wink nicht.

»Von Tag zu Tag wird sie dicker. Vor allem, seit sie mit dem ständigen Spucken aufgehört hat.«

Franceschina blieb hinter ihr stehen, die Hände in die Hüften gestemmt. »Gewisse Gören, die nur aus Haut und Knochen bestehen, sollten den Mund nicht zu voll nehmen! Lass dir eines sagen, mein Fräulein: Männer mögen ordentliche Rundungen, denn sie liegen gern weich und schätzen auch was zum Anfassen! Besser ein gut gepolstertes Sofa als ein flacher harter Schemel!« Mit hoch erhobenem Kopf rauschte sie von dannen.

Elena war rot angelaufen und blickte mich anklagend an. »Du hättest mir ruhig sagen können, dass sie da steht!«

Bevor ich ihr beteuern konnte, dass ich genau das versucht hatte, wandte sie sich ab und rannte in ihre Kammer.

»Weiber«, sagte Rodolfo hinter mir. »Der Mann, der die Denkweise der Frauen versteht, muss erst geboren werden.«

Cipriano kam herangeschlendert und hörte die letzten Worte. »Frauen denken nicht so viel anders als Männer. Sie legen Wert auf gutes Aussehen und möchten dafür gewürdigt werden.«

»Hmpf«, machte Rodolfo. »Das nächste Mal kann Marco ja zu Elena sagen, dass nicht jeder Mann ein dickes Sofa braucht.« Er zwinkerte. »Obwohl ich persönlich nichts dagegen einzuwenden habe. Es darf ruhig schön federn.«

Indigniert schüttelte Cipriano den Kopf. »Männer«, murmelte er, bevor er sich zurückzog, um sich für die Aufführung umzukleiden.

Zu unser aller Erleichterung kehrte kurz vor Beginn der Vorstellung Caterina zurück. Sie machte einen erschöpften und unzufriedenen Eindruck. Niemand wagte, sie anzusprechen, obwohl sicherlich nicht nur in mir eine Menge Vorwürfe und Fragen brodelten. Wortlos verschwand sie in ihrer Kammer und zog sich für die Vorstellung um. Die Truppe konnte nun doch die *Lustige Brautwerbung* aufführen, was schon deshalb wichtig war, weil es das beliebteste Stück der Truppe war und Cipriano es außerdem wie üblich tagsüber in der Stadt angekündigt hatte. Die Besucher schätzten es nicht sonderlich, wenn das Programm umgestoßen wurde.

Zu meiner Überraschung wurde das Stück ein voller Erfolg. Obwohl die Laune aller vor der Aufführung nicht miserabler hätte sein können, übertrafen sich die Truppenmitglieder gegenseitig bei ihren Darbietungen.

Schon die Einführung glückte bis ins letzte Detail. Elena war die reine Augenweide auf dem Seil, jeder Überschlag und jeder Spagat gelangen mühelos, und bei ihrem Abgang vollführte sie einen gedrehten Salto, den ich so noch nicht gesehen hatte. Den Zuschauern entwich ein einstimmiger Aufschrei – und mir ein herzhafter Fluch, weil sie so tollkühn ihren Hals riskierte.

Franceschina warf die brennenden Fackeln in einer atemberaubenden Jonglage fast bis zu der hohen Decke hinauf, bis sich vor unseren Augen ein fließender, funkelnder Feuerbogen zu entfalten schien, allein in Bewegung gehalten von der magischen Macht ihrer Hände.

Baldassarre riss das Publikum mit sprühendem Witz und gekonnten neuen Reimen zu Ausrufen der Begeisterung hin. Rodolfo stellte als Capitano alles bisher Dagewesene in den Schatten. Seine Lazzi waren von so ausgesuchter Komik, dass nicht nur die Zuschauer sich vor Lachen krümmten, sondern sogar Elena, die sonst nicht leicht zu beeindrucken war, auf offener Bühne Tränen lachte, bis ihre Pedrolino-Schminke völlig zerlaufen war.

Cipriano gab den Lelio mit solcher Inbrunst, dass die Menge zu einem einzigen entzückten Seufzer wurde, sobald er die Stimme erhob. Seine Lieder klangen betörender denn je, sein Lautespiel war von vollendeter Kunstfertigkeit, und sein nackter Oberkörper schimmerte im Schein der Kerzen wie eine immerwährende Verheißung – wobei diese Beschreibung nicht auf meinem Urteil fußte, sondern auf dem geflüsterten Kommentar einer Frau, die während der Aufführung direkt hinter mir stand.

Vor allem Caterina, die mit ungewohnt verschlossener Miene aus ihrer Kammer in den Portego gekommen war, veränderte sich auf erstaunliche Weise, als ihr Auftritt begann. Ihre ganze Haltung straffte sich, und ihr Gesicht schien förmlich zu leuchten. Die Geste, mit der sie ihr Haar zurückwarf, war ebenso lockend wie die Bewegungen ihres nachfolgenden Tanzes. Eine von Schleiern umwehte Göttin der Schönheit und Verführung, das war sie, und wer sie betrachtete, ergab sich unweigerlich dem Sog ihrer Ausstrahlung und vergaß alles, was vorher bedrückend und erschreckend gewesen sein mochte. Vergessen war das Zwischenspiel bei Morosini und das Auftauchen Rizzos, und vergessen war auch, dass ihr Ehemann ihretwegen dem Suff verfallen war. Nichts war mehr wichtig, nur noch ihre Darbietung auf der Bühne. Auch die anderen ließen sich von ihrem Spiel mitreißen, keiner konnte sich ihrem Zauber entziehen.

Am Ende nahmen alle ihren verdienten Applaus entgegen, jeder auf seine Art. Caterina warf graziöse Handküsse in die Menge, Rodolfo sprang wie ein Hampelmann in die Luft und schlug dabei die Hacken zusammen, Baldassarre verneigte sich huldvoll, eine Hand majestätisch auf der Brust, die andere im Rücken liegend, Franceschina nickte schwitzend und mit eher grimmiger Miene in die Runde, und Cipriano breitete elegant die Arme aus, als wolle er den ganzen Saal umarmen. Elena tat nichts Besonderes. Sie lachte ganz einfach nur und sah so glücklich aus, dass ich kaum die Augen von ihr wenden konnte.

Alles klappte an diesem Abend reibungslos, sogar das Hinausgehen der Zuschauer nach der Vorstellung. Nicht einmal die beiden bunt bekleideten Burschen, die bereits vor der Vorführung in weinseliger Stimmung gewesen waren, machten Ärger. Gerade von ihnen hatte ich welchen erwartet, denn schon beim Einlass hatten sie von mir wissen wollen, wieso zum Teufel ich neuerdings ständig in diesem Theater herumlungere und so merkwürdig derb gekleidet sei. Der eine der beiden beklagte sich zudem darüber, dass ich behauptet hätte, verreisen zu wollen, während ich mich in Wahrheit doch die ganze Zeit in der Stadt herumtreibe.

Es lag auf der Hand, dass sie mich für Giovanni Contarini hielten, doch machte ich mir nicht die Mühe, den Irrtum aufzuklären. Das hätte nur lästige Fragen herausgefordert, weshalb ich die beiden einfach mit ein paar nichtssagenden Bemerkungen abspeiste und ihnen unter anderem mitteilte, ich sei von plötzlich erwachter Theaterleidenschaft gepackt – was genau genommen nichts weiter als die Wahrheit war.

»Leidenschaft, das kann ich verstehen«, sagte der eine Geck mit trunkener Stimme, während er Rodolfo stolpernd zur Außentreppe folgte und über die Schulter zurückblickte, zu Caterina, die sich gerade in ihre Kammer zurückzog. »Besonders bei dieser Schönen dort. War sie nicht auch bereits bei dir zu Hause? Ich sah sie letztens dort aus einer Gondel steigen.«

»Vielleicht ist es aber auch diese niedliche kleine Rothaarige da«, meinte der andere, vom Vestibül aus einen Blick auf Elena erhaschend, die im Portego das Seil einrollte. »Oder sind es gar beide?«

»Und Adelina noch obendrein«, lallte der Erste. »Das ist so ungerecht! Kein Wunder, dass du keine Zeit mehr für deine Freunde hast!« Er packte mich beim Arm. »He, komm mit, lass uns zusammen saufen und feiern, zeig uns, dass du uns nicht vergessen hast!«

»Ende der Vorstellung.« Mit unnachgiebigem Griff schob Rodolfo beide ins Freie. Aus dem eben noch fröhlich herumhüpfenden Narren war von einem Moment auf den nächsten ein grober Rausschmeißer geworden.

Doch die beiden waren in friedlicher Stimmung und zogen widerspruchslos ab.

Rodolfo verschloss die Pforte hinter ihnen und schüttelte den Kopf. »Nicht zu glauben.«

»Was?«, fragte ich.

»Dass heute Abend alles so gut geklappt hat. Und mit alles meine ich *alles*. Nicht das kleinste bisschen ging schief!«

»Das kommt ziemlich selten vor«, stimmte ich zu.

»Eigentlich nie. Jedenfalls nicht beim Theater.«

»Irgendwann ist immer das erste Mal. Wieso nicht heute? Dafür ging ja vorher genug schief.«

»Du hast recht«, meinte Rodolfo. »Man kann ja auch mal Glück haben.«

Vielleicht hätten wir es nicht beschreien sollen.

Nachdem ich in der vergangenen Nacht so gut wie gar nicht geschlafen hatte, ging ich gleich nach dem Aufräumen zu Bett. Ich schaffte kaum noch mein Nachtgebet, dann sank ich auf mein Lavendelkissen nieder und schlief auf der Stelle ein.

Im Rückblick war schwer zu sagen, was mich geweckt hatte. In dem Moment, als ich aufwachte, dachte ich, es sei ein böser Traum gewesen, vielleicht auch ein Knarren im Gebälk oder der Wind, der die Läden zum Klappern brachte. Was immer es war – ich konnte nicht wieder einschlafen, und als ich mich aufsetzte, hörte ich ein Geräusch, das mich auf der Stelle hellwach werden ließ: ein Scharren an der Hauswand.

Unverzüglich stand ich auf und lugte durch den Spalt zwischen den Läden hinaus. Im matten Licht einer abgehängten Bootslaterne war eine Gondel zu sehen. Sie fuhr nicht etwa vorbei, sondern glitt soeben mit gespenstischer Selbstverständlichkeit direkt zum Wassertor des Hauses!

Ich traute meinen Augen nicht. Den ganzen Tag über hatten wir sorgsam darauf geachtet, dass alle Außentüren versperrt waren, dass die Läden in den unteren Geschossen zugezogen blieben und die Pforte vom Innenhof zur Gasse verschlossen war. Auch das Wassertor war mit einem schweren Schloss gesichert. Der dazugehörige Schlüssel war fast so groß wie meine Hand, ich hatte selbst gesehen, wie Cipriano ihn gegen den Widerstand des selten benutzten Schlosses gedreht und hinterher eingesteckt hatte.

Ohne zu zögern, schnappte ich mir mein Rapier und machte mich auf den Weg zum Andron. Ich verzichtete darauf, eine Lampe anzuzünden, denn bis ich damit fertig gewesen wäre, hätte sich der Eindringling schon im Piano Nobile befunden. In der Dunkelheit stieß ich mir mehrfach die nackten Zehen an herausstehenden Bodenplatten, doch ich unterdrückte heroisch jeden noch so dringlichen Fluch und tastete mich weiter, bis ich ein paar Schritte voraus diffuses Licht bemerkte. Dort zweigte der Gang in Richtung Andron ab.

Nun hörte ich auch die Stimmen, unterdrücktes Männergeflüster. Sie waren zu mehreren gekommen!

Ich erreichte die Abzweigung des Flurs und sah die schwankenden, riesenhaften Schatten an der Ziegelwand beim offenen Wassertor. Unmittelbar darauf waren auch die dazugehörigen Gestalten auszumachen, drei an der Zahl. Die mit einem Tuch verhängte Laterne gab kaum Licht, aber es reichte, um zwei der Eindringlinge sofort zu erkennen – Rizzo und Aldo, die soeben aus der Gondel kletterten. Den dritten kannte ich nicht, aber seine Absichten waren gewiss nicht ehrbarer als die seiner Mitstreiter, denn er hatte wie Aldo einen Dolch in der Faust, während Rizzo mit blankgezogenem Degen die Vorhut übernahm.

»Schreibt es euch noch einmal hinter die Ohren«, flüsterte er über die Schulter seinen Komplizen zu. »Wir gehen nach oben und sind dabei leise wie die Mäuse. Kein Lärm, kein Gerede. Ich weiß, wo dieser Mistkerl seine Kammer hat, also müssen wir nicht erst danach suchen. Ihr bleibt im Portego und haltet Wache, während ich reingehe und ihn absteche. Ich allein, wohlgemerkt. Erst, wenn das erledigt ist, holen wir uns das Geld.« Er deutete auf Aldos Dolch, der sogar bei der miserablen Beleuchtung funkelnagelneu aussah. »Du schneidest diesem blonden Schönling die Kehle durch, dann kann er nicht schreien.«

»Ich will lieber dem elenden Marco Ziani seine große Nase abschneiden«, flüsterte Aldo zurück.

Rizzo schüttelte den Kopf. »Der hat seine Kammer im Mezzà. Gleich neben dem Zwerg. Mit dem können wir uns nicht anlegen. Jedenfalls nicht heute Nacht.«

»Wir sind zu dritt«, protestierte Aldo.

»Allein der Zwerg hat Waffen für vier, und er kann damit umgehen!«

»Aber ich will …«

»Nicht heute Nacht«, zischte Rizzo. »Das musst du dir für

eine andere Gelegenheit aufsparen.« Er winkte mit dem Degen. »Los jetzt!«

»Halt!« Mit gezücktem Rapier trat ich vor. »Keinen Schritt weiter!«

»Na so was, der Knabe mit dem Seidentuch«, sagte Rizzo.

»Sieht eher aus wie der Knabe mit dem Rapier«, sagte der mir unbekannte Kerl, der noch in der Gondel stand und die Laterne hielt.

»Nein, das ist Marco Ziani, dem ich die Nase abschneiden werde.« Mit mordlüstern funkelnden Augen bewegte Aldo sich auf mich zu, den Dolch bereit zum Stoß, während Rizzo einen langen Ausfallschritt in meine Richtung tat und mit dem Degen nach mir stach.

Falls ihn der Verlust seines Testikels beeinträchtigt hatte, so war davon jedenfalls nichts mehr zu bemerken. Sein Angriff kam blitzschnell und wies ihn als geübten Fechter aus. Ich parierte den Stoß eher mechanisch als geschmeidig, und noch während ich Rizzos Klinge abwehrte, holte Aldo mit dem Messer aus. Auch diese Attacke wehrte ich mit dem Degen ab. Gleichzeitig riss Rizzo seine Waffe zurück und hätte mich zweifellos mit dem nächsten Stoß aufgespießt – oder Aldo hätte das vorher mit dem Messer erledigt, in der Situation konnte ich schlecht einschätzen, wer mich zuerst erwischen würde –, wäre nicht ein dunkles Etwas von unten herauf an mir vorbeigesurrt und mit dumpfem Aufprall in Rizzos Gesicht gelandet. Jäh wurde er zurückgeworfen, taumelte gegen die Wand und stürzte dann zu Boden. Sein Degen landete klirrend neben ihm, ebenso das Messer, das Aldo fallen ließ, bevor er einen Hechtsprung in die Gondel machte. Sein Kumpan hatte bereits das Ruder ergriffen und stieß das Boot vom Wassertor weg. Das alles gewahrte ich als verschwommene, rasend schnelle Bilderfolge, während ich immer noch zu begreifen versuchte, was mit Rizzo geschehen war. Doch es war schlicht zu dunkel, und das Boot mit der einzigen Lichtquelle glitt bereits davon.

Erst, als ich die brummende Bassstimme hörte, dämmerte es mir, das nicht irgendeine göttliche Macht Rizzo niedergestreckt hatte, sondern Rodolfo. Und zwar mit seinem Morgenstern. Selbigen wiederum erkannte ich daran, dass ich mir meine nackten Zehen an den nadelscharfen Eisenspitzen blutig stieß.

»Ich hole Licht«, sagte Rodolfo.

Ist gut, wollte ich sagen, brachte aber nichts außer einem fiependen Atemzug heraus, wie ein Vögelchen, das jemand aus dem Nest geworfen hat und das sich nun zwischen Fliegen oder Fallen entscheiden muss.

Fliegen konnte ich nicht, schließlich war ich kein Vogel, aber Fallen war für den Anfang auch nicht schlecht. Meine Beine knickten ein wie Strohhalme, und kraftlos sackte ich zu Boden, gerade noch genug bei Sinnen, um nicht auf Rizzo zu landen, dessen hingestreckter Körper eher zu ahnen als zu sehen war.

Zitternd saß ich da und wartete darauf, dass Rodolfo zurückkam. Als er wieder in dem bogenförmigen Durchgang erschien, eine Talgleuchte in der Hand und einen grimmigen Ausdruck im Gesicht, war ich in Tränen aufgelöst.

»Na, na«, brummte er und tätschelte mir den Kopf. »So schlecht warst du gar nicht mal. Den Degenstoß und den ersten Messerangriff hast du perfekt pariert, und der zweiten Attacke wärst du ausgewichen, hast dich schon in die passende Richtung gedreht. Du hättest ihnen bestimmt noch das Fell abgezogen.« Er hielt inne. »Na ja, vermutlich hätten sie dir vorher ein paar zusätzliche Löcher verpasst. Außerdem war es ziemlich dämlich, allein auf sie loszugehen, bei drei gegen einen.« Nachsichtig fügte er hinzu: »Aber keine Sorge, ich schimpfe nicht, denn als ich in deinem Alter war, ging ich genauso ran. Du bist ein guter Junge.«

Ich starrte Rizzo an, der wie hingemäht neben mir lag. Er war aufs Gesicht gefallen und gab kein Lebenszeichen von sich.

»Ist er tot?«, flüsterte ich.

»Mal sehen.« Rodolfo stieß Rizzo mit der Fußspitze an, bis er herumrollte und auf dem Rücken zu liegen kam. »Mausetot, würde ich sagen.«

Jeder würde das sagen, denn bei Rizzo war dort, wo bei anderen Menschen Augen, Nase und Mund saßen, nur noch eine Vertiefung mit einer breiigen roten Masse darin.

»Donnerwetter«, sagte Rodolfo. »Ich dachte, ich wäre aus der Übung, aber das war ein Volltreffer, oder?«

Dazu konnte ich mich nicht äußern, denn ich war vollauf damit beschäftigt, in mehreren Schwällen das Muschelragout von mir zu geben.

Rodolfo wartete, bis ich aufgehört hatte zu würgen, dann deutete er auf den Toten. »Wir müssen ihn verschwinden lassen und hier alles sauber machen. Nur für den Fall, dass die beiden anderen Kerle uns die Wachen auf den Hals hetzen.«

Ich rappelte mich hoch und atmete tief durch. »Sollen wir Rizzo ins Wasser werfen?«

»Das wäre das Beste.« Rodolfo schwenkte den Morgenstern mehrmals durchs Wasser, bevor er ihn zur Seite legte. »Aber natürlich nicht hier. Selbst, wenn wir ihm ein paar ordentliche Steinbrocken in die Taschen stecken und ihn bis auf den Grund versenken, kann man ihn mit Stangen herausfischen, wenn man weiß, wonach man suchen muss.«

»Dann müssen wir ihn woanders hinbringen.« Um nicht nach unten sehen zu müssen, betrachtete ich angestrengt das feuchte Gewölbe der Decke über mir.

»Ganz recht«, sagte Rodolfo. »Am besten in offenes Gewässer. Wir fahren ein Stück weit raus und werfen ihn über Bord. Dann fressen ihn die Fische, und uns kann keiner was am Zeug flicken.« Er blickte sich suchend um. »Wir bräuchten einen Sack. Sind hier im Haus nicht irgendwo noch welche?«

»Nur uralte mit riesigen Löchern.«

Rodolfo trat gegen einen der Athanore, die wir in die Wasserhalle geschleppt hatten und die noch immer in ihren Säcken steckten. »Wir packen einen davon aus, dann haben wir den Sack, den wir brauchen. Einen der Öfen will der Alte ja sowieso behalten.«

Gesagt, getan. Im Schweiße unseres Angesichts zerrten wir einen der eisernen Öfen aus der Hülle. Als wir uns anschließend daranmachten, Rizzo in den Sack zu befördern, revoltierten meine Eingeweide erneut.

Dankenswerterweise übernahm Rodolfo es daraufhin, den Toten kopfüber in den Sack zu schieben, doch dann stellte sich heraus, dass die Arbeit damit nicht getan war: Der Körper war zu lang für den Sack.

»Wir müssten die Beine abhacken, um ihn ganz reinzukriegen«, sagte Rodolfo.

Ich würgte heftig, doch diesmal kam nichts mehr.

»Das war ein Spaß«, sagte Rodolfo. »Es gäbe eine gewaltige Sauerei, mehr Blut, als wir wegwischen können.« Pragmatisch fügte er hinzu: »Außerdem haben wir keine Axt.«

Kritisch betrachtete er die Leiche. »Es muss reichen, wenn er obenrum verpackt ist. Wir verschnüren das offene Ende mit seinem Gürtel, dann kann er nicht rausrutschen.«

Auch von dieser Aufgabe übernahm er den Löwenanteil, denn immer, wenn ich die Leiche berühren musste, überkam mich quälender Brechreiz. Ich fühlte mich erbärmlich schwach und unzulänglich.

»Du hast wohl noch nicht viele Tote gesehen, was?«, fragte Rodolfo.

»Erst einen. Aber er sah nicht so … ähm, tot aus.« Tatsächlich hatte Onkel Vittore nicht tot gewirkt, jedenfalls nicht so unwiderruflich wie Rizzo. Er hatte einfach nur erschrocken ausgesehen. Und dann hatte Ernesto ihm auch schon die offenen Augen geschlossen und seine Jacke über das reglose Gesicht gebreitet. Das war das Letzte, was ich von Onkel Vittore gesehen hatte.

Während ich in beklemmenden Erinnerungen versank, begann Rodolfo mit dem Saubermachen. Mit einem Kübel schöpfte er Wasser und goss es über die Blutlache, die sich dort ausgebreitet hatte, wo Rizzo gestürzt war. Als Nächstes waren die Hinterlassenschaften des Muschelragouts an der Reihe. Anschließend hieß Rodolfo mich, die Lampe höher zu halten, damit er auch die Blutflecken an den Wänden beseitigen konnte. Es gab viel mehr davon, als ich vermutet hatte, überall waren dunkle Schlieren und Spritzer zu sehen. Immer wieder schüttete Rodolfo Wasser über alle verdächtigen Stellen, und dort, wo er wegen seiner Kleinwüchsigkeit nicht hinaufreichte, musste ich den Kübel schwingen.

»Das sollte reichen«, meinte Rodolfo schließlich. »Morgen sehen wir es uns noch einmal bei Tageslicht an.« Er wandte sich der verschnürten Leiche zu. »Aber vorher machen wir eine kleine Ausfahrt.«

»Wir haben kein Boot«, wandte ich ein.

»Ich gehe eins besorgen«, sagte Rodolfo. »Du kannst dich in der Zwischenzeit umziehen. Deine schmutzigen Sachen werfen wir gleich mit ins Wasser. Das Blut kriegst du auch mit noch so viel Waschen nicht mehr raus.«

Nun erst bemerkte ich, dass meine Kleidung von oben bis unten blutbesudelt war. Von Ekel und Entsetzen geschüttelt, hätte ich mir am liebsten auf der Stelle alles vom Leib gerissen, und stumm verfluchte ich mich, weil ich zu müde gewesen war, mich vor dem Schlafengehen auszuziehen. Nur Ciprianos feine Schnabelschuhe hatte ich abgestreift.

Bemüht, vor Rodolfo nicht als der verstörte Jammerlappen dazustehen, der ich zweifelsohne war, rang ich um Haltung. Betont lässig erklärte ich, es könne nicht schaden, zwischenzeitlich eine Plane über die Leiche zu werfen, etwa für den Fall, dass zufällig jemand im Haus aufwachte und herunterkäme. Rodolfo fand, das sei eine gute Idee, und brach sodann unverzüglich auf, ein Boot zu beschaffen.

Unterdessen holte ich ein Wachstuch aus dem Wirtschaftsraum und bedeckte damit den Toten. Ich überwand mich sogar dazu, ihn bei den Füßen zu packen und neben die Öfen zu zerren, damit es so aussah, als handle es sich um zusammengehörende Waren.

Anschließend suchte ich die Wäschekammer auf, um mich neu einzukleiden. Das blutige Lelio-Kostüm rollte ich fest zusammen und knotete einen Strick darum. In Ermangelung anderweitiger Auswahl hüllte ich mich in das Gewand, das ich beim letzten Mal um meiner Wehrhaftigkeit willen verschmäht hatte.

Als ich wieder zum Andron zurückkehrte, war ich Marco, der Mönch.

Bald darauf sah ich den schmalen, langen Schatten einer Gondel vor dem offenen Tor. Das Boot glitt gegen die Stufen, und Rodolfo stieg wendig heraus.

»Es kann losgehen.«

Mit vereinten Kräften hatten wir gerade unsere schaurige Last auf Kniehöhe angehoben, als hinter uns gedämpfte Stimmen zu hören waren.

Abrupt ließen wir die Leiche wieder fallen und drapierten die Plane darüber.

»Wer ist da drinnen?«, kam vom Kanal her Caterinas Stimme.

Rodolfo verdrehte die Augen.

»Wir sind es«, rief ich zurück.

»Wer ist *wir*?«

»Rodolfo und Marco. Wir … haben bemerkt, dass das Tor offen war, und wollten gerade nach dem Rechten sehen.«

»Was ist das für eine Gondel?«

Ich zermarterte mir das Hirn nach einer einleuchtenden Erklärung, doch Rodolfo kam mir zuvor. »Das fragten wir uns auch gerade«, gab er zurück. »Desgleichen fragen wir uns, was du mitten in der Nacht da draußen zu tun hast.«

»Ich konnte nach der Vorstellung nicht schlafen und habe noch eine Ausfahrt gemacht.«

Und zwar nicht allein, sondern in Begleitung Razzis, wie sich alsbald zeigte. Der Schönling half ihr beim Aussteigen, und während sie mit geschürzten Röcken den gekachelten Boden des Andron betrat, machte er sich auf ihr Geheiß auch schon wieder bereit zum Abfahren und war gleich darauf in der Nacht verschwunden.

Caterina rümpfte die Nase. »Hier stinkt es aber!«

»In diesen alten Häusern stinkt es immer, vor allem im Andron«, sagte Rodolfo. »In manchen Wasserhallen riecht es wie beim Abdecker.«

Caterina lächelte mich an. »Du hast ja deine Mönchskutte an, Marco! Warum das denn?«

Im Schein der kleinen Laterne, die sie vor sich hertrug, wirkte sie so feenhaft schön, dass mein Kopf wie leer gefegt war. Eben noch hatte ich ihr vorhalten wollen, dass sie durch ihr leichtfertiges Verhalten die Ursache für den Tod eines Mannes gesetzt hatte, doch nun tat ich nichts weiter, als dümmlich zu stammeln, dass meine anderen Sachen gerade in der Wäsche seien.

Es schien sie nicht näher zu interessieren, jedenfalls nicht so sehr wie das Boot. »Wirklich eigenartig. Wie kommt es hierher? Habt ihr euch vergewissert, dass keine Einbrecher im Haus sind?«

»Selbstverständlich«, sagte Rodolfo freundlich.

»Die Gondel könnte gestohlen sein.«

»Das ist nicht auszuschließen«, stimmte Rodolfo zu.

»Aber warum lässt der Dieb sie dann hier liegen?«

Mir kam eine glänzende Begründung in den Sinn. »Vermutlich wollte er Baldassarres Athanore stehlen. Dabei wurde er von uns aufgeschreckt und floh.«

»Ich weiß zwar nicht, was Athanore sind, aber so könnte es gewesen sein.« Sie gähnte. »Du liebe Zeit, bin ich müde! Ich gehe zu Bett.«

»Warte«, sagte Rodolfo. »Eines möchte ich noch wissen: Wie wolltest du ins Haus kommen? Es war alles abgesperrt.«

»Erwähnte ich nicht bereits, dass Dario einen Schlüssel für das Wassertor hat?« Sie gähnte abermals. »So ein Zufall! Vorhin erst sprach er davon, dass er ihn verloren habe. Aber dann war das Tor ja offen, von daher war es nicht weiter schlimm.« Sie bedachte uns mit ihrem unvergleichlichen Lächeln. »Gute Nacht, ihr beiden! Gewiss werde ich schlafen wie in Abrahams Schoß, bei zwei so wackeren Nachtwächtern!«

Auf ihrem Weg zur Innentreppe stolperte sie über einen Zipfel der Plane. »Diesen Kram sollte jemand wegräumen«, meinte sie über die Schulter, bevor sie in den dunklen Tiefen des Mezzà verschwand.

»Stets zu Diensten, Madonna«, murmelte Rodolfo. Er zerrte die Plane zur Seite und packte den Toten bei den Schultern, während ich die Füße nahm.

Doch wir wurden abermals gestört, diesmal von Franceschina, die verschlafen im Durchgang zu den Wirtschaftsräumen auftauchte, eine flackernde Kerze in der Hand. »Rodolfo, bist du das? Ah, und Marco! Die ganze Zeit höre ich schon so ein Rumoren! Was um alles in der Welt macht ihr da? Und was stinkt hier so?«

Ihr Haar war zerwühlt, und ihr Nachtgewand ähnelte einem geräumigen Zelt, doch Rodolfo betrachtete sie so hingerissen, als sei sie das schönste Geschöpf auf Gottes Erde.

»Ich rieche gar nichts«, sagte er, die Plane beiläufig wieder über die Leiche werfend.

»Irgendwie … widerlich vergoren. Und wie frisch geschlachtet.«

»Das muss die Ebbe sein«, sagte Rodolfo. »Die fördert oft die ekligsten Gerüche zutage.« Er lächelte verbindlich. »Es tut mir sehr leid, dass wir dich geweckt haben, aber Marco und ich haben Geräusche gehört und fanden diese Gondel hier vor. Offenbar haben wir einen Einbrecher überrascht, der sich die

Öfen aneignen wollte. Bei seiner Flucht musste der Kerl das Boot zurücklassen.«

Franceschinas Miene hellte sich auf. »Ein Boot kann man in Venedig immer brauchen! Es erleichtert den Transport von Essens- und sonstigen Vorräten ungemein. Mehlsäcke, Weinschläuche, Pökelfässer, Kohlenkästen«, zählte sie auf. »Wir könnten in viel vernünftigeren Mengen einkaufen!«

Rodolfo sah aus, als hätte er in eine Zitrone gebissen, doch sofort wich dieser Ausdruck einem breiten Lächeln. »Wie praktisch du veranlagt bist, meine Teure!«

»Mein Sinn fürs Praktische sagt mir, dass ihr ins Bett gehört.« Prüfend blickte sie auf den Kanal hinaus. »Man sieht schon einen Hauch von Morgengrauen.«

Damit hatte sich unser Plan fürs Erste zerschlagen. Notgedrungen mussten wir unser Vorhaben auf einen günstigeren Zeitpunkt verschieben. Mir blieb nichts anderes übrig, als es Rodolfo gleichzutun und wieder ins Bett zu gehen. Die Knie unter der kratzigen Kutte fest an den Leib gezogen und die Wange an mein Lavendelkissen geschmiegt, lag ich fröstelnd auf meinem Strohsack und versuchte, zur Ruhe zu kommen. Trotz der erlebten Schrecknisse dauerte es nicht lange, bis ich in einen unruhigen Schlummer fiel. In meinen Träumen wurde ich von blutüberströmten Leichen gejagt, die mit Morgensternen nach mir warfen.

Als ich das nächste Mal aufwachte, war es helllichter Tag. Die Sonne stand hoch am Himmel, es musste schon auf Mittag zugehen.

In der Küche traf ich auf Franceschina, von der ich erfuhr, dass man beschlossen habe, mich nicht zu wecken, da ich infolge der Nacht im Gefängnis noch jede Menge Schlaf nachzuholen hätte.

Während ich lustlos eine Portion Haferbrei löffelte, kehrten

Rodolfo und Cipriano von ihrem Ankündigungsrundgang zurück. Cipriano kniff in bedeutungsvollem Ernst ein Auge zu, woraus ich schloss, dass Rodolfo ihn eingeweiht hatte. Als ich jedoch zu einer Frage ansetzte, legte er rasch den Finger auf die Lippen, vielsagend zu Franceschina hinüberschielend. Demzufolge hatte sie keine Ahnung, was geschehen war.

Als sie kurz darauf in die Vorratskammer ging, flüsterte Cipriano: »Rodolfo und ich haben ihn heute Morgen fest eingewickelt und in der hintersten Ecke des Andron verstaut. Nach Einbruch der Dunkelheit schaffen wir ihn raus in die Lagune.«

»Und wenn Aldo uns die Ordnungshüter auf den Hals hetzt?«

»Das hätte er schon längst getan. Der wird schweigen, sonst ist er selbst dran. Sei ganz beruhigt.«

Ich nickte und schob den nur halb geleerten Teller von mir.

Franceschina kam mit einem Schinken in die Küche zurück. »Marco, heute musst du noch fleißig an dem Canovaccio schreiben«, sagte sie. »Am Nachmittag wollen wir uns nämlich endlich wieder Zeit für eine Probe nehmen.« Sie schnitt eine Scheibe von den Ausmaßen einer großen Männersandale von dem Schinken ab und schob sie mir hin. »Hier, damit du eine ordentliche Grundlage für deine Kunst hast.« Anschließend säbelte sie ein gleichgroßes Stück ab und verspeiste es mit wenigen Bissen. Den Brei, den ich übrig gelassen hatte, schaufelte sie in Windeseile hinterher und beendete dann ihr Mahl mit einer Handvoll Mandeln, die sie sich in den Mund warf, indem sie damit jonglierte und eine nach der anderen mit den Zähnen aus der Luft schnappte. Rodolfo applaudierte begeistert, und auch Cipriano strahlte nur so vor guter Laune.

Mich konnte die akrobatische Einlage nicht erfreuen, und auch Ciprianos Bericht über seine Verhandlung mit dem Kaufmann Celsi, den er bereits zeitig am Morgen aufgesucht hatte, vermochte mich nicht aus meiner Lethargie zu reißen.

»Er war gleich einverstanden, als ich in Baldassarres Namen

einen dreitägigen Zahlungsaufschub erbat. Notfalls nimmt er sogar zwei der Öfen wieder zurück, weil er einen anderen Interessenten dafür hat. Wir haben uns ganz umsonst gesorgt!«

Es war mir völlig gleichgültig. Am liebsten wäre ich wieder zu Bett gegangen und nie mehr aufgestanden. Nicht einmal von dem Schinken mochte ich essen.

Meine Niedergeschlagenheit blieb Cipriano nicht verborgen, denn als ich die Küche verließ, folgte er mir und nahm mich beiseite. »Es war seine eigene Schuld, Marco. Die Entscheidung lautete: Du oder er. Was blieb Rodolfo denn übrig? Mach dir nur wegen Rizzos Tod keine Vorwürfe, hörst du? Wer weiß, was er noch alles ausgeheckt hätte!«

Ich schluckte. Das Schlimmste wusste Cipriano gar nicht – er selbst war nur noch dank glücklicher Zufälle am Leben! Wäre ich nicht rechtzeitig aufgewacht und hätte Rodolfo nicht den Morgenstern geschleudert, als es hart auf hart kam, wären jetzt sowohl Bernardo als auch Cipriano tot. Bernardo wäre gestorben, um Rizzos Rachsucht zu stillen, und Cipriano, weil er der Hüter der Ersparnisse war, die Rizzo hatte rauben wollen.

Als ich mir das Grauen der anderen nach einem so schaurigen Doppelmord vorstellte, stieg Zorn in mir auf, und mit einem Mal fand ich wirklich, dass Rizzo verdientermaßen ins Gras gebissen hatte. Nun ja, vielleicht nicht unbedingt dadurch, dass er buchstäblich das Gesicht verlor, was wahrlich ein grausiger Tod war. Ob es sehr wehgetan hatte?

Natürlich hatte es das!, wies ich mich erzürnt zurecht. Hatte ich selbst nicht schon die Englein im Himmel singen hören, als ich mir die Füße an den eisernen Spitzen des Morgensterns blutig gestoßen hatte? Schaudernd blickte ich auf meine nackten Zehen, die vorn aus meinen Sandalen herausschauten, und versuchte mir vorzustellen, welche Qual es wohl bedeutete, mit voller Wucht einen Morgenstern auf die Nase zu bekommen.

Abermals wallte Mitleid mit Rizzo in mir auf, doch das verwandelte sich beim Anblick meiner Füße umgehend in kaltes Entsetzen, als ich erkannte, dass höchstens ein Bruchteil von dem dort angetrockneten Blut mein eigenes war. Das weitaus meiste stammte aus derselben Quelle wie das, was Rodolfo und ich in der vergangenen Nacht vom Boden und von den Wänden des Andron gespült hatten. Offenbar direkt auf meine Füße. Sie sahen aus wie in Rost getaucht.

Mit einer gestammelten Entschuldigung ließ ich Cipriano stehen und rannte in die Wäschekammer, wo ich ohne zu zögern in den erstbesten vollen Bottich stieg. Stechend drang mir der Geruch der Seifenlauge in die Nase, während ich mit hochgeraffter Kutte zwischen den schäumenden Wäschestücken von einem Bein aufs andere trampelte.

»Was um Himmels willen machst du da?« Franceschina kam in die Kammer, einen Korb Schmutzwäsche auf der Hüfte.

»Ich … äh … ich …« Starr stand ich in der Lauge und rang vergeblich nach Erklärungen.

»Der Junge ist mit mir einer Meinung, dass du viel zu hart arbeitest. Er wollte dir ein bisschen beim Waschen zur Hand gehen.« Rodolfo trat hinter Franceschina hervor und gestikulierte wild, ich solle mich bloß nicht verplappern.

»Zur Hand?«, echote Franceschina.

Rodolfo zuckte die Achseln. »Na ja, ich glaube, wo er herkommt, nehmen die Leute dafür auch die Füße. Stimmt es nicht, Marco?«

Ich nickte ruckartig. »So machen wir auf dem Lande auch den Wein«, stieß ich hervor.

Franceschina war gerührt. »Du bist ein guter Junge, Marco. Aber vom Dichten verstehst du mehr als von der Wäsche. Raus mit dir!« Sie scheuchte mich aus dem Bottich. »Und hol dir den Schinken aus der Küche!«

Rodolfo hatte mir aus zwei Theaterkisten eine Art Schreibpult gezimmert und einen Hocker davorgestellt, damit ich es beim Schreiben bequemer hatte. Er klopfte mir auf die Schulter und richtete mir von Baldassarre aus, bis zum Nachmittag solle der zweite Akt fertig sein, damit jeder wisse, wie es weiterzugehen habe.

»Ich weiß nicht, ob ich das hinkriege«, sagte ich düster.

In diesem Punkt machte ich mir nichts vor. Viel war geschehen in den vergangenen Tagen, doch zwischendurch gab es ausreichend Gelegenheit, an dem Stück zu arbeiten, zwar nicht schreibenderweise, so doch wenigstens im Geiste. Ich hätte das Canovaccio längst zu Ende denken und mir alle wichtigen Szenen merken können, sodass ich es hinterher nur noch hätte schriftlich niederlegen müssen. Doch ganz offensichtlich war ich zu kleingeistig. Die mir zu Gebote stehende Dichtkunst war zu unzuverlässig und zu dürftig bemessen. Ich hätte es besser gleich ganz sein gelassen.

»In den letzten Tagen hast du so viel erlebt – dein Kopf muss doch vor guten neuen Ideen förmlich bersten!«, meinte Rodolfo.

Mein Kopf fühlte sich tatsächlich an, als wolle er bersten, doch kam das nicht von guten neuen Ideen, sondern daher, dass ich jedes Mal, wenn ich die Augen schloss, Rizzo mit dem Degen auf mich losstürmen sah. Dass er gewissermaßen blind zustechen musste, weil seine Augen in rötlichem Matsch versunken waren, milderte den realen Eindruck kaum ab. Am liebsten wäre ich mit dem Kopf gegen die Wand gerannt.

»Lass einfach deiner Phantasie freien Lauf«, sagte Rodolfo wohlwollend. »Und rede dir auf keinen Fall ein, dass du es nicht kannst!« Er klatschte einen dicken Papierstapel auf die obere Kiste und legte die gespitzte Feder daneben. Das Tintenfass hatte er bereits geschüttelt, und auch an mein leibliches Wohl war gedacht: Auf einem Holzbrett ruhte die Scheibe Schinken.

»Ich versuche es«, sagte ich.

»Das ist mein Marco!«

In der nächsten Viertelstunde war ich einfach nur erleichtert, allein zu sein. Dann aß ich den Schinken, um nicht länger tatenlos herumzusitzen. Nachdem ich den Schinken vertilgt hatte, öffnete ich das Fenster, um gehörig frische Luft hereinzulassen. Frische Luft blies dumme Gedanken aus dem Kopf, wie ich von Onkel Vittore wusste. Ah, Onkel Vittore! Warum nur hatte er sterben müssen? Trauer erfüllte mich, und eine Weile war ich damit beschäftigt, seiner zu gedenken und für sein Seelenheil zu beten.

Danach spitzte ich die Feder neu, weil Rodolfo dabei ein wenig grob zu Werke gegangen war. Genau wie die anderen Incomparabili – mit Ausnahme von Bernardo und Baldassarre – hatte er bislang in seinem Leben nur selten eine Schreibfeder benutzt. Bereits vor einer Weile hatte ich durch Cipriano von diesem erstaunlichen Umstand erfahren. Die Mitglieder der Schauspieltruppe hatten zwar allesamt mehr oder weniger ordentlich Lesen gelernt, und mit einiger Mühe und unter längerem Nachdenken konnten sie auch selbst einzelne Zeilen verfassen, doch fehlerfreies oder gar flüssiges Schreiben auf gerader Linie und ohne Kleckse war ihre Sache nicht.

Cipriano hatte nur die Achseln gezuckt, offenbar hielt er es für das Normalste der Welt. »Wenn man es nie braucht, muss man es auch nicht richtig können. Hauptsache, mit dem Lesen klappt es. Das Schreiben hat immer Bernardo übernommen, und vor ihm Baldassarre, als er noch bessere Augen hatte. Von uns Übrigen kann es Elena noch am besten, sie macht die wenigsten Fehler und schreibt am saubersten, aber es gehört zu den Dingen, die sie gar nicht mag, weil es ihre Geduld strapaziert.«

Das wiederum wunderte mich nicht. Geduld war nicht ihre Stärke.

»Ich dachte immer, Leute, die lesen können, beherrschen auch das Schreiben.«

»Zwischen können und können gibt es Unterschiede«, lautete Ciprianos Erwiderung. »Stell es dir wie das Singen vor. Manche bringen keine drei sauberen Töne heraus, andere singen eine ganze Arie fehlerfrei von Anfang bis Ende.«

Kurzum, ich musste zur Kenntnis nehmen, dass eine Fähigkeit, die ich von klein auf als selbstverständlich betrachtet hatte, nicht jedem gegeben war. So verstand ich auch erst im Rückblick, was zunächst Bruder Ottone im Kloster und später die Incomparabili dazu bewogen hatte, mich zum Schreibgehilfen zu ernennen.

Mein Aufstieg zum Autor war allerdings damit nicht erklärt – nach wie vor grübelte ich voller Selbstzweifel über die Gründe dieser unvermuteten Beförderung –, doch gesunder Pragmatismus ließ mich in der Regel rasch zu immer derselben Erkenntnis gelangen: Es war niemand anderer verfügbar, den sie hätten aktivieren können.

Die Vorstellung, Ciprianos Behauptung könne zutreffen – er hatte felsenfest darauf beharrt, dass von zwei Dutzend Leuten höchstens einer in der Lage sei, sich eine ausreichend lange, zusammenhängende und logisch durchdachte Geschichte auszudenken, insofern wäre ich ein Geschenk des Himmels für die Truppe gewesen –, erschien mir gar zu abstrus. Jeder denkende Mensch konnte Geschichten ersinnen, alles andere war Unfug! Sogar der debile Vater von Pater Anselmo hatte mit den spannendsten Geschichten aufwarten können, die nur so von unterhaltsamen Einzelheiten gestrotzt hatten, obwohl sie allesamt frei erfunden waren.

»Die Sache ist die«, hatte Cipriano noch angemerkt. »Einen ersten Akt können sich viele Menschen ausdenken. Das ist wie der Beginn eines Abenteuers, das sie schon immer gern erlebt hätten. Aber richtig schwierig wird es dann im zweiten Akt, und erst im dritten, wo alle Fäden zu verknüpfen sind! Nicht der Anfang ist die wahre Kunst, sondern die Mitte und das Ende sind es! Hier trennt sich die Spreu vom Weizen, glaub mir. Ich weiß, wovon ich rede.«

Bei diesen Worten hatte er ein wenig vergrämt dreingeschaut. Die Vermutung lag nahe, dass er sich bereits selbst am Stückeschreiben versucht hatte, doch ich sprach es nicht aus, zumal mich die stille Sorge plagte, mein Stück könne ebenfalls eines von jenen sein, die im dritten Akt zu Spreu zerbröselten.

Mittlerweile erwies sich diese Befürchtung als absolut berechtigt. Wie sollte ich einen dritten Akt schreiben, wenn ich nicht einmal den zweiten fertig bekam?! Dazu gesellten sich weitere Ungewissheiten. Wie konnte ich sicher sein, ob überhaupt der erste Akt dazu taugte, einen zweiten und dritten zu tragen? Womöglich war schon der Anfang so unzulänglich, dass der ganze Rest von vornherein zum Scheitern verurteilt war!

Die frische Luft half kein bisschen, also versuchte ich es, indem ich die Fäuste gegen die Schläfen presste. Mir fehlte der Wendepunkt am Ende des zweiten Aktes!

Denk nach!, befahl ich mir.

Zunächst mussten noch mehr Verwicklungen her. Verwicklungen waren immer gut. Schnell entwarf ich eine Szene, in der Leandro aufgrund einer Verwechslung mit Flavio zuerst im Gefängnis landet und dann in den Palazzo des hinterlistigen Notars Dottore Barbarigo eingeladen und dort fürstlich von ihm bewirtet wird. Der Notar, welcher bekanntlich um Aurelia wirbt, hat Leandro (den er für Flavio hält) mit Aurelia sprechen sehen und will ihn als unliebsamen Konkurrenten um deren Gunst ausschalten, indem er ihm Gift ins Essen mischt. Leandro ist jedoch klug genug, nichts zu verzehren, weil ihm die Reichhaltigkeit der dargebotenen Speisen verdächtig vorkommt.

In meinem Magen rumorte der Schinken, und unvermittelt überlegte ich, ob er sich hervorgespien ähnlich scheußlich ausnahm wie Muschelragout.

Könnte es sein … Nein, ausgeschlossen. Hätte Morosini mich tatsächlich vergiften wollen, hätte er nicht Caterina hinzugebeten. Mir war einzig und allein von dem vielen Blut übel geworden. Und wegen der ausgestandenen Todesangst.

Doch das war vorbei. Ich musste nur aufhören, ständig daran zu denken und mich stattdessen voll und ganz auf das Stück konzentrieren.

Immerhin hatte ich etwas Neues geschrieben, meine innere Blockade war überwunden!

Rasch warf ich noch einige Szenen aufs Papier, die sich gefällig in den Lauf der Handlung fügten. Nach der Gefängnisszene und jener im Haus des Notars folgte eine dramatische nächtliche Szene in der Unterkunft Leandros, wo ein gesichtsloser Attentäter ihn ermorden will, was nur durch die heldenhafte Gegenwehr Leandros verhindert werden kann. Allmählich dämmert es Leandro, dass nicht sein Doppelgänger Flavio das Ziel dieser Anschläge ist, sondern er selbst. Jemand in Venedig hat herausgefunden, dass er in Wahrheit ein reicher Erbe aus einem fernen Land ist, und dieser Jemand will ihn umbringen, um sich sein Erbe unter den Nagel zu reißen.

Glücklich las ich, was ich geschrieben hatte – und es gefiel mir. Vielleicht war ich als Autor doch nicht gar so schlecht.

Damit kam ich unwiderruflich zum Ende des zweiten Aktes, dem entscheidenden und markanten Wendepunkt, für den nur eine Szene infrage kam: Leandro und Flavio würden einander endlich von Angesicht zu Angesicht gegenüberstehen.

Ich war wieder voller Enthusiasmus, aber kaum hatte ich angesetzt, dieses erste richtige Zusammentreffen schriftlich festzuhalten, als ich auch schon innehielt, denn es tat sich ein wirklich gravierendes Problem auf. Bernardo spielte zwar eine Doppelrolle, konnte aber Leandro und Flavio nur nacheinander, keinesfalls gleichzeitig verkörpern. Es sei denn, Bernardo hätte genau wie ich irgendwo in Venedig einen Doppelgänger, der zufällig auch noch Schauspieler war, eine Option, die so wahrscheinlich war wie Schnee im August.

Betroffen ließ ich die Feder sinken. Gerade diese unmittelbare Konfrontation zwischen Leandro und Flavio hatte ich mir zur komischsten Stelle im ganzen Stück erkoren! Für den dritten Akt hatte ich mir sogar bereits mehrere Treffen der beiden ausgemalt, anlässlich derer sie verabreden, ihre Ähnlichkeit konspirativ für ihre Zwecke auszunutzen und damit ihre Feinde zu narren und zu besiegen.

Wie um alles in der Welt hatte ich so dämlich sein können, zu übersehen, dass sich das nur auf dem Papier gut machte, aber mangels echter Doppelgänger nicht auf die Bühne zu bringen war?

Geschwind dachte ich nach. Wie hatte Plautus bei seinen Menaechmi dieses Problem gelöst? Stück für Stück ging ich in Gedanken die alte Komödie durch, um am Ende triumphierend aufzuatmen: In der Schlussszene wurde anlässlich einer Gegenüberstellung der Zwillinge das ganze Verwirrspiel aufgeklärt, also *gab* es eine direkte Begegnung.

Wenn aber die Doppelgängerszene bei Plautus funktioniert hatte, musste sie auch bei anderen Stücken möglich sein. Bühne war Bühne. Das Problem war somit lösbar – blieb nur noch zu klären, wie.

Die anderen Truppenmitglieder wussten es bestimmt, auf jeden Fall aber Baldassarre, der in dramaturgischen Belangen ein alter Hase war und alles Wissen darüber erfreulich fest in seinem Gedächtnis verankert hatte.

Am besten befragte ich ihn sofort, um gleich anschließend weiterschreiben zu können. Ich stöpselte das Tintenfass zu, erhob mich von dem provisorischen Schreibplatz und blieb vor dem offenen Fenster stehen, um mich zu dehnen und zu strecken, und weil niemand zusah, kratzte ich mich ausgiebig zwischen den Beinen. Die Kutte trug sich alles andere als angenehm, sie juckte sogar durch das Hemd hindurch, weshalb ich hoffte, dass meine anderen Sachen bald trocken waren, vor allem das Samtwams, das Morosini mir überlassen hatte. Ich freute mich richtiggehend darauf, es wieder anziehen zu können, denn es war so weich, dass es sogar meinem Lavendelkissen Konkurrenz machte.

»Ist dies hier das Theater? Oh, du lieber Himmel, ist das aufregend!«

Ich traute meinen Ohren nicht.

»Was schulde ich Euch für die Bootsfahrt, guter Mann? Da, nehmt dies. Und behaltet den Rest. Gehabt Euch wohl!«

Längst hatte ich den Kopf aus dem Fenster gereckt, obwohl mir eine innere Stimme empfahl, mich besser zu verstecken.

Iseppo kam hinter einer davongleitenden Gondel in Sicht und fiel fast ins Wasser, als er mich im offenen Fenster bemerkte.

»Marco!«, rief er mit bebender Stimme. »Mein liebster, bester Freund! Endlich habe ich dich wiedergefunden!«

Wider besseres Wissen öffnete ich die Pforte zur Gasse, und kaum hatte ich den Riegel zurückgeschoben, drängte Iseppo auch schon in den Innenhof, ließ seinen Reisesack fallen und warf beide Arme um mich. Schluchzend drückte er sein Gesicht gegen meinen Hals und beteuerte, wie sehr er mich vermisst und um mein Leben gebangt habe.

»Gott sei Dank bist du wohlauf«, sagte er, nachdem es mir endlich gelungen war, mich aus seiner Umklammerung zu befreien. »Du ahnst nicht, wie lange ich nach dir geforscht habe! Theater gibt es in dieser Stadt im Dutzend, und dummerweise hatte ich den Namen eurer Truppe vergessen. Einzig der genauen Beschreibung eures famosen Lelio habe ich es zu verdanken, dass ich letztlich doch noch zu dir fand!«

Der famose Lelio hatte sich, aufgestört von dem Begrüßungslärm, ebenfalls im Innenhof eingefunden. »Wer ist das, Marco?«, wollte Cipriano wissen.

Rodolfo, der Cipriano auf dem Fuße gefolgt war, baute sich wie ein lebendiger Schild zwischen Iseppo und mir auf. »Was will dieser Mönch von dir?«

»Das ist Bruder Iseppo, ein guter Freund aus dem Kloster«, sagte ich.

»Von ihm hat Marco sein Kissen«, warf Elena ein. Sie kam die Außentreppe herab und musterte den Neuankömmling stirnrunzelnd.

»Ich muss Iseppo rasch unter vier Augen sprechen, er hat vertrauliche Neuigkeiten für mich. Ähm, aus dem Kloster.« Ich zog ihn in den hintersten Winkel des Innenhofs.

»Wieso hast du um mein Leben gebangt?«, zischte ich ihm ins Ohr, die neugierigen Blicke der anderen so gut es ging ignorierend.

»Weil du immer noch in Gefahr bist! Deshalb bin ich hier – um dich zu warnen!« Er drückte meinen Arm. »Ach, Marco! Es ist so ein *gutes* Gefühl, dich wiederzusehen!«

»Ja. Vor wem?«

»Vor wem was?«

»Vor wem wolltest du mich warnen?«

»Vor dem Prior! Und dem Notar! Und dem Fremden!«

Ich war schockiert. »Soll das heißen, sie sind in der Stadt?«

Iseppo nickte. »Alle drei. Schon seit Tagen!« Erschöpft ließ er sich auf seinen Reisesack sinken. »Was habe ich für eine beschwerliche, grenzübergreifende Odyssee hinter mir!« Hoffnungsvoll blickte er zu mir auf. »Mich hungert und dürstet sehr, meinst du, es gäbe in der Küche dieses Theaters vielleicht einen winzigen Bissen Brot und einen kleinen Becher Wasser für einen armen Mönch?«

»Natürlich!« Alles andere wäre unhöflich gewesen, vor allem, wenn man bedachte, was Iseppo schon für mich getan hatte. »Bestimmt kann Franceschina …«

Rodolfo, der unversehens dicht hinter mir stand, unterbrach mich. »Franceschina hat sich zu einem Nickerchen hingelegt.« Er wandte sich an Iseppo. »Was meint Ihr mit *grenzübergreifend*?«

Iseppo fuhr zusammen. So, wie er da auf seinem Reisesack saß, war er fast genauso groß wie Rodolfo, doch sein Blick bekundete ängstliche Hochachtung, als er ihm antwortete. »Wir … ähm, ich war zuerst in Rom, weil irgendwer behauptet hatte, dass Marco dorthin reisen wollte.« Geflissentlich wich er meinen Blicken aus, doch das hätte er sich sparen können, denn ich grollte ihm keineswegs, da er lediglich das ausgeplaudert hatte, was ich ihm in den Mund gelegt hatte.

»Die Reise war schrecklich«, sagte er. »Rom ist ein einziger Sündenpfuhl und voll von Gesindel. Diebe stahlen mir mein bestes Kissen. Ich habe mich so … *beraubt* gefühlt!«

»Marco könnte Euch seines leihen«, meinte Elena, die sich ebenfalls genähert hatte, das Gesicht ein einziges Fragezeichen. »Auch wenn es ihm bestimmt schwerfällt.«

Ich fand ihre Ironie höchst unangebracht, doch Iseppo meinte nur arglos: »Das wird nicht nötig sein. Ich habe umgehend meiner Mutter geschrieben. Sie wird mir gewiss bald neue Kissen schicken.« Er lächelte mich an. »Dann kannst du auch noch eins haben. Für den Fall, dass deines schon zu platt gedrückt ist.«

Mich beschäftigten ganz andere Sorgen. Abermals zog ich Iseppo von den anderen weg, um ungestört mit ihm flüstern zu können. »Wo sind sie denn? Ich meine, der Prior und der Notar? Vor allem aber der Fremde!«

»Der Fremde bewohnt ein eigenes Haus in der Stadt, und Bruder Hieronimo, Messèr Barbarigo und ich sind in einer Herberge in Cannaregio untergekommen, am Campo dei Mori.«

Rodolfo, der es abermals geschafft hatte, sich in Hörweite aufzuhalten, stellte eine naheliegende Frage. »Wenn Ihr in der Herberge untergekommen seid – wieso habt Ihr dann Euren Reisesack mitgebracht?«

»Ich bin weggelaufen.« Iseppo straffte die Schultern. Ein heroischer Ausdruck trat auf sein rundliches Gesicht. »Für immer den Zwängen des Klosters entflohen, um ein neues und eigenes Leben zu beginnen.« Er atmete tief durch. »Ich möchte Schauspieler werden.«

Während Iseppo in der Küche von Franceschina beköstigt wurde, hielt der Rest der Truppe, mich eingeschlossen, im Portego Kriegsrat. Caterina vertrat vehement die Ansicht, einen Zuwachs wie Iseppo könne die Truppe nicht verkraften. Klosterbrüder hätten sie schon immer nervös gemacht. Noch nie sei sie einem Kuttenträger begegnet, der halbwegs normal gewesen wäre. Für das Theater sei ein Mönch völlig nutzlos, das wisse jeder.

»Marco kommt auch aus dem Kloster, und er trägt sogar wieder seine Kutte«, bemerkte Elena spitz.

»Du weißt genau, dass man das nicht vergleichen kann«, sagte Caterina verärgert.

»Wir können ihn nicht wegschicken«, sagte ich entschlossen. »Er ist mein Freund, und ich schulde ihm einen Gefallen, daher bitte ich darum, ihn aufzunehmen. Außerdem ist er sehr hilfsbereit. Auch wenn er nicht das Zeug zum Schauspieler hat – zusätzliche Unterstützung können wir immer brauchen.«

Über die wahren Gründe wollte ich mich im Beisein der anderen nicht auslassen, denn Elena war bisher die Einzige, die über meine missliche Lage im Bilde war und daher wusste, warum ich für Iseppos Bleiben plädierte: Anderenfalls bliebe ihm nichts anderes übrig, als zum Prior zurückzukehren, dem dann sofort auffiele, dass Iseppo ein neues Geheimnis hatte. Danach würde es nicht lange dauern, bis sie alle miteinander hier aufmarschierten.

»Ich stimme Marco voll und ganz zu«, sagte Rodolfo. »Der Mönch kann in der Küche und bei der Wäsche aushelfen. Franceschina braucht dringend tatkräftige Unterstützung.«

»Ich bin auch dafür, dass er bleibt«, sagte Elena. »Er könnte auf Großvater aufpassen. Ihr wisst alle, wie bitter nötig das ist.«

Von diesem Argument ließ sich auch Cipriano überzeugen, und so war Caterina überstimmt. Bernardo, der wenig später verkatert aus seiner Kammer kam, war ebenfalls einverstanden, Iseppo als Haus- und Bühnenhelfer einzustellen, wobei seine Entscheidung sich offenkundig bloß darauf gründete, dass Caterina anderer Meinung war.

Baldassarre hatte sich zu einem Nachmittagsschläfchen zurückgezogen und konnte daher nicht befragt werden. Wenig später stellte sich jedoch heraus, dass der Alte bereits nach unten gegangen war und sich mit Iseppo unterhalten hatte. Danach konnte Baldassarre mit Kenntnissen über Iseppo aufwarten, die mir völlig neu waren, obwohl ich wochenlang die Kammer mit ihm geteilt hatte. So hatte Baldassarre beispielsweise erfahren, dass Iseppo der jüngste von drei Söhnen einer wohlhabenden, adligen Witwe im Veneto war. Zu den Gütern von Iseppos Familie gehörte unter anderem eine große Seidenstickerei in Lucca. Der älteste Bruder hatte die Verwaltung des väterlichen Erbes übernommen, der zweite war ein ranghoher Offizier, und als Jüngster hätte Iseppo die obligatorische kirchliche Pfründe antreten sollen, doch er scheute vor dem Priesteramt zurück und hatte daher die einzig infrage kommende Alternative gewählt: das Kloster, wo er seither ein zurückgezogenes, aber beschütztes Leben führte.

»Seine Mutter ist alt und gebrechlich und besucht ihn nur alle Jubeljahre, aber dafür verwöhnt sie ihn nach Strich und Faden«, berichtete Baldassarre. »Der Junge muss bloß einen Ton sagen, um beispielsweise kostbare Seidenkissen in Hülle und Fülle zu bekommen.« Nachdenklich fügte er hinzu: »Bestickte, mit Lavendel gefüllte Kissen von überragender Qualität und langer Lebensdauer, so wie das von Marco. Man müsste einmal eruieren, welcher Bedarf an solchen Kissen in einer Stadt wie Venedig besteht. Und was die Leute dafür zu zahlen bereit wären.«

Einwände gegen den neuen Gehilfen erhob er nicht.

Bisher war ich erst einmal im Dachgeschoss der Ca' Contarini gewesen, da es dort nichts Besonderes zu sehen gab. Die Kammern waren noch kleiner als die im Mezzà, und das Dach war an vielen Stellen undicht. Bei Regen bildeten sich Pfützen auf dem Fußboden, und der Wind zog durch alle Ritzen. Früher mochten dort Dienstboten ihre Quartiere gehabt haben, doch das war lange her; mittlerweile gab es dort nur noch Spinnen und Staubmäuse.

Von diesem Geschoss führte eine steile Stiege aufs Dach, zur *Altana*, der hölzernen Plattform, wie sie auf nahezu jedem besseren Haus in Venedig zu sehen war. Auf diesen Dachterrassen hängten die Hausfrauen ihre Wäsche auf, Köchinnen zogen dort Küchenkräuter, und die adligen jungen Damen boten ihr Haar zum Bleichen der prallen Sonne dar, wie mir Henry, der mehr über Venedig wusste als so mancher hier Gebürtige, erzählt hatte.

An diesem Tag ging ich zum ersten Mal aufs Dach hinaus. Am Rand der Altana setzte ich mich nieder und ließ die Füße in luftiger Höhe über dem Kanal baumeln.

Meine Gedanken kreisten darum, die Stadt zu verlassen, sowie um die Frage, was danach geschah. Ich könnte aufs Land gehen, weit weg vom Veneto, und mich als Knecht verdingen.

Dadurch wäre ich der schlimmsten Sorgen zuverlässig enthoben, weshalb meine Optionen gar nicht so übel waren – sah man davon ab, dass ich dann vermutlich nie erfahren würde, was es mit meiner Vergangenheit und meinem Erbe auf sich hatte.

Und ich würde die Incomparabili nicht mehr wiedersehen.

An dieser Stelle endeten alle Fluchtgedanken. Eine Reihe von Gefühlen, die ich nicht einordnen konnte, hinderten mich, ein Weglaufen ernsthaft zu erwägen.

Immerhin eine dieser Regungen erkannte ich als Trotz. Nur Feiglinge flohen vor dem, was sie fürchteten. Richtige Männer stellten sich der Gefahr und fochten ihre Kämpfe aus, sogar dann, wenn sie sich einer erdrückenden Übermacht erwehren mussten. Leandro, der Held in meinem Stück, würde ganz gewiss nicht davonlaufen, nur weil ihm Ärger drohte.

»Hier draußen bist du!« Bernardo schob seinen Kopf aus der Einstiegsöffnung und kniff seine Augen gegen das Sonnenlicht zusammen. »Was zum Teufel treibst du auf dem Dach? Willst du etwa runterspringen?«

»Käme es dir gelegen?«, gab ich keck zurück. Seit ich selbst ein Schwert trug, fühlte ich mich ihm fast ebenbürtig. »Spring doch«, brummte er, während er sich aus der Luke stemmte und leicht schwankend näher kam. »Du würdest sowieso nur im Wasser landen und wüsstest dann gar nicht mehr, was du noch anziehen sollst. Eines sage ich dir – von mir kriegst du kein frisches Hemd.«

Mit einem Stoßseufzer ließ er sich neben mir auf der Altana nieder und streckte die Beine von sich. »Ah, die Wärme tut gut.« Er schloss die Augen und hielt das Gesicht in die Sonne.

Längst war mir klar, dass er an seiner Ehe mit Caterina ebenso sehr litt wie unter seinem Hang zum Saufen. Die meiste Zeit seines Lebens schien es ihm eher schlecht als gut zu gehen, das ließ ihn verletzlicher wirken, als er mir anfangs vorgekommen war. Immer noch gab es genug Gründe, ihn zu bewundern, etwa für seine überragenden Fähigkeiten als Schauspieler und dafür, dass er sich *Eine lustige Brautwerbung* ausgedacht hatte, doch kannte man ihn erst näher, stellte man fest, dass er ein Mensch wie jeder andere war, sogar mit mehr Schwächen als die meisten.

»Dieser Mönch, der da heute gekommen ist – hat er dir irgendwelche Probleme mitgebracht?«

»Keine, vor denen ich weglaufen würde.« Mit meiner Antwort fasste ich zusammen, wie mir zumute war. Ich fühlte mich mulmig, aber kneifen würde ich nicht.

Rasch wechselte ich das Thema und schilderte ihm meine derzeitigen Schwierigkeiten mit dem neuen Stück, worauf Bernardo lachte und behauptete, nichts sei einfacher als das. »Wir nehmen für die fraglichen Szenen einfach Cipriano als zweiten Mann. Er hat die passende Größe, und was ihm an Schulterbreite fehlt, machen wir mit Polstern wett. Eine dunkle Perücke oder ein breiter Hut, ein bisschen Wachs im Gesicht, darüber etwas Schminke – und schon sieht er aus wie ich. Vom Schminken versteht er wirklich was.«

Bernardo erklärte es mir genauer. Bei einem gemeinsamen Erscheinen der Doppelgänger zeigte derjenige, der gleichsam nur als Spiegel des eigentlichen Darstellers auftrat, dem Publikum während des Dialogs den Rücken, bestenfalls das Profil.

»Höchstens ein einziges Mal lässt er sich von vorn sehen, aber nur ganz kurz, und in diesem Moment muss der andere mit verrückten Lazzi so stark die Aufmerksamkeit der Zuschauer auf sich ziehen, dass sie sein Alter Ego nicht allzu gründlich betrachten.«

Bernardo kannte noch weitere Kniffe. So könnten etwa die Doppelgänger – eingefügt in die Handlung – zufällig nacheinander denselben Schneider aufsuchen.

»Derjenige, der als Zweiter kommt, schwört dem Schneider natürlich Stein und Bein, noch kein Gewand bestellt zu haben. Also näht der verwirrte Schneider doppelt, und so bekommen beide exakt das gleiche Wams. Je auffälliger, desto besser. Die Leute schauen dem Schauspieler oftmals eher auf das bunte Wams als ins Gesicht. Erst recht, wenn es zwei gleiche davon gibt.«

Ich bedankte mich für seine hilfreichen Erklärungen und blieb noch eine ganze Weile in stummer Eintracht mit ihm auf der Altana sitzen, über uns der sattblaue Maihimmel und unter uns der vorbeiströmende Kanal. Es roch ein bisschen streng aus der Nachbarschaft herüber, als hätte jemand Essen anbrennen lassen, doch der Wind wehte den Gestank rasch fort. Vögel zwitscherten von den ringsum liegenden Dächern, und eine angenehme Brise strich mir übers Gesicht.

Fast konnte man vergessen, dass im Andron eine eingewickelte Leiche lag und dass der Prior, der Notar und der Fremde sicher bald anrückten, um meiner habhaft zu werden. Vielleicht hatte sogar Aldo sich bereits einen neuen Dolch besorgt, fest entschlossen, ihn bei unserem nächsten Zusammentreffen nicht mehr fallen zu lassen.

Ich gab mir Mühe, an etwas anderes zu denken, doch das gelang erst, als von der Gasse her Gezeter zu hören war. Ich ging zur anderen Seite der Altana und blickte nach unten, wo ich Baldassarre, Cipriano und den Juden Isacco stehen sah. Es war nicht genau zu hören, worüber sie redeten, doch keinesfalls wurden sie handelseinig, denn nach kurzem Palaver zog der Jude sichtlich verärgert von dannen – ohne die Öfen.

Eilig lief ich nach unten in den Innenhof und erfuhr dort von Cipriano, dass der Jude seine Anzahlung herausverlangt hatte, selbstredend vergeblich, weil das Geld anderweitig investiert war. Die bereitstehenden Öfen hatte er nicht mehr haben wollen, da er einen anderen Händler ausfindig gemacht habe, der ihm die Öfen um die Hälfte billiger verkaufe.

Ich ahnte, dass es sich dabei um den Kaufmann Celsi handelte, und Cipriano stimmte mir bedrückt zu. »Der Jude will möglicherweise sogar Klage führen. Er ist der Meinung, dass das Geschäft hinfällig sei, weil Baldassarre den ursprünglich vereinbarten Liefertermin nicht einhielt.«

»Aber die Öfen sind doch jetzt da!«, sagte ich empört.

Cipriano zuckte die Achseln. »Das sagten wir dem Juden auch, doch er weigerte sich, sie abzunehmen, geschweige denn, die zweite Hälfte des Kaufpreises zu zahlen.«

»Was machen wir denn jetzt?«, fragte ich besorgt. »Baldassarre hat doch die Anzahlung schon ausgegeben!«

»Und in drei Tagen will Celsi sein Geld«, ergänzte Cipriano.

»Es sei denn, wir geben ihm die Öfen zurück«, meinte ich. »Vielleicht nimmt er sie ja alle vier wieder.« Dann schüttelte ich den Kopf. »Nein, das wäre dumm, denn der Jude will immer noch seine Anzahlung zurückhaben. Und die Öfen wären dann gänzlich weg.«

»Zu dieser Erkenntnis bin ich auch schon gelangt«, meinte Cipriano lakonisch. »Am besten wäre wohl die Variante, dem Juden alle vier Öfen zum Preis von zweien zu geben und mit der zweiten Rate Celsi zu bezahlen.«

»Genau!«, stimmte ich zu. »Dann hätte der Jude ein hervorragendes Geschäft gemacht, Celsi das von ihm erwartete, und Baldassarre würde so stehen, als hätte er die beiden nie getroffen. Was nach Lage der Dinge wirklich das Beste für ihn und uns alle ist.«

»Für diese Lösung hätte ich auch plädiert, wenn nicht inzwischen eine Änderung der Umstände eingetreten wäre.« Cipriano lächelte verbittert. »Baldassarre hat einen der Öfen verkauft, aber leider nicht für Geld, sondern für einen Anteil an einer Schiffsfracht.«

»Was für eine Schiffsfracht?«, fragte ich, Böses ahnend.

»Eine fiktive«, sagte Cipriano. »Eine, für die das Schiff zunächst leer nach Indien fahren muss, wo dann der *Sopracomito** besagte Fracht beschaffen und einladen soll und dann irgendwann, falls er und die Besatzung etwaige Unwetter, Piratenüberfälle, Pestausbrüche und Meutereien überleben, nach Venedig zurückbringt.« Cipriano machte eine bedeutungsvolle Pause. »Wobei noch nicht einmal klar ist, was es für eine Fracht sein wird. Es können ebenso gut Gewürze sein wie Seide oder Elfenbein. Oder Edelsteine. Oder Sklaven. Was immer gerade günstig zu haben ist. Oder überhaupt nichts, wenn das Schiff im Sturm untergeht, was in diesen fernen Gefilden ziemlich oft vorkommen soll.«

Ich war erschüttert. »Warum, um alles in der Welt, hat Baldassarre diesen leichtfertigen Handel geschlossen? Und vor allem – wann?«

* Frachtführer in der Galeerenschifffahrt

»Das *Warum* ist leicht beantwortet – angeblich ist der zu erwartende Gewinn so märchenhaft, dass er jeden Einsatz rechtfertige. Falls die Fracht je in Venedig gelöscht werden sollte, wäre Baldassarre nach seiner Lesart und der des Sopracomito auf einen Schlag so reich wie Midas. Und das *Wann* …« Cipriano zuckte resigniert die Achseln. »Es muss gestern gewesen sein. Oder sogar bereits früher, noch bevor er selbst die Öfen erhalten hatte, wer weiß das schon. Jedenfalls war besagter Sopracomito hier, kurz bevor der Jude kam, und hat im Austausch gegen die Schiffspapiere einen der Öfen abgeholt.«

Ich dachte nach. »Wir könnten dem Juden auch drei Öfen für das Geld anbieten, das ursprünglich für zwei ausgemacht war. Und ihm den ganzen Alchimistenkram als günstige Dreingabe bieten, denn den benötigt er ja sowieso.«

Cipriano grinste bewundernd. »Alle Achtung, das fiel dir schnell ein! Ich selbst brauchte eine ganze Weile, um darauf zu kommen.«

»Dann machen wir es doch so«, schlug ich vor.

Cipriano seufzte. »Das hätte ich schon getan. Aber in der Zwischenzeit hat Baldassarre einen der Öfen in Betrieb genommen. Er hat die Ingredienzien hineingestopft und angezündet. Es stinkt wie die Hölle.«

Das also hatte ich vorhin auf dem Dach gerochen!

»Der Athanor sieht jetzt schon aus, als hätte man den Dreck aus der ganzen Stadt zusammengefegt und darin verbrannt«, fuhr Cipriano fort. »In dem Zustand wird ihn uns keiner mehr abnehmen, jedenfalls nicht, solange darin keine gewinnbringende Substanz hergestellt werden konnte. Es würde sofort heißen, dass wir untauglichen Schrott verhökern wollen.« Er lachte freudlos. »Was bei Licht betrachtet die reine Wahrheit ist, da gibt es kein Vertun.«

»Wir müssen uns also was anderes überlegen«, resümierte ich.

»Du sagst es.« Sein Seufzen klang, als müsse er die Last der ganzen Welt auf den Schultern tragen. »Dein Freund, der Mönch, sollte auf Baldassarre aufpassen. Dummerweise habe ich ihn lediglich instruiert, ihn nicht ohne meine Zustimmung aus dem Haus zu lassen. Als Baldassarre in den Wassersaal ging, blieb er streng genommen im Haus, deshalb erfuhr ich nichts davon.«

»Ich verstehe. Deswegen konnte Baldassarre dort auch den Sopracomito empfangen und ihm den Ofen übergeben. Und den zweiten Ofen selbst in Gebrauch nehmen.«

»Wenn es ja nur das wäre«, sagte Cipriano mit Grabesstimme. »Iseppo hat Baldassarre beim Aufstellen und Befeuern des Ofens geholfen und ihm auch auf dessen Geheiß die unterschiedlichen alchimistischen Zutaten zusammengesucht. Bei dieser Gelegenheit trug der Alte Iseppo auf, doch einmal nachzusehen, was dort in Wachstuch eingeschlagen in der Ecke herumlag.«

»Lieber Himmel!«, sagte ich. »Was geschah dann?«

»Baldassarre rief mich hinzu. Er trug es mit Fassung, hat sogar aus dem Stand ein passendes Requiem für Rizzo gedichtet, in erstklassigen Pentametern. Iseppo war allerdings in Ohnmacht gefallen, und nachdem ich ihn mit ein paar Ohrfeigen wieder aufgeweckt hatte, erlitt er einen Nervenzusammenbruch und forderte mich auf, im ganzen Haus nachzusehen, ob irgendwo der Fremde lauere.« Fragend blickte Cipriano mich an. »Was meinte er damit?«

Damit war es an der Zeit, auch Cipriano in die ganzen verqueren Merkwürdigkeiten einzuweihen, die mich von unserem Landgut ins Kloster und von dort nach Padua und später nach Venedig geführt hatten.

Er hörte es sich mit verschränkten Armen an und nickte langsam. »Das erklärt manches«, meinte er. »Danke für dein Vertrauen, ich werde es nicht enttäuschen. Ein Augenpaar mehr, das auf dich achtgibt, ist dir gewiss.« Neugierig blickte er mich an. »Wer weiß noch Bescheid?«

»Elena. Und Rodolfo, jedenfalls das meiste. Und Iseppo natürlich, deshalb ist er ja hier.«

»Mit Rizzo hatte er aber nicht gerechnet«, sagte Cipriano trocken. »Das hat ihn buchstäblich umgehauen.«

Ich konnte es mir lebhaft vorstellen. »Wo ist er jetzt?«

»Der arme Kerl war so außer sich, dass ich ihn mit zwei großen Bechern Grappa beruhigen musste. Davon wurde er abermals mehr oder weniger ohnmächtig, weshalb ich ihn in deine Kammer brachte, wo er jetzt schläft.«

An der Außenpforte klapperte der Türklopfer, und Cipriano ließ Henry ein, der eigens zur Probe gekommen war und schon höchst gespannt auf den zweiten Akt war.

Die Probe hatte ich über all dem Trubel ganz vergessen! Schnell holte ich meine Notizen aus meiner Kammer, in der es roch wie aus einem Schnapsfass. Iseppo lag schnarchend auf dem Rücken, beide Arme um mein Lavendelkissen geschlungen. Behutsam entwand ich es ihm und legte es außerhalb seiner Reichweite ab. Sobald er aufwachte, würde er sich an den toten Rizzo erinnern, und dann würde ihm übel werden, was nicht nur ihm, sondern auch dem Kissen schlecht bekäme.

Armer Iseppo! Sein neues Leben ließ sich nicht gerade vielversprechend an.

Henry stand vor der Säule und studierte das dort befestigte Canovaccio.

»Ein Degenkampf!«, sagte er bewundernd. »Das liebe ich! Und die Dramatik! Eine versteckte Leiche, eine verräterische Blutlache auf dem Boden, Leandros Kampf gegen die geheimnisvollen Feinde … Wer sind die Feinde?«

»Das klärt sich im letzten Akt«, sagte ich. »Den muss ich noch schreiben. Aber auf jeden Fall ist der Notar ein Feind, das steht schon fest.«

»Der Blutbeutel fehlt«, sagte Franceschina. Sie stand neben

Henry und las die Requisitenliste, die ich für die Kampfszene aufgestellt hatte.

»Ich schreibe es noch ins Reine, dann nehme ich ihn auf die Liste«, sagte ich. »Äh … Was ist ein Blutbeutel?«

»Ein Beutel mit Blut«, sagte Franceschina. »Deshalb heißt es ja Blutbeutel. Aber keine Sorge, es ist bloß Hühnerblut.«

»Wir verdünnen es mit Grappa«, erklärte Cipriano. »Dann gerinnt es nicht und stinkt nicht so widerlich.«

Als er vom Stinken sprach, rümpften die meisten Anwesenden mehr oder weniger deutlich die Nase. Der Athanor stand im Mezzà in einem der Wirtschaftsräume, wo Baldassarre und Iseppo ihn an ein Ofenrohr angeschlossen hatten, doch war zu befürchten, dass sie dabei wenig fachmännisch zu Werke gegangen waren. Der Gestank zog nur teilweise durch den Kamin ins Freie und verbreitete sich im Übrigen nach und nach im ganzen Haus. Es war ein von Qualmgeruch unterlegter Dunst aus faulen Eiern und irgendetwas anderem, ähnlich Verrottetem.

»Etwas ist faul in der Ca' Contarini«, fasste Henry es schmunzelnd in Worte.

Rodolfo, Cipriano und ich wechselten verstohlene Blicke; wir konnten darüber nicht lachen. Im Grunde durften wir für den stinkenden Athanor noch dankbar sein, denn er überlagerte wenigstens den Geruch, den Rizzo in der stickigen Hitze des Andron allmählich zu entfalten begann.

Caterina hatte bereits in großzügigen Mengen Duftwasser auf der Innentreppe versprenkelt, aber viel geholfen hatte es nicht.

»Heute Abend muss der Ofen ausgemacht werden«, sagte sie. »Bei diesem Gestank werden die Leute sich weigern, bis zum Ende der Vorstellung zu bleiben.«

»Man kann den Ofen nicht ausmachen«, erklärte Baldassarre. »Die Prima Materia muss beständig erhitzt werden, bis die Transmutation erfolgreich ist. Kühlen die Ingredienzien ab, gerät der Prozess aus dem Gleichgewicht, mit anderen Worten, es war alles vergebens.«

»Du meinst, wir müssen vielleicht wochenlang diesen widerlichen Geruch aushalten, nur auf die vage Hoffnung hin, dass das stinkende Zeug sich am Ende in Gold verwandelt?«, erkundigte Caterina sich.

»Vielleicht sogar in mehr als Gold«, sagte Baldassarre. »Wenn wir Glück haben, könnten wir den Lapis Philosophorum gewinnen.«

Caterina verdrehte die Augen. »Lasst uns endlich proben. Dabei gewinnen wir wenigstens ein Stück, welches sich im Laufe der Zeit auf altmodische Weise in Gold verwandelt.«

Ich hatte ihnen den zweiten Akt Szene für Szene vorgelesen, sodass jeder sich ein Bild von der Reihenfolge seiner Auftritte machen konnte. Wie beim ersten Akt würden viele Versuche nötig sein, bis die Inszenierung allen Darstellern gefiel. Anfangs galt es hauptsächlich herauszuarbeiten, wo sich die Schauspieler aufstellten, auf welches Stichwort hin sie die Bühne betraten, ob und wie sie sich während der Dialoge bewegten und wie lange es dauerte, eine Szene aufzuführen. Spezielle Einzelheiten des Auftritts, etwa komische Einlagen oder gesangliche Darbietungen, musste jeder nach und nach für sich einstudieren. »Aurelia und Leandro sollten im zweiten Akt noch eine zusätzliche gemeinsame Szene bekommen«, sagte Baldassarre. »Davon abgesehen sind alle nötigen dramatischen Verwicklungen drin. Eine Krise im Kerker, das steht für Verzweiflung. Der Giftanschlag des Dottore steht für Bedrohung. Der Kampf mit dem maskierten Feind für Tapferkeit. Die Begegnung von Leandro und Flavio für das große Geheimnis. Nur die Liebe fehlt noch.«

»Vielleicht kann ich noch eine Szene für Aurelia und Leandro schreiben.« Zögernd fügte ich hinzu: »Sollen sie sich da schon küssen?« Ich merkte, dass Elena mich beobachtete, wich aber beharrlich ihren Blicken aus.

Baldassarre nickte. »Küssen wäre nicht schlecht. Dann könnten sie im letzten Akt noch einmal durch Intrigen getrennt werden, bevor sie am Ende für immer zusammenfinden.«

Caterina mischte sich ein. »Ihr alle nehmt Leandro und Aurelia viel zu wichtig! Haben wir nicht noch ein zweites Paar? Rosalinda und Flavio sind als Innamorati doch viel bemerkenswerter! Und was die Liebe im zweiten Akt angeht: Immerhin habe ich eine Kuss-Szene mit Flavio, der mich schon von Beginn an liebt. Als Rosalinda, meine ich. Damit ist der Liebe im zweiten Akt durchaus Genüge getan.« Sie deutete auf ihren Gatten. »Es ist ohnehin immer nur Bernardo, der in dem Stück den Verliebten gibt, ob als Leandro oder Flavio. Wenn er es bei mir tut, sieht es sowieso echter aus. Die Rosalinda wird den Zuschauern zeigen, was wahre Leidenschaft ist.«

»Wenn sie zufällig während der Vorstellung anwesend ist«, murmelte Cipriano.

Caterina hörte es trotzdem. »Wenn nicht, kannst *du* ja als Rosalinda Bernardo küssen«, spottete sie.

Henry meldete sich zu Wort und brach eine Lanze für Cipriano. »Cipriano wäre als Rosalinda keine zweite Wahl. Die Rolle ist ihm vielmehr auf den Leib geschrieben!«

»Ich weiß nicht, ob ich ihn küssen kann«, warf Bernardo ein.

»Wir sollten auch über die Zanni reden«, sagte Rodolfo. »Colombina und der Capitano könnten sich im zweiten Akt durchaus bereits näherkommen.«

»Hm, ich könnte noch einen Monolog für den Capitano schreiben«, meinte ich.

»Gute Idee«, sagte Rodolfo. »Ich werde ein Lied dafür einstudieren.«

»Das halte ich für maßlos übertrieben«, widersprach Bernardo. »Davon abgesehen ist diese Liebeskonstellation sowieso völlig unglaubhaft. Was soll Colombina denn bitte sehr am Capitano finden? Sie ist die sanfte, friedliebende Taube, das besagt schon ihr Name, und er ist ein hässlicher, säbelrasselnder Narr!«

»Colombina kann selbst entscheiden, was auch immer sie an wem auch immer findet«, erklärte Franceschina.

»Wenn es sie nicht stört, dass das Publikum sich darüber totlacht«, höhnte Bernardo.

Franceschina blickte ihn unbewegt an. »Lachen ist gesund. Besonders heilsam ist es, wenn einem vorher zum Heulen war.«

Baldassarre klatschte in die Hände. »Ihr Lieben, genug gefachsimpelt. Lasst uns beginnen!«

Die Probe stand von Anfang an unter keinem guten Stern. Obwohl Henry laufend anhand des Canovaccio erklärte, was als Nächstes dran war und immer wieder einzelne Passagen laut und deutlich vorlas, klappte es hinten und vorne nicht. Die improvisierten Texte waren oft kaum mehr als Satzfetzen und hastige Phrasen. Es wurde geleiert, gestottert, geflucht, und zwischendurch auch auf Anweisung Baldassarres dies und das widerwillig wiederholt, aber von Szene zu Szene klang es holpriger. Die Auftritte und Abgänge kamen entweder zu früh oder zu spät, und die Lazzi wirkten gezwungen statt komisch.

An einer Stelle ertappte ich Henry beim Gähnen.

Die Unzufriedenheit griff allenthalben um sich, und zwischen den Szenen ging das Genörgel weiter, sei es an der grundlegenden Ausgestaltung des Zusammenspiels oder der Art, wie einzelne Schauspieler ihren jeweiligen Part darboten, oder genauer: dabei versagten.

Jeder bekam sein Fett weg, und die Stimmung wurde immer schlechter, bis die ganze Probe nur noch eine einzige Katastrophe war.

Ich führte das Debakel auf mein Versagen als Autor zurück –

was hätte sonst der Grund sein sollen? Schließlich hatte Cipriano mir sehr nachvollziehbar erklärt, welche Probleme zweite Akte mit sich brachten, und das sah ich nun am lebendigen Beispiel verwirklicht. War nicht der erste Akt bei den Proben ein Feuerwerk an Witz und guter Laune gewesen? Dass dagegen der zweite ein morsches Wrack war und vor meinen Augen unrettbar absoff, merkte ein Blinder.

Ich war gescheitert, das Stück war missraten.

Gerade, als ich mir schwor, nie wieder eine Schreibfeder in die Hand zu nehmen, zog mich Henry hinter die Säule, sodass die anderen mich nicht sehen konnten.

»Es liegt nicht an dir«, flüsterte er. »Auch nicht an deinem Stück. Es ist einfach nur ein schlechter Tag. Der nächste wird besser, du wirst schon sehen.«

Ja, dachte ich. Weil ich nämlich ab sofort kein Autor mehr war und noch an diesem Tag weit fortlaufen würde.

»Mein Freund Will musste ebenfalls schlimme Rückschläge ertragen.«

»Welche denn?«

»Im Alter von achtzehn Jahren musste er bereits das harte Joch der Ehe auf sich nehmen!«

»Da war er so alt wie ich jetzt bin«, sagte ich erstaunt. »Warum so früh?«

»Er wurde Vater. Und wenig später schon wieder, da kamen noch Zwillinge dazu! Und diesem bitteren Los früher familiärer Verantwortung folgten weitere schwere Prüfungen. Er kam nach London, um dort durch besseren Erwerb die hungrigen Mäuler daheim zu ernähren. Und weißt du, wie ihn die etablierte Theaterwelt aufnahm?«

»Nicht begeistert?«, mutmaßte ich.

»Eine Krähe schimpften sie ihn! Hielten ihm vor, dass er keine Universität besucht hatte!«

»Ich auch nicht«, sagte ich dumpf. Allmählich wunderte mich gar nichts mehr. Wenn man an der Universität studieren musste, um Bühnenautor zu werden, lag es nahe, dass ich in diesem Gewerbe nie auf einen grünen Zweig kam.

»Aber er hat sich auch durch schmählichste Niederlagen nicht entmutigen lassen!«, sagte Henry triumphierend. »Weil er an seine Begabung glaubte! Er hat immer weitergeschrieben, und heute werden seine Stücke unter großem Beifall aufgeführt! Auch dir ist diese Begabung zu eigen, Marco! Du musst nur daran glauben! Lass dich nicht unterkriegen!«

Mit halbem Ohr hörte ich, wie sich die Incomparabili zankten. Elena hielt Caterina vor, sie sei flatterhaft und verantwortungslos, und Caterina warf Bernardo an den Kopf, dass er durch seine Trinkerei und seine Eifersucht alles ruiniere. Bernardo haspelte zornig und ohne nähere Erklärung eine Reihe von Namen herunter, als letzte Rizzo, Morosini, Razzi und Claudio.

Als ich den Namen Rizzo hörte, zuckte ich zusammen, und bei Claudio erst recht. Wo kam *der* auf einmal her? Erst verzögert fiel mir ein, dass ein Claudio schon vor der Reise nach Padua die Truppe überstürzt verlassen und dabei ein paar gute Stiefel mitgenommen hatte.

Cipriano kritisierte zum ersten Mal ganz offen in Baldassarres Beisein dessen undurchsichtige Geschäfte, was dazu führte, dass Baldassarre seine Erfolgsaussichten mit vehementen Blankversen verteidigte, während Elena Cipriano verärgert darauf hinwies, dass er alles, was er habe und sei, ihrem Großvater zu verdanken habe.

Nur Franceschina und Rodolfo hielten sich aus dem Streit heraus, doch das lag daran, dass sie bereits gegangen waren.

Damit war die Probe für diesen Tag beendet.

Es war Henrys Verdienst, dass ich tatsächlich weiterschrieb. Ohne seine Überredungskünste hätte ich möglicherweise nie wieder eine Zeile zu Papier gebracht. Ob eine andere Entscheidung das Schicksal der Incomparabili nen-

nenswert beeinflusst hätte, wusste allein der Himmel, aber es war auch so gut wie sicher, dass ich ohne seine Einwirkung fortgelaufen wäre. Allein die zaghafte Hoffnung, er könne vielleicht recht haben, ließ mich bleiben und es erneut versuchen, und diesmal störten mich weder das rasselnde Schnarchen von Iseppo noch der stinkende Ofen zwei Räume weiter. Nicht einmal die verschnürte Leiche im Andron vermochte mich von der Arbeit abzuhalten. Als Cipriano mich zum Vespermahl rief, ging ich nicht hin, sondern blieb, verbissen über meinen Papierstapel gebeugt, in meiner Kammer sitzen und arbeitete alle Vorschläge ein, die während der Probe gemacht worden waren.

Elena brachte mir Brot, Schinken und Käse aus der Küche, und dazu reichte sie mir einen Krug mit verdünntem Wein. »Bist du böse?«, wollte sie wissen.

Es klang auf zurückhaltende Weise besorgt, was sonst nicht ihre Art war.

Ich verneinte die Frage wahrheitsgemäß.

»Also ist alles in Ordnung?«

Das nun auch wieder nicht, eher im Gegenteil, doch ich zuckte nur die Achseln und murmelte etwas Zustimmendes in meinen Trinkbecher.

»Hast du Angst?«, fragte sie.

Ich gab mich gelassen. »Wovor sollte ich Angst haben?«

Sie deutete auf den schlafenden Iseppo. »Wo er ist, ist der Ärger nicht weit, so war es in Padua auch. Diese Männer, die dort hinter dir her waren – sie sind bestimmt jetzt in Venedig, oder?«

Um das zu schlussfolgern, musste sie nur eins und eins zusammenzählen, deshalb machte ich mir auch nicht die Mühe, um den heißen Brei herumzureden.

»Ja«, sagte ich wortkarg.

»Und du willst nicht weglaufen?«

»Ich bin kein Feigling!«

Sie lächelte zaghaft, doch gleich darauf drückte ihre Miene Besorgnis aus. »Mir gefällt das alles trotzdem nicht. Das Ganze riecht förmlich nach Gefahr! Du musst dich sehr vorsehen, Marco!«

»Ich habe mein Rapier und seit heute Morgen sogar einen neuen Dolch. Und Rodolfo ist ein guter Beschützer. Cipriano weiß auch Bescheid, er hat gesagt, er hält die Augen offen.«

»Aber beide können dich nicht von früh bis spät und womöglich noch in der Nacht bewachen!« Sie straffte sich. »Wenn du fortwillst, gehe ich mit.«

Verdattert blickte ich sie an. »Du … würdest mit mir weglaufen?«

»Sonst wärst du ja ganz alleine! Wovon willst du über die Runden kommen?«

Ich grinste. »Ich könnte die Fedeli suchen und dann Stücke für sie schreiben.«

Bevor sie wütend werden konnte, fügte ich hinzu: »Das war ein Scherz. Ich bin ein guter Landarbeiter. Ich würde mein Auskommen als Knecht finden.«

»Gute Seilakrobaten verdienen mehr Geld, und das in viel kürzerer Zeit«, trumpfte sie auf.

»Aber sie müssen öffentlich auftreten, so kennt sie bald ein jeder in weitem Umkreis. Auf diese Weise würde sich schnell herumsprechen, wo ich mich aufhalte.«

»Das stimmt auch wieder«, räumte sie ein.

»Außerdem kannst du deinen Großvater nicht einfach allein lassen. Er braucht dich doch.«

»Großvater hätte ich natürlich mitgenommen«, sagte Elena. Diesmal war ihre Sorge fast mit Händen zu greifen. »Lange geht das mit seinen Geschäften hier nicht mehr gut. Ihm wird schon wieder der Boden unter den Füßen heiß.«

»Noch ist nicht alles verloren. Bestimmt fällt Cipriano bald was ein. Wenn er für die Öfen keinen Käufer findet, dann vielleicht für die Schiffsfracht.«

»Was für eine Schiffsfracht?«, fragte sie alarmiert.

»Ach, das willst du gar nicht wissen.«

»Will ich doch!«

»Du kannst es sowieso nicht ändern.«

»Erzähl es mir!«

Was blieb mir übrig?

Elena atmete tief durch. »Wenigstens ist das nichts, wofür man ihn belangen könnte.«

Sie wechselte das Thema. »Wie weit bist du mit dem Stück?«

»Den zweiten Akt habe ich korrigiert, er ist jetzt fertig.«

»Habe ich jetzt eine Kuss-Szene am Schluss?«

Ich nickte stumm.

»Lass sehen.«

Ich reichte ihr das oberste Blatt, und sie las murmelnd, was ich geschrieben hatte.

Ich räusperte mich. »Du musst Bernardo während der Proben nicht küssen. Und auch nicht während der Vorstellungen. Also genau genommen überhaupt nicht, nicht einmal gespielt.«

»Wie soll das gehen?«

Ich erklärte ihr, wie ich es mir vorgestellt hatte. Insgesamt musste sie während des Stücks Leandro zwei Mal küssen, beide Male zu einem Zeitpunkt, da Cipriano gerade als Doppelgänger kostümiert wäre, weil er jeweils unmittelbar davor ebenfalls auftreten musste, gemeinsam mit Bernardo.

»Mit anderen Worten, du kannst ebenso gut Cipriano küssen«, sagte ich. »Man sieht ja sein Gesicht nicht dabei, weil er dem Publikum den Rücken zuwendet.« Mit dieser Lösung war ich hochzufrieden, auch wenn ich nicht genau wusste, wieso.

»Heißt das, wir müssen das Küssen jetzt nicht mehr üben?«, wollte sie wissen.

Ich fuhr zusammen und starrte in den Weinbecher, als berge er genau die schlagfertige Erwiderung, die ich jetzt gebraucht hätte.

Iseppo enthob mich einer Antwort, indem er die Augen aufschlug und röchelnd verlautbarte, dass er sich schlecht fühle, *sehr* schlecht sogar. Ich konnte ihm gerade noch rechtzeitig das Kissen entreißen, das er irgendwie wieder an sich gebracht hatte, aber ich konnte nicht verhindern, dass der Umhang, mit dem ich mich nachts zudeckte, stark in Mitleidenschaft gezogen wurde.

Elena zog sich zur Tür zurück und sagte im Hinausgehen: »Ich glaube, in der Wäschekammer ist noch ein Bottich mit frischer Lauge frei.«

Als wenig später die abendliche Vorführung begann, war Iseppo immer noch nicht im Vollbesitz seiner Kräfte. Bleich, mit blutunterlaufenen Augen und ängstlicher Miene hielt er sich beständig in meiner Nähe, denn er war nach der Entdeckung des Toten im Andron mehr denn je davon überzeugt, dass meine Feinde nicht weit seien.

Wie immer waren unter den Besuchern etliche Maskenträger, und jedes Mal, wenn einer von ihnen an der Pforte Einlass begehrte, wollte Iseppo vor Furcht schier vergehen und wies mich wispernd auf mögliche Gefahren hin, obwohl Rodolfo und Cipriano auf alles ein wachsames Auge hatten. Schließlich reichte es Rodolfo, und er befahl Iseppo barsch, ins Haus zu gehen, worauf dieser sich widerwillig ins Mezzà zurückzog.

Schließlich hatte jedoch auch ich Grund zur Unruhe: Einer der letzten Besucher war Morosini. Auch er war maskiert, doch ich erkannte ihn sofort. Er trug ein Bündel Kleidung unterm Arm, das er mir gab.

»Das habe ich dir mitgebracht, mein Junge.«

»Messèr Morosini! Mit Eurem Besuch haben wir nicht gerechnet!« Hilfesuchend blickte ich mich zu Cipriano und Rodolfo um, doch die zuckten nur die Achseln. Was hätten sie auch tun sollen – unserem Vermieter und Gönner die Tür weisen? Bislang war er nur als Wohltäter in Erscheinung getreten.

Franceschina gab Rodolfo oben von der Treppe aus das Zeichen, dass der Saal voll genug sei, weshalb wir die noch Wartenden zurückdrängten und die Pforte schlossen.

Während die Zuschauer die Treppe zum Piano Nobile hinaufströmten, blieb Morosini bei uns im Innenhof stehen. Ich betrachtete das Bündel, das er mir überreicht hatte, einschließlich eines Paares blank geputzter Stiefel. »Wozu gebt Ihr mir diese Sachen?«

»Ich hörte von Caterina, dass du ein weiteres Missgeschick mit deiner Bekleidung erlitten hast.«

Ich erschrak. Konnte Caterina vom blutigen Hinscheiden Rizzos erfahren und es Morosini verraten haben? Verstohlen suchte ich Ciprianos Blick, doch der hob nur irritiert die Brauen.

Gleich darauf war ich beruhigt, denn Morosini fuhr fort: »Wer in den Kanal fällt, erntet meist nicht nur den Spott, sondern auch den Schaden.« Er deutete auf meine Mönchskutte. »Dieses fromme Gewand mögen andere tragen, denen es besser steht. Bis alle deine Sachen wieder sauber und trocken sind, sollten es diese hier tun. Du kannst sie gern behalten, genau wie die davor.«

»Warum tut Ihr das für mich?« Ich überwand meine Scheu und blickte ihm direkt in die Augen, obwohl es wegen der Maske ein merkwürdiges Gefühl war, beinahe, als würde man in dunkle Löcher schauen.

Halb und halb rechnete ich damit, er würde seine Großzügigkeit damit begründen, dass Caterina ihn darum gebeten hätte, oder damit, dass er einen solchen Narren an den Incomparabili gefressen hätte – beides hätte ich keinen Moment lang geglaubt –, doch zu meiner Überraschung sagte er unumwunden: »Ich tue es eigentlich nur für Giovanni, so wie ich *immer* alles für ihn getan habe. Mein Neffe ist mir lieb und teuer, kein Mensch steht mir näher, und immer, wenn ich dich sehe, blicke ich in sein Gesicht. Es wäre fast, als würde ich *ihn* in Lumpen herumlaufen oder im Gefängnis verrotten lassen, wenn ich dir nicht helfe – und wie könnte ich das!« Er schüttelte den Kopf. »Diese Ähnlichkeit ist für mich ein Rätsel, ein Phänomen! Eine unfassbare, unerklärliche Laune der Natur!«

Mir drängten sich all die Fragen auf, die ich ihm schon beim letzten Mal hatte stellen wollen. Doch ich blieb stumm, denn unvermittelt erkannte ich, dass ich nicht mit Antworten rechnen konnte. Morosini hätte nicht so vehement von einem Rätsel gesprochen, falls er bereit gewesen wäre, mir eine andere Wahrheit zu offenbaren, etwa jene Zwillingstragödie, von der mir Rodolfo erzählt hatte und an der gewiss nichts rätselhaft war – vorausgesetzt, sie hatte sich wirklich so zugetragen, was ich mit einem Mal anzweifelte.

Nach Lage der Dinge gab es mehrere Möglichkeiten:

Entweder existierten überhaupt kein Geheimnis und keine Zwillingstragödie, und ich hatte einfach nur zufällig einen Doppelgänger.

Oder aber es gab doch einen Zwillingsbruder, ob mit oder ohne Tragödie, und Morosini wusste nichts davon.

Daneben kam nach wie vor in Betracht, dass er bloß ein guter Schauspieler war und mir nach Kräften etwas vormachte. Außerdem verbarg die Maske seinen Gesichtsausdruck. Was immer wahr oder unwahr war – an diesem Abend würde ich es sicher nicht mehr herausfinden.

»Ich danke Euch für die Sachen«, sagte ich.

Morosini nickte und ging an Cipriano und Rodolfo vorbei zur Treppe.

Cipriano sagte höflich: »Es wäre vielleicht besser, wenn Ihr Eure Maske anbehaltet.«

Morosini blieb auf halber Treppe stehen und wandte sich zu uns um. »Oh, keine Sorge, das hatte ich vor, ebenso, wie ich in hinterer Reihe zu stehen gedenke, um unerkannt zu bleiben. Ein Zugeständnis an Madonna Caterina. Ihr Gatte gerät leicht in Rage, wie ich hörte.« Als hätte er meine Gedanken gelesen, schüttelte er den Kopf. »Ganz grundlos, wie ich für meinen Teil versichern darf, Messères. Ich bin oft einsam und schätze kultivierte Gesellschaft, und Caterina mag den Luxus, mit dem ich mich umgebe. Harmlose Gespräche bei einem guten Essen, die einem älteren Herrn wie mir das Herz wärmen, und hin und wieder ein kleines Geschenk als Gegenleistung – mehr gab es nicht und wird es nicht geben.«

Mit diesen Worten eilte er zum Piano Nobile hinauf.

»Ob er die Wahrheit sagt?«, fragte ich Rodolfo und Cipriano.

»Das mit Caterina könnte zutreffen«, sagte Cipriano. »Wäre Morosini ihr Liebhaber, würde sie nicht mit seinem Adjutanten herumziehen.«

»Vielleicht tändelt sie mit beiden«, knurrte Rodolfo.

Cipriano schüttelte den Kopf. »Nein, Morosini ist nicht der Mann, der das dulden würde. Deshalb glaube ich nicht, dass er in dieser Richtung Interesse an ihr hat. Vielleicht braucht er wirklich nur nette Gesellschaft beim Essen. Was sie sicherlich ärgert, weshalb sie auch in letzter Zeit so unzufrieden ist und sich nebenher mit Razzi abgibt.«

»Und die Sachen, die Morosini mir mitgebracht hat?«, fragte ich. »Ob er damit hinterhältige Zwecke verfolgt?«

Cipriano zuckte die Achseln. »Mir kam es nicht arglistig vor, wenn du das meinst. Es scheint ihm wirklich ein großes Bedürfnis zu sein, alles nur Erdenkliche für seinen Neffen zu tun, und weil du zufällig genauso aussieht, profitierst du gewissermaßen stellvertretend gleich mit davon.« Er dachte kurz nach. »Vielleicht hat er uns deswegen auch das Haus so günstig vermietet. Das wäre eine Erklärung für diese ungewöhnliche Großzügigkeit, jedenfalls eine bessere als Caterinas schöne Augen.« Er lachte. »Irgendwann wird der andere Bursche von der Terraferma zurückkommen und das erste Mal hier auftauchen, um nachzusehen, wer dieser Mensch ist, der so aussieht wie er.

Auf sein Gesicht bin ich gespannt.« Er zwinkerte mir zu. »Und auch auf deins!«

Gemeinsam mit Rodolfo ging er nach oben, um wie üblich beim Eröffnungsspektakel mitzumachen. Ich schickte mich an, ihnen zu folgen, als Iseppo nach mir rief. Er lungerte in der Tür zum Mezzà herum, einen besorgten Ausdruck im Gesicht.

»Wer war der Mann? Er sah aus, als führte er Böses im Schilde!«

»Das kannst du nicht beurteilen, weil er eine Maske trug. Er ist der Vermieter dieses Hauses. Und er hat mir die Sachen hier geschenkt, damit ich nicht länger in der Kutte herumlaufen muss.« Ich zeigte sie ihm.

»Oh!«, sagte Iseppo überrascht. Vorsichtig betastete er das Wams. »Das ist aber weich! Und die schönen Stiefel!« Hoffnungsvoll blickte er mich an. »Wenn ich demnächst Schauspieler bin, muss ich keine Mönchskutte mehr tragen, oder? Ich könnte richtige Sachen anziehen. So wie die da! Oder wie dieses schöne himmelblaue Gewand, das der prachtvolle Lelio bei jener Aufführung trug, als ich ihn zum ersten Mal sah!«

»Das lässt sich bestimmt irgendwann einrichten«, meinte ich.

»Was meinte er mit *Ebenbild*?«, fragte Iseppo unvermittelt.

Er würde nicht eher ruhen, bis er es erfahren hatte, also erzählte ich ihm von meinem Doppelgänger. Iseppo bekam den Mund vor Staunen nicht mehr zu. »Das ist unglaublich!« sagte er, zwischen Entzücken und Entsetzen schwankend. »Wie in diesem Stück von Plautus!«

»Eher wie in dem Stück, das ich selbst schreibe«, murmelte ich, doch das hörte Iseppo nicht mehr, weil er voller Aufregung vor sich hin plapperte und sich dabei unter anderem die Frage stellte, ob er wohl mich und meinen Doppelgänger auseinanderhalten könne, wenn wir beide gleichzeitig vor ihm stünden.

Von oben war Applaus zu hören, und Iseppo blickte sehnsüchtig zur Treppe. »Gehst du jetzt rauf?«

Als ich nickte, fragte er: »Ob ich wohl auch zuschauen darf?«

»Sicher, warum nicht?«

»Weil der alte Mann gesagt hat, dass das Feuer im Ofen nicht ausgehen darf.« Eilfertig setzte er hinzu: »Ich habe eben Kohle nachgelegt, sicher hält es noch stundenlang vor!«

»Komm einfach mit rauf«, sagte ich.

Seine Augen leuchteten, und mit einem Mal wirkte er weit weniger mitgenommen als vorher. »Ach Marco, dieses Leben ist so … aufregend! Und sonderbar! Irgendwie schrecklich ist es auch, aber hauptsächlich aufregend! Noch nie zuvor ist so viel auf mich eingestürmt wie an meinem ersten Tag beim Theater! Hast du dich damals ähnlich gefühlt?«

Ich nickte nur, denn treffender hätte ich es nicht beschreiben können.

Nachdem die Probe ein einziger Reinfall gewesen war, klappte bei der Vorstellung wieder alles wie am Schnürchen. Morosini hatte Wort gehalten; während der gesamten Aufführung blieb er im Hintergrund und verschwand bereits während des Schlussapplauses, womit gewährleistet war, dass Bernardo ihn nicht sah. Dass Bernardo ständig nach mutmaßlichen Nebenbuhlern Ausschau hielt, war nicht zu übersehen, und wir alle fürchteten bereits den Tag, da entweder Morosini oder Razzi ihm wieder über den Weg liefen – das musste zwangsläufig in Mord und Totschlag enden.

Einstweilen galt es jedoch, den bereits verblichenen Rizzo zur ewigen Ruhe zu betten. Rasch stand fest, dass wir das nächtliche Unternehmen zu viert angehen würden, Rodolfo, Cipriano, Iseppo und ich. Iseppo hatte unzählige Gründe parat, warum er unbedingt dabei sein müsse, und er weinte beinahe, als er damit nicht sogleich Gehör fand. Am Ende gab Rodolfo, der Iseppos Hilfsangebot zunächst rundheraus zurückgewiesen hatte, widerwillig nach, aber nur, weil Cipriano und ich uns dafür aussprachen, ihn mitzunehmen. Ich stimmte zu, weil ich wusste, dass Iseppo sich fast zu Tode davor ängstigte, allein in meiner Kammer zurückzubleiben, während in seiner Vorstellung das Haus gleichsam von tödlichen Feinden umringt war.

Cipriano war dafür, weil er fand, es mache einen vertrauenswürdigeren Eindruck, wenn ein Mönch mit von der Partie wäre. Darauf wandte zwar Rodolfo ein, ich könne ja ebenfalls jederzeit mein Mönchsgewand tragen, was ich jedoch entschieden ablehnte. Ich war froh, dass ich die Kutte wieder los war.

Gleich nach dem ersten Nachtläuten trafen wir uns im Andron. Iseppo musste im Gang Schmiere stehen, während Rodolfo das Boot holte und Cipriano und ich derweil mit vereinten Kräften den fest verschnürten Rizzo zum Wassertor schleppten und ihn dort zum Einladen bereitlegten.

»Gott, das stinkt vielleicht«, stöhnte Cipriano.

Ich konnte nichts erwidern, weil ich mir Mund und Nase zuhielt, um nicht zu viel von dem Geruch einzuatmen, der dem Wachstuch entströmte. Iseppo hielt wohlweislich ausreichenden Abstand, er hatte immer noch Magenprobleme.

Gleich darauf kam Rodolfo mit dem Boot zurück. Es war nicht die Gondel von letzter Nacht, die, zum Leidwesen Franceschinas, allzu schnell wieder verschwunden war: Rodolfo hatte sie noch im Morgengrauen weggebracht, denn die Gefahr, dass der rechtmäßige Besitzer sein Eigentum zufällig vor der Ca' Contarini entdeckte, war zu groß.

Diesmal hatte Rodolfo schon am Nachmittag einen alten Sàndolo von einem Händler aus der Nachbarschaft geborgt, sodass wir wenigstens nicht riskierten, als Diebe aufzufliegen. Außerdem hatte er ein paar schwere Steinbrocken beschafft, die beim Versenken der Leiche unverzichtbar waren.

Rodolfo führte das Ruder. Mit kraftvollen Bewegungen steuerte er das Boot quer durch Castello, bis wir die Küstenlinie erreicht hatten. Von dort fuhren wir in Richtung San Michele ein Stück weit aufs Meer hinaus, bis Rodolfo erklärte, dass wir nun weit genug draußen seien. Die Wasserfläche um uns herum war tintenschwarz, um einiges dunkler als der nächtliche Himmel, an dem hier und da funkelnde Sterne zu sehen waren. Die Lampen, die von Castello und Cannaregio herüberschienen, säumten das nördliche Ufer von Venedig wie ein Streifen aus matten Lichtperlen.

Gemeinsam hievten wir den mit Steinen beschwerten Leichnam über Bord und lauschten dem leisen Gluckern, als er versank. Zurück blieb nur die schwach bewegte Wasseroberfläche und etwas von dem üblen Gestank, der sich während der Fahrt auf dem Boot breitgemacht hatte.

»Nun ist er weg«, sagte Iseppo erleichtert. Als hätte er etwas vergessen, faltete er rasch die Hände. *»Resquiescat in Pace!«**

»Amen«, fügte Cipriano hinzu.

Wir ließen die Stelle, an der Rizzo sein nasses Grab gefunden hatte, so schnell wie möglich hinter uns und fuhren zurück. Diesmal führte ich das Ruder, und gegenüber dem ersten Mal stellte ich mich um einiges geschickter an, was Iseppo mehrmals bewundernd kommentierte. Die meiste Zeit aber sprach er mit Cipriano, den er mit einem wahren Schwall von Fragen überschüttete. Er wollte alles über das Theater erfahren, besonders über Kostüme, genauer, über die Möglichkeiten, wie er selbst an solche käme, um sich geistig und körperlich auf seine künftige Laufbahn als Schauspieler vorzubereiten. Auch für die verschiedenen Methoden des Schminkens und Frisierens interessierte er sich brennend, und es erfüllte ihn nachgerade mit Ehrfurcht, dass Cipriano sich der Herausforderung einer Frauenrolle stellen wollte.

»Bei Lichte betrachtet, seid Ihr geradezu prädestiniert für solche Rollen«, erklärte Iseppo enthusiastisch. »Euer herrlich wallendes Goldhaar und das fein gemeißelte Ebenmaß Eures

* Er ruhe in Frieden

Antlitzes stellen sogar Bildnisse von Botticelli in den Schatten. Falls Euch der Name dieses Malers etwas sagt«, fügte er rasch hinzu. »Er malte vorzugsweise Göttinnen und wunderschöne, blumenbekränzte Nymphen. Einst nahm mein Bruder mich mit auf eine Reise nach Florenz. Es ist lange her, doch nie werde ich vergessen …«

»Ich auch nicht!«, fiel Cipriano ihm begeistert ins Wort. »Wie könnte man je die Gemälde von Botticelli vergessen!«

Von Rodolfo kam ein unterdrücktes Grunzen, doch außer mir hörte es niemand. Iseppo und Cipriano tauschten sich angeregt über die Schönheit florentinischer Gemälde und Statuen aus – unter anderem bezeichnete Cipriano den marmornen David von Michelangelo als göttlich, worauf Iseppo von der überirdischen Grazie einer gleichnamigen Donatello-Bronze schwärmte –, bis Cipriano schließlich darauf bestand, dass man einander vertraulich beim Vornamen nenne, immerhin sei Iseppo nun ein geschätztes Mitglied der Incomparabili.

Sogar im dürftigen Licht der Bootslaterne war zu erkennen, dass Iseppo den Tränen nahe war. Er rang nach Worten und brachte schließlich ein schüchternes »Danke, Cipriano!« hervor.

Rodolfo grunzte abermals, diesmal lauter. »Pass auf«, sagte er zu mir. »Da vorn ist irgendwas.«

Wir hatten fast das Ufer erreicht; die Kanalmündung war zu beiden Seiten von Fackeln erhellt und lag nur noch einen halben Steinwurf von uns entfernt.

»Was meinst du?«, fragte ich, den Kai entlangspähend.

»Im Wasser. Da schwimmt etwas.«

Nun sah ich es auch, eine Bootslänge voraus.

»Ein Fass?«, meinte ich.

Neben mir reckte Cipriano den Kopf. »Sieht eher aus wie ein Lumpenbündel.«

Gleich darauf stieß der Bug gegen den treibenden Gegenstand und drückte ihn zur Seite, sodass er an der Bootswand vorbeischabte – und hängen blieb. Der Kahn wurde langsamer und driftete seitlich ab.

»Das Ding hat sich am Kiel verhakt«, sagte Rodolfo.

Iseppo beugte sich über den Dollbord und beäugte das Treibgut aus der Nähe. »Da ist ein Seil dran«, erklärte er. »Damit muss es am Boot hängen geblieben sein.«

»Dann mach es ab«, sagte Rodolfo.

Am Kai tauchten Menschen auf, die Fackeln vor sich hertrugen.

»Da sind Wachen«, sagte Cipriano besorgt. »Sie schauen her.«

»Wo sollen sie sonst hinsehen? Sie sind auf Patrouille, und außer unserem Boot fährt gerade keines vorbei.«

»Jetzt bleiben sie stehen. Und sie schauen immer noch her.«

»Wir haben nichts zu verbergen«, sagte Rodolfo. Er lachte kurz. »Jedenfalls jetzt nicht mehr.« Ungeduldig wandte er sich an Iseppo. »Hast du's bald?«

»Ja, ich … jetzt hab ich's.« Iseppo beugte sich noch weiter aus dem Boot und zerrte an dem Treibgut, ächzend vor Anstrengung. »Hier ist das Seil. Und es hängt an einem … O Gott, ist das … Ist das etwa …« Sein letzter Satz mündete in einen schrillen Schrei, und dann fiel er über Bord.

Um sich schlagend, verhedderte er sich mit dem Treibgut und ging immer wieder unter. Zwischendurch kam er japsend an die Oberfläche, und kaum hatte er es geschafft, nach Luft zu schnappen, kreischte er jedes Mal los, als würde Neptun persönlich ihn mit dem Dreizack malträtieren. Als wir ihn endlich zu dritt wieder an Bord hieven konnten, hatten die Wachen bereits einen Sàndolo bestiegen und näherten sich, drei Mann an der Zahl. Im Licht ihrer Bootslampe kamen sie mir auf unangenehme Weise bekannt vor, und richtig, als ihr Boot unsanft gegen das unsere stieß, gab es keinen Zweifel mehr: Es waren dieselben Burschen, die mich in Matildas Schenke verhaftet hatten.

»Schon wieder du«, sagte einer von ihnen zu mir.

»Ich habe ihn angefasst, und dann bin ich auf ihn draufgefallen«, schluchzte Iseppo, nachdem er ein paar Mundvoll Lagunenwasser ausgespien hatte. Seine Schuhe waren verschwunden. Die Kutte war ihm mitsamt Untergewand bis über den Nabel hochgerutscht, er lag wie ein bleicher, verkrümmter Frosch mit nacktem Hintern vor mir. Sein Hemd war mit Blut verschmiert.

»Er ist verletzt!«, rief ich entsetzt.

»Nicht er«, sagte einer der Bewaffneten. Er schob seine Pike in das treibende Bündel, wälzte es im Wasser herum und zog es heran, bis wir alle im Schein der Fackeln sehen konnten, worum es sich handelte. Es war eine männliche Leiche, die nun, da sie auf dem Rücken trieb, hell wie ein weißbäuchiger Fisch schimmerte, weil der Sack, in den sie gehüllt war, vorn aufklaffte. Zwischen den Beinen leuchtete es rot, und es war zu sehen, dass dort ein paar entscheidende Teile fehlten.

»Aber es war doch nur ein einziger Hoden!«, entfuhr es mir.

»Dachte ich mir doch, dass du damit zu tun hast!« Die Pike fuhr aus dem Wasser und zeigte auf meine Brust.

»Der Tote da ist nicht Rizzo«, zischte Cipriano mir ins Ohr. »Oder dachtest du etwa, er wäre uns aus alter Anhänglichkeit hinterhergeschwommen?«

Inzwischen hatte ich es auch begriffen und verfluchte mich stumm wegen meiner ebenso dämlichen wie unbedachten Äußerung.

»Ich habe ihn angefasst!«, wiederholte Iseppo heulend.

»Der Mönch steckt also auch mit drin«, sagte einer der Wachen.

»Das meinte er doch gar nicht«, widersprach Cipriano. »Er wollte lediglich zum Ausdruck bringen, dass er diese Leiche versehentlich angefasst hat und dann auf sie gefallen ist. Gerade eben. Vorher nicht, auf gar keinen Fall. Wir kennen den Kerl überhaupt nicht!«

»Ja, sicher«, sagte einer der Bewaffneten. »Er war nur gerade so in der Gegend, just als ihr des Weges kamt und dann zufällig auf ihn draufgefallen seid.« Er deutete mit seinem Spieß auf Iseppos nackten Hintern. »Und dabei euren Spaß hattet. Dabei wurde es wohl ein bisschen zu ruppig, was?«

»Das Ganze ist einfach lächerlich«, brummte Rodolfo.

»Ein unbeschreiblicher, verrückter Zufall«, pflichtete Cipriano ihm bei.

»Das behaupten sie alle«, erklärte der Bewaffnete. »Besonders die Perversen.«

Und dann wurden wir in Ketten gelegt und zum Gefängnis gebracht.

Auf dem Weg dorthin unterhielten sich die Wachen feixend darüber, wie dumm manche Verbrecher doch seien, in diesem Falle wir, da wir versucht hätten, unser Opfer in Sichtweite vom Ufer im Meer zu versenken, und das auch noch an einer Stelle, wo regelmäßig Patrouillen unterwegs waren.

Rodolfo knirschte hörbar mit den Zähnen, konnte aber schlecht den Sachverhalt dahingehend korrigieren, dass wir sehr wohl weit genug hinausgefahren seien und dass uns die zweite Leiche bloß zufällig untergekommen sei.

Iseppo saß neben mir, tropfnass, frierend und hin und wieder von erstickten Schluchzern geschüttelt. Cipriano starrte ergrimmt geradeaus. »Welche Parzen haben sich gegen uns verschworen?«, hörte ich ihn einmal murmeln. Das war noch milde ausgedrückt, wobei es ihn besonders getroffen hatte: Die Ordnungshüter hatten den verstümmelten Toten so nah bei Cipriano abgelegt, dass er gleichsam auf Tuchfühlung mit dem triefenden Leichnam saß und wegen der auf dem Boot herrschenden Enge keinen Fingerbreit zur Seite rücken konnte.

Wie sich herausstellte, war ein Seil um den Hals des Toten geschlungen. Irgendwer, mit dem nicht zu spaßen war, hatte den armen Kerl aufgeknüpft und kastriert und anschließend dafür gesorgt, dass er den Fischen Gesellschaft leistete.

»Mein Onkel sollte umgehend von meiner Verhaftung erfahren«, sagte ich laut, als wir endlich die Anlegestelle beim Dogenpalast erreicht hatten, wo uns die Wachen unter rüden Faustheiben aus dem Boot scheuchten.

»Welcher Onkel?«, fragte Iseppo. »Ich dachte, der wäre tot.«

»Wirklich? Dann müssen wir ihn ja nicht benachrichtigen«, meinte einer der Wachmänner süffisant.

»Er ist gesund und munter und sollte schnellstens Bescheid wissen«, beteuerte ich.

»Alles geht seinen amtlichen Gang«, sagte der Ordnungshüter, während er mich durch das Tor des Palastes schubste. »Heute Nacht kriegst du erst mal ein gemütliches Eckchen in den Giardini, so wie immer.«

Das gemütliche Eckchen befand sich in derselben Zelle, in der ich auch das letzte Mal genächtigt hatte. Leider war sie immer noch rettungslos überfüllt, sodass für die Insassen bei vier Neuzugängen kaum noch Platz blieb, ringsum an der Wand zu hocken – eng zusammengedrängt und mit angezogenen Beinen.

Auf der steinernen Bank lag jedoch, anders als beim letzten Mal, nur ein einziger Häftling, der wütend hochfuhr, als der Wärter mit der Laterne die Zelle ausleuchtete und uns hineinstieß, nachdem er uns die Ketten abgenommen hatte.

Der Kerl auf der Bank war Aldo. Als er mich sah, griff er nach seinem nicht vorhandenen Dolch, der noch vor nicht allzu langer Zeit in meinem eigenen Gürtel gesteckt hatte, bis die Wachen mich entwaffnet hatten.

»Du!«, zischte er. Mit beiden Händen erwürgte er ein imaginäres Opfer, hörte aber sofort damit auf, als Rodolfo vortrat und ihn vielsagend anblickte.

Hinter uns schloss sich knirschend die Zellentür, und notgedrungen suchte ich für mich und den schlotternden Iseppo einen Platz zum Niedersetzen, solange der Wärter noch mit der Laterne auf dem Gang stand und ich etwas sehen konnte. Bei der Gelegenheit stieß ich zu meinem Schrecken auf Aldos Kumpan, der in der Unglücksnacht, als Rizzo sein Leben gelassen hatte, ebenfalls zugegen gewesen war. Immerhin schlief er tief und fest. Dafür hockte neben ihm noch jemand, den ich erkannte, und er war wach. Nummer zehn zerquetschte ein krabbelndes Etwas auf seiner Stirn und blinzelte zu mir hoch. Dann verschwand der Wärter, und mit ihm die Laterne. Die Zelle versank in tiefschwarzer Dunkelheit.

Rodolfo befahl Aldo kurzerhand, die Bank zu räumen, was dieser, wenn auch rachsüchtig murrend, umgehend tat. Rodolfo wies Cipriano und Iseppo die Bank zu, und er selbst hockte sich zusammen mit mir davor auf den Boden, nicht ohne vorher alle Anwesenden zu informieren, dass jeder, der sich ihm weiter als bis auf Beinlänge nähere, am nächsten Morgen tot sei. Da er ohnehin wegen Mordes verhaftet sei, käme es auf einen mehr auch nicht an.

Zwei oder drei der Häftlinge diskutierten tuschelnd, ob der Zwerg seine oder ihre Beine für den einzuhaltenden Abstand zugrunde lege, worauf Rodolfo ihnen erklärte, dass *meine* Beine maßgeblich seien, inklusive Füßen. Abschließend beschrieb er noch mit wenigen, aber aussagekräftigen Worten, wie das Opfer der ihm zur Last gelegten Tat jetzt aussah – dabei machte er Rizzo und den fremden Toten der Einfachheit halber zu einer Person –, worauf schlagartig Ruhe einkehrte.

Als ich bei Tagesanbruch mit steifem Rücken und Halsweh aufwachte, konnte ich immerhin mit Fug und Recht feststellen, dass die hinter mir liegende Nacht nicht ganz so schrecklich war wie die erste, die ich hier verbracht hatte.

Der Gestank und das Stöhnen der Männer um mich herum waren mir gleichsam bereits vertraut, ebenso wie der unvermeidliche Kübel, der alsbald von einigen Frühaufstehern in Gebrauch genommen wurde.

»Keine Sorge, wir kommen gewiss noch heute hier heraus«, flüsterte ich Iseppo zu, der mit allen Anzeichen eines anhaltenden Schocks auf der Bank saß und benommen das Geschehen auf sich wirken ließ.

Rodolfo hingegen stand hellwach und aufrecht da. Er öffnete und schloss angelegentlich seine schaufelartigen Pranken, und das bedrohlich klingende Knacken seiner Gelenke veranlasste Aldo, rasch die hasserfüllten Blicke zu senken. Sein Kumpan hatte eigene Sorgen – er saß von allen am längsten auf dem Kübel, und immer, wenn wir glaubten, nun sei er endlich fertig, gerieten seine Gedärme erneut in stinkenden Aufruhr.

Der Wärter kam mit dem Morgenmahl – ein großer Krug Wasser nebst drei Bechern für insgesamt zwölf Männer, und dazu ein paar steinharte Brocken Schiffszwieback, um die sich alle balgten.

»Da sind Löcher von Maden drin, das kann ich nicht essen«, sagte Iseppo mit versagender Stimme, nachdem es mir gelungen war, für uns beide einen vollen Becher und eine ordentliche Handvoll Zwieback zu ergattern.

»Besser, du tust es«, gab ich leise zurück.

»Warum? Bekommen wir sonst nichts?«

»Doch. Aber sobald du das siehst, wirst du dich nach dem Zwieback sehnen.«

Im Gang vor der Zelle erschien ein Wärter mit einem dicken Buch unterm Arm. Ich sprang auf und eilte zur Gittertür. »Das ist bestimmt für mich!«

Er musterte mich eindringlich. »Ich verstehe, dass du Angst hast, etwas zu versäumen, bei der kurzen Zeit, die dir noch bleibt. Doch solltest du besser einen Teil dieser Zeit betend verbringen, statt dich im nächtlichen Pfuhl der Sünde zu suhlen.« Suchend glitten seine Blicke durch die Zelle. »Ah, da sind alle drei, genau wie sie sagte. Zwerg, Mönch, blondes Engelsgesicht. Verruchter geht es nicht! Ich verstehe, wie ihr zumute sein muss. Armes, vernachlässigtes kleines Ding, hört trotzdem nicht auf, dir gut zu sein!« Schnaubend reichte er mir das Buch, und dabei traf mich sein strenger Blick, in dem ich jedoch auch eine winzige Spur Verständnis wahrnahm. »Hier, vielleicht hilft dir die Heilige Schrift auf den rechten Weg zurück. Keiner soll mir vorwerfen, ich würde nicht dazu beitragen, eine verlorene Seele vor der ewigen Verdammnis zu bewahren.«

Ich hatte den deutlichen Eindruck, dass er sich nicht nur etliche Sonntagspredigten wortgetreu eingeprägt hatte, sondern dass Elena auch diesem Mann Behauptungen aufgetischt hatte, die jeder Grundlage entbehrten. Dennoch nahm ich dankend das Buch entgegen und drückte es an mich, und fast meinte ich dabei zu spüren, dass es noch warm von Elenas Armen war.

»Oh, du hast eine Bibel bekommen!«, sagte Iseppo frohgemut. »Nun können wir wenigstens aus den Evangelien Kraft schöpfen! Am besten liest du uns allen vor, dann werden wir uns rasch besser fühlen!«

Sofort fingen einige der Männer an zu maulen, und Aldo begann erneut, pantomimisch jemanden zu erwürgen, doch bevor es deswegen Streit geben konnte, wurde ich zum Verhör abgeholt.

Ich war darauf eingestellt, dass man mich wie beim letzten Mal auf direktem Wege zu Morosini bringen würde, weshalb ich mir nichts weiter dabei dachte, als das Wort *Verhör* fiel, doch dann merkte ich, dass ich nicht zu dem Amtszimmer des Zehnerrats geführt wurde, sondern ins oberste Stockwerk des Dogenpalastes.

»Gehen wir nicht zu Messèr Morosini?«, erkundigte ich mich.

»Nein«, kam es wortkarg zurück. Der Bewaffnete, der mich

aus der Zelle geholt hatte, marschierte dicht hinter mir und wies mir den Weg durch die vielen Flure, indem er mich jeweils in die richtige Richtung schubste.

»Wohin gehen wir?«, fragte ich mit wachsender Besorgnis.

»Zu den Verhörräumen«, sagte der Wachmann.

»Soll ich denn verhört werden?«

»Sonst würde ich dich nicht zu den Verhörräumen bringen, oder?«

»Aber ich werde doch nicht gefoltert, oder?«

»Halt's Maul und lass dich überraschen.«

Blitzschnell wog ich meine Aussichten ab, mich der ungewissen Lage durch Flucht zu entziehen. Wie beim letzten Mal war ich nicht gefesselt. Zwar hatte ich auch keine Waffen, um mich notfalls meiner Haut zu wehren, doch ich konnte dem Wachmann das Buch an den Kopf werfen und ihn auf diese Weise ablenken …

Bevor ich weiter planen konnte, packte er mich beim Kragen und öffnete mit der freien Hand eine Tür, durch die er mich ohne Umschweife in einen Raum stieß, der noch schlichter war als Morosinis Amtszimmer, ein schmales, graubraun getäfeltes Gemach mit einem erhöht angebrachten Tisch und ein paar hochlehnigen Stühlen dahinter. An den Wänden gab es Borde mit ein paar zerfledderten Folianten und Papierstapeln. Die Fenster waren vergittert. Unwillkürlich hielt ich Ausschau nach dem Folterseil, sah es aber nirgends.

Der Wachmann befahl mir, zu warten, und klopfte an eine Tür, die in einen anderen Raum führte, und gleich darauf kam ein kräftig gebauter Mann in beeindruckender Amtsrobe herein, den ich nicht zum ersten Mal sah.

»Du kannst gehen«, sagte er zu dem Wachmann, der sich daraufhin gehorsam auf den Gang zurückzog.

Ich war wie vom Donner gerührt. Nie und nimmer hatte ich damit gerechnet, Celsi an diesem Ort wiederzusehen! Inzwischen wusste ich zwar, dass viele der reichen Patrizier nicht nur

Handelsgeschäften nachgingen, sondern zugleich oft einflussreiche politische Ämter bekleideten; dennoch war die Überraschung gewaltig.

»Wenn es wegen der Öfen ist, finden wir bestimmt eine Lösung«, sagte ich hastig. »Ihr werdet Euer Geld pünktlich bekommen! Die vereinbarte Zahlungsfrist wird eingehalten!«

»Dessen bin ich gewiss. Was hast du da?«

»Oh … äh, nur eine Bibel.«

Er streckte die Hand aus. »Lass sehen.«

Mit mulmigen Gefühlen reichte ich ihm das Buch.

Er blätterte darin herum und hob die Brauen. »Ein hübsches Blendwerk, das die Kleine dir da in die Giardini gebracht hat.«

»Sie wusste es nicht!«, stieß ich hervor. »Sie ist nur ein Mädchen und kann nicht richtig lesen!«

Celsi blätterte weiter und hielt inne. »Interessante Notizen«, sagte er.

»Die sind uralt!«

»Tatsächlich«, sagte Celsi, aufmerksam lesend. Schließlich legte er das Buch auf den Tisch. »Ich will es mir später noch in Ruhe ansehen.«

»Bitte!«, brachte ich verzweifelt hervor. »Ihr dürft Elena keine Vorwürfe wegen des Buchs machen! Sie handelte in gutem Glauben! Es ist ganz allein meine Schuld!«

»Du magst sie wohl, oder? So sehr, dass deine Fürsprache auch härteren Prüfungen standhält?«

»Ja!«, stieß ich ohne nachzudenken hervor. »Hängt mich nur an Euer Folterseil, dann werdet Ihr schon sehen, was ich ertragen kann!«

Celsi strich sich über den sauber ausrasierten Backenbart. »Ich frage mich wirklich, woher du diesen Hang zur Theatralik hast. Den Contarini ist das normalerweise nicht in die Wiege gelegt. Es war weder die Art deines Vaters noch deiner Mutter.«

Sein Blick schien mich förmlich zu durchbohren, und ich

hielt die Luft an, weil ich mit einem Mal spürte, dass er etwas über mich wusste. Hielt er mich wirklich für Giovanni Contarini, oder war ihm klar, dass er einen Doppelgänger vor sich hatte?

»Ich hörte, dass Morosini dich einlud«, sagte er. »Was tatest du dort?«

Also wusste er, dass ich nicht Giovanni war, denn den hätte Morosini nicht eingeladen – er wohnte ja bereits dort! Celsi musste mich folglich für Giovannis Zwilling halten, denn allem Anschein nach ging er davon aus, dass wir dieselben Eltern hatten – die Contarini!

»Was tatest du dort?«, wiederholte Celsi ungeduldig.

»Nur essen und baden, nichts weiter«, platzte ich heraus.

»Was hat Morosini zu dir gesagt?«, wollte Celsi wissen.

»Eigentlich so gut wie nichts«, sagte ich vorsichtig. »Wir unterhielten uns bloß über belanglose Dinge.«

»Er hat dich mehrfach mit Kleidung ausgestattet. Nannte er dir dafür einen Grund?«

»Er tat es, weil ich einem seiner Verwandten ähnlich sehe und er mich deshalb wertschätzt.« Damit kam ich der Wahrheit so nahe wie möglich, ohne alles zu verraten. Solange ich nicht genau wusste, was *er* wusste, vor allem aber, was er von mir wollte, war es besser, sich bedeckt zu halten. Es erfüllte mich mit tiefem Misstrauen, wie gut er über mich informiert war.

»Ich verstehe. Wertschätzung. Hm.« Celsi fing an, auf und ab zu gehen, und strich sich dabei unablässig über den Bart. Wieder hatte ich das nagende Gefühl, ihn von irgendwoher zu kennen. Wenn ich nur ungestört darüber nachdenken könnte, wann und wo es gewesen war …

Unvermittelt blieb er stehen. »Du kannst gehen.«

»Was?«, entfuhr es mir.

Er deutete zur Tür. »Hinunter und dann hinaus.«

»Heißt das, ich bin frei?«, vergewisserte ich mich.

Er nickte ungeduldig.

»Was ist mit den anderen?«, wagte ich zu fragen.

»Wahrscheinlich warten sie bereits draußen auf dich.«

Ich hätte gern noch mehr wissen wollen, etwa, was es denn nun mit der Wasserleiche auf sich hatte oder warum Aldo einsaß oder warum ich auf einmal gehen durfte, doch ich wollte Celsi auf keinen Fall Gelegenheit geben, seine Entscheidung umzustoßen, also bedankte ich mich artig und verließ den Raum so schnell, wie es die Gebote der Höflichkeit gerade noch zuließen.

Auf Befehl Celsis sorgte der Wachmann dafür, dass mir meine Waffen zurückgegeben wurden, und wenig später stand ich in der hellen Vormittagssonne auf der Mole vor dem Dogenpalast und hielt nach Rodolfo und den anderen Ausschau.

Sie warteten bei der Löwensäule, und Iseppo kam mir entgegengerannt, als er mich erblickte. Gerade noch rechtzeitig bremste er vor mir ab und blieb stehen, obwohl ihm anzusehen war, wie gern er mich umarmt hätte. »Ich hatte solche Angst um dich!«

Ich erfuhr, dass man sie ohne nähere Begründung freigelassen hatte, weshalb Iseppo davon ausgegangen war, dass ich im Verhör alle Schuld heroisch auf mich genommen hatte, um die Übrigen zu entlasten.

»Und jetzt bist du trotzdem frei! Es ist ein Wunder!«

Rodolfo hingegen glaubte weniger an göttliche Fügung als an profane Tatsachen: Er war davon überzeugt, dass wir allesamt wegen erwiesener Unschuld freigekommen waren. »Sie haben inzwischen den richtigen Mörder geschnappt. Da hätte es merkwürdig ausgesehen, uns noch länger einzusperren.«

Tatsächlich stellte sich gleich darauf heraus, dass er recht hatte. Kaum hatten wir den Rückweg angetreten, als uns auch schon das erste Gerede zu Ohren kam. Auf der Piazza hatten sich hier und da Leute versammelt, die sich sensationslüstern über den jüngsten Skandal unterhielten: Es ging um einen Patrizier, der einem spektakulären Verbrechen zum Opfer gefallen war. Dem Vernehmen nach hatte er eine verbotene Affäre mit der Gattin eines Prokurators unterhalten und damit seine eigene Gemahlin so erzürnt, dass diese ihm, von Eifersucht getrieben, mithilfe eines ihr ergebenen Dieners und eines abgerichteten Hundes den Garaus gemacht hatte. Der Diener hatte ihn aufgehängt, und der Hund hatte den Rest erledigt. Die Leiche hatten sie dann in den Kanal geworfen – wo die Strömung sie wenig später vor unser Boot getrieben hatte – und die fehlenden Teile, soweit der Hund sie nicht gefressen hatte, zusammen mit einem Miniaturporträt des Getöteten an die Haustür des Prokurators genagelt, gleichsam als Botschaft an dessen ehebrecherische Gattin. Inzwischen waren die Mörderin und ihr geständiger Komplize verhaftet, nur der Hund war unauffindbar.

In allen Gassen entlang unseres Weges schien es kein anderes Thema zu geben, offenbar hatten die Leute seit Langem keine so aufregende Geschichte gehört.

Vage überlegte ich, ob sich ein Theaterstück daraus machen ließe – ein Eifersuchtsdrama, ähnlich jenem, das ich bereits über Don Juan de Austria hatte verfassen wollen –, doch dann verwarf ich den Gedanken, denn Planungen für neue Stücke würden mich nur davon abhalten, den dringend benötigten dritten Akt für das in Arbeit befindliche zu schreiben.

Während Rodolfo und Iseppo ein Stück vorausgingen, unterhielt ich mich mit Cipriano über mein Zusammentreffen mit Celsi. Cipriano fand das Ganze ebenso befremdlich wie ich und glaubte keinen Moment lang, dass diese Begegnung ein Zufall war, zumal Celsi überhaupt nicht für Gewaltverbrechen oder Wasserleichen zuständig sei.

»Welches Amt hat er denn inne?«, fragte ich.

»Soweit ich weiß, steht er einer Behörde vor, die sich mit Zollvergehen im Schiffshandel befasst.«

Ich dachte kurz nach. »Dass wir mit einem geliehenen Boot unterwegs waren, kann seine Zuständigkeit nicht begründet haben, oder?«

»Ganz bestimmt nicht. Und du sagst ja selbst, dass es ihm nicht um den Mord ging. Auch nicht um die Öfen. Sondern nur um dich und dein Verhältnis zu Morosini.«

»Könnte Celsi irgendwas mit Morosini zu tun haben?«

»Wundern würde mich hier gar nichts mehr.«

»Ich habe übrigens schon die ganze Zeit das Gefühl, Celsi von irgendwoher zu kennen«, sagte ich zögernd. »Das hatte ich schon, als ich ihn zum ersten Mal sah, in jener Nacht, als ich mich verlaufen hatte und er mir den Weg erklärte, und ebenso beim zweiten Mal, als er mit Baldassarre im Badezuber saß. Ich bin mir beinahe sicher, ihm schon vorher begegnet zu sein.«

»Fühlst du dich dabei eher gut oder eher schlecht?«

Ich unterdrückte ein Grinsen, denn dieselbe Frage hätte auch Iseppo stellen können. »Ich fühle mich, als wäre mit ihm nicht gut Kirschen essen.«

»Das klingt unerfreulich.« Cipriano wirkte sorgenvoll. »Wir sollten unbedingt einen Weg finden, das Geld für die Athanore zu beschaffen, damit Baldassarre nicht länger Schulden bei ihm hat.«

Wir erreichten die Fondamenta, wo die Wachen in der Nacht den von Rodolfo geborgten Sàndolo festgemacht hatten. Schweigend stiegen wir hinein, und Rodolfo übernahm das Ruder. Wir hatten ausgemacht, das Boot so schnell wie möglich zurückzugeben, denn nicht nur Iseppo war davon überzeugt, dass ein böser Fluch darauf lag. Tatsächlich fiel es mir während der Fahrt schwer, nicht an die unselige Fracht der vergangenen Nacht zu denken, oder daran, wie Iseppo mit der zweiten Leiche unfreiwillig jenen schaurigen Totentanz im Wasser aufgeführt hatte.

Ausgelaugt, schmutzig und halb verhungert kehrten wir schließlich am frühen Nachmittag zur Ca' Contarini zurück.

Die Daheimgebliebenen empfingen uns mit stürmischer Erleichterung, nachdem sie lange Stunden des Bangens hinter sich hatten. Nur durch Zufall hatten sie am Morgen überhaupt erfahren, dass wir im Gefängnis saßen – Elena war einfach dorthin gegangen und hatte sich nach uns erkundigt, indem sie unser Aussehen beschrieb. Vom Wächter hatte sie sodann auch den schockierenden Grund für unsere Verhaftung erfahren. Danach hatte die Truppe allen Grund gehabt, um unser Schicksal zu bangen, denn Mord zog zwangsläufig andere Konsequenzen nach sich als eine Kneipenschlägerei.

Sogar Bernardo zeigte nach dem glücklichen Ausgang der Geschichte ungewohnte Gefühle. Offene Freude erlebte ich jedenfalls bei ihm zum ersten Mal, und wie es aussah, war davon nichts gespielt. Anscheinend hatte er ernsthaft befürchtet, mit den Incomparabili sei es zu Ende und er müsse sich ein anderes Betätigungsfeld suchen.

Franceschina schalt uns nach der ersten Wiedersehensfreude aus und wollte wissen, was um Himmels willen uns getrieben hätte, mitten in der Nacht eine Bootspartie zu machen, worauf wir mit dem vorbereiteten Geflunker aufwarteten: Wir hätten nicht schlafen können und daher beschlossen, Iseppo das Rudern beizubringen, ein Unterfangen, das bei Nacht weit ungefährlicher sei als am Tage, weil viel weniger Gondeln unterwegs seien.

Für diese Darlegung ernteten wir ungläubige Blicke, doch das ließ sich leicht übergehen, indem wir ausführlich die dramatischen Umstände schilderten, die zu unserer Festnahme geführt hatten. Der blutige Skandal rund um die Gattin des Prokurators tat ein Übriges, um von allem anderen abzulenken.

Franceschina tischte unterdessen emsig auf, was die Küche hergab, und wir aßen alles bis auf den letzten Krümel auf.

Später nahm Elena mich in der Wäschekammer zur Seite.

»Eure Geschichte hatte Löcher, so groß wie dieser Bottich da. Ich finde, du solltest sie stopfen. Außerdem wüsste ich gern, wo das Buch abgeblieben ist.«

Ich konnte nicht umhin, ihr zu berichten, dass Celsi es an sich genommen hatte, denn ich machte mir immer noch Sorgen deswegen.

»Ich weiß zwar nicht, ob du etwas zu befürchten hast, aber falls irgendwer dich fragt, musst du behaupten, du könntest nicht lesen und wärst daher davon ausgegangen, es sei wirklich eine Bibel.«

»Ich kann gut lügen. Wegen des Buchs habe ich keine Angst.« Nachdenklich blickte sie mich an. »Das mit Celsi finde ich jedoch sehr merkwürdig, um nicht zu sagen verdächtig. Was er wohl mit Morosini zu schaffen hat?«

»Das fragen Cipriano und ich uns auch.«

»Was ist mit dem Rest?«

»Welcher Rest?«

»Na, dem Anfang eurer Geschichte. Es ist wie beim Theater, weißt du. Wenn die Geschichte nicht gleich zu Beginn überzeugt, kannst du beim Rest noch so dick auftragen – das Publikum reißt du damit nicht mehr mit.« Sie sah mir geradewegs in die Augen. »Wieso seid ihr mitten in der Nacht mit dem Boot rausgefahren?«

Hastig überlegte ich, ob sie diesen Teil wirklich wissen musste, doch ihr entschlossener Blick ließ mir keine Wahl, also erzählte ich ihr von Rizzo und seinen Komplizen.

Sie holte tief Luft, und als sie sprach, zitterte ihre Stimme. »Du meinst, die hätten dich um ein Haar umgebracht?«

»Na ja, also … Ja.«

Aus ihrem Gesicht war die Farbe gewichen. Bis auf die Sommersprossen war sie so bleich wie die Tücher auf der Wäscheleine hinter ihr. Sie schwankte leicht, und unwillkürlich fasste ich sie bei den Schultern, um sie zu stützen, und weil ich dabei den Eindruck gewann, dass sie wirklich sehr wacklig auf den Beinen war, zog ich sie an mich, um ihr mit meinem Körper Halt zu geben.

Sie blickte zu mir auf, und ihre Augen und ihr Mund waren mit einem Mal so nah, dass mir schwindlig wurde. Doch nichts hätte mich in diesem Augenblick ins Wanken bringen können, denn es gab einen festen Bezugspunkt vor mir, um den sich plötzlich die ganze Welt drehte. Diese sanft geschwungenen Lippen, die so einladend bebten und leicht geöffnet waren, sodass die rosige Zungenspitze dazwischen zu sehen war …

Erregung durchschoss mich, blitzartig wie ein heißer Pfeil bahnte sie sich ihren Weg dorthin, wo sie sich beim Manne stets sofort verrät. Da ich Elena fest umarmt hielt, konnte es ihr unmöglich entgehen. Konfuse Gedanken schossen mir durch den Kopf, etwa, ob sie überhaupt wusste, was sich da gegen ihren Bauch drückte und was Männer damit am liebsten taten, oder ob es ihr peinlich war, diesen Körperteil von mir zu fühlen, oder ob es *mir* vielleicht peinlich sein sollte. Doch all diese verworrenen Überlegungen kamen nicht gegen das Verlangen an, sie zu küssen und sie gleichzeitig noch fester gegen die fragliche Stelle zu pressen.

Das tat ich dann auch. Ich küsste sie heftig und zügellos; in einem entfernten Winkel meines Verstandes konnte ich nur darüber staunen, dass es viel besser klappte als beim ersten oder zweiten Mal, im Grunde wie von allein. Die Welt ging in einem schäumenden Wirbel der Lust unter, ich roch den Duft ihres Körpers, verschlang wild ihren Mund mit dem meinen und steuerte dabei auf ein Ziel zu, bei dem es kein Zurück mehr gab. Dass ich angefangen hatte, meine Hände an allen nur erreichbaren Stellen unter ihr Gewand zu schieben, merkte ich erst, als Iseppo im Hintergrund stammelte: »Ich wollte nicht stören!«

Elena und ich fuhren auseinander, und gleich darauf war sie aus der Wäschekammer verschwunden. Eben noch sah ich eine rote Locke wippen, und dann war sie weg, nur eine Spur ihres besonderen Dufts hing noch in der Luft.

Iseppo stand bei der Tür, die Augen aufgerissen wie ein erschrockenes Kalb.

»Was ist?«, fuhr ich ihn an. »Was schaust du so dämlich?« Ich trat gegen einen der Laugenbottiche. »Was willst du überhaupt hier? Musst du waschen, oder was?«

Tatsächlich hatte er seine Kutte sowie sein Untergewand nach dem unfreiwilligen Bad in der Lagune zur Wäsche geben müssen. Er trug Beinkleider, Schnabelschuhe und ein Wams von Cipriano.

»Ich wollte nicht stören«, wiederholte er verschreckt.

»Schon gut«, knurrte ich.

Er holte tief Luft und platzte dann heraus: »Frönt ihr der Sünde, du und das Mädchen?«

»Wie kommst du darauf?«

»Na ja, du hast sie gerade …«

»Das war ganz harmlos«, unterbrach ich ihn.

Ungläubig starrte er mich an.

Ich riss mich zusammen. »Hör mal, Iseppo, du wirst doch mit niemandem darüber sprechen, oder? Ich meine, dass Elena und ich … Dass ich sie gerade …«

Er warf sich in die Brust. »Ich kann schweigen wie ein Grab! Nicht einmal unter der Folter würde ich es preisgeben! Deine heimliche Liebe ist bei mir sicher!«

Heimliche Liebe? Ich stutzte bei diesen Worten, die sich anhörten, als stammten sie aus meinem Stück. Oder einem beliebigen anderen Theaterstück. Nicht aber aus dem wirklichen Leben. Merkwürdige Gefühle wollten in mir aufwallen, doch ich verdrängte sie entschieden, denn es war nicht die rechte Zeit, um darüber nachzudenken.

»Danke, Iseppo. Es tut mir leid, dass ich dich vorhin so angefahren habe.«

»Nicht doch! Unter Freunden kann das vorkommen.«

Seine Großmut beschämte mich. »Wenn du willst, helfe ich dir beim Waschen deiner Sachen«, bot ich an.

»Oh, das ist sehr lieb von dir, Marco, aber es ist nicht nötig. Es ist alles schon sauber und hängt auf dem Dach, da ist es bis heute Abend trocken. Obwohl ich nicht weiß, ob ich die Kutte überhaupt noch einmal anziehen möchte.« Er betastete das hellgelbe Wams, das Cipriano ihm geborgt hatte. »Findest du, dass es mir steht?«

»Auf jeden Fall besser als die Kutte.« Ich merkte, dass er noch etwas auf dem Herzen hatte. »Liegt irgendwas an?«

»Meinst du, ich könnte in dem neuen Stück vielleicht eine Rolle bekommen?«

Ich war verblüfft. »Eine Rolle? Als was denn?«

Er brachte es kaum heraus. »Als Ciprianos Dienerin.«

»Hast du *Dienerin* gesagt?«, vergewisserte ich mich.

Er nickte mit hochroten Wangen. »Henry sagt, in England würden alle Frauenrollen von Männern gespielt. Und Cipriano meint, er werde mit an Sicherheit grenzender Wahrscheinlichkeit die Rosalinda geben müssen, weil Caterina … nun ja, er sagte, man könne sich nicht immer auf sie verlassen. Und er sagte, dass das Stück auch gespielt werden müsse, wenn sie gerade keine Lust hat oder unterwegs ist. Deshalb studiert er ja auch die Rolle ein. Dann könnte er gut eine Dienerin gebrauchen. Aurelia hat immerhin auch eine, nämlich die Colombina.«

»Das weiß ich. Aber es war eigentlich so gedacht, dass Colombina die Dienerin von Aurelia *und* Rosalinda ist. Die zwei sind Cousinen und wohnen beide in Pantalones Haus.«

»Cipriano sagt, dass Franceschina demnächst infolge … äh …« Er suchte nach Worten. »Infolge … gesundheitlicher Unpässlichkeiten …« Er brach ab und senkte die Stimme zu einem Flüstern. »Weil sie … weil sie …«

»Er hat dir davon erzählt?«

Er nickte und zerrte verlegen an seinen Ärmeln. »Cipriano sagte, bald könne es sowieso jeder sehen.«

»Heißt das, du willst Franceschinas Rolle lernen, um für sie einspringen zu können?«

Voller Eifer bejahte er. »Bis sie aufhört, wäre ich gewiss so weit, sie würdig zu vertreten! Und so lange könnte ich einfach nur so als zweite Dienerin mitspielen.«

»Was meinst du mit *einfach nur so*?«

»Indem ich bloß dabei bin, ohne zu sprechen.«

»Als stumme Dienerin?«, fragte ich zerstreut. Ich konnte mich kaum auf Iseppos Anliegen konzentrieren, denn meine Gedanken irrten beständig ab, um unweigerlich an ein und derselben Stelle zu enden: bei dem Kuss, von dem es mir immer noch heiß war bis in die Fingerspitzen.

Iseppo ließ sich nicht beirren. »Ich kann Colombina als Gehilfin zur Hand gehen und dabei aufpassen, was sie macht und sagt, und wenn sie … ähm, niederkommt, übernehme ich einfach ihren Part.«

Mit glühenden Wangen setzte er mir seine Pläne auseinander. Er hatte sogar noch weitergedacht: Wenn nämlich Cipriano eine Männerrolle spiele, etwa einen der Vecchi, so könne er, Iseppo, gleichsam korrelierend, eine männliche Dienerrolle übernehmen, ebenfalls stumm. Er könne auch, sofern Elena einmal indisponiert sei, den Pedrolino geben, in diesem Fall natürlich sprechenderweise. Schon bei der gestrigen Vorstellung habe er bei ihren Texten sehr genau zugehört und gedenke, das weiterhin zu tun. Und in der Abgeschiedenheit unserer Kammer wolle er das Sprechen und Singen üben.

Als ich ihn fragte, was er mit *unserer Kammer* meinte, erklärte er rundheraus, er werde mich fürderhin keinesfalls allein nächtigen lassen, denn wozu das führe, habe man ja gesehen. Er habe schon einen zweiten Strohsack und eine Decke organisiert und werde mir künftig als entschlossener Beschützer zur Seite stehen.

Auf meine nächste Frage, seine Sangespläne betreffend, teilte er mir mit, dass man ihn im Kloster schon häufig für seine glockenreine Stimme gelobt habe und dass er gern mit Cipriano im Duett singen würde.

»Ich weiß nicht, was die anderen von alledem halten«, sagte ich. In Wahrheit wusste ich selbst nicht, was ich von alledem halten sollte. »Auf jeden Fall müsstest du zuerst mit deinen Plänen zu Cipriano gehen, denn er wäre am ehesten betroffen.«

»Oh, das habe ich alles schon mit ihm besprochen. Er meinte, ich solle zu dir gehen.«

»Hm, wenn das so ist …« Mir fielen auf die Schnelle keine triftigen Einwände ein. Tatsächlich wiesen Iseppos Ideen, wenn man erst darüber nachdachte, sogar unbestreitbare Vorteile auf. »Mir soll das alles recht sein, wenn auch die anderen einverstanden sind«, sagte ich.

Was das Singen betraf, so sagte ich vorerst nichts dazu. Vielleicht wirkte es beim Schreiben inspirierend.

Die verbleibende Zeit bis zur Vorstellung verbrachte ich zurückgezogen auf dem Dach und versuchte, meiner Unruhe Herr zu werden, indem ich auf der Altana auf und ab marschierte. Allein die Vorstellung, Elena nachher zur Aufführung wieder von Angesicht zu Angesicht gegenübertreten zu müssen, war verstörend. Und erregend.

Ich war verrückt! Was hatte ich nur getan? Sie hatte mir den Kuss nicht gestattet, ich hatte ihn mir einfach grob gestohlen, mit derselben Rücksichtslosigkeit, mit der Bernardo zu gewissen Anlässen über Caterina herfiel.

Eine Stimme in meinem Inneren wollte mir einreden, es habe Elena möglicherweise gefallen, doch woher wusste ich, ob es nicht die verachtenswerte Stimme der Versuchung war, die mich einlullen wollte. Leicht fiel man der Sünde anheim, wenn man sich ihr ergab, das war einer der Kernsätze aus den Predigten von Pater Anselmo, und am stärksten war immer noch die Versuchung, die aus der Sünde des Fleisches erwuchs, auch das eine seiner häufig thematisierten Lehren.

Doch die Vernunft änderte in dem Fall nichts daran, dass

das Begehren hartnäckig von mir Besitz ergriffen hatte, denn zu sehr war mir noch gegenwärtig, in welchen Sinnestaumel der Kuss mich gestürzt hatte. Ohne zu zögern, hätte ich den Dolch hergegeben, wenn ich Elena noch einmal hätte küssen können. Und dabei ihre zarte Brust unter meiner Hand fühlen dürfte, so wie in jenem unbeschreiblichen – leider auch unbeschreiblich kurzen – Moment, bevor Iseppo in die Wäschekammer geplatzt war.

Kaum hatte ich an ihn gedacht, tauchte er auch schon auf dem Dach auf, um seine trockenen Sachen zu holen. Er fragte mich, wie mir der Name Mirandolina gefalle, und als ich den Grund dafür wissen wollte, erklärte er mir, dass er sich das als Künstlernamen für die stumme Dienerin ausgedacht habe. Für den männlichen Diener finde er den Namen Stenterello schön.

Er beschrieb mir eingehend, wie das Kostüm aussehen sollte, dass er sich schneidern lassen wollte. Für das Frauenkostüm plante er einen weiten bunten Rock mit Spitzenbesatz am Saum, und die Weste des Dieners sollte gelbe Tupfen haben. Statt einer Maske wolle er Schminke tragen, Cipriano habe schon angeboten, ihm zu zeigen, wie man sie auftrug. Er habe sogar bereits einen Brief an seine Mutter aufgesetzt, damit diese ihm Geld sende, welches er für Kostüme und Schminke benötige.

»Iseppo, hast du nicht Angst, dass du fürchterlichen Ärger mit dem Kloster bekommst?«, fragte ich.

Er zuckte die Achseln. »Gewiss nicht mehr als du.«

»Ja, aber ich war nie ein richtiger Mönch. Du dagegen hast einen heiligen Eid geschworen, dein Leben im Dienste des Herrn zu verbringen.«

Iseppo zog in trotziger Geste die Schultern hoch. »Das kann man jederzeit rückgängig machen. Ich habe mich schon erkundigt. Es gibt sehr berühmte Fälle, in denen sogar hohe kirchliche Würdenträger zum weltlichen Leben zurückwechselten. Man braucht dazu bloß einen kleinen Dispens, der für Geld zu haben ist. Ich habe meiner Mutter geschrieben, sie solle mir genug davon schicken, damit es dafür gleich mit reicht.«

Das Geplapper wollte kein Ende nehmen, doch ich hörte nur mit halbem Ohr zu, weil ich ständig an Elena denken musste. Schließlich behauptete ich, zum Abtritt zu müssen, und ließ Iseppo stehen.

Damit es keine Lüge war, ging ich tatsächlich zum Abtritt, doch danach kehrte ich nicht ins Haus zurück, sondern stahl mich davon, um einen kleinen Streifzug durch das Sestiere zu machen. Mir war klar, dass ich damit riskierte, möglichen Feinden über den Weg zu laufen, doch zumindest von Aldo ging momentan keine Gefahr aus, da er hinter Gittern saß, und auch Morosini war mir nur noch halb so unheimlich, seit ich wusste, dass seine Großzügigkeit nicht von Hinterlist, sondern von der Liebe zu meinem Doppelgänger bestimmt war.

Dass neuerdings auch Celsi eine Rolle in dem Verwirrspiel um meine Vergangenheit einnahm, war zwar bedenklich, doch ängstigte ich mich nicht allzu sehr vor ihm, denn falls er mir Übles wollte, hätte er längst Mittel und Wege gefunden, es in die Tat umzusetzen.

Was den Prior, den Notar und den Fremden anging, so weilten diese zwar in der Stadt, doch der Campo dei Mori war weit genug weg, am anderen Ende Venedigs.

Im Grunde war alles nur halb so wild, überlegte ich. Die faszinierenden Umwälzungen, die das Leben mir derzeit bot, ließen jegliches Zagen lächerlich erscheinen. Allein die Erfahrung des Küssens schlug alles, was mir sonst noch widerfahren war, meilenweit aus dem Feld.

In Gedanken versunken stromerte ich durch die Gassen von Castello. Die Häuser waren hier schlichter als in San Marco, viele der Gassen schlecht gepflastert, die ganze Gegend etwas ärmlicher. Hier lebten viele Ausländer, Matrosen und Arbeiter aus dem nahen Arsenal, die in den umliegenden Gassen ihre Unterkünfte hatten. Es roch nach Teer und frisch gesägtem Holz und großen Mengen von Fisch.

Am Ende führte mein Weg mich dorthin, wo alle Wege Venedigs mündeten: zum Meer. An der Riva degli Schiavoni ankerten viele Schiffe, darunter hochseetüchtige, dickbauchige Frachter, von denen Träger die Ladung über schwankende Stege an Land schleppten. Matrosen, Fischer und Händler bevölkerten den Kai, und dazwischen wimmelte es von Hafenarbeitern, *Arsenalotti*,* Soldaten und Beamten. Inzwischen hatte ich gelernt, sie an ihrer Kleidung und ihrem Auftreten zu unterscheiden. Die Soldaten waren leicht an ihren Waffen und Helmen zu erkennen. Die Matrosen trugen meist abgerissene, von der Salzluft ausgebleichte Seemannskluft und unterschieden sich von den Hafenarbeitern und Arsenalotti durch ihren wiegenden, offenen Gang. Die Fischer rochen durchdringend nach ihrem letzten Fang, die Händler waren zumeist schwarz gekleidet. Die Beamten wiederum, häufig ebenfalls in Schwarz, taten sich durch herrisches Gebaren hervor.

So trafen hier, nahe den Ozeanschiffen und Galeeren, Menschen aus aller Herren Länder und aus allen Winkeln der Stadt zusammen, eine bunte Vielfalt, die das blühende Wirtschaftsleben Venedigs und zugleich den weltumspannenden Seehandel widerspiegelte.

Der Wind knatterte in den gerefften Segeln der Frachter, die Sonne glänzte auf rot beplankten Galeeren, und dahinter leuchtete das Wasser der Lagune.

Vor einem Durchgang hatte man einen langen Tisch aufgebaut, an dem Verwaltungsbeamte saßen und Hafenarbeiter anheuerten.

Da ich die edle Kleidung meines Doppelgängers wegen des ihr anhaftenden Gefängnisgestanks gegen mein rustikales Ca-

* Werftarbeiter

pitano-Kostüm getauscht hatte, kam ich offenbar in die nähere Auswahl für kernige Männerarbeit.

»Du da!«, rief mich einer der Herren in den schwarzen Umhängen an. »Du bist groß und kräftig, suchst du Arbeit als Stauer?«

Aus eher beiläufigem Interesse erkundigte mich nach der Höhe der Vergütung und erfuhr, dass die Arbeit nicht schlecht bezahlt war. Es war nicht ganz so viel wie das, was ich bisher bei den Incomparabili bekommen hatte, aber auch nicht viel weniger; ein Mann könnte davon leben. Dann jedoch rechnete ich noch mutmaßliche Kosten für Essen und Wohnen ab – was, wie ich wusste, in Venedig teuer war – und kam rasch darauf, dass dabei so gut wie nichts vom Lohn übrig bliebe. Von Sonnenaufgang bis Sonnenuntergang hartes Schuften in den Docks und am Kai – ein beträchtlicher Gegensatz zu dem eher lockeren Leben bei der Truppe, wo jeder immer nur gerade das tat, was nötig war.

Am meisten von uns arbeitete noch Franceschina, die sich um die Wäsche und das Essen kümmerte, auch wenn sie inzwischen viel Unterstützung durch Rodolfo erfuhr, der ihr einen Großteil des Einkaufens abnahm und alle Lasten schleppte, bevor sie auch nur die Hände danach ausstrecken konnte. Franceschina sagte häufig, dass sie Langeweile hätte, wenn sie nicht körperlich arbeiten könne, sodass ihr die Hausarbeit gerade recht käme, doch die anderen Truppenmitglieder teilten dieses Problem nicht. Ein jeder von ihnen, mich eingeschlossen, lebte mehr oder weniger entspannt in den Tag hinein, bis der Abend kam und die Vorstellung begann.

An anderer Stelle des Kais wurden Matrosen angeworben, und der Sopracomito lockte damit, dass ein erklecklicher Teil der Heuer als Vorschuss ausbezahlt werde, was tatsächlich mehrere Männer veranlasste, sich umgehend bei ihm zu melden. Ich fragte einen von ihnen, was ihn daran hindere, sich einfach mit dem Geld aus dem Staub zu machen, worauf er mich amüsiert ansah. »Versuch es, und du wirst es schnell bereuen. Sie finden jeden, weißt du. Wer beim Auslaufen nicht zur Stelle ist, sitzt bald darauf als Kettensträfling auf der Ruderbank. Wenn sie ihn nicht schon vorher an der höchsten Rah aufknüpfen.«

Ich verließ den Kai und bog wieder ein in die engen, verwinkelten Gassen Castellos, wo es an jeder Ecke nach frisch gekochtem Essen roch. Allmählich bekam ich Hunger, das Vesperläuten lag schon eine Weile zurück. An einem Stand kaufte ich mir einen in Schmalz gebackenen Krapfen mit Honig und Mandeln, den ich auf dem Rückweg zur Ca' Contarini verzehrte.

Vielleicht lenkte der Genuss mich ab, vielleicht lag es aber auch einfach nur daran, dass ich nicht mehr richtig achtgab, wer mir entgegenkam, sonst hätte ich mich gewiss noch schnell verdrücken können. Als jedoch unversehens hinter der nächsten Abzweigung Adelina auftauchte und wie aus dem Boden gewachsen vor mir stehen blieb, war es zu spät, Fersengeld zu geben.

»Giovanni, Liebster!«, rief sie entzückt. »Du bist zurück!« Und schon hatte sie mich in eine inbrünstige Umarmung gezerrt.

Ich war so verdattert, dass ich nicht sofort reagieren konnte, und dann geschah etwas, das mich zwang, genau das zu tun, was sie vermutlich von mir erwartete: Ich drängte sie in eine schmale Seitengasse, schob sie in einen Hauseingang und verbarg mein Gesicht an ihrem Hals. Unmittelbar hinter ihr hatte ich jemanden herannahen sehen, dessen Anblick mir einen weit schlimmeren Schock versetzte.

»Ah, diese Leidenschaft!«, sagte Adelina, meinen Kopf an ihren prallen Busen ziehend. »Das hat mir so gefehlt!«

Erschrocken bemerkte ich, wie ich auf ihre Reize reagierte, und rief mich gewaltsam zur Ordnung. Ich hob die Nase von dem rosenölgetränkten Ausschnitt und spähte über ihre Schulter zurück in die Gasse, aus der ich soeben mit ihrer unbeabsichtigten Unterstützung und leider vergeblich geflüchtet war.

Der Notar stand mitten in der Einmündung und starrte mich an. »Bist du das? Ja, du bist es!« Er kam einen Schritt näher, um sich davon zu überzeugen, dass ihn kein Trugbild narrte.

»Wer ist das?«, wollte Adelina wissen.

»Ein schlimmer Notar. Ich muss weg.« Ich schubste sie zur Seite und nahm die Beine in die Hand. Bevor ich um die nächste Ecke verschwand, sah ich, wie Adelina sich dem Notar in den Weg stellte. »Lasst ihn in Ruhe! Er hat nichts getan!«

Barbarigo versuchte, sie beiseitezudrängen. »Ich will nur …«

»Geld?«, fuhr sie ihn an. Dann gerieten die beiden außer Sicht, aber ich hörte Adelina noch zetern: »Ihr wollt doch *immer* Geld, ihr gierigen Advokaten!«

Keuchend und schwitzend rannte ich weiter und wurde erst langsamer, als ich die vertraute Brücke vor mir hatte, von der aus es nur noch ein paar Schritte bis zur Ca' Contarini waren.

Wie hatte ich nur so leichtsinnig sein können, mein Schicksal auf diese Weise herauszufordern! Warum war ich nicht einfach im Haus geblieben? Mich innerlich heftig verfluchend, fragte ich mich, ob es meine Lage verschlimmerte, dass der Notar mich entdeckt hatte. Zumindest wusste er nun definitiv, dass ich in der Stadt war, während er und seine hinterhältigen Mitstreiter sich dessen zuvor nicht hatten sicher sein können.

Immerhin würde Adelina ihm nicht weiterhelfen können, denn sie hatte keine Ahnung, wo ich wohnte, sonst hätte sie schon längst vor der Tür gestanden. Bestenfalls konnte sie Barbarigo den Weg zu Giovannis Zuhause weisen, wo er nur Morosini vorfinden würde.

Aber was, wenn genau das geschah? Ob Morosini dann dem Notar erklären würde, dass der Gesuchte der Doppelgänger seines Neffen war und sich als Mitglied einer Theatertruppe in dessen ehemaligem Elternhaus aufhielt?

Einstweilen konnte ich nur hoffen, dass Adelina den Notar abblitzen ließ, wenn er sie ausfragte. Sie schien wie jeder vernünftige Mensch ein gesundes Missempfinden gegenüber seinem Berufsstand zu hegen.

Ich gab es auf, länger darüber nachzudenken, und beeilte mich, ins Haus zu kommen.

Aus dem Mezzà drang der Gestank des Athanors, gegen den auch das von Caterina verspritzte Duftwasser nicht viel ausrichtete. Sie brachte den Flakon mehrmals täglich zum Einsatz, aber dem Ofen war damit nicht beizukommen.

Mit Iseppos Hilfe schaufelte Baldassarre Kohlen nach und verstellte den Regler, damit das sogenannte philosophische Ei, das Gehäuse, in dem die Ingredienzien schmorten, noch besser erhitzt werden konnte. Seine Augen leuchteten aus dem rußverschmierten Gesicht.

»Ah, Marco! Willst du dich vom Fortschritt der Transmutation überzeugen? Leider können wir nicht zwischendurch nachsehen. Erst, wenn der Prozess abgeschlossen ist, können wir das Ei öffnen und das Wunder bestaunen!«

Iseppo ging ihm zur Hand, doch sonderlich begeistert schien er nicht von seiner Aufgabe. Er hatte eine von Franceschinas Schürzen vorgebunden, anscheinend fürchtete er um die Sauberkeit der von Cipriano geborgten Kleidung, von dem schwefligen Gestank ganz zu schweigen.

Die anderen hatten bereits angefangen, im Portego alles für die Vorstellung vorzubereiten. Rodolfo und Cipriano spannten das Seil für Elenas Akrobatik, Bernardo prüfte die Winde, und Caterina, als Nymphe kostümiert, zündete reihum die Kerzen in den Kandelabern an. Franceschina stand vor der vorderen Fensterfront des Portego und jonglierte mit den Fackeln, die jedoch erst zu Beginn der Vorstellung angesteckt werden würden. Mittlerweile war sie von drei auf fünf Fackeln übergegangen, jedenfalls beim Üben, und weil es immer besser klappte, wollte sie es an diesem Abend zum ersten Mal vor Publikum versuchen.

Elena sah ich nirgends, und betont beiläufig schlenderte ich durch den Saal, um einen Blick in ihr Schlafgemach zu werfen, das vor und während der Vorstellungen auch als Requisiten- und Umkleideraum der ganzen Truppe genutzt wurde. Sie war nicht dort.

Rodolfo drehte sich zu mir um. »Da bist du ja«, sagte er mit deutlichen Anzeichen von Ärger. »Wo warst du die ganze Zeit? Hast du dich auf dem Weg zum Abtritt verlaufen, oder was? Man kann dich wirklich keinen Moment aus den Augen lassen!«

»Ich habe mir nur ein bisschen die Beine vertreten. Wo ist Elena?«

»Oben auf dem Dach. Du kannst sie holen, es wird Zeit, dass sie sich umzieht.«

Und so stieg ich an diesem Tag bereits das zweite Mal hinauf aufs Dach, diesmal mit heftig klopfendem Herzen. Ein feiger und schamerfüllter Teil meines Wesens hätte sich gern versteckt, weit weg von ihr, während ein anderer, kühner und draufgängerischer, es nicht abwarten konnte, sie wiederzusehen. Die Kühnheit erwies sich ohne Frage als stärker, beflügelt durch die unverhoffte Gelegenheit, sie allein anzutreffen.

Sie kniete auf den Holzplanken der Dachterrasse, über eine Leinwand gebeugt, die sie auf der Altana abgelegt hatte. Zu ihren Füßen standen Tiegel mit verschiedenen Farben, die sie auf einer großen Palette mischte, bevor sie sie mit Pinsel und Spachtel auf der Leinwand auftrug.

Als sie mich bemerkte, verfinsterte sich ihre Miene. »Du bist schon wieder in der Stadt herumgelaufen! Anscheinend brauchst du die Gefahr, wie?«

»Blödsinn«, sagte ich.

Etwas an meinem Gesichtsausdruck oder meiner Stimme

weckte ihr Misstrauen. Sie warf Pinsel und Spachtel beiseite und sprang auf. »Da war doch was! Erzähl es mir!«

Anscheinend war ich unfähig, etwas vor ihr geheim zu halten. »Der Notar lief mir über den Weg. Ich bin weggerannt. Das ist alles.«

Sie kam näher und blieb vor mir stehen, während ihre Nasenflügel sich blähten. »Du warst bei der Bademamsell!«

»Nein!«, protestierte ich, doch ich merkte selbst, dass es halbherzig klang. »Ich war nur spazieren. Unterwegs begegnete ich Adelina.«

»Die dir ebenfalls ganz zufällig über den Weg lief!«

»Ja doch!«

»Und dir dabei so nahe kam, dass du riechst, als hättest du in Rosenöl gebadet.« Sie hob sich auf die Zehenspitzen, um an mir zu schnüffeln. »Mit dem ganzen Gesicht. Du musst sie angefasst haben! Und nicht nur das!«

Ihre Miene war eine einzige Anklage.

Ich biss die Zähne zusammen und setzte an, ihr den Hergang des Vorfalls zu erläutern, doch bevor ich mehr als einen halben Satz äußern konnte, erschien Rodolfo in der Durchstiegsluke. »Wo bleibt ihr denn? Elena, du bist immer noch nicht für deinen Auftritt umgezogen. Marco, Cipriano wartet unten im Hof auf dich. Vor dem Tor ist schon einiges los.«

Mit erhobener Nase stolzierte Elena an mir vorbei und verschwand durch die Luke. Mehr gleitend als kletternd hangelte sie sich an Rodolfo vorbei nach unten, während dieser noch auf der Stiege stand.

»Ärger im Paradies?«, fragte er mich belustigt.

Ich zuckte die Achseln und wartete, bis er die Leiter geräumt hatte, damit ich ebenfalls hinuntersteigen konnte.

Rodolfo hob schnuppernd die Nase, als ich unten ankam. »Warst du in dem Badehaus?«, wollte er wissen.

Allem Anschein nach fühlte auch er sich berufen, über jeden meiner Schritte Bescheid zu wissen. Was hatte ich an mir, solche Regungen herauszufordern? Trug ich nicht Schwert und Harnisch und war über sechs Fuß groß? War ich nicht ein erwachsener Mann?

»Das ist allein meine Sache«, sagte ich lässig. »Ich bin ein erwachsener Mann.«

»Der Größe nach sicher«, versetzte Rodolfo. »Aber was Frauen angeht …« Er ließ das Ende des Satzes unausgesprochen, doch es war nicht weiter schwer, sich den Rest selbst zu denken. Als ich mit ihm zusammen nach unten ging, fühlte ich mich wie der unbedarfteste Tölpel vom Lande.

Vor dem Tor drängten sich mehr Leute als sonst, denn Rodolfo und Cipriano hatten die neue Jonglage mit fünf Feuerfackeln auf den Plätzen des Sestiere groß angekündigt, und während Cipriano als Ausrufer aufgetreten war, hatte Rodolfo dazu effektvoll mit zwei brennenden Fackeln jongliert, sodass die Zuschauer sich ausmalen konnten, wie unglaublich es erst mit fünfen wirken würde.

Die Leute strömten in Scharen durchs Tor und zur Treppe, nachdem sie ihren Obolus entrichtet hatten, und ich hatte buchstäblich alle Hände voll zu tun, die korrekte Anzahl der Münzen nachzuhalten und Wechselgeld herauszugeben, wofür ich mehrere Beutel mit unterschiedlichen Münzen an meinem Gürtel hängen hatte.

»Es ist eine Frage der Konzentration«, hatte Cipriano mir erklärt. »Wenn man die Sache mit dem Geld erst einmal durchschaut hat, kann einen keiner mehr so leicht begaunern.«

Mittlerweile kannte ich alle unterschiedlichen Münzen. Auch musste ich ihren Wert nicht mehr in Zuckerkringeln umrechnen, es gab viele andere Güter, die ich zur Veranschaulichung heranziehen konnte, auch wenn mir für größere Summen – etwa solche, die über den Wert eines Athanors hinausgingen – noch die Maßstäbe fehlten.

Unter den letzten Besuchern war Morosini, maskiert wie beim letzten Mal. Er hatte ein in Tuch gewickeltes Bündel unter dem Arm, das er mir reichte, nachdem ich das Tor geschlossen hatte.

Ich konnte mich eines leichten Unbehagens nicht erwehren. »Ich kann das nicht annehmen, Messèr Morosini!«

»Unfug. Giovanni würde es ebenfalls wollen. Fast ist mir schon, als wärst du sein Bruder. Je öfter ich dich ansehe, desto stärker fühle ich so.« Grübelnd furchte er die Stirn. »Manchmal überlege ich, ob es möglich wäre … Aber nein, wie hätte das sein können?«

»Wie hätte *was* sein können?«

»Dass meine Schwester damals Zwillinge gebar statt nur eines einzigen Sohnes.«

Ob das möglich war, hätte ich auch gern gewusst. Mittlerweile kam es mir immer mehr so vor, als stochere Morosini, was meine Vergangenheit anging, ebenso im Nebel wie ich.

Ich betastete das Bündel und spürte einen kantigen Gegenstand.

»Es ist ein Buch«, sagte Morosini. »Giovanni liest so gerne. Ich weiß von Caterina, dass du es ebenfalls mit dem Lesen hast. Daher dachte ich, ein wenig neue Lektüre könne nicht schaden. Und neue Kleidung ebenso. Wie ich hörte, warst du wieder in den Giardini.«

»Es war ein Missverständnis«, beteuerte ich.

»Das weiß mittlerweile ganz Venedig. Alle Welt redet über das grausige Ende des armen Mocenigo.«

»Ihr kanntet ihn? Mein Beileid!«

Morosini zuckte die Achseln. »In Venedig kennt jeder jeden. Sein Verlust hinterlässt keine großen Lücken.«

»Kennt Ihr auch einen gewissen Messèr Celsi?«, platzte ich ohne nachzudenken heraus.

Die Maske verbarg seine Reaktion auf meine Frage, und bevor er zu einer Antwort ansetzen konnte, mischte sich Rodolfo ein. »Es wird Zeit, Marco«, mahnte er, schon auf halber Treppe.

Widerwillig schickte ich mich an, ihm zu folgen, als ein heftiges Hämmern an der Pforte mich innehalten ließ.

»Marco Ziani! Mach mir auf! Ich weiß genau, dass du da drin bist, denn soeben hörte ich deine Stimme!«

Ich warf Rodolfo einen entsetzten Blick zu, worauf er sofort die Treppe herabeilte und lauschend neben der Pforte stehen blieb. Wer ist das?, fragte er mich stumm.

»Der Prior«, flüsterte ich.

»Mach mir auf!«, brüllte es von draußen. »Wenn du nicht öffnest, lasse ich die Schergen ihres Amtes walten und die Tür aufbrechen!«

Dann verschlug es mir vor Schreck den Atem, denn Morosini trat vor und öffnete die Pforte, bevor ich es verhindern konnte. »Wer wagt es, hier solchen Lärm zu veranstalten?«, rief er verärgert.

Draußen stand der Prior, aufgeplustert wie eine fette schwarzweiße Henne in seiner ausladenden Kutte. Sein Gesicht hatte sich gefährlich gerötet, und als er meiner ansichtig wurde, sprangen ihm fast die Augen aus dem Kopf. »Da bist du ja! Habe ich dich endlich!«

Hinter ihm standen zwei Männer in voller Bewaffnung und mit entschlossenen Mienen.

Der Prior deutete auf mich. »Der Junge kommt mit mir«, sagte er. »Er ist meiner Vormundschaft unterstellt und hat bei diesen Taugenichtsen von Schauspielern nichts verloren.«

Auf sein Geheiß traten die Schergen vor, um mich zu packen, doch bevor sie Hand an mich legen konnten, sprang Rodolfo mit der Geschwindigkeit eines Kastenteufels vor und zückte seinen Krummsäbel. »Einen Schritt noch, und ihr könnt eure Eier vom Pflaster aufsammeln«, informierte er die Bewaffneten.

Das beeindruckte sie sichtlich, denn sie blieben wie angenagelt stehen und warfen dem Prior fragende Blicke zu.

»Lasst euch doch von diesem Zwerg nicht aufhalten!«, rief Bruder Hieronimo erbost. »Seht ihr nicht, dass er kaum halb so groß ist wie ihr?«

Zaudernd setzten sich die Männer wieder in Bewegung, doch Rodolfo bleckte nur die Zähne, riss mir das Bündel aus der Hand, warf es in die Luft und schlug es mit einem gewaltigen Säbelhieb mitten im Flug entzwei. Kleidungsfragmente unterschiedlicher Größe flatterten durch die Luft, bevor sie überall verstreut im Innenhof landeten. Unmöglich zu sagen, ob überhaupt ein Teil nicht in Fetzen gegangen war – bis auf das Buch, das hatte den Schlag, abgesehen von einer tiefen Kerbe, in einem Stück überstanden und lag aufgeklappt auf dem Boden.

»Stellt euch vor, das wären eure Eier«, erklärte Rodolfo.

Abermals waren die Bewaffneten stehen geblieben. Sie blickten nun nicht mehr den Prior an, sondern einander, als wollten sie sich darauf verständigen, dass diese Sache es nicht wert sei, dafür ihre edlen Teile zu riskieren.

»Ihr seid wirklich gut beraten, es sein zu lassen«, mischte sich Morosini freundlich ein. »Wie ihr seht, ist dieser Zwerg ungemein schnell und stark. Selten sah ich einen Kämpfer so souverän mit dem Schwert umgehen, und ihr könnt mir glauben, dass ich davon einiges verstehe. Außerdem verbitte ich mir jedweden Zwist auf dem Grund und Boden meiner Familie.«

Er nahm die Maske ab, worauf die Schergen sich ehrfürchtig verneigten.

»Wer seid Ihr?«, wollte Bruder Hieronimo misstrauisch wissen.

»Alessandro Morosini, zu Euren Diensten«, antwortete Morosini zuvorkommend, die Maske wieder überstreifend.

»Der Zehnerrat«, ergänzte einer der Bewaffneten respektvoll. »Seiner Familie gehört dieses Haus.«

»Und wenn schon!«, versetzte der Prior. Sein Doppelkinn zitterte vor Entrüstung. »Der Junge gehört ihm *nicht*! Ich habe eine amtliche Bescheinigung in der Tasche, die besagt, dass Marco Ziani meiner alleinigen Zuständigkeit untersteht. Genauer, jener des Klosters, dessen Leitung mir seit Jahrzehnten obliegt. Er hat mir zu gehorchen und zu folgen, und keinesfalls kann ihm gestattet werden, dass er mit fragwürdigem Theatervolk umherzieht! Marco, du kommst augenblicklich mit! Ich befehle es dir!«

»Marco, komm herauf! Hierher zu mir!«, hallte es von oben. Iseppo stand am Ende der Treppe und streckte mir die Arme entgegen. »Ich beschütze dich mit meinem Leben!«

»Auch das noch!« Der Prior schnappte nach Luft. »Bruder Iseppo! Ich hätte es ahnen sollen! Was trägst du da für schreckliches Zeug? Wo ist deine Kutte, um Himmels willen? Sofort kommst du herunter und verlässt mit mir dieses Sodom und Gomorrha!«

»Niemals!«, rief Iseppo, die Hände weit ausgebreitet. »Ich ersuche den Bischof um einen Dispens! Beim Theater liegt meine wahre Bestimmung! Auf den Brettern, die die Welt bedeuten!«

»Ich werde es deiner Mutter erzählen!«

»Tut es nur!«, schrie Iseppo trotzig, zog sich jedoch vorsorglich fluchtartig wieder ins Haus zurück.

»Dürfte ich diesen amtlichen Erlass einmal sehen?«, erkundigte sich Morosini. »Nichts für ungut, aber in meiner Stellung traf ich schon viele Leute, die sich behördlich beglaubigter Befugnisse rühmten und sie in Wahrheit gar nicht besaßen.«

Der Prior nestelte ein gesiegeltes Dokument aus den Tiefen seiner Kutte und wedelte Morosini damit vor der Nase herum. Der riss es ihm aus der Hand und überflog es.

»Ah, ich sehe. Hm, hm.« Er wandte sich an mich. »Und du erkennst dieses Dokument nicht an?«

Ich glotzte einige verblüffte Augenblicke lang auf das Siegel und entrang mir dann ein hastiges *Nein*.

»Nun gut«, meinte Morosini, während er das Papier einsteckte. »Ich werde die Gültigkeit überprüfen.« Gebieterisch stach er mit dem Zeigefinger in die Richtung des Priors. »Kommt dieser Tage in den Dogenpalast und fragt nach dem Zehnerrat Morosini.«

»Aber …«, hob Bruder Hieronimo verdattert an.

»Für heute seid Ihr hier fertig«, erklärte Morosini. Er deutete auf die Pforte. »Verlasst nun dieses Anwesen.«

Herrisch aufgerichtet stand er da, als warte er nur darauf, etwaigen Widerspruch im Keim zu ersticken, und auch Rodolfo hatte immer noch den Säbel erhoben und dabei einen Ausdruck im Gesicht, der nichts Gutes verhieß. Die Schergen waren bereits auf die Gasse hinausgetreten, und so blieb dem Prior keine andere Wahl, als ihnen zu folgen.

»Marco, Junge!«, beschwor er mich durch die offene Pforte. »Ich will doch nur dein Bestes!«

Heftig den Kopf schüttelnd, wich ich zurück, die Arme vor der Brust verschränkt, als könnte ich damit das Zittern dämpfen, das mich beim Anblick des amtlichen Schreibens überkommen hatte.

»Dein guter Onkel Vittore hat sich gewünscht, dass ich mich um dich kümmere!«, rief der Prior.

Unwillkürlich schüttelte ich den Kopf. Onkel Vittore hatte mich geliebt. Nie hätte er gewollt, dass jemand mir um meines Erbes willen – der Teufel allein wusste, woraus es bestand und wie viel es wert war – nach dem Leben trachtete. Mochte Onkel Vittore auch irgendwann in der Vergangenheit aus alter Freundschaft oder sonstigen Gründen diesem fetten Klostervorsteher vertraut haben – das war längst überholt, denn inzwischen war erwiesen, dass dem Prior nur an einem gelegen war: einem rundum sanierten Kloster. Mit einer neuen Orgel, die viel Geld kostete.

Rodolfo setzte der Unterhaltung ein Ende, indem er vortrat und Bruder Hieronimo die Pforte vor der Nase zuknallte.

»Ich komme wieder!«, schrie es von draußen.

Ich hielt die Luft an und lauschte, bis die Schritte auf der Gasse verklungen waren.

»Dieser Prior hatte etwas Penetrantes an sich«, meinte Morosini.

Erleichtert stieß ich den Atem aus. »Vielen Dank, Messèr Morosini. Ihr habt mir sehr geholfen.«

»Was wollte der Mann von dir?«

»Das ist eine lange ...«

»Marco, wir haben keine Zeit mehr«, fiel mir Rodolfo ins Wort. »Die Vorstellung hat schon angefangen!«

Morosini zeigte Verständnis. »Das Theater geht vor!« Er winkte ab, als ich zu einer Entschuldigung ansetzen wollte. »An die Arbeit, meine Herren.«

Er rückte seine Maske zurecht und folgte uns federnden Schrittes nach oben.

Iseppo erwartete mich oben am Ende der Treppe und blickte mir völlig aufgelöst entgegen. »Das ging gerade noch mal gut«, sagte er mit schwankender Stimme. »Was sollen wir jetzt tun? Müssen wir davonlaufen?«

»Wir reden später darüber.«

Die Feuerjonglage mit fünf Fackeln war ein fulminanter Erfolg, der donnernde Applaus war in vollem Gange, als ich meinen Posten bei der Säule einnahm. Franceschina verneigte sich wie eine Königin und überreichte Rodolfo die brennenden Fackeln, der sie in einem Kübel mit Wasser löschte. Sie wirkte wütend, und als ich die Ohren spitzte, hörte ich, wie sie Rodolfo im Flüsterton tadelte, weil er zu Beginn des artistischen Teils der Vorführung gefehlt hatte, obwohl ausgemacht war, dass er das Anzünden der Fackeln übernahm. Sichtlich bedrückt ließ er ihre Vorwürfe über sich ergehen. Es drängte mich, ihr zu erklären, dass er meinetwegen zu spät gekommen war, doch das musste warten, denn schon war Baldassarre vorgetreten, um den Anfang des Mythenstücks anzukündigen. An der Stelle war mein Einsatz gefragt, weil ich die Winde bedienen musste, damit Göttervater Zeus in der ersten Szene ohne Quietschgeräusche und Rucken vom Olymp niederfahren konnte. Bevor er sich auf das Brett setzte, das ich mithilfe der Winde hochzuziehen hatte, ließ er einen letzten klangvollen Vers hören.

»Hier haben wir uns alle eingefunden
Euch zu erfreu'n mit Spiel, Gesang und Tanz
Zu schenken euch ein paar vergnügte Stunden
Euch zu erquicken mit der Mythen Glanz.
So lasst betören euch vom Duft der Nymphen
Habt teil an schicksalhafter Götterwelt!
Erlebt, wie hier, mit intriganten Trümpfen
Den Menschen Glück und Liebe wird vergällt!«

»Unfassbar«, sagte ein Zuschauer. »Das war wieder ganz anders als beim letzten Mal! Und trotzdem reimt es sich perfekt!«

»Der Alte ist ein Phänomen«, bestätigte sein Nebenmann. »Ich schwöre, mein Vater ist mindestens zehn Jahre jünger, aber er vergisst sogar oft, welchen Tag wir gerade haben. Dieser Greis da verdient alle Hochachtung!«

»Das mit dem Duft der Nymphen darf man allerdings nicht wörtlich nehmen«, mischte ein Dritter sich ein. »Es sei denn, die Nymphen kämen direkt aus einer Schwefelquelle.«

»Es stinkt widerlich in diesem Theater«, stimmte der mit dem vergesslichen Vater zu. »Aber die Nymphe, die in diesem Stück die Hauptrolle spielt, ist wirklich eine Augenweide.«

Unterdessen zog ich, verborgen hinter dem von der Decke hängenden Tuch, Baldassarre auf dem Brett in die Höhe und schlang das Ende des Stricks um den Haken, an dem auch das Seil für Elenas Balanceakt befestigt war.

Sie selbst war genau in dem Augenblick, als ich meinen Posten bezogen hatte, vom Seil gesprungen und im Requisitenraum verschwunden. Nicht einmal den Applaus hatte sie abgewartet. Es kam mir vor, als wolle sie mich mit ihrem abrupten Abgang bestrafen. Was bei Licht betrachtet schlichtweg die Höhe war, denn was konnte ich dafür, dass Adelina so stark parfümiert war? Und war es etwa meine Schuld, dass sie mein Gesicht gegen ihren Busen gedrückt hatte?

In mir brodelte es. Dass es mir gerade noch im Innenhof vor Furcht die Luft abgeschnürt hatte, war vergessen. Am liebsten hätte ich Elena gepackt und Vernunft in sie hineingeschüttelt.

Ich nahm kaum wahr, wie die leicht bekleidete Nymphe sich auf dem Felsen bei der sprudelnden Quelle räkelte (wie Caterina sich in dünnem weißem Musselin auf die mit grauem Tuch bedeckte Kiste setzte, neben der ein wellig drapiertes blaues Tuch das Wasser symbolisierte), ein Anblick, der mich sonst immer zuverlässig von allen möglichen anderen Gedanken ablenkte. Auch fiel mir nur am Rande auf, dass Bernardo an der üblichen Stelle patzte, fast so, als sei es ein ehernes Gesetz, dass er sich immer beim selben Satz versprach.

»Achtung, Seilwinde!«, zischte es von der Seite. Henry stand dort im Durchgang zur Innentreppe und waltete seines Amtes als Einsatzgeber. Gestikulierend wies er mich darauf hin, dass gleich Göttervater Zeus seinen Auftritt hatte. Hastig verbannte ich alle Gedanken an Elena und machte mich daran, Baldassarre herabschweben zu lassen.

Trotz aller Mühen um ein ansatzloses Gleiten knarrte und ruckte die unberechenbare Winde, und Baldassarre rutschte wenig elegant von dem Brett, während im Hintergrund Iseppo die Trommel schlug, für den Donnerhall, mit dem Zeus vom Olymp auf die Erde niederfuhr.

Scheinbar geblendet von so viel Herrlichkeit schirmte Caterina mit der Hand ihre Augen ab. »O helft, ihr guten Götter dieses Waldes! Wer kommt vom Himmel dort herabgestiegen?«

»O holde Nymphe, kannst du es nicht sehen?«, fragte Baldassarre. »Kein and'rer ist's als Göttervater Zeus!« Seine Stimme klang eigentümlich verwaschen, ganz anders als vorhin. Als er vortrat, strauchelte er leicht und streckte die Hand aus, um sich an der Säule abzustützen. Sofort war ich bei ihm, aber er hatte sich bereits wieder gefangen und sprach weiter. Als ich jedoch genauer hinsah, erkannte ich, dass seine Miene leicht verzerrt war, als litte er Schmerzen, die er sich nicht anmerken lassen dürfe. Einen Vers entrang er sich noch, ohne dass die Zuschauer etwas bemerkten, dann ging er mit unsicheren Schritten in Richtung Portikus ab. Ich folgte ihm auf dem Fuße. Von Henry gestützt, stand er an die Wand des Bogendurchgangs gelehnt und rang nach Luft. Im Licht der Lampe, die am Aufgang der Treppe brannte, war zu sehen, dass seine Lippen einen bläulichen Farbton angenommen hatten.

Furcht stieg in mir auf, denn der Anblick erinnerte mich an Onkel Vittore, wie er tot vom Küchentisch rutschte. Jahre davor, daran erinnerte ich mich genau, hatte Onkel Vittore schon einmal so ausgesehen, kreidebleich, die Lippen blau und das Gesicht angstvoll verzerrt. Und genau wie Baldassarre hatte er die Hand gegen die linke Brustseite gepresst. Damals hatten wir unsere Reise nach Padua abbrechen und sofort nach Hause zurückkehren müssen.

»Ich gehe die anderen holen«, sagte ich.

»Halt!«, stieß Baldassarre mühsam hervor. »Das tust du nicht!«

»Aber …«

»Die Vorstellung muss weitergehen. Bringt mich nach unten.«

Henry und ich schleppten den Alten die Treppe hinab ins Mezzà in meine Kammer, wo wir ihn auf meinen Strohsack betteten.

»Ich gehe los, einen Medicus holen«, erklärte Henry.

»So ein Unfug«, sagte Baldassarre, doch seine keuchende

Stimme strafte seine Worte Lügen. »Ich muss bloß ein Weilchen durchschnaufen, dann bin ich wieder ganz auf der Höhe.«

Zu meiner Erleichterung ließ Henry sich nicht beirren, sondern nickte mir nur stumm zu, bevor er davoneilte.

Kaum war er gegangen, als Elena hereinplatzte, bleich vor Schreck. Hinter ihr erschien Iseppo, dem ebenfalls die Sorge im Gesicht geschrieben stand. »Rodolfo sagte, der alte Mann habe einen Schwächeanfall!«

»Großvater!«, rief Elena. Sie eilte zu Baldassarre und kniete neben seinem Lager nieder. »Was ist geschehen?«

»Nichts«, ächzte Baldassarre.

Verzweifelt wandte sie sich zu mir um. »Es geht ihm schlecht! Seine Lippen sind ganz blau, und er kriegt kaum noch Luft!«

Ich zog sie zur Seite und flüsterte ihr zu: »Ich glaube, er hatte einen Herzanfall. Du solltest ihn nicht noch zusätzlich aufregen.«

»Aber jemand muss einen Medicus holen!«

»Henry ist schon unterwegs.«

»Ich weiß, was zu tun ist«, sagte Iseppo. »Bei Bruder Jacopo hat es auch immer geholfen.« Mit klappernden Zòccoli hastete er davon und kam gleich darauf mit einem Krug Grappa aus der Speisekammer wieder.

»Bruder Jacopo hatte es ebenfalls am Herzen«, berichtete Iseppo, während er einen Becher vollschenkte und sich damit neben Baldassarre hockte. »Bruder Ottone – das war der Mönch, mit dem Bruder Jacopo die Zelle teilte – musste häufig unseren Prior rufen, weil er dachte, Bruder Jacopo benötige endgültig die letzte Ölung. Wie oft schon war der arme Bruder Jacopo so gut wie tot! Aber ein paar Schlucke hiervon, und er kehrte stets zu den Lebenden zurück!«

Von Keuchen und Husten unterbrochen, nahm Baldassarre mit Iseppos Unterstützung einiges von dem Schnaps zu sich. »Wie geht es Bruder Jacopo heute?«, fragte er anschließend matt.

»Äh …« Iseppo blickte hilflos zu mir auf.

»Er ist ein ganz anderer geworden«, warf ich rasch ein. »Jahrelang kam er überhaupt nicht mehr von seinem Strohsack hoch. Aber mittlerweile ist jegliches Siechtum von ihm abgefallen.«

»Her mit dem Grappa«, sagte Baldassarre. »Dann kann ich gleich wieder auftreten.«

»Das kannst du nicht«, widersprach Elena. »Du bleibst ganz ruhig hier liegen!« Zu Iseppo sagte sie: »Geh hinauf und richte Cipriano aus, dass er den Zeus spielen muss, weil Großvater krank ist.«

Iseppo gehorchte, was dazu führte, dass nacheinander alle Incomparabili, immer zwischen ihren Auftritten, in meine Kammer gestürzt kamen. Alle zeigten sich aufs Höchste besorgt. Den Frauen standen die Tränen in den Augen, sogar Franceschina, die mir sonst immer von eher robustem Gemüt erschienen war, wirkte verängstigt.

Bernardo kniete neben Baldassarres Lager nieder und nahm seine Hand. »Alter Mann, wehe du lässt uns im Stich!«

»Woher denn«, murmelte Baldassarre. »So schnell werdet ihr mich nicht los. Schon gar nicht ungebadet.«

Bald darauf kam Henry mit dem Arzt zurück, einem steinalten, aber unbestreitbar kompetenten Männlein. Die Kompetenz erkannte ich daran, dass er nach einer gründlichen Untersuchung exakt dasselbe äußerte wie seinerzeit der Arzt, der Onkel Vittore behandelt hatte.

»Der Patient hat einen Herzanfall erlitten«, erklärte er. »Er muss jede Aufregung meiden und sich schonen. Mindestens drei Wochen Bettruhe sind einzuhalten und Anstrengungen aller Art strikt untersagt.« Auf ein mitgebrachtes Stück Papier schrieb er eine Verordnung über besondere Heiltropfen, die in der Apotheke zu besorgen und dem Patienten regelmäßig einzuflößen seien. Des Weiteren empfahl er Haferschleim, roten Wein in kleinen Mengen und einen angewärmten Backstein an den Füßen, damit der Leib von unten her gut temperiert bleibe.

Dringend abzuraten sei hingegen von Hülsenfrüchten, Kohl, fettigem Fleisch und vor allem von Schnaps.

Iseppo zog den Kopf ein, meinte dann jedoch ein wenig trotzig: »Bruder Jacopo lebte jedes Mal auf, das schwöre ich.«

Der Medicus überging den Einwurf. »Leichte Kost, viel Schlaf, und dazu milder Kräuterrauch – der Patient kann wieder ganz der Alte werden, wenn meine ärztlichen Empfehlungen befolgt werden.«

Ich erinnerte mich, wie gut Onkel Vittore sich von dem ersten Anfall erholt hatte. Danach hatte er noch jahrelang ein gesundes und erfülltes Leben geführt. Das ließ mir, bezogen auf Baldassarre, ein wenig leichter ums Herz werden.

Oben im Portego wurde derweil die Aufführung fortgesetzt, so wie Baldassarre es sich gewünscht hatte. Zwischendurch kamen die Schauspieler immer wieder ins Mezzà, um sich nach seinem Befinden zu erkundigen. Iseppo blieb die ganze Zeit bei ihm und wachte über ihn, bis der Alte in einen unruhigen Schlummer sank.

Ich selbst ging erst nach oben, als die Vorstellung vorbei war, und sorgte gemeinsam mit Rodolfo dafür, dass alle Besucher gesittet das Haus verließen. Morosini war bereits gegangen, ihn sah ich daher nicht mehr, was mich auf unbestimmte Weise erleichterte. Natürlich wollte ich immer noch wissen, was er mit Celsi zu tun hatte, doch in dieser Nacht fühlte ich mich zu weiteren Nachforschungen außerstande.

Nachdem das Haus sich geleert hatte, kehrte Stille ein. Wir räumten die Requisiten weg, löschten die Kerzen bis auf wenige Nachtlichter und vergewisserten uns, dass Türen und Fenster sorgfältig verschlossen waren. Danach zogen sich alle zurück.

Iseppo und ich waren übereingekommen, uns bei der Krankenwache abzuwechseln. Ich übernahm die erste Wache bis zum Nachtläuten.

Baldassarres Schlaf war in der ersten Stunde so tief, dass ich mich immer wieder über ihn beugte, um zu horchen, ob er noch atmete. Später wurde er unruhiger, warf sich hin und her und redete im Traum. Ich meinte herauszuhören, dass er gern baden würde, und einmal war ich sicher, dass er von den Athanoren sprach und von dem Gold, das sie ausbrüteten. Bisher hatte der Alte stets dafür gesorgt, dass der Ofen nicht ausging. Doch nun hatte seit Stunden keiner mehr Kohlen nachgelegt. Nicht einmal der neuartigste Stellregler konnte verhindern, dass das Feuer bald von allein erlöschen würde. Eine Weile war ich versucht, den Dingen ihren Lauf zu lassen. Bei dem schwefligen Gestank, der das Mezzà durchzog, fühlte man sich der Hölle näher als dem Himmel, und ausgerechnet das konnte Baldassarre in seinem Zustand nun wirklich nicht brauchen. Dessen ungeachtet hatte er immer höchsten Wert darauf gelegt, dass der Ofen brannte. Mehrmals am Tag pflegte er hinzugehen, um die Transmutation zu überwachen, und wenn er es nicht selbst tat, hielt er Iseppo damit auf Trab.

Während ich noch grübelte, ob dem Alten nicht dennoch ohne den stinkenden Athanor besser gedient sei, schrak er auf. »Der Ofen! Das philosophische Ei! Jemand muss nach dem Feuer sehen!« Kaum hatte er das hervorgestoßen, sank er wieder in Schlaf. Mir erleichterte es jedoch die Entscheidung: Unverzüglich eilte ich zu dem Ofen und legte eine ausreichende Menge Kohlen nach.

Gleich darauf war das schwache Geläut der Nachtglocken zu hören. Nach einem raschen Rundgang durchs Mezzà ging ich zurück, um Iseppo zu wecken. Er hatte mein Lavendelkissen an sich genommen und es sich übers Gesicht gelegt. Darunter ertönten erstickte Schnarchlaute.

Voller Panik fuhr er hoch, als ich ihn an der Schulter berührte. »Bruder Hieronimo!«, ächzte er. »Nehmt meine Kissen und all mein Geld, aber lasst mich hier!«

»Ich bin's nur«, flüsterte ich. »Pst, nicht so laut, sonst weckst du Baldassarre auf!«

Stöhnend setzte Iseppo sich auf. »Ich hatte einen grauenhaften Albtraum! Der Prior war hier und wollte mich mitnehmen. Und als ich mich weigerte, versuchte er, mich mit dem Kissen zu ersticken. Nicht einmal in meinen Träumen habe ich Ruhe vor ihm!«

»Du machst dir zu viele Sorgen. Hier sind wir sicher. Ich habe eben noch einen Kontrollgang gemacht. Alles ist ruhig, niemand kann ins Haus. Ich habe sogar nach dem vermaledeiten Ofen geschaut.«

»Oh, das ist gut. Der Alte wäre sonst untröstlich.« Iseppo kämpfte sich von seinem Strohlager hoch und blickte scheu zu Baldassarre hinüber. »Weißt du, ich habe ihn richtig gern«, sagte er leise. »Er ist verrückt, aber auf liebenswerte Art. Doch das sind wir irgendwie ja alle, oder?« Gähnend stand er vor mir. »Jetzt bist du mit Schlafen dran. Leg dich hin, Marco.«

Ich tat es und schloss die Augen, während Iseppo im Licht der Stundenkerze an dem von Rodolfo gezimmerten Schreibpult saß und mein Canovaccio las, um sich wachzuhalten. Sein Gemurmel und das Geraschel der Papierbögen hinderten mich am Einschlafen, aber noch mehr die stickige, nach Schwefelrauch, Schweiß und Krankheit riechende Luft in der Kammer. Als es dann auch noch an der Tür pochte und Elena hereinschaute, war es vollends vorbei mit der Nachtruhe.

»Ich wollte nur nachsehen, ob mit Großvater alles in Ordnung ist«, flüsterte sie. Im flackernden Schein des Nachtlichts, das sie mit sich trug, stand ihr Haar wie eine Wolke um ihren Kopf.

»Er schläft ganz ruhig«, sagte Iseppo leise. »Und Marco auch.«

»Nein, das tut er nicht.« Entschlossen stand ich von meinem Lager auf. »Ich gehe raus. Ich brauche frische Luft.«

»Wo willst du hin?«, fragten Elena und Iseppo. Sie sprachen beinahe gleichzeitig, nur, dass es bei Iseppo besorgt und bei Elena erbost klang.

»Nur aufs Dach«, erklärte ich, verärgert über die Bevormundung.

»Dann gehe ich mit«, sagte Elena.

»Ich brauche keine Aufsicht.«

»Da bin ich nicht so sicher«, erwiderte sie unverhohlen sarkastisch. »Aber rein zufällig will ich nicht auf dich aufpassen, sondern bloß meine Malsachen reinholen.«

Höflich ließ ich ihr den Vortritt auf der Treppe. Dass das ein Fehler war, bemerkte ich, als mir ihr vertrauter Duft in die Nase stieg, was mich auf der Stelle in Verwirrung stürzte. Es war bloß ein schwacher Hauch, aber dafür so unverwechselbar, dass ich ihn mit verbundenen Augen in einem Raum voller Menschen wahrgenommen hätte.

»Was wohl in diesem Stockwerk ist?«, fragte sie, als wir den Treppenabsatz vor dem zweiten Obergeschoss erreichten.

»Irgendwelche Waren«, sagte ich.

»Ja, ich war dabei, als Razzi davon sprach. Aber warum lagern sie die Waren hier statt im Hause Morosini, wo doch mindestens ebenso viel Platz dafür wäre? Außerdem gibt es dort Dienerschaft, um darauf aufzupassen.« Sie rüttelte probehalber an der Tür.

»Sie ist verschlossen«, sagte ich. »Auch das erwähnte Razzi, weißt du nicht mehr?«

»Natürlich weiß ich es noch. Ich habe am selben Tag ausprobiert, ob es stimmt.«

Das Gleiche hatte ich auch getan, verlor aber kein Wort darüber. Sie war ein Mädchen und durfte neugierig sein. Für einen besonnenen Mann dagegen ziemte es sich nicht, an einer Tür zu rütteln, nur weil zufällig jemand äußerte, sie sei verschlossen.

»Die Tür ist zwischenzeitlich bestimmt nicht von allein aufgegangen«, sagte ich.

»Das ist mir klar. Ich weiß aber auch, dass Caterina schon mal mitten in der Nacht hier drin war. Mit Razzi.«

»Warum das denn?«

Elena musterte mich unter hochgezogenen Brauen.

»Das kannst du unmöglich unterstellen!«, protestierte ich. »Nie würde sie … Nicht, wenn Bernardo nur ein Stockwerk tiefer … Ausgeschlossen!«

»Du hast keine Ahnung, Marco Ziani.«

Das konnte ich nicht auf mir sitzen lassen. »Bestimmt wollte sie bloß wissen, was dort drinnen ist, und hat deshalb Razzi gebeten, es ihr zu zeigen!«

»Natürlich.«

»Was?«, fragte ich verdattert.

»*Natürlich* wollte sie wissen, was drinnen ist, und hat Razzi aus diesem Grund gebeten, es ihr zu zeigen«, sagte Elena. »Was hast *du* denn gedacht, warum sie reinwollte?«

»Äh … nichts.«

Ihr entfuhr ein Kichern. »Du lügst. Ich weiß genau, was du gedacht hast.«

Schon wieder fühlte ich mich gehänselt, und wie immer hatte ich keine Ahnung, was dagegen zu unternehmen war. Außer, so zu tun, als schere es mich kein bisschen.

Wortlos wandte ich mich ab und ging die Treppe hinauf ins Dachgeschoss. Dort kletterte ich über die Stiege nach draußen. Die Nacht war kühl und sternklar, und über den kegelförmigen Kaminen der gegenüberliegenden Dächer hing ein voller Mond, milchweiß und so groß, dass man fast meinte, ihn berühren zu können.

Beinahe wäre ich auf Elenas Palette getreten. Die Leinwand hob sich daneben als grauer Schatten vom Holz der Altana ab, ungefähr eine Elle im Quadrat. Ich versuchte zu erkennen, was darauf gemalt war, doch es war zu dunkel.

Gleich darauf kam Elena aufs Dach hinausgeklettert, die Nachtleuchte vor sich hertragend. Dadurch konnte ich nun auch das Motiv des Gemäldes erkennen. Es war die Piazza San Marco, vom Meer aus betrachtet – und zugleich von oben, aus der Perspektive eines Vogels, der den Platz anflog und dabei alles erspähte, was einem Betrachter vom Boot aus verborgen geblieben wäre. Der Dogenpalast beherrschte den Vordergrund am rechten Bildrand, und dahinter erhoben sich die goldenen Kuppeln der Basilika. Der Campanile mit dem schimmernden Engel auf der Spitze ragte in der Mitte auf, halb rechts dahinter der Uhrturm mit den beiden Mohren, und links daneben die lang gestreckte Säulenhalle der Prokuratie. Im Vordergrund waren die beiden schlanken Säulen zu sehen, die rechte mit dem Löwen gekrönt, die linke mit San Todaro.

»Das Bild ist sehr schön!«, sagte ich beeindruckt. »Es ist richtige Kunst!«

»Das ist maßlos übertrieben, aber trotzdem vielen Dank. Es ist die Vorlage für ein großes Kulissenbild, das ich malen möchte.«

»Für das neue Stück?«

Sie nickte. »Ich dachte, die Piazza San Marco macht sich gut zum ersten Akt.«

»Dafür ist es perfekt!«

»Nochmals danke.«

»Du hast dir viel Arbeit damit gemacht. Mir ist gar nicht aufgefallen, dass du wieder malst.«

»Stimmt. Nicht mal, als du heute Nachmittag direkt danebenstandest.«

»Das kannst du mir nicht vorwerfen«, wehrte ich ab. »Wie soll ich dein neues Bild ansehen, während du mich mit falschen Anschuldigungen überhäufst?«

»Das ist die Frage.«

»Was ist die Frage?«

»Ob sie so falsch waren. Ich habe mir gewiss nicht eingebildet, dass du nach der Bademamsell gerochen hast.«

»Hättest du mir Gelegenheit gegeben, alles zu erklären, dann wüsstest du, warum ich so gerochen habe.«

»Gut, jetzt hast du die Gelegenheit.«

Es widerstrebte mir, mich vor ihr rechtfertigen zu müssen, doch um des lieben Friedens willen tat ich es und berichtete ihr mit knappen Worten, wie es sich zugetragen hatte. Um möglicher Kritik vorzubeugen, stellte ich es so dar, als hätte Adelina mein Gesicht ungeachtet meiner Gegenwehr an ihren Busen gedrückt. Doch das schien Elena erst recht zu erzürnen.

»Du hast dich dagegen *gesträubt*?« Sie starrte mich finster an. »Warum? War ihr Busen plötzlich so abstoßend für dich? Sonst glotzt du doch immer hin, als trüge sie rechts Manna und links Ambrosia.«

Ertappt blickte ich zu Boden. Zu meiner Erleichterung drang sie nicht weiter in mich, sondern hob die Leinwand vom Boden auf.

»Soll ich den Rest tragen?«, erbot ich mich.

Sie nickte und ging voraus, während ich ihr mit der Palette, den Farbtöpfen sowie Pinseln und Spateln folgte. Ich hatte alle Hände voll zu tun, nichts fallen zu lassen, zumal ich bei der Dunkelheit kaum erkennen konnte, wohin ich meine Füße setzte. Elena – und mit ihr die Lampe – war schneller durch die Luke und über die Stiege nach unten verschwunden, als ich ihr folgen konnte.

Im Dachgeschoss fiel mir ein Pinsel auf den Boden, und mit unterdrücktem Fluchen suchte ich danach. Schließlich gab ich es auf und tastete mich zur Treppe und dann hinunter ins Piano Nobile. Erst dort konnte ich wieder meine Umgebung erkennen, weil im Portikus ein Nachtlicht brannte. Die Tür zu Elenas Schlafgemach war offen, also ging ich ohne Umschweife hinein. Sie stand mit verschränkten Armen vor der Spanischen Wand, die ihre Bettstatt vom übrigen Raum abteilte. Die Lampe hatte sie zu ihren Füßen abgestellt.

»Hier bringe ich deine Malsachen«, sagte ich.

»Leg sie einfach dorthin.« Sie wies in die Ecke, wo sie auch die Leinwand abgelegt hatte.

Ich musste mir zuerst einen Weg dorthin bahnen. Überall lagen und standen Requisiten herum: stapelweise Kisten, daneben aufgeklappte Truhen, aus denen Kostüme quollen, dahinter ein Tisch, auf dem die unterschiedlichen Masken der Zanni ausgebreitet lagen, ein anderer mit den Schminksachen, ein Regal mit den Musikinstrumenten, Ständer mit weiteren Kostümen und Tüchern in allen möglichen Farben und Größen, an die Wand gelehnt ein hoher Spiegel – dies war die verborgene Welt hinter der Bühne, mit all den Dingen, die zum Theater gehörten wie das Salz in die Suppe.

»Viel Platz hast du nicht für dich allein«, meinte ich, nur um überhaupt etwas zu sagen. Tatsächlich nahm sich die Ecke, die Elena für sich abgeteilt hatte, im Vergleich zu der Größe des Raums und den Mengen der überall deponierten Requisiten recht bescheiden aus.

»Vorher hatte ich noch weniger Platz. Du weißt ja, wie es in den Herbergen und Planwagen war. Ich kann mich nicht beklagen, eigentlich ist es wunderbar hier.«

Ich legte ihre Malutensilien neben der Leinwand ab, und dabei fiel mein Blick hinter die Spanische Wand. Das Bett, das dort stand, war breiter als erwartet, zumindest breiter als mein eigenes Nachtlager. Es bestand aus einem festen Holzgestell mit Kopf- und Fußteil und einer ordentlichen Matratze, und bezogen war es mit frischem Leinen. Neben dem Bett stand ein Tischchen mit einem Handspiegel, einem Kamm und einer Waschschüssel, und davor eine schmale Wäschetruhe. Unter dem Bett waren die Spitzen von zwei sauber aufgereihten Schuhpaaren zu sehen.

Im Gegensatz zu dem bunten Durcheinander, das den restlichen Teil des Raums bestimmte, zeugte der Bereich hinter der Spanischen Wand von ausgeprägtem Ordnungssinn.

Dann sah ich, was auf dem Kopfkissen lag (ich musste scharf hinschauen, weil ich es nicht auf Anhieb erkannte): eine zerfledderte Stoffpuppe.

Elena folgte meinem Blick und schob sich vor die Puppe, als müsse sie diese beschützen. »Nicht, dass du denkst, ich bräuchte noch Spielzeug. Ich habe sie nur aus Sentimentalität behalten, weil mein Vater sie mir einst schenkte und sie das einzige Erinnerungsstück an ihn ist.«

Befangen senkte ich die Augen. Mit einem Mal fühlte ich mich wie ein Eindringling. Ich hatte kein Recht, diesen privaten Ort zu betrachten. Und doch drängte es mich danach, weil es mich Elena auf eine ungewohnte Weise sehen ließ. Fast war es, als würde ein Vorhang zur Seite gezogen und dabei jemand sichtbar, den ich noch nicht kannte. Wie sie dort stand, vor ihrem Bett mit der Puppe und den wenigen Habseligkeiten, wirkte sie nicht länger spröde und überlegen, sondern seltsam verloren.

Hatte ich die ganze Zeit zuvor ständig daran denken müssen, sie zu küssen und an gewissen verbotenen Stellen zu berühren, so mischte sich nun in dieses Begehren eine andere, mindestens genauso starke Empfindung. Es war der Wunsch, sie zu halten. Sie in die Arme zu nehmen und meine Wange an ihre zu legen. Ihren Herzschlag zu fühlen und sie atmen zu hören.

»Elena«, sagte ich und kam mir über die Maßen töricht dabei vor. »Eines musst du wissen. Du bist tausend Mal schöner als Adelina. Und du riechst auch viel besser. *Niemand* riecht so gut wie du.«

Sie sagte kein Wort, sondern holte nur tief Luft. Das Verlangen, ihr nah zu sein, wurde übermächtig. Kurz flackerte das Nachtlicht zu unseren Füßen auf, als ich zu ihr trat. Ich kam mir linkisch vor, als ich die Hand hob und an ihre Wange legte, und meine Finger schienen mir viel zu grob für ihre zarte Haut. Doch dann neigte sie leicht den Kopf und schmiegte ihr Gesicht in meine Hand.

Das war alles, was ich an Aufforderung brauchte.

Die Kerze ging aus, als ich Elena in die Arme nahm, doch wir brauchten kein Licht. Wir hatten ja uns.

Und das Bett.

Als ich zu mir kam, herrschte um mich herum graues Dämmerlicht. Der Nachhall eines Traums bewegte mich: Ich hatte das perfekte Sonett gedichtet! Die vollkommensten aller Reime waren mir eingefallen, von so einzigartiger Schönheit, dass die ganze Welt sich davor verneigen musste.

Die Erinnerung an das Sonett war leider äußerst flüchtig. Hatte ich es eben noch in all seinen makellosen Einzelheiten vor meinem geistigen Auge gehabt, war es im nächsten Augenblick auch schon verschwunden wie Rauch im Wind. An seine Stelle trat der Schreck.

Ich hatte gesündigt! Hatte einem unbescholtenen Mädchen die Unschuld geraubt!

Das war für sich betrachtet schon schlimm genug, doch noch schlimmer war, dass ich immer noch bei ihr lag und meine Arme um sie geschlungen hatte. Und dabei von derselben Wollust erfüllt war wie in der Nacht. Ich hätte auf der Stelle erneut sündigen können, sogar auf die Gefahr hin, dass es ähnlich unzureichend verlief wie beim ersten Mal. Da war alles schon vorbei gewesen, kaum, dass wir angefangen hatten, und zu meiner Beschämung hatte Elena dabei eher Schmerz als Lust empfunden. Meine gestammelten Entschuldigungen hatte sie jedoch kurz abgetan und behauptet, das sei normal beim ersten Mal. Und sie fände es schön, in meinen Armen zu liegen und von mir gehalten zu werden.

Das fand ich auch, und so waren wir in inniger Umarmung eingeschlafen.

Unten im Haus hörte ich es rumoren, wahrscheinlich Iseppo, der sich schon fragte, warum ich nicht zurückgekommen war, nachdem er die Wache übernommen hatte. Oder aber – und das war weit naheliegender, denn anderenfalls hätte er längst Zeter und Mordio geschrien – er fragte sich *nicht*, weil er den Grund bereits erfahren hatte, indem er nachgesehen und dabei herausbekommen hatte, was los war. Die Tür der Kammer stand nämlich immer noch offen, weder Elena noch ich hatten im Eifer des Gefechts auch nur einen Gedanken daran verschwendet. Jederzeit konnten uns auch andere auf die Schliche kommen!

Vorsichtig löste ich ihre Arme von meinem Hals. Sie murmelte im Schlaf, wachte aber nicht auf.

Sanft küsste ich sie auf die Stirn und schlüpfte aus dem Bett. Ich fröstelte, denn es war kühl in dem Raum, und ich hatte keinen Faden am Leib. Hastig suchte ich meine Sachen zusammen und fand dabei die Stoffpuppe, die in der Nacht herausgefallen war. Ich legte sie zurück ins Bett, zog mich an und schlich aus der Kammer in den Portego. Dort regte sich nichts, alle schienen hier oben noch zu schlafen. Ebenso leise, wie ich aufgestanden war, huschte ich die Innentreppe hinab ins Mezzà. Gewiss würde es nicht viel Mühe bereiten, Iseppo alles zu erklären. Er hatte ja schon beteuert, dass unsere Liebe bei ihm sicher sei.

Unsere Liebe ... Ich horchte den aufwühlenden Empfindungen nach, die mich gefangen hielten. Mein Kopf war voll davon, genau wie mein Herz, und nicht einmal dort schien der Platz dafür ausreichend zu sein. Sie erstreckten sich bis tief in meine Seele.

Ich hätte jubeln und singen können und fühlte mich so stark wie noch nie. Die Welt war mein, und ich war darin der König.

Behutsam öffnete ich die Tür zu meiner Schlafkammer. Baldassarre und Iseppo lagen im Licht der Stundenkerze entspannt da und schliefen beide. Das doppelstimmige Schnarchen war unüberhörbar. Auch ohne Krankenwache hatte Baldassarre offenbar die Nacht gut überstanden. Darin sah ich ein gutes Zeichen – und Anlass zu der zaghaften Hoffnung, Iseppo möge vielleicht doch nicht entdeckt haben, was Elena und ich getan hatten.

Wieder hörte ich ein Geräusch, und diesmal konnte ich es

besser lokalisieren: Es kam aus der Küche. Franceschina war oft früh auf den Beinen, noch vor dem ersten Hahnenschrei, und bis die anderen aufstanden, hatte sie schon den Haferbrei fertig.

Kaum hatte ich ans Essen gedacht, als sich auch schon geräuschvoll mein Magen meldete. Wenn Franceschina bereits bei der Arbeit war, hätte sie bestimmt einen Kanten Brot und eine Scheibe Schinken für mich, genau das, was ich jetzt mehr als alles andere brauchte.

»Franceschina?« Ich stieß die Tür zur Küche auf, doch Franceschina war nirgends zu sehen. Dafür sah ich im Licht einer flackernden Talgleuchte Rodolfo am Tisch sitzen, und ihm gegenüber einen hochgewachsenen Mann, der mir den Rücken zuwandte. Und sich nun zu mir umdrehte.

»Potzblitz aber auch«, sagte er. Mit einer Stimme, die ich nur zu gut kannte, weil sie meine eigene hätte sein können.

Ich blickte in das Gesicht meines Doppelgängers.

TEIL 7

Venedig, Mai 1594

Pantalone

Später wurde ich oft gefragt, wie mir zumute gewesen sei, als Giovanni Contarini das erste Mal leibhaftig vor mir stand. Meine Antworten fielen in der Regel ausweichend aus, etwa: »Ich war sehr schockiert!« oder »Das war ein Schreck in der Morgenstunde!«

Nicht, dass das gelogen gewesen wäre. Aber die ganze und für mich nicht sehr schmeichelhafte Wahrheit war es auch nicht. Die bestand nämlich darin, dass ich dachte: »Mein Gott, was für ein hässlicher Kerl bin ich doch!«

Hatte ich wirklich so eine große Nase? Dieser Giovanni konnte glatt als Pantalone durchgehen – ohne Maske! Und schaute auch ich so dämlich drein, wenn ich verblüfft war? Waren auch meine Haare auf so unkleidsame Weise hinter die Ohren gestrichen, dass diese wie geblähte Segel hervorstanden und sich die Löckchen dahinter ringelten wie bei einem kleinen Knaben? Und musste ich den Mund so weit aufklappen, wenn mir die Sprache wegblieb?

All diese Fragen schossen mir durch den Sinn, während der Schock mich auf exakt dieselbe Weise dastehen ließ wie Giovanni.

Er fing sich als Erster. Vorsichtig streckte er die Hand aus und berührte meine Nase. »Verdammt, sie ist wirklich groß, was?«

Meine Stimme klang genau so krächzend wie seine, als ich

erwiderte: »So groß nun auch wieder nicht.« Ich räusperte mich. »Du musst Giovanni Contarini sein.«

»Und du Marco Ziani.«

»Woher weißt du das?«

Er deutete auf Rodolfo, der seine Blicke zwischen uns hin und her huschen ließ.

»Der Zwerg nannte mir deinen Namen.« Er schüttelte den Kopf. »Ich will verdammt sein. Es ist, als würde ich in einen Spiegel sehen. Vielleicht ist an der Geschichte doch was dran.«

»An welcher Geschichte?«

»An dieser verrückten Schote über die Zwillinge.«

»Ich erzählte ihm dasselbe, was ich auch dir berichtete«, warf Rodolfo ein.

»Sehen wir uns wirklich so ähnlich?«, fragte ich, in der Hoffnung, Rodolfo möge etwas antworten wie: »Ach wo, so schlimm ist es auch wieder nicht, das erkennt man ja schon an den unterschiedlichen Nasen.«

Stattdessen nickte er voller Entschiedenheit. »Wie ein Ei dem anderen. Ihr zwei seid vom selben Blut.«

»Die Ähnlichkeit könnte auch Zufall sein«, meinte ich, wie um mich selbst davon zu überzeugen, dass das die beste Erklärung sei. »Viele Menschen gleichen einander, ohne verwandt zu sein.«

Giovanni schüttelte den Kopf. »Wir gleichen uns nicht bloß. Du bist mein Ebenbild. Oder ich deines, ganz wie du willst. Auch der Rest, den der Zwerg mir erzählte, passt auf alles. Deine Mutter starb bei der Geburt, meine Mutter starb bei der Geburt. Du wuchsest bei einem Onkel auf, ich wuchs bei einem Onkel auf …«

»Das wusste ich nicht«, unterbrach ich ihn überrascht. »Ich meine, ich wusste nicht, dass deine Mutter bei der Geburt starb! Zumindest nicht deine Ziehmutter. Ich dachte, du seist bei der Frau aufgewachsen, die dich stahl, weil ihre Ehe kinderlos war!«

»Keine Ahnung, ob ich gestohlen wurde oder von wem. Aber sicher ist, dass ich nie eine Mutter kannte und dass mir gesagt wurde, sie sei gleich nach meiner Geburt gestorben. Mein Vater starb kurz davor, an der Pest. So erzählte es mir Onkel Alessandro. Alessandro Morosini, der Bruder meiner Mutter.«

Ich runzelte die Stirn. War das Ehepaar Contarini – der kinderlose ältere Patrizier und seine Frau, die Kindsräuberin – etwa auch noch während der Pestepidemie gestorben? Mir schwirrte der Kopf von ungezählten Fragen, doch Giovanni konnte sie offenbar genau so wenig beantworten wie ich.

Abgesehen von denen, die sein plötzliches Auftauchen betrafen. »Was tust du eigentlich hier?«, fragte ich. »Wusstest du, dass du mich hier finden würdest?«

Er nickte. »Ich kam vor ein paar Stunden von der Terraferma zurück. Als ich mich umkleiden wollte, bemerkte ich, dass ein paar Sachen fehlten. Ich befragte den Kammerdiener. Der druckste herum, und mir wurde klar, dass er mehr wusste als ich. Folglich ließ ich nicht locker, bis ich es ihm aus der Nase gezogen hatte.« Er musterte mich von oben bis unten. »Das Hemd und die Hosen kleiden dich gut, alles was recht ist. Diesen Schneider muss ich wieder einmal aufsuchen und mir von ihm ein paar neue Sachen machen lassen.«

Peinlich berührt starrte ich an ihm vorbei. »Dein Onkel schenkte mir die Kleidungsstücke. Ich dachte …«

»Oh, es macht mir nichts aus«, fiel er mir ins Wort. »Von all dem Zeug besitze ich mehr, als ein Mann je gebrauchen kann. Du solltest es schon deshalb tragen, damit niemand denkt, ich liefe neuerdings gern in Theaterkostümen herum.«

Darauf verkniff ich mir eine Antwort, obwohl es mich danach drängte, ihm an den Kopf zu werfen, dass nicht jeder einer reichen Familie entstamme und sich entsprechend kleiden könne, eine Vorhaltung, die in diesem Fall wirklich absurd gewesen wäre, denn wie es aussah, entstammten wir derselben Familie.

»Hauptsache, du lässt die Finger von meinen Waffen«, fuhr Giovanni fort.

Ich straffte mich. »Was Waffen angeht, bin ich bestens ausgestattet!« Unter gesenkten Lidern beäugte ich das Rapier, das er trug. Es war mindestens so edel wie meines – was allerdings noch lange nicht besagte, dass er damit auch umgehen konnte.

»Ich hörte, dass du bei Onkel Alessandro zum Essen eingeladen warst«, meinte Giovanni. »Und dass du sogar in meinem Gemach gebadet hast.«

»Ich habe nichts angefasst«, beteuerte ich. »Und nach dem Baden bin ich sofort wieder gegangen!«

»Wie findest du das Deckenfresko?«

Verblüfft von diesem abrupten Themenwechsel, blickte ich ihn an. Er wirkte erwartungsvoll, als würde ihn meine Meinung wirklich interessieren.

»Es gefiel mir gut«, räumte ich ein. »Sehr gut sogar. Ich … mag die griechischen Mythen.«

»Ich auch!«, sagte Giovanni mit leuchtenden Augen. »Besonders liebe ich die Geschichten über Nymphen! Deswegen habe ich mir das Fresko malen lassen!« Sein Gesicht strahlte förmlich vor Begeisterung, und mit einem Mal wirkte er völlig verändert, nicht länger langnasig und stupide, sondern wie jemand, den man fast als gut aussehend, ja sogar sympathisch bezeichnen konnte.

Doch das war natürlich nur Blendwerk. Er war, wie ich wusste, all das, was ich bestimmt nicht sein wollte: über alle Maßen verwöhnt. Ein Weiberheld, Modegeck, Waffennarr. Und ein unsteter Abenteurer, der in der Weltgeschichte herumzog. Heute hier, morgen dort. Jede Rücksichtnahme war ihm fremd. Er schreckte nicht einmal davor zurück, im Morgengrauen fremde Leute aus dem Schlaf zu scheuchen, nur weil er sich überzeugen wollte, ob ich ihm wirklich so ähnlich sah, wie sein Kammerdiener ihm berichtet hatte.

»Ich bin übrigens nicht nur hier, um mich davon zu überzeugen, wie sehr du mir ähnelst. Ich muss oben im zweiten Stock etwas nachsehen.«

»Dort ist abgeschlossen«, sagte ich.

»Ich habe einen Generalschlüssel. Ohne wäre ich ja auch gar nicht ins Haus gekommen.«

»Jedenfalls nicht mit heiler Haut«, ergänzte Rodolfo. »Und auch so kannst du von Glück sagen, dass dein Kopf noch auf den Schultern sitzt. Du hast dich gerade noch rechtzeitig umgedreht, sodass ich dein Gesicht sah. Sonst hätte dich mein Morgenstern erwischt.«

»Hätte ich gewusst, dass ein angriffslustiger, schwer bewaffneter Zwerg mein eigenes Haus bewacht, hätte ich vorher einen Boten geschickt«, meinte Giovanni. »Der hätte mich dann auch darauf vorbereiten können, dass es in diesem Gemäuer stinkt wie aus der Hölle.« Es klang belustigt, fast so, als hätte er Sinn für Humor. Wieder wollte so etwas wie Sympathie in mir aufwallen, doch diese Regung wurde von neuen Grübeleien verdrängt.

Daran, dass die Ca' Contarini in Giovannis Eigentum stand, hatte ich noch gar nicht gedacht. Celsi hatte zwar erwähnt, dass es einem Neffen Morosinis gehöre, bei jener nächtlichen Begegnung, als er mir den Weg wies, nachdem ich mich verlaufen hatte. Aber da hatte ich noch nichts davon gewusst, dass es sich bei besagtem Neffen um Giovanni handelte, dessen Vermögen Morosini als Vormund verwaltete.

Der Gedanke an das Vermögen Giovannis stürzte mich in Verwirrung. Wenn wir dieselben Eltern hatten – waren wir dann womöglich Inhaber desselben Vermögens? War die Ca' Contarini etwa auch *mein* Elternhaus? In meinem Kopf herrschte blanke Konfusion. Es war einfach zu viel in zu kurzer Zeit auf mich eingestürmt, um es in ganzer Tragweite erfassen zu können. Die Sache mit Elena, das unvermutete Auftauchen meines Ebenbildes, neue Fragen über meine Vergangenheit …

»Ich gehe jetzt nach oben«, verkündete Giovanni.

Sofort erwachte ich aus meiner Erstarrung. Diese Gelegenheit zur Ergründung eines Geheimnisses konnte ich nicht ungenutzt lassen, das würde Elena mir nicht verzeihen. »Ich komme mit.«

Die Tür im zweiten Stockwerk knarrte protestierend, als Giovanni sie aufsperrte, Zeichen dafür, dass sie nicht häufig geöffnet wurde.

Ein Windlicht hochhaltend, ging Giovanni voraus in den großen Saal, der genau über dem Portego lag und dieselben Abmessungen aufwies, eine gewaltige Fläche von etwa einem Dutzend Schritten in der Breite und dem Doppelten in der Tiefe. Von der Landseite aus führte wie vom Piano Nobile eine Außentreppe hinab in den Innenhof, doch den Ausgang hatte man schon vor längerer Zeit zugemauert, sodass der Zutritt zu diesem Stockwerk nur über die Innentreppe möglich war.

Die verhängten Fenster hielten das Licht des heraufziehenden Morgens draußen, und nur schwach erhellte die flackernde Kerze die Umgebung. Dennoch war genug zu sehen, um sofort festzustellen, dass dieser Saal, anders als der Portego, nicht leer war, sondern bis in die Ecken vollgestopft. Razzi hatte die Wahrheit gesagt. Hier lagerten Waren, und zwar in Hülle und Fülle. Hohe Kistenstapel türmten sich an den Wänden, dazwischen zahllose Ballen von schimmerndem Stoff, orientalisch duftende Säcke, die in Halden übereinandergeschichtet waren, kostbare Kleinmöbel, von einer Sorte ein Dutzend Stücke nebeneinander, Truhen mit Intarsiendeckeln, reihenweise polierte Kandelaber, die aussahen, als wären sie aus Silber, geschnitzte, hüfthohe Statuetten – kurz, es sah in diesem Raum so aus, wie ich mir immer das wohlgefüllte Magazin eines steinreichen Patriziers vorgestellt hatte.

Ungläubig betrachtete ich diese Ansammlung von Luxuswaren, während ich Giovanni langsam kreuz und quer durch den riesigen Raum folgte.

»Du bist wohl wirklich reich, was?«, entfuhr es mir, als Giovanni schließlich stehen blieb.

»In der Tat«, sagte er, während er mit dem Windlicht auch noch den letzten Winkel ausleuchtete, wo der Kerzenschein sich in mehreren an die Wand gelehnten, mit schweren Goldrahmen verzierten Spiegeln fing.

Heldenhaft bemühte ich mich, nicht neidisch zu sein, aber es fiel mir schwer. Giovanni wusste im Gegensatz zu mir genau, was er geerbt hatte, und niemand machte es ihm streitig oder wollte es versilbern, um dafür eine Orgel zu erwerben.

»Machst du das regelmäßig?«, fragte ich.

»Was?«

»Nachsehen, ob noch alles von deinen Reichtümern da ist.«

»Nein.«

»Und? Ist noch alles da?«

»Um das beurteilen zu können, müsste ich zuerst die Bestandslisten prüfen.«

»Darum kümmerst du dich? Ich dachte, dein Onkel verwaltet dein Vermögen.«

»Das trifft auch zu. Aber irgendwann muss ich ja selbst damit anfangen, oder nicht?«

Damit mochte er recht haben, aber *irgendwann* hätte auch zu einer zivilisierteren Tageszeit sein können statt im Morgengrauen.

Anscheinend hatte Giovanni genug gesehen. Ich folgte ihm beim Verlassen des Raums und schaute zu, während er die Tür sorgfältig wieder verschloss. Rodolfo, dem wie üblich nicht anzusehen war, was er dachte, war ebenso schweigsam wie wir.

Gemeinsam gingen wir wieder nach unten. Durch das schmale Fenster im Treppenaufgang fiel das erste matte Tageslicht. Ich musste an Elena denken, und mein Herz vollführte einen Salto, weil sie bald wieder vor mir stehen würde.

Mir wurde heiß bei der Erinnerung, wie sich ihr Körper in meinen Armen angefühlt hatte, und ich hätte mit Freuden den ganzen Inhalt des zweiten Stockwerks verschenkt (so er mir denn gehört hätte), es immer wieder erleben zu dürfen. Nichts auf Erden kam dem gleich! Mitleid erfasste mich, wenn ich an die armen Menschen dachte, denen diese Wonnen zeitlebens versagt blieben, etwa, weil sie sich der Kirche und damit der Askese verschrieben hatten. Schon deshalb kam es nicht infrage, dass ich wieder ins Kloster ging. Ich war dafür nicht veranlagt.

Ob es die anderen Klosterbrüder waren, mochte dahinstehen, auch wenn es mir höchst zweifelhaft erschien, vor allem angesichts solcher Charakterzüge, wie ich sie bei manchen von ihnen hatte beobachten können. Etwa bei Bruder Ottone, der in Selbstgeißelungen Verzückung fand, oder bei Bruder Hieronimo, dessen größtes Glück es war, sich mit Essen vollzustopfen oder für das Kloster Glocken, Orgeln und anderes zu beschaffen.

Immerhin Iseppo war dem entronnen, zwar nicht auf eine Weise, die seiner unsterblichen Seele zuträglich war, aber dafür auf ein Leben hoffen ließ, bei dem er auch ohne Lavendelkissen auskam, wenn er etwas Sinnenfreude erfahren wollte.

In Gedanken versunken, bemerkte ich zu spät, dass Giovanni mitten auf der Treppe stehen geblieben war. Ich prallte gegen ihn, und so gerieten wir beide aus dem Gleichgewicht und fingen uns nur mühsam, indem wir uns gegenseitig stützten.

Ein gellender Schrei schlug uns entgegen.

Vor uns stand Elena, im hastig übergestreiften Hemd, das Haar eine wilde rote Flut, die Augen weit aufgerissen.

»Tut mir leid, ich wollte niemanden stören«, sagte Giovanni höflich.

»E … Elena«, stotterte ich. »Äh … Elena, das ist Giovanni Contarini.«

Sie fing sich erstaunlich schnell. Hatte sie eben noch ausgesehen, als würde sie vor Schreck ohnmächtig werden, so war ihr im nächsten Augenblick davon nichts mehr anzumerken. »Das dachte ich mir bereits«, sagte sie reserviert.

»Marco, willst du mir die bezaubernde Dame nicht vorstellen?«, fragte Giovanni mit breitem Lächeln.

Ich widerstand dem unerklärlichen Impuls, ihn die Treppe hinabzustoßen.

»Das ist Elena, die Enkelin unseres Intendanten.«

»Intendant? Ah, richtig, hier im Haus gastiert ja ein Theater. Unser Kammerdiener sprach davon. Bald musst du mir mehr darüber erzählen. Aber jetzt muss ich gehen.« Mit einem Mal hatte er es sehr eilig, fortzukommen.

Knapp, aber formvollendet verbeugte er sich vor Elena, dann neigte er sich zu mir und flüsterte mir ins Ohr: »Ich lasse von mir hören. Bewahre einstweilen Schweigen darüber, dass ich hier war und was wir sahen.«

Verdattert setzte ich zu einer Frage an, doch bevor ich das erste Wort aussprechen konnte, war er auch schon im Dunkel des Treppenhauses verschwunden.

Kurz darauf waren fragende Rufe zu hören. Ich erkannte Ciprianos Stimme, und gleich darauf erschien er auch schon im Portego. Ihm auf dem Fuße folgte Bernardo, der nackt war, wie Gott ihn geschaffen hatte. In der vorgestreckten Faust hielt er sein Schwert.

»Wer da?«, dröhnte er. »Wer schrie hier?«

Elena wandte schamhaft den Blick ab, doch gleich darauf schielte sie hinter einer Locke hervor und schaute wieder hin, was mich veranlasste, rasch vorzutreten und ihr die Sicht zu versperren. Es ging nicht an, sie diesem Anblick auszusetzen. Schlimm genug, dass sie durch mich der Sünde anheimgefallen war.

Es dauerte nicht lange, bis auch die anderen auftauchten – zuerst Franceschina in ihrem zeltartigen Nachtgewand, dann Caterina, die züchtig ein seidenes Nichts von einem Hemdchen über der Brust zusammenraffte.

Rodolfo erklärte ihnen, dass alles in Ordnung sei. Wir hätten Geräusche gehört und nachgesehen, aber nichts Verdächtiges gefunden. »Wahrscheinlich eine Katze, die aufs Dach sprang und dabei eine Schindel lostrat«, schloss er.

»War es auch die Katze, die vorhin so laut geschrien hat?«, erkundigte Caterina sich spöttisch.

»Nein, das war ich«, sagte Elena. »Ich hatte ebenfalls Geräusche gehört und ging nachsehen, und da kamen mir von oben Marco und Rodolfo entgegen.« Sie deutete auf mein weißes Hemd. »Ich hielt ihn für einen Geist und schrie.«

In diesem Moment läuteten die Glocken zur Prim, was uns weiterer Erklärungen enthob. Wir hätten uns wieder schlafen legen können, denn es war noch früh am Tage, und niemand hatte feste Verpflichtungen. Doch von dieser Möglichkeit machten nur Bernardo und Caterina Gebrauch. Gähnend verschwanden sie in ihrem Gemach.

Zu meinem Verdruss gesellte sich gleich darauf auch noch Iseppo zu uns, der ebenfalls aufgewacht war und in Panik nach oben gestürzt kam, weil er mich unten im Mezzà nirgends hatte finden können.

Bei alledem ergab sich für mich keinerlei Gelegenheit, auch nur ein einziges Wort mit Elena zu wechseln. Mit glühenden Wangen hatte ich ihr lediglich ab und zu einen heimlichen Blick zuwerfen können, der von ihr – ebenso verstohlen – erwidert wurde.

Während sich draußen das Morgengrauen allmählich in Helligkeit auflöste, kleideten wir uns an und versammelten uns in der Küche, wo Franceschina uns Eier zum Frühstück briet. Für Baldassarre kochte sie einen Sud aus Kamille zum Trinken und einen dünnflüssigen, ungesüßten Haferschleim zum Essen.

»Ob ihm das schmeckt?«, fragte Iseppo zweifelnd.

»Je scheußlicher es schmeckt, desto eher kommt er wieder auf die Beine«, sagte Franceschina. »Darin habe ich Erfahrung.«

»Da musst du nur Bernardo fragen«, stimmte Cipriano zu. An mich gewandt, fuhr er fort: »Heute Morgen will ich Celsi aufsuchen, wegen der Öfen. Nicht, dass er sie noch dem Juden verkauft, in der Annahme, dass wir sie zurückbringen. Celsi beginnt immer früh mit seiner Arbeit im Dogenpalast, deshalb will ich es nicht aufschieben. Ich möchte, dass du mitgehst, weil ich den Eindruck habe, dass er dir wohlgesonnen ist.«

»Was wollen wir ihm denn sagen?«, fragte ich beklommen.

»Wir könnten es mit der Wahrheit versuchen.«

»Dass Baldassarre die Öfen nicht bezahlen kann? Und leider auch höchstens zwei davon zurückgeben kann?«

Cipriano zuckte die Achseln. »Wenn dir was Besseres einfällt – nur zu.«

Gemeinsam gingen wir nach dem Essen zu Baldassarre und vergewisserten uns, dass er tatsächlich auf dem Wege der Besserung war. Elena hatte sich bereits zu ihm gesetzt. Das Lavendelkissen im Rücken, löffelte der Alte mit Iseppos Hilfe den Haferschleim. Als er uns sah, klagte er: »Das Mönchlein hier zwingt mich, dieses Zeug zu essen, das die Konsistenz und den Geschmack von Auswurf hat, obwohl ich nicht den geringsten Hunger verspüre!« Deklamierend fügte er hinzu:

»Es schmeckt wie Schleim von tausend toten Kröten.
Kein freier Mensch kann diesen Kehricht fressen.
Nur der, dem Krankheit Arg hat zugemessen.
Er *muss* es tun, soll selb'ge ihn nicht töten.
So frisst der Mensch, fühlt er sich auch in Nöten.
Was daran liegt, dass and're ihn erpressen.
Sie können seine Qualen nicht ermessen.
Sie halten diese Prozedur vonnöten.«

Elena nahm seine Hand. »Großvater, du musst nicht essen, wenn du keinen Hunger hast!« Zu Iseppo sagte sie: »Stell den Teller weg!«

Iseppo zuckte zusammen. »Natürlich«, sagte er beflissen. Zu meiner Verblüffung fuhr er reimend fort:

»Ihr wisst, Belohnung winkt nach diesem Mahl.
Nach ein paar Bissen ist Euch Labsal nah.
Stellt Euch nur vor, wie lecker Euch das schmeckt!
Doch muss der Brei verzehrt sein, das ist klar.
Wie rasch das geht, steht ganz in Eurer Wahl.
Das, was danach kommt, hab ich gut versteckt.«

»Gut gedichtet«, brummte Baldassarre. »Du lernst wahrhaftig schnell. Und jetzt her mit dem Brei. Je eher er weg ist, desto besser.«

Und schon aß er weiter, diesmal deutlich schneller als vorher.

»Das war ein Sonett«, sagte ich erstaunt. »Iseppo, du kannst ja aus dem Stegreif Sonette dichten!«

Er errötete stolz. »Ich lerne es gerade.«

»Es scheint dem Alten tatsächlich besser zu gehen«, sagte ich draußen auf dem Gang zu Cipriano. »Er dichtet so schmissig wie immer. Und er hat nicht mal diesen ekelhaften Brei verschmäht.«

»Den isst er nur, um hinterher den halben Becher Wein zu kriegen, den der Arzt ihm zu Heilzwecken nach jeder Mahlzeit genehmigt hat. Mit der Betonung auf *nach*. Iseppo hält die Flasche solange unter Verschluss.« Cipriano grinste. »Für einen, der aus dem Kloster kommt, kann er gut reimen, was? Es scheint, als hätte er ungeahnte Fähigkeiten.«

Dem konnte ich nur zustimmen.

Gern hätte ich noch auf eine Möglichkeit gewartet, mit Elena unter vier Augen zu sprechen, über Giovanni, über den zweiten Stock, vor allem aber über das, was wir beide letzte Nacht getan hatten, doch Cipriano war bereits im Aufbruch begriffen, und so blieb mir nichts anderes übrig, als mitzugehen.

Rodolfo war wie üblich mit von der Partie, was ganz in meinem Sinne war, seit feststand, dass jederzeit der zu allem entschlossene Prior wieder auftauchen konnte.

Der Morgen war trotz der sommerlichen Temperaturen der letzten Tage überraschend kühl. Nebelschwaden verhüllten die Gassen und verwandelten die Kanäle in undurchdringliche Schlünde, die zwischen den Häusern in ein verschwommenes Nichts führten. Über dem grauweißen Gewaber wartete die Sonne darauf, die Stadt mit Licht und Wärme zu füllen, doch es mochte noch Stunden dauern, bis der Nebel sich verzog, und so legten wir den Weg zum Dogenpalast durch dicken Dunst zurück. Er verschluckte die Geräusche unserer Schritte und ließ davon nur ein dumpfes Tappen übrig, das dennoch laut genug war, um als hohles Echo von den Hauswänden widerzuhallen.

Auch die Piazza San Marco lag im Nebel verborgen. Man konnte kaum die Mohren auf dem Uhrturm sehen, und die Kuppeln der Basilika verschwanden gänzlich in der trüben Suppe. Trotz der unwirtlichen Witterung waren viele Menschen auf dem Platz unterwegs. Kaufleute, Hafenarbeiter, Marktfrauen, Offiziere und Edelleute, alle wurden sie jäh vom Nebel ausgespien, der sie schon nach wenigen Schritten wieder aufsog, kaum, dass sie unseren Weg gekreuzt hatten. Einmal kam uns einer der Saufkumpane Giovannis entgegen, doch er war zu betrunken, um mich zu erkennen. Offenbar hatte er die Nacht durchgezecht und kaum noch die Kraft, heimwärts zu wanken.

Vor der Porta della Carta erwartete mich eine weitere unangenehme Begegnung, und diesmal war der Betreffende weder betrunken noch kraftlos.

»Verdammt«, murmelte ich.

Aldo blieb stocksteif in dem Durchgang zwischen Dogenpalast und Basilika stehen, als er meiner ansichtig wurde. Seine Hand fuhr an seinen Gurt, wo wieder ein Dolch stak. Er riss ihn heraus und hielt ihn vor sich, bereit zum Zustoßen.

Rodolfo tat zwei Schritte vorwärts, angelegentlich mit dem Griffholz seines Morgensterns spielend. Aldo prallte zurück, und der Dolch verschwand, ebenso wie einen Atemzug später sein Besitzer, der sich seitlich unter den Arkaden des Dogenpalastes in Richtung Mole davonmachte und gleich darauf vom Nebel verschluckt war.

»Sie haben ihn freigelassen«, stellte Cipriano besorgt fest. »Ab sofort müssen wir uns noch mehr vorsehen.« Er klopfte Rodolfo auf die Schulter. »Sagte ich dir schon, wie glücklich die Incomparabili sich schätzen können, dich als Mitglied gewonnen zu haben?«

»Gerade sagtest du es, und es freut mich. Noch mehr würde es mich aber freuen, wenn ein bestimmtes anderes Mitglied der Incomparabili deine Ansicht teilte.«

»Es könnte helfen, wenn du dich ihr erklärtest.«

»Sie könnte Nein sagen«, meinte Rodolfo ungewohnt verzagt.

»Brauchst du einen Fürsprecher?«

»Untersteh dich!«, sagte Rodolfo in finsterer Abwehr.

Ein Wachmann trat uns in den Weg und fragte nach unserem Begehr. Cipriano nannte unsere Namen und bat darum, bei Messèr Celsi vorsprechen zu dürfen, worauf der Wachmann uns befahl, zu warten. Er verschwand im nebelerfüllten Innenhof, und wir hörten seine Schritte auf der Scala dei Giganti hallen. Wenig später kam er zurück und geleitete uns zum Amtszimmer Celsis, wo er vor der Tür Posten bezog, während wir eintraten.

Celsi erwartete uns bereits. In straffer Haltung stand er vor dem langen Tisch, die Hände hinter dem Rücken verschränkt, und blickte uns aufmerksam entgegen.

»Welch unerwarteter Besuch zu so früher Stunde«, sagte er. »Was führt die Herren zu mir?«

Cipriano und ich wechselten Blicke. Wir hatten uns keine Strategie zurechtgelegt, weil es im Grunde keine gab außer der einen, die Cipriano schon vorgeschlagen hatte. Ich holte tief Luft, um sodann mit der ungeschminkten Wahrheit herauszurücken. »Es geht um die Öfen. Einer ist verkauft, einer in Betrieb und ziemlich verdreckt – wir können sie nicht zurückbringen. Nur die zwei anderen.«

»Oh, nun ja. Das wird den Juden ärgern, dem ich alle vier versprochen hatte, weil ich davon ausging, ich würde sie zurückbekommen. Aber so schlimm ist es nicht. Ich werde ihm sagen, dass nur zwei verfügbar sind.«

So einfach ist das, wenn man ein mächtiger Mann ist, dachte ich.

Cipriano übernahm den anderen Teil der Hiobsbotschaft. »Die Sache ist die«, sagte er zögernd. »Es sind darüber hinaus gewisse ... Umstände eingetreten, die eine fristgerechte Bezahlung der beiden Öfen, die wir nicht zurückbringen können, leider unmöglich machen.«

»Welche Umstände?«

Stumm rangen Cipriano und ich nach einer Erklärung, die plausibel klang, ohne dass wir uns damit verdächtig machten, geisteskrank zu sein. Die Investition in die Schiffsfracht sollten wir folglich besser nicht ins Feld führen. Ebenso wenig die Umwandlung der bereits eingesackten Anzahlung des Juden, zuerst in alchimistische Ingredienzien aus der Apotheke und dann in – noch auszubrütendes – Gold.

»Worin besteht das Problem?«, wollte Celsi wissen.

»Uns wäre geholfen, wenn wir Euch die beiden noch verfügbaren Öfen nicht zurückgeben müssten, sondern sie dem Juden überlassen könnten«, platzte ich heraus. »Und ihn irgendwie dazu bewegen könnten, die zweite Rate dafür zu bezahlen. Es wäre nur recht und billig, wenn er es täte, denn so war es ursprünglich ausgemacht. Er änderte nur plötzlich seine Meinung, weil er dieselben Öfen bei Euch zum halben Preis erwerben wollte.«

Celsi hob die Brauen. »Der alte Baldassarre erwirtschaftete eine Gewinnspanne von hundert Prozent? Hut ab vor so viel Geschäftssinn!« Er grinste. »Wenn ich richtig rechne, bekämt ihr mit der zweiten Rate von dem Juden, die er für zwei Öfen schuldet, gerade genug Geld zusammen, um mir die Hälfte des Kaufpreises zu zahlen, den ich mit dem Alten für alle vier Öfen ausgemacht hatte. Was ist mit der zweiten Hälfte, die ihr mir danach noch schuldet?«

Cipriano lächelte werbend. »Wir würden uns bemühen, die fehlende Summe schnellstmöglich aufzubringen. In zwei Wochen gehen die Aufführungen weiter, wir werden alles zusammenkratzen, was wir entbehren können. Bis zum Ende des Jahres könnten wir es schaffen, auch den Rest zu tilgen.«

»Also soll ich dem Juden sagen, er habe gefälligst die ursprünglich bestellten zwei Öfen in der Ca' Contarini abzuholen und hübsch brav den vereinbarten Rest der Kaufsumme zu zahlen? Damit ihr dadurch wenigstens an einen Teil des Geldes kommt, das ihr mir schuldet, und zugleich mit ihm geschäftlich auseinander seid?«

Cipriano und ich nickten stumm.

Celsi warf den Kopf zurück und brach in brüllendes Gelächter aus.

Nach dem ersten Schreck warf ich Cipriano einen beklommenen Blick zu. Er hob irritiert die Schultern. Rodolfo dagegen schaute stoisch wie immer drein, als ginge ihn das Ganze nichts an.

Celsi wischte sich die Lachtränen aus den Augen. »Ach, das tat gut. Man sollte öfter lachen, vor allem so früh am Morgen. Es hebt eindeutig das Wohlbefinden.« Er bedachte mich mit einem raubtierhaften Lächeln. »Was, wenn ich stattdessen lieber direkt von euch das Geld für meine Öfen erhalten möchte? Und zwar nicht nur die Hälfte, sondern alles auf einmal?«

»Das wäre leider nicht möglich.« Ich drückte die Schultern durch. »Ich könnte Euch noch anbieten, die Schulden persönlich abzuarbeiten, damit es schneller geht.«

»Dazu würdest du Jahre brauchen.«

»Dann dauert es eben so lange«, sagte ich mit sinkendem Mut.

»Dein Angebot zeugt von echter Opferbereitschaft. Genau wie dein Vorschlag, dich für deine junge Freundin ans Folterseil hängen zu lassen.« Nachsichtig schüttelte Celsi den Kopf. »Aber weder das eine noch das andere musst du auf dich nehmen. Was immer hier wer wem auch schulden mag – es wird beizeiten alles ausgeglichen. Ich warte gern, bis diese Zeit gekommen ist.« Nach dieser rätselhaften Verlautbarung war von seiner Seite aus offenbar alles gesagt, denn er nickte uns kurz zu, wandte sich ab und verschwand mit energischen Schritten im Nebenzimmer.

»Was zum Henker hat er genau gemeint?«, fragte Cipriano.

»Dass er vorläufig kein Geld will«, sagte Rodolfo pragmatisch. »Oder zumindest nicht unbedingt alles und sofort.«

Wir kamen überein, uns damit zufriedenzugeben und alles Weitere auf uns zukommen zu lassen.

Auf dem Rückweg zur Ca' Contarini wurden wir mehrfach von Passanten angesprochen, die wissen wollten, welches Stück wir am Abend spielen würden.

»Wir geben heute leider keine Vorstellung«, erklärte Cipriano allen Neugierigen. »Unser Intendant ist erkrankt und muss sich eine Weile schonen.«

Darauf reagierten die Leute enttäuscht, aber auch mit großer Anteilnahme, und jeder wollte genau wissen, wie es um Baldassarre stand. Von dem einen oder anderen erhielten wir sogar Ratschläge, wie er rascher wieder gesund werden könne.

Mittlerweile waren die Incomparabili in Venedig so bekannt, dass es eine Art Stammpublikum gab. Manche Leute kamen immer wieder, einige sogar mehrmals in der Woche. Die meisten von ihnen hatten ihre besonderen Favoriten unter den Schauspielern, vor allem Caterina und Cipriano erfreuten sich regelrechter Verehrung. Aber auch für Elena schwärmte, wie festzustellen war, eine wachsende Schar von Anhängern – was mir nicht unbedingt behagte, vor allem dann nicht, wenn es sich bei den Betreffenden um solche Kerle handelte, denen der Geifer der Wollust förmlich von den Lefzen triefte.

Mein Herz schlug schneller, als wir uns der Ca' Contarini näherten, denn Elena stand bei der Pforte und erwartete uns. »Was habt ihr erreicht?«

»Ich erzähle es ihr«, sagte ich zu Cipriano und Rodolfo. »Geht ihr ruhig schon ins Haus.«

Endlich hatte ich Gelegenheit, mit ihr allein zu sprechen! Ich zog sie in den Winkel neben der Treppe, wo niemand uns sehen konnte. Rasch berichtete ich ihr vom Ergebnis unserer Bemühungen bei Celsi, worauf sie die Stirn runzelte. »Das Gebaren dieses Mannes ist zweifelsohne merkwürdig. Er führt etwas im Schilde, und das hat mit dir zu tun! Aber lassen wir das einstweilen. Andere Dinge sind viel wichtiger! Erzähl mir von deinem Doppelgänger! Und vom zweiten Stock!« Ihre Augen waren vor Neugier geweitet, und ihre Nasenflügel zitterten erwartungsvoll. Sie sah so begehrenswert aus, dass ich kaum den Drang unterdrücken konnte, sie an mich zu ziehen und zu küssen. Mit eiserner Willensanstrengung beherrschte ich mich.

»Es gibt Dinge, die *noch* wichtiger sind«, teilte ich ihr ernst mit. »Nämlich das, was wir letzte Nacht getan haben.«

Sie lief rot an. »Was ist damit?«

Ich räusperte mich. »Es war Sünde.«

»Du kannst es ja beichten«, meinte sie keck.

»Das wäre nicht genug. Du warst ein unschuldiges Mädchen, und ich habe deine Tugend mit Füßen getreten.«

»Mit Füßen nun nicht gerade«, warf sie ein.

»Darüber sollten wir nicht spaßen. Es gibt nur eine Möglichkeit, unsere Verfehlung wiedergutzumachen.« Fest blickte ich sie an. »Ich werde dich zum Weibe nehmen.«

»Du meinst, du willst mich heiraten?«

Ich nickte würdevoll. »Nach Lage der Dinge bleibt mir nichts anderes übrig. Es ist nun mal geschehen, und jetzt muss ich die Konsequenzen tragen.«

»Ach, so siehst du das also.« Sie starrte mich mit verengten Augen an. »Nein.«

»Was?«, fragte ich verdattert.

»Ich sagte Nein. Zu deinem Antrag. Falls es überhaupt einer war.«

»Du kannst nicht Nein sagen!«

»Gerade eben habe ich es getan. Und ich wiederhole es sogar. Nein, nein, nein. Und nochmals nein. Heirate, wen du willst, aber nicht mich. Eine zweite Anne Hathaway machst du nicht aus mir.«

»Eine zweite *was*?«, fragte ich verständnislos.

»Anne Hathaway.«

»Ich habe keine Ahnung, wer das ist!«

»So heißt die Ehefrau von Henrys Freund Will. Henry erzählt nicht nur dir andauernd von diesem englischen Burschen. Ich kenne seine ganze Geschichte, stell dir vor. Auch die von seinem schweren Ehejoch.«

Perplex schaute ich sie an. »Ich verstehe nicht ...«

»Das ist es ja! Du verstehst *nichts*.« Mit wirbelnden Röcken wandte sie sich ab und rannte die Treppe hinauf ins Haus.

TEIL 8

Venedig, Juni 1594

In den folgenden Tagen ging Elena mir beharrlich aus dem Weg. Wann immer ich einen Raum betrat, in dem sie sich aufhielt, fand sie auf der Stelle einen Vorwand, ihn zu verlassen. Wenn wir bei den Mahlzeiten zusammen am Tisch saßen, blickte sie demonstrativ an mir vorbei und verhinderte auf diese Weise, dass unsere Blicke sich trafen.

Dennoch spürte ich, dass Elena sich über das Auftauchen Giovannis den Kopf zermarterte. Mir erging es allerdings nicht anders; ich fragte mich, wo er stecken mochte. Die merkwürdige nächtliche Begegnung lag eine Woche zurück, und seither hatte er sich nicht mehr blicken lassen. Seiner Bitte folgend, hatte ich ihn mit keinem Wort erwähnt, ebenso wenig die Reichtümer, die im zweiten Stock gehortet waren.

Vermutlich kam es Elena hart an, all das auf sich beruhen zu lassen, zumal sie wusste, dass ich im zweiten Stock gewesen war. Doch ihr Zorn auf mich war offenbar stärker als ihre Neugier und half ihr, sich alle Fragen zu verkneifen.

Mehrmals am Tag versuchte ich, sie zu einem Gespräch zu bewegen, doch kaum hatte ich ein paar Worte hervorgebracht, ließ sie mich stehen. Alle Appelle an ihre Vernunft waren vergeblich. Ich überlegte hin und her, wie ich sie versöhnlich stimmen könnte, doch mir fiel nichts mehr ein.

Manchmal hätte ich sie gern gepackt und geküsst, bis uns beiden der Verstand wegblieb, doch natürlich wagte ich das nicht. Zu solch rohen Attacken konnte sich nur jemand wie Bernardo versteigen. Mich auf ähnliches Niveau zu begeben war eine schlimme Vorstellung. Aus demselben Grund rührte ich auch, von dem verdünnten Tischwein abgesehen, keinen Tropfen Alkohol an, obwohl ich mir nicht selten wünschte, meine unerfüllten Wünsche mit Schnaps betäuben zu können. Einfach alle Sorgen und Sehnsüchte im Vollrausch zu ertränken, so wie Bernardo es tat – einige meiner Probleme hätten sicher deutlich weniger geschmerzt. Vor allem in den Nächten, in denen ich wach lag, weil ich mich nach Elena verzehrte.

Zum Teil hing meine Schlaflosigkeit aber auch damit zusammen, dass Iseppo so markerschütternd laut schnarchte oder, was auch nicht viel besser war, im Traum redete. Er führte ausdauernde Debatten mit dem Prior, der ihn entführen und gewaltsam ins Kloster zurückschleppen wollte.

Zum Glück waren weder Bruder Hieronimo noch Messèr Barbarigo seit jenem einen Tag wieder aufgetaucht, doch sie hielten sich nach wie vor in der Stadt auf. An einem Nachmittag schlich ich mich zum Campo dei Mori und versteckte mich in einem Durchgang, bis ich zuerst den Prior und dann den Notar aus dem Haus kommen sah. Rodolfo war anschließend wütend auf mich, weil ich ohne Begleitung losgezogen war, aber ich hatte es einfach wissen wollen. Danach war ich vorsichtiger und blieb meist im Haus.

Als Cipriano eines Tages von Morosini zurückkehrte, dem er den fälligen Mietzins überbracht hatte, wusste er Interessantes zu berichten: Ein zwischenzeitlich bei den venezianischen Behörden eingereichtes Vormundschaftsgesuch des Priors sei abgelehnt worden. Bruder Hieronimo habe mehrfach im Palazzo Ducale vorgesprochen, jedoch erfolglos. Morosini habe seinen Einfluss als Zehnerrat geltend gemacht und dafür gesorgt, dass alle Anträge abschlägig beschieden wurden.

Cipriano erzählte, wie Morosini ihm amüsiert berichtet habe, dass der Prior vor Zorn außer sich sei. Für mich war es eine Wohltat, das zu hören. Ich war Morosini dankbarer denn je. Dennoch blieb mein Unbehagen bestehen, weil sowohl der Prior als auch der Notar bislang keine Anstalten gemacht hatten, die Stadt zu verlassen. So schnell gaben sie anscheinend nicht auf.

Weil Baldassarre sich noch erholen musste, fanden weiterhin keine Aufführungen statt, und somit gab es für die Truppenmitglieder kaum etwas zu tun. Die Tage schleppten sich zäh und ereignislos dahin, bis ich begann, mich nach der Landarbeit zurückzusehnen. Ich stellte mir sogar in allen Einzelheiten vor, was Ernesto gerade tat. Der Weizen musste in voller Pracht auf den Feldern stehen, bis zur Ernte dauerte es nur noch ein paar Wochen. Die Schafschur war dagegen bereits vorbei; auf den Weiden tollten nun die im Frühjahr geborenen Lämmer. In Venedig hatte ich bislang weder Schafe noch Lämmer gesehen, es sei denn, gebraten auf dem Teller.

Theoretisch hätte ich die ganze Zeit schreiben können, statt mich einfach nur zu langweilen. Doch so absurd es auch anmuten mochte – gerade die Langeweile hinderte mich, weiter an dem Stück zu arbeiten. Es war, als hätte sich dadurch ein gähnendes Loch in meinem Kopf aufgetan und jegliche Inspiration verschluckt. Wenn ich mich an mein provisorisches Schreibpult setzte und die Feder zur Hand nahm, kam nichts dabei heraus. Außer, man hätte die Tintenkringel, die ich in ungezählten Variationen zu Papier brachte, als Beweis kreativen Schaffens gewertet.

Sogar das Denken fiel mir schwer, weil es immer wärmer wurde. Der Mai war in den Juni übergegangen, und mit diesem Monat kam die Hitze. Die Sonne brannte über den Kanälen und ließ üblen Geruch aufsteigen. Dabei hieß es, erst im Juli und im August werde es wirklich schlimm und dass die Leute, die es sich leisten konnten, in diesen Monaten auf die Terraferma reisten, um in ihren Sommerhäusern zu leben. Als ich das hörte, musste ich an die Villa an der Brenta denken. Gehörte sie wirklich Morosini, oder war auch dieser Besitz Bestandteil des reichen Erbes von Giovanni?

In der zweiten Woche nach Baldassarres Herzanfall ließ sich Henry wieder blicken. Er blieb zum Vespermahl und berichtete bei Tisch, dass er hoffe, seine Geschäfte bald zu einem zufriedenstellenden Abschluss zu bringen. Spätestens nach dem *Redentore*-Fest* wolle er nach England zurückreisen.

Gern hätte ich ihn über die Ehefrau seines Freundes Will ausgefragt, doch dazu ergab sich keine Gelegenheit, auch nicht nach dem Essen, weil Bernardo und Cipriano noch mit am Tisch sitzen blieben. So beschränkten sich unsere Gespräche auf das Theater im Allgemeinen und die vielen wunderbaren Ideen seines Freundes Will im Besonderen.

Freund Will hatte eine besondere Vorliebe für mehrteilige Historiendramen über diverse Könige, die allesamt Richard und Henry hießen. Von der Thematik her erschien mir solcher Stoff ermüdend, jedenfalls in der Form, wie Henry ihn wiedergab. Er meinte jedoch, man müsse die Geschichten auf der Bühne sehen, dann werde man sie lieben. Ferner berichtete er von einer neueren Komödie seines Freundes, die in Verona spielte und mir inhaltlich sehr viel ansprechender vorkam. Ich fragte Henry, ob er mir das Stück, sobald er nach London zurückgekehrt sei, vielleicht zur Ansicht schicken könne, worauf Henry bedauernd erklärte, dass die meisten Werke seines Freundes noch nicht in Druckfassung verfügbar seien. Cipriano meinte dazu, dass von den derzeit in Italien aufgeführten Komödien auch kaum eine gedruckt sei, jedenfalls nicht die zeitgenössischen. Jede Truppe hüte eifersüchtig ihr Repertoire. Bestenfalls für die einzelnen Schauspieler würden die Cano-

* »Erlöserfest« – wird in Venedig jedes Jahr am 3. Juli-Sonntag begangen, mit einer Prozession über eine Pontonbrücke zur Giudecca bzw. der dort von Palladio erbauten Redentore-Kirche. Gefeiert wird die Erlösung der Stadt von der großen Pest des Jahres 1576.

vacci vervielfältigt, und in der Regel auch nur, indem man sie von Hand kopierte.

»Eines Tages wird es mit dieser archaischen Methode vorbei sein«, sagte Bernardo überzeugt. »Dann werden Autoren die von ihnen niedergeschriebenen Stücke einem Drucker geben, der davon Abzüge erstellt, damit das Stück an vielen Bühnen in allen möglichen Städten gleichzeitig aufgeführt werden kann.«

»Du meinst – von verschiedenen Truppen?«, fragte Cipriano erstaunt. »So wie die Stücke von Plautus und den anderen Alten?«

»Selbstverständlich«, sagte Bernardo. »Nur auf diese Weise kann der Ruhm des Autors in die Welt hinausgetragen werden, so wie er es verdient!«

»Der Gedanke ist einleuchtend«, pflichtete Henry ihm bei. »Die schöpferische Leistung des Autors geht sonst allzu leicht unter!«

»Es wären dann nur noch Mittel und Wege zu finden, wie der Autor für sein Stück entlohnt wird«, sagte Bernardo. »Ein Gesetz müsste her, das bestimmt, wie viel von allen Eintrittsgeldern dem Autor zufließt.«

»Wie will man das überwachen?«, fragte ich.

»Ich sage ja, ein Gesetz müsste her.«

»Sicher gibt es eines Tages eines«, meinte Henry. Er erzählte von weiteren Stücken seines Freundes Will, was mich nach einer Weile dermaßen deprimierte, dass ich mich in meine Kammer zurückzog.

Wie konnte ein einziger Autor so produktiv sein? Wo nahm der Kerl die vielen Ideen her? Ich wog die Fakten, die ich von Henry gehört hatte, gegeneinander ab und kam nach einigem Überlegen zu dem Schluss, dass dieser Will bloß deswegen schrieb wie der Teufel, um dem schweren Ehejoch zu entfliehen. Auf dem Lande erwarteten ihn die Bürde der Ehe und drei greinende kleine Kinder – wer würde da nicht das freie Künstlerleben in der Metropole London vorziehen, und sei es um den Preis, sich *Krähe* schimpfen zu lassen? Oder um jenen, zu schreiben und zu schreiben, immer weiter, bis die Finger bluteten und der Kopf sich anfühlte wie ein ausgewrungener Wischlappen?

Warum aber, zum Teufel, konnte *ich* nicht schreiben? Wieso schaffte ich es nicht, einen läppischen dritten Akt zu Papier zu bringen? Nachdem zwei Akte fertig waren, sollte sich der letzte wie von allein schreiben, jedenfalls hatte Bernardo das behauptet, gerade eben noch, beim Abendessen, zwischen dem zweiten und dem dritten Becher Grappa. Er selbst sei über das Schreiben hinausgewachsen, hatte er dazu angemerkt. Mittlerweile habe er festgestellt, dass es eine Spielerei für Knaben sei, die davor zurückschreckten, ganze Männer zu sein. Nach dieser Äußerung hatte er innegehalten, einen lauten Rülpser getan und hinzugefügt, dass ich das keinesfalls als Beleidigung auffassen dürfe. Schließlich habe er selbst bis vor Kurzem auch geschrieben, und das sogar richtungsweisend. Ich solle das Schreiben als Katharsis begreifen, dann würden Werke dabei herauskommen, die vielleicht nicht bahnbrechend, aber sicher beachtlich seien.

Der Gedanke an eine Katharsis war verlockend. *Alles* war verlockender, als untätig und allein herumzuhocken. Vielleicht war eine Katharsis genau das, was ich brauchte?

Die nötige Ruhe hatte ich, Raum zur inneren Einkehr war vorhanden. Inzwischen musste ich meine Kammer nur noch mit Iseppo teilen. Baldassarre bedurfte keiner Krankenwache mehr und nächtigte daher wieder in seinem Gemach im Piano Nobile. Auf Geheiß des Arztes, der noch zwei Mal da gewesen war, hütete der Alte zwar nach wie vor die meiste Zeit des Tages das Bett, doch er konnte zwischendurch aufstehen und umhergehen, »damit die alten Glieder nicht erschlaffen«, wie der Arzt es formuliert hatte. Baldassarre durfte wieder abwechslungsreichere Kost zu sich nehmen, und die zulässige Weinmenge war verdoppelt worden. Er war ganz eindeutig auf dem Wege der Besserung. In zwei Wochen wollte er das erste Mal – mit Erlaubnis des Arztes – wieder auf der Bühne stehen.

Ich merkte, dass meine Gedanken abermals abgedriftet waren. Kaum versuchte ich, mich auf das Schreiben zu konzentrieren – oder wenigstens auf dessen mögliche kathartischen Funktionen – kam mir unweigerlich allerlei Belangloses in den Sinn, das nur das Ziel verfolgte, mich von der einzig zentralen Sache abzulenken: dem Schreiben.

Dabei wäre es so leicht. Ich musste zunächst nur einen Satz zu Papier bringen, dann noch einen, und danach einen dritten. Und schon käme alles wieder in Fluss. Diesen Ratschlag hatte Henry mir erteilt, nachdem ich ihm auf sein Befragen hin gestanden hatte, dass ich nach einer Schaffenspause leider gerade feststeckte. Grundsätzlich fand ich Henrys Empfehlung sehr vernünftig. Bloß fiel mir der verdammte erste Satz nicht ein.

Soeben hatte ich einen weiteren, besonders kunstvollen Schnörkel auf eine der letzten freien Stellen des vor mir liegenden Blattes appliziert, als ich von draußen erregte Stimmen hörte. Das klang nach Ärger!

Erleichtert legte ich die Feder weg und stand auf, um hinauszugehen.

Im Innenhof hatten sich Cipriano, Rodolfo und der Jude Isacco versammelt. Während ich mich ebenfalls dazugesellte, sah ich Elena die Treppe herabkommen. Als sie mich sah, machte sie jedoch auf dem Absatz kehrt und verschwand wieder im Haus.

Ihr Pech, dachte ich grollend. Wer so kindisch war, musste eben damit vorliebnehmen, nur aus zweiter Hand von wichtigen Gesprächen zu erfahren. Und wichtig war das Gespräch ganz sicher, sonst wären die Beteiligten nicht so laut geworden.

»Auf keinen Fall!«, rief Cipriano gerade. »Zwei Öfen sind ausgemacht, und dabei bleibt es!«

»Ich will mit dem Alten verhandeln, mit dem ich das Geschäft abgeschlossen habe.«

»Er ist herzkrank und darf sich nicht aufregen. Ich bin sein Stellvertreter. Das Geschäft wird abgewickelt wie ursprünglich ausgehandelt. Zwei Öfen gegen den Rest der Anzahlung, und alles ist bestens.«

»Ich bin sehr daran interessiert, auch den dritten Ofen zu erwerben.« Der jüdische Kaufmann versuchte es mit freundlicher Überredung. »Es müsste einfach nur über den Preis verhandelt werden!«

»Der dritte Ofen brennt schon seit Wochen«, sagte Cipriano. »Er ist daher nicht verkäuflich.«

»Ich hätte aber gerade diesen Ofen gern und würde einen angemessenen Preis bieten.« Isacco nahm seinen gelben Hut ab und lächelte gewinnend. »Hier mein Angebot: Behaltet die beiden Öfen und gebt mir nur den dritten. Dafür könnt Ihr die Anzahlung für die zwei anderen Öfen als Kaufpreis einstreichen. Dann hätte ich den Preis für zwei Öfen bezahlt und nur einen bekommen!« Beifallheischend blickte er in die Runde, und tatsächlich schien Cipriano für einen Moment wankend zu werden. Dann wurde ihm jedoch zum Glück klar, dass wir viel eher Geld als Öfen brauchten, denn sonst würden wir auf ewig bei Celsi in der Kreide stehen. »Den brennenden Ofen behalten wir selber«, erklärte er bestimmt. »Die Transmutation ist zu weit fortgeschritten. Und sie hat wahrhaftig viel Arbeit und Opfer gekostet! Tag und Nacht wurde sie in mühevoller Hingabe überwacht. Wir wären schön dumm, auf das Gold aus dem Ei zu verzichten.« Cipriano sagte das mit solcher Überzeugungskraft, dass sogar ich es einen Augenblick lang glaubte. Bei manchen Gelegenheiten war es zweifelsohne von höchstem Nutzen, ein ausgebildeter Schauspieler zu sein.

»Ihr könnt die beiden schon angezahlten Öfen mitnehmen

und damit selbst Euer Glück versuchen«, fuhr Cipriano höflich fort. »Gegen Zahlung der zweiten Rate, versteht sich. So wie es für den Zeitpunkt der Abholung vereinbart war.«

Isacco sah aus, als hätte er gern weiter verhandelt, doch dann zuckte er die Achseln, stülpte seinen Hut wieder über und folgte Cipriano ins Mezzà. Ich half mit, die beiden schweren Öfen unter mühseliger, schweißtreibender Schlepperei aus dem Haus zu befördern und auf dem Kahn des Juden zu verstauen. Cipriano nahm den Beutel mit dem Geld in Empfang und zählte die Münzen an Ort und Stelle, während Isacco noch einmal zurück ins Haus ging, weil er bei der Schlepperei seine Kopfbedeckung verloren hatte, ohne die er sich nicht in der Öffentlichkeit blicken lassen durfte.

»Stimmt die Summe?«, fragte ich gespannt.

Cipriano zählte stumm alles noch einmal und nickte dann mit erlöstem Lächeln. »Dem Herrn sei Dank! Damit ist immerhin die Hälfte der Schulden bei Celsi getilgt! Gleich nachher werde ich ihm das Geld bringen! Noch bevor Baldassarre davon Wind bekommt, dass wir es haben!«

»Ist denn überhaupt noch genug da, um weiterhin die Miete zu zahlen und unsere laufenden Kosten zu bestreiten?« Die Frage war berechtigt, denn seit zwei Wochen hatten wir keine Einkünfte erzielt, weshalb unsere Ersparnisse zwangsläufig zusammenschrumpften. »Ich könnte mir irgendwo Arbeit suchen, wenn es knapp wird«, schloss ich.

Cipriano schüttelte den Kopf. »Noch reicht es. Bis Baldassarre wieder auftreten kann, allemal.«

»Was würde geschehen, wenn …« Ich stockte, weil eine unerklärliche Scheu mich daran hinderte, die Frage zu stellen.

»Wenn es wieder geschieht und er sich nicht mehr davon erholt? Oder ein anderer von uns ausfällt? Jemand, der nicht zu ersetzen ist?« Er hob die Schultern. »Das wäre wohl das Ende für die Incomparabili. Eines Tages ist Baldassarre nicht mehr da, weißt du. Er kann noch viele gute Jahre haben, das gebe

Gott. Aber es könnte auch morgen schon vorbei sein. Mit jedem von uns. Nichts im Leben währt ewig, Marco. Vor allem nicht das Leben selbst.«

Natürlich hatte er recht. Wir alle mussten sterben, jeder einzelne Mensch. Irgendwann wäre auch mein Leben vorbei, so wie das von Onkel Vittore. Fröstelnd starrte ich in das blaugraue Wasser des Kanals zu meinen Füßen.

»Man darf nicht daran denken, Marco. Jedenfalls nicht zu oft. Nur, wenn es sich nicht vermeiden lässt. Die übrige Zeit sollte man das tun, was nötig ist, um sich diese Gedanken vom Hals zu halten. Mit anderen Worten – alles, was Spaß macht.« Er zwinkerte mir zu, und gemeinsam gingen wir zurück ins Haus.

Als wir die Pforte erreichten, kam uns der jüdische Kaufmann entgegen. Er tippte zum Abschied an seinen Hut und ging dann pfeifend zu seinem Kahn.

»Warum nicht gleich so?«, fragte Cipriano. »Zufriedenheit auf der ganzen Linie – das hätten wir schon viel früher haben können, oder?« Er schüttelte den Kopf. »Was treibt Männer wie ihn und Baldassarre dazu, immer neue und noch bessere Geschäfte machen zu wollen, ohne Rücksicht auf den Seelenfrieden anderer?«

Dazu fiel mir keine Antwort ein, weil ich noch nie darüber nachgedacht hatte.

Im Innenhof sahen wir Baldassarre die Außentreppe hinaufgehen. Er musste uns hören, doch er drehte sich nicht zu uns um, sondern verschwand eilig oben im Piano Nobile.

Schon bevor ich den argwöhnischen Ausdruck in Ciprianos Gesicht bemerkte, wurde mir klar, dass der Jude einen Grund für sein fröhliches Pfeifen gehabt haben musste.

Cipriano sprang zurück auf die Gasse und sah sich nach dem Kaufmann um, doch der hatte bereits abgelegt und war davongerudert.

Wir brachten nichts aus dem Alten heraus, jedenfalls nichts über den Inhalt des neuen Geschäfts. Doch das, was der Jude ihm dafür gezahlt hatte, konnte er nicht rasch genug verstecken und musste es daher kleinlaut hergeben. Zu unserer Erleichterung war es bei Weitem nicht so viel wie das Geld für die Öfen, aber dennoch ein recht prall gefüllter Beutel. Ohne Umschweife nahm Cipriano ihn an sich, damit Baldassarre das Geld nicht zum Abschluss weiterer dubioser Geschäfte nutzen konnte.

Cipriano und ich beschlossen, schleunigst den Juden aufzusuchen – so wir ihn denn unter seinen unzähligen Namensvettern im Ghetto aufstöbern konnten – und den jüngsten Handel, was immer er zum Gegenstand hatte, rückgängig zu machen.

Bei alledem bemühten wir uns redlich, gelassen und freundlich zu bleiben, um den Alten nicht aufzuregen, hatte doch der Arzt betont, jede Aufregung sei schlimmer als Gift.

Auch Elena und Iseppo hielten merklich an sich, als sie erfuhren, was geschehen war. Der Alte hatte ihnen weisgemacht, er wolle zum Abtritt – nachdem er zweifelsohne mitbekommen hatte, dass der jüdische Kaufmann im Haus war.

Den Rest des Tages versuchte ich gar nicht erst, weiter an dem Stück zu arbeiten, sondern las in dem Buch, das Morosini mir geschenkt hatte. Die Kerbe, die Rodolfos Krummsäbel im Einband hinterlassen hatte, erinnerte mich zwar an das erschreckende Versprechen des Priors, wiederzukommen, doch davon abgesehen war es eine erbauliche Abwechslung. Dass ich es schon kannte, tat dem Unterhaltungswert keinen Abbruch, denn das Decamerone war eine Lektüre, an der man immer wieder Vergnügen finden konnte.

Die Schilderung der Pest in der Einleitung war zwar wesentlich unersprießlicher als der Rest; sie beschwor nicht nur scheußliche Bilder von Krankheit und Tod herauf, sondern erweckte auch ungute Gedanken an die Umstände meiner Geburt und die dunklen Geheimnisse, die damit verwoben waren. Die nachfolgenden Novellen hingegen waren höchst unterhaltsam. Nachdem ich selbst erste Erfahrungen in der körperlichen Liebe hatte sammeln können, lasen sie sich sogar noch amüsanter und kurzweiliger als früher.

Müßig blätterte ich in den Novellen und blieb unversehens bei der zwölften hängen, der Geschichte von Ricciardo, der im Hause von Messèr Valbona ein und aus geht und der Familie freundschaftlich verbunden ist. Eines Tages wird er im Bett der Tochter seines Gastgebers entdeckt, woraufhin er sie heiraten muss. Danach leben alle in Glück und Frieden.

Diese ebenso schlichte wie geniale Konfliktlösung führte mich zu einigen Überlegungen, zum Beispiel jener, dass Elena mich zwangsläufig würde heiraten müssen, wenn Baldassarre mich in ihrem Bett erwischte. Zu diesem Behufe könnte ich mich einfach in ihre Kammer schleichen und zu ihr unter die Decke kriechen. Sie würde vor Schreck aufschreien und damit die ganze Truppe auf den Plan rufen. Danach dürfte es ihr schwerfallen, mich noch länger zu schneiden oder sich sonst wie herauszureden.

Nach dem abendlichen Zubettgehen spann ich diese Gedanken weiter. Während Iseppo in seiner Ecke der Kammer volltönend schnarchte, stellte ich mir vor, mit Elena im Bett zu liegen und ihren Körper zu streicheln. Angenehme Empfindungen durchströmten mich, und als ich dem sündigen Verlangen erlag und das tat, wofür mir bei der nächsten Beichte wieder reichlich Buße drohte, überhörte ich fast das leise Klopfen an den Fensterläden.

Erhitzt und erschrocken fuhr ich hoch und horchte. Da war es wieder! Ein schwaches Pochen, kaum hörbar, doch stammte es eindeutig weder vom Wind noch von den Wellen. Hastig schlüpfte ich aus dem Bett, ergriff mein stets in Reichweite liegendes Rapier und riss die Läden auf. Draußen trieb eine Gondel auf dem Kanal, dicht beim Haus, und jemand hatte das Ruder hochgereckt und mit dem Blatt sacht gegen die Läden gepocht. Im funzligen Licht der abgehängten Bootslaterne war das Gesicht des nächtlichen Besuchers schlecht zu erkennen, doch ich sah sofort, dass es Giovanni war.

»Komm raus, wir müssen reden«, zischte er.

Ich zögerte nicht. Geräuschlos schlich ich mich aus der Kammer und huschte durch den Innenhof auf die Gasse. Das Tor knarrte fürchterlich, und ich blieb mit angehaltenem Atem stehen, um mich zu vergewissern, dass niemand aufgewacht war. Alles blieb jedoch still.

Giovanni erwartete mich auf der Fondamenta, wo er das Boot an einem der aus dem Wasser ragenden Haltepfosten festgemacht hatte.

»Wo warst du die ganze Zeit?«, flüsterte ich.

»Auf der Terraferma«, erwiderte er ebenso leise.

»Wieder in wichtigen Geschäften?«

»So könnte man sagen. Bald muss ich erneut los, weitere Verhandlungen führen, bis alles geklärt ist.«

»Bis was geklärt ist?«

»Diverse Angelegenheiten, Handelsgeschäfte der Compagnia Contarini.«

»Die Compagnia von deinem Vater«, stellte ich fest. Und von meinem, fügte ich in Gedanken hinzu.

Giovanni nickte. »Noch wird sie von meinem Onkel geführt, aber in nicht allzu ferner Zukunft geht sie in meine Hände über, so wie es vorgesehen ist.«

Offenbar hatte er vor, ein großer Handelsherr zu werden. Ich horchte in mich hinein, doch fand ich unter all meinen Empfindungen, die wahrlich verworrener nicht hätten sein können, keine Spur von Missgunst.

»Was hast du mit mir zu bereden?«, fragte ich. »Hast du etwas über unsere Geburt in Erfahrung gebracht?«

Er schüttelte den Kopf. »Noch nicht. Ich muss zuerst die richtigen Leute finden, die darüber Bescheid wissen.« Er holte Luft.

»Ich komme, um dich zu warnen. Jemand hat versucht, mich umzubringen. Kann sein, dass der Betreffende dich meinte.«

Ich erschrak. »Ein Prior und ein Notar? Oder ein reicher Kaufmann?«

Giovanni stutzte. »Wie kommst du darauf?«

Und so erzählte ich ihm meine ganze Geschichte, jedenfalls so, wie sie sich mir darstellte.

»Ich sah weder Prior noch Notar«, sagte Giovanni. »Der Kerl, der versucht hat, mich abzustechen, war ein hässlicher Bursche mit einer platt geschlagenen Nase.«

»Aldo«, entfuhr es mir.

»Wer zum Teufel ist Aldo?«

Auch das berichtete ich ihm, worauf er nickte. »Mit anderen Worten, er meinte wirklich dich.«

»Sicher. Denn dich kennt er ja gar nicht.« Neugierig blickte ich ihn an. »Wie hast du dich seiner erwehrt?«

»Ich habe ihm ordentlich eins mit der Faust auf die Nase gegeben. Es krachte gewaltig, und er ließ den Dolch fallen.« Giovanni deutete auf seinen Gurt, wo er das erbeutete Messer stecken hatte. »Danach wollte ich ihn packen und ausfragen, doch er riss sich los und gab Fersengeld.«

»Er wird es immer wieder versuchen«, prophezeite ich düster. »Ich habe auch schon zwei Messer von ihm. Du musst dich auf Schritt und Tritt vorsehen.«

»Die nächste Zeit wird er damit zubringen, sich von seinen Nasenschmerzen zu erholen. Und sobald er wieder auftaucht, gebe ich ihm mein Rapier zu schmecken.« Er grinste übermütig. »Oder du ihm deines.«

Mit einem Mal flatterte mein Herz, als wollte es mir aus der Brust hüpfen und ihm entgegenfliegen. Zurück blieb ein seltsames Gefühl, das ich nicht genau ergründen konnte.

Giovanni runzelte nachdenklich die Stirn. »Du sagst, sie halten sich noch in der Stadt auf, dieser Prior und der Notar. Wir sollten herausfinden, was sie von dir wollen.«

»Das weiß ich ja schon. Sie haben es auf mein Erbe abgesehen. Von dem ich allerdings keine Ahnung habe, worin es besteht.«

»Dann sollten wir auch das herausfinden. Ebenso, was diese Herren vorhaben und wie man es verhindern kann.«

»Glaub mir, nichts täte ich lieber als das«, sagte ich voller Inbrunst.

»Dann lass es uns doch tun!«

»Aber wie denn?«

»Durch List«, antwortete Giovanni prompt. »Wir sind Zwillinge. Warum sollen wir das nicht ausnutzen? Wir können sie durcheinanderbringen, bis sie an ihrem eigenen Verstand zweifeln. Oder sich gegenseitig für verrückt halten.«

»Du meinst, wie in einem Verwechslungsstück auf der Bühne?«

»Genau.«

»Was schwebt dir vor?«

Er zuckte die Achseln. »Du bist der Theaterautor, oder? Denk dir was aus, und dann legen wir los.«

Grübelnd furchte ich die Stirn. Ein listiger Gegenangriff, um den Feind auszuhorchen und ihn in Verwirrung zu stürzen, ihn vielleicht sogar dadurch in die Flucht zu schlagen – das klang überzeugend. Es sprühte geradezu vor dramaturgischer Eleganz. Daher durfte die Ausführung keinesfalls plump geraten. Aus diesem Grund schied beispielsweise aus: eine Verfolgungsjagd, bei der Giovanni und ich uns als Verfolgte abwechselten und den feisten Prior auf diese Weise so lange durch die Stadt rennen ließen, bis er tot zusammenbrach. Es musste vielmehr ein Verwirrspiel erster Güte werden. Etwa … Langsam entwickelte sich ein Gedanke, wurde zu einer vagen Vorstellung und schließlich zu einem konkreten Szenarium.

Ich setzte Giovanni auseinander, was mir in den Sinn gekommen war. Er machte zwei oder drei Verbesserungsvorschläge, die ich bereitwillig aufgriff und in den Plan einfügte.

Mit einem Handschlag besiegelten wir schließlich unser Vorhaben und verabredeten Zeit und Treffpunkt für die Durchführung.

»Bis dann, Bruder«, sagte er, meine Hand einen Moment länger festhaltend als nötig.

Ich wiederholte die Worte, meine Stimme ein Echo der seinen. »Bis dann, Bruder.«

Am Morgen wurde ich von erregten Stimmen geweckt, die aus der Küche kamen. Sogar Iseppo, der sonst in der Frühe kaum aus den Federn fand, schrak davon hoch.

Wir streiften uns hastig unsere Sachen über und liefen los, um nachzusehen, was dort im Gange war.

Franceschina fuhr zu uns herum, als wir vorsichtig die Köpfe durch die Küchentür schoben. »Was?«, rief sie wütend und mit hochgerecktem Kochlöffel.

»Äh … nichts«, stammelte Iseppo. »Wir wollten bloß …«

»Frühstück? Weil ihr von mir immer welches kriegt? Ist das alles, wozu ich tauge?«

»Aber meine Liebe«, mischte sich Rodolfo begütigend ein. »Die beiden möchten doch nur …«

»Ihre neugierigen Nasen in alles stecken?« Sie warf den tropfenden Kochlöffel nach ihm, doch er wich behände aus und entging so dem Wurfgeschoss.

Dass im nächsten Moment Cipriano und Bernardo auftauchten, ebenfalls aufgescheucht von dem Radau, trug nicht gerade zur Entspannung der Lage bei. »Was ist los?«, wollte Bernardo wissen. Sein bohrender Blick traf Rodolfo. »Was hast du mit ihr angestellt?«

»Das geht dich nichts an, du Idiot«, sagte Rodolfo wütend.

»Du dreister Zwerg! Wie redest du mit mir! Alles, was Franceschina betrifft, geht mich etwas an! Mehr jedenfalls als dich!«

»Wenn du Streit willst, komm mit nach draußen. Meinethalben können wir es endlich austragen, ein für alle Mal.«

»Hört auf!«, schrie Franceschina. Sie atmete rasch, wie nach einem schnellen Lauf, und zu meiner Bestürzung brach sie im nächsten Moment in Tränen aus. »Ich hasse euch! Euch alle! Ihr seid so … gemein!«

»Franceschina!«, rief Rodolfo entsetzt. »Ich wollte doch nicht … So warte doch!«

Doch sie hatte sich bereits abgewandt und rannte schluchzend aus der Küche, zuerst mich und dann Iseppo zur Seite stoßend. Bernardo und Cipriano konnten ihr gerade noch aus dem Weg springen. Laut heulend stürzte Franceschina durch den Gang in Richtung Innenhof davon. Bernardo hob seine Faust. »Siehst du das?«, sagte er drohend zu Rodolfo. »Damit werde ich dich jetzt Mores lehren! Für das, was du ihr angetan hast!«

»Du *weißt* doch gar nicht, was er ihr angetan hat«, wagte ich einzuwerfen.

»Es reicht völlig, dass er sie zum Weinen gebracht hat. Ich habe sie erst einmal weinen sehen!«

»Wann war das?«, wollte Rodolfo wissen.

»Halt's Maul, du kleinhirniger, kleinwüchsiger Ochse, oder ich stopfe es dir!«

»Ich bitte euch«, sagte Cipriano besänftigend. »Vielleicht klären wir das lieber im Gespräch …«

Doch Bernardo war bereits auf Rodolfo losgestürmt. Der tat nichts weiter, als einen Schemel zu nehmen und ihn Bernardo entgegenzuschleudern. Bernardo wurde an genau derselben Stelle getroffen, wo ihn bei unserer ersten Begegnung meine Krücke erwischt hatte. Mit einem dumpfen Ächzen knickte er in der Mitte ein, fiel auf die Knie und würgte alles hervor, was er im Magen hatte – zum Glück nichts außer einem bisschen vergorenen Grappa vom Vorabend.

»Das zahle ich dir heim«, stöhnte er, als er sich wieder artikulieren konnte.

»Du hast angefangen«, sagte Rodolfo.

»Und du hast sie zum Weinen gebracht!«

»Ich habe nichts weiter getan als sie zu fragen, ob sie mich heiraten will.« Unglücklich schaute Rodolfo auf seine Füße.

Bernardo starrte ihn an.

»Du liebe Zeit«, sagte Cipriano betreten. »Sie wollte wohl nicht, was?«

»Sie fragte, was ich in ihr sehe. Ich sagte, die schönste und begehrenswerteste Frau auf der Welt.« Rodolfo holte tief Luft, dann fuhr er beklommen fort: »Darauf schrie sie mich an, ob ich etwa pervers veranlagt sei.«

Bernardo ließ ein schmerzverzerrtes, aber erkennbar schadenfrohes Geräusch hören. »Wer würde denn auf *diese* Idee kommen? Ich meine, was um alles in der Welt hat es mit Perversion zu tun, wenn ein Mann einer Frau einen Heiratsantrag macht, die zufällig doppelt so groß ist wie er?« Ein prustendes Lachen entwich ihm, und in diesem Augenblick hätte ich gern den Schemel ergriffen und ihn ein zweites Mal in Bernardos empfindliche Teile gerammt.

»Rodolfo«, sagte Cipriano teilnahmsvoll. »Bestimmt hat sie es nicht so gemeint ...«

Rodolfo schüttelte den Kopf. In seinen Augen standen Tränen, als er sich mit einem Ruck abwandte und aus der Küche marschierte. Die Absätze seiner Capitano-Stiefel hallten auf dem Steinboden des Flurs, als er davonstapfte – in entgegengesetzter Richtung wie Franceschina.

Den Rest des Tages gingen sich Rodolfo und Bernardo aus dem Weg, und auch Franceschina kam nicht mehr aus ihrer Kammer. Wer etwas zu essen haben wollte, musste sich in der Küche selbst versorgen. Zum Glück waren ausreichend Vorräte vorhanden.

Die übrigen Incomparabili ließen sich ebenfalls kaum blicken. Wenn sie auftauchten, wirkten sie bedrückt und sprachen mit gesenkten Stimmen, etwa Cipriano, Caterina und Elena, die ich um die Mittagsstunde herum im Innenhof stehen und reden sah, ebenso wie später Baldassarre und Iseppo beim Athanor. Der Alte war auf ein Schwätzchen heruntergekommen, nur um zu erfahren, dass der Hausfrieden gründlich schiefhing.

Ich selbst drückte mich mehr oder weniger den ganzen Tag in meiner Kammer herum und versuchte, wenigstens *eine* neue Szene zu Papier zu bringen. Dafür hatte ich mir einen Streit zwischen dem Capitano und Flavio ausgedacht, angezettelt von Flavio, weil er glaubt, der Capitano habe es auf seine Liebste abgesehen, während dieser längst für Colombina entflammt ist. Colombina hingegen unterstellt dem armen Capitano unlautere Absichten und lässt ihn stehen.

Mehrfach entwarf ich die Szene neu und versuchte, sie in den Fluss der Handlung zu integrieren, doch nahm sie sich in jeder Variante wie ein Fremdkörper aus – sie wollte sich einfach nicht sinnfällig einfügen.

Aus den Gesprächen mit Bernardo und Baldassarre wusste ich, dass es keine überflüssige Szene geben durfte. Jede einzelne hatte nicht nur mit der gesamten Geschichte in Zusammenhang zu stehen, sondern musste auch logisch auf der vorhergehenden Szene aufbauen und zugleich die nachfolgende schlüssig vorbereiten. Immer mussten wichtige Einzelheiten enthalten sein, die für den Inhalt des ganzen Stücks wesentlich waren. Baldassarre hatte hierzu eine einleuchtende Regel formuliert: Konnte man eine Szene einfach streichen, ohne dass es dem Fortgang der Handlung schadete, so war sie überflüssig. Punktum. Ausnahmen waren nur gestattet, wenn Lieder gesungen oder Lazzi dargeboten wurden, die waren als zusätzliche Garnierung des Stücks zulässig.

Nach einer Weile gab ich es auf und las wieder im Decamerone. In allen Einzelheiten malte ich mir aus, wie ich zu Elena ins Bett kroch, sodass ich, als endlich die Schlafenszeit kam, in höchstem Maße erregt war und kein Auge zubekam. Stundenlang lag ich wach und lauschte auf Iseppos Schnarchen sowie auf die Geräusche des Hauses und des vorbeifließenden Kanals. Hier und da knackte es im Gebälk, ständige Begleitmusik in einem Gebäude, das wie alle anderen in Venedig auf zahlreichen Eichenpfählen erbaut war. Diese Holzbalken bildeten, tief in den Schlamm der Lagune gerammt, das tragende Element aller Bauten der Stadt. Manche der größten Kirchen mitsamt ihren hoch aufragenden Türmen ruhten gar auf Millionen von Stämmen, wie gigantische steinerne Schiffe, fest verankert mit dem Meeresgrund, im Wechsel von Ebbe und Flut von den Wassern der Lagune umspült.

Ja, diese Stadt war wirklich ein Wunder, ein riesiger Schmelztiegel all dessen, was die Welt bedeutsam und bemerkenswert machte. Noch vor wenigen Monaten war Venedig das Ziel all meiner Träume gewesen. Nun war ich hier, hatte fast alle Winkel erkundet und atmete beständig die Luft dieses von Vielfalt überbordenden Orts. Warum hielt sich dann nur in meinem Inneren so hartnäckig die Sehnsucht nach etwas anderem?

Mein Kissen umklammernd, horchte ich in mich hinein und versuchte dieser Sehnsucht nachzuspüren, doch immer, wenn ich glaubte, jetzt hätte ich sie erfasst, entzog sie sich mir wie flüchtiger Blumenduft im Wind.

Das Gluckern des Kanals und das leise Plätschern der Wellen in den Fundamenten des Hauses wiegten mich mit der Zeit doch noch in den Schlaf.

Fast. Als ich das leise Kichern hörte, saß ich sofort senkrecht auf meinem Lager und spitzte die Ohren. Die Läden hatte ich einen Spalt offen gelassen, nur für den Fall, dass Giovanni wieder auftauchte, daher hörte ich, dass draußen geredet wurde. Einzelne Worte konnte ich zwar nicht verstehen, aber es bedurfte keiner großen Kombinationsgabe, um zu erkennen, wer dort sprach – Caterina, die wieder einmal von einer nächtlichen Ausfahrt mit Razzi zurückkehrte.

Flugs war ich aufgesprungen und spähte hinaus. Wie erwartet sah ich dicht beim Haus die Gondel treiben, in der Razzi und Caterina saßen. Die mitgeführte Bootslampe war abgedunkelt, sodass ihre Gesichter nicht zu sehen waren, doch an den Stimmen waren sie leicht zu erkennen.

»Pst, leise!«, mahnte sie. »Hier hat Marco sein Zimmer, ich glaube, er hat einen leichten Schlaf! Und der Zwerg im Nebenzimmer auch!«

»Sie haben uns schon einmal gesehen und nichts verraten«, gab Razzi flüsternd zurück. »Solange dein Mann nichts merkt, ist alles in Ordnung.«

»Er hat gestern Abend nicht so viel getrunken wie sonst.«

»Gleich bist du ja wieder brav zu Hause, also ficht es ihn nicht an.« Seine Stimme klang bittend. »Schenk mir einen Kuss, du schönste, holdeste aller Frauen!«

»Dario, lass das! Du weißt, dass ich es hasse, wenn du so ankommst. Und dann auch noch direkt hier vorm Haus! Nimm die Hände weg! Hast du den Verstand verloren?«

Danach wurde der Wortwechsel unverständlich, denn die Gondel war unter meinem Fenster vorbeigetrieben, hin zum Wassertor. Als Razzi es öffnete, war kaum ein Geräusch zu vernehmen, jemand musste das Schloss geölt haben. Und der gute Dario war wieder im Besitz eines Schlüssels, wie bei dieser Gelegenheit festzustellen war.

Lautlos huschte Caterina von der Gondel ins Haus, während Razzi sich bereit machte, davonzurudern. Ich wollte mich gerade von meinem Beobachtungsposten zurückziehen, als markerschütterndes Gebrüll die Nacht zerriss und ein Schatten aus dem Haus aufs Boot geflogen kam. Dabei fiel das Tuch herab, mit dem das Laternenlicht gedämpft werden sollte, sodass die gesamte Szenerie sichtbar wurde: Ein Mann war aus dem Andron auf die Gondel gesprungen und rang nun dort mit Razzi. Es ging hin und her, beide hielten einander gepackt und traktierten sich gegenseitig mit Fausthieben, sobald einer von ihnen die Hand zum Schlag frei bekam. Flüche und unterdrückte Schreie begleiteten den wilden Ringkampf, der das Boot in bedrohliches Schaukeln versetzte. Die ganze Zeit wandte der Angreifer aus dem Haus mir den Rücken zu, doch an den Worten, die er ausstieß, war er leicht zu erkennen. »Du Schweinehund, jetzt tranchiere ich dir die Eier!«

Dann ertönte das weithin hörbare, tödlich klingende Sirren, das ein Degen verursacht, der mit Schwung aus der Scheide gezogen wird.

»Bernardo, nicht!«, schallte eine ängstliche Stimme aus dem Andron.

Doch Bernardo trug nichts außer seinem Hemd und schlampig geschnürten Beinkleidern. Nicht er hatte blankgezogen, sondern Razzi.

Nun sah es auch Caterina. Sie schrie auf. »Dario, nein!«

Ohne zu zögern stieß ich die Läden vollends auf.

Razzi schubste Bernardo heftig von sich und suchte zugleich besseren Halt, um mit dem Degen zustoßen zu können. Ich sah die Klinge im Laternenlicht blinken.

Aus dem Nebenraum war Rumoren zu hören, es konnte sich nur um Augenblicke handeln, bis Rodolfo im Andron eintraf, doch er würde zu spät kommen, wenn nicht ein Wunder geschah.

Meine Wade drückte sich gegen etwas Schweres, Hartes, und ohne nachzudenken griff ich nach unten, packte es und schleuderte es aus dem Fenster gegen Razzi. Erst, als es durch die Luft sauste, erkannte ich das Wurfgeschoss: Es war der Nachttopf. Der Deckel löste sich mitten im Flug und gab den Inhalt frei, in diesem Fall ein kleines Geschäft von Iseppo, der keine Nacht durchschlafen konnte, ohne zu müssen.

Ein reichlicher Schwall davon platschte auf Razzi, der vor Schreck zusammenzuckte. Sein Degenstoß fiel dadurch weit weniger kraftvoll aus als beabsichtigt, und doch hätte er Bernardo durchbohren können, wäre der Nachttopf nicht haarscharf an Razzi vorbeigesaust und gegen Bernardos Stirn geprallt. Ohnehin durch Razzis Schubser bereits ins Wanken geraten, kippte Bernardo hintenüber aus der Gondel und landete klatschend im Wasser.

Razzi stach mit dem Degen ins Leere. Er verlor das Gleichgewicht und wäre um ein Haar ebenfalls in den Kanal gestürzt, fing sich aber gerade noch.

Danach entschied er, sich weiteren Ärger vom Hals zu halten. Er packte unverzüglich das Ruder und war nach ein paar kräftigen Zügen außer Reichweite. Mit einem letzten ergrimmten Blick über die Schulter strebte er rasch davon und war gleich darauf im Dunkel der Nacht verschwunden.

»Marco, was ist denn los?« kam es verschlafen von Iseppo.

»Marco, war das dein Topf?«, rief Caterina vom Wassertor her. »Du bist so geistesgegenwärtig und tapfer!«

Derweil war ich drauf und dran, in den Kanal zu springen, um Bernardo vor dem Ertrinken zu retten, doch dann war zu hören, wie er fluchend umherpaddelte und verlangte, jemand möge eine Laterne bringen, damit er genug Licht habe, um mir die Eier abzuschneiden.

Bei solchen Aussichten hielt ich es für angeraten, dass er sich selbst rettete.

Nachdem die aufgebrachten Nachbarn sich in ihre Häuser zurückgezogen hatten und auch in der Ca' Contarini wieder alles still war, lag ich hellwach auf meinem Lager und ließ die Ereignisse vor meinem inneren Auge vorüberziehen. Bernardo hatte noch eine Weile herumgebrüllt, doch Rodolfo hatte ihm empfohlen, sich stattdessen bei mir für meine Wurftechnik zu bedanken, die den Inhalt des Topfes auf Razzi hatte landen lassen statt auf Bernardo. Die anderen fanden das lustig, doch Bernardo hatte jeden Sinn für Humor verloren. Immer wieder betastete er seine Stirn, auf der eine gewaltige Beule heranwuchs. Als Franceschina kurz vorbeischaute, blickte er sie mitleidheischend an und bat um einen kalten Umschlag, doch sie machte auf dem Absatz kehrt und ließ ihn unverrichteter Dinge zurück.

Caterina hatte sich wohlweislich schon vorher zurückgezogen, allerdings milderte das Bernardos üble Laune kaum. Schließlich setzten ihn rasende Kopfschmerzen außer Gefecht, sodass auch er wieder zu Bett ging, jedoch nicht ohne vorher zu schwören, Razzi bei nächstbester Gelegenheit zu kastrieren.

Anschließend musste ich Iseppo haarklein den gesamten Hergang berichten, bevor wir wieder ans Schlafen denken konnten. Während Iseppo sich danach rasch wieder ins Land der Träume davonstahl, fand ich immer noch nicht zur Ruhe.

Schließlich erhob ich mich, tappte in den Gang, nahm das dort brennende Nachtlicht und geisterte rastlos durchs Haus. Wie von allein trugen meine Füße mich die Innentreppe hinauf ins Piano Nobile, wo ich kurz im Portego stehen blieb, den kühlen Terrazzo unter meinen nackten Füßen und die weite, dunkle Leere des großen Saales um mich herum.

Abermals wie aus eigenem Antrieb lenkten meine Füße mich zur Requisitenkammer. Die Tür war nur angelehnt, und ich drückte sie lautlos auf. Gewiss hatte ich nicht vor, mich hinter die spanische Wand zu schleichen und zu Elena unter die Decke zu schlüpfen. Der Plan, sie auf diese Weise zum Heiraten zu zwingen, war nichts weiter gewesen als ein dämliches Hirngespinst, resultierend aus der genauso dämlichen zwölften Novelle von Boccaccio. Trotzdem zwang eine fremde Macht meine Füße an Elenas Bett, und dann meine Hand, sacht die Decke zurückzuschlagen, und hernach meinen Körper an ihre Seite. Sie war warm und weich und roch betörend köstlich, und als sich ihr Leib willig in meine Arme schmiegte, riss die fremde Macht auch noch die Herrschaft über einen anderen Körperteil von mir an sich.

»Elena«, murmelte ich. »Du hast mir so gefehlt!«

Sie wachte auf und versteifte sich. »Marco?«

»Ganz der deine.« Und schon wanderten meine Hände unter ihr Nachtgewand und fanden zarte, nackte Haut.

»Was willst du hier?«

»Nur reden«, behauptete ich, während das Verlangen bereits mein Denkvermögen lahm legte.

»Worüber?«

»Über alles.« Ich vergrub mein Gesicht an ihrem Hals. »Hinterher.«

Später, im fahlen Licht des heraufziehenden Morgens, erwachte ich, den Kopf auf ihre Brust gebettet. An ihren Bewegungen merkte ich, dass sie ebenfalls wach war.

»Jetzt *musst* du mich heiraten«, sagte ich.

»Wieso?«

»Weil ich dich schon wieder entehrt habe.« Ich räusperte mich, um mein nächstes Argument gewichtiger klingen zu lassen. »Was wir getan haben, ist außerhalb der Ehe Sünde.«

»Es wird durch eine Heirat nicht rückwirkend sündenfrei. Und in der Zukunft wäre es nur dann ohne Ehe sündig, wenn wir es abermals täten.«

Das gab mir für eine Weile zu denken. Vorsichtig meinte ich schließlich: »Nun ja, wir *könnten* es theoretisch abermals tun. Was dann?«

»Die Frage ist falsch. Sie lautet nicht: Was dann? Sondern: Warum.«

»Warum *was*?«, fragte ich begriffsstutzig.

»Warum wir es nochmals tun sollten.«

Für die Antwort musste ich nicht lange überlegen. »Weil es Spaß macht!« Das war die reine Wahrheit, und zwar diesmal nicht nur mich betreffend, sondern uns beide. In der letzten Nacht hatte auch sie den Gipfel der Lust erreicht, und in mir keimte eine Ahnung, dass sich das beiderseitige Vergnügen mit wachsender Erfahrung sogar noch steigern ließe. Meinetwegen hätten wir es sofort wieder versuchen können! Unwillkürlich rieb ich mich an ihrer Hüfte, doch sie rutschte zur Seite.

»Spaß im Bett ist für mich kein Grund zum Heiraten. Wenn es danach ginge, müssten unzählige Männer Frauen heiraten, von denen sie nicht mal den Namen wissen, und zwar jede Woche eine andere. Da könntest du auch die Bademamsell heiraten, mit ihr hättest du gewiss auch *Spaß*.«

»Aber …« Hilflos hielt ich inne. Meine Erregung war schlagartig verflogen. Ich war so *sicher* gewesen, dass sie diesmal gegen eine Ehe keine guten Gründe mehr vorbringen konnte!

Sie schob mich aus dem Bett. »Jetzt mach, dass du nach unten kommst, sonst sieht dich noch einer.«

Frierend und nackt stand ich da und blickte auf sie hinunter. Umrahmt von Lockengewirr sah ihr Gesicht aus wie das einer betörenden Nymphe. Sie erschien mir überirdisch schön. Und höchst irdisch widerspenstig.

Unversehens kam mir in den Sinn, dass die zwölfte Novelle vielleicht doch nicht so dämlich war. Jemand könnte uns ertappen. Ein herabfallender Gegenstand, ein bisschen Gepolter …

Als hätte sie meine Gedanken gelesen, sagte sie: »Wag es ja nicht. Ich würde alles abstreiten und behaupten, dass du schlafwandelst. Für dich wäre es entschieden peinlicher als für mich, denn du bist derjenige, der nackt ist.«

Hastig zog ich mir das Hemd über, dann griff ich zu meinem zugkräftigsten Argument. »Du könntest ein Kind bekommen!«

»Das ist genau der Grund, warum wir es nicht nochmals tun. Und jetzt verschwinde endlich.« Sie drehte mir den Rücken zu und zog sich die Decke über den Kopf.

Danach schlief ich bis in die Puppen. In der Küche roch es nach angebranntem Haferbrei, irgendwer musste sich hier vergeblich als Koch versucht haben. Vielleicht Rodolfo – er saß mit blutunterlaufenen Augen am Tisch, das Kinn aufgestützt und schweigsam wie ein Grab. Sein Blick verkündete unmissverständlich, dass er nicht angesprochen werden wollte. Von Franceschina war weit und breit nichts zu sehen. Möglicherweise war sie mit Elena in der Wäschekammer; deren Stimme hatte ich vorhin mit gespitzten Ohren von dort vernommen.

Ich schnappte mir einen Kanten Brot und eine Scheibe Schinken und versuchte abermals mein Glück mit dem dritten Akt. Nachdem ich zwei Seiten dicht an dicht mit Tintenschnörkeln verziert hatte, wurde mir klar, dass ich Hilfe brauchte.

Bernardo aufzusuchen sparte ich mir, denn er schlief noch, selig vereint mit Caterina. Iseppo wusste bereits bei meinem Aufstehen zu berichten, dass es noch in der Nacht eine intensive Versöhnung zwischen den beiden gegeben habe müsse. Er selbst habe es nicht gehört, aber Cipriano, der von den Geräuschen der Lust lange wach gehalten worden sei.

Als Iseppo das erzählte, überlegte ich fieberhaft, ob es wirklich Bernardos und Caterinas Geräusche gewesen waren. Ihre Kammer lag direkt neben dem Requisitenraum, aber ich konnte mich nicht an Laute der Lust erinnern. Außer jenen, die Elena und ich verursacht hatten.

Auf meinem Weg nach oben begegnete ich Baldassarre, der glänzender Laune war. Nach der überstandenen Krankheit war er noch etwas blass, aber bereits wieder voller Tatendrang. Je widerlicher der stetig qualmende Athanor stank, umso mehr schien Baldassarre aufzuleben.

»Ich spüre es in meinen alten Knochen, Marco«, sagte er zu mir. »Diesmal werden meine Mühen Früchte tragen. Nichts wird sich jemals so sehr rentieren wie mein Ofengeschäft. Bald wird sich offenbaren, welchen Schatz das philosophische Ei ausbrütet.« Er war so augenscheinlich überzeugt davon, dass ich nicht widersprach.

Stattdessen suchte ich wegen meiner Schreibhemmung Rat bei Cipriano. Er hielt sich in der Requisitenkammer auf, zusammen mit Iseppo, was sich gut traf, da ich sowieso ein paar Dinge von dort brauchte.

Beide hatten sich als Frauen verkleidet und fachsimpelten über diverse Schminkmethoden. Hätten sie nicht gerade gesprochen, wäre ich rücklings aus der Kammer gefallen, so fremd wirkten sie auf mich. Nebeneinander vor dem Spiegel stehend, wedelten sie sich mit großen Fächern Luft zu und beteuerten einander, wie schön sie seien. Cipriano hatte sein goldenes Lockenhaar zu einer blumenartigen Hochsteckfrisur arrangiert, während Iseppo seine Tonsur unter einer wallenden, ebenfalls blonden Perücke versteckt hatte. Beide hatten sich die Gesichter angemalt, was Cipriano wie eine zauberhafte Grazie wirken ließ, während Iseppo eher etwas von einer gesetzten Dame an sich hatte.

Die Oberteile der Kleider hatten sie mit Brustattrappen ausgestopft, und allerlei Spitzen, Seidenbänder und Schleifchen sorgten zusätzlich für weibliches Gepränge.

Mir stand der Mund offen vor Staunen, als sie sich mir zuwandten und mich strahlend anlächelten. »Wie sehe ich aus, Marco?«, fragte Iseppo schüchtern.

»Äh … wie eine Frau.«

»Wirklich?«

Ich konnte nur stumm nicken, was ihm offenbar sehr zu gefallen schien. »Du kannst mich Mirandolina nennen«, sagte er. Hastig setzte er hinzu: »Jedenfalls, wenn ich das Kostüm trage. Damit ich mich besser an meine Rolle gewöhnen kann.«

Abermals nickte ich.

»Weißt du, sich seiner Rolle entsprechend zu verkleiden und zu benehmen hat einen verblüffenden Effekt«, erklärte

Cipriano. »Man schlüpft nicht nur in das Gewand, sondern gleichsam auch in den Körper und den Kopf einer anderen Person.«

Ich hätte schwören können, dass sogar seine Stimme mit einem Mal klang wie die einer Frau, aber das konnte natürlich auch Täuschung sein.

»Es könnte auch *dir* helfen«, sagte Iseppo eifrig zu mir.

»Ich will mich nicht als Frau verkleiden«, sagte ich ablehnend.

»Natürlich nicht«, stimmte Iseppo zu. »Aber vielleicht als ein Mann, der die Szene dominiert, an welcher du gerade arbeitest. Wenn du seine Sachen trägst, denkst du gleichsam seine Gedanken, du fühlst wie er – weil du so aussiehst wie er –, und schon kannst du es gewissenhaft niederschreiben, ohne lange nachzudenken.«

Das klang, als sollte man es nicht gleich von der Hand weisen. Ich hatte schon Dinge gehört, die wesentlich weiter hergeholt waren. Zumindest konnte es nicht schaden, damit zu experimentieren. Es musste ja nicht gleich eine Frauenrolle sein. Vielleicht die des Pantalone.

Kurzerhand griff ich mir die Maske mit der langen Nase und den roten Anzug, sowie einige andere Verkleidungsutensilien, und ging wieder nach unten.

Eine Stunde später hatte ich zwei weitere Blätter mit Schnörkeln bemalt. Ich schwitzte unter dem roten Schlabberanzug, die Maske drückte und juckte und behinderte mich beim Atmen. Es konnte wahrlich kein Vergnügen sein, den Pantalone auf der Bühne zu geben! Den Männern der Incomparabili, die das so häufig auf sich nahmen und dabei womöglich noch herumhopsten und Lazzi zum Besten gaben, galt meine ganze Bewunderung!

Ich selbst brachte trotz angestrengten Nachdenkens nicht

einmal eine Szenenanweisung für den Pantalone zustande. Es war ein Jammer.

Dann – endlich – läutete es zur Sext! Ich warf die Feder hin, riss mir das Pantalone-Kostüm herunter und rannte zum Abtritt, wo ich einige Veränderungen an meinem Äußeren vornahm. Danach machte ich mich eilig auf den Weg.

Wie verabredet traf ich mich mit Giovanni auf halbem Wege, an der Pforte von San Giacometto. Ungeduldig blickte er rechts und links an mir vorbei – sicherer Beweis dafür, dass er mich unter der Verkleidung nicht erkannte. Diesmal hatte ich dafür gesorgt, dass der Bart besser klebte, das Bauchkissen ordentlicher saß und dass auch der Hut mit den umlaufenden Haarfransen ein ordentliches Stück von meinem Gesicht beschirmte. Giovanni erkannte mich erst, als ich nur noch drei Schritte von ihm entfernt war.

»Donnerwetter«, sagte er staunend. »Das ist dir aber wirklich gut gelungen!« Er betrachtete mich genauer. »Allerdings schwitzt du wie ein Schwein.«

»Das ist der Nachteil«, räumte ich verdrossen ein. »Für das Kissen muss man eine feste Jacke tragen.«

Wir gingen spornstreichs zum Campo dei Mori und sprachen unterwegs noch einmal die Abfolge unseres Verwirrspiels durch. Als wir schließlich den gepflasterten Platz unweit der Kirche Madonna dell Orto erreichten, war ich restlos durchgeschwitzt und hätte mir am liebsten den ganzen Plunder vom Leib gerissen, doch das musste warten.

»Was ist los?«, fragte ich irritiert.

Giovanni war vor einem Haus stehen geblieben. »Hier lebte der berühmte Jacopo Robusti, genannt Tintoretto.«

»Der, von dem die Fresken in deinem Gemach stammen? Wieso *lebte*?«

»Er starb vorige Woche.« Giovanni deutete betrübt auf die nahe Kirche. »Da liegt er begraben. Es gibt dort herrliche Gemälde von ihm!«

»Falls du vorhattest, sie dir heute anzusehen, hat das hoffentlich Zeit bis nachher«, sagte ich.

»Du kannst es wohl kaum erwarten, was?«

»Nein, mir ist nur heiß.« Und die Hitze zeitigte Folgen. Ich merkte, wie sich der Bart von meiner rechten Wange zu lösen begann. Entnervt hielt ich ihn fest.

Giovanni grinste. »Nur die Ruhe, Bruder. Meinethalben kann es losgehen.« Er bezog unter dem Relief eines steinernen Handelsherrn Stellung und ahmte dabei zum Spaß dessen Haltung und gestrenge Miene nach. Unter anderen Umständen hätte er mich damit zum Lachen gebracht, doch ich war zu aufgeregt, um es lustig zu finden.

»Dann gehe ich jetzt mal«, sagte ich.

»Lass dich nicht ins Bockshorn jagen. Denk dran, dass wir zu zweit sind und den Trumpf der Überraschung in der Hand haben.«

Ich nickte und marschierte quer über den Platz zu der Herberge, in der Messèr Barbarigo und Bruder Hieronimo wohnten. Auf mein Klopfen hin tat mir eine Dienstmagd auf. Ich warf mich in Positur und verlangte mit schnarrender Stimme, den Prior Hieronimo aus dem Veneto zu sprechen, in einer wichtigen geschäftlichen Angelegenheit.

»Wie ist Euer Name, werter Herr?«, fragte sie.

»Ich bin ein Vertrauter von Marco Ziani.«

Sie bat mich zu warten und kehrte gleich darauf zurück. »Er lässt Euch zu sich bitten.«

»Ich will hier draußen mit ihm reden.«

Sie blickte erstaunt drein, stellte mein Ansinnen aber nicht infrage und kam kurz darauf mit einem schnaufenden Bruder Hieronimo zurück. Auch er litt sichtlich unter der Hitze. Sein fassförmiger Leib wirkte unter der verkrumpelten Kutte noch gewaltiger als sonst, und sein feistes Gesicht triefte vor Schweiß. »Wer seid Ihr?« Seine Augen verengten sich zu Schlitzen. »Ich kenne Euch!« Er kam einen Schritt auf mich zu, und ich wich einen zurück, um außerhalb seiner Reichweite zu bleiben. »Marco! Marco Ziani! Bist du das etwa?«

Mannhaft kämpfte ich gegen den Drang zum Weglaufen an.

»Mitnichten«, näselte ich, in vorgeblich nachdenklicher Pose den vermaledeiten Bart an die Wange drückend. »Ich bin nur ein Cousin, was eine gewisse Ähnlichkeit erklärt. Aber Ihr müsst zugeben, dass ich korpulenter bin als Marco. Vergleicht selbst – er steht nämlich dort drüben.« Ich wies mit der freien Hand zur gegenüberliegenden Seite des Platzes, wo Giovanni stand und freundlich herüberwinkte.

Der Prior fuhr zusammen. »Wahrhaftig! Er ist es!« Er sah nun keinen Grund mehr, mir zu misstrauen. Impulsiv marschierte er los, auf Giovanni zu. Laut befahl ich ihm, sofort stehen zu bleiben, anderenfalls die Unterredung beendet sei und Marco Ziani verschwinde.

Irritiert blieb der Prior stehen. »Was soll das? Was wollt Ihr überhaupt?«

»Ich komme auf Geheiß von Marco. Dieser hätte einige Fragen an Euch, die zu stellen er mir aufgetragen hat. Er selbst lehnt es ab, in Eure Nähe zu kommen, um einer Verschleppung vorzubeugen.«

»Von Verschleppen kann gar keine Rede sein!«, sagte der Prior empört. »Ich will ihn doch nur retten!«

»Vor wem?«

»Vor den sittenlosen Schauspielern! Vor dem Notar!«

»Was will denn der Notar von Marco?«

»Natürlich das Geld aus dem Erbe, was sonst.« Der Prior stieß ein wütendes Schnauben aus.

»Wie soll das gehen? Fällt etwa ihm laut Testament das Erbe meines Cousins Marco zu, wenn ich … ähm, dieser verstirbt?«

»Nein, einen Teil erhielte das Kloster, dem ich vorstehe, aber den weitaus größten und wirklich gewaltigen Anteil bekäme im Falle von Marcos Ableben der intrigante Patrizier als nächster Anverwandter«, sagte der Prior ungeduldig.

Das musste der Fremde sein! Mir schwirrte der Kopf. »Was ist mit diesem Patrizier? Wie, sagtet Ihr, lautet sein Name?«

»Ich sagte gar nichts und werde es auch nicht tun. Sobald Marco den Namen erfährt und den Patrizier entlarvt, wird dieser erst recht kurzen Prozess machen. Bislang scheute er vor offenem Mord zurück, weil ich noch in der Stadt bin und ihn auffliegen lassen kann. Aber dem Notar traue ich alles zu! Ich halte mich nur deshalb von diesem verderbten Theater fern, weil ich befürchte, er könne mir folgen und so Marcos Aufenthaltsort herausfinden! Barbarigo verkörpert das Böse schlechthin, so wie alle Advokaten! Ihm muss Marco aus dem Weg gehen! Sagt ihm das!« Beschwörend blickte er zuerst mich an, dann starrte er zu Giovanni hinüber, als könne er diesen durch die Kraft seines Willens zwingen, ihm zu gehorchen.

»Seid dessen gewiss.« Ich rang noch immer darum, den Sachverhalt zu begreifen. »Aber wenn doch nicht dem Notar das Erbe zufällt, sondern hauptsächlich dem Patrizier – wieso muss ich … ähm, Marco dann den Notar fürchten?«

»Weil die beiden gemeinsame Sache machen!«, rief der Prior erregt. »Sie teilen sich die schmutzige Arbeit – und danach das Vermögen! Denn wird Marco erst großjährig, ist es vorbei mit ihrer Aussicht auf das Geld! Dann kann er nämlich nach Gutdünken selbst seine Erben bestimmen.«

»Zum Beispiel Euer Kloster?«

»Ein gut gewähltes Beispiel«, pflichtete der Prior mir inbrünstig bei. »Das wollen sie um jeden Preis verhindern! Deshalb werden sie nichts unversucht lassen, alles an sich zu reißen! Aus diesem Grund muss ich Marco vor diesen Hyänen in Sicherheit bringen. Hinter den Mauern meines Klosters wird ihm nichts geschehen! Ich lasse nicht zu, dass er stirbt!«

Außer vor Langeweile, dachte ich.

»Worin besteht denn das Erbe?«, wollte ich wissen.

»Es ist viel«, sagte der Prior schlicht. Er hob sich auf die Zehenspitzen und breitete die Arme aus. »Marco, komm mit mir!«, schrie er. »Ich will nur dein Bestes!«

Ich fuhr zusammen, als mein Name so unvermittelt herausgebrüllt wurde. Abermals machte Bruder Hieronimo Anstalten, sich Giovanni zu nähern. Der nahm wie vereinbart augenblicklich Reißaus.

Der Prior ließ einen enttäuschten Ausruf hören, bevor er sich wieder zu mir umwandte.

»Bitte«, sagte er drängend. »Bringt ihn zu mir! So schnell wie möglich! Es soll Euer Schaden nicht sein!«

»Ich werde alles mit meinem Cousin Marco besprechen«, versicherte ich dem Prior.

Mein Gesicht unter dem Bart juckte höllisch, und mittlerweile musste ich auch die zweite Hand zu Hilfe nehmen, um ihn an Ort und Stelle zu halten. Hastig ergriff ich die Flucht.

»Gehabt Euch wohl!«, rief ich, mit Riesenschritten davoneilend.

»Aber wann werdet Ihr …« Seine verwirrte Stimme brach mitten im Satz ab, während ich im Laufschritt um die nächste Ecke bog.

Wir hatten uns am Ufer hinter der Madonna dell' Orto niedergelassen und ließen die Beine baumeln, den Blick auf San Michele und Murano gerichtet. Das Meer plätscherte unter unseren Füßen an die Kaimauer, und eine frische Brise zauste uns das Haar. Ich hatte den in Auflösung begriffenen Bart sowie das Kissen entfernt und die Jacke geöffnet, da ich anderenfalls von der in meinem Körper angestauten Hitze einen Kollaps erlitten hätte. Zur Aufrechterhaltung der Maskerade hatte ich mir den Hut tiefer ins Gesicht gezogen, in der Hoffnung, es möge ausreichen, zufällige Beobachter von unserer Ähnlichkeit abzulenken.

»Ganz klar, der Kerl lügt«, sagte Giovanni, nachdem ich ihm von der Unterhaltung mit dem Prior berichtet hatte.

»Ich weiß nicht«, meinte ich. »Gewiss, nach allem, was ich im Scriptorium belauschte, sollte ich ihm keinen Deut trauen. Aber eben gerade kam er mir komischerweise ehrlich vor. Als wollte er mich wirklich beschützen.«

»Das will er ja auch! Weil er sich viel mehr verspricht als das mickrige Legat, das dem Kloster im Falle deines frühzeitigen Todes zufiele. Er will alles! Deshalb baut er darauf, dich bis zu deiner Volljährigkeit in einen willigen Betbruder zu verwandeln, getreu dem Gebot, dass Geben seliger ist denn Nehmen. Misslingt ihm das, kann er sich immer noch entschließen, dich in eine dieser tödlich heißen Thermen zu werfen, die es in der Gegend gibt, und sich anschließend mit dem Legat begnügen.«

Ich stutzte, als Giovanni die Thermen erwähnte, anscheinend trieben ihn ähnliche Vorstellungen um wie mich. »Aber schon das Legat muss eine Menge wert sein!«, wandte ich ein. »Ich hörte den Fremden im Scriptorium sagen, dass es das Kloster auf einen Schlag steinreich machen würde!«

»Steinreich ist relativ. Viele Leute glauben zum Beispiel, ich wäre es.«

»Bist du es denn etwa nicht?«, fragte ich überrascht.

Giovanni zuckte die Achseln. »Es ist weit weniger da, als ich es mir früher in meinen naiven Vorstellungen ausgemalt hatte. Bei Licht betrachtet erweisen sich so manche Preziosen als Schall und Rauch.«

»Aber die Sachen im zweiten Stock … der Sommerpalast an der Brenta …«

»Sind garantiert unterm Strich nur einen Bruchteil von dem wert, was du von diesem Vittore Ziani geerbt haben musst. Ich habe in den letzten Tagen Erkundigungen über ihn eingezogen. Er war reich wie Krösus. Das Konsortium, das seit seinem Wegzug aus der Stadt treuhänderisch seine Besitztümer verwaltet, kommt kaum nach mit dem Geldscheffeln. Es gibt Häuser, Konten, Wertpapiere, Manufakturen, Lagerbestände – ein enormes Vermögen, so viel steht fest. Du bist sozusagen ein gemachter Mann. Vorausgesetzt, du kriegst es hin, dir deine Feinde vom Hals zu schaffen, ohne dabei umzukommen.«

Mir war schwindelig. Wenn Onkel Vittore wirklich so reich gewesen war – wieso hatten wir dann dieses bäuerliche, einsame Leben geführt?

Diese Frage war allerdings zweitrangig gegenüber allen anderen, die es noch zu klären galt. Vor allem jene, die ich dem Notar stellen wollte. Sobald sich wieder eine Gelegenheit dazu ergab.

»Bereit für den zweiten Teil des Stücks?«, fragte Giovanni.

»Der Bart ist ab«, erklärte ich. »Ich kann ihn ohne Kleber nicht festmachen. Der Hut allein reicht als Tarnung nicht aus. Wir müssen das Gespräch mit dem Notar also verschieben.«

Giovanni schüttelte den Kopf. »Müssen wir nicht. Wir können improvisieren.«

»Und wie?«

»Schreibst du die Stegreifstücke oder ich? Denk dir was aus!«

Ehrlicherweise muss ich zugeben, dass es allein Giovannis Idee war, einen Boten zu dem Notar zu schicken und ihn zu den Fondamente Nuove zu bestellen.

Die Uferbefestigung war noch teilweise im Bau begriffen, aber von schnurgerader Ausrichtung und daher bestens einsehbar, sodass schon von Weitem zu erkennen war, ob der Notar wie gefordert allein käme.

Das tat er wirklich. Mit wehender Robe kam er herangeeilt, wie eine zerfledderte, zu groß geratene Krähe. Sein hageres Gesicht war von Sorge verkniffen.

In Ermangelung einer geeigneten Verkleidung gingen wir die zweite Etappe unseres Vorhabens offensiver an: Ich hatte

Jacke und Hut abgelegt, mich hinter einem Berg aufgeschichteter Ziegel verborgen und trat einfach hervor, als der Notar näher kam.

Er schrie vor Schreck auf, hielt aber nicht inne. Die letzten noch fehlenden Schritte legte er beinahe rennend zurück.

»Marco Ziani! Du garstiger Junge! Wo hast du dich die ganze Zeit versteckt?«

Ich zog mein Rapier. »Bleibt besser dort stehen.« Dem zerlumpten Fischerjungen, den wir als Boten angeheuert hatten, warf ich den versprochenen zweiten Teil der Entlohnung zu. Er fing die Münze aus der Luft und verschwand in der nächsten Gasse.

»Aber ich will dir doch nichts tun!«, beschwor mich der Notar, der in sicherer Entfernung stehen geblieben war. »Im Gegenteil!«

»Gleich werdet Ihr behaupten, dass Ihr mich nur vor dem raffgierigen Prior und dem intriganten Patrizier beschützen wollt«, spottete ich.

Bass erstaunt blickte er mich an. »Woher weißt du das?«

»Ich habe übernatürliche Kräfte«, erklärte ich. »Sie befähigen mich, die Gedanken anderer zu lesen. Außerdem kann ich tote Gegenstände zum Leben erwecken und ihnen meine Gestalt verleihen.«

Der Notar runzelte die Stirn. »Du hast eine lebhafte Fantasie. Das fiel mir schon auf unserer Reise durch den Wald auf.«

»Ich werde es Euch beweisen«, widersprach ich. »Aber zuerst sollt Ihr Euch rechtfertigen, Messèr Barbarigo. Was treibt Euch dazu, nach meinem Vermögen zu gieren?«

Er straffte sich. »Welch bodenlose Unverschämtheit! Ich will dich beschützen, und so dankst du es mir!«

»Dann erklärt mir, warum Ihr seit Monaten hinter mir her seid!«

»Um dich vor Schaden zu bewahren, das sagte ich doch! Die

Sachlage hat sich zu deinen Ungunsten geändert!« Er holte Luft und sammelte sich, um dann in ruhigerem Tonfall fortzufahren: »Zu Beginn musste ich mich nur darum sorgen, dass der Prior seiner Gier nachgibt und dich vergiftet, ertränkt, erschlägt oder dich sonstwie deinem Schöpfer überantwortet, um sich in den Besitz des Legats zu bringen. Allerdings war ich überzeugt, dass dir wahre Gefahr erst zur Zeit deiner Großjährigkeit droht, da er versuchen würde, lieber alles auf einmal an sich zu bringen.«

»Indem er die Zeit für sich arbeiten lässt und mich durch Gebete und Langeweile in einen willenlosen Kuttenträger verwandelt, der sich bei Erreichen der Großjährigkeit keinen besseren Dienst am Herrn vorstellen kann, als sein gesamtes Vermögen dem Kloster zu stiften?«

»Ganz recht!«, sagte der Notar überrascht. »Du wusstest von seiner Absicht?«

»Ich sagte doch, ich kann Gedanken lesen.«

»Dann kann ich es auch. Denn dieser Plan des Priors stand so deutlich auf seiner Stirn geschrieben wie seine Fresslust, die ihn Stück für Stück in eine Qualle auf zwei Beinen verwandelt.« Der Notar hüstelte indigniert. »Wie dem auch sei. Es geschah das Unerwartete: Der Ersatzerbe tauchte bei mir in Padua auf, dieser Patrizier. Er wollte mich überreden, dir im Zusammenwirken mit ihm und dem Prior vorzeitig den Garaus zu machen. Sodann wollten sie das Vermögen mit mir teilen, und alle wären glücklich.«

»Bis auf mich, der ich dann tot wäre«, stellte ich fest.

Der Notar hüstelte. »Ich ging zum Schein auf das Angebot ein, um dadurch Einfluss zu gewinnen und das Schlimmste zu verhindern, denn ich fühle mich deinem Onkel zutiefst verpflichtet.«

»Woher kennt Ihr ihn überhaupt?« Rasch fügte ich hinzu: »In Euren Gedanken kann ich es nicht lesen, weil dort das reine Chaos herrscht.«

Diese Meinung schien er unbesehen zu teilen, denn er nickte vehement. »Was auch sonst, nach allem, was ich in der letzten Zeit deinetwegen durchgemacht habe! Ich bangte um mein Leben! Hätte ich nicht in jeder Phase dieser ganzen verrückten Geschichte so getan, als wäre ich mit den Plänen des Priors und des Patriziers einverstanden, hätten sie mich bedenkenlos umgebracht, um einen Mitwisser loszuwerden! Wüssten sie, wo du dich aufhältst, wärst du gewiss schon längst tot!« Mit tiefem Seufzen schloss er: »Deinen Onkel Vittore kenne ich aus dem Krieg. Wir kämpften Seite an Seite bei Lepanto. Unter dem legendären Don Juan de Austria.«

Davon war ich so beeindruckt, dass ich um ein Haar vergaß, die wichtigste Frage überhaupt zu stellen. Doch bevor ich sie herausbringen konnte, verkrampfte sich die Haltung des Notars. »Ich fürchte, ich muss jetzt gehen.«

»Warum?«

»Ich … ähm …« Er blickte über meine Schulter.

Ich folgte seinem Blick – und sah Adelina näher kommen. Sie ging beschwingten Schrittes, die Bluse so weit ausgeschnitten, dass ihre Brüste ungebändigt vom Stoff ein fröhlich hüpfendes Eigenleben entfalteten. Ich konnte nicht anders, als hinzustarren.

Ein Strahlen verklärte ihr Gesicht. »Liebster!«, rief sie freudig. »Du bist zurück!«

»Oje«, sagte ich beklommen.

Dann sah Adelina den Notar und beschleunigte ihre Schritte. »Der schlimme Notar!«, schrie sie. »Warte, ich helfe dir!«

In diesem Augenblick trat Giovanni hinter dem Ziegelhaufen hervor und stellte sich neben mich. Adelina stieß einen schrillen Schrei aus. Der Notar schrie mindestens genauso schrill.

»Ich sagte doch, ich kann es«, erklärte ich ihm hastig. »Toten Gegenständen meine Gestalt verleihen.«

Es war jedoch zweifelhaft, ob der Notar es noch hörte, denn

er rannte bereits mit fliegendem Talar davon, sich ein ums andere Mal bekreuzigend.

»Das war zu früh«, sagte ich verärgert. »Ich wollte ihn zuerst fragen, wie der Patrizier heißt, und ihn *dann* erst in den Wahnsinn treiben!«

»So lange wäre er nicht geblieben«, widersprach Giovanni. »Nicht nach dem, was Adelina beim letzten Mal mit ihm gemacht hat, mit ihrem entzückenden Knie. Nicht wahr, Liebling?« Er wandte sich zu Adelina um, die stumm vor uns stehen geblieben war und uns mit weit aufgerissenen Augen anstarrte. Bevor einer von uns ein Wort sagen konnte, schwankte sie und wurde ohnmächtig. Giovanni fing sie gerade noch auf, bevor sie auf der Fondamenta landete.

»Das hat sie wirklich nachhaltig beeindruckt«, sagte Giovanni. »Normalerweise fehlen ihr niemals die Worte.«

»Du hattest ihr nichts von mir erzählt«, stellte ich fest.

»Irgendwie ergab es sich nicht.« Er machte ein klägliches Gesicht. »Sie ist so neugierig! Ich hätte mich vor Fragen nicht mehr retten können!«

»Dafür wirst du jetzt um so mehr zu erklären haben. Unter anderem, warum du es ihr nicht früher gesagt hast.« Ich schickte mich an, zu gehen.

»He, wo willst du hin? Du kannst doch jetzt nicht verschwinden und mich mit ihr allein lassen!«

Ich hörte, wie Adelina aufwachte, Grund genug, schnellstmöglich das Weite zu suchen. »Du weißt ja, wo du mich findest!«, rief ich über die Schulter zurück.

Wie beim letzten Mal kam er mitten in der Nacht und klopfte mit dem Ruderblatt gegen den Fensterladen. Ich schlich mich nach draußen und setzte mich zu ihm aufs Boot, dessen leuchtend roter Farbanstrich sogar im schwachen Licht der Laterne gut zu erkennen war.

»Ist das deine Gondel?«, fragte ich bewundernd.

Er nickte, und ich nahm mir vor, irgendwann auch so ein Boot zu besitzen.

»Hat Adelina sich wieder beruhigt?«, fragte ich.

Abermals nickte er, und nun fiel mir seine Schweigsamkeit auf. »Was hast du?«, wollte ich wissen. »Geht es dir nicht gut?«

»Ach, es ist nichts weiter«, meinte er, doch ich spürte, dass er nicht die Wahrheit sagte. Seit ich ihn kannte, gab es eine seltsame Verbundenheit zwischen uns, obwohl ich ihn nur die wenigen Male getroffen hatte. Vielleicht rührte diese Vertrautheit daher, dass er aussah wie ich, anders konnte ich es mir nicht erklären.

»Ich möchte mich von dir verabschieden«, sagte er. »Morgen reise ich wieder auf die Terraferma und hoffe, dort alle noch offenen Fragen endgültig zu klären.«

»Willst du da Leute finden, die über unsere Vergangenheit Bescheid wissen?«

Er bejahte, dann meinte er: »Ich werde meine Abreise so gestalten, dass der Prior und der Notar es mitbekommen. Der dicke Cousin wird ihnen vorher die Botschaft zukommen lassen, dass Marco Ziani abreist. Sie werden mir also auf dem Fuße folgen, sodass du erst mal deine Ruhe vor ihnen hast.«

»Aber angenommen, sie lügen beide! Es könnte doch sein, dass alle zwei mit dem Patrizier unter einer Decke stecken und nur auf die nächstbeste Gelegenheit warten, ihren Teil des Handels zu erfüllen!«

Er klopfte auf die Scheide seines Rapiers. »Und *ich* warte nur auf die Gelegenheit, dieses geschliffene Wunder zu benutzen.« Er schüttelte den Kopf. »Die beiden trauen einander nicht, so viel steht fest. Der eine gönnt dem anderen nicht das Schwarze unter dem Fingernagel. Das wiederum wird meinem Schutz dienen. Du musst dich jedoch weiterhin vor dem Patrizier vorsehen.«

»Eine Zeit lang dachte ich, es sei dein Onkel«, platzte ich

heraus. »Er ist ja auch mein Onkel und könnte somit der von dem Prior erwähnte Anverwandte sein.«

»Auf diesen Gedanken kam ich auch schon und werde entsprechend nachforschen.«

»Dann gibt es da noch diesen merkwürdigen Nobile namens Celsi. Immer, wenn ich ihm begegne, benimmt er sich mir gegenüber rätselhaft. Und er kennt deinen Onkel und ist ihm nicht grün.«

»Das trifft auf mindestens jeden zweiten Edelmann in Venedig zu«, versetzte Giovanni trocken.

Ich nahm es seufzend zur Kenntnis. Alles war so verfahren!

»Adelina lässt dich übrigens herzlich grüßen und bedauert es, dass durch diverse Missverständnisse deine Geduld strapaziert wurde.«

»Du verstehst dich wohl sehr gut mir ihr, oder?« Ich spürte leisen Neid. Nicht, weil er Adelina als Liebchen hatte, sondern weil er offenbar, ganz anders als ich, in der Lage war, sich problemlos mit einer Frau zu vertragen.

»Mal so, mal so«, meinte Giovanni. »Sie hat viel Temperament, man muss sich manchmal vorsehen. Aber wenn ich es drauf anlege, wird sie sanft wie ein Lämmchen.«

»Wie stellst du das an?«, fragte ich wissbegierig.

»Meine Erfahrung mit Frauen hilft mir dabei«, erklärte er lässig. »Ich kann jede dazu bringen, dass sie mir aus der Hand frisst.«

»Nicht Elena«, widersprach ich sofort. »Die hat ihren eigenen Kopf!«

»Inwiefern?«

»Ach, nichts«, sagte ich ausweichend.

»Nun erzähl schon! Vielleicht kann ich dir helfen!«

»Sie weigert sich, mich zu heiraten.« Hoffnungsvoll blickte ich ihn an. »Hast du Adelina schon gefragt, ob sie dich heiraten möchte? Was hat sie gesagt?«

Giovanni lachte leise. »Warum sollte ich sie das fragen?«

»Damit sie … na, du weißt schon. Dir allein gehört. Jede Nacht, wenn du möchtest.«

»Das tut sie auch so.«

»Elena ist nicht so ein Mädchen«, sagte ich steif. »Sie hatte vorher noch nie … Ich meine …«

»Und du auch nicht, was?«, fragte er mitleidig. Er klopfte mir auf die Schulter. »Nun ja, einmal ist immer das erste Mal, da muss ein Mann durch. Aber deswegen gleich heiraten …«

»Ich will es aber«, erklärte ich entschieden.

»Und warum will *sie* nicht?«

»Wenn ich das nur wüsste!«, sagte ich niedergeschlagen.

»Ich kann das in Ordnung bringen«, meinte Giovanni.

»Was?« Verdutzt starrte ich ihn an.

»Ich spreche mit deinem widerspenstigen Rotschopf und überrede sie zur Ehe, wenn du willst. Wozu sehe ich aus wie du?«

»Du meinst, du willst so tun, als wärest du ich, und sie dann fragen, ob sie dich … ähm, mich heiratet?«

Er nickte. »Natürlich werde ich sie nicht berühren, keine Sorge.« Grinsend setzte er hinzu: »Obwohl es das Ganze vereinfachen würde. Man sagt mir nach, dass ich mich auf einige Finessen ganz besonders gut verstehe. Aber auch das Süßholzraspeln fällt mir leicht, wenn es nottut.«

Fieberhaft dachte ich nach. Es war nicht von der Hand zu weisen, dass er mir einiges an Erfahrung voraushatte. Sogar die Bettler in den Gassen wussten, dass Giovanni ein Frauenheld war. Scharen von willfährigen Weibern pflasterten seinen Weg. Er wusste, wie er mit ihnen umzugehen hatte. Adelina geriet jedes Mal in Verzückung, sobald er – hilfsweise ich, den sie für ihn hielt – auftauchte. Wenn jemand mir bei Elena weiterhelfen konnte, dann er!

»Gut«, sagte ich. »Aber ohne Anfassen.«

Da er am nächsten Tag abreisen würde und nicht abzusehen war, wann er zurückkam, beschlossen wir, es nicht auf die lange Bank zu schieben.

Gemeinsam schlichen wir ins Haus, wo Giovanni sich bis auf das Hemd entkleidete und mir dann in den ersten Stock folgte. Die Tür zum Requisitenraum war auch diesmal nur angelehnt, und ich zeigte Giovanni den Weg durch das Sammelsurium an Kostümen und anderem Bühnenkram bis zur spanischen Wand. Dort war er dann auf sich gestellt. Ich hatte ihm die Kerze überlassen und versteckte mich hinter einem Tisch mit diversen Masken und Perücken.

»Liebes«, hörte ich Giovanni leise säuseln. »Ich bin nochmals gekommen, um mit dir über die Ehe zu sprechen.«

»Marco?«, kam es verschlafen von Elena.

»Wer sonst?« Durch die Fransen einer vom Tisch herabhängenden Perücke sah ich einen Teil seiner Füße, offenbar hatte er sich vor dem Bett niedergekniet. Sehr effektvoll, das musste man ihm lassen!

»Warum willst du mich nicht heiraten?«, fragte Giovanni zärtlich. »Weißt du denn nicht, dass wir füreinander bestimmt sind? Nenne mir die Gründe, die dagegen sprechen, dass du mich zum Mann nimmst!«

»Wie du willst.« Am knarrenden Geräusch der Bettstatt hörte ich, dass Elena sich aufsetzte. »Du bist ein oberflächlicher, nichtsnutziger Tagedieb. Du hast einen übermäßigen Hang zu einer gewissen Bademamsell und ihren beiden hervorstechendsten Wesenszügen. Kurz, du bist kein Mann, mit dem ich für den Rest meines Lebens zusammen sein möchte. Und jetzt verschwinde und lass mir meinen wohlverdienten Schlaf.«

»Aber Elena, Liebste, mein einziges, herrliches Juwel …«

»Raus«, sagte sie kategorisch. »Oder ich werde ernstlich wütend.«

Giovanni kam stolpernd wieder zum Vorschein und verschwand mit der Kerze aus der Kammer. Ich wartete einige ängstliche Atemzüge lang, bevor ich es wagte, ihm leise wie eine Maus zu folgen. Und wie eine Maus fühlte ich mich auch, winzig, grau und unwichtig. Mein ganzes Selbst kam mir geschrumpft vor, bis zur völligen Bedeutungslosigkeit. Elena wollte mich nicht! An Giovanni lag es nicht, er hatte seine Sache gut gemacht, daran gab es nichts zu deuten. Es war allein meine Schuld. Ich taugte nicht dazu, zum Gatten erkoren zu werden.

Auf bloßen Füßen tappten Giovanni und ich wieder nach unten.

Er war sichtlich beleidigt. »Ich verstehe nicht, wieso du ausgerechnet das sprödeste Mädchen von ganz Venedig heiraten musst«, flüsterte er im Innenhof, wo er Beinkleider und Stiefel wieder anzog. »Vergiss sie einfach. Such dir eine, die dich will. Oder besser: Lass es ganz. Wozu eine Einzige heiraten, wenn du viele haben kannst? Sie werden schon bald bei dir Schlange stehen, wenn du erst das Geld dein Eigen nennst!«

Das war ein Aspekt, den ich noch nicht bedacht hatte. Vielleicht sollte ich Elena von dem immensen Vermögen erzählen, das meiner harrte? Womöglich würde sie das umstimmen! Doch dann wurde mir die Zweischneidigkeit dieser Option bewusst. Wollte ich in Kauf nehmen, dass sie mich nur des Geldes wegen erhörte?

Ratlos starrte ich zum schwarzen Himmel hinauf, nur mit halbem Ohr wahrnehmend, wie Giovanni sich verabschiedete.

»Auf bald, mein Bruder«, sagte er leise.

»Auf bald«, gab ich geistesabwesend zurück.

Er legte mir die Hand auf die Schulter. »Pass gut auf dich auf.«

Das riss mich aus meinen Gedanken. »Du auch«, erwiderte ich. »Und komm gesund wieder.«

Er nickte und verschwand durch die Pforte, ein langer Schatten in der Dunkelheit. Eine Weile blieb ich noch lauschend stehen, bevor ich zurück in meine Kammer ging.

In dieser Nacht fand ich keinen Schlaf mehr.

Es war, als hätten sich nach diesem Fehlschlag alle Schicksalsmächte gegen die Bewohner des Hauses verschworen. Schon am frühen Morgen ging es los. Da ich die ganze Zeit nur gedöst hatte, sprang ich sofort auf, als der Lärm im Mezzà anfing, doch als ich in die Küche kam, war dort niemand mehr. Die Beteiligten hatten sich bereits in den Innenhof begeben. Franceschina stand dort, in der einen Hand den Knauf der offenen Pforte, in der anderen einen vollen Reisesack.

Rodolfo hatte sich vor ihr auf die Knie geworfen. Tränen strömten ihm über das Gesicht. »Geh nicht!«, flehte er. »Mag ich auch ein hässlicher Zwerg sein – ich kann dennoch versuchen, dich glücklich zu machen!«

Auch Franceschina weinte, doch sie sagte kein Wort, sondern schüttelte nur heftig den Kopf, trat auf die Gasse hinaus und warf das Tor hinter sich zu.

Rodolfo wischte sich ruckartig über die Augen und sprang auf. Mit der Faust schlug er so hart gegen das Tor, dass er sich die Handknöchel aufriss. Blut tropfte vor ihm auf das Pflaster des Hofs und leuchtete rot in der Morgensonne, bevor er sich mit gesenktem Kopf abwandte und wie ein geprügelter Hund ins Haus zurückging.

Auf der Außentreppe hatten sich die anderen versammelt, sogar Bernardo und Caterina standen dort, beide im Hemd und die Gesichter bleich vor Schreck. Cipriano saß auf einer der unteren Stufen, ebenfalls unvollständig angezogen und das helle Haar noch zerwühlt vom Schlaf. Oben an der Tür zum Piano Nobile waren, beide noch im Nachtgewand, Elena und Baldassarre zu sehen, die nun zögernd herunterkamen.

»Wo ist sie hingegangen?«, fragte Elena.

»Sie hat sich bei einer reichen Familie als Köchin verdingt«, sagte Cipriano tonlos. »Auf den Feiern, die der Hausherr gibt, soll sie die Gäste zusätzlich mit ihren Jonglierkünsten unterhalten.«

Iseppo war ebenfalls aus dem Haus gekommen. »Was ist mit

Rodolfo los? Er hat sich in seiner Kammer eingeschlossen, aber sein Schluchzen ist durch die Tür zu hören!«

Leise erklärte ich ihm, was geschehen war, worauf er bedrückt zu mir aufblickte. »Warum muss das Leben so grausam sein? Er ist ein Zwerg, aber seine Seele ist groß! Hätte Franceschina sich nicht überwinden können, ihn wiederzulieben?«

»Wo Überwindung ist, kann niemals Liebe sein«, sagte Caterina. Es klang herzlos, doch vermutlich hatte sie recht. Graziös drehte sie sich um und schritt die Treppe hinauf. Ohne ein Wort schob sie sich an Elena und Baldassarre vorbei und verschwand im Haus.

Bernardo ließ sich kraftlos auf die Stufen sinken und starrte auf das geschlossene Tor. »Sie hätte mit mir sprechen müssen, statt einfach wegzulaufen«, murmelte er.

Cipriano blickte über die Schulter zu ihm hinauf. »Was hätte sie denn von dir erbitten sollen? Überwindung? Oder etwa das, was du ihr ohnehin nicht geben kannst?«

»Wenigstens war sie klug genug, sich nicht an diesen Hofnarren wegzuwerfen«, sagte Bernardo angriffslustig.

»Der Narr bist und bleibst du«, versetzte Cipriano müde. Er erhob sich und ging an Bernardo vorbei ins Haus.

In lähmender Ereignislosigkeit verstrichen die Stunden, die auf Franceschinas Weggang folgten. Es gab keine Diskussionen, keine Zusammenkünfte. Im ganzen Haus herrschte Stille.

Ich drückte mich davor, an dem Stück zu arbeiten, obwohl Iseppo mir versicherte, er könne jederzeit wie geplant für Franceschina einspringen, ich solle es nur endlich fertig schreiben. Doch mir fehlte jeder Antrieb, es sei denn zu schlichtesten Verrichtungen, etwa das Feuer im Athanor zu prüfen oder nachzusehen, ob noch genug Schinken da war. Irgendwann hielt ich es im Haus nicht mehr aus. Bei glühender Mittagshitze verließ ich die Ca' Contarini und stromerte durch die Stadt. Es war mir völlig gleichgültig, wem ich dabei über den Weg laufen mochte.

Einem Bootsmann, der vom Kai hinter der Madonna dell' Orto nach Murano übersetzen wollte, zahlte ich ein paar Münzen dafür, dass er mich mitnahm. Auf diese Weise kam ich zum ersten Mal auf die Glasinsel. Hier waren die Häuser nicht so hoch und die Gassen und Kanäle nicht so unübersichtlich angeordnet. Die Anzahl der Kirchtürme war überschaubar, die Palazzi waren wesentlich schlichter als auf der Hauptinsel. Den entscheidenden Unterschied aber bildeten die vielen Glasbläsereien, die sich an den Hauptkanälen dicht an dicht aneinanderreihten. Hitze waberte über den Kaminen der Werkstätten, in denen die großen Öfen Tag und Nacht brannten, damit die *Fioleri* ihre weltbekannten Glaskunstwerke erschaffen konnten. Kostbare Pokale, Tropfen aus Kristall, feinwandige Karaffen oder einfach nur bunter Schmuck – alles kam von der Insel der Glasmacher, denen bei Todesstrafe verboten war, die Lagune zu verlassen, weil diese einzigartige Kunst allein Ruhm und Reichtum der Serenissima mehren sollte.

Kreuz und quer wanderte ich herum und sah mir alles an, doch da die Insel, obwohl sie aus mehreren, durch Brücken verbundenen Teilen bestand, recht klein war, hatte ich sie rasch erkundet, sodass es mit der Ablenkung bald vorbei war.

Am späten Nachmittag nahm mich ein anderer Fährmann wieder mit zurück. Mir war jedoch nicht danach, bereits wieder zur Ca' Contarini zurückzukehren. Stattdessen wanderte ich ziellos durch Cannaregio und Castello, bis zur Riva degli Schiavoni, wo ich mich inmitten des Hafenbetriebs durch das Menschengewimmel treiben ließ und die großen Schiffe betrachtete. Als ich hungrig wurde, kaufte ich mir an einer Garküche ein gebratenes Hühnerbein und zum Nachtisch bei einem Bäcker einen Zuckerkringel.

Bei meiner Rückkehr kam Rodolfo mir ergrimmt entgegen. »Wo warst du den ganzen Tag?«, herrschte er mich an.

»Frische Luft schnappen. Und einen Happen essen.«

»Das nächste Mal gibst du mir vorher Bescheid«, befahl er.

»Wie du meinst.« Ich gab mir Mühe, es folgsam klingen zu lassen. Nachdem er am Morgen solche Schmach erlebt hatte, wollte ich sein Gemüt nicht durch Widerrede belasten.

Das einzig wirklich Erfreuliche an diesem Tag bestand darin, dass ich nach einer nahezu schlaflosen Nacht und vielen Stunden an der frischen Luft so müde war, dass ich im Stehen hätte einschlafen können. Folglich ging ich zeitig zu Bett. Schlaf, so meine tröstliche Überlegung, würde mich zuverlässig von allen Sorgen befreien, zumindest bis zum nächsten Morgen.

Wie sehr ich mich täuschte, sollte ich bald erfahren.

Später wusste ich nicht zu sagen, ob ein Geräusch mich geweckt hatte. Jedenfalls waren keine Stimmen zu hören, und auch kein Pochen am Fensterladen. Vielleicht war es einfach nur das Gefühl, dass etwas nicht stimmte. Jedenfalls war ich schlagartig hellwach, ohne zu wissen, warum. Im Zimmer war es stockfinster, ein Luftzug musste die Stundenkerze ausgeblasen haben.

Abgesehen von Iseppos gewohntem Schnarchen herrschte Stille um mich herum, doch der Eindruck gegenwärtiger Gefahr war noch stärker als im Moment des Erwachens. Ohne zu überlegen, stand ich auf und trat leise auf den Gang hinaus, wo ich die Ohren spitzte, aber immer noch nichts hörte. Zögernd ging ich zur Treppe, mit den Händen den Weg ertastend. Warum brannte kein Nachtlicht? Normalerweise standen immer zwei im Mezzà, eines im Gang und eines bei der Treppe.

Immerhin Letztere fand ich auch ohne Beleuchtung, inzwischen kannte ich mich blind im Haus aus. Stufe um Stufe tastete ich mich nach oben – und wäre um ein Haar vor Schreck gefallen, als mein Fuß unversehens auf Widerstand traf. Ein Körper lag auf den Stufen, und während ich die Hände ausstreckte, um zu ergründen, um wen es sich handelte, vollführte mein Herz einen Trommelwirbel vor Angst, es könne Elena sein. Doch nicht sie war es, sondern Rodolfo. War er gestürzt? Meine Finger fanden die nasse Stelle inmitten seiner dichten Locken, offensichtlich hatte er sich den Kopf aufgeschlagen. Vorsichtig drehte ich ihn auf den Rücken. Mit fliegenden Fingern tastete ich über seine Schultern, seinen Leib – und hielt entsetzt inne. Sein ganzer Bauch war in Blut gebadet! Nun stieg mir auch der kupfrig beißende Geruch in die Nase, der tagelang im Andron gehangen hatte, nachdem Rizzo dort sein Leben ausgehaucht hatte.

»Rodolfo!«, sagte ich, voller Panik, er könne tot sein.

Ein schwaches Stöhnen zeigte, dass er noch lebte, aber er musste schwer verletzt sein.

»Ich hole Licht!«, stieß ich hervor. »Warte hier!«

Kaum hatte ich das gesagt, begriff ich, wie absurd es war, denn er würde ganz sicher nirgendwohin gehen, bis ich wiederkäme. So schnell es in der Finsternis eben möglich war, lief ich die Treppe hinauf, in der Hoffnung, dass im Portego ein Nachtlicht brennen möge. Aber auch dort war es stockfinster. Da wurde mir klar, dass jemand mit Bedacht die Lichter gelöscht haben musste.

»Hilfe!«, brüllte ich, so laut ich konnte. »Zu Hilfe! Bernardo! Cipriano!«

In den angrenzenden Kammern war Gepolter zu hören. Als Erste kam Elena in den Portego gestürzt, eine flackernde Nachtleuchte in der Hand.

»Marco!«, schrie sie. »Um Gottes willen, was ist mit dir geschehen!«

»Mit mir nichts«, sagte ich so ruhig wie möglich. »Geh auf der Stelle zurück und verriegle die Tür!«

Zu meinem Erstaunen gehorchte sie sofort. Leider nahm sie dabei die Kerze mit, sodass ich wieder im Dunkeln stand. Im nächsten Moment ging jedoch die Tür abermals auf, und

Elena stellte das Nachtlicht ohne ein Wort auf den Terrazzoboden ab, bevor sie hastig in die Kammer zurückwich, die Tür wieder schloss und den Riegel vorschob.

Ich konnte nichts gegen die glühende Bewunderung tun, die ungeachtet der bedrohlichen Situation in mir aufstieg. Was für eine Frau!

Cipriano und Bernardo kamen gleichzeitig aus ihren Kammern gestürzt, und einen Augenblick später auch Baldassarre.

»Rodolfo liegt verletzt auf der Treppe«, sagte ich. »Jemand muss ins Haus eingedrungen sein.«

Bernardo trat entschlossen vor. Ich sah, dass er sein Schwert mit sich führte, und verfluchte mich, weil ich meines unten gelassen hatte.

»Horcht!«, sagte Cipriano. »Da war was! Es kam von oben!« Zu Baldassarre sagte er: »Geh zurück in deine Kammer, du darfst dich nicht aufregen!«

»Ich kann die Nachhut bilden«, schlug Baldassarre vor.

»Nur, wenn du dich nicht von der Stelle bewegst.«

Bernardo ging voran, das Schwert ausgestreckt, während ich einen halben Schritt hinter ihm blieb und die Kerze hochhielt. Cipriano folgte mit einer weiteren Leuchte, die wir an der bereits brennenden angezündet hatten.

Im zweiten Stock stand die Tür zum verbotenen Saal offen.

»Keinen Schritt weiter«, kam Razzis kalte Stimme aus der Dunkelheit. Er trat hinter der Tür hervor, eine Gestalt mit sich ziehend – Caterina, vollständig angekleidet, das Gesicht kalkweiß im Kerzenlicht. Todesangst stand in ihren Augen, und gleich darauf war auch der Grund dafür zu erkennen: Razzi hielt seinen Dolch an ihre Kehle.

»Ich werde jetzt mit ihr nach unten gehen, und wenn einer von euch versucht, mich aufzuhalten, stirbt sie, genau wie der Zwerg.« Herrisch zeigte er mit dem Kinn auf Cipriano. »Du gehst mit der Kerze voran. Ihr anderen beiden marschiert jetzt schön brav da rein, damit ich euch einsperren kann.«

Wäre es nach mir gegangen, hätten wir ohne Gegenwehr gehorcht, doch Bernardo dachte anders darüber. Ich sah ihn zittern vor Wut und Hass, und in seinen Augen loderte es förmlich vor Mordlust. Er würde auf keinen Fall klein beigeben.

Einen endlosen Augenblick lang schien es unausweichlich, dass Caterina ihr Leben lassen musste, damit Bernardos wilde Rachsucht ihre Erfüllung finden konnte. Es war beinahe wie eine dramaturgische Notwendigkeit, das passende Ende einer Eifersuchtstragödie, die sonst niemals aufhören würde. Ein blutiges Spiel um Schande und Sühne, Verrat und Tod.

»Lass das Schwert fallen«, befahl Razzi.

Der Moment war gekommen. Bernardo würde sich nicht unterwerfen. Auch Caterina wusste es, ich las es in ihren Augen. Sie blickte dem Tod ins Gesicht.

»Mich sandte Zeus, der große Göttervater, die tapfren Krieger Trojas zu erquicken«, sagte sie leise.

Der Himmel allein mochte wissen, wie sie es angestellt hatte, aber ihre Worte lösten etwas bei Bernardo aus. »Bei allen Göttern, ach, wie wohl wird mir, seh ich dein Antlitz in der Sonne strahlen«, erwiderte er ebenso leise, den Blick unverwandt auf sie gerichtet. Dann fuhr er fort: »Wohlan, gewähre nun der Liebe mir. Erquicke freudig mich an Leib und Herz.«

Fehlerfrei! Er hatte fehlerfrei gesprochen! Das konnte nur eines bedeuten: Er wollte keinen Fehler begehen! Oder?

»Fallen lassen«, wiederholte Razzi ungeduldig.

Bernardos Schwert landete scheppernd auf dem Boden. Mir entwich ein erleichterter Atemzug.

Wie befohlen ging Bernardo in den Saal. Ich folgte ihm hastig, worauf Razzi prompt die Tür hinter uns zuwarf. Das knirschende Geräusch des Schlüssels war zu hören, und dann ein dumpfer Laut, gefolgt von einem Poltern.

Neben mir ballte Bernardo die Fäuste und ließ ein Stoßgebet hören, und dann tat sich die Tür auf. Cipriano stand vor uns, die Kerze in der einen und den blutbeschmierten Degen in der anderen Hand. Hinter ihm lehnte Caterina an der Wand, die Augen im Schock weit aufgerissen, aber unverletzt.

Zu ihren Füßen lag bäuchlings ausgestreckt Razzi. Um den Einstich in seinem Rücken breitete sich ein rasch wachsender Blutfleck aus.

Cipriano überzeugte sich davon, dass er tot war. »Bist du nun zufrieden?«, fragte er anschließend Caterina. »War es das, was du wolltest?«

»Nein«, flüsterte sie. »O Gott, nein!«

»Er ist schon der Zweite. Letzten Monat kam Rizzo aus Padua, er drang nachts hier ein und hätte um ein Haar Marco umgebracht. Rodolfo musste ihn töten, so wie ich jetzt Razzi.«

»Das wusste ich nicht!«, rief sie erschüttert.

»Verdammt, ich auch nicht«, sagte Bernardo perplex. »Warum sagt mir das keiner? Ich hätte Rodolfo doch geholfen!«

»Du kannst ihm *jetzt* helfen«, sagte ich, schon auf dem Weg nach unten.

Während Cipriano alle Hände voll zu tun hatte, einen hysterischen Iseppo zu beruhigen und Elena sowie Baldassarre von den Geschehnissen zu informieren, trugen Bernardo und ich Rodolfo auf das kurzerhand beim Nachbarn requirierte Boot und beförderten ihn damit zum nächstgelegenen Spital.

Auf dem Boot kam Rodolfo zu sich. Er hatte viel Blut verloren und litt starke Schmerzen, doch er war bei klarem Verstand und konnte uns berichten, was geschehen war. Jemand war durch das Wassertor ins Haus gekommen, und Rodolfo war davon aufgewacht. Auf dem Weg zum Andron sah er Caterina auf der Innentreppe stehen und nahm an, sie sei von einem ihrer nächtlichen Streifzüge zurückgekehrt. Er ging zu ihr hinauf, um sie zur Rede zu stellen, weil er der Ansicht war, dass schon der letzte Zwischenfall das Fass zum Überlaufen gebracht habe.

Auf der Treppe vernahm er ein Geräusch hinter sich und drehte sich um. Unterbrochen von vielfachem Stöhnen erzählte Rodolfo, wie Razzi ihn ohne Vorwarnung mit dem Degen aufgespießt und dann Caterina mit dem Dolch bedroht hatte, damit sie nicht schrie.

»Du meinst, er hat sie überfallen, und sie waren gar nicht verabredet?«, fragte Bernardo erstaunt.

Ich hörte auf zu rudern, um Rodolfos Antwort besser verstehen zu können.

»Doch, sie waren verabredet«, sagte Rodolfo ächzend. »Sie war vollständig angezogen und wartete dort auf ihn, so viel ist sicher. Aber nicht für einen Ausflug, denn dazu hätte er nicht ins Haus kommen müssen.«

»Vielleicht wollten sie es mal in meiner Nähe tun«, sagte Bernardo düster. »Wand an Wand. Um mich ordentlich zum Hahnrei zu machen.«

»Nein«, platzte ich heraus. »Sie wollten in den zweiten Stock!«

»Warum?«, fragte Bernardo irritiert. »Um es dort zu tun?«

»Nein. Caterina wollte sich bestimmt wieder die Preziosen zeigen lassen.«

»Was für Preziosen? Ich hatte vorhin nicht richtig hingeschaut, als ich drinnen war, wer will es mir verdenken. Aber ich dachte die ganze Zeit, da lagern nur irgendwelche alten Waren!«

»Es sind auch alte Sachen dabei«, sagte ich. »Aber alles, was dort aufbewahrt wird, ist von hohem Wert. Der ganze Saal ist vollgestopft mit Luxusgegenständen.«

Mir war bewusst, dass ich damit Giovannis Bitte um Geheimhaltung zuwiderhandelte, doch angesichts des jüngsten Blutvergießens im Hause Contarini ließ sich einiges nicht länger verschweigen.

Rodolfo schwankte am Rande der Bewusstlosigkeit, doch er schaffte es, auch noch den Rest zu berichten. »Der Kerl war verrückt. Er erklärte Caterina mit säuselnder Stimme, sie habe doch die Schätze unbedingt noch einmal sehen wollen, nun solle sie ihren Willen haben. Und ihn dafür hinterher küssen, aber richtig, denn sonst könne es geschehen, dass ihm das Messer ausrutscht.« Seine Stimme verebbte, er fiel schlaff zurück.

Besorgt beugte Bernardo sich über ihn und lauschte seinem Atem. »Er ist wieder ohnmächtig geworden.« Von dem Zorn, den er vor nicht allzu langer Zeit gegen Rodolfo gehegt hatte, war nichts mehr zu spüren.

Im Spital wurden wir von einem übernächtigten Pfleger in Empfang genommen, der seine Lethargie umgehend ablegte, als Bernardo ihm mit drohend erhobener Faust befahl, dem Patienten nur die beste Pflege angedeihen zu lassen. Der rasch herbeigerufene Arzt stellte nach einer ersten Diagnose fest, dass Rodolfo möglicherweise nicht sofort sterben würde, sondern erst in zwei oder drei Tagen, und falls er dann immer noch lebte, könne er unter Umständen sogar noch viele Jahre auf Erden weilen. Wir sollten beten und das Beste hoffen.

Cipriano hatte mir Geld für die Behandlung mitgegeben. Ich drückte es dem Arzt in die Hand und hoffte, dass es ihn zu heilenden Höhenflügen ansporne. Es handelte sich um dasselbe schmächtige alte Männlein, das Baldassarre betreut hatte, weshalb wir seinen Rat achteten. Was blieb uns auch übrig?

»Was hatte es eigentlich mit dem Zitat aus dem Mythenstück auf sich?«, fragte ich Bernardo während der Rückfahrt. »Was wollte Caterina damit zum Ausdruck bringen?«

»Keine Ahnung«, gab er zu. »Vielleicht wollte sie mir zum allerletzten Mal eins auswischen und mir beweisen, dass ich ein

Versager bin.« Erklärend fügte er hinzu: »Das ist genau die Textstelle, wo ich mich sonst immer verspreche. Es ist wie ein Fluch.«

»Ich weiß. Aber du hast dich diesmal nicht versprochen.«

»Ja, und das ist wirklich komisch. Mir war plötzlich so, als müsste ich ihr endgültig beweisen, dass ich auch anders kann. Das war der Augenblick, in dem ich innerlich ganz ruhig wurde. Ich merkte, wie mich Cipriano von der Seite ansah, und auf einmal wusste ich es: Er würde es für mich tun, und es würde dabei kein anderes Blut vergossen werden als das von Razzi. Da ließ ich das Schwert fallen.« Bernardo schnaubte voller Verachtung. »Der Dummkopf wäre im Traum nicht auf die Idee gekommen, dass Cipriano es aufheben und ihm in den Rücken stoßen könnte. *Niemand* würde Cipriano dergleichen zutrauen, keiner kann sich vorstellen, dass dieser schöne blonde Unschuldsengel schon mehr Leute umgebracht hat, als unsereins zählen kann.«

Vor Entsetzen fiel mir fast das Ruder aus der Hand. Bernardo genoss es sichtlich, mich so schockiert zu sehen. Er nickte verständnisvoll. »Glaub mir, ich fühlte ähnlich, als ich es erfuhr.«

Er schilderte, was sich in Ciprianos Jugend zugetragen hatte: Seine Mutter war früh verstorben, und sein Vater hatte ein blutiges Gewerbe betrieben – als Henker in Ferrara. Schon frühzeitig hatte er seinen Sohn in die Kunst des schnellen Tötens eingeführt und ihm beigebracht, wie man Menschen effizient ins Jenseits beförderte.

»Da die Henker stets Masken tragen müssen und die beiden von sehr ähnlicher Statur waren, hat er Cipriano schon im Alter von zwölf Jahren beim Enthaupten angelernt«, berichtete Bernardo. »Nachdem sie vorher ausgiebig an Schafen und Schweinen geübt hatten. Cipriano sagte, beim Töten eines Menschen empfinde er nicht mehr als beim Schlachten eines Huhns.«

Mich schauderte bis in die tiefste Seele. Als wir zur Ca' Contarini zurückkehrten und Cipriano mir im Innenhof entgegenkam, schlug ich einen Haken um ihn herum und eilte mit ein paar gemurmelten Ausflüchten ins Haus. Er folgte mir auf dem Fuße und hielt mich bei der Schulter fest. »Er hat es dir erzählt, was?«

Ich duckte mich und nickte widerstrebend.

Cipriano grinste ein wenig schräg. »Verflucht, ich wusste, eines Tages fällt es auf mich zurück.«

»Also, na ja …«, druckste ich. »Ich meine … ähm …« Ich wollte etwas sagen wie: *Das hätte doch jedem passieren können.* Aber es wollte mir nicht über die Lippen.

»Es war von vorne bis hinten erlogen«, teilte Cipriano mir mit. »Als ich zu den Incomparabili kam, war ich vierzehn und hatte drei Jahre Kloster hinter mir. Erzählte ich dir nicht schon davon?«

»Äh … ja«, sagte ich zögernd.

»Aber Bernardos Version schien dir glaubhafter, wie?« Er schnalzte mit der Zunge. »In Wahrheit war ich vollkommen unbedarft. Einen weltfremderen und naiveren Knaben als mich gab es wohl nie.« Er besann sich. »Nun ja, außer dir vielleicht, als du zu uns kamst.« Er verzog das Gesicht. »Bernardo war damals siebzehn und schon ein paar Jahre länger bei der Truppe. Entsprechend umfassend war seine Erfahrung, jedenfalls bildete er sich das ein. Er ließ keine Gelegenheit aus, mich zu hänseln und mich wegen meiner großen Augen, meiner Locken und meines hübschen Gesichts aufzuziehen. Er nannte mich Cipriana.« Belustigt schüttelte er den Kopf. »Himmel, wie mich das fuchste! Da beschloss ich, meine eigene Legende zu erfinden. Die eines skrupellosen, eiskalten Henkers. Meister der Axt und des Richtschwerts, schnell wie eine Viper und genauso tödlich.«

Ich schluckte. »Und er hat es geglaubt?«

Cipriano lachte. »Wenn ich eines wirklich richtig kann,

dann schauspielern. Darin war ich schon immer gut. In diesem besonderen Fall war mir die Anerkennung des Publikums gewiss, auch wenn es nur aus einer Person bestand. Bernardo begegnet mir seither mit höchstem Respekt.«

»Hm«, machte ich nachdenklich und suchte nach der Moral von der Geschichte, doch mir wollte auf Anhieb keine einfallen, jedenfalls keine, die ehrbarer war als *Der Zweck heiligt die Mittel.*

»Du musst ihm nicht unbedingt verraten, dass ich mir das nur ausgedacht hatte«, meinte Cipriano.

Ich versprach es. »Dann fiel es dir wohl nicht so leicht, Razzi zu töten, oder?«

Er sah elend aus. »Nie tat ich etwas, das schwerer war. Aber ich hatte keine Wahl, denn er war im Begriff, Caterina zu erdolchen. Er hatte bereits das Messer zum Stoß erhoben.«

Um das Thema zu wechseln, berichtete ich, was der Arzt gesagt hatte. »Es hängt wohl alles davon ab, ob der Darm perforiert wurde«, erklärte ich. »Wenn nicht, hat Rodolfo Aussichten, es zu überstehen. Die nächsten Tage werden es zeigen.«

Cipriano nickte düster. »Was immer geschieht – neue Aufführungen müssen wir ohnehin bis auf Weiteres streichen. Wir haben nicht mehr genügend Darsteller.«

»Ich könnte die Rolle des Capitano umschreiben, sodass du sie spielen kannst«, bot ich an. »Und Iseppo kann die Colombina geben.«

»Das ist alles gut und schön. Aber ich kann nicht gleichzeitig den Capitano *und* die Rosalinda geben.«

»Aber Caterina …«

»Caterina ist weg.«

Bernardo, der dem Nachbarn das Boot zurückgebracht hatte, kam durch die Pforte in den Hof und hörte die letzten Worte. »Caterina ist weg?«, wiederholte er tonlos.

Cipriano nickte. »Für das, was hier geschah, trägt sie die Verantwortung. Nun muss sie auch die Konsequenzen tragen.«

Er seufzte. »Nach Lage der Dinge hielt sie es für besser, zu verschwinden.«

Bernardo schwieg eine Weile. »Ja«, sagte er schließlich schroff. »Es ist wohl wirklich besser, wenn sie weg ist.«

Im Haus roch es betäubend nach Parfüm, Caterina hatte ihren ganzen Flakon auf der Treppe ausgeleert, bevor sie gegangen war. Immerhin hatte sie damit einen Teil des Blutgeruchs überdeckt, der auch nach sorgfältigem Schrubben der Stufen zurückgeblieben war. Den Rest besorgte der munter vor sich hin qualmende Athanor.

Iseppo und Elena wechselten sich ab, bei Baldassarre zu wachen. Die Ereignisse hatten ihm schwer zugesetzt. Er hatte wieder Schmerzen in der Brust bekommen und musste liegen bleiben, weil jede Bewegung ihn anstrengte. Elena war blass und stumm vor Sorge, doch nach wie vor vermied sie es, mit mir allein zu sein.

Ich versuchte, ein paar Stunden zu schlafen, warf mich jedoch die meiste Zeit nur unruhig hin und her. Nur daran zu denken, dass Rodolfo sterben könnte, raubte mir den Schlaf, ganz zu schweigen davon, dass wieder eine fest verschnürte Leiche im Andron lag.

In der kommenden Nacht sollte ich mich ihrer entledigen, allein, denn Cipriano und ich waren uns darin einig, dass es nur unnötiges Aufsehen erregen würde, wenn wir uns wieder zu mehreren auf den Weg machten. Ein einzelner Fischer hingegen, ärmlich gekleidet und kurz vor Morgengrauen unterwegs zu einem frühen Fang, zog keinen zweiten Blick auf sich.

Den ganzen Tag saß ich mehr oder weniger tatenlos herum und fieberte der Nacht entgegen, und als die Leiche endlich verladen war und ich aufbrechen konnte, schlug mir das Herz bis zum Hals.

Cipriano wünschte mir gutes Gelingen, während Iseppo in

Tränen ausbrach und mehrmals anbot, doch mitzufahren. Es könne ein Sturm aufkommen, das Boot könne kentern, und dann wäre niemand da, mir zu helfen.

»Iseppo, du kannst doch nicht schwimmen«, sagte Cipriano.

»Ich würde es auf jeden Fall versuchen«, sagte Iseppo leidenschaftlich. »Und wenn es mich das Leben kostet!«

Nach alledem kam ich mir vor, als müsse ich zu einer gefahrvollen Überseereise aufbrechen, statt nur ein Stück weit aufs Meer hinauszurudern und Razzi zu versenken.

Diesmal hatten wir das Boot wieder offiziell beim Nachbarn ausgeliehen, um keine Anschuldigungen wegen Diebstahls zu provozieren – was angesichts des steinalten Kahns eine Frechheit gewesen wäre, aber Eigentum war Eigentum.

Ich versuchte, nicht an die in Wachstuch verschnürte Gestalt zu denken, die vor mir im Boot lag, sondern mich stattdessen auf das Rudern zu konzentrieren. Bald würde der Kanal in offenes Wasser münden, dann musste ich nur noch das Notwendige tun und hinterher rasch wieder zurückkehren. Alles keine große Sache, ich sollte es nur einfach rasch hinter mich bringen.

Rechts und links erhoben sich die Häuserreihen am Ufer, ungefüge Schatten in der Dunkelheit. Das Wasser teilte sich vor dem Bug, und dort, wo das Licht der Laterne es bestrahlte, schillerte es in seltsamem Schwarz. Auch rund um die Leiche schillerte es, wie ich gleich darauf alarmiert feststellte, und dann gewahrte ich, dass ich in einer tiefen Pfütze stand.

Das Boot war undicht! Irgendwo gab es ein Leck, durch das immer mehr Wasser eindrang. Hätte Iseppo doch nur nicht den Teufel an die Wand gemalt!

Immer schneller lief der Kahn voll, mittlerweile schwappte das Wasser ganz über Razzi hinweg und umspülte meine Beine bis zu den Waden. Nun erkannte ich auch, wo das Leck saß: An einer Stelle hatte sich ein Stück geteertes Holz gelöst, mit dem notdürftig ein Loch ausgebessert worden war. Ein *großes* Loch!

Dann verlosch die Laterne im Wasser, und ich sah nichts mehr außer dunklen Schemen. Dafür spürte ich umso mehr: Das Boot sank mir buchstäblich unter den Füßen weg. Gleich darauf lag ich im Wasser und griff nach allem, was mir vor die Finger kam, um nicht unterzugehen. Beim Versuch, mit den Füßen auf Grund zu kommen, trat ich ins Leere, und die Wellen schlugen mir über dem Kopf zusammen. Das Wasser war hier wesentlich tiefer als in jenem Kanal, über dem Elena Seiltanzen geübt hatte.

Gleich darauf bekam ich einen Gegenstand zu fassen und klammerte mich fest, nur um festzustellen, dass ich davon erst recht in die Tiefe gezogen wurde – es handelte sich um die reichlich mit Steinen beschwerten sterblichen Überreste Razzis.

Nun bekam ich es ernstlich mit der Angst zu tun. Um mich schlagend, versuchte ich oben zu bleiben und gleichzeitig irgendwie ans Ufer zu gelangen. Es war nur ein paar Schritte entfernt, doch ebenso gut hätte es am anderen Ende der Stadt sein können, denn ich bewegte mich in einer Geschwindigkeit darauf zu, dass ich grob geschätzt bis zum Mittag brauchen würde, um es zu erreichen. Bis dahin wäre ich selbstverständlich ertrunken.

»Hilfe!«, brüllte ich in höchster Not. »Zu Hilfe!«

Vor mir hüpfte ein Gegenstand aus der Tiefe an die Oberfläche. In Panik griff ich danach, und siehe da, das Ding versank nicht, sondern half mir sogar dabei, mich ebenfalls über Wasser zu halten. Es handelte sich um das mit Pech überzogene Brett, mit dem der Nachbar seinen morschen Kahn geflickt hatte. Das Boot hatte er damit nicht retten können, aber immerhin mich.

Mühsam strampelte ich ans Ufer, das Brett mit beiden Händen vor mir herschiebend und mich gleichzeitig daran festhaltend.

Endlich hatte ich die Fondamenta erreicht und hievte mich an Land. Spuckend beugte ich mich vornüber und wurde dabei einiges von dem Wasser los, das ich aus Versehen geschluckt hatte.

Als ich mich wieder aufrichtete, sah ich Fackellicht näher kommen. Es umriss eine Reihe von Gestalten, die ich nur zu gut kannte.

»Hat hier jemand um Hilfe geschrien?«, erkundigte sich einer der Wachmänner.

»Das war ein Irrtum, es ist alles in Ordnung«, beteuerte ich keuchend.

Er leuchtete mir mit der Fackel ins Gesicht. »Jedem anderen hätte ich das geglaubt«, sagte er, eine rasselnde Kette hervorholend.

Einer der anderen deutete auf den Kanal. »Da sind Reste von einem Boot. Und dazwischen sehe ich ein verschnürtes Bündel. So groß wie ein Mann. Das sollten wir uns ansehen.«

»Du meinst, es könnte wieder so einer sein wie neulich, dem der Hund die Eier abgefressen hat?« Der Wachmann, der mich in Ketten gelegt hatte, starrte mich an. »Hattest du nicht auch damit zu tun?«

Das war der Augenblick, in dem ich mir wünschte, niemals nach Venedig gekommen zu sein.

Von allen Nächten, die ich in den Giardini hatte verbringen müssen, war diese mit Abstand die kürzeste, denn schon bald darauf brach der neue Tag an. Dafür war die Zelle noch voller als beim letzten Mal, weshalb ich gar nicht erst den Versuch unternahm, es mir bequem zu machen. Ich vergewisserte mich lediglich mit einem raschen Rundblick, dass Aldo nicht anwesend war und dass sich niemand in meiner unmittelbaren Reichweite allzu heftig kratzte. Danach blieb ich einfach an der Wand stehen, bis der Kübel gebracht wurde, und verlangte vom Wärter, sofort den Zehnerrat Morosini sprechen zu dürfen. Mittlerweile hatte ich es zu schätzen gelernt, einflussreiche Verwandtschaft in Venedig zu haben, auch wenn deren Ursprünge im blutbefleckten Dunkel einer unergründlichen Vergangenheit lagen.

Es dauerte noch eine Weile, bis mich jemand holen kam, aber dann wurde ich auf direktem Wege zu Morosinis Amtszimmer gebracht.

Hier und da tropfte es aus meiner nassen Kleidung, als ich ihm mit demütig gesenktem Kopf gegenübertrat.

»Junge«, sagte er. »Was hast du nur wieder angestellt!«

»Ich bin Marco«, erwiderte ich eilig, nur für den Fall, dass er mich für Giovanni hielt. Hier half allein Offenheit.

»Das weiß ich doch. Wer euch beide kennt, kann euch nicht verwechseln.« Ernst blickte er mich an. »Was war los in der Ca' Contarini? Razzi war dort, nicht wahr? Wer hat ihn erstochen?«

»Ich war es«, behauptete ich. »Er wollte Caterina erdolchen, mir blieb keine Wahl.«

»Irgendwann musste das kommen! Er war besessen von ihr.« Morosini ging auf und ab, die Arme vor der Brust verschränkt. »Der Mann war krank. Verrückt. Er wollte sie besitzen, wollte meinen Reichtum besitzen, um ihr zu imponieren. Es wurde immer schlimmer mit ihm.« Er schüttelte den Kopf. »Im Grunde muss ich dir dankbar sein. Tot macht er mir wenigstens keinen Ärger mehr. Du brauchst dir übrigens keine Sorgen wegen einer Anklage zu machen. Meine Aussage ist bereits protokolliert. Demnach fand ich Razzi erstochen vor meinem Haus und bat dich als meinen Neffen und Vertrauten, die Leiche fortzuschaffen.«

»Werden sie nicht wissen wollen, warum das heimlich vonstatten ging?«

»Ich habe ausgesagt, dass er versucht hat, mich zu bestehlen und dass ich ihn daher verstoßen hatte. Das ist ein plausibler Grund, ihn ohne großes Federlesen in der Lagune zu versenken. Kein Mensch konnte unter solchen Umständen von mir verlangen, dass ich dem Kerl auch noch ein Begräbnis bezahle.

Und genau das hätte ich als sein Brotherr tun müssen, denn andere Hinterbliebene gibt es nicht.«

Er legte mir die Hand auf die Schulter. »Jetzt kommst du erst einmal mit zu mir nach Hause. Ein heißes Bad und ein ordentliches Essen werden deine Lebensgeister wecken!

Ich hatte ein schlechtes Gewissen, als ich in Giovannis Gemach in der Wanne saß, den aufsteigenden Dampf des heißen Badewassers inhalierte und dabei die spärlich bekleideten Nymphen an der Decke betrachtete. Es kam mir nicht recht vor, dass ich all das nutzte, was ihm gehörte. Der Diener hatte wieder Kleidungsstücke bereitgelegt, die Giovanni getragen hatte, und nach dem Bad würde Morosini eine Mahlzeit auftragen lassen, wie sie sonst Giovanni vorgesetzt bekam. Doch neben den Skrupeln, die ich deswegen verspürte, empfand ich auch eine seltsame Vertrautheit, als wäre ein Stück von mir schon immer hier gewesen, hätte schon immer das erlebt, was Giovanni erlebt hatte. Es war, als würde unser beider Wesen an dieser Stelle zusammenwachsen, oder als hätte sich sein Inneres mit dem meinen überlagert, auf eine Weise, die ich nicht verstand und die mir ebenso rätselhaft wie unheimlich erschien. Beim Baden, beim Betrachten der Nymphen, beim Anblick der Bücher auf dem Wandbord fühlte ich eine nie gekannte Nähe, als wäre Giovanni statt vieler Meilen nur einen Schritt von mir entfernt.

Morosinis Fürsorglichkeit war diesmal wesentlich leichter zu genießen als beim letzten Mal. Alle Bedenken, die ich gegen ihn gehegt hatte, waren zerstreut, ich glaubte den Grund für seine Fürsorge zu kennen. Er sah das in mir, was er auch in Giovanni sah, was ich selbst an Gemeinsamkeit in Giovannis und meinem Wesen spürte. Es war etwas, das uns über unser identisches Aussehen hinaus verband. Ein Gleichklang der Seelen, eine Verwandtschaft des Blutes und des Geistes.

Fast wäre ich in dem Zuber eingeschlafen, vielleicht war ich es sogar, denn erst vom Hüsteln des Kammerdieners kam ich wieder zu mir.

»Das Essen wird gerade aufgetragen«, sagte er mit einer Verneigung.

Ich beeilte mich, in die frischen Sachen zu schlüpfen, ein geplättetes Hemd, ein samtenes dunkelblaues Wams, fein gewirkte Beinkleider und perfekt sitzendes Schuhwerk. Ich strich über die Kleidung und hoffte, dass es sich nicht um Lieblingsstücke von Giovanni handelte. Allerdings ahnte ich, dass dem sehr wohl so war, denn es fühlte sich einfach danach an.

Wie beim letzten Mal bog sich die Tafel nur so unter den dargebotenen Köstlichkeiten. Beim Geruch der exquisiten Speisen merkte ich, wie ausgehungert ich war, und brauchte keine zweite Aufforderung von Morosini, um beherzt zuzulangen.

Anschließend bedankte ich mich höflich, und weil ich den Gastgeber nicht beleidigen wollte, kam ich seiner Bitte nach, ein Glas Wein mit ihm zu trinken. Es sei ein besonderer Tropfen, sagte Morosini, ein guter Jahrgang von einer griechischen Insel. Offenbar war er ein Kenner, denn er ließ sich beredt über die Vorzüge des Weins vom Archipel aus und verglich ihn mit jenem, der auf Kreta angebaut wurde. Ich verstand von beiden nichts, so wenig wie von Wein überhaupt, doch ich merkte, dass er süß und schwer war und sofort zu Kopf stieg, weshalb ich ein weiteres Glas dankend ablehnte. Zu viel zu trinken gemahnte mich unweigerlich an das Laster Bernardos. Nachdem er erfahren hatte, dass Caterina fortgegangen war, hatte er sich einen fast vollen Krug Grappa einverleibt und war in einen totenähnlichen Schlaf gefallen, der nahtlos in einen Kater von solchem Ausmaß übergegangen war, dass er vermutlich tagelang nicht aus dem Bett finden würde.

Um höfliche Konversation zu betreiben, erkundigte ich mich nach Giovanni und fragte, wann er von der Terraferma zurückerwartet werde.

»Du weißt, dass er dort ist?«, fragte Morosini. »Wer berichtete dir davon?« Sein Blick bekam etwas Bohrendes.

Ich biss mir auf die Zunge. Hatte ich nicht unsere Zusammenkünfte geheim halten sollen?

»Ihr selbst spracht doch kürzlich davon«, tat ich naiv. »Und da er immer noch nicht wieder hier ist, schloss ich daraus, dass er weiterhin in Geschäften für Euch unterwegs ist.«

»Nun, das ist tatsächlich zutreffend.« Morosini musterte mich aufmerksam. »Ich kann nicht sagen, wann er heimkehrt. In der letzten Zeit unterrichtet er mich nicht immer über die Dauer seiner Reisen, noch setzt er mich über seine sonstigen Vorhaben vollständig in Kenntnis. Manchmal glaube ich, er entfremdet sich mir.«

»Vielleicht wird er nur erwachsen«, sagte ich.

»Das wird er ganz sicher. Zuweilen scheint mir, er kann es kaum erwarten, selbstständig zu werden und mich allein zu lassen.« Er wirkte missgestimmt, diese Aussicht schien ihm nicht zu behagen.

»Das ist bestimmt ein falscher Eindruck«, meinte ich tröstend. »Sicher bleibt er noch lange hier wohnen! Wer würde nicht die Wohltaten zu schätzen wissen, die Ihr in diesem Haus bereithaltet? Hier zu leben – das ist doch, als wäre man im Paradies!«

»Findest du?«

»Auf jeden Fall. Ich bin in schlichten Verhältnissen aufgewachsen und kann es beurteilen. Ein luxuriöseres Leben als dieses hier kann ich mir nicht vorstellen. Das Gemach, das Fresko, die Kleidung, das Essen.« Ich schloss die Aufzählung mit einem besonders bedeutsamen Punkt. »Und die Waffen! Es ist … wie die Erfüllung aller Träume!«

»Nun ja. Der eine erträumt sich, was der andere flieht«, sagte Morosini in philosophischer Resignation. »Vielleicht verwöhne ich ihn im Übermaß. Aber ich habe ja sonst niemanden auf der Welt! Kein Sohn könnte mir teurer sein als Giovanni.«

Mir fiel ein, dass ich ihm noch eine wichtige Frage stellen wollte. »Kennt Ihr eigentlich einen Patrizier namens Celsi?«

»Ach du liebe Güte, was hast du mit diesem Mann zu schaffen?«

»Unser Intendant Baldassarre kaufte einige Athanore bei ihm. Und nun stehen wir mit dem halben Kaufpreis bei ihm in der Kreide. Er hat uns weiteren Aufschub gewährt, aber derzeit sieht es nicht danach aus, als könnten wir das fehlende Geld erwirtschaften. Nun fragen sich die Incomparabili natürlich, ob er ein geduldiger Gläubiger ist oder ob wir uns auf … Unannehmlichkeiten einrichten müssen.«

»Celsi ist alles andere als sanftmütig zu seinen Schuldnern«, sagte Morosini. »Bei ihm sollte man besser auf alles gefasst sein. Zuweilen schätzt er es, seine Opfer zu umkreisen und mit ihnen zu spielen wie eine Katze mit der Maus.« Sein Gesichtsausdruck wurde hart. »Warum soll ich es verschweigen? Unsere Familien sind schon seit Generationen verfeindet. Die Celsi ließen noch nie eine Gelegenheit aus, uns zu übervorteilen. Sie sind bekannt für undurchsichtige und skrupellose Geschäfte. Celsi ist stets auf der Suche nach Möglichkeiten, mir eins auszuwischen.«

Mir sank das Herz. Insgeheim hatte ich schon so etwas befürchtet. Damit war auch die Frage beantwortet, warum Celsi so erpicht darauf gewesen war, Einzelheiten über meinen letzten Aufenthalt in diesem Haus zu erfahren: Als Geschäftskonkurrent von Morosini war er auf alle verfügbaren Informationen aus, um ihm zu schaden. Und dass er uns den Zahlungsaufschub bewilligt hatte, war womöglich weniger von großzügigen als vielmehr von tückischen Erwägungen bestimmt.

Der Diener kam, um die leeren Platten und Schüsseln abzutragen. Höchste Zeit für mich, aufzubrechen. Die anderen waren bestimmt schon in Sorge.

Ich bedankte mich nochmals für alles und machte mich auf den Weg.

Elena ging ungeduldig in der Gasse vor der Ca' Contarini auf und ab, als ich eintraf.

»Wo warst du so lange?«, rief sie mir entgegen. »Wir dachten, du seist ertrunken! Wie ein Lauffeuer ging es heute Morgen durch das Sestiere, dass Razzi aus dem Kanal gezogen wurde, aus den Trümmern eines leck geschlagenen Bootes! Wir suchten dich überall! Auch im Gefängnis, aber da warst du nicht!«

»Das lag daran, dass ich diesmal schneller freikam als die anderen Male und gleich mit zu Morosini ging. Er hat den Behörden übrigens dankenswerterweise eine plausible Begründung für den ganzen Vorfall geliefert.« Zögernd lächelte ich sie an. »Hast du dir Sorgen um mich gemacht?«

»Nein.« Wütend wandte sie sich ab und lief ins Haus.

Iseppo kam in den Innenhof. »Marco, da bist du ja endlich! Wir fürchteten um dein Leben!« In seinen Augen standen Tränen der Erleichterung, während er mich innig umarmte. Danach betrachtete er mich bewundernd. »Was für eine kleidsame Aufmachung! Warst du wieder bei deinem Gönner? Hat er dir aus der Patsche geholfen?«

Ich bejahte es mit einem Nicken.

»Willst du mit ins Spital kommen?«, fragte er. »Ich möchte mich nach Rodolfos Befinden erkundigen.«

Von Gewissensbissen geplagt, stimmte ich zu. An Rodolfo hatte ich den ganzen Morgen nicht gedacht!

Der Arzt war nicht zugegen, aber dafür konnte uns der lethargische Pfleger Auskunft erteilen. Rodolfo sei am frühen Morgen zu Bewusstsein gekommen, worauf man ihm reichlich Mohnsaft eingeflößt habe, damit er es wieder verlor. Schlaf, so der Pfleger, sei bei solchen Verletzungen immer noch die beste Medizin. Wir sollten am nächsten Tag wiederkommen.

Nach dieser Mitteilung zogen wir wieder von dannen, jeder von uns seinen trüben Gedanken nachhängend.

»Cipriano wird übrigens auch fortgehen«, sagte Iseppo unvermittelt. »Henry hat ihm angeboten, ihn mit nach London zu nehmen. Cipriano soll Englisch lernen und dann in der Truppe seines Freundes mitspielen. Henry meinte, ganz London werde Cipriano zu Füßen liegen, denn niemand an diesem Theater sei so blond und so schön wie er.« Iseppos bedrückte Miene sprach Bände. Es bedurfte keiner besonderen Vorstellungskraft, um zu erkennen, wie er zu Ciprianos Plänen stand.

Auch mich traf diese Neuigkeit wie ein Schlag, obwohl es alles andere als verwunderlich war, dass Cipriano künftig eigene Wege gehen wollte. Es war an der Zeit, den Tatsachen ins Gesicht zu blicken.

Die Incomparabili gab es nicht mehr.

Wir waren nicht mehr weit von der Ca' Contarini entfernt, als Iseppo einen unterdrückten Schreckenslaut ausstieß.

»Was ist?«, fragte ich.

»O mein Gott«, flüsterte er. »Sieh nicht hin!« Er starrte auf eine Gondel, die in der Mitte des Canal Grande vorüberglitt.

»Wieso? Oh, das ist Celsi. Himmel, ja, du hast recht.«

Widerspruchslos ließ ich mich von Iseppo unter einen Torbogen ziehen, damit wir nicht gesehen werden konnten. Im Moment war es wirklich besser, wenn ich Celsi nicht über den Weg lief. Nun, da die Truppe sich aufgelöst hatte und damit die Tilgung von Baldassarres Restschulden in weite Ferne rückte, käme ihm bei meinem Anblick womöglich spontan in den Sinn, auf mein aufopferungsvolles Angebot zurückzugreifen.

Iseppo war bleich wie ein Laken, er bebte am ganzen Körper.

»Du liebe Zeit, was ist mit dir?«, fragte ich erstaunt. »Hast du Angst vor Celsi? Er wird uns schon nicht gleich ins Schuldgefängnis werfen lassen.« Ich hielt inne. »Hoffentlich.«

»Kennst du ihn denn?«, brachte Iseppo zitternd heraus.

»Celsi? Kennen ist übertrieben. Er ist der Kaufmann, von dem Baldassarre die Öfen gekauft hat.«

»Der Himmel sei uns gnädig!«

»Herrgott, nun sag schon, was los ist!«

»Du weißt es nicht, Marco?« Furchtsam umklammerte er meine Hand. »Dieser Celsi – er ist der Fremde!«

Der Schock war uns offenbar noch anzusehen, als wir zur Ca' Contarini zurückkehrten. Cipriano wollte sofort wissen, was los war, und auch Elena gesellte sich zu uns, um zu erfahren, was geschehen war.

Sie erbleichte, als sie die Neuigkeit erfuhr. »Möglicherweise hat Celsi nur deshalb mit Großvater Geschäfte gemacht, um auf diesem Wege einen Vorwand zu haben, auch mit dir in Kontakt zu treten!«

»Aber warum hat er dann nicht schon längst versucht, Marco umzubringen?«, fragte Cipriano zweifelnd.

»Vielleicht, weil der Notar und der Prior die ganze Zeit in der Stadt waren«, sagte ich. »Beide haben felsenfest behauptet, durch ihre bloße Anwesenheit bisher das Schlimmste verhindert zu haben.« Ich schluckte. »Möglicherweise hatten sie recht.«

Damit schuf ich beträchtlichen Erklärungsbedarf. Von drei Seiten gleichzeitig prasselten Fragen auf mich ein. Notgedrungen musste ich von meinen Treffen mit Giovanni und unseren Scharaden berichten – abgesehen natürlich von jener hinter der spanischen Wand.

»Dadurch wird manches klarer«, sagte Cipriano. »Nun, da der Notar und der Prior die Stadt verlassen haben, hält Celsi gewiss die Gelegenheit für gekommen, endlich zur Tat zu schreiten.«

»Dann war es ein schwerer Fehler, die beiden loszuwerden!«, rief Iseppo entsetzt.

»Im Grunde gibt es nur eines, was Marco tun kann, um sich wieder halbwegs sicher zu fühlen«, sagte Cipriano. »Er muss so schnell wie möglich verschwinden.«

Von Panik erfasst, hätte ich seinen Vorschlag am liebsten sofort befolgt. Der Drang zu fliehen war so stark, dass ich um ein Haar losgelaufen wäre, ohne Gepäck, ohne Pläne, wie es danach weitergehen sollte. Ich musste mich zwingen, ins Haus zu gehen und meine nächsten Schritte zu überdenken.

Nach einer Weile war der Wunsch, so schnell und so weit wie möglich wegzurennen, nicht mehr ganz so übermächtig. Die Vernunft trat wieder in den Vordergrund und befähigte mich, die Sachlage logisch zu beleuchten. Ich konnte nicht einfach so untertauchen, das war ganz ausgeschlossen, denn keinesfalls würde ich Elena und Baldassarre ohne männlichen Schutz zurücklassen. Bernardo war dem Suff verfallen. Rodolfo lag verwundet im Spital, kein Mensch konnte sagen, ob und wann er wiederkäme. Cipriano plante seine Abreise. Und Iseppo … Nun ja, im Falle einer drohenden Gefahr könnte er laut schreien, was besser war als nichts. Aber davon abgesehen war er weit weniger zum Beschützer berufen, als er von sich selbst glaubte – nämlich überhaupt nicht.

»Ich werde mit dir fliehen«, sagte er entschlossen. »Mit meinem Leben werde ich dich beschützen!«

»Das sollte nicht überstürzt werden«, wiegelte ich ab. »Was wird aus Elena und Baldassarre, wenn auch du fortgehst? Ein Mädchen und ein kranker alter Mann – sollen die etwa von einem Trunkenbold behütet werden?«

Das stürzte ihn in ein unlösbares Dilemma, was so weit ging, dass er mit den Tränen kämpfte.

Doch auch ich zermarterte mir den Kopf nach einer Lösung. Ich musste weg, das stand außer Frage, aber bevor ich Elena zurückließ, musste ein anderer Ausweg her.

»Heirate mich und geh mit mir fort!« Mit diesen Worten fing ich sie am Fuß der Innentreppe ab, als sie nach oben gehen wollte.

Sie musterte mich. »Was genau meinst du mit *fort*?«

»Na ja, woandershin eben.«

»Das klingt nicht sehr zielstrebig.«

»Das Ziel kenne ich noch nicht«, räumte ich ein. »Aber unterwegs wird es mir sicher einfallen.«

»Du kannst nicht ernsthaft glauben, dass ich meinen Großvater allein lasse.«

»Das habe ich bedacht. Er muss mitkommen.«

»Wenn du das glaubst, bist du erst recht nicht bei Trost. Er ist herzkrank und muss liegen. Vorhin waren seine Lippen schon wieder ganz blau. Jede Reise wäre sein Tod.«

Das traf wohl leider zu und ließ sich daher auch nicht entkräften.

Ich straffte mich. »Dann bleibe ich auch!«

»Warum solltest du das tun? Bist du lebensmüde? Willst du Celsi eine bessere Zielscheibe bieten?«

»Euren Schutz stelle ich über mein Leben.«

Ihre Miene war unbewegt. »Wie kommst du auf den Gedanken, dass du uns Schutz bietest, indem du hierbleibst? Hast du dir schon überlegt, dass das Gegenteil der Fall ist? Dass du damit auch uns in Gefahr bringst? Was wäre, wenn Celsi nicht nur dich umbringt, sondern anschließend auch uns, um unliebsame Zeugen zu beseitigen?« Herausfordernd hob sie das Kinn. »Und nebenbei – vielleicht hast du es noch nicht bemerkt, aber du wirst hier nicht mehr gebraucht. Iseppo kümmert sich um Großvater, mehr männliche Hilfe benötige ich nicht. Cipriano bleibt noch bis zum Redentore-Fest, bis dahin ist auch die Miete bezahlt. Das Geld zum Leben reicht ebenfalls so lange. Danach ziehen wir eben weiter und lassen Großvaters Schulden hinter uns, so wie wir es früher auch immer getan haben. Dich müssen wir nicht unbedingt dabeihaben, denn wo immer du bist, gibt es Ärger. Du bist nur ein zusätzliches Risiko.«

»Aber …« Hilflos brach ich ab. Was hätte ich auch einwenden können? Meine ursprüngliche Aufgabe war entfallen. Als Bühnenhelfer war ich nutzlos, und erst recht als Autor, nicht nur, weil ich das Stück nicht vollendet hatte, sondern weil die Incomparabili nicht mehr existierten. Ich war so überflüssig wie ein Kropf. Schlimmer noch: Ich war ein *gefährlicher* Kropf.

»Und was ist … mit dir und mir?«, fragte ich stockend. »Was wird aus uns beiden?«

»Es gibt kein *wir beide*«, sagte sie kühl. Wortlos wandte sie sich von mir ab und ging nach oben.

Für die Reise zog ich mein Capitano-Kostüm an, aber es baute mich kein bisschen auf, dass ich diesmal, anders als bei meiner Ankunft in Venedig, dazu Stiefel und Rapier trug.

Die anderen Sachen hatte ich in meinem Reisesack verstaut; ich hatte sie ordentlich zusammengerollt, ohne zu wissen, ob ich sie je wieder tragen würde, abgesehen von den Zòccoli, die man immer brauchen konnte. Obenauf hatte ich das Decamerone, die Schreibutensilien und meinen Papierstapel gepackt, der seit Padua um einiges geschrumpft war, ohne dass dabei etwas anderes herausgekommen wäre als ein unfertiges Stück.

Cipriano drückte mich voller Rührung an sich und wünschte mir alles Gute. Er sei sicher, ich werde meinen Weg machen, gleichviel wohin. Iseppo weinte unablässig und wollte mich gar nicht mehr loslassen, als wir uns zum Abschied umarmten, doch schließlich musste auch er mich ziehen lassen. Er bestand darauf, dass ich das Lavendelkissen mitnahm. Es sei ein Jammer, dass ich nicht noch eine oder zwei Wochen hätte warten können, dann wären bestimmt die neuen Kissen von seiner

Mutter eingetroffen. Daraufhin schärfte ich ihm ein, dass er sie verstecken müsse, damit Baldassarre sie nicht zu Gesicht bekäme. Der Alte würde nur wieder Geschäfte damit machen wollen.

Danach ging ich ohne ein weiteres Wort. Bernardo war wieder – oder immer noch – im Vollrausch, von ihm konnte ich mich nicht verabschieden. Baldassarre ruhte schlafend auf seinem Krankenlager; ihn wagte ich nicht zu stören, da er sich womöglich über mein Weggehen aufgeregt hätte.

Vielleicht hatte ich noch gehofft, Elena möge mir Lebewohl sagen, doch sie war nirgends zu sehen.

Mannhaft hielt ich an mich, bis ich eine ausreichende Entfernung zwischen mich und die Ca' Contarini gelegt hatte. Dann verkroch ich mich unter den nächstbesten Torbogen und weinte, was das Zeug hielt. Ich schluchzte mein ganzes Elend hinaus, wobei unmöglich zu sagen war, was mich am ärgsten bedrückte. Der Tod von Onkel Vittore oder dass Elena mich für überflüssig hielt, dass ich die Incomparabili niemals wiedersehen würde oder dass ich das vermaledeite Stück nicht fertig geschrieben hatte – alles schien mir in diesem Augenblick gleichermaßen schlimm.

Ein Mönch hörte mich weinen und kniete sich mit zum Gebet gefalteten Händen neben mich. »Der Herr nimmt sich der Beladenen und Geschlagenen an, du musst Ihm nur vertrauen, dann spendet Er dir Trost!«

Das hatte immerhin die Wirkung, dass ich schlagartig mit der Heulerei aufhörte, und weil ich den guten Mann nicht vor den Kopf stoßen wollte, betete ich ein Vaterunser mit ihm. Anschließend behauptete ich, dringend fortzumüssen, da ich sonst mein Schiff nicht erreichen werde.

Er nannte mir, nur für alle Fälle, Namen und Sitz seines Klosters, wo mir jederzeit Obdach gewährt werde. Es war ein Dominikanerkloster, was insofern praktisch war, als ganz unten in meinem Reisesack auch noch meine alte Kutte mitsamt Unterkleid steckte, doch das sagte ich natürlich nicht. Höflich dankte ich ihm für seine Anteilnahme und ging weiter.

Mein Weg führte mich dorthin, wo die großen Schiffe lagen. Ich war durchdrungen von der Vorstellung, eines davon zu besteigen und auf Nimmerwiedersehen in die Fremde zu fahren. Seit feststand, dass ich allein in die Welt hinaus musste, war es mir egal, wo ich am Ende landen würde. Mochte es dort ruhig lebensgefährlich sein, es scherte mich nicht. Vielleicht fiel ich unter Menschenfresser. Oder ich wurde von einem wilden Tiger im Dschungel angefallen. Oder mein Schiff sank in einem gewaltigen Sturm inmitten der endlosen Weite des Ozeans. Oder ich fand mich in den Tiefen einer Eiswüste wieder, weit fort im Niemandsland des unerforschten Nordens der Welt, wo nichts gedieh und niemals die Sonne schien.

Nach und nach rückte bei diesen Visionen jedoch der Aspekt des Gefressenwerdens, Ertrinkens und Erfrierens in den Hintergrund. Angenommen, ich kehrte irgendwann unversehrt zurück? Mit einem Mal fand ich sogar Gefallen an dem Gedanken, völlig fremde Gefilde zu erreichen, wohin noch kein Mensch zuvor seinen Fuß gesetzt hatte. Ich könnte ein berühmter Forscher und Entdecker werden, ein Weltenreisender, so wie Cristoforo Colombo, Marco Polo oder Vasco da Gama. Und ich könnte hinterher ein Buch darüber schreiben!

Ganz beseelt von dieser Idee, gelangte ich schließlich zur Riva degli Schiavoni und hielt dort Ausschau nach einem möglichst großen Schiff.

»Willst du als Stauer Geld verdienen?« Die Frage kam von einem der Ausrufer, die ständig Hafenarbeiter suchten und sie im Falle einer Zusage an Ort und Stelle in ihre Listen eintrugen.

Ich wollte bereits verneinen, denn Stauer fuhren nicht in die weite Welt hinaus. Doch dann durchfuhr mich blitzartig eine Erkenntnis: Ich *musste* überhaupt nicht in die weite Welt hinaus! Wenn ich hier im Hafen arbeiten konnte, erschloss mir das die Möglichkeit, in Venedig zu bleiben! Ich könnte wie all die anderen Tagelöhner in einem der Mietshäuser wohnen, wo ich niemandem weiter auffiel. Ich würde mich kleiden wie ein Stauer und reden wie ein Stauer. Und ich konnte mir einen Bart wachsen lassen, dann würde mich erst recht kein Mensch erkennen!

Gleichsam aus sicherer Entfernung könnte ich über Elena wachen, und falls sie die Stadt verließe, würde ich es mitbekommen und könnte ihr – wieder in sicherer Entfernung – folgen und so an ihrem Schicksal Anteil nehmen.

Und schließlich: Wer bestimmte eigentlich, dass ich fliehen musste? Würde etwa Leandro das Hasenpanier ergreifen, nur weil ihn eine Meute raffgieriger Intriganten bedrohte? Nein, er würde bleiben und seinen Mann stehen, notfalls unter Einsatz seines Lebens!

Auf einmal sah ich wieder Licht am Horizont.

Teil 9

L'innamorata

Venedig, Juli 1594

Alles ging leichter vonstatten als erwartet. Der Sopracomito, auf dessen Schiff die Fracht zu verstauen war, besorgte mir sogar eine Bleibe in Castello. Das Zimmer, in dem ein Schlafplatz frei geworden war, musste ich zwar mit zwei anderen Männern teilen, aber dafür war die Miete niedrig und der Weg zur Arbeit kurz. Und Arbeit gab es am Kai und in den Docks mehr als genug, täglich wurden aufs Neue Lastenträger angeheuert, die auf den Schiffen und in den Magazinen alle Hände voll zu tun hatten. Dafür wurde ihnen der Lohn jeden Tag bar auf die Hand gezahlt, ein weiterer Vorteil, wenn man so wie ich gewissermaßen auf dem Sprung lebte. Man konnte sich mit einem frei erfundenen Namen zu den täglich wechselnden Lohnlisten anmelden, und niemanden störte es, wenn man sich nach einer Weile einen anderen ausdachte. Hauptsache, man stand pünktlich parat, hielt den ganzen Tag durch und ließ beim Tragen und Verstauen der Lasten nichts fallen.

Zwischen Sonnenaufgang und Sonnenuntergang, nur unterbrochen durch kurze Pausen, schleppte ich Kisten und Säcke an Deck der Schiffe und von dort über schwankende Trittleitern in die Frachträume. Von anderen Schiffen schaffte ich auf dem gleichen Wege Säcke und Kisten hinunter, zu den Magazinen oder auf Karren und Lastflöße für den Weitertransport.

Ich lernte zu fluchen und zu spucken wie die anderen Hafenarbeiter, und nach kurzer Zeit hatte ich auch heraus, wie man sogar die schwersten Lasten tragen konnte, ohne darunter zusammenzubrechen. Dabei kam es auf die richtige Technik an, was ich vorher so nicht vermutet hatte. Es war längst nicht alles nur eine Frage roher Muskelkraft, sondern eher eine von Hebelwirkung und Anspannung. In den ersten drei Tagen spürte ich meinen Körper kaum vor Schmerzen und fühlte mich wie ein Invalide, während Männer, die deutlich kleiner und leichter waren als ich, behände daherkamen und Kisten hochwuchteten, die ich allein kaum hätte lüpfen können. Durch meine Jugend und meinen Eifer holte ich jedoch schnell auf. Nach einer Woche bewältigte ich dasselbe Pensum wie die erfahrenen Stauer, und die blutigen Schrunden an meinen Händen verwandelten sich allmählich in Schwielen.

Wenn ich abends in die stickige, viel zu kleine Kammer zurückkehrte, war ich meist so erschöpft, dass ich nur noch auf mein Lager sinken und sofort einschlafen konnte. Nicht nur an den rauen Ton meiner Mitbewohner, sondern auch an den allgegenwärtigen Dreck und den Gestank ungewaschener Leiber gewöhnte ich mich binnen kurzer Zeit. Als Hafenarbeiter durfte man in diesen Dingen nicht zimperlich sein. Man rasierte sich nur sonntags – falls man sich nicht wie ich einen Bart stehen ließ – und badete bestenfalls an hohen Festtagen, von denen jedoch vorerst keiner anstand. Tagein, tagaus trug man dieselbe Kluft, und erst, wenn sie vor Dreck starrte oder so fadenscheinig wurde, dass man hindurchsehen konnte, kam ein Wechsel in Betracht. Idealerweise zog man so wenig wie möglich an, wobei mir das sommerliche Wetter entgegenkam: Wegen der Hitze ließ ich gleich am ersten Tag das Hemd weg und arbeitete wie die meisten anderen mit nacktem Oberkörper, was mir zunächst einen Sonnenbrand, dann aber rasch gebräunte Haut bescherte. Auf dem Kopf trug ich das Tuch, das Elena mir geschenkt hatte, in jeder Ecke einen Knoten.

In der dritten Woche hatte ich mich an die Arbeit gewöhnt und blieb auch abends länger wach. Michele und Silvestro, die mit mir die Kammer bewohnten, gingen fast täglich aus und vertranken ihren Lohn, soweit sie ihn nicht für Miete und Essen verbrauchten. Gutmütig forderten sie mich gelegentlich auf, mitzugehen, ein Mann müsse doch auch anderes tun als schlafen, aber bisher hatte ich mich nicht dazu aufraffen können. Doch mit der Zeit wuchs mein Bedürfnis nach Abwechslung. In dem vor Menschen überquellenden Mietshaus war es alles andere als anheimelnd. Kindergeschrei, Hundegebell und streitsüchtiges Gebrüll schallten durch die dünnen Holzwände, und das oft rund um die Uhr.

Eines Abends folgte ich Michele und Silvestro zu ihrem abendlichen Umtrunk. Die beiden waren Brüder, der eine sechsundzwanzig, der andere siebenundzwanzig Jahre alt, und arbeiteten seit zwei Jahren im Hafen. Sie kamen aus Bologna und hatten ursprünglich Matrosen werden wollen, doch Michele konnte seine Seekrankheit nicht überwinden. Ohne ihn wollte Silvestro nicht fahren, folglich waren sie als Hafenarbeiter in Venedig geblieben. Im Großen und Ganzen waren sie mit ihrem Leben zufrieden, abgesehen von den Wintermonaten, wenn man bei der Arbeit fror und abends in ein eiskaltes Zimmer zurückkehrte. Dagegen, so sagten sie, helfe jedoch zuverlässig ein Besuch in Matildas Schenke, denn dabei könne man auch die ungemütlichste Unterkunft vergessen.

Es kam mir vor, als seien Jahre vergangen, seit ich dort gewesen war. Aber natürlich war alles unverändert, sogar Matilda war anwesend und ließ viel von ihrem üppigen Busen sehen, während sie unter launigen Bemerkungen Wein und Bier ausschenkte.

An einem der Tische sah ich genau wie damals am Tag der Sensa die beiden schreiend bunt gekleideten Gecken sitzen. Allerdings erkannten sie mich diesmal nicht. Den Grund konnte ich mir denken, denn vor unserem Aufbruch hatte ich mich kurz im Rasierspiegel der Brüder betrachtet: Wucherndes schwarzes Bartgestrüpp, tiefbraune Haut und das um den Kopf geknotete Tuch hatten aus mir einen Hafenarbeiter gemacht.

Im Hintergrund räumten zwei Männer Tische und Schemel an die Wand und holten dann Musikinstrumente hervor, auf denen sie eine schmissige Weise anstimmten.

»Wir haben Glück«, sagte Michele strahlend. »Heute tanzt sie wieder.«

»Ja«, antwortete Silvestro. »Marco ist bestimmt hin und weg!«

»Von wem?«, fragte ich.

»Da kommt sie schon«, erklärte Michele.

Aus dem Hinterzimmer kam eine bezaubernd schöne junge Frau in den Schankraum, das Haar wie dunkle Seide und die Augen so groß und unergründlich, dass man fast darin ertrinken konnte.

Caterina!, wollte ich rufen, doch ich brachte keinen Laut heraus.

Es zog mir das Herz zusammen, als sie zu tanzen begann. Sie sah mich nicht, denn sie gab sich vollständig der Musik und dem Rhythmus ihrer Bewegungen hin. Die Besucher der Schenke verstummten nach und nach und sahen gebannt zu, wie sie, umweht von der weißen Seide ihres Gewandes und mit fliegendem Haar, anmutig über die groben Bohlen schwebte.

Schließlich verstummte die Musik, und die Zuschauer brachen in johlenden Beifall aus. Zwei oder drei Männer am Rande der improvisierten Bühne verliehen ihrer Begeisterung handgreiflichen Ausdruck, indem sie trunken nach Caterina grapschten. Einer von ihnen versuchte, sie an sich zu ziehen, ein anderer zerrte an ihrem Gewand. Sie stieß beide zur Seite, milderte die Zurückweisung aber mit ihrem lieblichen Lächeln ab.

»Ich kann euch nicht erhören, ihr strammen Kerle«, sagte sie. »Denn was soll ich dann den anderen sagen, die schon viel länger warten als ihr?«

Plötzlich begegneten unsere Blicke sich, und sie zuckte zusammen. Sie ließ sich von der Wirtin ein Glas Wein reichen, dann kam sie zu mir herüber.

»So sieht man sich wieder«, sagte sie.

Ich nickte leicht verkrampft und wünschte ihr einen guten Abend.

Sie streckte mir den Wein hin. »Willst du?«

»Nein danke, ich muss morgen wieder arbeiten.«

Michele und Silvestro verfolgten unsere Unterhaltung mit offenem Mund, und erst recht verdutzt schauten sie drein, als Caterina mich unterfasste und nach draußen zog. Grölende Rufe aus dem Schankraum folgten uns, ich hörte Worte wie *Glückspilz* und *ungerecht*, aber dann fiel die Tür hinter uns zu, und wir waren allein.

»Du siehst verändert aus«, sagte sie zu mir, während sie von ihrem Wein nippte. »Irgendwie … erwachsener. Ich weiß, es ist unmöglich, aber ich könnte schwören, dass du größer bist als beim letzten Mal.«

»Vielleicht ein bisschen breiter. Das kommt vom vielen Kistenschleppen.« Mein Versuch zu scherzen rief ein flüchtiges Lächeln bei ihr hervor.

»Du bist mit den Hafenarbeitern hergekommen. Bist du jetzt einer von ihnen?«

Ich bejahte die Frage und betrachtete sie unterdessen verstohlen. Es war noch hell, die Sonne ging in diesen Tagen spät unter, und so konnte ich sehen, dass auch sie sich verändert hatte. Sie war schmaler geworden – und ernster. Ihr Lächeln reichte nicht bis an die Augen, und es war ein Ausdruck von Bitterkeit wahrzunehmen, den ich nicht an ihr kannte.

»Was weißt du von den anderen?«, fragte sie.

»Nicht viel. Nur das, was ich gelegentlich höre.« Tatsächlich hatte ich mich von der Ca' Contarini ferngehalten, weil ich fürchtete, dass Celsi das Haus beobachten ließ. Alle paar Tage gab ich jedoch einem Jungen aus dem Mietshaus etwas Geld dafür, dass er mich auf dem Laufenden hielt. Er schnüffelte unauffällig herum und erzählte mir dann, was er in Erfahrung gebracht hatte. Wirkliche Neuigkeiten gab es nicht, abgesehen davon, dass Rodolfo inzwischen das Spital verlassen und sich wieder zu den Übrigen gesellt hatte, was mich mit tiefer Erleichterung erfüllte. Der Zwerg sei noch ein wenig schwach, hatte der Junge berichtet, könne aber aus eigener Kraft gehen und habe sogar bereits seinen Säbel angelegt. Hin und wieder spaziere das rothaarige Mädchen auf einem Seil, das über einen Kanal in der Nähe des Hauses gespannt sei, und dazu deklamiere der alte Mann schöne Gedichte.

Währenddessen sammle der kleine Dicke, manchmal auch der schöne Blonde, mit dem Hut Münzen von den Zuschauern ein.

Ich erzählte Caterina, was ich wusste, worauf sie nickte und in Schweigen verfiel.

»Hast du etwas von Franceschina gehört?«, wollte ich wissen.

»Ich weiß lediglich, wo sie arbeitet, denn zufällig sah ich sie einmal dort mit Essenseinkäufen ins Haus gehen. Ich lief hin und wollte mit ihr sprechen, aber als sie mich sah, schlug sie sofort die Tür zu.« Sie holte tief Luft. »Marco, es ist bestimmt völlig unwichtig für dich, sicher bedeutet es dir überhaupt nichts, wenn ich es dir sage, aber ich muss es einfach loswerden, sonst ersticke ich daran.« Bittend blickte sie mich an. »Darf ich es dir erzählen?«

»Was denn?«, fragte ich befremdet.

»Mit den anderen – da war nie etwas«, platzte sie heraus.

Ich starrte sie an. »Du meinst … mit Rizzo und Razzi …«

Sie schüttelte den Kopf. »Mit denen nicht, und auch nicht mit Alessandro Morosini. Nicht mal mit Claudio.«

»Aber … ich verstehe nicht …«

»Ich gebe zu, ich habe mich so benommen, dass es danach aussehen musste. Habe geschäkert und ihnen schöne Augen gemacht. Aber ich habe nie …« Abermals schüttelte sie den Kopf. »Kein einziges Mal.«

»Aber warum hast du das getan? Ich meine, herumgetändelt und dich von ihnen umwerben lassen?«

»Aus zwei Gründen. Es hat lange gedauert, bis ich mich selbst durchschaut habe, aber in den letzten Wochen hatte ich viel Zeit zum Nachdenken, und dann kam ich dahinter. Der erste Grund war, dass ich mich meiner eigenen Schönheit und Anziehungskraft vergewissern wollte. Ich musste spüren, dass ich auf Männer wirke. Dass sie mir willenlos zu Füßen liegen und um mich herumhecheln. Dass sie um meine Aufmerksamkeit buhlen und alles für mich tun. Der zweite Grund ist: Ich wollte Bernardo eifersüchtig machen. Ich wollte ihn dazu bringen, um mich zu kämpfen, immer wieder.« Hilflos blickte sie mich an. »Ich weiß auch nicht, warum ich das dauernd tun musste. Es war wie ein Zwang! Ein innerer Trieb, der stärker war als ich, sosehr ich auch versuchte, zu widerstehen. Aber alles, was ich damit erreicht habe, war Bernardos unselige Hinwendung zu einer anderen. Ein Mal nur, ein einziges Mal wollte er es mir heimzahlen, und was kam dabei heraus? Er hat nicht nur mich und sich, sondern auch die arme Franceschina ins Unglück gestürzt. Er war sturzbetrunken und konnte sich hinterher kaum erinnern, aber das entschuldigt es nicht. Es entschuldigt *mich* nicht.« Sie kippte den restlichen Wein herunter. »Es ist so verrückt! Ich liebe ihn doch! Ich kann nicht leben ohne ihn! Es zerreißt mir das Herz, nicht bei ihm sein zu können! Kein Mann versteht mich wie er! Niemand sieht mich, so wie ich wirklich bin. Nur er!«

Ratlos hörte ich ihre Erklärungen an, verstand und verstand doch wieder nicht.

»Vielleicht war es am Ende einfach zu viel für ihn«, sagte ich lahm.

Sie nickte mit gesenktem Blick. »Kann sein. Wer erträgt schon dieses Leben auf Dauer, dieses krankhafte Wechselbad der Gefühle.« Sie schwieg, und erst nach einer Weile fuhr sie fort: »Zwei Männer tot – meinetwegen! Ich verdiene es, in der Hölle zu schmoren!«

»Nun ja, es war ziemlich scheußlich, das ganze Blut wegzuschrubben«, räumte ich ein. »Aber sie waren beide keine unschuldigen Waisenknaben. Im Gegenteil.«

»Das ist mein einziger Trost. Und dabei wollen wir es bewenden lassen.« Caterina legte mir die Hand auf die Schulter. »Meine Pause ist vorbei. Ich muss wieder hinein. Matilda bezahlt mich nicht nur fürs Tanzen, sondern auch fürs Servieren, und später singe ich noch ein, zwei Lieder. Aber vielleicht sehen wir uns künftig öfter. Du musst mir alles erzählen, was du über die anderen in Erfahrung bringst.« Niedergeschlagen hielt sie inne, bevor sie leise schloss: »Solange sie noch da sind.«

Ich schickte den Jungen, der mich über die Incomparabili auf dem Laufenden hielt, auch regelmäßig zum Haus von Morosini, um schnellstmöglich von Giovannis Rückkehr zu erfahren. Der Junge sah zwar Morosini und die Dienstboten ein und aus gehen, aber niemals einen jungen großen Mann, der *eine gewisse Ähnlichkeit mit mir* hatte – so meine Beschreibung, damit er wusste, nach wem er Ausschau halten sollte.

Tag um Tag verstrich, ohne dass ich Neues erfuhr. Giovanni hatte mir zwar vor seiner Abreise nicht mitgeteilt, wie lange er auf der Terraferma bleiben wollte, aber da er mittlerweile seit Wochen weg war, begann ich mir langsam Sorgen zu machen. Am ersten Sonntag im Juli ging ich frühmorgens zu Morosinis Haus, im Kopf die vage Hoffnung, vielleicht mehr Glück zu haben als der von mir angeheuerte Junge. Falls nicht, so mein Plan, wollte ich bei Adelina vorbeischauen. Möglicherweise wusste sie etwas über Giovannis Verbleib.

Das Haus wirkte verlassen, die Fassade seltsam kalt und abweisend.

»Marco!« Morosini stand oben in der Loggia des Piano Nobile und sah zu mir herunter. »Um Gottes willen, du bist hier! Warte!« Er verschwand kurz und tauchte wenig später in der landseitigen Gasse auf. Eilig kam er über die Brücke zu mir herüber und legte mir beide Hände auf die Schultern. Seine Miene drückte Erleichterung aus. »Dem Himmel sei Dank, dass ich dich wiedersehe! Ich habe darum gebetet, es aber nicht zu hoffen gewagt.«

»Was ist denn geschehen?«, fragte ich, von einem unguten Gefühl erfasst.

»Ach, es ist so furchtbar! Giovanni ist tot.«

Wie unter einem Schlag zuckte ich zurück.

»Was ist passiert?«, stieß ich hervor.

»Er kam vor zwei Wochen bei einem Feuer ums Leben. Die Herberge auf der Terraferma, in der er nächtigte, brannte bis auf die Grundmauern nieder.« Er senkte den Kopf. »Man konnte nur verkohlte Asche bergen.«

Mir war schlecht, alles drehte sich um mich. Mein Bruder lebte nicht mehr! Ich hatte ihn nur kurz gekannt, und doch kam es mir in diesem Augenblick so vor, als hätten wir schon immer zusammengehört.

»Marco?«, fragte Morosini besorgt. Er hielt mich bei den Schultern fest, als fürchte er, ich könne fallen.

Ich machte mich brüsk los. »Es geht schon.« Ich merkte, dass ich mich im Ton vergriff. »Es tut mir leid. Ich … Die Nachricht trifft mich hart. Ich muss eine Weile allein sein.«

»Das verstehe ich«, erwiderte Morosini. »Ich konnte es auch nur langsam begreifen.« Eindringlich fügte er hinzu: »Versprich mir nur, dass du wiederkommst, sobald du dich gesammelt hast. Ich möchte mit dir zur Kirche gehen und ein Requiem für Giovanni beten lassen. Das hätte er sich bestimmt gewünscht. Kommst du zurück? Zur Terz?«

Ich murmelte eine Zustimmung und rannte davon.

Wie blind lief ich durch die Gassen und rief mir jedes Wort meiner letzten Unterhaltung mit Giovanni in Erinnerung. Mein verfluchtes Gedächtnis half mir dabei, es ließ keinen einzigen Satz, keine einzige Redewendung von ihm aus, alles rollte vor meinem inneren Auge ab, als hätte er eben erst zu mir gesprochen.

Auf bald, mein Bruder. Pass gut auf dich auf …

Ich hatte auf mich aufpassen können, aber ihm hatte das nicht geholfen.

Kreuz und quer lief ich durch die Stadt, ohne innezuhalten. Wie an den übrigen Wochentagen trug ich meine abgerissene Arbeiterkluft, nur dass ich zu Ehren des Sonntags mein Hemd angelegt hatte und darunter schwitzte wie ein Tier.

Ich überlegte kurz, mich umzukleiden, bevor ich mit Morosini zur Kirche ging, doch dann hörte ich bereits die Glocken zur Terz läuten. Morosini erwartete mich vor dem Haus. Er war im Festtagsstaat, trug Schwert und Barett und auf Hochglanz polierte Stiefel, und prompt schämte ich mich für mein durchgeschwitztes Hemd und die verdreckten Beinkleider. Doch von Morosini kam kein Vorwurf, er schien einfach nur froh zu sein, dass ich mit zur Kirche ging.

Auf der Brücke kamen uns Leute entgegen, und er blieb einen Schritt hinter mir, um ihnen Platz zu machen. In Gedanken versunken, trottete ich voran, den Blick auf meine Schuhe gesenkt.

Ich wusste nicht, was mich bewog, genau in dem Moment aufzublicken, als Aldo mit gebleckten Zähnen und stoßbereitem Dolch auf mich zugestürzt kam.

»Hab ich dich endlich!«, schleuderte er mir hasserfüllt entgegen.

Ich griff nach meinem Rapier, und erst, als meine Hand ins Leere fasste, fiel mir ein, dass ich mir in den letzten Wochen abgewöhnt hatte, es zu tragen. Hafenarbeiter besaßen keine Degen, sondern höchstens Messer, um damit ihr Essen zu zerteilen, den Bart zu schaben oder bei der Arbeit verhedderte Stricke zu durchtrennen. Folglich war auch ich auf diese Weise ausgestattet, und absurderweise war es eines von Aldos Messern, das ich am Gürtel trug. Ich war jedoch nicht gewohnt, es zum Kampf zu zücken. Daher hätte Aldo, bis ich so weit gewesen wäre, reichlich Zeit gehabt, mich zu erdolchen, weshalb ich im Bruchteil eines Augenblicks entschied, es auf die bewährte Weise zu regeln: mit der Faust.

Doch dazu kam es nicht. Bevor ich auch nur den Arm heben konnte, sprang Morosini von der Seite hinzu und rammte Aldo sein Schwert in den Leib.

Ein verdutzter Ausdruck trat auf Aldos Gesicht. Das Messer fiel in hohem Bogen ins Wasser, und er selbst torkelte zurück. Morosini stieß ein zweites Mal zu, Aldo hauchte sein Leben aus, kaum dass er auf dem Boden aufgeschlagen war.

Vor Schreck und Entsetzen blieb mir die Luft weg. Ich stützte mich am steinernen Brückengeländer ab und rang nach Atem.

»Wer war dieser Kerl?«, fragte Morosini, Aldo mit dem Fuß anstoßend. »Es schien, als hätte er eine alte Rechnung mit dir offen.«

Ich nickte, außerstande, zu reden. Erst nach weiteren tiefen Atemzügen brachte ich ein paar Worte heraus. »Habt vielen Dank, Messèr Morosini. Ihr habt mir zum wiederholten Male das Leben gerettet!«

»Ich war gerade zur Stelle«, wehrte er ab.

Er schickte einen der schnell zusammenströmenden Gaffer, die Wachleute zu holen, und während wir warteten, erklärte er, dass nun wohl kaum die rechte Zeit sei, zur Kirche zu gehen. Stattdessen bestand er darauf, dass ich mit ihm nach Hause käme, um zu baden und zu essen. Die Versuchung, seiner Einladung Folge zu leisten, war enorm. Nicht nur, weil ich seit Wochen ungewaschen war und den immer gleichen Fraß von den billigen Garküchen in Castello gründlich satt hatte, sondern weil ich mich schmerzlich nach menschlicher Wärme und Anteilnahme sehnte. Ich war so einsam wie nie zuvor in meinem Leben. Michele und Silvestro waren aufrechte Burschen, aber außer Saufen kannten sie neben der Arbeit nichts. Sofern sie sich überhaupt für ihre Mitmenschen interessierten, dann höchstens für solche, deren Geselligkeitswert sie an der Busengröße maßen.

Es verlangte mich auch danach, Giovannis Zimmer zu betreten. Ich könnte seine Fresken ansehen, seine Bücher berühren, vielleicht sogar in seiner Wäsche noch seinen Geruch wahrnehmen und ihm auf diese Weise nahe sein. Doch dann begriff ich, dass ich mich an etwas klammern wollte, das nicht mehr da war. Giovanni war genauso tot wie Aldo.

Der lag bäuchlings auf der Brücke, sodass man gnädigerweise weder sein Gesicht noch die tödliche Wunde sehen konnte. Dennoch schlotterten mir immer noch die Knie vom Schock.

»Ich danke Euch für die angebotene Gastfreundschaft«, sagte ich. »Ich könnte wahrhaftig ein Bad brauchen, und nur ein Narr würde Euer Essen verschmähen. Aber im Moment ist mir nicht danach. Ich muss eine Weile für mich sein. Vielleicht ein anderes Mal.«

»Bleibst du in der Stadt?«

»Vorerst ja.«

»Wo hast du dein Quartier?«

»In Castello.«

»Hauptsache, du gehst nicht ganz fort, das könnte ich nach dem Verlust von Giovanni nicht ertragen!« Morosini sah mich drängend an. »Ich möchte, dass du über etwas nachdenkst, Marco. Nun, da Giovanni nicht mehr auf der Welt ist, stehe ich allein. Mein Leben und Streben hat jeden Sinn verloren. Alles, was ich tat, tat ich für Giovanni. Nun ist er nicht mehr da, damit müssen wir fertig werden!« Er holte tief Luft. »Du könntest seinen Platz an meiner Seite einnehmen! Komm als mein Neffe in mein Haus, lebe sein Leben! Du könntest mir über meine schreckliche Einsamkeit hinweghelfen und zugleich alle Vergünstigungen und Freuden genießen, die dem Spross eines reichen Patriziers gebühren!«

Seine Miene wirkte beherrscht, doch ich nahm an, dass ihm ähnlich zumute war wie mir – er wollte etwas zurückhaben, das er verloren hatte. Doch im Gegensatz zu mir konnte er sich diesen Wunsch erfüllen, zumindest beinahe: Ich war nicht Giovanni, aber dessen genaues Ebenbild.

»Ich kann dir Sicherheit und Wohlstand bieten«, sagte Morosini. »Du würdest mir genauso nahestehen wie er, ich werde dich lieben, so wie ich auch ihn geliebt habe!« Sein Blick wurde bezwingend. »Ich bin sicher, dass auch Giovanni es so gewollt hätte!«

Die Vernunft legte es nahe, sein Angebot anzunehmen, denn was blieb mir sonst? Eine ungewisse Zukunft als Tagelöhner, von Erbschleichern gejagt und von der Hand in den Mund lebend, ohne die geringste Möglichkeit, Elena wiederzusehen.

Stand ich jedoch unter dem Schutz Morosinis, des reichen und mächtigen Zehnerrats, sah die Sache ganz anders aus. Er könnte beispielsweise dazu beitragen, Baldassarres Schulden bei Celsi zu tilgen. Dann wären Elena und ihr Großvater nicht gezwungen, die Stadt zu verlassen! Vielleicht half er mir sogar, mich gegen Celsi zu behaupten und für mein Erbe zu kämpfen, das Onkel Vittore mir hinterlassen hatte. Allein die Entschlossenheit, mit der Morosini mich vor Aldo gerettet hatte, bezeugte seinen Willen, sich für mich einzusetzen.

Dennoch hinderte mich eine unerklärliche Zurückhaltung daran, mich mit seinem Vorschlag einverstanden zu erklären. Ob es nun daran lag, dass gleich darauf die Ordnungshüter eintrafen und eine Menge Fragen stellten, oder daran, dass ich noch zu aufgewühlt war – jedenfalls hielt ich es für besser, mich erst einmal zu beruhigen, bevor ich weitreichende Entscheidungen traf.

Morosini nickte, als ich ihm das mitteilte. Sein Lächeln fiel jedoch leicht bemüht aus. »Nimm dir die Zeit, die du brauchst. Alles wird gut. Wir müssen nur beide daran glauben.«

Nach den Geschehnissen des Tages fühlte ich mich merkwürdig zerrissen. Ein Teil von mir war immer noch wie gelähmt, doch zugleich verspürte ich eine Rastlosigkeit, die mich nicht zur Ruhe kommen ließ.

Vielleicht hätte es geholfen, die ganze Wut auf das Schicksal herauszubrüllen, und tatsächlich stand ich mehrmals kurz davor, doch ein derartiger Ausbruch hätte mir nur Ärger mit Michele und Silvestro eingetragen, die nach einem ausgedehnten Frühschoppen auf ihren Matratzen dem Abend entgegenschnarchten.

Ich beschloss, mich mit Lesen abzulenken, das half mir meist, auf andere Gedanken zu kommen. Als ich das Decamerone aus meinem Reisesack holen wollte, rutschte mir der Papierstapel entgegen und landete auf meinen Knien. Alles Weitere entzog sich meinem Einfluss. Wie von allein fassten meine Finger nach der Feder, rührten die Tinte, legten ein Blatt zurecht.

Ehe ich mich versah, hatte ich die erste Seite vollgeschrieben. Ich schrieb und schrieb und schrieb immer weiter, es war wie ein Rausch, in dem ich den nächsten Absatz schon sehen konnte, bevor ich ihn fertig ersonnen hatte. Fast so, als sei ich besessen. Etwas Machtvolles wogte in mir und diktierte mir Zeile für Zeile den dritten Akt meines Stücks. Hatte ich je an meiner Inspiration gezweifelt, so wurde ich durch diese fremde Macht eines Besseren belehrt.

Die Geschichte, so begriff ich während des Schreibens, war die ganze Zeit schon da gewesen. Tief in mir hatte sie geruht und darauf gewartet, dass ich sie hervorholte. Sie war wie eine vollendete Statue, die noch in einem gewaltigen Brocken von Marmor gesteckt hatte, umhüllt von einer ungeschliffenen Gesteinsschicht, und ich war der Bildhauer, meine Feder der Meißel. Nun hämmerte ich sie wie von Sinnen heraus, Schlag auf Schlag, Wort für Wort.

Leandro hat alle Anfeindungen und Rückschläge überlebt.

Er verdient als Arbeiter sein hartes Brot, um weiterhin in Aurelias Nähe bleiben zu können. Der Schmerz über den grausamen Tod Flavios wiegt schwer, doch die Liebe zu Aurelia birgt Hoffnung, ebenso wie die Loyalität des Dottore, der sich vom vermeintlichen Giftmischer zum Freund gewandelt hat und Leandro dabei hilft, die wirklichen Feinde zu besiegen und Aurelia zu gewinnen …

Es war nicht genug. Die Macht in mir wollte Verse schmieden. Ein neues Sonett strömte aus meiner Seele direkt in die Feder, mischte sich mit meinen Tränen und floss aufs Papier. Leandro gesteht Aurelia mit diesen Worten seine unsterbliche Liebe. Sie kann nicht anders, als ihn zu erhören.

Die Feder rutschte mir aus der Hand. Jäh von Erschöpfung übermannt, sank ich auf mein Lager. Ich bettete den Kopf auf das mittlerweile sehr mitgenommene Lavendelkissen. Außerstande, auch nur einen weiteren Gedanken zu fassen, fiel ich in tiefen, traumlosen Schlaf.

»Marco, wach auf!« Michele rüttelte mich.

Orientierungslos fuhr ich hoch. Um ein Haar hätte ich ihm einen Fausthieb verpasst. Einen Moment lang hatte ich geglaubt, Aldo wolle mir an die Kehle.

»Was ist los?«, fragte ich schlecht gelaunt.

»Ein alter Mann will mit dir sprechen.«

»Alt? Das will ich nicht gehört haben.« Hinter ihm tauchte Baldassarre auf, ein verschmitztes Lächeln auf den Lippen. »Gott zum Gruße, Marco.«

In heller Freude sprang ich auf. »Messèr Baldassarre! Wie habt Ihr mich gefunden?«

»Das war leicht. Eine gewisse Dame, die an einer gewissen Brücke wohnt, führt zugleich auch eine Schenke …«

»Damit kann nur Bürsten-Matilda gemeint sein«, warf Michele ein.

»Richtig. Und in besagter Schenke wusste eine gewisse Tänzerin zu berichten, dass Marco neulich mit zwei Hafenarbeitern dort war, von denen bekannt ist, dass sie hier wohnen.«

»Dafür, dass du so alt bist, funktioniert dein Verstand noch gut«, befand Michele.

»Wenn ich mehr Zeit hätte, würde ich dir den Zusammenhang zwischen einem verjüngenden Bad und immerwährendem Denkvermögen erklären«, versetzte Baldassarre leichthin, worauf Michele grübelnd an die Decke starrte, in der berechtigten Annahme, die Bemerkung nicht ganz verstanden zu haben. Statt jedoch nachzufragen, kratzte er sich bloß hinterm Ohr, wie immer, wenn er etwas nicht begriff. Er kratzte sich ziemlich oft, sodass ich anfangs sogar befürchtet hatte, er habe Läuse, bis ich dahintergekommen war, dass er einfach nur dumm war. Von einer gewissen Brücke auf Matilda zu schließen, bedeutete bei ihm bereits ein Höchstmaß intellektueller Leistung.

Baldassarre rümpfte die Nase. »Mir will scheinen, du hast seit Langem kein Bad genommen.«

»Soll das heißen, ich stinke?«, fragte Michele. »Willst du eins aufs Maul?«

»Er meinte mich«, sagte ich zu ihm. »Und er hat recht.«

Michele wusste nicht, was er davon halten sollte, also kratzte er sich abermals hinterm Ohr, während ich Baldassarre unterfasste und ihn aus der ohnehin viel zu engen Kammer zog. Ich war begierig darauf, mit ihm zu sprechen, doch meine beiden Wohngenossen musste ich nicht unbedingt dabeihaben.

»Warte«, sagte Baldassarre. »Nimm frische Sachen mit.«

Es erübrigte sich, ihn zu fragen, warum ich das tun sollte. Ohne zu zögern, holte ich saubere Kleidung aus meinem Reisesack.

Tatsächlich war es höchste Zeit für ein Bad.

Eine Weile gingen wir einfach nur schweigend nebeneinander her. Ich war so glücklich, bei ihm zu sein, dass mir all der Kummer der letzten Zeit mit einem Mal nur noch halb so schlimm erschien.

Auf der Suche nach einem unverfänglichen Thema eröffnete ich schließlich das Gespräch. »Was macht der Ofen?«

»Brennt und brennt. Und stinkt. Aber das gehört dazu.«

»Ist die Transmutation denn noch nicht abgeschlossen?«

»Noch nicht ganz. Aber der rechte Zeitpunkt ist nicht mehr fern. Er muss nur noch abgewartet werden.«

Unzählige Fragen lagen mir auf der Seele. Mehr als alles wollte ich ihn bestürmen, mir von Elena zu erzählen. Von dem Jungen erfuhr ich immer nur, was sie außerhalb des Hauses tat, während das, was im Inneren geschah, mir verborgen blieb. Dabei wollte ich viel mehr wissen. Etwa, ob sie das geplante Bild gemalt hatte. Ob sie manchmal über mich redete. Ob sie mich vielleicht doch ein kleines bisschen vermisste.

Ich wollte auch nach den anderen fragen, nach Iseppo, Rodolfo, Cipriano, Bernardo. Wollte wissen, ob es ein Lebenszeichen von Franceschina gab. Ob Caterina zur Truppe zurückkehren wollte. Ob Henry weiterhin zu Besuch kam und Cipriano immer noch nach England mitnehmen wollte.

Und natürlich interessierte mich brennend, was aus Baldassarres Geschäften geworden war. Den Schulden bei Celsi, dem heimlichen Handel mit dem Juden Isacco. Und den Lavendelkissen, mit denen Baldassarre die Venezianer beglücken wollte.

Da ich jedoch fürchtete, lauter Unangenehmes zu erfahren, fragte ich lieber gar nicht erst. Aus demselben Grund erkundigte ich mich auch nicht danach, wie er es geschafft hatte, Iseppos Aufsicht zu entfliehen und allein durch die Stadt zu spazieren. Ich wollte uns beiden die Wiedersehensfreude nicht verderben.

Dass nicht nur ich mich unbändig freute, sondern Baldassarre ebenso, war nicht zu übersehen: Er strahlte auf eine Weise, wie ich es bisher nicht an ihm kannte.

»Weißt du, die ganze Zeit dachte ich, du hättest die Stadt verlassen«, meinte er. »Das fand ich jammerschade.«

»Ich wollte wirklich zuerst fortgehen, habe mich dann aber besonnen und bin lieber geblieben.«

»Daran hast du gut getan, so viel steht fest.« Er grinste mich übermütig an. »Allein schon deshalb, weil wir nun wieder zusammen baden können.«

Ich erwiderte sein Lächeln aus tiefstem Herzen.

Nur einmal überkam mich ein kurzes Unbehagen, als ich merkte, dass wir zu jenem Badehaus gingen, das Elena nicht nur wegen der fragwürdigen Nähe zum Ponte delle Tette hasste, sondern auch, weil Adelina dort arbeitete. Doch Elena hatte mich fortgeschickt, folglich konnte es ihr egal sein, wo ich badete.

Auf unser Klopfen hin wurde uns von Adelina aufgetan, und wieder trug sie eine Bluse, die unweigerlich den männlichen Blick auf gewisse Körperpartien lenkte.

Sie starrte mich an und schüttelte langsam den Kopf. »Diesmal falle ich nicht drauf rein!«, sagte sie kichernd. »Marco, richtig?« Sie deutete auf den Baldassarre. »Schon deswegen, weil du wieder den Alten dabeihast. Immer herein mit euch beiden! Einzeln oder gemeinsam?«

»Gemeinsam«, sagte Baldassarre. »Marco und ich haben lange nicht zusammen gebadet, ich habe es furchtbar vermisst.«

»Ganz wie Ihr wünscht, werter Herr!«

Verdattert folgte ich ihr, als sie uns in die Badestube führte.

Ihre gute Laune ließ nur einen Schluss zu: Sie wusste nicht, was geschehen war! Sie glaubte immer noch, Giovanni sei auf der Terraferma und werde bald zurückkehren.

Was sollte ich nur tun?

Gar nichts, befahl mir eine innere Stimme. Gewiss würde sie vor Trauer zusammenbrechen, wenn sie die Wahrheit erfuhr, denn mittlerweile war ich davon überzeugt, dass sie Giovanni aufrichtig liebte. Geliebt hatte.

Was für eine vertrackte Situation!

Es fiel mir schwer, mich zu entspannen, sogar noch, als ich mit Baldassarre im heißen Badewasser saß und wochenalter Schmutz von meiner Haut gespült wurde.

Baldassarre blickte mich an. »Etwas quält dich, mein Junge. Willst du mit mir darüber reden?«

Wie gern hätte ich es getan! Doch zweifellos hätte ihn das schreckliche Schicksal meines Bruders aufgeregt, und das wollte ich keinesfalls riskieren.

Eines konnte ich ihm jedoch sagen.

»Ihr alle fehlt mir sehr«, sagte ich. »Besonders Elena.«

»Ach Junge!« Er seufzte. »Wie sehr hatte ich gehofft, das zu hören!«

»Wirklich?«, fragte ich zögernd. »Warum?«

»Weil du ihr nämlich auch fehlst.«

»Das glaube ich nicht«, sagte ich reserviert. »Ihr müsst wissen, dass sie mich weggeschickt hat.« Ich holte tief Luft. »Ich hatte um ihre Hand angehalten, aber sie wollte mich nicht.«

»Tatsächlich? Nun, dann war es umso dümmer von ihr, dich gehen zu lassen«, stellte Baldassarre fest. »Denn du bist ein guter Mann. Einen besseren findet sie gewiss nicht so schnell. Meinen Segen hast du auf jeden Fall.«

Zum ersten Mal hatte jemand zu mir gesagt, ich sei ein guter Mann. Kein guter Junge, sondern ein *Mann*. Genießerisch ließ ich es in mir nachhallen und wiederholte es im Geiste. Ein guter Mann. Ein guter Mann …

»Warum hast du um sie gefreit?«, fragte Baldassarre neugierig mitten in meine Gedanken hinein.

»Weil …« Ich verstummte, denn *Weil ich sie entehrt habe* war nicht gerade die beste Begründung, jedenfalls nicht für den Großvater des ledigen Opfers.

»Weil ich sie liebe«, gab ich stattdessen widerstrebend zu.

»Ist das wahr?«

Ich nickte stumm.

»Sprachst du mit ihr darüber?«

»Nein, natürlich nicht.«

»Wieso nicht?«

Darauf blieb ich die Antwort schuldig, weil es mir zu peinlich war. Für Liebesschwüre war nur Platz in Sonetten und im Theater. Auf dem Papier und auf der Bühne. Im wirklichen Leben konnte ich darüber nicht reden, schon gar nicht mit Elena. Sie hatte sich häufiger über mich lustig gemacht, als ich zählen konnte. Nie würde ich den Fehler begehen, ihr meine Liebe zu offenbaren, denn damit gäbe ich ihr erst recht Grund, mich zu hänseln.

»Du sollst wissen, dass sie dich nur aus einem Grund fortgeschickt hat«, sagte Baldassarre. »Sie hatte Angst.«

»Ja, sie erklärte mir, dass ich eine Gefahr sei.«

»Nicht Angst um sich oder mich. Sondern um *dich*.«

Ungläubig runzelte ich die Stirn.

»Sie wusste, dass du bei uns nicht mehr sicher warst. Daher wollte sie, dass du gehst. Und da ihr klar war, dass du nicht freiwillig verschwinden würdest, tat sie so, als wärest du eine Last, die es loszuwerden galt.«

»Wie könnt Ihr wissen, dass sie so dachte? Hat sie es Euch erzählt?«

»Nun, nicht direkt. Aber man merkt es auch so. Daran, dass sie sich jeden Abend in den Schlaf weint.«

»Vielleicht weint sie um die verlorenen Aufführungen.«

Baldassarre schüttelte den Kopf. »Sie weint erst, seit du weg bist.«

Ich versuchte, meinen rapide beschleunigten Herzschlag zu ignorieren, doch ich spürte das Pochen bis in die Ohren.

Mir fehlten die Worte. Ich konnte nicht einmal antworten, als Adelina inmitten der uns umgebenden Dampfwolke auftauchte und uns Wein und Kuchen anbot. Baldassarre bestellte für uns beide, und nachdem sie wieder verschwunden war, meinte er: »Nettes Mädchen. Sie scheint dich zu mögen.«

Es kam mir vor, als warte er auf Antwort, und so sagte ich, was ich empfand. »Ich mag sie auch. Sie hat das Herz auf dem rechten Fleck und ist sehr hilfsbereit.«

Das schien ihn zufriedenzustellen.

Eine Zeit lang schwiegen wir beide, bis er schließlich meinte: »Das ist das schönste Bad seit vielen Jahren. Ich danke dir dafür.«

»Nicht doch. Wenn jemand zu danken hat, dann ich.« Ich rang mit mir, und endlich wagte ich die entscheidende Frage. »Soll ich abermals um sie anhalten?«

»Was sagt dir denn dein Herz, mein Junge?«

»Es sagt *Ja*, aber ich fürchte eine weitere Abfuhr.«

»Vielleicht, weil du bisher nicht die richtigen Worte gefunden hast.« Er lächelte sanft. Sein Bart trieb auf dem Wasser wie grauer Tang, und seine Augen leuchteten hell im Licht der Kerze, die auf dem Schemel neben uns brannte. »Es kommt immer auf die richtigen Worte an, Marco. Auf der Bühne und im Leben.«

»Liebesworte sind meine Sache nicht.«

»Ah, aber du beherrschst sie doch! Bist du nicht ein Dichter?«

»Ich habe ein neues Sonett verfasst«, sagte ich unvermittelt.

»Sag es auf.«

Ich tat es, mit geschlossenen Augen, Zeile für Zeile, und während ich sprach, war mir, als könne meine Seele hinausgreifen und die von Elena berühren. Das Sonett schuf eine Verbindung zwischen uns, deren Natur ich jetzt erst erkannte. Nicht für die Bühne hatte ich es geschrieben, nicht für Aurelia war es gedacht, und nicht Leandro sollte es vortragen. Es waren meine Worte, meine ureigenen Gefühle für die Frau, die ich liebte.

Als ich endete, glaubte ich, Baldassarre seufzen zu hören, aber vielleicht war es auch nur Einbildung. Nach einer Weile öffnete ich die Augen und blickte ihn an, gespannt auf sein Urteil.

Doch er konnte mir nicht mehr sagen, ob es ihm gefallen hatte, denn er würde nie wieder sprechen. Still und reglos lag er da, kein Atemhauch bewegte seine Brust. Sein Gesicht war friedlich, fast glücklich, als wolle er mich noch einmal wissen lassen, wie sehr er sich gewünscht hatte, auf diese Weise zu sterben.

Eilends herbeigerufene Totengräber übernahmen es, den Leichnam anzukleiden und zur Kirche zu schaffen, wo er für die Totenwache und die Seelenmesse aufgebahrt wurde. Alles ging unter der souveränen Aufsicht der Badewirtin seinen amtlichen Gang, während ich in einer Art Schockstarre nur herumstand und Mühe hatte, nicht vor allen Leuten in Tränen auszubrechen. Im Nachhinein war es schon beachtlich, dass ich es überhaupt schaffte, mich ohne fremde Hilfe anzuziehen.

»So ein Todesfall ist immer schrecklich«, sagte Adelina mitleidig. »Er stand dir nahe, oder?«

Ich nickte nur stumm, einerseits verstört wegen Baldassarres plötzlichem Hinscheiden, andererseits geplagt von Gewissensbissen, weil ich ihr die Nachricht von Giovannis Tod vorenthielt.

Hätte ich dasselbe nur auch bei Elena tun können! Ihr von Baldassarres Ableben berichten zu müssen war fast schlimmer, als ihn tot in der Wanne sitzen zu haben. Lieber hätte ich diesen Moment des Schreckens noch hundert Mal auf mich genommen, statt ihr die Hiobsbotschaft zu überbringen.

Unterwegs kam ein großer Hund aus einer Gasse gesprungen und schloss sich mir an.

Er blieb vor mir stehen, bellte kurz, schnüffelte zwischen meinen Beinen herum und hechelte treuherzig, als ich ihn wegschob und ihm dabei den Nacken kraulte. Sein wolliges Fell war dunkel wie die Nacht, er hatte gewaltige Pfoten, hängende Ohren und einen dicken Kopf.

»Na, was willst du denn, du Ungetüm? Hast du Hunger? Ich habe leider nichts für dich dabei.«

Mit hängender Zunge trottete er hinter mir her, als ich weiterging, und er blieb auch an meiner Seite, als ich mein Ziel erreichte, vermutlich in der Hoffnung, es gäbe noch Futter.

Als ich um die Stunde der Komplet vor der Pforte der Ca' Contarini stand und den Türklopfer betätigte, war es fast, als sei ich nie fort gewesen.

»Wer da?«, fragte Iseppo von drinnen.

»Ich bin es«, sagte ich.

»Marco!«, schrie er. Die Tür flog auf, und wir lagen uns in den Armen. Iseppo weinte mein ganzes Hemd nass und konnte sich kaum beruhigen, während er in meinen Kragen stammelte, welche Ängste er meinetwegen ausgestanden habe. Er hatte mich weit weg in einem fremden Land gewähnt und sich in allen Einzelheiten ausgemalt, was mir dort an Grausamkeiten widerfuhr. Dabei hatte seine Vorstellungskraft kaum hinter meiner zurückgestanden – er hatte sogar an Menschenfresser gedacht.

Der Hund schob ihm den Kopf zwischen die Beine und kläffte freundschaftlich.

»Was ist das für ein monströser Hund?«, wollte Iseppo wissen. »Ist er dein neuer Beschützer? Darauf abgerichtet, Angreifer zur Strecke zu bringen?«

Der Einfachheit halber nickte ich, denn anderenfalls hätte Iseppo mir gewiss vorgehalten, mich unnütz in Gefahr zu begeben, indem ich allein in Venedig herumlief.

»Taugt er auch als Spürhund?« Iseppo schaute kläglich drein. »Baldassarre ist nämlich wieder einmal verschwunden. Wie immer hatte ich mich nur für einen Moment umgedreht, und *schwupps*, war er weg.«

»Iseppo …«

Ich verstummte, denn in der Tür zum Mezzà tauchte Rodolfo auf.

»Marco!«, sagte er verblüfft. »Was zum Henker tust du hier?«

Er erschien mir kleiner und dünner als vor seiner Verletzung; er hatte viel von seiner kraftstrotzenden Vitalität verloren. Doch sein Schritt war fest wie eh und je, als er auf mich zukam und mich liebevoll in die Seite knuffte. »Es tut gut, dich zu sehen, mein Junge.«

Prüfend blickte er zu mir auf und erkannte, dass ich schlechte Nachrichten brachte.

»Was ist los?«, fragte er.

Ich holte Luft. »Baldassarre ist tot.«

Iseppo gab einen erstickten Laut von sich. Die Hand auf den Mund gepresst, begann er zu schluchzen.

Cipriano kam aus dem Haus. »Baldassarre?«, fragte er ernst.

Ich nickte. »Er kam mich abholen. Wir gingen gemeinsam ins Badehaus. Er starb im Zuber.«

»Das hat er sich immer gewünscht«, sagte Cipriano.

Ich nickte und wusste nicht, was ich sagen sollte.

»Es ist meine Schuld!«, weinte Iseppo. »Ich hätte besser aufpassen müssen!«

Cipriano schüttelte den Kopf. »Nein. Seine Zeit war gekommen, und er wusste es.«

Iseppo schluchzte laut, er ließ sich nicht beruhigen. Cipriano trat zu ihm und nahm ihn in den Arm. »Mir fehlt er auch«, sagte er leise. »Er war die Seele der Incomparabili.«

Bernardo erschien oben auf der Treppe zum Piano Nobile. Sein Gesicht war aufgedunsen vom Alkohol, die Augen rot gerändert. »Was herrscht hier für ein Auflauf?«, wollte er krächzend wissen.

Hinter ihm tauchte Elena auf. Sie drängte ihn zur Seite, sah uns unten im Hof stehen und schrak zusammen, als sie meiner ansichtig wurde. Lautlos formten ihre Lippen meinen Namen. Dann erst wurde sie gewahr, dass etwas nicht stimmte. Mein verzweifelter Blick traf den ihren, und in dem Moment begriff sie, was passiert war. Sie schüttelte heftig den Kopf, als könne sie das Unabänderliche wegleugnen, und sie presste die Lippen zusammen, wie immer, wenn sie etwas von sich weisen wollte. Mit geballten Fäusten stand sie da, die Augen riesig in dem schmalen Gesicht.

Alles in mir drängte danach, zu ihr zu eilen und sie in die Arme zu schließen. Seit Onkel Vittores Tod wusste ich nur zu gut, wie weh es tat, einen geliebten Menschen zu verlieren. Ich erinnerte mich noch genau, wie sehr ich in den Wochen nach seinem Tod gelitten hatte. Sie würde eine schreckliche Zeit durchmachen, und ich wünschte, ich hätte es ihr irgendwie ersparen können.

Mit steifen Bewegungen kam sie die Treppe herab und blieb vor mir stehen. »Wie geschah es?«

»So, wie er es immer wollte«, sagte ich. »Beim Baden.«

»Warst du bei ihm?«

»Wir saßen zusammen im Zuber. Er ging in Frieden. Ganz still und leise. Und er sah glücklich aus.«

Angestrengt nickte sie, dann wandte sie sich ruckartig ab und floh die Treppe hinauf ins Haus.

Bernardo kam unterdessen herunter und stützte sich dabei an der Wand ab, um nicht zu fallen. Eine Wolke von Schnapsdunst umgab ihn, er musste in den letzten Stunden bereits reichlich gebechert haben. Wenn er es so handhabte wie früher zu seinen schlimmeren Zeiten, hatte er am Nachmittag gleich nach dem Aufstehen angefangen und würde gegen Mitternacht bewusstlos auf sein Lager fallen. Da weder Caterina noch Franceschina dagegen einschritten, würde er sich vermutlich in nicht allzu ferner Zukunft zu Tode gesoffen haben.

»Der Alte hat es hinter sich, was?«, fragte er undeutlich. Fahrig rieb er sich über die Augen, als ob es ihn dort juckte, doch als er die Hand wegnahm, sah ich die Feuchtigkeit an seinen Fingern. Ihm entging nicht, dass ich es bemerkt hatte. Mit einer gewollt barschen Frage lenkte er davon ab.

»Was ist das für ein Höllenvieh?«

Der Hund trottete im Innenhof umher. Der Reihe nach beschnüffelte er die Männer im Schritt, wie um sich zu vergewissern, dass dort alles an Ort und Stelle war. Als er zu Bernardo kam, kläffte er kurz, worauf dieser eine Braue hob. »Das nenne ich mal einen klugen Hund. Der weiß, wo die größten Eier hängen.« Er warf sich in die Brust und stapfte die Treppe hoch. Als er jedoch oben ankam, war von seinem markigen Gebaren nichts mehr zu erkennen. Mit gesenktem Kopf und hängenden Schultern verschwand er im Inneren des Hauses.

Jedes Mitglied der Truppe betrauerte den alten Intendanten auf seine Art.

Am Abend saß ich noch lange mit Iseppo, Rodolfo und Cipriano in der Küche der Ca' Contarini beisammen. Iseppo tischte Käse, Schinken und Brot auf, und dazu tranken wir Wein.

Mein plötzliches Auftauchen nach wochenlanger Abwesenheit zog etliche Fragen nach sich. Ich erzählte von den Ereignissen der letzten Tage, worauf die Männer mir zum Tod Giovannis ihr Mitgefühl und zum Hinscheiden Aldos ihre Glückwünsche aussprachen. Morosinis Angebot, mich als Familienmitglied aufzunehmen, stieß teils auf Anerkennung, teils auf Skepsis. Cipriano meinte, Morosinis Unterstützung könne vielleicht meine Position im Kampf um mein Erbe verbessern, während Rodolfo fand, ein Mann müsse für sich selbst einstehen können.

Daraufhin erklärte Cipriano, in meinem Fall könne zusätzliche Hilfe nicht schaden, denn seiner Ansicht nach sei Giovanni keineswegs zufällig ums Leben gekommen, sondern einem gezielten Anschlag zum Opfer gefallen.

Kaum hatte er das ausgesprochen, wusste ich mit unwandelbarer Sicherheit, dass es stimmen musste. Es lag förmlich auf der Hand! Ich konnte nicht fassen, dass ich nicht selbst darauf gekommen war; dieses Versäumnis ließ sich nur mit meinem Schock über die Todesnachricht erklären. Der Notar oder der Prior – oder vielleicht sogar beide, gemeinsam mit Celsi – hatten die Gelegenheit beim Schopf ergriffen und die Herberge niedergebrannt, in der Annahme, ich sei derjenige, der sich dort aufhielt. Mit seinem gut gemeinten Plan, die Verbrecher von meiner Fährte zu locken, hatte Giovanni sich selbst ins Verderben gestürzt! Ich fühlte mich grauenhaft. Am liebsten hätte ich mich verkrochen und geweint.

»Die Bande wird schnell merken, dass sie den Falschen erwischt hat«, sagte ich niedergeschmettert. »Vielleicht sollte ich wirklich mit Morosini darüber reden. Er ist ein mächtiger Mann. Wenn jemand Celsi die Stirn bieten kann, dann er. Dass er mich beschützen kann, hat er bei Aldo drastisch bewiesen.«

»Für deinen Schutz sorge immer noch ich, und zwar mindestens genauso drastisch«, brummte Rodolfo. »Ich war lediglich vorübergehend verhindert, aber jetzt bin ich wieder voll da.« Wie zum Beweis holte er den Morgenstern aus seiner Kammer und befestigte ihn an seinem Gurt.

Elena ließ sich an dem Abend nicht mehr blicken. Ich unternahm keinen Versuch, mit ihr zu sprechen, denn ich erinnerte mich noch gut an mein eigenes Bedürfnis nach Zurückgezogenheit in den ersten Tagen nach Onkel Vittores Tod.

In dieser Nacht kehrte ich nicht zu meiner Unterkunft nach Castello zurück, sondern nächtigte in meiner alten Kammer, gemeinsam mit Iseppo. Bevor wir zu Bett gingen, versorgte er den Athanor – er nannte es tatsächlich *versorgen* –, und als ich fragte, ob es angesichts der veränderten Umstände nicht an der Zeit sei, das stinkende Ding endlich außer Betrieb zu setzen, weigerte er sich rundheraus, das auch nur entfernt in Betracht zu ziehen. Er werde keinesfalls Baldassarres letzten Willen missachten, und jener beinhalte ohne jede Frage, dass das Ende der Transmutation abgewartet werden müsse.

Ich erhob keine Einwände, denn zum einen war ich mittlerweile selbst neugierig, was das philosophische Ei ausbrütete, und zum anderen hatte der schweflige Rauchgestank etwas anheimelnd Vertrautes an sich – es roch gewissermaßen nach Zuhause.

Wehmütig vertraut war mir auch Iseppo, als er mir ein frisch duftendes, neues Lavendelkissen überreichte, eines von den drei Dutzend, die er auf Baldassarres Geheiß bei seiner Mutter bestellt hatte. Da nun damit keine Geschäfte mehr gemacht wurden, sei es an uns, das Beste daraus zu machen.

»Sie werden ja nicht schlecht«, tröstete ich ihn. »Du kannst mir gern auch mehrere geben, wenn du keine anderen Abnehmer hast. Ich weiß sie allemal zu würdigen!«

Sofort brachte er mir zwei weitere Kissen. Ich stopfte sie mir hinter Kopf und Rücken, um meine Wertschätzung zu beweisen, mit der Folge, dass ich in der Nacht aus dem Bett fiel und am Morgen die Kissen auf dem Boden lagen.

Nach dem Aufstehen brachen wir zeitig auf, um die Formalitäten für die Beisetzung zu erledigen. Die Messe und die Bestattung waren zu bezahlen, die Grabrede mit dem Priester abzustimmen, vor allem aber waren die beiden noch fehlenden Incomparabili heimzuholen.

Den Ausdruck *Heimholen* hatte Iseppo verwendet. Er bestand darauf, dass alle Incomparabili zur Trauerfeier kamen, und er legte dabei eine Unnachgiebigkeit an den Tag, die kaum zu seiner gewohnten Sanftmut passen wollte.

Nachdem wir mit dem Priester über die Beisetzung gesprochen hatten, gingen wir zu Matilda, genauer, zu ihrer Behausung am Ponte delle Tette. Sie schlief noch und zeigte sich äußerst missgestimmt, als wir sie durch energisches Pochen an ihrem Fensterladen weckten, doch nach einigen blumigen Komplimenten Ciprianos besserte sich ihre Laune. Sie knöpfte ihr Nachtgewand bis zum Nabel auf und lud ihn ein, mit ihr zu frühstücken. Er versprach ihr, ein anderes Mal wiederzukommen, bis dahin werde er sich wehen Herzens damit begnügen, von ihr zu erfahren, wo die Tänzerin Caterina wohne, der er eine Todesnachricht zu überbringen habe.

Sie erteilte ihm die gewünschte Auskunft und ließ dazu kurz die Brüste wippen, bevor sie mit wohlwollendem Lächeln ihren Fensterladen wieder schloss.

»In London werden sie dir aus der Hand fressen«, sagte Iseppo. Es klang niedergeschlagen.

»Vor allem, wenn sie ihn singen hören«, meinte Rodolfo. »Das italienische Liedgut hat einen sehr viel poetischeren Klang als das englische. Das sagt sogar Henry.«

»Ich weiß nicht, ob sie da einen Italiener singen hören wollen«, sagte Cipriano.

»Wenn er so aussieht wie du – auf jeden Fall.« Iseppo seufzte, als hätte er Schmerzen.

Caterina wohnte in einem Mietshaus in der Nähe von San Zaccaria. Auch sie schlief noch, als wir an ihre Tür klopften. Übernächtigt und zerzaust lugte sie auf die Gasse, und als sie uns sah, trat Besorgnis auf ihr Gesicht. »Wartet, ich bin gleich bei euch.«

Tatsächlich brauchte sie nicht lange, um herauszukommen – schön wie der junge Morgen. Wie sie es schaffte, nach derart kurzer Zeit ein so blendendes Erscheinungsbild zu bieten, war eines jener weiblichen Geheimnisse, die ich niemals würde ergründen können.

Tränen traten ihr in die Augen, als sie von Baldassarres Tod hörte. Ohne zu zögern fand sie sich bereit, an der Beisetzung teilzunehmen, und sie war auch einverstanden, uns zu dem Haus zu führen, wo Franceschina arbeitete.

Rodolfo wurde zusehends nervöser, als wir uns dem Haus näherten. »Ich warte dort vorn an der Ecke«, erklärte er. »Am Ende weigert sie sich, zu kommen, wenn ich dabei bin.«

»Du bist zu pessimistisch«, meinte Caterina.

»Sie hasst mich wie die Pest, daran hat sie keinen Zweifel

gelassen«, widersprach Rodolfo gelassen. »Aber ich bin nicht der Mann, der deswegen graue Haare kriegt.« Trotzig lehnte er sich gegen einen Torbogen und verschränkte die Arme. »Geht ihr nur und holt sie. Falls die Rede auf mich kommt, so versichert ihr in meinem Namen, dass ich sie keinesfalls belästigen werde.«

Auf unser Klopfen wurde uns von einem Lakaien geöffnet, der sich von Ciprianos Auftreten mindestens genauso schnell betören ließ wie zuvor Matilda. Er überschlug sich förmlich in seinem Eifer, Franceschina an die Tür zu holen.

Sie war, bedingt durch ihren Zustand, als Einzige von den Incomparabili fülliger geworden, was sogar trotz des weit geschnittenen Gewandes gut zu sehen war. Auch ihre Wangen wirkten voller, und mit ihrer rosig durchbluteten Haut und dem schimmernden, zu einem langen Zopf geflochtenen Haar war sie ansehnlicher denn je.

Ihre Miene drückte Besorgnis aus, die in offene Furcht umschlug, als Cipriano ihr ernst mitteilte, dass er mit einer schlimmen Nachricht komme.

»Rodolfo?«, stieß sie hervor. »Ist ihm etwas geschehen?«

»Na ja, die Verletzung war ziemlich schlimm, aber …«

»Verletzung?« Sie schrie es fast. »Was für eine Verletzung?«

»So viel zu Pest und grauen Haaren«, sagte Caterina im Hintergrund.

»Razzi hat versucht, ihn zu erstechen.« Cipriano räusperte sich. »Rodolfo war im Spital, aber inzwischen ist er wieder bei uns. Ein bisschen zwickt es noch, wo der Degen ihn durchbohrt hat, aber er trägt wieder den Morgenstern, das sagt wohl alles.«

Franceschinas erschütterter Blick zeigte, dass sie keine Ahnung gehabt hatte.

»Baldassarre ist tot«, fügte Cipriano ohne Umschweife hinzu. »Das ist der eigentliche Grund, warum wir hier sind. Wir möchten dich bitten, ihm mit uns zusammen die letzte Ehre zu erweisen. Falls du dir wegen Rodolfo Gedanken machst – er wird dich in Ruhe lassen.«

Sie erblasste und senkte den Blick. Leise versprach sie, zur Beisetzung zu erscheinen. Dann wandte sie sich ab und verschwand wortlos im Haus.

Die Seelenmesse und die anschließende Beerdigung gingen ebenso unprätentiös wie traurig vonstatten. Elena war bleich und in sich gekehrt. Die meiste Zeit presste sie ein Tuch vor ihr Gesicht, um ihr Schluchzen zu dämpfen. Es schnitt mir ins Herz, doch ich wagte nicht, zu ihr zu gehen und sie zu trösten, denn sie hatte bislang strikt darauf geachtet, dass zwischen uns beiden ausreichend Abstand blieb.

Auch Iseppo weinte, als wäre der Alte sein eigener Vater gewesen. Mir wurden ebenfalls die Augen feucht, und von den anderen sah ich auch den einen oder anderen ein Tränchen verdrücken.

Der Priester bemühte sich redlich, Baldassarres Leben in der Grabrede gerecht zu werden, doch er konnte nicht verhehlen, dass er kein Freund des Theaters war. Die hehren Freuden im geheiligten Paradies, so sein Fazit, würden den werten Verblichenen das hohle irdische Treiben und all den nutzlosen, sündigen Flitter bald vergessen machen.

»Er war das Geld nicht wert, dass wir ihm gegeben haben«, sagte Iseppo, sich ärgerlich die Augen trocken wischend, nachdem unser kleiner Trauerzug den Friedhof hinter der Kirche verlassen hatte.

»Die Stelle mit dem Flitter hätte er ruhig weglassen können«, stimmte ich zu.

»Hätte ich gewusst, dass die Grabrede so dürftig ausfallen würde, hätte ich selbst eine gehalten«, grollte Bernardo. Das war seine erste Äußerung an diesem Tag. Er war zeitig aufgestanden und fahl wie ein Geist, aber dafür zeigte er Haltung und war so gut wie nüchtern. Vielleicht hatte Caterina das bewirkt. Oder Franceschina. Beide taten zwar nichts weiter, als einfach nur anwesend zu sein, aber unter ihren Blicken riss er sich merklich zusammen. Worte hatten sie bislang nicht gewechselt, abgesehen von kurzen Begrüßungsfloskeln, doch alle waren sie pünktlich zur Messe erschienen.

Nur ein Blinder hätte jedoch die verstohlenen Seitenblicke übersehen können, die zwischen ihnen hin und her flogen, ebenso wie zwischen Rodolfo und Franceschina. Als wir nach der Beisetzung auf dem Campo standen, war die Atmosphäre zum Zerreißen gespannt.

»War es das?«, fragte Caterina leichthin. »Dann kann ich mich wieder auf den Weg machen. Bis zum Abend brauche ich noch meinen Schönheitsschlaf.«

»Dein Verehrer wird es gewiss zu schätzen wissen«, warf Bernardo grob ein.

Sie lächelte ihn sonnig an. »Wir sprechen hier nicht von einem Verehrer, sondern von mindestens fünf Dutzend.«

Ich sah, wie Bernardo die Fäuste ballte, doch dann fügte Caterina überraschend sanft hinzu: »So viele passen in Matildas Kneipe. Dort tanze und singe und bediene ich, falls du es noch nicht wissen solltest. Nicht mehr und nicht weniger. Und nichts anderes.« Sie lächelte traurig in die Runde. »Lebt wohl, ihr guten Incomparabili. Ich wünsche euch allen bessere Zeiten, als wir sie zuletzt hatten.« Sie wandte sich zum Gehen.

»Warte«, sagte Iseppo.

Erstaunt drehte sie sich um. »Was ist?«

»Ich muss noch dringend mit dir und den anderen reden.« Er räusperte sich. »Sehr herzlich möchte ich euch alle zu dem Leichenschmaus einladen, den ich vorbereitet habe. Ich kann nicht sehr gut kochen, aber ich habe mir Mühe gegeben und hoffe, dass ihr kräftig zulangt. Während wir essen, möchte ich euch etwas Wichtiges mitteilen.«

»Du hast *gekocht*?«, fragte Franceschina.

»Nur ein dürftiger Versuch«, sagte Iseppo. »Mit deinen Künsten werde ich mich niemals messen können. Außerdem ist es nur Suppe, etwas anderes kann ich nicht.«

»Auch Suppe kochen will gelernt sein«, sagte sie.

»Ich hoffe auf lehrreiche Ratschläge, falls es dir nicht mundet«, gab er demütig zurück.

»Die werde ich dir erteilen, falls nötig.« Sie lächelte gnädig und sah dabei in ihrem ausladenden schwarzen Trauergewand aus wie eine dicke Madonna. Immer, wenn sie nicht hinschaute, verschlang Rodolfo sie mit den Augen, das Gesicht eine einzige Leidensmiene, sodass ich mich fragte, wann sie es wohl endlich bemerkte.

Und so landeten wir alle wenig später an dem großen Esstisch in der Küche der Ca' Contarini. Iseppo trug die Suppe auf, die erstaunlich gut schmeckte. Wir sparten nicht mit Lob, auch nicht Franceschina, die ganze vier Teller auslöffelte. Sogar Elena vertilgte eine Portion. Ihre Augen waren vom Weinen geschwollen, aber sie kam mir bei aller Trauer nicht mehr ganz so apathisch vor. Ob es an der guten Suppe lag oder daran, dass wir alle seit langer Zeit wieder zusammensaßen, war schwer zu sagen, aber ich war schon froh, dass sie aufgehört hatte zu weinen.

Iseppo war sichtlich aufgeregt, nicht wegen der Suppe, sondern wegen der Ansprache, die er an uns richten wollte. In nervöser Erwartung rutschte er auf seinem Schemel hin und her, und als auch der Letzte endlich den Löffel zur Seite legte, sprang er wie von einer Hornisse gestochen auf und breitete die Arme aus. »Incomparabili! Freunde! Hinterbliebene!« Er hielt inne, offenbar in der Erkenntnis, dass er zu laut und zu theatralisch begonnen hatte. Nach mehrmaligem Räuspern fuhr er in gemäßigter Tonlage fort: »Marco hat das Stück fertig geschrieben.«

Peinlich berührt fuhr ich zusammen. Ich hatte alles Mögliche erwartet, aber nicht das. Dunkel erinnerte ich mich, dass er mich kurz vor dem Einschlafen danach gefragt hatte, aber wirklich nur sehr dunkel, denn ich war, betäubt von dem Lavendelduft, schon fast im Land der Träume gewesen.

Bevor jemand am Tisch dazu eine Bemerkung machen konnte, sprach Iseppo weiter. »Baldassarre hatte einen großen letzten Wunsch, den er in den vergangenen Wochen nicht nur einmal, sondern mehrfach äußerte.« Iseppo legte sich die Hand auf die Brust. »Iseppo, sagte er zu mir, wenn ich einen letzten Wunsch frei hätte, was glaubst du, wäre das? Nun, sagte ich, gewiss würdet Ihr wollen, dass wir ein ordentliches Stück Gold aus dem philosophischen Ei herausholen. Aber Baldassarre verneinte.« Vehement schüttelte Iseppo den Kopf, als wolle er unterstreichen, wo Baldassarres wahre Präferenzen lagen. »Sein größter Wunsch war ein anderer. Mehr als alles auf der Welt wollte er, dass die Incomparabili wieder zusammenkommen, um das neue Stück aufzuführen.«

Elena hob den Kopf und blickte ihn mit gerunzelter Stirn an. »Mit mir sprach er nie darüber.«

»Weil du in letzter Zeit deine eigenen Sorgen hattest«, sagte Cipriano. Er zuckte die Achseln. »Mir sagte er auch nichts davon, aber ich kann mir gut vorstellen, dass er es in Iseppos Beisein tat. Er vertraute ihm völlig, so viel ist sicher.«

Caterina und Bernardo schauten skeptisch drein, äußerten sich aber nicht.

»Mir hat er es gesagt.« Meine Stimme klang in der engen, überhitzten Küche rau und fremd. Im Lügen war ich noch nie gut gewesen. Mir brach der Schweiß aus, als alle Gesichter sich mir zuwandten. Ich sah Erstaunen und Wehmut, aber nicht den leisesten Hauch von Ungläubigkeit. »Er wollte unbedingt, dass wir es versuchen«, setzte ich noch eins drauf.

»Und wenn es nur ein einziges Mal ist!«, schloss sich Iseppo emphatisch an. »Er sagte: Wüsste ich, dass es nur ein einziges Mal aufgeführt wird, dann kann ich diese Welt in Frieden verlassen.«

Bernardo schnaubte. »Wie sollen wir das Stück aufführen, wenn er nicht mehr da ist, um mit uns aufzutreten? Hatte er dafür vielleicht auch einen letzten Wunsch?«

»Das war nicht nötig, denn diese Frage stellte sich nicht.« Iseppo machte eine bedeutungsvolle Pause. »Ich werde seine Rolle spielen.«

Caterina kicherte, verstummte aber sofort, als Elena sie vernichtend ansah.

Elena wandte sich an Iseppo. »Bist du sicher, dass du das kannst?«

»Ich habe Tag und Nacht geprobt«, sagte er schlicht. »Mit deinem Großvater. Ich spielte ihm bei jeder Gelegenheit vor. Wir dachten uns zusammen Gedichte aus, unzählige, bis ich so weit war, sie selbst zu ersinnen, ohne seine Hilfe.« Beschwörend blickte er in die Runde. »Ihr müsst es mich versuchen lassen! Wir *alle* müssen es versuchen! Für Baldassarre! Für die Incomparabili!«

Bernardo betrachtete ihn scharf. »Sollen wir uns lächerlich machen? Allen Ruhm verspielen, den wir uns in Jahren harter Arbeit mühevoll erworben haben? Uns einen Ruf einhandeln, der uns wünschen lässt, nie geboren zu sein? Wer gibt uns die Gewähr, dass dieses Wagnis uns nicht endgültig ruiniert?«

Iseppo hielt seinem Blick stand. »Keiner kann diese Gewähr geben. Es sei denn, wir alle gemeinsam.« Er holte tief Luft.

»Gemeinsam können wir uns Ruhm erringen,
sind stark genug, das neue Stück zu geben.
Warum auch nicht? Ist es nicht unser Leben?
So lasst vergang'nes Leid uns nun bezwingen!

Wer auf der Bühne steht, bereit zu singen,
zum Publikum ein gold'nes Band zu weben,
nach Anerkennung und Applaus zu streben –
nur jenem wird der höchste Sieg gelingen!

Bloß wankelmütig Blut kann hier verzagen,
weil Wagemut ihm will verderblich dünken!
So scheut zurück man vor dem wahren Glücke!

Doch der, der unvergleichlich ist, wird's wagen!
Ihm werden Ruhm und tausend Ehren winken!
Auf seiner Bühne lenkt er die Geschicke!«

Atemlos verstummte er.

Ein schallendes Geräusch ließ mich zusammenfahren, im ersten Moment klang es wie eine Ohrfeige, und entsprechend zuckte auch Iseppo zusammen, als hätte ihn jemand geschlagen. Unmittelbar darauf war das Geräusch wieder zu hören, dann abermals, schneller folgend und nun deutlich als Applaus zu erkennen: Bernardo klatschte in die Hände. Seine Miene drückte widerwillige Bewunderung aus. Cipriano fiel sofort voller Begeisterung in den Beifall ein, und dann auch Rodolfo, der seiner Zustimmung mit festem Klopfen auf den Tisch Ausdruck verlieh. Ich wollte nicht zurückstehen und hämmerte mit meinem Löffel gegen die leere Suppenschale.

»Mich hat er ebenfalls überzeugt«, sagte Caterina lächelnd. »Einen Versuch sollte es wert sein. Gegen ein einziges Mal kann kein Mensch etwas einzuwenden haben. Ich denke, wir alle sind es dem Alten schuldig.«

»Ich bin dabei«, sagte Franceschina, vermied jedoch, dabei in Rodolfos Richtung zu schauen.

Elena sagte nichts, aber ein kaum wahrnehmbares Lächeln huschte über ihr Gesicht.

Damit war es entschieden. Die Incomparabili waren wieder da.

Abends nach dem Zubettgehen sagte ich im Dunkeln leise zu Iseppo: »Du warst großartig. Dein Sonett war großartig.«

»Danke.« Von seiner Seite der Kammer tönte verlegenes Räuspern herüber. »Ich habe es nicht wirklich aus dem Stegreif gedichtet, Marco. Dafür war es zu wichtig. In dem Fall wollte ich nicht improvisieren und habe es mir vorher ausgedacht.«

»Ich weiß. Aber es war trotzdem großartig.«

»Und ich habe gelogen!«, sagte er kläglich.

»Ich auch.«

»Aber bei mir wiegt es schwerer! Ich fühle mich … durchtrieben! Manchmal erkenne ich mich selbst nicht wieder! Vor weniger als einem Jahr war ich noch ein argloser, frommer Mönch!«

»Da hast du auch noch nicht gewusst, dass du zum Schauspieler berufen bist. Die müssen gewissermaßen von Berufs wegen lügen. Du lügst übrigens ausgezeichnet!«

»Ohne deine Unterstützung hätten sie mir nicht geglaubt.«

»Doch«, sagte ich. »Weil sie es glauben *wollten*.« Einschränkend fügte ich hinzu: »Wobei offen ist, ob sie uns wirklich glaubten oder nur so taten. Du weißt ja, aufs Schauspielern verstehen sie sich.«

»Du meinst, wir hätten uns die Flunkerei über Baldassarres letzten Wunsch auch sparen können?«

»Ein bisschen hat es vielleicht schon geholfen, zumal er es sich tatsächlich gewünscht haben *könnte*. Aber letztlich hätten sie auch so weitermachen wollen, und sei es auch nur für dieses eine Mal.«

»Und warum?«

»Weil es eine Chance für sie ist.«

»Wieder auf der Bühne zu stehen?«

»Was sonst«, sagte ich leichthin.

»Und warum willst *du* weitermachen?«, fragte Iseppo.

»Weil mir mein Stück am Herzen liegt. Und du?«

»Weil es ein Jammer wäre, wenn ich die Rolle umsonst eingeübt hätte.«

Wir wussten beide, dass wir mit unseren Antworten nur an der Oberfläche kratzten. Die wahren Beweggründe, seine und meine sowie die der anderen, lagen auf einer ganz anderen Ebene, weil sie aus Sehnsüchten, Hoffnungen, Ängsten bestanden, die jeder Mensch, auch der leidenschaftlichste Schauspieler, lieber für sich behielt. Vom Autor ganz zu schweigen. Der Autor schreibt nie, was er wirklich denkt. Worte legt er immer nur anderen in den Mund, zumeist beliebige Phrasen. Muten diese ausnahmsweise tiefgründig an, kann er sich auf den Zufall berufen. Oder, falls er hoffärtig ist, auf seine Genialität, die ihn befähige, Sinnhaftigkeit zu schaffen, wo andere nur Plattitüden hervorbringen.

Was aber, wenn die Worte weinen, lachen, leiden machen? Wenn sie die Seele berühren?

Ich glitt in den Schlaf und träumte, dass ich Worte schrieb, die sich in goldene Bänder verwandelten und in die ganze Welt hinausflatterten. Jeder, der sie sah, wurde von ihnen verzaubert und konnte fühlen, was ich fühlte. Unsere Seelen vereinten sich, umschlungen von den goldenen Bändern. Allenthalben herrschte Jubel, es war die schiere Glückseligkeit, Erfüllung durch schöpferische Magie.

Dann fiel ich aus dem Bett und landete hart auf dem Fußboden und in der Wirklichkeit. Wie schon in der vergangenen Nacht hatte ich gegen die platzraubenden Ungetüme von Lavendelkissen den Kürzeren gezogen.

Iseppo wälzte sich im Schlaf herum. »Sie kommen alle!«, stöhnte er.

»Nein«, sagte ich. »Es war nur ein Traum. Ein dämlicher, unmöglicher Traum.«

Ich kroch ohne die Kissen zurück ins Bett und schlief wieder ein.

Meine Bleibe in Castello gab ich auf, ebenso die Schufterei im Hafen. Ich ließ Morosini einen Brief zukommen, in dem ich ihm nochmals für sein freundliches Angebot dankte, mir aber weitere Bedenkzeit ausbat, auch angesichts des Umstandes, dass die Incomparabili gerade ein neues Stück einstudierten, zu dessen Uraufführung am Vorabend des Redentore-Festes ich ihn freundlichst einlud.

Er schrieb zurück, dass er sich sehr auf die Vorstellung freue und mir für meine Arbeit an dem Stück alles Gute wünsche. In einem Nachsatz erwähnte er, dass Celsi verreist sei. Mit dieser beiläufigen Information tat er mir einen weiteren Gefallen in der Reihe all derer, die er mir schon erwiesen hatte, denn nun konnte ich mich endlich sicher fühlen.

Die darauffolgende Woche bestand aus harter, konzentrierter Arbeit. Ich war wieder mit Leib und Seele Autor und feilte an einzelnen Szenen und ihrer Reihenfolge, während die Truppe täglich stundenlang auf der Bühne stand und probte. Zwischendurch wurden alle möglichen Einwände und Anregungen diskutiert und Ergebnisse schriftlich niedergelegt. Hier wurde eine Szene von den Schauspielern verworfen, weil sie überflüssig schien, dort wurde eine andere verlängert oder hinzugefügt, um den Gang der Geschehnisse besser zu erklären, und stets wurde die jeweils neue Fassung gleich im Anschluss auf der Bühne eingeübt. Beinahe mühelos ließ sich ein Teil nach dem anderen auf diese Weise in die endgültige Version des Canovaccio eingliedern, sodass sukzessive und unter Mitwirkung aller das vollständige Stück auf der Bühne entstand.

Nach den Vorschlägen der Incomparabili hatte ich den Schluss neu geschrieben. Alle waren übereinstimmend der Ansicht, es könne nicht angehen, dass nur Leandro und Aurelia Eheglück vergönnt sei, während Flavio den Heldentod sterben und Rosalinda männerlos ins Kloster gehen müsse. So viel Tragik verkrafte eine Komödie nicht. Kurzerhand war entschieden worden, Flavio wohlbehalten von seiner Reise zurückkehren zu lassen, womit alle vier Innamorati einander am Ende paarweise und glücklich in die Arme sinken konnten.

Erstaunlicherweise gab es bei den Proben kaum Streit, jeder war mit Aufmerksamkeit und Hingabe bei der Sache und gab sein Bestes.

Bernardo trank keinen Tropfen Alkohol mehr und lief binnen weniger Tage zu Höchstform auf. Er beherrschte die Rollen des Leandro und des Flavio mit nahezu traumwandlerischer Perfektion. Sein Zusammenspiel mit Caterina wirkte zwar auf mich manchmal ein wenig gezwungen, doch das war der besonderen Situation geschuldet und fiel nur auf, wenn man es wusste. Außerhalb der Proben, etwa bei den gemeinsamen Mahlzeiten in der Küche, behandelten sie einander höflich, vermieden aber private Unterhaltungen. Sobald sie jedoch die Bühne betraten, agierten sie mit größtmöglicher Professionalität und waren auf Abruf fröhlich, leidenschaftlich oder traurig, um im nächsten Moment gelassen zur Seite zu treten und dem nächsten Spieler Platz zu machen.

Caterina trug entscheidend zum Gelingen der Proben bei, indem sie sich sämtliches Geläster verkniff. Sie zog niemanden mehr auf, noch verließ sie je allein das Haus.

Elena war zu Anfang ein wenig gehemmt bei ihren Auftritten als Aurelia, doch Bernardo war nachsichtig und vermittelte ihr das Gefühl, sie werde es schon schaffen. Nie verlor er die Geduld mit ihr, auch nicht, wenn ihr ein Versprecher unterlief. Manchmal überstieg das Spielen ihre Kräfte, dann verschwand sie unvermittelt im Requisitenraum. Wenn sie zurückkam, waren ihre Augen rot geweint und die Stimme belegt, was die anderen veranlasste, sie mit noch mehr Rücksicht zu behandeln. Nach und nach gewann sie jedoch mehr Sicherheit und spielte bald all' improvviso, als wäre es ihre zweite Natur.

Auch die anderen legten sich nach Kräften ins Zeug. Rodolfo, obschon körperlich noch nicht völlig wieder auf der Höhe, entwickelte als Capitano eine Art von tölpelhafter Komik, die sogar uns, die wir das Stück kannten, die Lachtränen in die Augen trieb. Zuerst war er nur aus Versehen bei einer Probe gestolpert, aber nachdem Franceschina deswegen in Kichern ausgebrochen war, geschah es öfter, dass er über seine eigenen Füße fiel. In Verbindung mit seiner Kleinwüchsigkeit entfaltete sich dadurch das Bild eines zwar aufgeblasenen, aber liebenswerten Trottels – ein Capitano, wie ihn sich jedes Publikum wünschen musste.

Franceschina und Rodolfo waren auf der Bühne ein Kapitel für sich. Sie spielten ihre Rollen, als wären sie einander wirklich zugetan. Solche Blicke und Gesten konnten unmöglich gespielt sein, schon gar nicht aus dem Stegreif! Kaum waren jedoch die Proben vorbei, kehrten sie einander den Rücken zu.

Die größte Überraschung für uns alle war aber zweifellos Iseppo. Die Rolle des Pantalone lag ihm im Blut, er spielte sie mit einer solchen Überzeugungskraft, dass jedermann glauben musste, er sei schon als geiziger, jammernder, misstrauischer Kaufmann auf die Welt gekommen. Man vergaß völlig, dass er nur spielte – er *war* Pantalone! Für eine erste Rolle war seine Darbietung schlichtweg brillant, darin waren sich alle einig. Falls er eine solche Leistung auch vor einem richtigen Publikum hinkriegte – und darin bestand für gewöhnlich der Pferdefuß in diesem Gewerbe –, war ihm Szenenapplaus sicher.

Cipriano gab den Dottore mit der gewohnten Spielfreude und Lässigkeit. Bravourös holte er aus der Rolle heraus, was sie hergab. Er näselte, stotterte, schimpfte und schmeichelte, je nachdem, was der Auftritt gerade verlangte. Zwischen den Szenen betätigte er sich als Tänzer, Sänger und Musikant, um die Pausen zu füllen, so wie er es auch später bei der Aufführung tun würde.

Iseppo stand während dieser Solo-Einlagen häufig an der Säule und beobachtete Cipriano, wobei sein Mienenspiel zwischen Verzückung und Niedergeschlagenheit wechselte. Seine Laune verfinsterte sich vollends, sobald Henry in der Ca' Contarini auftauchte, was fast täglich der Fall war. Der Engländer fieberte der Vorstellung entgegen und ließ es sich nicht nehmen, bei den Proben zuzuschauen und alle wichtigen Wendungen und Lazzi zu notieren, um sie während seiner langen Heimreise nach London noch einmal in Ruhe durchgehen zu können.

Rodolfo und Cipriano zogen täglich durch die Stadt und kündigten das neue Stück an. Außerdem hatten wir Handzettel drucken und verteilen lassen, um zusätzlich auf die Vorstellung aufmerksam zu machen.

Wir hatten sogar Maßnahmen gegen den Gestank des Athanors ergriffen: Unter Zuhilfenahme dicker Tücher gegen die Hitze hatten wir den Ofen zum Andron geschleppt, der weit genug vom Treppenhaus entfernt war. Wir hatten den Athanor einfach in den dortigen Kamin geschoben, sodass der Rauch wenigstens zum größten Teil nach oben entweichen konnte. Die Tür vom Mezzà zum Andron blieb fest geschlossen, und alle Ritzen hatten wir mit Stofffetzen abgedichtet. So konnte der Ofen dort unten vor sich hin stinken und störte niemanden.

Schon am Abend vor der Aufführung war alles bis ins Kleinste vorbereitet. Das beeindruckende Bühnenbild, das Elena noch im Laufe der Woche fertiggestellt hatte, wurde als Teil der Kulissen aufgehängt und von allen gebührend bewundert. Kerzen lagen bereit, Feuerbestecke, Pechfackeln zum Jonglieren, Münzen zum Wechseln, Instrumente, Masken, Gewänder und andere Requisiten – Stück für Stück gingen wir die Listen durch und prüften jeden einzelnen Gegenstand, bis hin zum Blutbeutel, für den Franceschina ein Gebräu aus Grappa und Hühnerblut zubereitet hatte, was Bernardo zu der Bemerkung veranlasste, dass er vor ein paar Wochen wohl nicht imstande gewesen wäre, den Beutel im Wams herumzutragen: Bevor dieser bei dem gespielten Schwertkampf effektvoll hätte platzen können, wäre er schon leer getrunken gewesen.

Es war das erste Mal, dass ich ihn über sich selbst scherzen hörte.

Wir gingen alle früh zu Bett, aber gut schlafen konnte sicher keiner von uns. Ich für meinen Teil wälzte mich jedenfalls die halbe Nacht ruhelos hin und her, und Iseppo erging es ebenso.

Dann endlich war der große Tag gekommen. Die Incomparabili waren bereit.

Die Vorstellung konnte beginnen.

Der Andrang war unbeschreiblich, schon nach einer Viertelstunde waren so viele Leute im Haus, dass der Portego gesteckt voll war. Wir mussten all jene, denen wir keinen Einlass mehr gewähren konnten, unter Einsatz körperlicher Gewalt zurückdrängen. Morosini war einer der Letzten, die noch hereinkamen. Er lachte mich an, sichtlich aufgekratzt von dem Rummel auf der Gasse und im Innenhof. »Da habe ich aber Glück, noch mit dabei zu sein!« Gut gelaunt schob er sich durch die Menge der Zuschauer zur Treppe. »Auf hervorragendes Gelingen!«, rief er mir zu, bevor er im Getümmel verschwand.

Ich machte mich daran, gegen alle wütenden Proteste von draußen die Pforte zu schließen.

»Morgen feiern wir Redentore, aber am Montag findet die nächste Vorstellung statt!«, schrie Cipriano über die Köpfe hinweg. »Was denn?«, rechtfertigte er sich, als er meinen erstaunten Blick bemerkte. »Henry und ich wollen erst nächsten Freitag aufbrechen, wir können also wenigstens noch vier Vorstellungen geben.« Er lachte breit. »Vorausgesetzt, die Leute wollen nach der ersten überhaupt wiederkommen.«

Rodolfo stand bei der Treppe und vergewisserte sich, dass die Leute keine faulen Eier oder andere scheußliche Gegenstände dabeihatten, die sie als Wurfgeschosse verwenden konnten. »Bei einer Uraufführung weiß man nie.« Er grinste und ließ dabei seine Zahnlücke aufblitzen.

Im Eingang des Mezzà hüpfte Bernardo hin und her und

übte sich im Schattenfechten, die Hand auf dem Blutbeutel an seiner Brust – für den Kampf mit dem maskierten Feind. Sobald er die Hand wegzöge, war dies das Signal für Cipriano (der den maskierten Feind spielte) zum Zustechen, worauf der Beutel erwartungsgemäß platzen und das Blut spritzen sollte.

»Er bildet sich ein, der Beutel würde nur auslaufen statt zu platzen«, erklärte Cipriano mir. »Es ist die Furcht vor dem Missgeschick bei der Uraufführung.«

Oben im Portego prüfte Franceschina zum wiederholten Male, ob die Fackeln auch ausreichend mit Pech bestrichen waren. Es dürfe nicht zu viel und nicht zu wenig sein, meinte sie. Man müsse immer damit rechnen, dass es schiefgehe, besonders aber bei einer Uraufführung.

Im Requisitenraum marschierte Elena stumm und mit geschlossenen Augen hin und her. Es sah merkwürdig aus, weil sie dabei gestikulierte.

»Was machst du da?«, fragte ich.

Sie schrak zusammen. »Ich gehe meine Einsätze durch. Bei einer Uraufführung kommen verpatzte Einsätze häufig vor.«

Ich räusperte mich. »Wir müssen uns unterhalten.«

»Jetzt ist kaum der richtige Zeitpunkt dafür.«

Caterina kam herein und prüfte ihre Frisur vor dem großen Spiegel. »Hoffentlich hält diese Spange! Bei einer …«

»… Uraufführung weiß man nie«, fiel Franceschina ihr ins Wort, während sie Caterina ungeduldig zur Seite schob, um vor dem Spiegel den Sitz ihrer Bluse zu kontrollieren. In ihrem Colombina-Kostüm war sie draller denn je. Nicht einmal ihre enormen Brüste konnten mehr von der Wölbung darunter ablenken.

Caterina warf ihr einen neugierigen Blick zu. »Kotzt du eigentlich noch?«

»Nur noch bei dummen Bemerkungen. Aber mir scheint, die sind dir ausgegangen.«

»Da könntest du recht haben.« Caterina hob den Kopf.

Draußen hatte Iseppo angefangen, die Trommel zu schlagen, und gleich darauf fiel Bernardo mit der Trompete ein.

»Es geht los!« Henry schob seinen Kopf durch die Tür. »Alle auf die Bühne!«

Die Einführungsveranstaltung stieß beim Publikum wie immer auf großen Anklang. Die meisten Leute kannten zwar die Abfolge mit Seilakrobatik, Jongliernummer, Tanz und Musik, doch es war immer wieder sehenswert, vor allem die faszinierende Feuerjonglage.

Elena trug ein neues Kostüm, das sie vorhin im Requisitenraum noch unter einem Umhang verborgen hatte und das mir nun, da ich sie zum ersten Mal darin sah, den Atem verschlug. Und nicht nur mir. Hinter mir wurden anerkennende Männerstimmen laut, ich musste an mich halten, nicht für Ruhe zu sorgen. Das Kostüm bestand aus weit weniger Stoff als alles andere, was sie je zu den Vorführungen angehabt hatte – genau genommen nur aus ein paar glitzernden Fetzen, bei denen man sich fragte, wie sie überhaupt befestigt waren. Sie sahen aus wie auf die Haut geklebt, aber auf eine Weise, als könnten sie bei der kleinsten falschen Bewegung herunterflattern. Ich würde ein ernstes Wort mit ihr reden müssen.

Dann sprang sie unter lautem Beifall mit einem Salto vom Seil und eilte in den Requisitenraum, um sich für ihre Rolle als Pedrolino umzuziehen. Auch die anderen beendeten ihre Eröffnungsdarbietung, während Iseppo unter einem letzten Trommelwirbel vortrat und sich in Positur stellte. Ich sah, wie die übrigen Incomparabili besorgt die Köpfe aus dem Requisitenraum reckten, und auch ich hielt aufgeregt den Atem an. Schon vor Stunden war Iseppo so nervös gewesen, dass er am ganzen Körper zitterte und bei jeder Äußerung ins Stottern geriet, womit er leider beträchtliche Zweifel nährte, ob er der Belastung, vor Publikum aufzutreten, wirklich gewachsen war.

Cipriano hielt sich bereit, bei der Ansage einzuspringen, und notfalls würde er auch noch den Pantalone geben.

Iseppo stand ganz vorn auf der Bühne, mit weit aufgerissenen Augen und hüpfendem Adamsapfel. Ruckartig holte er Luft und sah dabei aus wie ein sterbender Frosch.

»Oje«, sagte Henry leise neben mir. »Er weiß nicht, was er sagen soll! Der arme, arme Mönch!«

Doch wieder überraschte Iseppo uns alle. Er schluckte hart – und fing an. Beim ersten Wort war seine Stimme noch ein panisches Quieken, aber dann trug sie bis in den letzten Winkel des Saals.

»So seid ihr nun in dieses Haus gekommen!
Teilhaftig werden wollt ihr uns'rer Kunst!
Uns spielen sehn zu eurem Nutz und Frommen!
So lasst uns buhlen denn um eure Gunst!

Lasst spielen uns und euer Herz erfreuen!
Mit Worten weben euch ein Band aus Gold!
Begeistern euch mit unsrem Stück, dem neuen!
Lasst geben euch hier alles, was ihr wollt!«

»Ah«, machte Henry hingerissen. »Als Teil der letzten Verszeile kommt der Name des Stücks wundervoll zur Geltung! Es war eine gute Entscheidung, es bei dem Titel zu belassen! Er klingt ungewöhnlich und einprägsam!«

Iseppo verneigte sich unter dem Beifall der Zuschauer, und ich hörte jemanden hinter mir sagen: »Schade, dass der Alte nicht mehr dabei ist. Aber dieser da macht es auch recht gut.«

Für den Anfang, so fand ich, war das durchaus vielversprechend.

Iseppo ging ab, und für einige Augenblicke herrschte Stille im Saal. Alles wartete auf den Beginn der ersten Szene. Atemlos starrte ich auf die blank gewetzten Bretter, die, auf einer

Vielzahl von Kisten ruhend, die erhöhte Bühne bildeten. In den Wandleuchtern brannten Dutzende von Kerzen, obwohl es draußen noch hell war. Die einfallende Sonne mischte sich mit dem flackernden Kerzenlicht und tauchte den Raum in einen unwirklichen Glanz.

Dann betrat Bernardo die Bühne, nackt bis auf eine nasse, zerrissene Hose, und schilderte wortreich den dramatischen Untergang seines Schiffes. Unter dem beifälligen Seufzen der anwesenden Damen schleppte er sich mit scheinbar letzter Kraft zu einem Felsen (einer mit grauem Tuch bedeckten Kiste) und warf sich dort nieder. Seine breite Brust schimmerte bronzefarben im Sonnenlicht, ein unerwarteter Effekt, der bei den Proben nicht zum Tragen gekommen war, aber nun enormen Eindruck hervorrief. Auch bei Caterina. Sie blickte, für das Publikum nicht zu erkennen, aber von meiner Warte aus deutlich zu sehen, vom Requisitenraum aus auf die Bühne und verschlang Bernardo förmlich mit den Augen.

»Es fängt gut an«, wisperte Henry. »Der Mann kann phantastisch spielen!«

Rosalinda betrat mit ihrer Dienerin Colombina den Strand, die beiden ließen sich auf den Felsen nieder (Caterina auf der Kiste, Franceschina auf Bernardo), und nachdem Bernardos hörbares Ächzen und danach das Gelächter der Zuschauer verklungen waren, begannen sie mit ihrem munteren Dialog. Alles klappte wie am Schnürchen, und ich gestattete mir ein kurzes Aufatmen. Dabei stieg mir kaum merklicher Rauchgeruch in die Nase. *Schwefliger* Rauchgeruch!

Rodolfo, fertig kostümiert als Capitano, gab mir vom Portikus aus Zeichen, zu ihm herüberzukommen.

»Geh nur«, sagte Henry. »Ich behalte alles im Auge!«

Hastig schob ich mich am Rand der Zuschauermenge vorbei, bis ich Rodolfo erreicht hatte.

»Riechst du es auch?«, fragte er.

Ich bejahte beunruhigt.

»Die Tür zum Andron muss undicht sein«, sagte er verärgert. »Wenn wir nichts unternehmen, riecht es hier bald wie im Hades! Lass uns den verfluchten Ofen in den Kanal werfen!«

»Vielleicht können wir ihn in den Innenhof bringen«, schlug ich vor.

»Du glaubst doch nicht ernsthaft, dass jemals ein Krümel Gold aus diesem Mistding kommt«, widersprach Rodolfo.

»Man kann nie wissen.«

Er verdrehte die Augen und folgte mir nach unten. In dem verwinkelten Flur, der an den Wirtschafts- und Wohnräumen des Mezzà vorbei zum Andron führte, war der Rauchgeruch stärker, und als ich um die letzte Ecke bog, erkannte ich den Grund: Jemand drückte von innen gegen die Tür des Andron, bekam sie aber nicht weiter als einen handbreiten Spalt auf, weil die zum Abdichten benutzten Stoffstücke sie blockierten.

»Verdammt, da klemmt irgendwas, ich kriege die elende Tür nicht auf!«, kam es keuchend durch den Spalt, während sich der zu der Stimme gehörende Körper ruckartig gegen das Holz warf.

Ein fassungsloser Schrei entrang sich mir. Ich musste mich gegen die Tür stemmen und sie zurückdrücken, um die eingeklemmten Fetzen entfernen zu können, was wütendes Gebrüll auf der anderen Seite zur Folge hatte – offenbar rief ich den falschen Eindruck hervor, ein Öffnen der Tür verhindern zu wollen. Dann war das Hindernis beseitigt, ich sprang zur Seite, und die Tür krachte auf.

Meine Ohren hatten mich nicht getrogen. »Gott im Himmel!«, flüsterte ich. Ich kam mir albern vor, weil ich in Tränen ausbrach wie ein kleiner Junge, während Giovanni vortrat und mich ohne großes Getue in den Arm nahm. »Du hast wohl gedacht, ich hätte ins Gras gebissen, was?«, fragte er mit rauem Mitgefühl.

Ich nickte und fuhr mir eilig mit dem Ärmel über das Gesicht. »Morosini sagte mir, du seist bei einem Feuer umgekommen.«

»Nun ja, das wäre ich auch fast. Es dauerte Wochen, bis ich wieder richtig atmen und die Verbände abnehmen konnte.«

Er trat einen Schritt zurück. Das Wassertor stand offen, und im hereinströmenden Sonnenlicht war zu sehen, dass sein Haar zu kurzen Stoppeln verbrannt und die Haut seines Gesichts stark gerötet war. »Dieser plattnasige Aldo hat mein Bett in Brand gesteckt. Leider war er schneller weg, als ich aus den Federn kam. Aber dafür musste sein Kumpan dran glauben.«

»Hast du ihn erwischt?«

»Nein, denn ich bekam von dem vielen Rauch kaum Luft. Aber von irgendwoher kam plötzlich ein Hund, ein großes schwarzes Vieh, und was soll ich dir sagen: Er sprang auf den Kerl los und biss ihm die Eier ab. Den Rest hat das Feuer erledigt.«

Ich stutzte und brauchte kurz, um mich wieder zu sammeln. »Auch Aldo hat seine Strafe erhalten«, sagte ich. »Bei mir hat er es nämlich später auch noch mal versucht, aber dein Onkel war schneller und schickte ihn in die Hölle.« Besorgt blickte ich ihn an. »Hast du wirklich alles gut überstanden?«

Ein Geräusch ließ mich herumfahren, und nun sah ich, dass Giovanni nicht allein gekommen war. Im Schatten neben dem Wassertor standen drei Männer, die ich in meinen schlimmsten Albträumen nicht hätte wiedersehen wollen.

Ich riss mein Rapier aus der Scheide und ging in Kampfhaltung. Mit dem Prior würde ich leicht fertig, und mit dem Notar auch. Was Celsi anging – nun, Rodolfo war auch noch da, und er trug seinen Morgenstern, der gehörte zum Kostüm.

Allerdings machte er keine Anstalten, die Eindringlinge damit zu vertreiben, sondern legte die Hand auf meinen Arm. »Steck das besser weg.«

»Aber …«

»Keine Panik«, sagte Rodolfo.

»Von denen wird dir keiner was tun«, ergänzte Giovanni. »Sonst hätte ich sie nicht mitgebracht.«

Argwöhnisch behielt ich Celsi im Auge, als dieser näher kam und mit ironischem Lächeln eine kurze Verbeugung andeutete. »Sei gegrüßt, Marco Ziani. Oder, richtigerweise, Marco Contarini.« Seine kräftige Gestalt steckte in Reisekleidung. Die Stiefel waren schmutzig, das Wams staubig. Wie die anderen wirkte er erhitzt und erschöpft, als wäre er soeben erst von einer längeren Fahrt zurückgekehrt.

»Ich habe von alledem nichts gewusst!«, rief der Prior, ebenfalls näher tretend. In der stickigen Hitze des Andron dünstete er einen strengen Körpergeruch aus, gegen den sogar der stetig hervorquellende Qualm aus dem Athanor ein mildes Düftchen war. Sein Gesicht über der viel zu warmen Kutte war fast so rot wie das von Giovanni.

»Ich auch nicht«, beteuerte der Notar eilig. Er unterstrich es mit einem Hüsteln. »Hätte ich von dieser grässlichen Intrige auch nur das Geringste geahnt, hätte ich niemals …«

»Vielleicht sollte man Marco zuerst alles erklären«, schlug Rodolfo vor.

Darauf redeten der Prior und der Notar wild durcheinander, bis Rodolfo brüllte: »Schluss!« Er wandte sich an Celsi. »Besser, Ihr übernehmt das.«

Celsi nickte und sah mich ernst an. »Beginnen wir am Anfang deines Lebens. Du kamst im März des Jahres 1576 in Venedig zur Welt, in diesem Haus hier, genau wie dein Bruder Giovanni. Euer Vater starb wenige Tage vorher an der Pest. Eure Mutter war allein im Haus, als sie mit euch niederkam. Alle Dienstboten waren wegen der Seuche fortgelaufen. Während eure Mutter in den Wehen lag, verschaffte sich eine Frau Zutritt. Sie wartete bei der Kreißenden, bis das Kind auf der Welt war – und stahl es ihr dann.«

»Und nicht nur das«, entfuhr es mir. »Sie hat sie umgebracht!«

Celsi nickte kummervoll. »Ja, das tat sie, man kann es nicht beschönigen. Ihr Geist war umnachtet, aber das entschuldigt ihre Tat gewiss nicht. Sie erdolchte deine Mutter und floh mit dir in ihren Armen, während deine sterbende Mutter noch einen zweiten Sohn gebar.«

»Mich«, warf Giovanni leise ein. »Onkel Alessandro fand mich Stunden später und nahm mich zu sich. Er wusste nicht, dass es einen Zwillingsbruder gab. Von dem gewaltsamen Ende meiner Mutter sprach er nie, bestimmt dachte er, Plünderer hätten es getan, und es gab keinen Grund, mich damit zu belasten.«

Dann war also ich das gestohlene Kind! Aber wie war ich zu Onkel Vittore gekommen?

Bevor ich mit der Frage herausplatzen konnte, sprach Celsi weiter.

»Die Mörderin – sie war meine Schwester.«

Die Worte hingen zwischen uns wie zäh herabtropfendes Pech, dunkel und giftig.

Mit schleppender Stimme fuhr er fort: »Sie schickte nach mir, weil sie verzweifelt war. Mein Schwager drohte, sie zu töten, da sie ihm ein Kind unterschieben wollte. Er hatte den Betrug entdeckt, obwohl sie ihn von langer Hand vorbereitet hatte. Ich kam dazu, als der Streit zu eskalieren drohte. Er ging mit dem Degen auf sie los, ich warf mich dazwischen – nun, sie war meine Schwester, und ich kannte nicht alle Umstände, sah nur, dass er sie umbringen wollte. Ich war schneller als er.« Celsi blickte grimmig drein. »Er war ein mächtiger Mann, also warf man mich wegen Mordes ins Gefängnis. Es dauerte Monate, bis man mir aufgrund der Zeugenaussagen einiger Dienstboten Notwehr zubilligte. Vorher aber beichtete meine Schwester mir die ganze Wahrheit. Sie hatte erfahren, dass es ein zweites Kind gab, und nachdem die Dienstboten ja bereits den Streit zwischen ihr und ihrem Mann angehört hatten, musste sie fürchten, dass ihr Betrug herauskam – und ihre Bluttat ebenso. Sie flehte mich an, ihr zu helfen.« Celsi seufzte. »Trotz allem, was sie getan hatte, liebte ich sie, aber hinter Gittern konnte ich nicht viel ausrichten, zumal ich dort an der Pest erkrankte.«

»Ihr wart jener Kaufmann, den Baldassarre damals im Gefängnis kennenlernte!«

»Ja, wir saßen zusammen in der Zelle. Ich war schwerkrank, wie die meisten in diesem elenden Loch. Er blieb jedoch verschont, weil er die Seuche schon als Knabe hatte. Wir kamen am Vortag seiner Entlassung ins Geschäft.« Celsi lächelte flüchtig. »Die falsche Bibel bekommst du noch zurück. Ich hatte nicht vor, sie zu behalten. Ich wollte nur ein wenig zur Erinnerung darin lesen.«

»Wie stand Onkel Vittore zu Euch?«, wollte ich wissen.

»Er war mein bester Freund. Wir gingen füreinander durchs Feuer. Er sollte meine Schwester und dich bei Nacht und Nebel fortbringen, irgendwohin, wo niemand ihr auf die Schliche kommen konnte. Er besaß dieses alte Landgut im Veneto, das eignete sich gut als Unterschlupf. Um in der Öffentlichkeit nicht aufzufallen, traten sie auf meine Veranlassung hin die Reise im Schutz der Schauspieltruppe an, die seinerzeit ebenfalls überstürzt die Stadt verlassen musste.«

»Also bist du damals schon mit den Incomparabili über Land gezogen«, warf Rodolfo lakonisch ein. Er trat auf den Gang hinaus und lauschte nach oben. »Ich muss gleich auftreten. Kommt ihr hier ohne mich zurecht? Ach ja, und vergesst nicht, diesen stinkenden Ofen ins Wasser zu werfen!« Ohne eine Antwort abzuwarten, eilte er davon.

»Was wurde aus Eurer Schwester?«, fragte ich.

»Sie hängte sich in der dritten Nacht an ihrem Gürtel auf«, sagte Celsi.

Entsetzt sah ich ihn an, doch er zeigte keine Regung. »Sie wollte dich töten«, erklärte er sachlich. »Vittore kam dazu, als sie versuchte, dich mit einem Kissen zu ersticken. Nachdem er es im letzten Moment verhindert hatte, floh sie in den Wald, wo man sie am nächsten Morgen fand.« Er seufzte. »Es war besser so. Für dich auf jeden Fall. Niemand kann sich wünschen, eine Wahnsinnige zur Mutter zu haben.«

Ich erschauderte. »Und Onkel Vittore? Er hätte mich zurückbringen können!«

»Wohin? Zu Morosini?« Celsi schüttelte den Kopf. »Unsere Familien waren seit eh und je bis aufs Blut verfeindet, sind es immer noch.«

»Das trifft zu«, erklärte Giovanni. »Onkel Alessandro hasst die Celsi, das hat Tradition.«

»Er hätte bald entdeckt, was geschehen war, und er hätte Mittel und Wege gefunden, es mir anzuhängen«, sagte Celsi. »Nachdem ich in dieser Sache schon einmal wegen Mordverdachts inhaftiert war, hätte man alles wieder aufgerollt und mich abermals ins Loch gesteckt, so viel ist sicher.« Fatalistisch hob er die Schultern. »Vittore hat sich nicht aufgeopfert, als er mit dir in diese Einöde zog. Er wollte immer auf dem Land leben. Und er hatte sich viele Jahre lang mehr als alles andere auf der Welt eine Familie gewünscht. So passte alles zusammen.«

»Ihr seid einmal dort gewesen.« Unvermittelt erinnerte ich mich an den Besuch jenes gut gekleideten Fremden mit dem edlen Pferd. »Ich war noch klein, sieben oder acht …«

»Sechs. Schon damals war deine Ähnlichkeit mit deinem Bruder so augenfällig, dass Vittore weiterhin sicherstellen musste, dass du dort bliebst, wo du warst.«

Bruder Hieronimo, der ebenso wie der Notar die ganze Zeit stumm zugehört hatte, mischte sich ein. »Ich schwöre, von dieser verbrecherischen Konstellation nichts gewusst zu haben!«

Der Notar nickte. »Für mich gilt dasselbe!«

»Was habt Ihr überhaupt mit der ganzen Sache zu schaffen?«, wollte ich wissen.

Giovanni grinste. »Sie hätten sich gern dein Erbe unter den Nagel gerissen.«

»Das ist nicht wahr!«, schrie der Prior.

»Eine bösartige Verleumdung«, bekräftigte der Notar.

»Betrachtet es in diesem Falle als Scherz«, sagte Giovanni zwinkernd.

Alles Weitere war rasch zusammengefasst und mir größtenteils bereits bekannt. Onkel Vittore hatte testamentarisch verfügt, dass mir sein gesamter Besitz zufiel, und im Falle meines Hinscheidens vor der Großjährigkeit sollte ersatzhalber sein alter Freund Celsi als Erbe an meine Stelle treten. Die Vormundschaft übertrug Onkel Vittore zu gemeinschaftlichen Händen dem Prior und dem Notar.

»Die beiden hat er ausgewählt, weil er genau wusste, dass sie einander keinen Schritt über den Weg trauen und daher wechselseitig wie die Höllenhunde achtgeben, dass du gesund und munter bleibst«, sagte Giovanni.

Der Prior plusterte sich auf. »Alles hätte seinen ordentlichen Gang gehen können, wenn du nicht aus dem Kloster weggelaufen wärst.«

»Nicht *ich* bin weggelaufen, sondern Marco«, korrigierte Giovanni ihn. Er grinste mich an. »Sie verwechseln mich dauernd mit dir und wollen mich bevormunden.«

»Ich bin Euretwegen weggelaufen«, sagte ich zu Celsi. Herausfordernd blickte ich ihn an. »Ich hörte Euch mit dem Prior reden.«

Er seufzte reumütig. »Ja, das war dämlich. Aber ich war so misstrauisch, ich konnte nicht anders. Ich war es Vittore schuldig, und dir auch, denn ich wusste, dass er dich mehr als sein Leben geliebt hatte.«

»Er trug mir an, dich zu töten!«, empörte sich der Prior. »Um an dein Erbe zu kommen!«

»Nicht ganz – ich wollte es mit Euch teilen«, berichtigte Celsi mit mildem Lächeln.

Den dazu passenden Schluss konnte ich selbst ziehen. Celsi hatte die Verschwörung nur zum Schein angezettelt, um die Lauterkeit des Priors auf die Probe zu stellen, und dieser war –

so jedenfalls dessen nimmermüde Beteuerungen – ebenfalls nur zum Schein darauf eingegangen. Das Gleiche wiederholte sich sodann in Padua bei dem Notar. Celsi musste danach annehmen, dass die beiden zu allen Schandtaten bereit waren, um an mein Geld zu kommen.

»Ich sah mich genötigt, einen Leibwächter für dich anzuheuern«, sagte er.

»Einen Leibw…« Ich verstummte, weil ich mich schlagartig an das belauschte Gespräch im Stall erinnerte, das ich die ganze Zeit für ein Mordkomplott gehalten hatte. »Rodolfo! Ihr habt ihn in diesem Stall getroffen!«

Celsi nickte. »Er sollte scheinbar zufällig zu eurer Truppe stoßen und auf dich aufpassen.«

Bei der Gelegenheit hatte Rodolfo auch von den Hintergründen erfahren. Und sie später mir erzählt, sodass die unglaubliche Geschichte meines eigenen Lebens die Grundlage meines Stücks werden konnte – weil das Leben die besten Geschichten schreibt.

Die Tür schwang auf, und Elena kam in den Raum gefegt. »Was zum …« Sie verstummte abrupt und blieb mit offenem Mund stehen, als sie unsere Versammlung im Andron bemerkte. Noch nie hatte ich sie so restlos konsterniert gesehen.

Doch wie so oft unterschätzte ich sie. Sofort gewann sie ihre Fassung zurück. »Ich nehme an, es gibt dafür eine plausible Erklärung. Ich will sie später hören.« Ruhig zog sie die Tür wieder ins Schloss, damit nicht zu viel von dem Gestank hinauskonnte. »Wofür es keine Erklärung gibt, ist die Tatsache, dass oben dein Stück aufgeführt wird und du nicht da bist, um es dir anzusehen.«

Giovanni betrachtete sie bewundernd. »Ich verstehe voll und ganz, was du an ihr findest, ehrlich.«

Sie musterte ihn kühl. »Das sagtest du mir bereits persönlich.« Sie äffte ihn nach. »Mein einziges, herrliches Juwel!«

Er schluckte. »Du … ähm, hast es bemerkt?«

»Der Tag, an dem ich einen Trottel nicht vom anderen unterscheiden kann, nur weil sie einander zufällig gleichen, muss erst noch kommen«, versicherte sie ihm. Zu mir sagte sie ungeduldig: »Was ist jetzt? Willst du zuschauen oder nicht?«

»Ja doch!«, rief ich. Verzagt fügte ich hinzu: »Wie kam es denn bis jetzt an?«

»Gut. Sehr gut. Erstaunlich gut sogar, wenn man bedenkt, dass es eine Uraufführung ist. Falls du noch den Rest vom ersten Akt sehen willst, solltest du dich allerdings beeilen.«

»Worauf warten wir dann noch?«, fragte Giovanni. »Lasst uns nach oben gehen!«

»Geh nicht mit dieser flammenhaarigen Lilith hinauf in die Lasterhöhle!«, beschwor der Prior ihn. »Besinne dich auf die wahrhaftigen, geistigen Werte! Den Weg zu Gott!«

»Ihr verwechselt mich schon wieder«, sagte Giovanni.

»Hört endlich auf, ihm Euer vermaledeites Kloster schmackhaft zu machen«, fuhr der Notar den Prior verärgert an. Hüstelnd wandte er sich an mich. »Du hast tatsächlich dieses Stück geschrieben? Ich war noch nie im Theater. Vielleicht sollte ich …«

»Ein wenig Heiterkeit löst manche verklemmte Ader«, ermunterte Celsi ihn. Er wedelte sich den stärker werdenden Qualm vom Gesicht weg. »Ist das da im Kamin etwa besagter Alchimistenofen?«

»Der einzige, der noch übrig ist«, bestätigte ich, schon halb zur Tür gewandt.

Belustigt musterte Celsi den verdreckten Athanor. »Und dieses stinkende Ding soll pures Gold hervorbringen?«

»Oder den Stein der Weisen.«

Ich öffnete die Tür – und stand Morosini gegenüber. Er lächelte. »Ich sah dich nach unten gehen und dachte, ich schaue kurz nach dem Rechten.«

Dann bemerkte er Giovanni hinter mir und schnappte schockiert nach Luft.

»Er ist kein Trugbild«, sagte ich freudestrahlend. »Man hat

Euch falsche Nachricht gebracht! Giovanni hat das Feuer überlebt!«

»Ja, das wirft vermutlich seine ganzen schönen Pläne durcheinander.« Giovannis Stimme triefte vor Sarkasmus. Verdattert blickte ich von einem zum anderen.

»Er dachte, mit dir käme er besser zurecht«, sagte Giovanni. »Du kamst für ihn sehr passend daher. Als jemand, der genauso aussieht wie ich, aber seine Nase nicht in die Geschäfte steckt und herausfindet, dass die Compagnia fast ruiniert ist. Jemand, den es nicht stört, dass es einen riesigen Saal mit unterschlagenen Schätzen gibt. Jemand, der ihn nicht hindert, so weiterzumachen wie bisher. Tja, der Plan ging nicht auf. Onkel Alessandro, du hättest nicht diesen Stümper Aldo als Brandstifter anheuern dürfen.« Giovanni lächelte kalt. »Dafür war er dumm genug, sich von dir erstechen zu lassen, während er in deinem Auftrag versuchte, auch Marco zu töten. Wodurch du dich als Retter gebärden und zugleich einen lästigen Komplizen loswerden konntest. Alles gut durchdacht. Abgesehen davon, dass ich dem Feuer entkam.«

Entsetzen erfüllte mich, denn Morosinis hassverzerrte Miene bewies, dass alles zutraf.

»Du!«, fauchte Morosini Celsi an. »Du und deine verdammte Sippe, ihr seid an allem schuld!« Er deutete auf mich und Giovanni. »Jeder sieht, dass sie Zwillinge sind! Ich fand aber nur ein Kind bei meiner toten Schwester! Meiner toten *ermordeten* Schwester! Während *deine* Schwester auf einmal fort war, genau wie dein Freund Vittore Ziani! Und viele Jahre später taucht ein Junge mit Namen Marco Ziani auf, der Giovanni so ähnlich sieht, dass er nur sein Zwilling sein kann! Von deiner verrückten Schwester geraubt und verschleppt!« Speichel spritzte von seinen Lippen, als er Celsi seine Anklagen entgegenschleuderte. Dieser legte erbleichend die Hand an den Knauf seines Degens. »Sie war nicht bei Verstand. Du aber schon. Mach es nicht schlimmer, als es schon ist!«

Morosini ließ sich auf keine Debatten ein. Er tat einen Satz in den Raum hinein, schlang Elena von hinten den Arm um die Schultern und riss sie an sich. Das Kinn auf ihren Scheitel gedrückt, zog er seinen Dolch und setzte ihn ihr an die Kehle.

»Keinen Schritt näher!«, warnte er mich, als ich unwillkürlich auf ihn zutrat. Wie angewurzelt blieb ich stehen, während er sich langsam seitwärts durch den Raum schob, Elena mit sich ziehend. »Wenn ihr wollt, dass dieser hübsche Rotschopf am Leben bleibt, bewegt ihr euch nicht von der Stelle!«

Elena hing wie eine Puppe in seiner Umklammerung, das Gesicht weiß und starr.

»Damit kommst du nicht durch!«, sagte Giovanni. Geschmeidig griff er zum Rapier, doch ich bannte ihn mit dem bedrohlichsten Blick, der mir zu Gebote stand. Morosini sah es und lächelte anerkennend. »Wenigstens einer von euch beiden ist vernünftig. Ein Jammer, dass du nicht mein neuer Neffe werden konntest.«

In diesem Augenblick gab es einen ungeheuren Knall, das lauteste Geräusch, das ich je in meinem Leben gehört hatte. Es klang, als würde die ganze Welt explodieren, doch es war nur der Athanor. Morosini, der mit dem Rücken zum Kamin stand, war am nächsten dran und bekam die volle Wucht der Detonation ab. Er wurde wie ein Sack Lumpen vorwärtsgeschleudert, und Elena mit ihm. Während er reglos auf den Fliesen des Andron liegen blieb, rappelte sie sich auf die Knie hoch. Ihre Lippen bewegten sich, aber ich verstand nicht, was sie sagte. In meinen Ohren hallte und brauste es, als hätte ich alle Glocken des Campanile unter dem Dach meines Schädels.

Ich packte Elena, zog sie auf die Füße und tastete sie von oben bis unten ab.

»Was soll das?«, fragte sie.

Gott sei Dank, ich konnte wieder hören!

»Bist du wohlauf?«, fragte ich drängend.

»Mir ist nichts geschehen.«

»Ihm aber dafür umso mehr«, sagte Giovanni. Er deutete auf Morosini, dessen Körper die auseinanderfliegenden Bruchstücke des Ofens abgefangen hatte. Ein besonders dicker, pechschwarzer, qualmender Klumpen hatte ihn am Hinterkopf getroffen. Die Stelle sah genauso aus wie beim verblichenen Rizzo von vorn, nach dem Treffer mit dem Morgenstern.

Der Notar und der Prior gaben unisono würgend ihr Vespermahl von sich, während ich hastig Elenas Gesicht an meiner Brust barg und Celsi sein Wams über den Toten warf, um ihr den Anblick zu ersparen.

»Bei allen Teufeln«, sagte Giovanni. »Dieser Ofen hatte es wirklich in sich!« Mit dem Fuß rollte er den rauchenden Klumpen über die Fliesen. »Sieht aus, als käme das Ding direkt aus der Hölle!«

»Nein« sagte ich. »Es kommt aus dem philosophischen Ei.« Im Geiste sandte ich Baldassarre meinen inbrünstigen Dank zum Himmel hinauf. Nie hatte sich eine seiner Investitionen so sehr amortisiert wie diese!

Iseppo würde ich später persönlich danken, denn auch er hatte maßgeblich dazu beigetragen, dass die Transmutation unbehelligt zu Ende gehen konnte.

»Philosophisches Ei?«, fragte Celsi. »So nennt man das? Interessant.«

Ich schüttelte den Kopf. »Das Ei war nur die Hülle, in der es ausgebrütet wurde.«

Giovanni kickte den Klumpen über den Boden. »Und was ist dann das hier?«

Elena löste sich von meiner Brust. »Natürlich der Stein der Weisen. Hör auf, ihn zu treten. Das würde dem neuen Eigentümer nicht gefallen.«

Schon bevor sie fortfuhr, ahnte ich, was sie sagen würde. »Es war Großvaters letztes Geschäft. Der Jude hat schon eine Anzahlung darauf geleistet. Sie haben ausgemacht, dass er nach dem Ende der Transmutation die Hälfte bekommt.«

»Die Hälfte wovon?«, fragte Giovanni verwirrt.

»Na, davon.« Sie deutete auf den Klumpen. »Wenn ich es recht bedenke, sollte ich es ihm am Stück verkaufen.« Sie blickte zu mir auf. »Was meinst du, kann ich dafür das Doppelte verlangen?«

Der Knall hatte oben alle aufgescheucht, aber Caterina konnte die Situation retten. Rosalinda hatte gerade auf der Bühne mit Pantalone über seine Auswahl der Freier gestritten, als die Explosion das Haus erzittern ließ. Rasch war sie ans Fenster geeilt, hatte hinausgeblickt, sich wieder zum Publikum umgewandt und in allen Einzelheiten das furchtbare Gewitter beschrieben, das draußen tobte. Gewiss sei es ein Zeichen des Himmels, gesandt an Pantalone, auf dass er davon Abstand nehme, sie mit einem ungeliebten Mann zu vermählen.

»Sie war unglaublich!«, wisperte Iseppo, der zu mir geeilt kam, als ich wieder an meiner Säule Posten bezog. »Ich hätte es fast verpatzt, aber dann ging ich darauf ein. Ich glaube, ich habe es ganz gut hingekriegt. Und das Verrückte ist – einige Zuschauer dachten wirklich, dass es draußen gewittert.« Er schüttelte den Kopf. »In der Nachbarschaft muss ein Pulverfass in die Luft geflogen sein. Manche Leute sind so leichtsinnig! Wo warst du eigentlich die ganze Zeit? Ich habe dich gar nicht mehr gesehen.«

»Es war der Ofen.«

»Es war … *was*?« Verschreckt sah er mich an, und dann ging sein Blick zum Portikus, wo Giovanni stand. Gemeinsam mit Celsi, dem Notar und dem Prior – Letzterer hatte wider Erwarten entschieden, sich ebenfalls in die Lasterhöhle zu wagen.

»Der Himmel sei uns gnädig!«, stieß Iseppo hervor. »Sie sind gekommen! Alle! Ich wusste es! Ich hatte letzte Nacht einen prophetischen Traum!«

»Glaub mir, es ist alles in Ordnung«, sagte ich. »Ich erkläre es dir später. Aber jetzt lass mich bitte mein Stück zu Ende ansehen.«

Die Incomparabili hätten ihre Sache nicht besser machen können, sie waren allesamt grandios. Herausragend. Phantastisch. Und das wirklich Unfassbare an alledem war: Sie spielten *mein* Stück! Meine Geschichte! Die ich ersonnen hatte!

Andächtig lauschend stand ich bei der Säule, genoss Dialoge und Monologe, Lazzi, Gesang, tänzerische Einlagen – auch hier übertrafen die Darsteller sich selbst, es klappte weit besser als bei den Proben! Mein anfängliches Bangen legte sich mit jeder Minute.

Der dritte Akt kam, und mit ihm die Auflösung aller Konflikte. Ich spürte, wie die Zuschauer mitgingen, fast war die Menge wie ein einziges Wesen, sie lachten und schrien und staunten jeweils alle zugleich, bis sie schließlich sogar alle im selben Rhythmus zu atmen schienen.

Der Capitano und Colombina betraten die Bühne, für beide ging es ans Abschiednehmen. Der Capitano hatte seinen Plan, Rosalinda zu freien, fallen gelassen, denn inzwischen wusste er, dass sie Flavio liebte. Bevor er in seine Heimat zurückreiste, wollte er auf Wiedersehen sagen.

Colombina reagierte mürrisch, als er in seinem schneidigen Militärjargon seinen Aufbruch ankündigte, doch als er sich abwandte, schluchzte sie laut in ihre Schürze. Er wandte sich wieder zu ihr um und fragte, warum sie weine, und sie antwortete, er sei so dumm, dass es jedem die Tränen in die Augen treiben müsse.

Die Leute lachten wie erwartet, doch dann merkte ich, dass in den vorderen Reihen einige Zuschauer innehielten, und gleich darauf sah ich auch den Grund. Franceschina tat nicht einfach nur so, als weine sie, sondern ihr Gesicht war tatsächlich tränenüberströmt. Rodolfo bemerkte es ebenfalls und erstarrte.

»Man sagte mir, dass du erst einmal in deinem Leben weintest«, sagte er, gänzlich den in den Proben geübten Text außer Acht lassend. »Wann war das?«

»Als mein erster Gatte starb«, schluchzte Franceschina.

»Ist nun wieder jemand gestorben?«

»Nein, aber jemand will für immer fortgehen und mich verlassen.«

»Meinst du mich?«

»Ja, du dummer Zwerg!«, schrie sie.

Wieder lachten die Leute, doch diesmal nur vereinzelt. Die meisten reckten die Köpfe, gespannt, was als Nächstes käme.

»Ich werde für immer bei dir bleiben, wenn du einen Zwerg lieben kannst.«

»Aber ich liebe dich doch!«, schrie sie.

Rodolfo prallte kaum merklich zurück, dann breitete sich ein Strahlen auf seinem Gesicht aus. »In dem Falle sollte ich bleiben«, schlug er vor.

»Es geht nicht!«

»Warum, zum Teufel, sagst du das, obwohl du mich liebst?«, rief er verärgert.

Sie schwieg, und die Zuschauer wurden unruhig.

»Weil sie ein Kind von einem anderen kriegt!«, brüllte jemand aus dem Publikum. »Sie ist nicht einfach bloß dick, sondern schwanger! Ein Blinder sieht das!«

Die Unruhe löste sich in allgemeinem Gelächter auf.

»Wer hat das gesagt?« Rodolfo marschierte zum Rand der Bühne und suchte in der Menge nach dem Zwischenrufer, doch der hatte schon den Kopf eingezogen. Rodolfo grinste auf die Zuschauer herab. »Nun, sagt mir eines, ihr guten Leute: Sehe ich aus, als sei ich blind?«

»Nein!«, schrie das Publikum wie aus einem Mund. Überall brach Lachen aus, als er sich wieder zu Franceschina umwandte.

»Da hast du es. Ich bin nicht blind, und ich sehe es selbst. Weil ich es längst weiß. Denn entgegen deiner Behauptung bin ich *nicht* dumm.« Und dann eilte er zu Franceschina und drängte sie auf einen Schemel, damit sie sich setzen und er sie küssen konnte.

Die Zuschauer johlten und trampelten, und der Applaus dauerte an, als Rodolfo und Franceschina mit hochroten Köpfen abgingen und im Requisitenraum verschwanden.

Cipriano sprang auf die Bühne und stimmte ein Lied auf der Laute an, um die Pause zu überbrücken. Sein Spiel war exquisit wie immer, desgleichen sein Gesang. Von irgendwoher war Iseppos Seufzen zu hören.

Dann wurde es Zeit für Flavios und Rosalindas letzten Auftritt, gemeinsam mit Pedrolino, Flavios Diener. Bernardo, Caterina und Elena betraten die Bühne, während Cipriano sich in den Requisitenraum begab, um sich für den letzten Auftritt als Leandro zu kostümieren – die Schlussszene mit Elena. Obwohl Bernardo sich in der vergangenen Woche in jeder nur denkbaren Weise mustergültig aufgeführt hatte, mochte sie sich nicht von ihm küssen lassen, sodass hier nach wie vor Cipriano einzuspringen hatte.

Ich wollte ihm folgen, blieb dann aber bei der Tür stehen, als ich hörte, wie Iseppo drinnen weinte.

»Was ist?«, fragte Cipriano bestürzt.

»Ich bin traurig«, schluchzte Iseppo.

»Warum?«

»Das fragst du wirklich?«

»Ja. Natürlich frage ich dich. Es macht mich traurig, wenn du traurig bist.«

Iseppos ungläubiges Schweigen war fast mit Händen zu greifen.

»Also, warum weinst du?«, wiederholte Cipriano.

»Weil ich es nicht ertrage, wenn du nicht mehr da bist!« Erneutes Schluchzen.

»Iseppo, kannst du dir vorstellen, dass es mir ebenfalls schrecklich schwerfällt, von hier wegzugehen? Und dass es mir jetzt noch viel schwerer fällt, da ich weiß, dass du deswegen traurig bist?«

»Das sagst du nur so! Es ist dein allergrößter Wunsch, in Frauenkleidern zu spielen! In London kannst du das täglich tun! Es ist sogar *vorgeschrieben*!«

»Das ist mir egal. Dort kenne ich doch niemanden. Ich gehe nicht fort, wenn du es nicht willst. Sieh mich an. Sieh mir in die Augen!«

Schweigen. Dann ein leises *Oh!* von Iseppo, gefolgt von weiterem, diesmal anhaltendem Schweigen.

Die beiden fuhren auseinander, als ich den Raum betrat. Iseppo verschwand sofort in den chaotischen Tiefen zwischen den Kostümständern und gab vor, dort etwas zu suchen, während ich Cipriano mein Anliegen vortrug. Erheitert hörte er es sich an und gab mir einige nützliche Hinweise, die ich mir im Geiste immer wieder vorsagte, bevor ich kurz darauf wieder zurück in den Saal ging.

Nur mit halber Aufmerksamkeit verfolgte ich die Szene auf der Bühne. Der tot geglaubte Flavio war zur Überraschung seines Dieners von der Reise zurückgekehrt. Pedrolino bürstete seinem Herrn unter allerlei Lazzi den Staub vom Wams und bestürmte ihn zugleich mit ungezählten Fragen, während dieser vergeblich versuchte, sich der Fürsorglichkeit seines Dieners zu entziehen, weil er schnellstmöglich erfahren wollte, ob Pantalone in der Zwischenzeit etwa seine Ankündigung wahrgemacht und seine Nichte Rosalinda vermählt habe.

Die Zuschauer lachten herzlich über die Szene, Elena war als Pedrolino wunderbar komisch, und Bernardos Verrenkungen, ihrer Staubbürste zu entkommen, waren köstlich.

Die einsame Rosalinda saß derweil im Hintergrund in ihrer Kammer und weinte bitterlich, weil sie ihre Einsamkeit nicht ertragen konnte. Endlich verlor Flavio die Geduld und versohlte seinem aufdringlichen Diener unter lauten Beifallsrufen aus dem Publikum den Hintern. Anschließend fragte er ihn, ob Rosalinda nun unter der Haube sei oder nicht, worauf Pedrolino schnippisch erklärte, das solle Flavio gefälligst selbst herausfinden.

Während Pedrolino beleidigt abging, trat Rosalinda ins Freie und sah Flavio dort stehen. Zuerst glaubte sie, es handle sich um Leandro und stellte ihm entsprechende Fragen – bis er den Irrtum richtigstellte.

»Ich bin es – Flavio«, sagte er. »Zurückgekehrt von den Toten. Und tot war ich, das kannst du mir glauben. Denn ohne dich zu sein bedeutet, nicht zu leben.«

Diese Worte hatte er bei den Proben nie geäußert, vielmehr hatte er einen zwar ansprechenden, aber eher schwülstig klingenden Text einstudiert.

Die unvorhergesehene Änderung entging Caterina nicht; der Schock, den sie eigentlich spielen sollte, geriet zu einem sehr echten Erstaunen.

»Du warst …« Sie fing sich. »Was willst du damit sagen, sprich?«

»Dass du mir verdammt gefehlt hast«, erklärte er schlicht. Sie legte die Hand auf ihr Herz und schloss mit elegischer Miene die Augen. »O Flavio, so lass dir sagen, dass auch mein Leben ohne dich öde und leer war!« Dann ließ sie die Hand fallen, öffnete die Augen und sagte laut und wütend: »Es gab nie einen anderen. Nie. Das schwöre ich, so wahr ich hier stehe. Es gab immer nur dich, früher, jetzt und immer.«

»Weib, du sollst verdammt sein, aber ich kann nicht ohne dich, und deshalb muss ich dir glauben!«

Ein Stöhnen erhob sich im Publikum, als Bernardo vortrat und Caterina in die Arme riss. Er küsste sie wie ein Verhungernder, und als er anfing, ihr unter den Röcken herumzufummeln, musste Cipriano auf die Bühne springen und sich mit der Laute davorstellen. Die Zuschauer buhten ihn dafür aus, aber Bernardo hatte bereits seine Beherrschung zurückgewonnen.

Jeder Zoll ein strahlender Held, baute er sich ganz vorn auf der Bühne auf, Caterina mit einem Arm an sich drückend, den anderen in Siegerpose erhoben. Er badete förmlich im Beifall der Menge. Hand in Hand mit Caterina ging er danach ab, die Brust gebläht und die Schultern durchgebogen, als gehöre ihm die ganze Welt.

Mein Herz fing an zu rasen, denn soeben betrat Elena im Kostüm der Aurelia die Bühne, während Cipriano sein Lied beendete und abging.

Nun folgte die letzte Szene – und zugleich mein erster eigener Auftritt! Das Kostüm kniff ein wenig unter den Achseln und über der Brust, das viele Kistenschleppen hatte meinen Oberkörper tatsächlich breiter werden lassen. Dafür passten die Schuhe, und auch der Hut ließ sich gut tragen. Ich hatte ihn tief in die Stirn gezogen und hielt das Gesicht von den Zuschauern abgewandt, damit sie die verräterisch große Nase nicht sehen konnten. Von hinten mochte ich als Leandro durchgehen, aber gewiss nicht von der Seite oder von vorn. Ganz zu schweigen davon, dass es schwer genug war, überhaupt vor Publikum zu sprechen. Hätte ich es dabei noch anblicken müssen, wäre gewiss kein Ton über meine Lippen gekommen.

»Leandro!«, rief Elena, und ihre Fassungslosigkeit war überzeugend, da völlig echt. Sie brauchte einen Moment, um sich zu fangen. »Dich habe ich hier nicht erwartet! Wolltest du nicht in ein fernes Land reisen, über die Meere, ans andere Ende der Welt, wo deine Feinde dich nicht finden?«

»Ich habe alle Feinde besiegt.« Meine Stimme war das reinste Krächzen, doch darauf konnte ich keine Rücksicht nehmen. »Nun bleibt mir nur noch eines zu tun.«

Elena blickte mich verblüfft an. »Was denn?«

»Das Wichtigste überhaupt. Dir endlich zu sagen, was mir auf dem Herzen brennt.«

Ich räusperte mich und holte tief Luft, und dann trug ich das Sonett vor.

»So wie ein unbeholfner Bühnenheld
Vor lauter Angst den Rollentext vergisst,
Den Puls wild rasend, angespannt sich quält,
Von überschüss'gem Drang gebeutelt ist,
So kann vor lauter Scheu ich kaum noch sprechen,
Perfektes Liebesbalzen wird es nicht.
Die Kraft der Liebe scheint mich nur zu schwächen,
Bis unter ihrer Last mein Selbst zerbricht.
So lass mein Stück stattdessen alles sagen,
Bezeugen stumm des Herzens Rede, dann
Um Liebe flehn und deren Lohn erfragen,
Viel besser, als mein Mund es sagen kann.
Der Liebe stumme Schrift lern zu verstehen!
Mit Augen hören heißt, die Liebe sehen.«*

Ich räusperte mich erneut und fasste alles in zwei Sätzen zusammen. »Ich liebe dich. Willst du mich jetzt heiraten?«

Ihr Lächeln war Bestätigung und Aufforderung zugleich. Sie wehrte sich nicht, als ich sie in die Arme nahm, und als ich sie küsste, kam sie mir stürmisch entgegen.

Damit war das Stück vollendet.

Totenstille herrschte im Saal, ich hörte nur Elenas und meinen Atem, und das Schlagen meines Herzens, im selben Takt wie ihres.

Dann brach der Applaus über uns herein, und gleichzeitig sprangen die übrigen Incomparabili auf die Bühne, um sich vor dem Publikum zu verneigen. Ich sah wilde Freude auf ihren Gesichtern, sie strahlten vor Stolz und überschwänglicher Erleichterung. Wir fassten uns bei den Händen, bildeten eine Kette über die gesamte Breite der Bühne und verbeugten uns immer wieder.

* Shakespeare, Sonett Nr. 23

Iseppo riss meinen Arm hoch und schrie: »Seht diesen famosen Burschen hier – *er* hat das Stück geschrieben! Er ist der Autor! Er hat sich das alles ausgedacht!«

Doch niemand hörte es, denn der ganze Saal tobte. Die Menschen rasten förmlich, sie trampelten, schrien und klatschten, bis die Bretter unter unseren Füßen bebten.

Mühelos griff die Begeisterung auf mich über, hob mich in fremde, schwindelnde Höhen. Fast war es, als sei ich gewachsen. Kein noch so schönes Rapier, kein edles Gewand, kein reiches Erbe konnten mir das geben, was ich hier erfuhr. Es war ein einzigartiger Rausch, der mich vollständig erfüllte, mich fiebern und glühen und wünschen ließ, dass es nie enden möge.

Die Sonne war fast untergegangen, nur einige Strahlen fanden noch ihren Weg in den Portego, breit und staubig flimmernd strichen sie über die Köpfe der Zuschauer. In dem Augenblick schien es mir, als sei in diesen tanzenden Partikeln viel mehr als nur Licht. Es war wie eine machtvolle Energie, die sich aus meinem Inneren hinausschwang zu den jubelnden Menschen, um ihre Seelen mit meiner zu verschmelzen.

Für diesen einen magischen Moment, das hätte ich schwören können, sahen die Sonnenstrahlen aus wie Bänder aus purem Gold.

Landgut im Veneto, einige Jahre später

Elena heiratete mich, aber ich musste ihr versprechen, sie nicht mit etwaigen künftigen Kindern aufs Land abzuschieben, um ungestört in der Stadt eine glänzende Karriere als Autor machen zu können. Das fand ich sehr vernünftig, weil ich nichts gegen das Landleben hatte, im Gegenteil. So kam es, dass wir beide aufs Land zogen, zusammen mit den Kindern, die schon sieben Monate nach unserer Hochzeit geboren wurden. Ursprünglich wollten wir nur einen Sommer auf Onkel Vittores altem Landgut verbringen, aber dann schlugen wir dort Wurzeln.

Henry schrieb in einem Brief aus London, ich solle es als Schicksalswink betrachten, dass ich, genau wie sein Freund Will, in so jungem Alter Vater von Zwillingen geworden sei, das sei ein eindeutiger Fingerzeig auf unsere gemeinsame Berufung. Elena warnte mich allerdings davor, es so auszulegen, zu Recht, wie ich letztlich fand. Zum einen hatte ich nicht das geringste Verlangen, von irgendwem *Krähe* genannt zu werden, zum anderen konnte ich mir ein Leben ohne sie und die beiden kleinen Racker nicht vorstellen. Auch Giovanni war der Meinung, dass meine Zwillinge nichts mit künstlerischer Veranlagung zu tun hätten, sondern höchstens mit Vererbung, was man schon daran sehe, dass sie rote Haare hätten, wie ihre Mutter, und dass es zwei Brüder seien, so wie er und ich. Er selbst wurde allerdings nur Vater *eines* Sohnes, doch er meinte, das nächtliche Geschrei reiche ihm in einfacher Ausführung vollauf.

Hin und wieder kommen Adelina und er mit dem Kleinen zu Besuch, dann herrscht immer gewaltiger Radau bei uns in der Einöde, und Paulina, die sich zu diesen Anlässen von Pater Anselmo freigeben lässt, kommt kaum mit dem Kochen nach. Allerdings bekocht sie uns eher aus Anhänglichkeit, nicht etwa, weil es uns an Gesinde gemangelt hätte – erwähnte ich schon den immensen Reichtum meiner Gattin? Mein eigenes Erbe, das ich nach meiner Heirat antreten durfte, nahm sich gegen den märchenhaften Gewinn, den Baldassarres Schiffspapiere abwarfen, fast bescheiden aus. Angesichts des unerwarteten Vermögenszuwachses leistete ich es mir, dem Kloster eine Orgel zu stiften. Und Giovanni unter die Arme zu greifen, die Compagnia unserer Familie wieder in Schwung zu bringen.

Gelegentlich erreicht mich Post von Iseppo. Nach einem einjährigen Gastspiel in Venedig zogen die Incomparabili wieder durch andere Städte, mit wachsendem Ruhm und erweitert um mehrere neue Mitglieder, als jüngstes unter ihnen Franceschinas Sohn. Iseppo schrieb, der Kleine sei sozusagen das Kind der ganzen Truppe, er habe nicht nur zwei Väter und eine Mutter, sondern auch mehrere Onkel und Tanten, wobei Iseppo allerdings offen ließ, wer welche Rolle bekleidete.

Nach der Lektüre solcher Briefe überlegen Elena und ich bisweilen, ob es nicht eine nette Abwechslung sei, ebenfalls mit den Incomparabili auf Reisen zu gehen, und sei es nur, um mein Stück noch einmal zu sehen. Doch ihr fehlt die Bühne nicht sehr, und ich selbst hatte längst erkannt, dass mir das Leben als Gutsherr mehr lag als das Herumziehen und der zermürbende Kampf, den es unweigerlich kostet, wenn mehr als ein halbes Dutzend Schauspieler sich zusammenraufen müssen, um ein Stück auf die Bühne zu bringen.

Stattdessen spanne ich mithilfe von Ernesto an schönen Tagen ein Seil zwischen den Bäumen hinter unserem Haus, und meine Frau spaziert unter dem Jubel der Kinder darüber. Sie behauptet regelmäßig, das sei alles an Beifall, was sie brauche.

Ich selbst setze mich manchmal in den Garten, einen Stapel Papier auf den Knien und eine frisch gespitzte Feder in der Hand, und verfasse ein Canovaccio, um in Übung zu bleiben.

Nur für den Fall, dass wir doch noch eines Tages …

Man kann ja nie wissen.

Ende

DANKSAGUNG

Wie immer nach getaner Arbeit ist es mir ein Anliegen, all den Menschen, ohne die es dieses Buch nicht gäbe, ein herzliches Dankeschön zu sagen.

An erster Stelle danke ich meinen Kindern. Ohne eure Liebe wäre alles nichts! Und meiner Mutter, die mich mit ihren zuversichtlichen Prophezeiungen (»Warte nur ab, das Erscheinungsjahr dieses Romans wird *dein* Jahr!«) immer wieder zu kreativen Höhenflügen angespornt hat. Danke, Mama! Wenn du dran glaubst, tue ich es auch!

Besonderer Dank gilt auch meiner lieben Freundin und Kollegin Kerstin Gier, die mit ihrem Enthusiasmus und ihrem wunderbaren Humor die personifizierte Motivation ist. Als Autor fühlt man sich oft wie ein Schiff in dunkler Nacht. Kerstin, du warst von der ersten Seite an mein Leuchtturm, deshalb widme ich dir diesen Roman!

Dank schulde ich auch Dr. Claudia Müller für die souveräne Lektoratsarbeit und ihr nimmermüdes Engagement. Das Projekt fiel doch recht deutlich aus dem Rahmen des Genreüblichen, deshalb brauchte es jemanden im Verlag, der darauf vertraute und mir sagte: Alles wird gut! Claudia, dieser Jemand warst du, ohne dich wäre *Der König der Komödianten* nicht so leicht zwischen Buchdeckel gekommen!

Danke auch an

- Gisela Günther für ihre hervorragende Textredaktion, die fröhlichen Telefonate und den unverzichtbaren Zuspruch
- Michael Meller, mein Agent, der mir mit unerschütterlicher Verlässlichkeit in allen Geschäftsdingen den Rücken freihält
- Regina Seitz fürs Testlesen
- Jan Balaz für die zauberhaften Illustrationen und das schöne Covermotiv
- Das komplette Lübbe-Team – ohne euch wären meine Bücher bloß Dateien auf einer Festplatte!
- Meine lieben DeLiA-Kollegen und die Moderatorenrunde von Montségur für den vielfältigen abwechslungsreichen Austausch.

Und *last, but not least* ein ganz besonderes Dankeschön an all die vielen Leser, die mir mit ihren begeisterten Zuschriften die Gewissheit geben, dass da draußen Menschen sind, die mehr von meinen Geschichten lesen möchten. Keine Frage – ich mache weiter!

Die Autorin im September 2009
http://www.charlottethomas.de